茅盾文学奖
获奖作品全集

战争和人 三

王火 著

人民文学出版社

目录

第一卷　光怪陆离，小城抗战众生相
　　　　（1943年1月—1943年5月）　　　　　　1

第二卷　风波浩荡，夜雨闻铃肠断声
　　　　（1943年6月—1943年7月）　　　　　89

第三卷　禅林觅知音，雾都多凶险
　　　　（1943年8月—1943年12月）　　　　189

第四卷　种种奇遇，处处荆棘
　　　　（1944年2月—1944年4月）　　　　295

第五卷　思悠悠，恨悠悠，前方溃败令人愁
　　　　（1944年5月—1945年2月）　　　　387

第六卷　胜利翩翩降临，和平岂能夭折？
　　　　（1945年3月—1945年9月）　　　　493

第七卷　时局阢陧，巴山夜雨恃风雷
　　　　（1945年9月—1945年12月）　　　583

第八卷　"春花秋月何时了，往事知多少"
　　　　（1946年2月—1946年3月）　　　　661

全力以赴中寻到的（后记）　　　　　　　　　　742

第一卷 光怪陆离，小城抗战众生相

（1943年1月—1943年5月）

从一八四〇年鸦片战争起，到一九四九年中华人民共和国成立的一百零九年间，是中华民族灾难深重、危机四伏的时代，帝国主义列强发动了一系列大规模的侵华战争。在这些战争中，除了抗日战争是中国取得了胜利之外，其他的战争中国都无一不败。

在这部以抗日战争作背景的小说中，我歌颂了抗战，但也不能不写出抗战时期大后方的芸芸众生相和黑暗同光明搏斗的状况，目的是有利于构成一幅比较真实的宽阔画卷。

——摘自创作手记

一

"哈哈,童秘书长,在我这里,鸡汤你尽管放心喝。我内人炖的鸡汤,是真正的鸡汤,哈哈,绝不是鸡的洗澡水!……"渝江师管区的李参谋长、壮健、快乐,说话急促、响亮,他在江津以爱吃闻名,谈起吃来,头头是道。他用大勺给童霜威舀了一碗鸡汤,又撕了一条鸡腿放在童霜威面前的蓝花碟子里,说:"我内人炖鸡汤,杀鸡时将母鸡颈部以上的皮连同鸡冠、鸡眼、鸡嘴全部刨去,鸡屁股连同尾巴尖统统不要,毛固然要拔净,煮汤之前,先要给鸡好好洗个澡。"

童霜威喝着鸡汤,听到这里,忍不住诧异,问:"洗澡?"灯光下,他瞅瞅蓝花碟子里的鸡腿,鸡腿油光光、亮灿灿。

"是呀!"李参谋长又哈哈笑了,说:"煮一锅沸水对入葱姜黄酒,把鸡放入,用丝瓜筋擦洗。这一洗,鸡骚味固然消除,鸡身上的陈年老垢也就不再存在。这锅鸡的洗澡水要倒掉,再换上清水熬煮出来的鸡汤,就香气扑鼻、鲜美无比了。馆子店里的鸡汤或是别人家的鸡汤我从来不喝,因为那是道道地地的鸡的洗澡水,绝不是鸡汤。哈哈,只有我家里的鸡汤,才是不折不扣的鸡汤。'宁可食无菜,不可食无汤',怎么样?秘书长,您尝了觉得如何?"

童霜威捧着碗,喝着鸡汤。鸡汤里是加了茉莉花的,以花入菜,确实清香扑鼻、味道鲜美,点头哼哼:"唔,是不错,不错!味道好极了!"心里却忽地又泛上一阵恶心,觉得自己过去确实喝过无数次"鸡的洗澡水",太糟糕了!常把"鸡的洗澡水"当鸡汤来喝,岂不可笑。饮食之道,真是一门学问。他看看李参谋长那张红光满面的脸膛和蛮牛一般健壮的身体,不禁暗想:这个军人真有福气。抗战军兴五年半了,现在前方仍在血雨腥风。听说他抗战初上过前线,负过伤,后来就没再在前方打过仗,如今缩在后方讲究烹调之术,吃吃喝喝,多么自在!老百姓说"前方吃紧,后方紧吃",可真不错呀!

正想着,听见李参谋长又说话了:"童秘书长,今天请您便饭,是因为中美、中英签订了新约,英美废除了在华特权,这是中国人奋斗了百年的结果,不能不庆祝。但我知道您食量不大,让内人一共只做了四只菜。除了茉莉鸡汤外,都是我们山东的名菜。山东人总是想念我们山东的嘛!川菜吃够了,我想请您吃吃山东菜也要得。您看,先前这只大冷盘实际是只曲阜孔府的名菜:'八仙过海闹罗汉'!拼成冷盘的八种小吃是海参、鸡肫、虾、火腿、鸭掌、鱼肚、兔腰、冬菇。拼盘中央这个'罗汉'按例该用一只罗汉鸡来做,为了避免与鸡汤重复,改用了罗汉饼。"

童霜威刚才吃罗汉饼时,只觉得有点像江苏扬州驰名的"狮子头",听了介绍,才明白。

李参谋长指着桌上那盘红烧猪大肠说:"这是'九转大肠'。据说当初济南九华楼酒店做的这道菜,客人品尝后纷纷称赞。有人说:'道家善炼丹,有九转仙丹之名,食此佳肴,可与仙丹媲美,就叫"九转大肠"吧。'从此,成了一道名菜。"

童霜威认为这道菜庸俗、肥腻,但又觉得这大肠先煎、后炒、再烧、出勺入锅反复多次,佐料有豆蔻、肉桂、葱姜丝等,又撒上了碧绿的香菜末,确有特色,不禁点头,说:"这只菜确实色、香、味俱佳。古人说'煎熬燔炙,齐味万方',用不同的烹饪方法做出不同口味的菜肴,全靠手艺。可惜我战前本有两本烹饪古籍,一本是明代江南华亭人宋诩撰的《宋氏养生部》,一本是清朝袁枚撰的《随园食单》,都丢在南京丧失于战火。不然,宝剑献英雄,拿来奉赠,岂不是好。"说完，勾起旧事，叹息一声，若有所思。

李参谋长听童霜威这么说，摇摇头，笑道："秘书长，我话还没说完。四道菜你已见了三道，这第四道菜马上会端来。那可是我家乡鲁南的一道古代名菜。我想，你刚才讲的两部书上准不会有，您虽见多识广，未必尝过。哈哈……"

童霜威不禁问："是道什么菜呢？"

忽见李太太脸上带笑亲手捧着一只大砂锅进饭厅来了，砂锅热气腾腾，刚从火上端下来。后边跟着的一个勤务兵，将一个木板垫子搁在桌中央。李太太放下了锅，砂锅里仍在"咕嘟咕嘟"翻滚着冒泡，透出一股香味。朝锅里看时，只见碧绿的香菜撒满在面上，再细看时，似乎锅里有羊腿，也有鱼块。

童霜威说："啊呀，李太太，今天太打扰了！"

李太太穿件黑绸隐花驼绒旗袍，是个肤色白里透红已经发了胖的中年妇人，个儿不高，笑起来像无锡泥人儿，一副富态的样子。她一边取下围裙，一边连声客气："打扰什么呀，怠慢了！菜做得不好！"她让那个挺机灵的小勤务兵给童霜威斟满酒。尽管童霜威说不会喝酒，勤务兵仍给童霜威的酒盅里倒了一些表示尊重。李太太就在席上一侧坐下陪着，用勺往砂锅里舀鱼给童霜威，神情生动地说："尝尝，尝尝。这是鲤鱼块，沾了鸡蛋清油里煎过的。四川鲤鱼少，好不容易才弄来的。羊腿也是费了大事去白沙镇买来的。"

童霜威这才明白，砂锅里是鲤鱼煮羊肉，想：这菜真怪，我走南闯北吃了无数酒席，鲁、川、扬、粤、湘、闽、徽、浙八大菜系加上北京菜、上海菜，风味都尝过，何曾吃过什么鱼烧羊肉，真是稀奇古怪了！

正在想，李参谋长咧嘴哈哈笑了，说："牛皮可不是吹的，这只古菜是我太太的拿手好戏，轻易不做给人吃的。秘书长是贵客，才这么招待。你吃吃看，鲜不鲜？"

童霜威喝了一口汤,笑着说:"鱼烧羊肉,平生真是第一次吃,味道很好,很好!"

李参谋长笑着摇头,说:"哈哈,这只菜可不能叫作'鱼烧羊肉',它的名字就叫'鲜'!"

童霜威没听清,问:"叫什么?"

"鲜!"李参谋长说,"春秋时,齐国易牙擅长烹饪调味。他创制的'鱼腹藏羊肉'一菜,闻名天下。但到我们鲁南,老辈都把鱼与羊肉合煮,叫作'鲜'!"

"鲜?"童霜威恍然大悟,笑道,"哦,哦,今天我才真正明白这个'鲜'字的道理了!古时,没有'味之素',鱼羊合煮最鲜,就产生了这个'鲜'字,对不对?看来,《辞海》和字典上该把这道古菜的解释列入才好呢。"说着,吃了起来。火功好,鱼和羊肉极嫩,调料也好,去了腥膻,保留了鲜味。他一面吃一面称赞:"真好!真好!"李太太听了高兴得那张脸更像弥勒佛了。

童霜威面前勤务兵给斟得满满的一盅酒,只喝了一点点。李太太又去厨下张罗,让勤务兵端来水饺。

童霜威说:"免了吧。很饱了,太丰盛了!"

李参谋长笑道:"其实我们只是偶尔这么吃一次。现在美国兵大批来华,人家的膳食标准可高啦!规定每天每人要吃一磅半肉,二两猪油,四个鸡蛋,两斤蔬菜,一磅水果,四两白糖,半两茶叶,还有牛油、咖啡都由飞机空运来华。听说昆明的黄牛、鸡蛋搜购一空。比起美国大兵来,我们不算奢侈。"

童霜威勉力再吃水饺。肉馅搀了虾米和榨菜丁,脆生生的。李参谋长一口一只,风卷残云吃了满满一大盘。童霜威吃了七八只就饱了。勤务兵打来手巾把子,两人离席去客厅里坐。李太太命勤务兵端着新泡的一壶茶,拿了一盘广柑、一盘橘子来敬客。

一线绢丝般的金泉从茶壶嘴里注入童霜威的瓷杯,金色的茶汁在昏黄的灯光下有着湿润的色调,喷发出清香来。天早黑了。初冬时节,四川多雨,檐沟注水滴滴答答,叫下江逃难来四川的人听了,顿时会想起"君问归期未有期,巴山夜雨涨秋池"那首唐诗,触动归念,产生凄凉萧索之感。听着雨声,童霜威感到空气阴冷、潮湿,想起自己一个曾做过司法行政部秘书长、中央公务员惩戒委员会委员兼秘书长的人物,卸任后遭遇坎坷,如今只挂着个有等于无的国大代表空衔,沦落在一个小县城里,一事无成,岂不悲哀!他心潮澎湃,坐在沙发上不禁轻轻叹了口气。

李参谋长这间客厅里中央挂着的是新裱的于右任的草书屏条,写的是唐代诗人李白的一首五绝《劳劳亭》:"天下伤心处,劳劳送客亭。春风知别苦,不遣柳条青。"

劳劳亭是南京古时著名的惜别之所,又名望远亭,宋朝改为临沧观,为三国时吴国所筑,在南京中华门外的劳劳山上。古人送客至此,无不举手劳劳,折柳相赠。童霜威记得战前在南京,有一次曾与监察院长于右任同游此古迹。去年秋天时,童霜威刚到江津不久,认识了李参谋长。李参谋长托童霜威向于右任索取墨宝。童霜威写了信寄给过去的秘书冯村,让他持信去向于右任代李参谋长索字。冯村办成了这事,李参谋长十分高兴,马上裱了挂起。现在,童霜威坐在沙发上,听着雨声,看着老于的这幅字,心里萌发了一种怀念南京的心情。于胡子写这首诗是什么意思呢?看来,他羁旅四川也是在思念南京呢!

勤务兵将刚才放在饭厅里的炭盆端来,放到客厅里。炭火旺,空气里马上弥漫了一阵刺鼻的火炭味。寒冷的潮气被驱赶走了,客厅里暖和些了。

忽然,外边院子里人声喧哗,有个尖利的女声号哭起来。那哭声,使人想到是从凄楚、哆嗦着的嘴唇里发出来的。不知发生了什么事,只见一个副官模样的人快步进来,轻轻向李参谋长说了些什么,李参谋长夫妇都急匆匆到外面去了。对话声嘀嘀咕咕,女人的哭声由高变低,断断续续悲啼,终于忽又停止。过了一会儿,人被劝走了,声音远了。李参谋长敞着呢军服领口走进来,神色难看,似有心事,在童霜威右边的沙发上坐下来。

刚才那阵女子的哭声,使童霜威纳闷儿。他本来想起身告辞,但见外边雨声仍在哗哗响,便想等雨停歇了或小些了再走,就闷闷地喝起茶来。

李参谋长用牙签剔牙,打着饱嗝儿也喝起茶来,陪童霜威摆龙门阵,说:"秘书长,来江津已经三个多月了吧?"

去年十月初来,瞬忽确已三个多月了。童霜威点头:"是啊,赋闲在此,无所事事。江津地方不错,生活安定、便宜,有点像世外桃源。但蹉跎岁月,总不免感慨万端。"说着,剥了个红皮橘子吃了起来。

李参谋长喝了些酒,话多了,说:"童秘书长,您来江津后,交往的人不少。从重庆和外地来的人不说,在本地听说刘县长、法院院长郑琪、县党部书记长李思钧、报社刁社长等都去看望过您,报社编辑和国立中学有的教师也去拜望您。您已引起了稽查所长鲁冬寒的注意,您可知道?"

童霜威一愣。提起鲁冬寒,面前马上出现了一个穿军便服,面孔白净,有双阴险的小眼睛,胡髭剃净后露出铁青肤色的东北人的身影来了。鲁冬寒当然是军统特务,来看望过,毕恭毕敬,低声细语,用一种仰慕、求教的态度询问在写的那本《历代刑法论》是什么内容?打算在哪里出版?原来他是在窥伺我啊!忍不住气愤地说:"可笑!连我这样的人特务也要监视?"

李参谋长笑笑:"他们都是太上皇,都有上方宝剑。拿我李永安来说吧,我是军校毕业黄埔系的,可是也不放过,对他们也得敷衍,不然就不知什么时候会有麻烦。我要奉告您一件事:三天前,鲁冬寒找我,就坐在您现在坐的这张沙发上,向我了解您的情况。我推说不清楚。他说:'据我所知,你们关系不错,应当有所了解的。'说着,指指墙上这幅于院长的字,说:'这不是你托童某人索取来的墨宝吗?'嗬,您看,连这他都清楚。"

童霜威不由自主地"哼"了一声。

李参谋长喝口茶说:"我问他:'童某人有什么问题吗?'他说:'此人从沦陷区来到大后方,未受重用,不无不满。听说来江津是要闭门著书立说的,还摸不清要写的是什么,不可不注意。'他问我同您接触时,听您谈过些什么。"

童霜威看着炭盆里通红的炭火,心中生气,胁下淌汗,暗想:特务真是无孔不入,问:"你怎么答的?"

李参谋长哈哈笑了,笑得有点狡猾,"我说:童某人中央要人里老朋友很多,军统的戴笠,中统的叶秋萍都有交往。我是有意唬他,一提戴老板,这家伙顿时像要屁滚尿流,我是想替您摆脱这条恶狗哇!"

他说得幽默,童霜威苦笑,叹息了一声又问:"后来呢?"

"他仍要我在同您接近时,了解了解您对时局的看法。强调这只是属于正常的了解,属于他的工作范围,叫我别看得太严重,更要我保守秘密,切勿外传。"

窗外雨声急骤,阵阵雨箭撒豆子似的打在屋瓦上和庭院里的芭蕉上,声音清脆动听。童霜威忽然感到鲁冬寒这种特务使自己睁开了眼睛,对当前国家政治上的许多事都看得更清楚了,也感到自己正在写的那本《历代刑法论》太学究气,没有什么意思。正因如此,写时常常辍笔,一直也未完稿。而心里酝酿着的另一本《三朝三帝论》,是想写唐朝武则天、明朝朱元璋和清朝雍正这三朝三个皇帝的特务政治的,却在心胸间跃动不已,呼之欲出。此时此刻,如果摊开纸张,拈起笔墨,一定能洋洋洒洒落笔千言。文章之道,如果心中无所感,是写不好的;心中有真情实感,想借文章抒发,才能下笔若有神。刹那间,他几乎要下决心放弃《历代刑法论》而来动手写《三朝三帝论》了。

他如梦如幻地沉思着,听到李参谋长说:"童秘书长,刚才说的事别放在心上。您是棵大树,鲁冬寒不是花和尚鲁智深,他拔不起垂杨柳的。况且,您也无缝给他这只苍蝇叮。我只是知无不言,不告诉您心里过不去。有件事我是前几天才弄清的,令弟不是叫童军威吗?"

童霜威又出意外,仿佛又看见弟弟军威浓眉下那两只正直发光的大眼睛了,点头痛心地说:"是啊,舍弟五年前守南京,城陷时英勇牺牲了。怎么?你们认识?"

李参谋长点头,沉痛地说:"是啊,说起来我同令弟还有过一段交情。那是民国二十六年十月里在伤兵医院,我本来是八十八师的一个营长,在上海参战负伤,伤势较重,迄今仍有弹片留在左肺。令弟军威是教导总队在上海八字桥作战负伤的。在医院我们病床相邻。他为人极好,见我伤重,对我颇多照顾。他的一只怀表当时就是为我卖掉换鸡蛋给我吃了的。后来他伤未痊愈就归队了,听说参加了保卫南京的城防战。我带伤归队,也去到南京,但未见到他。八十八师守雨花台,打得十分惨烈,我徼倖死里逃生。后来辗转到了四川,听教导总队的熟人说他准是在南京殉国了,我总忘不了他。您到江津后,我起先未在意,后来觉得姓名似乎有点关系。前几天听县党部书记长李思钧谈起,才知军威确是令弟。我这人素来讲情义,这就不能不对您亲近三分了。"

到江津后,初见李参谋长,只是一般酬酢。又听说李参谋长平日常找当地绅粮打牌,赢了则散,输了就不许人走,一定要那些绅粮把钱都输出来才同意散。他身体好,麻将连打四十八圈也不累,那些绅粮多数抽鸦片,瘾上来了就没法支持,只得输了讨饶。童霜威觉得他明摆着是以势压人用赌博的方法敛财,对他印象不佳。只是碍于情面,不便拒人于千里之外,见面才客客气气。但今夜听他推心置腹讲了鲁冬寒和军威的事,觉得此人确实讲义气,也就产生了好感。只是被军威的事勾起了愁肠,听着雨打芭蕉声,不禁黯然地说:"唉,感谢盛情!"接着,把听说军威在南京牺牲的情况大致讲了一些。

李参谋长表示哀悼,酒后激动,突然叹气骂了起来:"妈的×,不去想这些,吃吃喝喝打打牌倒还心平气和,只要想起这些事心里就燃烧起一把无名火。抗战之初,我的爱国热情有万丈高,令弟和我都是一样的热血男儿。可是这几年,看到这国家这社会的黑暗腐败,看看人都那么坏,我早就泄气了!我们卖命,你们贪污!去你妈的吧!上边这些当政者为什么要把中国弄成这样子?他们太对不起为抗战牺牲的志士们了!"

从好到坏,一个人的性格会有那么大的空间,那么大的跳跃,这使童霜威不禁感慨了。童霜威忍不住拿起茶几上的美国骆驼牌香烟,擦火柴点燃了一支。这是随美军拥入中国的一种高焦油的浓味烟,现在正时髦。烈性烟刚抽一口,他就呛咳了。

李参谋长也点了一支烟,满面义愤地说:"刚才您一定注意到了吧?有个女人上门来哭。我把这事说给您听听:前年十二月底,远征军入缅甸作战,为了要打通滇缅和中印公路。但英国既看不起我们,又怕我们的军队开进他的势力范围,态度暧昧。直到去年二月末,日军进逼仰光,战事危急了,英国才不能不向中国求援。中国远征军配合英军奋力作战,三月间同古一役,远征军第五军第二百师戴安澜等部重创日军;四月仁安羌一役,击溃了日军,毙敌一千二百多人,克服仁安羌救出英军七千人。后因日军增援,切断我军后方联络线,戴安澜师长战死,远征军不得不分别退入国境和印度。这样,打通滇缅路的战役失败了。我有个表弟叶海东,在远征军中是个师政治部主任,在缅甸卡萨中弹阵亡,尸骨都没有下落。他家有半身不遂的老母,遗下了妻子和三个未成年的子女,都住在重庆。人一死,万事皆空,拿了点抚恤本就不够维持,偏偏遇上扒手给偷了一大半,物价飞涨,一家重担都压在年轻的妻子身上。真叫爱国的抗日军人寒心哪!他的未亡人竟被生活所迫,先是沦为娼妓,接着竟精神错乱了。刚才哭着来的是他的大女儿,走投无路昨天由重庆来找到我门上了。我给她安排了住处,给了她些钱打发她回去。说实话,我既不开银行,也不开公司,他这一家五口的重担压到我身上我也招架不住。可是我打发她走,心里也不忍啊!她这一家今后怎么办哪?……"说到这里,李参谋长脸涨得通红,他长叹了一声,大口大口地喷烟。

童霜威听了,心里恻然,不知说什么才好,也不想说什么,只是沉重地呷茶,吸烟。

雨声沙沙,声音小了。童霜威看看手表,九点钟了。他原来心爱的那只金怀表,离开上海时丢在方丽清那里了。这只手表是在重庆寄卖行里买的旧进口货,"浪琴"牌,不准,一天总要快几分钟。他意兴阑珊地起身告辞。李参谋长叫了一声:"唐副官!"那佩带上尉领章的高个儿副官马上进来了。

李参谋长说:"拿雨伞和电筒送秘书长回去!"他热情地同童霜威握手。李太太也来了,讲着客气话,一同送童霜威到大门口。

外边,雨后黝黑的天空下,路面被雨水洗得发亮,黄荆街上空洞洞的极少行人。漆黑的夜,只有小客店"鸡鸣早看天"的灯笼纸招和卖麻油担担面的小挑子上的灯火,鬼怪似的眨着眼睛。童霜威住在南安街,过了比较热闹的小什字街,坚决不要唐副官再送,自己独身悠悠地踱回住处去。

今夜,李参谋长家的这顿晚饭和谈的一些话,使他心里很乱。踩着湿漉漉的地面,过了灯光较为集中的小什字,这里有一家挂着

"毛肚开堂"牌子的小店还在做生意。围着桌子有些吃客脚踩在板凳上,袒怀跷腿,将那些切成片的牛杂等一箸箸地浸入火锅中涮来吃,热腾腾传来一股麻辣、鲜香的气味。又走到黑暗笼罩着的街道上了,他心情压抑。在黑暗中仿佛能看到鲁冬寒两只阴险的眼睛,也仿佛能听到那父亲战死异国、妈妈沦为娼妓并发了疯的孤苦女儿的哀哀哭声……默默彳亍着,冷漠、凄清、无聊又惆怅。

他最近常感到住在这个小县城里太寂寞无聊。正因为寂寞无聊,才不得不同小城中各式各样的人来往应酬,包括今晚到李参谋长家做客。他未始不懂得"君子坦荡荡,小人长戚戚"的道理。但国事家事烦心,总是排遣不开。今晚吃了一顿别致的"鲜"菜,喝了讲究的茉莉花鸡汤,论理是可以舒服、愉快地过一个夜晚的。谁知一些煞风景的事扰乱了兴致,归来时,心情比去赴宴时更惆怅了。

雨飘飘蒙蒙的又下开了,蛛丝似的雨丝尽往人身上粘,昏暗的路灯倦倦地照着湿润润的路面。他两脚泥水,走到了南安街九号住所门前,不过才九点来钟。门已紧闭,他"嘭嘭"敲门。

来开门的是老钱,瘦精精矮矮小小的苏州人,一口吴侬软语,面上总带着讨好人的可怜的微笑。战前,他原是苏州的说书艺人。抗战了,夫妻俩带了个两岁的女儿逃难,辗转来到四川江津落户。找不到工作,就成了看门的,捞间门房住住。这南安街九号里边,前院是旧式的几进大砖瓦住房,对称形的每一进两侧都有一套正屋和起居室,全是给下江逃难来江津的人住着。过了这几进大砖瓦住房,有个圆圆的月亮门,那里边林木蓊郁,是个花园。花园中央,有幢西式楼房,那是当地财主邓永刚邓六爷的住宅。东北角里是一些下人住的平房。外边的几进房子都是邓六爷的不动产。邓六爷颇有点爱国心,也爱结交下江来的名流。童霜威来后,同邓六爷虽是初识,他却将一套本来空着留了接待亲友的正屋和起居室连同家具摆设全部让给童霜威住,不收房钱。童霜威本来感到住在这里,有点像是给邓六爷当"门房",但不住又怎么办？只好屈尊。好在自慰的是大门口有老钱夫妇是正式的门房。老钱的女人钱嫂兼带着给他当老妈子,办几只可口的江南菜,洗洗浆浆衣裳,打扫一下房间,生活比较方便,也就安下心来。

"秘书长回来了？"老钱笑脸打躬招呼,马上吆喝住在门房间里的女人："钱嫂,快去倒茶！"他落魄了,对人情世故都懂,如今是尽量用卑微来换口饭吃,其情可悯。

童霜威止住了老钱,说："不用了,你们睡吧。"他知道钱嫂可能带孩子已经睡了。这对夫妻感情特别好,只是生活艰难。老钱除做门房外,兼带给逃难来此的下江人办办红白喜事。谁家死了人,都要找他去帮忙,给死人穿寿衣是他的"拿手好戏"；谁家结婚、做寿,少不了他跑进跑出。有些杂事比如搬家、护理病人,跑腿出力的事,都可以找他干。他自命是个"公共用人"。因为笑口常开,做事负责,人都喜欢他。原本只有一个小孩,生活尚可维持。去年春天,钱嫂又生了一个女儿,物价高涨,日子就更不好过了。童霜威看到钱嫂,常会想起战前在南京潇湘路时家里的庄嫂。她俩年岁相仿,外貌都善良,手脚也一样利落。想到庄嫂,对钱嫂就多了一点体贴,宁可让她少做点事,宁可给她多一点报酬。举凡吃的、穿的、用的,有不要的就一股脑儿都给钱嫂和老钱拿去派用场。这也是下江人照顾下江人的一种普遍有的心理和感情吧。

回到住处,开了灯,看看手表,童霜威立即去缸里舀水,掺上热水瓶里的开水洗脸、洗脚。江津的电厂,每晚供电只到九点半钟,九点半钟鸣笛停电熄灯。桌上虽然放着钱嫂早已准备好了的油灯,火柴盒也放在灯旁,但童霜威喜欢在每天熄灯前把脚洗好。

这住处,南端前后是一大一小两间卧室。一间大的童霜威住,一间小的,是儿子家霆周末从江津对岸得胜坝国立中学回家来时睡的。居中一间书房兼带会客,北端是一大间附有餐间的起居室,通着厨房。室内,白壁莹洁,陈设简单。此刻,隔一道二十码宽的走道,在对面屋里住的农民银行经理朱鹤龄家,卧室里灯还亮着,鸦雀无声。童霜威知道:朱鹤龄嗜赌如命,每天都在外面打麻将或玩牌九,赌到深夜甚至天明才回来,睡一觉或干脆不睡擦把脸又去上班。这赌博,在江津十分盛行。连被看作是教育家的法国留学生国立中学校长邓宣德,都是热衷于方城之戏的赌客,常常在熟人家里赌通宵。有人把打牌赌钱叫作"抗战",常有这样的玩笑对话:

"今晚去不去我家'抗战'?"

"去!'抗战'岂能后人!"

"今晚'长期抗战',通宵!我准备了'迫击炮',有'云南炮弹',恭候大驾!"

"太好了!我正感冒,一定去领教!"

"迫击炮"是鸦片枪,"云南炮弹"是云南红土。

烟、赌政府都明令严禁,但在江津的街道上夜间走过,总会从一些人家的门缝窗隙里飘出鸦片烟味和哗哗的牌声。后园里邓六爷家有个不知什么亲戚就抽鸦片,邓六爷家的牌声经常像潮声哗哗。前面几进院子中,朱鹤龄爱赌不说,前边法院院长郑琪和被服厂厂长田绍曾两家,在夜间都常有鸦片烟味从卧室里传出来。据说,郑琪的岳母有烟瘾,田绍曾喜欢借烟具来逢场作戏。闻到鸦片味,听到赌声,童霜威总不免想起战前在南京时,从潇湘路一号到丁家桥中央党部一路上看到的那些宣传"新生活运动"的大牌子。现在,抗战五年半了!由于败退西南,丢失大片国土,"新生活运动"早已是虚应文章气息奄奄了。

他刚洗完脚,回身进卧室关上了门,倒了杯开水喝,不料老钱披着衣来敲门了。看来,他是睡下去想起了什么重要事情才来的。童霜威开了门,见他手里拿着封厚厚的牛皮纸信封的信,讨好地说:"秘书长(童霜威再三叮嘱他别这么叫,应该叫'童先生',他却坚持不改),您有封信,挂号的,下午来的。您看,我差点今晚忘了交给您了,要误了您的事就糟了!"

童霜威接过信来,一看笔迹,就知道是冯村从重庆寄来的,对老钱说:"好好好,你快回去睡吧。"心里急切地想看冯村的信,等老钱走了,就关门去灯下拆开信来。这个战前他心爱的秘书来信说:

霜公我师钧鉴:

岁首年初,恭维燕居邕吉诸事顺遂为祝为颂。所嘱打听欧阳小姐之事,经多方联系寻觅,仍未能有确凿下落。(童霜威想:唉!她到哪里去了呢?怎么一点讯息也打听不到呢?)家霆托付在《大公报》刊登寻人广告已连登三天,现将报纸附上一张,供阅,尚难估计是否能有回音。(童霜威想:唉,是呀!是呀!)如有音讯,自当立即奉告。怕劳惦系,故特奉闻,请勿为念。

《历代刑法论》不知已完成几许?目前特务及贪官污吏无法无天,我师能结合历代刑法,从法学观点抨击,必然不同凡响,读者自能大得启发。此书定稿后请即赐下,如无特殊情况,安排印刷出版当无问题。(童霜威想:晚饭时,听李参谋长谈了鲁冬寒的事,我简直一心只想写《三朝三帝论》了!但现在看来,《历代刑法论》也并非毫无意义,出书不易,时不可失!)只是考虑到当今现实,此书不宜过于直露,(童霜威想:对呀!我自会多用曲笔!)否则图书审查会恐难以通过,望我师善于掌握。

近一二年来,日寇集中兵力残酷扫荡敌后军民。最近见一材料:日寇华北派遣军参谋长安达十三夸耀:"华北碉堡已新筑成七千七百余个,遮断壕修成一万一千八百六十公里长。"足见日寇军事重点之所在是在何处。太平洋战争爆发后,整个战局发生了对中国抗日战争有利的变化。但由于当局政治上强化法西斯统治,经济上民生凋敝,军事上奉行观战避战的消极政策,大批将领陆续投敌,正面战场上,鄂西、常德、广东、闽浙、湘北等战役中,均未作有力之抵抗。时局沉闷,大后方现局阢陧,令人忧愁忧思,确是黎明已启、前途困难，不知我师对当前局势有何看法，敬祈赐教。（童霜威想：冯村写信好谈政治，此地有鲁冬寒这样的恶狗，去信要叫他注意！）

　　弦月已上，市嚣盈耳，心情寥落，思念之情犹如潮水，言不尽意，匆匆搁笔，敬颂
大安

　　　　　　　　　　　　受知
　　　　　　　　　　　　冯村谨上
　　　　　　　　　民国三十二年一月十二日

　　童霜威刚看完信，电厂拉笛，一会儿，电灯熄灭。他点上油灯，将信又看了一遍，心潮起伏，头脑里很乱。不知什么时候，雨又在潇潇下了。檐头的滴水声单调而有规律地滴答不停。脚凉了，他拉开被褥，吹灭油灯，躺上床，盖上被子。天气的阴冷令他特别郁闷，睁大了眼睛仰卧着，面对一屋子的空荡和冷清，忽然有一种"罗衾不耐五更寒"的寂寞意绪。

　　同方丽清的婚姻，常使他想起在报上看到过的一句格言："选择一位妻子，正如作战计划一样，只要错误一次就永远糟了！"日本人称婚姻为"柔道"——以退为进的艺术。对于方丽清，他简直忍耐得够了。三个多月前，他一到江津，就给上海汉口路仁安里方丽清发了一封长信。告诉方丽清，他为抗战已经到了大后方。除了谴责方丽清的无情无义刻薄贪吝之外，也触及了方丽清的隐私，指摘了方丽清与江怀南狼狈为奸，一心要害他"下水"。严正直率地提出："在上海时，你曾说要离婚，现在我决定同意，已正式在此间法院办理手续。"

　　这两年，由于下江人抛下妻子单身来到大后方许多都找了"抗战夫人"，要办理同原配离婚手续的人不少，法院适当控制，批准离婚一般都要双方同意。但由于童霜威是法界名人，江津法院院长

郑琪自称是童霜威的门生,方丽清的情况特殊,与她有暧昧关系的江怀南又是附逆的汉奸——汪伪江苏锡箔局的局长。婚姻问题涉及政治就好办得多了,不到二十天童霜威就办成了离婚手续。

方丽清一直不复信。童霜威可以想象到那封长信到达后在仁安里方家不啻是丢下一个大炸弹。他微微感到一种快意,在"孤岛"时装作半瘫痪住在方家受的窝囊气总算吐了一些出来。他明白方丽清是不好回信也不会回信的,也明白江怀南是会给方丽清摇羽毛扇出谋划策叫她不加理会的。山河远隔,谁也奈何不了谁。婚是离了,他感到轻松。但一切最终还是取决于政治,就看这场战争谁胜谁败了。如果日本败了,汪逆垮台了,方丽清和江怀南也就完全输定了,其他一切也就都谈不到了。他在政界这么多年,深深懂得人同政治分不开,必须依附于政治。每每,人的命运和成败无法决定于自己个人,而是由其所依附的政治来决定的。

天冷,脚在被里冰凉。听着雨声,他心头十分寂寞。几年以前,他绝不会想到如今老境会如此凄凉。这场旷日持久的战争,把他的生活完全改变了。从刚才冯村信上提到的寻找欧阳素心的事,他不由得想起了儿子家霆。

三个多月前,到达江津后,他就着手给家霆办理在国立中学入学的事,找了校长法国留学生邓宣德。经过考试,家霆插班进了高三,在江津对岸得胜坝的中学男生分校上课,平时住校,周六傍晚摆渡过江回江津,星期天下午回校。父子俩舐犊情深,分开后,童霜威不免感到孤单。今夜这种孤单的感情更强烈。他多么希望儿子在身边,能同自己谈谈心以解除心中的烦忧啊!

他明白:三个多月来,儿子的心情很恶劣,都是欧阳素心引起的。

儿子同欧阳有浓烈的友谊,又深深恋爱着欧阳。这种感情在沦陷的上海、南京时,他就深知了。后来,欧阳去香港了。当日寇攻占香港后,家霆同欧阳断了联系,不知欧阳吉凶下落。谁料去年初秋九月刚到重庆,却偶然在重庆朝天门码头下的江边与欧阳素心又重逢了!那真是宛如梦中,在雾气氤氲的江边,在滔滔江水的浪涛声中,重逢既有欢乐也有悲伤。

但是,欧阳素心没有谈她同家霆别后的遭逢,她也没有肯把自己的住址说出来。更出人意料的是当夜她就不声不响地走了,无影无踪,像突然消失了的一个影子。

她到哪里去了呢?为什么这样呢?她确实是被这场战争毁掉了幸福、和平生活的一个!她难道有不能告人、无法表达的悲惨遭遇?

是的,那夜重逢,她哭了。什么也不多说,哭得非常伤心。后来回想,是欢乐的泪,似乎更是悲伤的泪,有难言之隐的泪。

于是,她像一个谜似的无从猜测,像一阵清风似的消失了。

留给家霆的只有思念和痛楚。

童霜威也不能不常想念起这个可爱的女孩,不能不常想起在沦陷了的南京初次同欧阳见面时,所感受到的美好感情。想到她送的那藏在镶金葫芦里的蝈蝈,想起那只当时十分需要的收音机,想起玄武湖荷花清香随风飘来时,坐在月光下的欧阳美丽可爱的侧影,想起那赖以进入大后方作为旅途盘缠而尚未归还她的首饰……

但,今天冯村来了信,欧阳仍旧杳无音讯,她到哪里去了呢?

想到这里,童霜威忽然记起刚才冯村信中附来的刊登寻人启事的那张《大公报》没有看,忙披衣起来,摸身边桌上的火柴,重新点起油灯,将信中附来的报纸打开看将起来。

那则醒目的寻人启事是:

欧阳:为何不告而别?劳我日夜苦思。有事均可妥善解决。亟盼重见,望勿毁我。请函江津南安街九号霆。

寒气小针般地麻麻酥酥地蜇人。童霜威叹了一口气,吹灭油灯,重新躺下。启事是刊登了,估计不会有什么反响。欧阳是个有个性的女孩子,她既然不告而别了,恐怕很难轻易回来了。

到底是怎么一回事呢?人生本来就像一个谜,许许多多事是得不到解答的。欧阳不告而别的"谜"什么时候能解开呢?……

童霜威躺在床上遐想,心里骚动,头脑里乱极了。欧阳素心美丽的面容刚消失,死去了的弟弟军威的面容又浮现眼前。不知什么时候,鲁冬寒阴险的胡髭铁青的白净脸又取代了军威的面容。走马灯似的,家霆、冯村、方丽清、江怀南……战前和沦陷后潇湘路一号的旧事,上海极司斐尔路七十六号的囚禁,寒山寺风雪中的钟声,过封锁线步入上派河时的兴奋,河南天灾人祸人间地狱的见闻,大后方重庆令人失望的现实……都纷至沓来,盘踞在思绪之中,缠绕不散。有不平和愤懑,有豪情和消沉,有忧忧,有怜悯,说不清酸甜苦辣咸到底是什么滋味了。

他怀疑自己血压又升高了,老是听到自己的心跳得"咚咚"响,虽困倦又睡不熟。墙角柜下,有老鼠在打架,"嘘"了几声,才归寂静。冯村的信,使他有一种共鸣的感觉,他不禁回顾起战前在南京时的情景了。那时,他只是偶尔感到冯村有点左倾,但不明显。抗战五年多来,冯村这种左倾的感觉越来越明显了。不但如此,不知从什么时候开始,他感到自己受冯村的感染也越来越多了,甚至发展到今天,变成"共鸣"了。这当然也同受他那死在雨花台的前妻、家霆的生母柳苇的弟弟柳忠华的感染有关。自从同车来大后方,与忠华在成都别后,就未听到过他的下落。今夜,想起柳忠华,他不禁深深思念。从柳忠华和冯村这样一些人的身上,使他仿佛能看到共产党人的那种正直、正义及脚踏实地的作风。

他突然感到悟出了一条真理:怪不得冯玉祥、张澜、沈钧儒之流,甚至海外侨领陈嘉庚等都表现得左倾了!这是当局逼出来的,也是时局造成的。人们面临抉择,这就是一种最根本的抉择!

昼夜递嬗,好似大海的潮汐。这一夜,雨下了一宿。任凭黑夜的纱幕笼罩住自己模糊的心灵,童霜威睡得很不好,烦躁、忧悒而且气恼。

二

流光消逝,无穷无极、莫测高深的岁月啊!

童家霆随爸爸童霜威到达表面宁静但暮气沉沉的小城江津后,进了高中三年级。

这个国立中学,校本部在县城里,全部是女生,男生分校在对江得胜坝。得胜坝是个小镇,由江津去要坐木船摆渡。几江很宽,江水湍急,夏季水大时,落后的小木船摇橹摆渡要花半小时至一小时。男生分校一共只有六个班,从高一到高三每个年级各两个班。学校设在得胜坝外的蜘蛛穴山上。山上有当地大姓李家和熊家的两座祠堂。李氏宗祠在山中央,成了食堂、礼堂和办公室;熊氏宗祠在山下,就做了学生宿舍。山顶开出了几块平地,大的一块做了操场,其余的空地盖上了六大间毛竹打桩、竹片编成篱笆糊上泥巴做墙加上稻草顶的教室。那是非常简陋的抗战时期的中学了。

从大城市来到这里的家霆,论理对这种艰苦的生活一时是不能适应的。这里早晨喝的稀饭散发着霉味,喝慢了就添不到了。下粥菜是一人十来粒盐豌豆。午饭和晚饭吃的是"八宝饭",饭里鼠屎、稗子、砂土、谷子都有。菜不是无盐少油的辣椒莲花白,就是煮萝卜或牛皮菜。吃了这种饭真像"水浒"中鲁智深说的"嘴里淡出鸟来"。学生个个面有菜色。晚上在教室里自修,每人点一盏两三根灯草芯的桐油灯,油灯昏暗无光,冒着黑烟,映着衣衫褴褛瘦削苍白的人脸,使家霆想起但丁《神曲》中的"地狱篇"。但家霆一切都忍受并适应下来了。他只要想到离开了沦陷区,这是在大后方抗战,而且自己必须赶快读完高中,就有了一种责任心和紧迫感,什么苦都不在话下了。他喜欢闻一多的诗《园内》中的几句:

少年对着新生的太阳,
背诵他生命的课本。

啊!"自强不息"的少年啊!
谁是你的严师?
若非这新生的太阳?

正因为阴天多,雨天多,太阳少,他更喜欢这几句诗了,常常用来自励。

他那间极小的寝室里住四个人,都是同班的同学。除他外:一个是"老大哥"施永桂,一个是"博士"靳小翰,一个是"南来雁"邹友仁。施永桂比家霆大四岁,老成持重。靳小翰戴副近视眼镜,挺渊博,所以得了"博士"绰号。邹友仁喜欢拉胡琴唱京戏《坐宫》,一开口就是"我好比,南来雁……失群飞散……",所以大家叫他"南来雁"。入学不久,家霆同他们处得很好。他们见家霆写得一手好字好文章,博览群书,从上海教会学校里学的英语又特别棒,给他一个"秀才"的绰号。大家都是家在沦陷区的流亡学生,"相濡以沫"是必然的。

每逢星期六下午,家霆总要由得胜坝回江津家中,为的是看看爸爸。每到周末,童霜威也总是让钱嫂做些红烧肉之类的好菜让家霆回来"打牙祭",还用玻璃瓶装了让家霆带些回去给同房的好友吃。平时,每逢这天下午,家霆总是兴冲冲地准备着回家。可是今天,发生了一件事,使家霆心情沉重。

那是因为"博士"靳小翰的哥哥靳海文牺牲了。靳海文是得过勋章的空军少校,先后在武汉和重庆击落过敌机五架,但最近在沙市附近的空战中阵亡了。战争给人造成的痛苦真大!靳小翰早年丧父,寡母抚养他们兄弟成人。昨天,小翰收到在北碚一所中学里教书的母亲寄来的快信,告知他了噩耗。小翰哭了一夜,决定马上请假去北碚看望、安慰妈妈。大家凑钱给他做路费。为赶搭去重庆的早班船,天还未亮,家霆和"老大哥"施永桂就送他到江边摆渡。江水滔滔,夜黑茫茫,家霆心头郁结着一种伤感和同情结成的疙瘩,回校后始终沉浸在郁郁寡欢的状态中。上午上课时这样,午后上完两节复习课决定回江津时仍这样。

天,阴沉沉。他步行下山,沿着曲折的阡陌和小径走向得胜坝。坝上正是赶场天,挤满了农民,这时还未散。空气里弥漫着酒味、酒糟味和小馆店里的辣椒、韭菜、煮肉味。场上的担子、背篓、小摊上,放满了红色的柿子、绿色的蔬菜、鲜红的辣椒,木架子上挂着卖剩的猪头和已不新鲜的膘肥皮厚的猪肉。头缠白布、脚踏草鞋穿蓝布大褂的农民,背着筐、牵着羊、赶着猪熙来攘往地挤满了那条青石板的正街。卖草药的人在天花乱坠地吹牛招徕顾客,围着许多人看。家霆无心去看那些热闹,将喧闹声、猪叫声抛在背后,脚步急促地穿小路走到了江边。

江边全是大鹅卵石,凹凹凸凸,踩在上面叫人脚板疼。摆渡的木船停在江边已经装了半船人,船老板要等人装得满满的才开船。家霆跃身从跳板上船,在船舱人丛中找了个靠边的地方挤着坐下。

船夫马上来向家霆收了船钱。江风寒冷,船上一批陌生人的脸,有的善良,有的麻木,有的醉醺醺,有的阴沉沉。身边一个军人有点面熟。他穿套半旧黄棉军装,少校领章,黄脸膛,慈眉善目,三十来岁。家霆朝他望望,他也望望家霆。他在吸烟,一口一口地吸得有味,似在思索。一会儿,船开了。家霆忽然脑里一闪,想起来了。抗战爆发那年,逃难由安庆坐"大贞丸"到武汉时,在船上曾碰到一个在上海作战腿上负伤的伤兵,挂着拐杖。他当时让家霆跟他们同唱《松花江上》,唱着唱着,大家都流泪了……

时间的长河总是悄无声息地淹没一切,记忆却常将那些早已沉入河底的碎片涌出水面。家霆怕认不准,抬头又朝少校看看,偏偏少校吸着烟对家霆笑了,点头招呼着说:"年轻人,好像认识呢!"一口南方话,好像是无锡、常州一带的口音,更引起了家霆的记忆:是他!确实是他呀!

家霆招呼着说:"是呀,是在从安庆到武汉的那只难民船'大贞丸'上吧?"

"对!你长高了,长大了!怎么会在这里的呢?我记得你父亲是个当官的。他在重庆还是在这里?"

水声汩汩,似在倾诉哀怨和凄凉,波浪使渡船摇晃,江面的水光刺眼,波涛混浊。家霆简单把自己的情况讲了。

船工目不旁视,紧把着舵,在同湍急的江水搏斗。

"我们营部就在江津城里文庙旁边,等会儿下了船上我那里去吃晚饭,好好叙谈叙谈。"吕营长态度亲切,叫人对他有好感。少校递一张印得粗糙的名片过来:

```
渝江师管区少校营长

    吕　大　鹏

          江苏常熟
```

但家霆心境不好,只想早点回家看看爸爸,说:"下次去吧。今天有事,急着赶回去。"

吕营长爽气地说:"好吧!有空一定来。我讲义气好交朋友。你该算是老朋友了!那年在船上,你给我的印象很深。对了,你还记得那个挂中校衔的伤兵医院院长程福同吗?就是那个贪污酒精纱布的坏蛋,我们要将他捆住丢到江里去的。"

　　风刮在脸上很凉。舵工划着橹一叶扁舟在江上随波疾驶,斜直地流向江津城。家霆清楚记得:在"大贞丸"上,那个中校伤兵医院院长,带了女人坐在大菜间里,将纱布绷带给儿子做尿布,将药棉随便糟蹋,点酒精灯下挂面吃。伤兵们露天在甲板上,裹着肮脏的绷带,伤口化脓了也不能换药换纱布。伤兵们忍无可忍,冲进大菜间捆住他殴打,要将他扔下江去。……想到这里,家霆说:"记得呀,他怎么啦?"

　　船头水声"咕噜咕噜"响,江水中的漩涡泛着泡沫,船离江津越来越近了。

　　吕营长苦笑笑,将烟蒂丢进江中,说:"他就在得胜坝伤兵医院做院长,现在是上校啦!我刚才去那医院看望营部一个生病的事务长,程福同早不认识我啦!那医院,妈的,面上还干干净净,骨子里可是个地狱。伤兵医院是肥缺,程福同勾结一伙人,大量盗卖药物、酒精、纱布和药棉,良心给狗吃了,不知贪污了多少钱,这小子肥透啦!"

　　家霆忿忿地说:"怎么没人告他办他?"

　　吕营长苦笑笑:"贪污的事现在见怪不怪了!他有后台,老鼠就成了千里马!住院的伤兵无钱无势半死不活,谁敢得罪他?"

　　谈话没再继续下去。船上一个女人抱的婴孩拼命地又咳又哭,大约是那个头缠白布吸旱烟的老头吐的浓烟呛了婴儿。一个壮汉有一张挺英武的脸,也许是个唱川戏的?老在重复地哼着川戏:"云山叠叠(呀)江水茫茫,弟兄分别各(啊)一方……"一遍又一遍,叫人听了不耐烦。一个筐里背猪娃的中年农民,酒喝红了脸,在跟一个年纪相仿的伙伴絮絮叨叨争论,剑拔弩张像要打架。一个头戴礼帽的下江人老是咳嗽,将痰吐到江里去。……

　　江声浩荡,摆渡的木船顺流而下快到江津的岸边了。江津沿江的那些吊脚楼，那些拥挤的鳞次栉比的旧屋，那些爬坡的石级，和那些布满鹅卵石的江岸都在眼前。家霆无意中看到由重庆到江津的民生公司的小轮船正好抵岸卸客，忽然又想起了靳小翰。小翰这时该到重庆了吧？到重庆转公路汽车去北碚，今夜总可以抵家了，母子见面该有多少辛酸？忽然，在一种疲倦而期待归家的心态中，因想起重庆，想起人的生死，想起人生的虚幻，想起遭遇的坎坷，欧阳素心的脸庞闪电似的又出现在脑际。

生命的钟摆沉重地在那里移动，多少悲欢离合！她哪里去了呢？我的欧阳！

只要想起欧阳素心，心里就难过得要命。他这种年岁，正是最痴情的时候。心中爱情泛滥，往事难忘，能超越年月而同今天衔接，历历如在眼前。上海环龙路上欧阳素心家楼上灿灿的灯光；那幅《山在虚无缥缈间》的油画；白俄开的"白拉拉卡"罗宋大菜馆里动听的小夜曲；慈淑大楼上撒下来的五颜六色的传单；法国公园里那棵大雪松后边的拥抱，霞飞路上肩并肩的漫步；沦陷后南京潇湘路一号欧阳突然来到的欢聚；雨花台寻觅妈妈柳苇埋骨处的情景；那只嵌着螺钿的首饰盒的赠予；直到去年九月下旬，在重庆嘉陵江与长江汇合处雾夜中的意外重逢，无一不像放映电影似的一遍遍多次在眼前闪现。

啊，多么难忘的人，多么难忘的事！

想到这些，不能不像心里灌满了醋似的发酸，不能不像走了神似的怔忡。当木船忽然撞到岸上，船工高叫："到啰！"家霆才像苏醒过来似的同吕营长一起走下船去。

吕营长又邀他了："走吧，小老弟，到我那里坐一坐认认门喝杯茶再回去吧！"

家霆固执地婉言谢绝了他的好意，答应以后一定去看望，又留下了南安街九号的住址给吕大鹏，两人分了手。

从河坝登石级穿过拥挤的人流，走进江津北门往热闹的小什字走的时候，家霆一路仍不断思念着欧阳素心，再也摆脱不开这蜂拥浮动的情丝缠绕。

欧阳怎么会突然不告而别、突然失踪了呢？真太奇怪了呀！

去年九月下旬，在江边美丽而又布满烟岚云雾的茫茫夜色里，同欧阳素心突然相逢以后，她哭了，哭得那么伤心，但她说那是欢喜的泪。大家都出乎意外，事先决没有想到会在重庆相遇。相遇后，爸爸也是那样高兴。当问她在香港怎么能独自突然来到重庆时，欧阳当时哽咽着说："我要把我遇到的事告诉你。"

可是，重逢的欢愉压倒了一切，没有来得及谈往事，也没有想到要立刻追问她的遭遇。她只快乐地听着爸爸谈脱离魔掌从上海逃脱敌伪羁绊到四川的情景。那么天真，那么可爱，完全像从前一样。

欧阳没有变，仍旧美丽、亲切。但是，后来回想，她心中确实像有什么秘密，像有什么深层的痛苦和为难。她抿着嘴双眉间拥着愁云，语气间有着顾虑，吞吞吐吐。问她住在哪里，她说："明天你就知道了。"问她在干什么，她说："明天告诉你。"她是用一种打哑谜的口吻说这些话的，当时仅仅以为是她故意用这样一种口吻说话增加情趣的。事后想想，完全不是那么一回事。

那晚，她是在江边作画，带着画具、画布和画架。画布上已涂抹了月下的山景、江水与山城的灯火，构图新颖。但迷迷茫茫的缥缈虚无，却与在上海她家中见到过的那幅《山在虚无缥缈间》的油画异曲同工，气氛神秘离奇。她走时，画具连同未完成的画都带走了，一个字未留，一句话未多说，一件东西也没留下。

那夜，月光时而晶莹，时而朦胧，从云端里出来的月亮，在江上照出粼粼的银光。她似乎是临时改变了主意。本来，她好像感到很幸福，哭停以后，心情变得舒畅些了，所以说："我要把我遇到的事告诉你!"可是,这话未引起注意,只以为有的是时间,迟早会听她说的,安知她突然说走就走了!谈得热烈高兴的时候,她的脸色忽然变得苍白了,说:"今夜,我还是回去,明天我再来。"

问她:"你住在哪里?"

"明天你就知道了!"

"送你回去吧。"

"不要!"

说这"不要"两个字时,她那透露着秀丽和智慧的脸庞上表态坚决,坚决得让你无法扭转。

最后,终于还是送了。她只答应送她一程,送到"精神堡垒"附近时,她说:"我住的那个熟人家,不喜欢我带生人去。你就别送了!"

"为什么?他们是干什么的?"

"你别问!明天我一起都告诉你!"

话说到这里,似乎再不应该逼她了。怅惘地看着她背着画具,在街灯的光芒下隐没。

她头也没有回,一声告别的话也没有说。

后来想起来,她那双活泼的眼睛当时是带着一种隐约的痛苦的。为什么?无从揣测。

第二天,整整一天,她没有来。

从此,她失踪了,再也不知她在哪里!只剩下了珍藏在箧底的欧阳赠送首饰时留下的纸条"天涯海角毋相忘"七个字,陪伴着家霆。每当看到这七个字时,会带来一种痛苦、心酸的感情。

是什么原因呢?几百遍一千遍想过,无从解答!无从解答呀!

过了小什字街,经过"江声电影院",从中央银行门口走过向右转,径直在大街上走着,家霆怀念欧阳素心的思绪连绵不断。

欧阳不是那种寡情少义的人,决不会无缘无故地背弃忠贞的爱情。她是个富于牺牲精神的女性，可以牺牲自己成全别人，决不会去损害别人为了自己。可是现在，当她可以得到幸福也可以将幸福赐给我的时候，为什么出此下策呢？

她一定有难言之隐，一定有身不由己的苦衷。是什么事呢？

她是怎样从香港独自逃出来的？重庆没有她的亲人，她在重庆是怎样谋生的？谁知道呢！

走到南安街口了，天阴丝丝地撒下一些细细的碎雨花来了。有人在招呼家霆："大少爷，回来了？"一口软绵绵的苏州话打断了家霆的情思。

家霆一看，是老钱那张营养不良的笑脸，他挽着那个七岁的大女儿正站在路边。家霆不喜欢人叫他"大少爷"，可是这个老钱和他家钱嫂，你说上一百遍，他也不会改口的。家霆只好承受着，点头招呼说："回来了。"又问："我父亲在家吗？"

"在在在！"老钱一手拿只酱油瓶，看样子是去拷酱油的，"有客人！县党部书记长李思钧夫妇俩，刚来不久。"

家霆对李思钧和他老婆——那个在南京中惩会里被叫作"景泰蓝花瓶"的女秘书钱敏敏印象都不好。李思钧战前在南京时是中惩会的总务科长，家霆以前听童霜威说过："李思钧这个人势利眼！"到江津后，又听人说他是个"党棍"，冷酷、暴躁，浑身党气和小官僚架子。虽然到江津后，在童霜威面前，李思钧表现得很尊重，总拧不过家霆先入为主的印象。李思钧的太太在逃难到四川途中患盲肠炎死了，钱敏敏嫁给了他。钱敏敏徐娘半老了，戴副眼镜，画眉毛，脸上粉涂得特别白，穿高跟鞋，烫了个"狮子头"，那副打扮和昵态叫人看了很不舒服。见了童霜威，嘴里老是喜欢讲讨好的话，听了腻味。听说李思钧夫妇在，家霆心里厌烦，跨进家里客厅，见李思钧夫妇正在东边两把红木椅子上坐着，只好招呼。李思钧夫妇也都客客气气地点头。家霆觉得不能不陪一下客人，就往西边一张红木椅子上坐了下来。

童霜威脸上是一种关心、爱怜儿子的神情，问："今天怎么回来得迟？"

其实也并不迟，可能做父亲的盼望儿子早归，所以觉得迟了。家霆只好笑笑不回答。家霆走得身上热了，将学生装领口解开，掏手帕擦脸，听见李思钧问："你们学校，学生对邓宣德满意不满意？"

校长邓宣德，花白头发梳得异常光滑，一个留山羊胡子穿紧身西装的老头儿。早年在巴黎一个什么大学攻读心理学的。比较开明，不大多管事，原先在教育界有点名望和地位，译过些《心理学概论》之类的书。他不大向学生讲政治，甚至在每星期一的纪念周上也不爱讲话，要讲也只是简单谈谈时局，不外是盟军打得不错啦，轴心在走下坡路啦等等。听说李思钧和稽查所长鲁冬寒对他深为不满。他俩同到学校参观过，嫌学生在墙报上埋怨政府贪污腐化和抗战不力是"左倾"，嫌学校里的国民党、三青团没有活动，"工作未曾开展"，又嫌学生在县城里演出曹禺的话剧《蜕变》义卖救灾，说《蜕变》是"替异党作宣传"。据传他们向上边打了不少小报告，指摘邓宣德"放纵学生"，邓宣德却并不买账，关系很僵。

听李思钧这么问，家霆点点头说："还好！"他回答的是实话，学生们对邓宣德印象不算坏。他这人对学生不用高压手段，很少用开除、记过的办法对付学生。他也不贪污学生的公费。

李思钧似乎不满意家霆的回答，对着童霜威说："邓宣德这个人非换掉不可！我们是主张邵化来做校长的。……"

家霆感到坐在那里听李思钧谈这些不合适，站起身来说："爸爸，我去里边看看。"又对李思钧和钱敏敏说："你们请坐。"他走进自己那间静悄悄的卧室，穿堂风将北面起居室的一扇门吹得"咿咿哑哑"响，隐约仍可以听到外边客厅里李思钧、钱敏敏和爸爸的谈话声。

他卧室的桌上,放着一封厚厚的冯村来的挂号信。他坐在桌前的椅子上急忙将信和报纸看了。那种猜不透的、迷惘的、寂寞等待的情绪又弥漫心头,心像裂开了似的痛苦。似乎在看水里的云影飘荡,空落落地摸不着边际。他深深叹了一口气,呆呆坐着,思绪又飘渺起来。

客厅里的谈话声又传来了。钱敏敏在讲话,压低了声音,似是在说一件秘密,家霆却能大致听清楚:"秘书长……续弦的事还是考虑一下的好。周秀珍……人很不错……我们给您介绍。……"

李思钧也平静地插话:"您年岁也大了,孩子也大了……总得有个人照顾照顾解解寂寞。"

家霆警觉起来:原来给爸爸做媒来了!急切想知道爸爸态度怎样。那个周秀珍,他知道,也常在江津街上见到,是县里一所女中的校长,县党部委员,一个又白又胖的老处女。四十来岁,老是穿件蓝布旗袍,短发齐耳,脸上常常微笑。听说对学校的教师和学生特别严厉,常当着学生面训斥教师,平时不准学生看"闲书",绝不许师生打扮,年轻女教师谈恋爱也不允许。很小的事就常开除学生。因为白胖,学生给她起的绰号是"猪油"。

只听童霜威在说:"啊啊,我一时还没有这种打算呢!"

钱敏敏的声音:"秘书长,您看看这前面院子里的郑琪,他的媒也是我做的。郑太太是银行出纳,二婚,不像周秀珍是老小姐。郑琪他老婆孩子那年在重庆防空洞大惨案死了后,他伤心透了,做法院院长,人给他取了个'冷面院长'的绰号。去年结婚后,变了,哪天不是乐呵呵的。……"

家霆似并不一定反对爸爸续弦,但经历过方丽清这样的后母,自然对这种事总有由本能产生的一种说不出的反感。尤其是钱敏敏夫妇来做媒,做的又是他平日印象不好的"猪油"周秀珍,心里更不舒服,像置身在湫隘闷人的境地中。

总算,听到童霜威的话了:"谢谢你们了,这件事以后再谈吧。"

家霆不想再听他们谈话了,通过边门由自己的卧室走进童霜威的卧室去。

写字桌上,摊开着纸张笔墨。一看就知爸爸在写《历代刑法论》。看样子,李思钧夫妇来时,爸爸正在写,临时搁下笔去会客的。他替爸爸将毛笔插入笔套,将铜墨盒盖好。再一看,见有一只大牛皮纸信封放在桌上,挂号寄来的。抽开一看,出乎意外的是张委任状:"委任童霜威为国史馆筹委会委员"。他心里有些高兴。自从来大后方后,爸爸受到冷落,现在这张委任状突然从天而降,怎么回事呢?

家霆又寂寞无聊地踱回自己卧室里去,心里想:我该写封复信给冯村舅舅,请他继续寻找欧阳,也要请他设法了解忠华舅舅在哪里。人,并不是对所有的东西都敢奢望的。家霆始终记得欧阳素心曾经讲过一则小故事给他听:屠格涅夫有一次外出,遇见一个乞丐伸着枯瘦的手可怜地向他讨钱。屠格涅夫决定给钱,把手伸进口袋,忽然发现糟了,钱包没有带!只得怀着十分愧疚的心情,拉着乞丐那肮脏的手握了握,说:"啊呀,真对不起!"乞丐却紧紧握着屠格涅夫的手说:"啊,兄弟,谢谢你,你已经给得太多了!有你的这点诚意就足够了!"

是呀!家霆现在感到自己就像一个贫穷的乞丐,多么需要欧阳,多么需要忠华舅舅,需要他们给那么一点感情上的施舍呀!只要知道他们在哪里,只要他们能突然出现在可以触摸的面前,就够了!那一切都满足了!人在感情上需要的满足有时是超越一切的。正如靳小翰昨天因为他哥哥战死而号啕痛哭时,好友们对他的安慰终于减轻了他的伤心。小翰在家霆和施永桂送他上船时,深情地红着眼圈说:"谢谢,谢谢你们。"平时大家是从来不讲客气的好朋友,可是此时此刻,小翰的一声"谢谢"却如此深情。他不用

"谢谢"怎么来表达他的满腔感情呢?

生活的真谛难以捕捉、难以理解,更难以揭示它永恒的奥秘。生活中的遭遇也一样。

家霆陷入了一种难以摆脱的压抑与苦闷之中。所好,这时李思钧夫妇走了,童霜威走进房来。"冯村的信看了?"父亲问儿子,在椅子上坐了下来。

"看了。"家霆在自己床上坐着,问,"爸爸,您看怎么办?"

童霜威沉默了一下,叹口气:"只有继续找。我思前想后,很怕这女孩子会不会出什么事。现在特务太多了,她是从沦陷了的香港来的,她父亲欧阳筱月又是那样一个人物。"

"会出什么事呢?"家霆惊叫起来。他觉得不可思议,却又不能不承认父亲阅历多,政治上有经验,推测并非一定是捕风捉影。他满面愁云了。

童霜威又叹了一口气:"我本想找叶秋萍打听一下欧阳。但让冯村去找,不合适。叶秋萍怀疑冯村是共产党,我虽作过解释,未必有用。"

家霆沉默,叹了一口气。欧阳失踪的事寻找渺茫,心头的辛酸也更浓了。

童霜威好像是有心岔开话题,不想让儿子太沉浸在焦虑之中,说:"昨天,突然收到一张委任状。是个新成立的机构,实际也是个养老院,不知谁开恩,竟想到了我。"

"您猜是谁在帮忙?"

"不知道。我这人没有靠山,没有派系,可有可无。国史馆筹委会主任委员是张继,张溥泉①同我是泛泛之交,不会想到我的。"童霜威说到这里,问家霆,"你看我要不要辞去中华实业信托公司的设计委员?说实话,接受那个聘书,我一直心里不是滋味。杜月

---

① 张继,字溥泉。

笙给我个名义无非是招贤纳士抬高自己的身价。但现在有了国史馆的差使,钱虽不多,你我二人生活也不致困难到哪里去。我想写信给杜月笙,辞掉这个设计委员算了。你说呢?"

看爸爸的意思是在培养、锻炼儿子的能力,家霆点头说:"我赞成爸爸的想法,但国史馆的委任状刚到,还摸不清底细,倒不如过一度看看情势再说。好在要谋一个名义是困难的,要辞去一个名义是容易的。"

童霜威听了点头,说:"对!对!"他很满意儿子的思虑周密,儿子马上快二十一岁了。抗战爆发那年,还是个玩鸽子、集邮、打鸟枪、爱骑自行车的初一学生。可是抗战五年半,孩子在战争中经历了战前无法想象得到的风雨雷电,终于长大成人而且富有一定的人生阅历了。同他商量问题,每每可以有所得益。这使童霜威高兴。

童霜威估计刚才李思钧夫妇在客厅里谈的话儿子一定听到了,故作不介意地说:"刚才李思钧夫妇来,说起要我续弦的事,你也许听到了吧?"

家霆点头,觉得对爸爸不必讳言。

童霜威苦笑笑:"我同方丽清离婚了,教训很多。主要问题是互相太不了解,商人家的女儿眼睛里只有钱。她比我年轻得多,当初嫁我不外是看中了我的地位和经济。我倒霉了,她就变了。同她离了婚我感到轻松。续弦的事我一时还不想谈,婉谢了他们的好意,想必你也听到了?"

家霆又点点头,感到不好说什么。他明白爸爸是向他做解释,要他放心,就转换题目说:"爸爸,刚才听李思钧的话,似乎我们的校长要换已是确定的了?"

童霜威点头,说:"这些事你回校不必讲。邓宣德此人爱打麻将是有缺点,但那个邵化,是 C.C.。我战前在南京时同他有过一面之缘,他在天津市党部做过委员。听人说此人品德不好,为人厉害。这些年,他没能爬上去,却做了国立中学校长。中国的教育怎么弄得好?"说着叮咛道:"家霆,你在学校千万少管闲事,把书读好最要紧,墙报上写文章要注意,不要乱投稿。"

家霆投稿的事,是来江津后进了中学就开始了的。当时,初从沦陷区来大后方,心中的热火燃烧。有一夜,不禁写了一首诗,题为《抗战的烈火》寄给重庆《大公报》副刊,想不到很快就刊登了出来,全校轰动。入校后,教国文的赵腾老师——一个大脑袋、头发蓬松、穿旧蓝布长衫的中年人,对家霆特别好,鼓励家霆把从沦陷区到大后方一路上的见闻追忆出来,说:"能发表就发表一下,不能发表留作自己的人生记录也有意义。况且,写作的过程可以是磨炼思想、锻炼毅力、提高写作水平的过程。"家霆依照他的话,以《间关万里》为题,开始写作,写了一万多字。但赵腾老师前月底突然说家有急事要去重庆,匆匆动身走了。一走就没有消息。为了怀念他,家霆写了一首诗《光明的怀念》,大胆地寄到重庆《新华日报》去,但没有下文。又写过一首诗寄给重庆一个《前线》杂志,也如黄鹤飞去。《抗战的烈火》发表,童霜威知道。现在,问起投稿的事,家霆如实地说:"最近没有投了!"

童霜威赞许地点头:"那就好!"他目光迷茫而深沉,说:"特务太多!我不喜欢我的孩子谨小慎微,却又不愿你惹来麻烦。"说着,将在李参谋长家吃饭听说鲁冬寒窥伺的事讲了,说:"对这些躲在暗处要害人性命的恶鬼我很反感,我们抗战是反法西斯,可是老蒋自己都在效法希特勒!这怎么行?"

提起鲁冬寒,家霆想起了上海极司斐尔路七十六号的丁默邨、李士群和在苏州、南京及上海监视爸爸的"冷面人"。这些蛇蝎似的特工叫人恶心,想起连爸爸这样的人特务也要跟踪,不由得闷闷嘘了口气,说:"来到大后方,太叫人失望了!"他不由得把路遇吕营长谈起得胜坝伤兵医院的事告诉了童霜威。

四川这种时节天暗得早,不知什么时候,一弯冷月升起在天际,天色已经暗将下来。厨房里传来钱嫂烧的菜肴的香味,钱嫂在北端餐厅里喊:"秘书长、大少爷,吃饭了。"

钱嫂能干,做的菜味浓厚而不油腻,味清鲜而不淡薄。她父亲曾在苏州有名的挂着"乾隆始创"招牌的"松鹤楼"当过厨师傅,所以她靠家传能烧一些味道很好的苏州菜。童霜威对这一点是很欣赏的。

今天,童霜威和家霆一起走出卧室到北端的餐间里去,见钱嫂正在盛饭,桌上热气腾腾地放着一荤一素和一只大汤钵,荤菜是一只卤鸡蛋烧肉圆,素菜是一只冬菇炒笋片,一只大汤钵里是清炖的鸡汤。白嫩的母鸡在大汤钵中歪着头、曲着翅、翘着屁股,恰似在盆中洗澡。童霜威猛地想起了在李参谋长家喝茉莉鸡汤的事,心想:糟了!我没有给钱嫂讲一讲给鸡洗澡的事,今天要喝鸡的洗澡水了!想到这里,他不禁看着那只鸡苦笑摇头了。

钱嫂把两碗雪白的米饭盛好放在桌上,诧异地看着童霜威,不明白是怎么回事。家霆奇怪,爸爸为什么突然看着桌上的鸡汤摇头苦笑,问:"爸爸,你笑什么?"

童霜威坐下来吃饭,笑着叹口气说:"好吧,我来讲给你们听。"

三

旧历年的气氛十分浓郁。江津街上许多人家的门上都贴着住在东门外支那内学院①的欧阳渐大师手写的红纸春联:"乾坤万里

---

① 支那内学院,原在南京,抗战后迁至四川江津,创办人欧阳渐(1871—1943),字竟无,江西宜黄人。这所佛学院以"育通才宏至教"为主旨,讲经宣教,培养物学研究人才,翻译编校刻印了一批佛学典籍。

眼,天地一家春。"欧阳大师那苍老有力的独出一家的书法,人都赞赏。

二月初,学校正放寒假,从太平洋战场上和欧洲苏德战场上都传来了好消息:日寇在所罗门群岛瓜达康纳尔岛惨败溃退,盟军在太平洋上开始由败退转为进攻;德军总司令鲍卢斯元帅在苏联斯大林格勒投降,苏军消灭德寇三十三万人。鲍卢斯投降之日,正是国立中学校长邓宣德在江津名医柳鸣枝家中雀战被宪兵队抓获之时。小小的江津城,发生了这样一件新闻,立刻传遍全城,与鲍卢斯被俘一样轰动。

旧历年前后,赌风大炽。那夜,邓宣德在柳鸣枝家通宵"抗战",四个宪兵突然光临,当场给邓宣德上了手铐带去宪兵队队部。道貌岸然的邓宣德斯文扫地。不少本地士绅的子弟都是邓宣德批准进入中学读书的,他们都给邓宣德喊冤。同邓宣德认过本家的邓六爷立刻出面找了些本地绅粮、名流联名作保,也来找了童霜威。邓宣德很快就释放了。校长,自然做不成了。据说,邓宣德去重庆了。教育部立即任命邵化来做校长。邵化带了一批班底来到,学校正逢寒假,邵化有充分时间做好掌握全校的工作。

童家霆寒假在江津同爸爸一起居住。他的好友们:"博士"靳小翰回北碚陪伴母亲了;"老大哥"去重庆看望朋友了;"南来雁"邹友仁的父母在南温泉摆香烟摊做小生意,他也回南温泉了。家霆陪着爸爸,清晨远处雄鸡高唱时就起床,爸爸看书,他也看书;爸爸写《历代刑法论》,他就写《间关万里》。每当写作时,往事涌上心头,五味俱全。战争中造成的创伤与哀思,那些死去的人,难忘的人,同自己生活有过瓜葛的人,都一一浮现脑际。不是所有的人都能知道时光的涵义。岁月飞逝而去,有些事已经像一出戏落了幕,有些事却仍在虚无缥缈间回荡,似随风的浮云不知会飘向何处。而种种关注与忧思还不知何时会休止,还难卜命运有多少曲折变幻。有时,他想:大后方的生活难道就是这样平淡乏味这样阴暗寂寞?未来大后方的时候,他曾幻想过来到以后该是火热沸腾的抗战生活。就像抗战初期他在武汉时见到过的景象:到处是激动人心的抗战歌声,到处可以看到街头在演抗日小剧,到处可以听到人们慷慨激昂谈前方的战局。当时,他还是个孩子。如今,已是高三学生了。多么渴望为抗战献出自己的身心和力量,想不到大后方竟是这样令人消沉和萎靡。

读读书,写写东西。疲乏了,落日西沉,晚霞在明净、寒冷的天空里闪烁时,他陪童霜威散步,有时逛到东门外的公园和体育场去。在临江的公园里,可以看看几江打着漩涡的江水和江上缓缓行驶的木船。有时逛到西门外,那里有陈独秀的墓,头年五月陈独秀因心脏病死在江津。他是中共第一任领袖,但却不是个好领袖。一九三二年十月被国民党逮捕后,囚禁到抗战爆发才释放出狱。他背离共产党,晚年贫病交加死在江津,无声无息。大概那些变成可有可无的人死后总是这样的吧?看到他的墓,童霜威不说什么,家霆也没有什么感触。去了一次,也就不再去了。西门外,值得看的是大片的橘柑林,也可以看到湍急的江水无尽地流泻。天上烟云浮动,满山郁绿苍蓝,童霜威常常苦闷地叹息,虽不多说什么,寂寞无聊的情绪溢于言表。家霆似乎能体会到"竹林七贤"中的阮籍当时醉酒狂放,驱车走入绝途哭泣而返的那种苦闷的感情了。他还年轻,胸怀热血,并不消极颓废,却不能不厌恶江津这种死水般的生活。

童霜威的客人不少。来的人有各种各样的目的。像李参谋长、邓六爷等是结交名流,像郑琪、李思钧等可能是怀念一点旧关系表示点尊重,像鲁冬寒是来侦探,像江津日报社的人是来约写应景文章。只是童霜威一直婉言辞谢,不愿在这张三青团办的八开小报上写同他的身份不合的文章。既不想胡乱地廉价地歌功颂德,也不想无事端端地招惹是非。意外出现的杂事也不少,逃难来川的下江人,在江津的死后埋葬没有地皮。下江人决定办一个"义民公墓",要有声望的人出来向县政府及当地士绅募捐并划定公墓地界。当然找到童霜威,请他出面同县长接洽。年关近了,下江难民穷得难以维生,早就有人来请求童霜威写信同重庆赈济委员会联系,请求拨一笔救济款发放,他这个委员似乎也只能起这点作用。江津被服厂是个给军队制造被服的工厂,厂长田绍曾是下江人,童霜威就去看望,请求尽量多安插一些生活困难的下江人进厂干活。此外,索取墨宝、请求题写招牌的人也有,找童霜威来谈谈心、聊聊时局、喝喝茶的也有。童霜威怕这些干扰,又觉得如果真的一个人都不上门,处境就更凄凉。每天会会客,聊聊天,散散步,睡睡午觉,看看书,写点文章,日进三餐,晚图一瞑,日子倒也挺好打发。现在儿子放寒假了,旧历年也到了,回想前尘,感慨万端。《全唐诗》里有过两句诗:"岁将暮兮欢不再,时已晚兮忧来多。"岁暮天寒,他摆脱不了迟暮的心情。

家霆的思想在自由飘荡,了解爸爸心情,却无法劝解和为爸爸排遣这种心情。因为他也一样寂寥、哀愁,心情与阴霾低沉的天色相仿。大后方的不景气局面和魑魅魍魉的众生相使他泄气,欧阳素心的失踪使他悲伤。

他无聊时,有时同看大门的老钱聊天。老钱说起话来绘声绘色,常使他想起战前在南京潇湘路时家里的那个司机尹二。两个人长相迥然不同,尹二高大壮实,老钱瘦小猥琐。但两个人对他都亲切,两个人说话都幽默有趣。

家霆最后一次见到尹二,是前年清明在沦陷了的南京。尹二在拉人力车,为了报仇正在暗中找机会刺杀日寇和汉奸。他现在怎么样了?因拒绝日寇强奸,自己剜眼毁容遭到日寇刀砍劫后余生的尹嫂好吗?沦陷区的同胞水深火热,何时我们才能回去同他们见面？

老钱那张青黄瘦削总是带着微笑的脸，使家霆深深同情他。生活困苦，他总是讨好地对人笑。是为人而笑的，是为了求生而笑。"嗨嗨"地笑得仿佛他生活得十分愉快，像舞台上的丑角似的，即使内心辛酸也总是抖出笑容使人发笑。他告诉家霆："嗨嗨，我是江津城里的'包打听'，是'千里眼''顺风耳'。江津城里什么事我都知道。"只是他很有分寸，该说的、能说的他说；不然则一句不露。他有时讨好地笑盈盈地摆些"山海经"给家霆听：农工银行襄理罗元斌赌钱输多了，挪用公款给查出来，昨天丢了饭碗了！渝江师管区秦司令看中了江声舞台的坤角凤蕊，礼拜天秦太太带了些兵到后台亲自动手将凤蕊打得鼻血直流。上礼拜三河坝枪毙一个杀人犯，这人和另一个同伙拦路杀了一个老头，谁知老头身边只有五斗米的钱。杀人后怕事发被捕，这人又杀了同伙灭口，五斗米三条命。

今天，老钱告诉家霆一件轰动的事。说这件事时，脸上笑容没有了，语气沉重。"大少爷，得胜坝那个伤兵医院你知道吗？前天上边来人检查工作，院长伤天害理，为了打扮门面，也为了怕人控诉揭发，一早将些半死不活的重伤号抬到江边树林里搁在地上。检查大员走后，夜里将重伤号抬回，发现好些野狗在那里吃人，有的重伤号连肚肠都给野狗扒出来吃了……"

家霆听了，气愤极了，说："这院长真该枪毙！"他忽然想起该去看望一次吕营长了。他是个守信的人，说了话总要兑现。前些时答应了吕营长要去看望，没有去，觉得不应该。现在听老钱讲了伤兵医院的事，更想去找吕营长谈谈。

老钱见家霆听了这事气愤，马上说："我嘴快，大少爷，其实这种事跟我们都没关系，我告诉你是让你解闷，知道点江津发生的故事，并不想惹是生非。这件事你知道就行，也不必告诉秘书长了，免得他听了也生气。我知道,你们都是讲正义的人。世道不好!其实比这种事更黑暗的也多得是。像秘书长这样的大人都未必管得着,我们这些可怜的小百姓更屁用也没有!"

家霆离开老钱回去,见爸爸午睡未醒,留了张条子在桌上,决定去吕营长那里走走。

出了门,朝文庙那儿去。天色阴霾,颇有雨意。从南安街到文庙,不太远。走了一程,看到了文庙的红墙。红墙旁空草地上,有一伙小孩在踢小皮球,嘻嘻哈哈很高兴。家霆朝前再走,刚想打听吕营长的营部所在地,已看见文庙旁那条街上一处旧瓦房门口,有一块白底黑字的竖牌子,上写"渝江师管区一团二营营部"的字样,门口有个卫兵站岗。上前说了找吕营长,出来了个勤务兵通报后将家霆请进里边去。

里边是个小院,一棵黄桷树,几棵芭蕉。房屋破旧,坑坑凹凹的砖墙。地方不小,不见人影。地上生满了苔藓,窗户糊着的桑皮纸多半破破烂烂了。几根绳子上晾着些旧军衣军裤。一看就是驻着军队,糟蹋得不像样子。阴沟附近尿味熏天。从小院穿过一条屋旁的小过道往里走,里边又有一进旧瓦房。院落的规模同前院相似,也是空荡荡的,只听见有哗哗的牌九声和吆喝、欢笑的人声。

家霆心里懊悔,不该来的。为什么要来呢?看来,吕营长正在赌钱。刚想转身对勤务兵说:"我不找你们营长了,我回去了!"没料到勤务兵在门边招呼了一声,吕营长就从那间牌九声"啪!""啪!"响的房间里出来了,见了家霆拱着拳说:"啊呀,小老弟,你真的来了!怠慢怠慢!"他身上有股香烟熏染的气味,好难闻。酒喝得满脸通红,嘴里喷着酒气。

热情地将家霆请到隔壁一间房里去,吕营长大声叫勤务兵:"快,泡壶茶来!"

吕营长的住房看上去又大又简陋,墙角挂满蜘蛛网,地上潮湿,撒满雪白的石灰,摆设简单:一只木板床上放着铺盖,被头肮脏,乱成一团。靠墙的一边贴着发了黄的旧报纸,床前一张破旧老式的木桌,上边零乱地放着牙刷、无敌牌牙粉、墨水瓶、玻璃杯、饭碗、旧瓶罐、钢笔,几本破烂的《薛刚大闹花灯》《三箭定天山》等连环画。一把旧扶手椅和一把旧红木椅放在一边,一只木制洗脸盆架上放着一只花花绿绿的旧脸盆。脸盆里半盆污水泡着条发了黑的手巾。屋角放着一只破箱子和一只旧柳条包。吕营长抱歉地请家霆在扶手椅上坐下,说:"哈哈,平时牌九我是不赌的。今天,看到报上德军在苏联继续溃败,为了高兴,才被他们拉去赌的。偏偏又赢了一些,哈哈,晚上我请客,去'桂香斋'吃排骨面。"

家霆说:"我放寒假了,特地来看望你。晚饭得回去,父亲等着。"

勤务兵送来了泡好的一壶茶,将桌上两只脏玻璃杯用茶水略为涮了涮,就给家霆和吕营长斟上了茶。吕营长似能看出家霆心里想些什么,说:"我这里生活条件差,当兵的单身汉嘛,马马虎虎。你是学生,对赌钱看不惯吧?其实,日子过得无聊,这些人都是上过前线死里逃生过来的,打过仗的人跟没见过死人的人不同,大家赌一赌耍一耍不算什么。听说你们校长也爱打牌,出了事,是不是?"他又高叫勤务兵,掏出几张钞票扔给勤务兵,说:"快!买点橘柑、花生来!"

家霆说:"不吃不吃!"勤务兵已拾起钱走了。家霆把邓宣德换成邵化的事说了,指出:听说邵化比邓宣德坏得多。

吕营长喷着酒气,说:"俗话说:好人不在世,祸害活千年。这话一点不差。"他把伤兵医院院长程福同用担架将重伤号抬到江边树林,有的被野狗咬死掏出内脏来吃了的事讲了,知道家霆已经知道,他气愤地拍着桌子说:"真后悔当年没把这鬼儿子扔下江去!"又大声擤着鼻涕说:"告诉你吧,我写了信到上边告状,检查大员来可能是我写了那封信的原因。可是来了有屁用,反倒害得几个弟兄给狗咬成那样子。俗话说:麻雀也有大胆的时候!现在,我也是豁上了,打算再写信告,请求上级把这件事查个水落石出。"

家霆问:"有用吗?"

吕营长摇头叹气:"上上下下都是乌鸦一般黑,不过他马王爷三只眼我也不怕,告了再说。"

勤务兵捧了一堆橘子和一大包花生来,放在桌上,回身走了。吕营长要家霆吃,家霆剥开了一只橘子吃起来。隔壁的牌九声和喧哗声仍在传来,空空的两进大院似乎也仅这点人。

家霆不禁问:"你这儿怎么看不到兵呢?一营总得有三百个兵吧?"

"兵?"吕营长喷着酒气哈哈笑了,"我是营长,隔壁赌牌九的有副营长、连长、连副、排长,另外,还有几个班长、伙夫、勤务兵,统共三十一员大将。"

"那怎么回事?"

吕营长摇摇头,酒意浓重的脸上咧嘴笑着说:"小老弟,你是少爷,父亲当官,不知道吃饭的困难。我们这渝江师管区是负责训练壮丁输送新兵的。现在那点军饷,一个营的养不活一个连,你说怎么办?"

家霆愣在那里,不明白吕营长说的是什么意思。

吕营长解释道:"小老弟,你我不见外,我对你不说假话。这两年,我们从上头到下头,都是这样的做法。要看新兵花名册,都满额满员,实际上,差不多是光杆司令,团部里除了团长、团副和勤务兵、伙夫外,没有一个新兵。我这营部同别的营部一样,只三十人左右。这样,那点可怜的军饷才能养活我们。我们上头,师管区的秦司令和李参谋长他们,主要靠吃空额,他们吃大的,我们吃小的。上行下效嘛,也只有这条路,能怪谁呢?"

他说得诚实,似内疚又无可奈何。

家霆不禁叹息,问:"万一要你们将训练了的新兵送到前线,没有兵,怎么办?"

吕营长大口抽烟,红着脸喷着酒气,说:"小老弟,我不该瞒你。说实话,这也是伤天害理的事,听了可不要看不起我们。也是没办法呀!我这人,也是军校出身,我家里都在沦陷区没出来,谁要说我不爱国不抗日,我死也不能承认。为抗战,我流过血险些送了命,到今天也没成家。可是如今,我不同流合污也不行,这叫作大厦将倾,独木难支。陷在烂泥河里,只能香臭不分、随波逐流。"

家霆说:"你讲一讲吧,我倒想听听。"

吕营长粗声大气地说:"这事我自己还没干过,也不是我们的发明创造,是团长出的主意。团长又说上边虽没吩咐这样做,但允许'八仙过海,各显神通'。说别的师管区就是这么干的。反正,上次奉命限期送新兵三百名到昆明去补充五十三军,是副营长赵安邦去的。他是个在前线差点送过命的人,死人看多了,心也狠了。带了所有连、排长和班长、老兵们,从江津开始,一路上抓壮丁。夜里择荒凉、冷僻处人家敲门,有男人出来开门抓了就走。抓到壮丁后,先剃光头换上军衣,接着狠狠一顿杀威棒,打得皮开肉绽、老老实实乖乖顺顺的,然后进行训练。只要会立正、稍息、'一二一'就行。一路行军,一路抓,一路训练,雪球越滚越大。晚上新兵全部脱了裤子光屁股睡,免得逃跑。想逃跑的马上杀鸡吓猴,军法从事,当众枪毙。快到昆明时,还缺二十三个人。怎么办?赵安邦本事不小。路过一个小镇正逢赶场,他让几个排长和班长去叫了二十三个挑担、推车卖粮食、卖蔬菜、卖柴火和水果的,说是军队要买,让挑了送来。挑来后,如法泡制:剃光头、换军衣,狠狠打一顿杀威棒,所有东西全部没收劳军,发了笔小财,人数凑得整整齐齐。"

家霆听了心里难受,不解地问:"这些胡乱抓来的壮丁移交给五十三军后不会揭露吗?"

吕营长用手搓着脸,有一种力不从心的隐痛,摇摇头:"揭露有屁用,彼此彼此,他们自己也拉壮丁!新兵去了马上也该上前线了,接受新兵的谁管这种闲事。"

家霆无话可说。刚才吕营长带着酒意说的一番话闻所未闻,连同伤兵医院的黑暗内幕,听了真是惊心动魄。江津这个小城看来平静,实际却像川江的江水一样,面上平静,里边水势凶猛,到处漩涡。从这小城的种种看到大后方的腐败,使他哑口无言。他下意识地从布满斑斑污点的桌上拿起花生剥食。吕营长肯说出这些是诚恳的,也说明对同流合污并不甘心,但似又心灰意冷无法摆脱。他遗憾吕营长深陷在这种肮脏可怕的黑暗勾当里,却又不知该如何办,就只有沉默了。

吕营长讲了这些,看到家霆的沉默,明白家霆在想什么,说:"小老弟,老实告诉你,我宁可上前线,也不愿待在后方。我这人本来并不坏,现在变坏了!真的,变坏了!吃喝嫖赌我都干,没办法呀,我是个浑蛋了!"

家霆脱口说:"你不坏,我相信。以后你就还是做个好人,别干不好的事。"

吕营长笑笑点头:"小老弟,做人难哪,没办法呀!人都那样,你偏要这样,他们会恨你、害你!你年轻,不懂!"

隔壁房里的牌九声和喧哗声一直不断。这时,忽然一个穿棉军装的矮胖子出现在房门口,高声喊:"营长,大家等着你哪!不能赢了钱就跑呀,快来吧!"

家霆明白是下逐客令,代吕营长赶客人了,站起身说:"你快去吧!我回去了。"

吕营长却把桌上的橘皮向门口那个矮胖子扔去,正好掷在他脸上,说:"走走走,赵安邦!我有客!"对着家霆说:"别管他!今晚,我一定请你吃晚饭。你要是不吃,就是看不起我!"

家霆看出吕营长心情不好,想留客多谈谈,但他不想坐了,坚持告辞,由着吕营长把他送出大门。

外边,阴霾的天空又洒小雨花了。

家霆回到南安街九号,进了门,见钱嫂正在门口过道里做"风鸡"。杀好的鸡,毛不拔除,将花椒五香八角同盐炒热后塞进鸡肚,用绳捆紧,挂在通风处吹晾,然后蒸了吃。见家霆回来了,钱嫂笑着说:"大少爷回来啦!"忽又笑笑说:"有客人在呢!女中的周校长,打扮得花枝招展,真要命!"她的笑容里含有另一层意思,家霆可以意会。本来嘛,江津的事,"包打听"老钱哪一件会不知道呢!

家霆朝里边走,鼻里嗅到一阵随风飘来的鸦片烟香,也弄不清是法院院长郑琪家里还是被服厂厂长田绍曾家传出来的。他皱皱眉继续往里走。他对周秀珍本来印象不好,听了钱嫂的话心里更不是味,觉得这个"猪油"一向禁止教职员和学生打扮,如今自己却打扮了送上门来真太可笑。他正走着,恰巧见童霜威在送周秀珍出来,迎面相逢,他就闪身往旁边让。童霜威送周秀珍过去,也没给家霆介绍。

周秀珍今天穿的是件新墨绿色绒线外套,胖脸上涂了太多的雪花膏,脚上是双平跟新皮鞋,黑亮黑亮,走起路来袅袅婷婷,身上香得俗气。钱嫂说的"真要命",大约来源于她脸上过多的雪花膏和身上过浓的香气。童霜威将周秀珍默默送到门口,微微招呼就回来了。见家霆等在那儿,说:"你回来啦!"同儿子一起进屋。

两人在书房坐下,家霆把到吕营长处的见闻简单说了,又把伤兵医院的事也讲了,气愤地说:"爸爸你看,这些黑暗现象如何得了?"

童霜威摇摇头,叹气说:"晚唐动乱时代,诗僧贯休痛恨黑暗现实有诗说:'谁信心火多,多能焚大国。'意愤言激,说明了一个真理:能得人心者国家统治可以久长,失人心者,民众的心火可以把他焚烧成为灰烬。'七七'军兴以来,面对日寇侵略,人心都要抗战,老蒋抗战了,人就拥护他。本来,抗战到了今天,国际形势越来越有利于中国,理应大得人心,可是却相反。人们都深锁愁眉,对国家前途感到迷茫,什么事也唤不起人们的热情。贪官污吏存在外国银行里的美金据说有好几万万,上行下效,什么坏事都出现了,我经常为这些丑恶现象叹息。只是我不得意,又上了年岁,困居在江津这种小地方,又能怎么?"说到这里,深深吁了一口气。

家霆黯然,觉得自己不该提这些事又引起爸爸心中不快,岔开话题说:"刚才周秀珍来啦?"

童霜威看得出儿子对周秀珍含有敌意,解释说:"是来找我写字的,女中的校牌要换一块。我谢绝了,她却把宣纸留下来了。"说着,指指放在茶几上的那一卷雪白的宣纸。

家霆意在言外地说:"这女校长,解聘过两个谈恋爱的年轻女教师,恨不得让人都做老处女。可今天,脸上粉涂得像曹操,身上香水洒了一瓶,钱嫂都看不顺眼了。"

童霜威厚道地解释:"雪花膏是搽得太多了,衣着还是挺朴素的。你可能是上次听李思钧夫妇说要给我介绍,所以对她印象不好。其实不必。她来,以礼相待,别的事我是不作考虑的。"

家霆想起前天看到爸爸练草书,在纸上翻来覆去写的是陆放翁的诗:"梦断香销四十年,沈园柳老不吹绵。此身行作稽山土,犹吊遗踪一泫然。"对照刚才爸爸说的话,隐约明白爸爸的心情。爸爸是在思念葬在雨花台的柳苇妈妈,这种思念随着年岁的增长、随着与方丽清的相处及离异而愈来愈深。他觉得自己不应当在周秀珍的问题上刺激爸爸,一时间,心头充满悔意。

童霜威似乎不太介意,忽然拿起桌上今天下午刚送来的《大公报》,说:"看看报纸吧! 社评叫作《看重庆,念中原》,上面有篇通讯叫作《豫灾实录》,是《大公报》记者从河南叶县寄发的,写的倒是真情实感。去年河南大灾,饿死几百万人,今年灾情继续扩大。前些时,褚之班从界首来信讲了灾情,想找我为他在重庆谋一枝之栖。其实,他哪想得到我的处境!《大公报》的社评,如果我写,可不是像它这种小骂,我是要大骂的!"

重庆的报纸由轮船带来,四时左右就能送报,有时则两三天积压了一起送。这次送的《大公报》和《中央日报》,是积压了三天的报纸,厚厚一叠。家霆拿起《大公报》来翻看。去年暑热时经过河南灾区见到赤地千里的惨象又重现眼前,心里难过,说:"其实,到饿死了几百万人才来报道,也太迟了。社评写得不错,可是只不过是看一看、念一念,又能解决什么问题?"

童霜威摇头说:"刚才你外出时,《江津日报》的一个编辑来看我,说《大公报》因为登了这篇社评,已被罚停刊三天! 你说这意味着什么?"

家霆脱口而出:"法西斯!"

童霜威叹息说:"是呀,不能这么公开说,实际是这么一回事。一方面在进行反法西斯战争,一方面在培植树立法西斯,岂不矛盾?'防民之口,甚于防川'! 毕鼎山去年作为大员视察河南,回来说假话隐瞒真相,上边十分得意。听李思钧说:毕鼎山做国民党的中央委员已成定局,真是誓无天理。《大公报》同政学系关系密切,历来'小骂大帮忙',可是'小骂'也不允许,说点真话也要处罚。腐败的政治中外古今历来都是这样的!"

家霆浑身热血沸腾,头脑里很乱,闪过的都是亲眼看见和耳闻的刺心情景。大后方腐烂成这样,腐烂的程度又这么严重、这么快。颇像烂梨烂苹果,今天上面只不过是个小黑点,你不把它挖掉,明天就是个大黑窟窿了! 烂得精光也是很快的! 抗战还在进行,这种局面如何得了?他年纪虽轻,忧国忧民之思满布心头,简直不知说什么好了,暗下决心,《间关万里》一定要把它写完,把河南的大灾荒如实记录下来。

父子俩枯坐在那里,各想各的。钱嫂提了几只风鸡过来,用晒衣的竹叉将风鸡悬挂在廊下。廊下本已挂了不少熏肉、腊肉,钱嫂早些天又学四川人将胡萝卜切成连格花挂起来风干,现在连同风鸡琳琅地挂起来,增加了过年气氛。童霜威和家霆看着钱嫂挂风鸡,都没说话。随着过年气氛的浓厚,许多记忆回来了。他们都沉浸在逝去的岁月中年关前后发生的难忘的人和事中间去了。

四

农历年后,不等过正月十五元宵节,童家霆就因开学离开江津家中,回得胜坝学校去上课了。

新来的校长邵化带了亲信教官来,还带了些贴身学生来,要在学校里建立一种专横统治。学生们人心惶惶,到处沸沸扬扬。家霆听了心里忐忑,感到邵化的来到预示着一种窒息的开始。他把想法向童霜威讲了,童霜威持重地说:"邵化虽无交情,还是知道我的,不会把你怎么样的。你也不要参与闹事,最重要的是埋头读书,高中顺利毕业,赶快考大学。"

家霆没有做声,爸爸的话也对也不对,读书当然重要,人总得有点正义感吧?在一个邪恶的环境里,怎能闭眼不看、张耳不闻呢?他想不到离开了日寇汉奸魔爪下的上海奔向大后方,追求到的是这种生活。心里真像沾上了蒲公英那种毛茸茸的种子,拂也拂不去,难受得要命。

童霜威并不懂得儿子心里所想的全部。在儿子返校时,又叮嘱:"孩子,还是每星期六下午早早渡江回家来吧。我很寂寞,你回来,我要高兴得多。你能顺顺利利上学、毕业,我就无牵无挂。这场抗战迟早要胜利,胜利了我们一同回南京潇湘路是我日思夜想的事。我们从沦陷区逃出来,可不容易。大后方我们不满意,但又能怎么办?没有办法,只有忍受!"说到这,他摇头,心里酸溜溜了。

家霆没有点头,他在沉思。俊秀但是带着英武之气的脸上,露出那种使童霜威会想起柳苇的眼神和气质。看到家霆这种酷肖母亲的眼神和气质,童霜威不禁又感慨万端了。

回校的那天傍晚,行前发生了一件事。说来也巧,老钱拿来邮差刚送到的一封信,是谢乐山从重庆来的,写得不长,却提到了一点欧阳素心的情况:

家霆仁兄如晤:

惠书悉。欧阳素心我认为定在重庆无异(疑)。上月初,一晚我在七星岗上兴隆街附近,曾见到她。当时她与一个军人在一起匆匆同行。军人三十余岁,身材高大,模样未看清。因为隔了马路,我在这边,她在那边。我想上去招呼,欧阳似有心回避。街上人多,又是夜晚,等我过去,竟失之交臂,后来再没遇见过她。我曾向当年的老同学韦锋等打听,均不知她的行踪。劝老兄不必痴情。她既然有了别人甩了你,时下这种事不少,老兄何必想不开!见你信中伤感,我也为老兄难过,不能不劝劝老兄。

我一切均好,读大学不过是为了混张文凭以便将来出国留学。家父在美考察一切也好,大约不久将回国旅(履)新。

帮不上忙,十分抱歉。祝

幸运

弟

谢乐山上

这算是欧阳素心失踪后头一次知道的一点踪影了,依旧是没头没脑的踪影。看来欧阳确在重庆,她为什么这样神秘地消失了呢?家霆怅怅,童霜威也怅怅。钱嫂端来了蛋炒饭和一碗榨菜蛋花汤给家霆吃了动身。下着小雨,天气令人抑郁。家霆匆匆吃了饭打着油布伞提着一个包走后,童霜威看着灰茫茫的天空,更感寂寞。天,似有雪意,但四川江津一带是不下雪的。大门口,老钱轻轻在哼弹词开篇,哼的什么听不清,只听见他用嘴学着弹三弦打过门:"叮叮咪冬冬冬咪叮……"这使童霜威想起被囚禁在苏州寒山寺里时,监视自己的"冷面人"常常哼苏滩的事。不愉快的回忆勾起的情思使他更加惆怅。他不禁微唱地诵起晚唐诗人高骈的诗《闻河中王铎加都统》来了:"炼汞烧铅四十年,至今犹在药炉前。不知子晋缘何事,只学吹箫便得仙。"

先一会儿,看到谢乐山的信时,他同家霆一样被信上提到的欧阳素心的行踪所牵引。此刻,他的心思全放到谢乐山提到的有关谢元嵩的讯息上来了。他想:谢元嵩民国二十八年在上海附逆陷害了我,当我被敌伪绑架囚禁时,他却因为在汪逆处未捞到大官做悄悄逃到了重庆,俨然民族英雄,拿到一笔出国考察费去到美国做了寓公。如今他忽然又要回国履新了,会给他什么官儿做呢?这个面上笑呵呵开口闭口说自己是老实人的坏蛋,始终春风得意,而我呢?

《闻河中王铎加都统》这首唐诗,童霜威过去早已读过,但未介意。最近闲来无事深入考据了一番,遂有新的解悟。如从四句诗表面上来说,不过是讲:自己炼汞烧丹四十年,依然是凡夫俗子,无法飞升,不料王子晋只是学会吹箫,就成仙去了(王子晋是秦穆公时人,善吹箫,结果成仙)。好像高骈叹息的只是这种炼丹修仙的事,然而从诗的题目一看,高骈是借题发挥另有所指。

童霜威查过《资治通鉴》,看到《唐纪》僖宗乾符六年引归传云:"四年,贼陷江陵,杨知温失守,宋威破贼失策。朝议统帅,卢携称高骈累立战功,宜付军柄,物议未允。(王)铎廷奏:'臣愿自率诸军荡涤群盗。'朝议然之。五年,以铎守司徒、门下侍郎同平章事,兼江陵尹、荆南节度使,充诸道行营兵马都统。"《新唐书·高骈传》云:"骈失兵柄利权,攘袂大诟,即上书谩言不恭,诋铎乃败军将。"才明白高骈写这首七绝是因对王铎升官不满而抒发胸臆的。如果高骈不用《闻河中王铎加都统》作这首诗名,那真是使后世读者难以猜测了。童霜威觉得当时高骈因为做不到统帅而怨艾,未免俗气。而且对王铎做了统帅气恼,也未免小气。但此时此刻,想到谢元嵩这样的人竟总是一个不倒翁,明明做过了汉奸,依然能出国考察回来履新,怎能叫人心服?又怎能叫人不对这种世道深恶痛绝?

所以,童霜威望着阴沉沉飘洒雨丝的天空,不由自主地吟诵着这首算不得高明甚至有点庸俗的诗,反倒觉得可以发泄一点不满,得到一点解脱。由此,他不禁又想起了宋高宗时考取进士的詹义留下过一首《登科后解嘲》的七绝:"读尽诗书五六担,老来方得一青衫。佳人问我年多少,五十年前二十三。"詹义这首打油诗并无诗味,却幽默讽刺俱全,此刻诵来,也正符合童霜威的心境。默诵着,不禁哑然失笑,想:唉,我真是既潦倒又老态了!无聊到竟靠这些歪诗来聊以自慰了,真是不堪回首啊!

天上寒冷的细雨,仍在滴滴答答下着,雨点簌簌地打在院子里一棵玄羚木上,一种四川特有的阴暗潮湿的寒意包围着他。天暗将下来了,钱嫂端了饭菜来放在桌上,过来招呼他去吃晚饭。不知为什么电厂停电,钱嫂点上了那种牛油做的红色土蜡烛,烛光摇晃,配着雨声,他默默吃饭,下意识地想着旧历年期间来拜年的许多人的名字、容貌和谈话内容。一碗饭就饱了,起身拿热水瓶往脸盆里倒水洗脸,老钱忽然在眼前出现。

老钱衣服被雨淋湿了,头发耷拉在额前,裤腿挽着,满面是讨好的微笑。平时,常常都是钱嫂开饭后,回家照顾孩子并烧菜,改由老钱来收拾碗盏,给童霜威打洗脸水。现在,老钱来了,见童霜威已在洗脸,连声歉意地啧啧:"啊呀,啧啧,秘书长,我来迟了!啧啧,您自己在倒水洗脸了!"马上又解释:"我刚从东门外支那内学院来,欧阳大师病得很重,我去帮忙,替他请了柳鸣枝医生去。柳医生说:大师七十二了,体弱,病不好治,该要准备后事才好。"

听说欧阳大师病了,童霜威详细问了病况,打发老钱回去吃饭,由着老钱将碗筷等收拾走后,独自走回书房,擦火柴点上了油灯。他听人说起过欧阳渐的一件事:抗战爆发,南京危急,欧阳渐决定入川。有人劝他:"日本人是信佛的,你是居士,何必躲避?"欧阳渐回答:"我是佛教徒,也是中国人!"爱国正义之心溢于言表,使童霜威对他有了很好的印象。他决定明天去看望欧阳大师,又想到应当拍个电报给冯村,让他将大师病重的事通知程涛声,表示欢迎程涛声来江津小聚。

支那内学院的院友众多,像梁启超、梁漱溟等都是。程涛声一向自认是欧阳渐的弟子,执礼甚恭。童霜威早年同程涛声有一定的交往。来大后方,还未同程涛声见过面。两个月前,收到冯村来信,说在冯玉祥处遇到程涛声,程涛声托他致意,希望以后一定见见面。冯村信上说:"程先生现亦赋闲,但关心国是,颇有见地,常与国民党内左派人士交往,终非等闲之辈。"童霜威静极思动,倒极想同程涛声见面畅谈。程涛声自从反蒋后,一直不得意。抗战后,在武汉被蒋召见,蒋对程说:"你可以到重庆去,以后在家多读点书!"实际是告诉程涛声:只许你在家读书思过!妙在程涛声到重庆后真的闭门读书,摆出一副只知读书不问政治的姿态来。不过,童霜威明白:程涛声这是韬光养晦之计,可以摆脱特务的监视,可以使老蒋放心,求得自己的安全自保。程涛声终非池中之物,他是不会安分守己的。听冯村说:程涛声念佛学经,家里案头罗列着《藏要》《竟无内外学》等。前年有特务据此向蒋介石报告后,蒋说:

"这样好！这样好！"从那,监视程涛声的情况似乎放松了。

民国二十一年,童霜威同程涛声在"一·二八"事变后曾有过一次长谈,多少算有些交情。此时此地,他热切希望能从同程涛声的相会中得到些新的启示。看看夜雨仍在淅淅沥沥地下,童霜威揭开墨盒,在油灯下写了一份电报稿给冯村:"欧阳大师病重望速告程振亚先生并盼即陪同振亚先生来津探视我处可住。"写完,斟酌了一下,怕程涛声不来,将"病重"改为"病危"。柳鸣枝让给大师准备后事,用"病危"并无不妥。他拿了些钱,附着电文走到大门口,找到正抱着小女儿吃饭的老钱,说:"吃完饭,马上给我发个急电到重庆!"

老钱应了一声,放下饭碗,将小女儿交给钱嫂去抱。童霜威忙说:"吃完饭再去!"老钱却笑着说:"回来再吃的好!"他懂得人的心理,揣好电文和钞票,撑开雨伞蹚着水淋淋的地面出门,奔向电报局去。

三天后的那个下午三点钟,冯村果然陪程涛声坐船由重庆到达江津了。

童霜威将自己的卧室让给了程涛声住,自己住到了家霆的卧室里,给冯村在书房里搭了一张帆布行军床。见到冯村陪程涛声来到,童霜威心里十分兴奋,让老钱马上设法找人到对岸得胜坝通知家霆请假回来同冯村见见面。

同程涛声十年不见,程涛声苍老得多了,额上、眼角都有皱纹,旧的黑呢大衣,半旧的深灰西装,外加一只衔在嘴里的烟斗,头上戴顶却尔斯登帽,那副广东佬的派头没有变,那口广东腔的官话也没有变,那双眼镜下的神采奕奕的眼睛也没有变。

"啸天兄,十年没有见啦!"寒暄开始,程涛声握着童霜威的手,他到底是个军人,保定军官学校二期并且去日本大森浩然庐军事学校留过学的,说话似乎并不多动感情,脸上总是笑笑的。

"是呀,振亚先生!"童霜威倒有点动感情了,人事沧桑,一言难尽。民国二十一年,"一·二八"事变后,程涛声和李济深等积极支持蒋光鼐、蔡廷锴率十九路军举行淞沪抗战,与蒋介石、汪精卫的妥协投降政策进行斗争。结果这年秋,程涛声就受蒋、汪排斥,辞掉行政院副院长职,放洋出国,去欧洲游历了。从那以后,第二年,程涛声曾两次到福建筹划反蒋事宜,并策划联共反蒋,在十一月二十日,李济深、程涛声、蒋光鼐、蔡廷锴、黄琪翔等在福州成立了中华共和国人民革命政府,公开反蒋。福建人民革命政府同中华苏维埃共和国临时中央政府和中国工农红军签订了抗日反蒋协定。民国二十三年一月,福建人民政府在蒋介石优势兵力围攻下失败,程涛声被迫流亡香港,又到欧洲、苏联游历参观。后来抗战爆发了,国共合作了,程涛声却始终得不到起用,得不到为抗战出力的机会,至今仍是赋闲浪迹,岂不可叹!童霜威请程涛声坐下,感慨地回顾说:"振亚先生可还记得民国二十一年淞沪抗战爆发后,在上海华懋饭店的那次交谈?"

"记得啦!记得啦!"程涛声喝着钱嫂泡了送来的盖碗茶,说,"那时候,我们都是反对亲日派的,都是有正气的爱国的中国人啦!"

童霜威又不禁感慨了,感到是程涛声对自己的很高的评价。他记得:淞沪抗战时,自己确实还是怕战争扩大、怕中国难以同日本决胜的。但自己也始终认为日本不断侵略中国,根本谈不到什么提携!日本应当退出东北和华北。中国民众抗日情绪高涨,日本如果不断进逼,中国人迟早是要抗战的。那样必然对中日两国都不利。"一·二八"淞沪抗战时,见到十九路军抗战的英勇,民众狂热的支持,童霜威不能不热血澎湃。那次,带方丽清由南京到上海过周末,听说程涛声住在外滩华懋饭店,童霜威专门去看望。早在"九·一八"事变后,程涛声曾任京沪卫戍司令长官兼淞沪警备司令,当时童霜威在上海做教授,曾在一些场合同程涛声多次见过面。所以,这次相会,两人在华懋饭店有了一次倾心的夜谈。分别时,程涛声曾说:"啸天兄,以后我还要多多借重你!"想不到不久他就下野了。往事如烟,童霜威想起自己这十年来的坎坷遭遇,觉得像一部二十四史不知从何说起,只说:"振亚先生,请先休息休息。好在你下榻在此,我们可以从容长谈。"

那天,程涛声洗洗脸、喝喝茶,说是要休息一会儿。他在床上一躺,一眯眼就好像睡着了。不过十分钟又醒了,一骨碌爬起来,说:"睡得好香!我马上去看看大师!"说完,他就由老钱陪同去东门外支那内学院看望病危的欧阳大师去了。

他走了,童霜威同冯村亲密地谈起来。使童霜威高兴的是冯村给他悄悄带了些书刊报纸来,冯村说:"这些可能你是看不到的,所以我给你带来看看。本来像《新华日报》和《群众》,我曾想用《中央日报》裹了寄您的,又怕不妥,所以没那么办。"童霜威谈了《历代刑法论》即将杀青,又谈了谢乐山来信的事。冯村说:"欧阳素心的事很奇怪,会不会同军统有关?杜月笙同戴笠关系密切,秘书长您是不是写封信给杜,托他打听。现在凡是那些不正常的事都同特务机关有关。叶秋萍处也可以托一下。我总觉得这件事太神秘了!"

童霜威思索了半晌,说:"给杜月笙写信,请他帮助寻找这样一个孤身在重庆的女孩子——就说是我未过门的儿媳,这没问题。给叶秋萍写信,我怕要你办不合适。"说到这,问冯村:"你最近处境还好吗?"

冯村笑笑,眨眨两只好思索的眼睛,习惯地用手拢拢头发,说:"怎么说呢?表面上似乎平静无事,可是我知道并不太平。不过,别为我担心,我会善自处理的。您给叶秋萍写信,我就拿信找他。

我坦然些,反倒好。"

"你这次陪程涛声来江津,不会有什么吧?"

"没关系!"冯村豁达地笑笑说,"我知道您想同他见见面,怎能不陪他来呢?"他确实一向都能了解童霜威的心意,战前做秘书时就是这样,"这次来,我们说走就走,事先未宣扬,并不惹人注意。欧阳渐是他老师,病危他来很正常。您是我的老师,我来江津也不是第一次,没问题的。我觉得您同程涛声深谈一番有好处。据我所知——"他压低了声音说:"在来江津之前,他在重庆和有些志同道合的朋友组织过民主同志座谈会,座谈时事。我觉得您同他谈谈有必要。"

"组织什么民主同志座谈会,不危险吗?"

"是带有秘密性质的,并不吹号打鼓。"冯村说,"小范围里的人才知道,关心国是嘛!人同此心,心同此理。您在沦陷区忠贞不阿,又来大后方,冒的风险我看够大的了。他们谈谈国是该有何罪?"

童霜威心想:是啊,我是个曾经沧海的人,大风大浪经得多了,又何必胆小怕事得如此呢!说:"我是想同他好好谈谈。我在此心情不好,孤陋寡闻,思想苦闷,一言难尽。找个能谈知心话的人也少有。你陪他来了,真是高兴……"

他话未说完,立刻不说了。因为透过玻璃窗,看见一个外穿黑呢大衣里边是黄棉军服的人走过来后,正在外边张望。他眼前一闪,认出是稽查所长鲁冬寒,马上轻轻对冯村说:"注意!来的这个是稽查所长!"说着,趋出屋去,在外边客厅迎着鲁冬寒说:"啊,来了吗?"

鲁冬寒十分谦恭,挂着"司的克"说:"霜老,没有事,来看望看望您。"

其实,旧历年时,他来拜过年了。童霜威明白,他是跟着程涛声的来到而来的。这条狗！消息真灵通！冯村把他们估计得太低了。童霜威对着外边大声叫喊："钱嫂！"

钱嫂放下手里针线活来了，应声道："我马上泡茶。"

鲁冬寒在客厅里坐下，"司的克"像把军刀似的放在两腿中间，双手握着"司的克"的柄，正襟危坐，满面笑容地问："听说霜老这里来了客人？"

童霜威点头说："对，程涛声来了！"

"啊呀，果然是程先生来了！"鲁冬寒笑着说，"我是慕名已久，还不认识程先生呢，他现在在里房？"

"他去支那内学院看望欧阳大师去了。"童霜威厌恶鲁冬寒皮笑肉不笑的面孔，说，"年来他笃信佛家学说，对欧阳大师执礼甚恭，大师病危，他不能不来。"

钱嫂端了茶放在鲁冬寒身边的茶几上，说："请用茶！"鲁冬寒端茶微微喝了一口，点头说："啊啊，是呀！有人陪他一同来的吧？"

童霜威明白冯村陪程涛声来，也已经引起特务注意，毫不隐瞒地说："啊，是我从前的秘书冯村，两人同了路，冯村是来看望我的。"

鲁冬寒又连连点头："程先生住在霜老你这里吧？"见童霜威点头，说："久慕程先生之名，很想拜见一下，希望霜老能够引见。我下次再来。"

童霜威似无所谓地说："可以嘛！你再来就是。"

似乎无话可说了，鲁冬寒识相地起身告辞，说："霜老，我走了。"

童霜威不咸不淡地说："我不送了。"看着鲁冬寒的背影消失，进房对冯村说："刚才听见没有？这种狼狗，我最厌恶。"

冯村笑笑说："无孔不入！来得也真快！我真把他们估计低了。"他笑得有点勉强，形势的严重是感觉到了的。

童霜威长吁一口气:"空气令人压抑。在孤岛上如此,到大后方仍如此。不过,鲁冬寒也许仅仅是例行公事来侦伺的。"

两人抛开这件事造成的不快,又喝着茶闲谈起来。到晚饭时分,老钱陪程涛声回来了,说起欧阳大师脉搏微弱,恐将不起。童霜威也不胜唏嘘。钱嫂准备了丰盛的晚饭,程涛声胃口很好,大口吃肉,大口嚼饭。童霜威谈起了鲁冬寒的事,程涛声哈哈笑了,说:"我知道老蒋是不放心我的。其实他是自己吓自己。他现在大权在握,手里有那么多军警宪特,我是条光杆,何必如此胆怯!"他那广东腔,把"光杆"说成了"广柑",把"胆怯"说成了"大脚",叫人听了发笑。

当夜,又是下雨,雨声像叹息,像呻吟,淅淅沥沥,调动人的愁思。估计雨大,摆渡危险,家霆是回不来了。冯村说要外出看望李思钧和钱敏敏夫妇,他们战前是中惩会同事,打着伞就走了。童霜威明白冯村的用意:既是便于让我同程涛声放怀畅谈,也是放个烟幕弹给鲁冬寒看。李思钧是县党部书记长,同李思钧交往自然在鲁冬寒眼里是没有问题的。冯村的机灵使童霜威满意。

又是停电,在程涛声下榻的卧室里,两人挑灯夜谈。程涛声告诉童霜威从冯村处知道了他在沦陷区的经历和来大后方的情况,极为钦佩。童霜威真实地谈了自己的苦闷与彷徨。谈话渐渐深入,程涛声告诉童霜威:"听说蒋介石写的一本《中国之命运》不久将出版。这书其实是陶希圣代笔的。叫陶希圣代笔,固然因为陶是根笔杆子,更重要的是因为陶历来反共。书的内容别的还无所知,强调反共是必然的。这本书此时此地出版,当非偶然。看来,去年美国一次给了三亿美元的贷款,英美大力支持国民政府,蒋在得到英美的贷款援助和武器装备后,别有用心又想公开反共加强独裁了!"

对面农民银行经理朱鹤龄家突然响起了麻将声,哗哗的像海潮拍岸,一阵一阵传来,有时"啪""啪"地响个不停。朱鹤龄约了朋友在家通宵"抗战"了。

童霜威说:"国共合作抗战到今天,两个人抗战总比一个人好吧?可是其中一个既要抗日又要往另一个自己人身上捅刀子,怎么行!"

程涛声喝着茶说:"其实,抗战开始不久,老蒋就利用全国上下一致对外的形势,一直在进一步加强专制统治,想在抗战中消灭共产党。这主要表现在老蒋个人独裁势力的膨胀上。他在国民党五届五中全会后,当了国防最高委员会委员长,可以不依平时的程序而以命令随时处理党政军一切事务。他修改了军委会原来的组织大纲,废除了原来设置的三到五人的常委会,改成一切事务都由委员长决定负责。现在遍地特务,都是对付老百姓的。这几年抗战在一种相持局面中,湖南、湖北、浙赣沿线、缅甸前线确也打了些仗,但日寇主要是在敌后扫荡共产党的军队,进行'三光'政策。你可能不清楚,单单去年和前年,敌后消灭的日伪军就有三十几万人,那里的情况十分艰苦。不承认人家共产党,能行吗?"

童霜威赞可说:"为了抗战和民众的利益,弭止内战,发展各种抗日实力,始终是当务之急。"他想起了柳忠华夫妇在上海进行的地下斗争,想起自己离开上海得到共产党的帮助,颇有体会。

程涛声做着手势又说:"现在,农村经济衰败,民族工业破产,税捐名目繁多,商业投机猖獗,物价猛涨,货币贬值,官僚资本利用抗日大发国难财,老百姓怨声载道,想必你也看到、听到不少吧?"

雨声哗哗,夹杂着麻将声,十分急促,檐上水声急急淌流,巴山夜雨,气势萧森。

童霜威点头说:"当然!"

程涛声说:"啸天兄,说实话,我们年岁都不轻了。我们为自己个人的荣辱与前程,又有多大的意思。到这把年纪,该多考虑的是国家民族的命运问题了！我早年曾经拥蒋反共,可是后来就悟今是而昨非,该怎么不该怎么心里都有一本账。我仰慕你是有识之士,饱学而爱国,我们是能推心置腹的。如蒙不弃,意成为莫逆之交。"

童霜威感动地说:"振亚先生不弃,自当从命。"

对过朱鹤龄家的牌声夹杂着隐约的谈笑声,在雨中传来。

程涛声忽然起身踱步,四面看看,忽又坐下,说:"啸天兄,冯焕章对你是很推崇的,同我谈起过你。这次来之前,我就想:一定要同你开诚布公,以心换心,畅谈国是。现在,同你一谈,果然你也是热血之士。我当年参加同盟会是一九〇六年,那时是考入了广东黄埔陆军小学第二期,同学中都是些热血男儿,所以武昌起义爆发后,赴武昌参战,我们不少同学都被编入中央第二敢死队作战。现在,国事如此,仍需要当年的这种精神。如果以后有这种机会,希望你我一同并肩,不知意下如何?"

童霜威既在意内,又出意外。在意内的是自己同程涛声谈话原希望找条苦闷的出路,意外的是程涛声竟如此坦率、大胆。一时却为难了。江湖越老越寒心！心想:啊呀,我吃谢元嵩这个浑蛋的亏、上他的当已经不止一次了！对人岂能不提防一些！万一你程涛声又是这种角色,我怎么受得了？况且,你程涛声虽有声望,现在实际也很潦倒,特务盯着屁股转。我处境不好,比你好像还略胜一筹。你自然为找出路不惜背水一战,我划得来吗？一时,既不愿放弃这种机会,又顾虑重重了；怕得罪了程涛声,又怕失去良机,略一犹豫,点头含糊地说:"承蒙厚爱,自当追随骥尾。"

程涛声说:"现在太寂寞了,有的朋友想约些志同道合者弄个时事座谈会,谈谈心,谈得有兴趣的话可以经常谈谈。不知你有兴趣不?"他把"寂寞"说成"积木","志同道合"说成"吱咚稻割"。

童霜威听了,说:"我很赞成,不过我在江津,地方小目标大,公开来参加这些活动怕不合适。我当一个拥护者吧!"

程涛声可不是糊涂人,在童霜威略一犹豫的时候,似已看出童霜威的谨慎与动摇了。他眼镜片下的两只锐利的眼睛一眨,忽然笑了,高颧骨的脸盘上的皱纹舒展开来,说:"好呀好呀,以后一定借重。不过,现在我处境还艰难,这不是吗?刚来江津,特务就盯上我了。我们一切都得特别慎重啊!"

对面朱鹤龄家的麻将在洗牌,压住了雨声。

开放的闸门似乎突然关闭了!童霜威是感觉得到的。他老于世故饱经沧桑在宦海中起伏沉浮过无数次,岂能没有这点敏感。只是,想起在"孤岛"上谢元嵩的当,仍心有余悸。既然程涛声缓了口气,留下从长计议的时间再慎重斟酌,还是有利的。不过觉得未能听程涛声再深谈,有点遗憾。这点遗憾荡漾心头,像浮云蔽日阴霾难开。童霜威连连点头,说:"今后愿常常聆教,常常聆教!"

以后的谈话,变得不像先一会儿那么畅开而且亲密了。程涛声似乎谈得无味了,常打呵欠,有时还看手表。过一会儿,冯村冒雨打着伞回来了。童霜威让钱嫂打来了洗脸水和洗脚水,劝程涛声休息。

程涛声倒下去就睡着了,鼾声如雷,一阵一阵由隔壁传来。童霜威想:真是个提得起放得下的人。他同冯村点起煤油灯在书房谈话,冯村就坐在为他搭的行军床上。

稍停,冯村轻声问:"刚才你们谈过了?"

童霜威把谈的大致说了,但没有提自己的犹豫不决,只说程涛声讲以后一定借重,但他处境艰难,一切都得特别慎重。

冯村听了,默默点头,稍停说:"谈话似未深入,他说的也是真话。"

童霜威问冯村同李思钧夫妇见面的情况。冯村笑笑说:"'道不同不相为谋'!话不投机半句多,我只是礼节性的拜访,他们也是礼节性的招待。最后告诉我：总裁所著《中国之命运》一书要出版了，说这是抗战建国之宝典，博大精深，要虔诚研读等等。"

朱鹤龄家麻将声和谈笑声一直不断，使人可以想象得出一伙赌钱的男女有多么兴奋。外边天色漆黑，雨箭溅地"啪啪"有声，叫人仿佛看到雨水在地面上默默流淌。童霜威心里挂念家霆，不知家霆会不会在这时候正在过江的渡船上。孩子的性格他了解。听到冯村来了，家霆是完全有可能不考虑危险而在黑夜大雨中仍过江来的。如果这时候在渡船上，雨急水险，几江一定在奔腾咆哮、浊浪翻滚，江上一定黑蒙蒙、雾茫茫，船和天色、江水融成一片，出了事怎么办啊！

蓦地，一个声音在面前响起："爸爸！冯村舅舅！"

这是家霆，他打一把伞，却仍浑身淋得透湿，黑发披搭在额上，站在厅前阶下。他回来了！

"啊呀，啊呀！"童霜威心疼儿子，"今夜你不该过江的嘛！该明天早晨回来的。这种夜晚过江，太危险了！"

冯村也啧啧地迎上去，说："快点换衣，免得受凉。"

家霆却乐呵呵地收着伞说："'雨后春笋满林闹，淋雨一夜一尺高'！这种雨淋了会长个儿的。"说着，靠墙边放下雨伞，要去换衣。

童霜威笑着纠正："'雨后春笋满林闹，一日春风一尺高'，哪是什么'淋雨一夜一尺高'！"

家霆幽默地笑着说："这是我改的一句诗，不必墨守成规嘛！古人的诗改来为我所用有何不可！"说着，跑进起居室里换衣去了。

童霜威笑了，他和冯村见到家霆回来都高兴非凡。这时的雨声，侧耳听来，如低吟着生命的旋律。蒙蒙的雨，还在飘飘洒洒、纷纷飓飓，使许许多多浓浓淡淡的梦境，深深浅浅的记忆，滴滴点点的情思都随着雨丝和雨声漫出脑际。两人静静地喝着茶，各自沉浸在自己的思索之中。

一会儿,家霆换了干衣一阵风地走回来了。冯村说:"家霆,我带了一卷外文报纸给你,让你多了解些外情。"

家霆高兴,说:"我是溜回来的。信带到时已很迟了。邵化管得凶,请假不会准。今晚下雨,地上烂,明晨不会升旗。我决定溜,向同学打了招呼,万一有事会替我掩盖的。我明天一早赶回去,上午误两节课不要紧。"

童霜威说:"你这孩子,该请假的事请个假不好吗?偏要溜回来!"

冯村打量着家霆,虽只短短几个月不见,家霆脸上、身上又起了些变化。神态间更英俊老练了,身材更结实了。他明白,欧阳的事使家霆痛苦,并没有使家霆受到斲丧。他让家霆也在帆布床上坐下,去热水瓶里倒了杯开水递给家霆,说:"喝一点暖暖身子。"

隔屋程涛声鼾声如雷,阵阵均匀地传来,给淅沥的单调雨声和"啪""啪"的牌声添加了伴奏。家霆喝着开水问:"打鼾的是程老伯吗?他该改名叫程鼾声了!"说得童霜威和冯村都笑。

家霆回来,在书房里搭的行军床只好童霜威睡了,家霆则和冯村睡到家霆本来的卧室里去。那是一张大床,二人可以抵足共眠。

天气寒冷,家霆的脚在被里毫无热气。听着烦人的雨声、鼾声、麻将声,两人先谈了一下欧阳素心,又谈了一下程涛声的来到及鲁冬寒的窥伺。家霆问:"冯村舅舅,你现在处境怎么样?"

冯村轻声说:"放心,他们没有理由也拿不出什么证据胡乱迫害我的!"

家霆叹口气,把学校换了校长的事讲了,谈了邵化来后的感受说:"令人窒息的空气简直使我受不了。"

冯村劝解:"争取如期毕业离开这儿去上大学吧,别吃了特务的亏。抗战初期那种比较好的国共合作的局面,现在早被当局毁坏,并且进一步在毁坏。你应当牢记当年你妈妈的牺牲,自己要时刻小心。"

那夜,雨一直下着,像哭泣。牌声也响了一夜。冯村和家霆又谈了一会儿,睡着了。家霆过于兴奋反而睡不熟了,听着雨声、牌声和鼾声,头脑里想着欧阳素心。做起梦来,仿佛看到她打一把雨伞正在一条幽长的小巷里彳亍地走着……第二天一早五点多,仍在下雨,墨黑墨黑,家霆轻轻起床,冯村熟睡着,隔屋程涛声大声打鼾,书房里童霜威也有微微的鼾声。对屋牌声未断。家霆轻轻摸纸笔,也不点灯,草草写了个纸条留下,说明自己回校了。然后,摸黑走到外边,拿起雨伞,匆匆到大门口叫醒老钱开门。

家霆走后不到两个小时,东门外支那内学院派人来报告:欧阳渐大师在早晨七时去世。冯村急忙陪程涛声和童霜威赶去吊唁。

第二天清晨,程涛声由冯村陪同乘船回重庆,童霜威到船码头送行。临走,程涛声约童霜威有机会到重庆走走,说:"啸天兄,如果你来,我们可以找机会和一些老朋友聚聚叙叙。"他把"聚聚叙叙",说成了"嚼嚼驱驱"。

船起航时,天刚蒙蒙亮。雾气中,船码头上人声嘈杂,卖醪糟鸡蛋的、卖油条豆浆的小摊上都点着电石灯。童霜威忽然瞥见稽查所长鲁冬寒正坐在一个小摊上吃油条,低着头,头缩在大衣领子里。

船"呜"地鸣着汽笛,似在哀号哭泣地走了。童霜威打着手电筒,在雾中独自由河坝向台阶上走,一级一级十分吃力。

五

夜里总是下雨,令人疲惫,压抑。

床垫是用毛竹片编成的,底下支着的两只竹马架已经旧了,一翻身就"吱咯吱咯"呻吟。

家霆躺在竹床上辗转反侧,在黑黝黝的寝室里,倾听着屋外清脆的雨声,心事沉重。

昨天晚自习时,训育主任马悦光把家霆叫到办公室,在昏黄的桐油灯光下,不怀好意地看着家霆,十分严肃。马悦光是邵化带来的人。来的第一天,家霆就起了绰号:邵化叫"吊死鬼",马悦光叫"马猴"。大家都公认起得惟妙惟肖。"马猴"瘦精精的,目光锐利,眼窝深深,高颧骨、瘪腮。忽然,他开口了:"听说你成绩很好,爱看书报杂志,最近看了些什么书报?""《唐诗三百首》。""看共产党的报纸没有?""没有!""你敢说没有?这是什么?""马猴""哗啦"拉开抽屉,"啪"地将一张《新华日报》扔在家霆面前。家霆心里冰凉,啊,怎么这报会到他手里来了?这《新华日报》是冯村上次从重庆带来的,家霆拿了六张带到学校给施永桂、靳小翰他们看的。是谁偷了一张送到"马猴"这里来了?家霆一时有些惊慌,瞬即镇定下来了,说:"啊,是这啊,拣来的!""马猴"阴沉地笑笑:"哪儿拣的?""四天前,到得胜坝赶场买点吃的,路上拾到的!""你滑头!我有'耳报神'!你必须如实说:报纸是谁给的?哪些人看过?"他忽然声音柔和了,"你老实地说,我们会器重你的。你高三了,得到邵校长器重,上大学是没有问题的。你要权衡利弊,明天我再找你谈,这事不算完!"

蚊帐未挂,过冬蚊子已出来叮人了,"啪"地打了一下没打到。家霆烦躁,"吱咯吱咯"又翻了个身。雨声"沙沙沙",身上有湿润的凉意。拉开散发着霉味的被子盖着身子,心里充塞着不安、气恼,像有股火焰要喷发。

邵化一来,原来的训育主任、总务主任、军事教官全换成了他的人。"马猴"四十多岁,据说抗战前在安徽安庆做过中学校长。他是走了门路,由邵化过去的一个熟人推荐给邵化的"教育家"。

本在重庆一个美专当副教务主任,放弃副职来干这正职,情绪很高。总务主任有黑压压的络腮胡,姓陈,大家叫他"陈胡子"。据说本是做西药、糖精生意的,给邵化干过囤积居奇放比期的勾当,是邵化敛钱的一根"扒子"。军事教官姓蓝,骨骼粗大,圆头圆脑,一对三角眼,军校十六期毕业,是邵化的"抗战夫人"的哥哥,既是邵化的小舅子,大家就叫他"蓝舅子"了。

邵化来后,高三出现了两个插班生:一个黄脸瘦子叫邢斌,在高三二班;一个黑不溜秋健壮的小伙子像个打手,名叫林震魁,在家霆所在的高三一班。两人来后,很特殊,合住一间小寝室,东钻西窜,到处跟人摆龙门阵交朋友。《新华日报》被偷,出现在"马猴"抽屉里,家霆怀疑同林震魁、邢斌有关。六张《新华日报》五张在施永桂那里,一张没看完的藏在枕芯里,是谁偷去献功的?

家霆住的二号寝室很小,同房的"老大哥"施永桂、"博士"靳小翰、"南来雁"邹友仁都可靠。现在,"博士"和"南来雁"睡得很甜,家霆烦躁得睡不安,施永桂的床紧靠着他,感觉到了,轻声说:"'秀才',我打听清楚了。邢斌、林震魁是'吊死鬼'带来的走狗,每月拿津贴,专打小报告,报纸肯定是趁我们房里无人时偷去的。他俩跟教官'蓝舅子'一样,常在吹熄灯号前后到各寝室门口偷听学生讲话。"

"我心里沉重得很,明天'马猴'再找我谈怎么办?"

"老大哥"想得很周到:"坚持咬定大前天赶场时,在石桥东边卖炒米糖开水的摊子旁从地上拣到的。注意,千万别说是藏在枕芯里的,就说随手扔在床上的,我可以给你作证。至于在石桥附近拣到报纸的事,我来找'博士'说定,让他作证。我们咬得牢,他能怎么样?严重的是今后……"

家霆担心地说:"我们的读书会今后怎么办?'马猴'注意我了,我能再去找章星老师吗?"

这个读书会，读的都是进步书。书，都撕去了书皮和目录，换上牛皮纸封面，写着《新尺牍大全》等假书名，或者干脆撕了些《江湖奇侠传》《七剑十三侠》的书皮贴换在上面。

竹床"嘎吱嘎吱"响，施永桂似乎烦躁得也在翻身，说："读书会的事，不能让他们知道。书，我先收起来，暂时都别看了。章星老师那儿，也不要去。"

雨声仍在沙沙响。忽然，每夜经常听到的铃铛声，又清脆地从遥远的地方传来了。"滴铃滴铃"的铃铛声中，还夹杂着"哐啷哐啷"的铁链声和"托托"的蹄声。这是西边牛角沱煤矿运煤的骡马和犯人的队伍，经过学校前边山下的小道传来的声音，声音动人心魄。家霆和施永桂都默不作声了。在黑暗中，听到夜雨中的铃声，心里凄恻。家霆轻轻问："'老大哥'，为什么他们总是夜晚运煤？"

施永桂说："挑煤炭担子的，听说有的还是政治犯。是稽查所长鲁冬寒和他的上级重庆稽查处里的人利用职权合伙同开煤矿的袍哥勾结，利用囚犯作劳力挖煤运煤赚钱的。见不得人，白天怕出问题，所以夜晚干。"

"犯人脚脖上拴铃铛干什么呀？"

"怕逃跑呀！拴上铃铛逃跑容易发现，押送的丘八可以开枪射击。"

"骡马拴铃铛干什么？"

"路窄，拴上铃铛等于远远向来人招呼。对面要是来了人或骡马，可以停下等待，免得堵塞。"

"老大哥"的话，使家霆想起不久前发生的一件事来了。这件事一直萦绕在他脑际。那晚，一觉醒来，月光像一匹银色的柔纱，从天窗里垂落下来，将寝室照得清幽幽的。忽然，透过蚊帐，发现"老大哥"蹑手蹑脚悄悄爬起来了。他回头似在看别人是不是睡着了，悄悄踅出寝室去了，十分神秘。家霆忙穿衣趿鞋悄悄尾随。夜夜深人静,四下无声。"老大哥"匆匆下山。月光明亮,能看清他的身影、动态。家霆利用大樟树挡住身影,闪身远远追踪。由宿舍下山,走出去二百多米处,有条青石板小路一直向南通往得胜坝;又有一条自西而东的青石板小路和往得胜坝的小路成十字形的,就是从牛角沱通往辰溪的另一条青石板路。"老大哥"向那儿跑去。这时,运煤队的声音近前了,骡马和囚犯的黑影及押解队伍的士兵刺刀上银亮的闪光,都隐约看清了。忽见一棵桐树后闪出一个人来,同施永桂站在一起,低声不知说些什么,一起向小路上走去。谁呢?银色柔纱般的月光里,是个女人的身影,修长身材,齐耳短发,是章星老师!啊?奇怪了!章星和施永桂关系是密切的,读书会他俩是负责人。但深更半夜约定在这干什么?月色神秘而诱人,奇怪的事又发生了。一个黑影从野坟地旁的树后蹿出来。家霆隐藏着,透过微弱的月光瞥清是谁了,心"咯噔"一沉,是"马猴"呀!半夜三更,他在盯章星和施永桂的梢吗?心里紧张,伏身不动。"马猴"一会儿竟躲躲闪闪回身走了,往他住的办公室附近的宿舍走了。

运煤的骡马和囚犯队伍,在士兵押解下过来了。铃铛声、铁链声和骡马的蹄声,越来越近。家霆躲在山下一丛竹子里,见章星和施永桂走近那两条青石板小路交叉的十字路口,忽然停步等着。一会儿,见施永桂同押运的两个丘八不知交涉些什么,好像是要求什么,两个荷枪的丘八不答允,骡马和囚犯队伍也没停顿,继续向西去了。

月色里,一切都朦胧、迷离。章星和施永桂折返了,不知低低说了些什么,就分开了。章老师住处是山中央,她诡秘地急匆匆绕梯田上的田埂走了,"老大哥"也诡秘地由原路回来。家霆从竹丛中闪身而出,一把拽住他,打着四川腔说:"嗨,你搞啥子名堂?"

他先是吓了一跳,认出是家霆,拖长了声音说:"啊,是你呀!"

"我都看见了,告诉我,你们干什么?"

"老大哥"显然不肯说真话,说:"章星老师心脏不好,人给了个土方,说要在这种季节里,半夜在野外路边上找'泽漆麻',用它的根叶煎水喝。我陪她在找,你看!"他手里果真拿着几株草药。

"施永桂,你真不讲交情,这是骗我!根本不是那么一回事,我又不是傻瓜!"

施永桂平时老成持重,却沉不住气了,烦躁地说:"家霆,别逼我了。这件事你知我知,对谁也别说。我求你!我本想告诉你的,因为需要你也帮着出力,现在你看到了就等于告诉过你了。到需你出力时,就找你,把一切都告诉你!"

"你不知道吧?刚才'马猴'在跟踪监视你们呢!"

"什么?"施永桂像要跳起来,"他看见了?"听家霆讲了情况后,施永桂叹口气说:"他要是追查,只有咬住说找'泽漆麻'了。这坏蛋!"又说:"轻轻地回去睡吧,不要惊动任何人,连'博士'和'南来雁'都别惊动。人问,就说我俩泻肚!"

从那到现在,一晃半个月了。"老大哥"夜里又出去过两次,都没瞒家霆,也都是在听到遥远处运煤队的声音一响就走,到铃铛声渐渐消失在天边才回来。"老大哥"是个好人。家霆刚入学时,邹友仁生过一次急性痢疾,多亏"老大哥"和"博士"关心照顾,端屎倒尿不说,还卖掉了自己的毛线衣买了一瓶"痢特灵"治好了邹友仁的病。家霆知道后,自己有两件毛衣,就将一件送给了"老大哥"。同"老大哥"这样的人有了真挚的友谊,使家霆生活中有了温暖。中国的问题在哪里?希望在哪里?"老大哥"常有精辟的见解。对他,是绝对可以信赖的。听着雨声滂沱,想起明天"马猴"还要找去谈话,又想起邵化来后学校里起的变化,家霆心里七上八下。"老大哥"施永桂似乎窥察到家霆的心事,说:"沉住气,好好睡吧。不要急躁,愁也没有用,要策略地同他们较量!"

夜雨后,晨雾中时隐时现的四周山峦被洗得碧绿碧绿。在远处的农舍上空,随风飘着淡淡的炊烟。水汽升腾在田野间。早自习时,教室里不断有人咳嗽、打喷嚏。复习外语的人都到田埂上朗读去了。家霆摊开数学课本,刚做复习题,"马猴"突然出现在教室门口,说:"童家霆,来!"真像根藤蔓似的会缠人!他一叫,施永桂就对家霆做了个眼色,意思是:"去吧,照昨夜谈的办!"

进了"马猴"的办公室,"马猴"在一把太师椅上坐着,把昨天的话炒了一遍冷饭。见家霆没有表情,问:"你对同学说我是'揪着你的耳朵擤鼻涕',是吗?"他的"耳报神"真厉害!昨晚回宿舍后,家霆是跟施永桂和小翰他们说过这话的,准又是林震魁等偷听了打的小报告。

家霆说:"说啦!我觉得拣了一张破报纸的事,怎么老缠着没完?"

他笑笑:"愿意跟着我们干吗?想好了没有?对你可是大有好处的。"

"不是问那张报纸的事吗?我除了读书,什么都没兴趣,也不想有出息。"

"马猴"两只精明的眼睛好像在说:"唔,我看透了你是说谎!"慢悠悠地说:"你什么都一推了之!拣到的报纸会偷藏在枕芯里?"

"是哪个不要脸的胡乱打小报告?报纸我是随手扔在床上的,你问施永桂他们都知道。"

"马猴"将信将疑:"我当然可以调查。可是你的谎话漏洞太多。说是拣的,拣了为什么带回来?"

"好奇嘛!这种报难得看到!"

"马猴"的声音又冷又硬,像鞭子在寒夜里抽打了一声那样:"哪里拣到的?说具体!"

"去得胜坝时在石桥上那卖炒米糖开水的摊子旁边。"

"把地点讲清。"

家霆想：幸亏"老大哥"仔细想得具体，要不，就糟了，说："石桥东边的地上。"

"谁证明？"

"我同靳小翰一起去的，他该可证明。"

"马猴"起身，指着一只椅子："好，你坐在这里别动。我把施永桂、靳小翰找来。你不许插话，是真是假，一问就知。"他"啪"地开了窗户，用手向一个在操场上晨读英文的学生"喂"的一指！"快去把高三一班的施永桂、靳小翰找来！"那学生跑步去了。"马猴"关上窗子，洋洋得意："马上诚诚实实对我说，我不处分，还信任你。要是说谎，一切你自己负责，不要聪明反被聪明误啊！"

他想牵着藤蔓叶子动，家霆心里踏实，摇头不做声，两人像两军对峙。一会儿，施永桂和靳小翰来了，在门口高叫："报告"。"马猴"说："进来！"他俩进来了，施永桂立正站着，靳小翰吊儿郎当倚在门边。"马猴"问靳小翰："你哪天同童家霆到得胜坝赶场去的？"

"博士"昂着头："常去，最后一次——"他故意装作在想，"是五天前。"嬉皮笑脸不在乎的表情。

"马猴"看看他："童家霆拾到过一种报纸没有？"

"是张《新华日报》吧？重庆报童手里多得很，公开发行，没什么希奇。他少见多怪，拾了要看一看。放着是我，路不拾遗。"靳小翰说得轻松，却堵住了"马猴"的嘴。

"是在石桥南边拾到的吧？""马猴"耍花招了。

"石桥南边？不不不，是在东边！"

"拣回来后，报纸放在哪里？"

靳小翰眨眨近视眼："好像扔在床上，我没看！"

"马猴"问施永桂："你是高三的中队长，我相信你不会骗我。《新华日报》放在哪里的？"

施永桂模样十分老实,讷讷地说:"好像随手甩在床上,后来就不见了,谁也没当回事,是童家霆拣来的。这报纸重庆的确多得很。"

"马猴"像鸭子吞了个大螺蛳,卡在长脖子里一时说不出话来,板脸说:"观众看到魔法师变戏法是高兴的,但我可不是爱看魔法师变戏法的观众。你三个似乎是串通好了的。这事还要调查,不算完。"接着,就"训育"开了:"我懂得,你们认为社会太黑暗,国民党太腐败,就不满现状,思想左倾,是不是?哼!左倾是危险的!邵校长决心严密防范这些问题。我们这个国立中学,以前马马虎虎,邵校长知道有过共产党活动。这方面的情况一定弄得清的。"他踱着方步,"什么书报可看,什么犯禁不可看,要分清。你们读了《中国之命运》没有?"

家霆和小翰都沉默,只有施永桂装得那么老实地立正回答:"报告!读过了!"

"马猴"来劲儿了:"施永桂很好!这是蒋委员长——"他像个小丑似的,很可笑地立正,又稍息,"——的著作,你们都应当好好读一读,应当关心中国的命运嘛!"

家霆怕他再"训"下去,说:"早自习的时间都占了,今天还要测验数学哩!"

"马猴"铁面无私地说:"爱听,我要讲;不爱听,我也要讲。"然后,三人才被"大赦",临放又叮嘱:"这次算了。只是给了你们点颜色,可不要开起染坊来啊!必须懂得,你们应该当一个被训育主任信得过的好学生。"

这天,上午课排得满满的,三人也没再谈"马猴"找岔子的事。下课时,邹友仁等关心地上来探问,有林震魁在,三人都没吱声。中饭后,施永桂说:"家霆,你去找窦平到山顶逛逛,我约小翰、'南来雁'同你们在山顶见面。"

中饭和晚饭后散步,是习惯,一般都是几个好朋友一起到山顶或四周逛逛。蜘蛛穴山顶风景很美,远处有碧绿的橘柑林。葱茏的橘柑林中,树上已有绿色的橘柑。要是到了秋天,橘柑树上点点红火似的结满了累累的橘柑,真太美了!平时,学生们常站在山上欣赏着映照在几江上的夕阳和西天的彩霞;有时,在大黄桷树下迎风伫立,眺望远远近近层层叠叠的梯田和雾气缭绕的村庄。如果夜晚月色好,这儿就会有"星垂平野阔,月涌大江流"的景色了。

家霆约了窦平到山顶上去。其实,"山顶"仅仅是个高岗。刚走到岗下,迎面就见到了"老大哥""博士"和"南来雁"。五个人边走边谈兴致勃勃地往山岗上爬。窦平是个东北流亡学生,放声唱起了《松花江上》:"我的家,在东北松花江上……""博士"说:"别唱了!唱得人心酸干什么?"他把早上"马猴"叫去对证训话的事说给邹友仁和窦平听。听完,邹友仁骂了一声:"妈的!"窦平说:"以后,倒要格外小心,我们传看的书怎么也不能让'狗'衔去!"施永桂说:"对了,约你们来逛,就是商量一下这事。大家看,以后该怎么办?"

家霆的心,好像飞翔着,追逐着缥缈的记忆。

读书会,是"老大哥"他们在高一时秘密组织的。那时,永桂、窦平、小翰、友仁四个都爱好文学,后来就在国文教师赵腾帮助下组织了读书会。赵腾老师三十多岁,大脑袋,高高的个儿,戴副黑边眼镜,脸上常有开朗的笑容,体格匀称,有一头浓密蓬松的黑发,常穿旧蓝布长衫,有时穿蓝布学生装。他是大学中文系毕业生,成都人,一口四川话很好听,讲课吸引人,批改作文认真,同学都喜欢他。永桂后来常去他寝室聊天,知道他结过婚,没有子女,妻子在重庆教中学。他博学多才,有正义感,给永桂、窦平、小翰、友仁介绍很多进步的中外作品,谈一些新鲜、正确的观点。组织读书会由赵腾辅导大家读书,赵腾有个约法三章:第一,秘密。他说:"你们都是进步青年,大家都对当今的社会不满,共同的奋斗目标是要求抗战、要求进步、要求团结、反对独裁、贪污、倒退和分裂。大家都忧国忧民,渴望能读到些好的进步书籍和报章杂志来广知识,增进对大局的了解,好做有用的人才。但现在动辄给人扣红帽子,特务又多。因此,我们这个读书会要秘密。"第二,不要急于发展人参加。他说:"不要自己随便拉人进来。因为那样要出问题,而且书也不多。我可以从重庆弄些书报杂志来给大家传阅讨论,不可随便给读书会外的人看。"第三,你们同我之间不宜表现得过于亲密。他说:"要防止引起坏人怀疑,甚至引起县里稽查所和县党部的注意。"家霆来校后,在同"老大哥"加深了解后,因为窦平被学校安排迁出了二号寝室,家霆搬进二号寝室,让家霆参加读书会阅读方便,所以破例吸收了家霆,赵腾老师在同家霆接触后也很喜欢他。家霆阅读了许多以前没有读过的书:《中国的西北角》《红星照耀着中国》《塞上行》《华北前线》《士敏土》《母》《石炭王》……但,以后就发生了赵腾老师匆匆离开而又渺渺无讯的事。大家非常怀念他,家霆心里一直怀疑赵腾老师可能是共产党,怕是国民党特务暗害了他。虽无根据,没有信息总是怀念。

接着,寒假开学来了个穿浅蓝色阴丹士林布旗袍的女国文教师章星。据说是教育部里一个什么人向学校推荐,从重庆应聘来的。章星来后不久,就同施永桂也像赵腾老师一样亲密了。一天,施永桂和家霆在章老师处聊天,施永桂提出了过去组织读书会的事,说:"现在赵腾老师走了,希望章星老师像赵老师一样给我们指导阅读。"章星马上答应了。每一本好书每一张进步报纸或每份杂志,都像一盏暗夜里的明灯,五个人依然袭用了赵腾老师的"约法三章",一切挺好。谁料,邵化使学校里弥漫了恐怖气氛,使读书会的事竟颇为棘手了。

现在,"老大哥"提出要大家商量读书会的事,"博士"第一个就开口了,毫不在乎地说:"怕什么,照样不变,只要秘密,不让'狗'发现就行!"

跨过一片草丛,踩着沙砾碎石,逛上山岗。有一条潺潺的泉水,绕过一块洼地向下流淌。五个人在水边席地坐了下来。家霆说:"只怕秘密不了!邢斌和林震魁两条'狗'东窜西跑,紧盯紧咬,今后我们要尽量避免公开在一起,免得引起注意。章老师那儿,也只准让永桂一个人悄悄去联系,别人都别往那儿跑,免得连累她。"

邹友仁、施永桂和窦平都点头说对。窦平是条大汉,虎头虎脑,一副固执、倔强的神气。他身强力壮,胳膊、胸脯隆起肌肉疙瘩,一生气脸就红,五个人中他年岁最大,二十三了。十多岁时,他就从关外流浪到关内,又从华北流浪到四川。来国立中学上高中前,单身闯荡过。干过小工,帮川江上的木船拉过纤。在重庆抬过滑竿,吃过许多苦。为人正直,就是性格有些粗鲁。这时,攥着碗口大的拳头说:"邵化一来,'八宝饭'每顿都不够吃,'什锦粥'更稀了。干豌豆和牛皮菜里一点点油星星也没有。这都是邵化带来的总务主任陈胡子的德政!光是退让可不行!要是软弱,他们就达到目的了;咱偏不软弱,他们举拳也得看看打的是块豆腐还是块石头!"

"博士"学究式地说:"这符合阿基米德定理。"

家霆说:"你的话痛快,但蛮干不行,读书会的活动还是得暂停。"

几江边上,有拉纤的船夫唱着动听的"川江号子",号子声随风飘来:"……伙计们,快上前啊!……太阳的光已上山巅!……啊哟哟啊哟哟……"大家都静静谛听。施永桂点头说:"家霆的话值得注意,不能蛮干。我们多联络些同学不吃他们那一套还是有用的,至少要使他们干坏事有所顾虑。鲁迅说过:'这人肉的筵宴现在还排着,有许多人还想一直排下去,扫荡这些食人者,掀掉这筵席,毁灭这厨房,则是现在青年的使命。'我们要巧妙地干。"他背诵鲁迅那段名言时,不知为什么,家霆听着竟觉得血也热了。

"博士"靳小翰老是在地上拔起一些野草藤蔓随手扯断了玩,说:"大家快想点办法吧,只要想出一个好办法警告邵化和他的狐群狗党,使他们以后有所顾忌,我就出力干!"

窦平出主意说:"先打两条'狗'怎么样?"

邹友仁拍着巴掌:"妙!可是不能明打,要暗打。"他长得又矮又黑,厚嘴唇,显得憨,是个慢性子。"博士"常说他"三锤子砸不出一个响屁",现在对打"狗"倒颇有兴趣。

家霆说:"明打,我们又得被'马猴'叫去训话了!暗打怎么个打法?"

窦平说:"既是暗打,就得利用黑夜来打。"

施永桂忽然来劲了,说:"对!夜里打,叫两条'狗'以后夜里不敢出来咬人!"说这话时他朝家霆看了一眼。家霆忽然好像明白他的心思了。他那夜和章星老师一起在十字路口等待骡马和囚犯运煤队的情景,又浮现在家霆眼前了。"老大哥"是嫌邢斌和林震魁这两条"狗"碍事。是呀,两条"狗"常常出人不意地出来咬人,谁说他们半夜不会出来逡巡呢?打一打,叫"狗"老实些,确有必要。家霆提议说:"我有个好办法,你们看行不行?"刚要说,"博士"突然从地上拾起块碗口大的石头,大声嚷了起来:"狗!"话音刚落,石头脱手飞出,扔在右边的杂树乱草丛中。

家霆和大家回头一望,可不是吗。黑不溜秋的林震魁不知什么时候跟上高岗来了,躲在右边坡旁浓绿的杂树乱草丛中。他探头探脑站起身来了,恼火地大声说:"靳小翰,你他妈的干什么?差点砸了老子的脑袋,这么大的石头能开玩笑吗?"

"博士"揶揄地朝林震魁打招呼:"老子还以为是条黑狗呢,哈哈……"

大家哈哈哈地笑开了，开心的笑声在山间回响着。

"打狗"的事，突然被一件外来插入的事耽搁了。

那天，男生分校全体学生接到通知：过江到校本部听冯玉祥将军演讲，并参加献金大会。冯玉祥是为发动节约献金救国运动来江津的。

上午十点，冯玉祥来演讲，上了台。台下聚集了县里好几个学校的男女学生：体专的、艺专的、女中的、国立中学的都有。人黑压压的，将大操场挤得满满的。学生们整整齐齐排队站在下面，家霆在前排离台很近。冯玉祥那高大粗壮的身材穿着一套干净宽大的灰布衣，戴一顶鸭舌便帽，足登黑布鞋。邵化和其他一些人，包括女中校长周秀珍等站在冯玉祥身边，比他足足要矮一头半。自从去年初秋在重庆见面后，瞬忽半年多了。冯玉祥那张方脸上两腮鼓得圆圆的，面色依然健康，声音也依然洪亮。一听他的声音，家霆就感到亲切。站在台下，听着冯玉祥生动而有鼓舞力的讲话，他心里想：冯玉祥历来都尊重有学问的人，他同爸爸早就认识，又有去年那次谈话。他到了江津，爸爸很可能已同他见过面了。家霆暗暗作了决定：散会后，找个机会溜回家去，听听爸爸跟冯玉祥谈了些什么。

冯玉祥讲了将近两个钟点的话。讲他因为看到士兵们吃不饱、穿不暖实在可怜，又加上军政部和财政部整天都在嚷着"没钱没钱"，所以决定发起节约献金救国运动。起初自己卖字献金，后来到处演讲，发动民众，民众捐款非常热烈，也捐了很大的数目。因为大家都懂得有钱出钱、有力出力来抗日救国的道理。他讲了许多动人的献金事例：有的人把自己母亲留给孙女作嫁妆的四十石谷子折合法币十万元献给了国家，自己不愿说出名字。有的县商会的人不肯多出钱，学生们就向商会的人跪下了，叫他们要救国家不要只管自己。有的老太婆把她祖母留给她的银镯子都献了出来。镯子是黑绿色的,这是她们家一辈传一辈在家切猪草染上的绿色。在有的小县里,民众献了金戒指一千二百多只,军鞋一万二千双,黄谷三万石。在成都华西坝,向大学生讲话后,男女学生把身边的钱都拿出来献给国家了。有的穷学生把毛衣和棉袍也脱下来献了。天气冷,冻得打冷战。冯玉祥两手叉腰含着泪说:"我当然不能剥穷孩子的衣服,不肯接受他们的捐献。可是这些纯洁的青年,他们爱起国来,连命也不要!中国老百姓的良心里,有的是文天祥、史可法,若不发掘,是无法看见的。……"

听着冯玉祥的演讲,家霆又热血沸腾了。会议结束后,献金开始,窦平和施永桂等同全班同学酝酿了一下,决定全班绝食三天,节余伙食金献给前方将士。

家霆同意这样做,但想到同学们绝大多数都是十分穷苦,有一部分还没有家。没有任何亲友在大后方的流亡学生,如果真的三天不进食,那本来已很瘦弱的身体怎么支撑得住?就想:我还是回一次家,同爸爸商量,带点钱回去,好让同学们不致真的三天不吃饭。他又想起了欧阳留下的首饰,想取出最后一只金戒指捐献出来,用欧阳素心的名字。他相信:欧阳如果参加这大会,是一定会把首饰都捐献出来的。

献金大会场面热烈,许多人都从手指上抹下金戒指捐献出来。跑上台去献金的人更多。冯玉祥背着手站在台上,大声说:"同胞们!我把我在成都兵工厂做的钢铁戒指带了一些来。这种戒指上面刻有'献金救国'和'冯玉祥赠'等字,献一个金戒指,就给一个钢戒指,留下一个纪念抗战的东西。当年德法战争时,德国军费难办,就想出用钢铁戒指换金戒指和宝石戒指的办法。五六百万只戒指也能值很多钱。到了第一次世界大战后,一个钢戒指就值十万、二十万元了!可见纪念的价值是很大的!"他在那里,将一只盘子里放着的许多钢戒指分递给捐献金戒的人,一人一只。

会场上人们情绪激动,有些乱了。家霆对施永桂悄悄说:"'老大哥',我要溜回去一下,你给照顾着些。"他觑个便悄悄走了。经过会场后面时,眼睛感到一刺。在后面人丛里,他看到稽查所长鲁冬寒像个幽灵似的夹在人丛中,不动声色地张望着台上的冯玉祥。

家霆向南安街九号走去,快要到家了,却在路口突然遇到了吕营长。吕营长高声叫家霆:"小老弟,你怎么今天就回家了?"他是知道家霆每逢周六下午才回家的。

家霆如实告诉了他听冯玉祥演讲并参加献金会的情况。

吕营长忽然说:"小老弟,我正要找冯玉祥。我上告伤兵医院院长程福同的状子,像小石头丢进了汪洋大海,水花也不起。只有拼着命再告。听说冯玉祥敢替百姓讲话,我一定要把状子送到他手上。冯玉祥住在东门外电灯公司里。那里边有讲究的招待要人的住处。我本可去找他。听说稽查所派人在那儿监视,禁止人近前,我又不想去了。我向你们家看门的老钱打听,说冯玉祥来后上你家看望过你父亲。"

家霆老实地说:"我还不知道。但父亲是认识他的。"

"这不就行了!我把状子交给你,你代我找机会递一递,好不好?"

家霆有点为难。按吕营长说,冯玉祥已经看望过爸爸,那么他们还会见面吗?何况吕营长说冯玉祥住在电灯公司,有特务监视,就不免有点为难。但他是个热血青年,想到吕营长要办的这件事是正义的,就排除顾虑了,说:"好吧,我跟你去拿你的状子。"

吕营长说:"哈哈,小老弟,我随身带着呢!"从军装口袋里掏出了一封厚厚的状子,说:"要写的都写在上面了!你只要说是有一个渝江师管区的营长吕大鹏亲自写的就行了。我坐不改姓,行不改名,豁上了等着看下文呢!"说着,对家霆拱拱手,说:"小老弟,拜托了！"

家霆把信揣进口袋,见吕营长脸色不好,眉眼间颓丧,问:"你过得顺心吗?"

吕营长似笑非笑,鼻子里哼了一声说:"唉,大后方住腻了,看不惯那些乌七八糟的事,干和不干都不行,天天生气。我宁可早日上前线!"

家霆关心地呜噜了一句:"军人是该上前线,只是前线总是危险。"

吕营长笑笑:"其实未必。我也想过:留在后方当然安全,送到前线不外两个可能:受伤和不受伤。不受伤无须担心,受了伤也是两种可能:轻伤和重伤。轻伤无须担心,重伤仍是两种可能:能治好和治不好。能治好无须担心,治不好还是两种可能:不死和死。不死当然不用担心,死了的话么——也好!因为已经死了,还有什么好担心的呢?眼一闭、腿一伸,二十年后又是一条好汉!"说后两句话时,他的神态、语气都是调侃的,对家霆做了个怪脸。

家霆被他逗笑了,心里却有点苦味。吕营长同家霆打个招呼,说:"我还有事,小老弟,再见吧!我的状子千万别忘了递!"说着,迈步走了。

家霆独自往家里走。抱着小女儿的老钱和坐在小板凳上忙着择空心菜的钱嫂在门口看见了他,老钱报喜似的说:"大少爷,你回来了!告诉你,冯玉祥来发动献金,我和钱嫂商量后,将她娘留给她的一根发簪送到电厂献给冯玉祥送给抗日将士去了!这发簪我们再穷也没舍得卖了花用。现在,为了抗日早点胜利,我们献出来一点不心痛。"家霆听了,心里感动。老钱又说:"昨天冯玉祥来看秘书长了。嘻嘻,冯玉祥一到江津,找他告状伸冤的人好多好多,听说把电厂门口都挤满了。"钱嫂插嘴说:"大少爷,今天我炖了真正的鸡汤,可不是鸡的洗澡水啊!你回来得正好,我马上就开饭!"

家霆径直走进书房,见童霜威正在写那本《历代刑法论》,案头堆满了书卷和资料,他叫了一声:"爸爸!"

见家霆回来了,童霜威十分高兴,说:"好呀,你怎么这时回来了?你回来得正好!冯玉祥来了,今晚我要回看他,你正好陪我同去。"

家霆坐定,把听冯玉祥演讲和参加献金的事讲了,又把回来想取点钱并且拿一个欧阳的戒指去捐献的事讲了。童霜威说:"钱,把我手里有的都拿去,欧阳的戒指你看着办!"

家霆问:"听说昨晚冯老伯来过,谈了些什么?"

童霜威摇头说:"有趣得很,他来看我,除了他带的秘书和副官外,陪伴的人一大批。李参谋长来了,李思钧来了,刘县长来了!县参议会议长来了,鲁冬寒也来凑热闹。还谈什么!只是寒暄了一番,又被那伙人众星拱月般抬走了。临走,我对冯焕章说,我要去回看他。我确是想同他谈一谈。"

家霆听说昨天冯玉祥来时鲁冬寒也来了,把刚才开会时看到鲁冬寒的事讲了。童霜威皱眉听着,想到了程涛声同冯村走时在江边河坝船码头上见到鲁冬寒的事来了。鲁冬寒苍白、阴险的面容和两只诡秘的小眼睛使他厌恶,说:"汉朝的十常侍,明朝刘瑾的东厂、西厂,清朝雍正的血滴子,恐怕也没现在军统、中统这种水银泻地无孔不入的伎俩了。我是一定要把这些事说给冯焕章听的!"

家霆没有回校。当晚七点半,童霜威带家霆到东门外电灯公司看望冯玉祥。

电灯公司的客房在江津算是接待贵宾的地方,比较宽敞,外边有会客的客厅,里边是卧室。客厅里陈设着沙发、桌、椅、茶几,其实也并不讲究。进电灯公司的时候,有些人貌似接待,实际是稽查所安排的人。因为告状要求伸冤的太多,昨天起远远就有些宪兵和军警穿着便衣,将告状伸冤的人驱散了。童霜威带着家霆,稽查所的人认识。冯玉祥的副官昨天到过南安街九号,也认得。见了名片,马上客气地请进去到客厅坐下。

客厅里倒是清净。副官敬上沏好的香茶,冯玉祥满面春风地大步出来了。他没有戴帽,穿的仍是家霆上午看到的那套干净、宽大的灰布衣。家霆叫了一声:"冯老伯!"他高兴地请童霜威和家霆坐下,兴致勃勃地说:"啊,童先生,我刚来时,找到这儿的县太爷谈献金的事,他说:'想发动献金捐款恐怕不容易。'我说:'你放心吧!他们捐千千万,你摸不着,我也摸不着;他们一文不捐,你穷不了,我也穷不了!你不要管那些,请你把此地父老们和军队、机关、学校的首长请来,我同他们谈谈就成了。'这不,我的话没有错!今天一天,就献了七十多万!"说到这里,笑着对家霆说:"早上我演讲时,看到你站在台下的!"

家霆说:"是的,听了冯老伯的演讲,我同大家一样都十分感动。"

童霜威想:从抗战到现在,冯玉祥一直没有事干。表面上党政军里挂着些空头衔,但几乎一点权也没有。开会时他都持不同意见,蒋当然讨厌他。他向来爱动不爱静,老是闲着怎么憋得了,就单枪匹马发起献金,动员各界人士为抗日出钱。这种精神实在可敬。但这也只有他的声望地位才能这样干,换了别人,上边既不叫干,下边局面也打不开,说:"冯先生,你这面大旗打开一号召,当然会一呼百应。除了汉奸卖国贼,中国百姓哪个不爱国!而且,大家相信你冯先生不会贪污,拿出钱来交给你放心。"

冯玉祥摸着头挥着大手说:"对!账目是绝对清楚的。我起初自己卖字献金,每月收的钱都直接送给蒋介石,并且都有收据。如今献金有专人管理,一丝不苟。"

童霜威急着想同冯玉祥谈谈心里话,就转换话题说:"冯先生,昨天人多,无法深谈。最近的时局使人不安,不知先生有何指教?"

冯玉祥本来兴奋的激情,听到这话在脸上消失了,胸中似滚动着难以平息的浪潮,鼻孔里仿佛喷出了两道怒气,滔滔不绝地说:"是呀!把嫡系部队、美式装备部队都放在陕西北部包围着八路军,好像不怕鬼子,就怕八路军,真是怪事!前不久,蒋忽然问我:关于共产党的事,你有什么意见?我想了想说:你这样的虚心,我有话就不能不说了。我看最重大的事也就是关于共产党的事。共产党要求多编几个师抗日,要向中央要饷要粮要子弹,为了抗日应该发给他们。不能幻想共产党可以压服,压是压不服的。只有从抗日上出发来考虑团结的问题,不要分裂和倒退。只要团结了,国内和国际的观感马上就不同了,敌人也就马上害怕。不过这件事情非得你自己当家不可,不要同恐共病的人商议,更不要同仇共病的人讨论,自己毅然决意地拿定主张把这件事早日办好。只要这件事办好了,全国的事就算办好了一大半,你也就不朽了!"

童霜威说:"冯先生这样说,他怎么表示的呢?"

冯玉祥说:"我劝告蒋先生,共产党敬百姓一尺,我们要敬百姓一丈,争着替百姓服务。他那天居然点头说:'唵唵唵,好好好!'可是,我心里明白,我的话他历来左耳进、右耳出。早在民国二十七年十二月,蒋在重庆邀见周恩来等,就说过他要坚持取消共产党。他说:'我的责任就是将两党合成一个组织。''这个根本问题不解决,一切均无意义。'从一九二八年到现在,蒋和他的左右一天到晚以为我准是共产党,或者以为我是共产党的尾巴。其实,我是为了抗日反对侵略,为了国家的统一、团结和富强。"说到这里,冯玉祥把大脑袋摇了又摇,"我来时,听说九十军、五十七军的好多部队都已调到了陕西,又听说何应钦、白崇禧、胡宗南等要开作战会议了。《中央日报》在大力宣传马列主义已经破产、中共必须解散。蒋先生的《中国之命运》出来后,我看了这本书,就料到会有好戏唱的。"

童霜威忧心忡忡地问:"会自己打起来吗?"

冯玉祥那张淳厚的面孔上露出一种坚毅的神态,忽然站起身来,忽然又坐下往沙发背上一靠,压得座下的弹簧"吱吱"响,说:"抗战以来,这也不是第一次了,摩擦不断发生,只是战前剿了十年共也剿不了人家,现在谁相信能达到目的?吃亏的是抗日大业。自己害自己,自己打自己,不要日本人亡我们,我们自己就亡了我们。禁止人家抗日,取消人家抗日的资格,简直是神志不清。说到这种事,我心里就冒火!"

童霜威点头说:"冯先生觉得我们应当怎么办?"

冯玉祥朝童霜威脸上看看,见那张脸上神态真诚,叹息一声说:"要改变错误政策,恢复中山先生的三大政策①。我看,除了国民党外的政治力量以外,还要联合一切不满现状的国民党人共同奋斗!"说到这里,问:"我听程涛声说,他上次来江津,已经跟你大致谈过了?"

童霜威想:冯焕章到底直爽,说话清清楚楚,使人听了感到像浓雾中透入一道阳光,心里舒畅了。对比下来,程涛声说话含蓄,有时转弯抹角,谨慎小心,点头说:"是的,他来,我们谈过。"说到这里,想起上次与程涛声谈话的那种不愉快的感觉,心里怏怏,又模棱两可了,想:如今特务横行,反共的声浪高嚣,我是深有不满,忧国忧民,感到政治上没有出路。但立即偏向左边去值得吗?是要费斟酌的。"老大嫁作商人妇"的事干不得吧?心中想着,叹息一声说:"程涛声来,想不到此地稽查所一直在监视他。我送他上船归去时发现,稽查所长也在船码头上。"

冯玉祥听了,瞪圆了眼睛,气哼哼地说:"是吗?"忽又摇摇头,"不过,也不奇怪。我到眉山县发动献金时,就有特务人员向当地

---

① 一九二四年一月,孙中山在广州主持召开了中国国民党第一次全国代表大会,大会确立了孙中山提出的联俄、联共、扶助农工的三大政策。

绅士造谣,说我发动献金是绑票式的,把你请去非捐多少钱不可,不捐就不放你回去,鼓动绅士们逃到乡下去。我在新津县时,特务多得很,打着幌子说是维持会场秩序,其实是破坏献金。这次来江津,听说特务对商会的人说:'最好你们不要献金,看冯玉祥有什么法子!'我明白,我来这里,特务也在监视。"见童霜威点头,又说:"我来后,有些喊冤的人来,状子递了一大堆。此地军政部的监护队,把百姓的菜拔了五六船运到重庆去卖。那些士兵进城到戏园子看戏,不买票,同这里维持秩序的军警督察处的士兵开枪打了起来,把百姓打伤了二三十个,有这样的事没有?"

童霜威点头说:"确有此事,发生在去年我们刚来不久的时候。"接着不禁说:"唉,这种事多得很哪,管也难!"他知道冯玉祥好管闲事,有些是非之事就不愿多说了。

家霆这时却插得上嘴了,他年轻气盛,初生之犊,讲话无顾虑,先讲了伤兵医院的事,递交了吕大鹏的状子,又将听吕营长讲的渝江师管区的事说了,更谈了鲁冬寒监视爸爸的事。正讲着,不料听到人声和脚步声,正是"说到曹操,曹操就到",副官陪着鲁冬寒进来了。

一见鲁冬寒,家霆停止了讲话。冯玉祥外表厚道,其实是个绝不糊涂的精明人。这时,见鲁冬寒满面微笑又跑来了,心里窝着火。他早认识这个稽查所长了,忽然好像不认得地对副官说:"我正陪童先生谈话呢,你怎么把生人带进来了?"

听冯玉祥的语气,一看冯玉祥威严的态度,童霜威明白要有精彩场面了。果然,鲁冬寒一听,马上满面献媚,躬着身子连连点头,说:"啊!冯副委员长,是我,鲁冬寒,昨天来过,今天一早也来过。"

"啊,你是军统的是不是?怎么样?有事吗?"冯玉祥问,颇有当年做总司令时的威仪。

"没有……啊……是来看望冯副委员长的!"鲁冬寒诚惶诚恐,

朝童霜威望着,似是请童霜威说几句情。

童霜威拗不过情面,话中有话地说:"他确是稽查所所长,昨天陪冯先生你到我那里去的人中有他。"

"啊!"冯玉祥点点头,铁着脸对鲁冬寒说,"我身体好,用不着多看望,没事你就回去吧!我跟童先生要好好谈谈呢!你不必奉陪了!"说着,不再理睬鲁冬寒。见副官将十分狼狈的鲁冬寒带出去了,他咧开嘴对童霜威父子笑笑,端起茶几上的茶杯,把白开水一仰脖"咕咚咕咚"喝了个够,说:"我性子直,这还是客气的。要不,能用棍子把狗打出去!"他笑着亲切慈祥地对家霆说:"来,家霆,你再接着往下说。当然,我只希望能了解些情况。"他扬扬吕大鹏的状子,"解决问题,找我告状,我是心有余力不足的!"

第二卷 风波浩荡，夜雨闻铃肠断声

（1943年6月—1943年7月）

我想通过生与死的严峻搏斗，来体现历史的凝重。

「曙光从黑暗中诞生，春天从冰雪中走来。」在那段「前方老打败仗，后方乌烟瘴气」的战争岁月中，人生海洋中的风暴、震啸、急浪、漩涡、礁石，随时会出现；复杂的天象，曲折的航道，变幻的气候，总常会展现在生命之路面前。

——摘自创作手记

一

　　欧阳素心的下落仍旧渺渺无讯。

　　冯村从江津回重庆后,来过信给童霜威和家霆。他到中华大学找了谢乐山,详细询问了谢乐山瞥见欧阳的情况,但就像谢乐山信上所说的那么一点点,并无其他漏写的情况。冯村曾花费了好几个夜晚,到七星岗上兴隆街附近伫候,希望侥幸撞见欧阳素心,可是失望接着失望,欧阳素心隐没在茫茫人海中无处可觅踪迹。

　　冯村拿了童霜威给杜月笙的信去找杜月笙的秘书胡叙五。童霜威在信上托杜月笙向军统打听欧阳素心的讯息。戴眼镜、圆脑袋的胡叙五很客气,约定电话联系。后来,他在电话中告诉冯村:军统答应帮助寻找,需费些时日或能打听到消息。

　　给叶秋萍的信丝毫未起作用。冯村拿了童霜威的信找叶秋萍,请叶秋萍帮助寻找欧阳素心。叶秋萍本人未见,让秘书代见,态度冷淡。隔了几天,冯村打电话去询问,秘书平淡地回答:"找过了,没有找到。"

　　冯村在信末结束时说:"情况确像大海捞针,使人心情懊丧,我当继续努力。"

　　一直珍藏着的欧阳素心留下的"天涯海角毋相忘"七个字的纸条,家霆常一遍一遍地看。纸条已经摩得发毛卷角了。看着纸条,往事难舍,怎么能不更加思念欧阳呢?

　　心事缭绕在欧阳素心身上。在看到雾中的青山时,就会想起欧阳在上海环龙路那间幽静的画室里绘的那幅油画《山在虚无缥纱间》；在淋洒霏霏细雨时，会想起在上海法国公园里那棵常青的落地大雪松后面，那段甜蜜的回忆。当时，欧阳乌黑油亮的黑发上沾着雨珠，像戴着闪烁钻石的美冠，眼里像闪着青春的火苗。他和欧阳雨中离开那棵葱茏的雪松时，带着的一种纯洁、欢乐的幸福感情，迄今仍使他温暖。

家霆是个克制力很强的人，他能意识到毕业班的大考和毕业会考以及大学考试这三个"关口"，要通过是严峻的。能不能通过这三关，关系到自己的前途和未来。不能让自己沉浸在一种痛苦、消沉的情绪中蹉跎岁月。他仍旧使自己驱散心上的凄凉与思念，安心地听课，安心地复习，安心地迎接将要来到的"三关"考试。早上，他与"老大哥"施永桂、"博士"靳小翰等起得很早，去读英语。晚上，大家又一同睡得很迟，在冒着黑烟的桐油灯下做代数和解析几何的习题。

只是，邵化加给学校的法西斯气氛，总是在威胁侵犯着他本来不平静的心。

那天下午，有一节自习，家霆在茅草顶的竹笆屋教室里做物理题。从窗户里向外看去，天空被破棉絮般的浓云布满了。教室的门开着，微风袭袭吹来，不断翻动面前桌上的书页，不由使家霆想到第一次在欧阳素心家，在她房里看到晚风从窗口里吹进来拂动桌上那本书页的事了。正在凝神，"马猴"突然出现在教室门口，说："童家霆，来！"家霆只好跟着他到办公室去。

说的内容，是想诱家霆说说同学中哪些人思想左倾，也想逐个了解班上同学的情况。他的眼神在搜索中带有挑剔，甚至用表扬的口气给家霆戴高帽子，说："你是很好的嘛！前些天献金，你表现得很突出，班上绝食三天捐献，你怕大家饿了，掏钱买了大批大饼、油条和红薯给班上同学充饥，听说还悄悄化名捐了个金戒指，说明你富有正义感和爱国心。我问你的事都很重要，你应当如实告诉我嘛!"

教官"蓝舅子"平日对学生非训即骂、横眉竖眼。"马猴"平日对学生态度尚好,但家霆嫌恶他的纠缠,说:"我不爱管闲事,我只管我自己。功课太重,我自顾不暇。"

"马猴"笑容相向,要家霆坐下,腔调变了,说:"其实,青年时代,思想左倾并不奇怪,年轻人不满现状也不奇怪。我也不主张对青年人用高压政策。同你谈这些,你不要紧张,也不要反感。我是训育主任,职责所在,应当多同学生接触,多谈心。"

家霆心里想:这家伙!真是硬软手段都用到了。

"马猴"又说:"现在正在抗战,非常时期。训育主任总得让学生懂得如何在非常时期不触犯校规、刑律的道理。老实告诉你吧,你们平时的一举一动,我们都了如指掌。"

家霆马上想起了两条"狗",恨得咬牙,又不禁想起了"马猴"那夜也跟踪章星和施永桂的事,虽闷不作声,心上却波涛汹涌。

"马猴"眼里有一种变幻着的光彩,问:"你在想些什么?"

家霆没好气地说:"想物理习题!"

"马猴"笑笑:"施永桂这个人怎么样?"

"他不错,功课挺好,人也老实。"

"他半夜里有过起床到外边逛悠的事吗?"

"不知道。"

"马猴"眼里透着冷笑:"有人看见的,向我报告过。"

"确实不知道。"家霆心里恨死邢斌、林震魁了,一定是两条"狗"提供的线索,"有些人无事生非,胡七八扯乱打小报告恐怕也是有的。比如上次我拣到张报纸,不就交给你了吗?"

"马猴"笑笑:"我越发肯定你不简单了。你很有思想,也很有头脑,很有应付我的策略呢!"

"你把我估计高了,其实我什么也不懂。"

"从另外一个角度和立场上说,你倒是一个坚定可靠的人,不泄露一点你认为不该泄露的秘密。"

家霆朝他看看,装作不明白他说的话是什么意思。"马猴"咯咯地笑了,说:"我想收买你,但我明白无用。我只是想试试你。现在试过了,你是一个挺有主见和信念的学生,可贵。我也不逼你。但你自己要多注意。学校里很复杂的呀!你可以好好体味体味我的话。"

家霆如堕五里雾中,不知他说的究竟是什么意思,觉得这人很厉害,提醒自己:要十倍百倍地注意,无论如何在他面前不能松一点口、露一点蹊跷。他装作平静地说:"如果没有事,我要回去复习物理了。"

"马猴"笑笑,说:"一会儿施永桂会来的。我刚才通知他在我同你谈话后隔一会儿叫他也来,我还要同他谈话。你可以在边上听着。听听对你也有好处。"

家霆心里纳闷:他找施永桂谈什么呢?怕是谈那夜的事吧?唉,真糟!……正想着,果然永桂出现在门口了,高叫:"报告!"

"马猴"清了清嗓子:"进来!"

施永桂进来了,先打量了家霆一眼,家霆故意显得平静。"马猴"居然客气地指指一只凳子,说:"你坐!"施永桂就坐下了。

"马猴"发动突然袭击了:"施永桂,你是中队长,是个好学生,我是信任你的。有件事我要问你。有两次夜晚,运煤队经过我们这儿蜘蛛穴山下的时候,你睡觉后又爬起来出去干什么?"

施永桂装出思索,说:"我夜晚睡觉的呀。当然,也出寝室上过厕所。"

"要诚实嘛!""马猴"说,"我是有'耳目'的!你们读过希腊神话吗?希腊神话上的'百眼神',不分昼夜总轮流张着五十二只眼睛不闭。哈哈,我的'百眼神'向我报告过。"

施永桂机灵地说:"邢斌、林震魁的话不可靠。"

"不可靠?""马猴"笑笑,"我问你,熊氏家祠宿舍前东边有棵大樟木树,是吗?"见施永桂点头,又说:"那就对了!从那里看你,你看不见人,人可看得清你。这能不可靠?"

家霆想:"马猴"这坏蛋,虽似老练,却考虑不周,他无意中泄露了两个机密,既泄露了两条"狗"是他的"百眼神",又泄露了大樟木树那儿是两条"狗"窥察的地点。只听"马猴"又说:"我的耳目是可靠的嘛!有一天夜晚,我亲自去了,看到了你施永桂,不但你,还有你——"他突然指指家霆。家霆脸都红了,胁下淌汗,心想:糟!那夜我以为他没看见我呢!原来,他没有走,继续躲藏在什么地方看着我们哩!

施永桂忽然点头,很老实地说:"啊,对了,有那么回事。"

"马猴"的目光扫来扫去,说:"还有一个女的,我点穿了吧——教国文的章星老师。"

家霆和施永桂强作镇定,家霆心想:不承认不行。可是,老实说也不行。因此,轻声嘀咕着说:"啊,我当什么事呢,是为了'泽漆麻'嘛。"

"什么'泽漆麻'?""马猴"嘘了口气。

施永桂解释说:"章星老师有病,心脏不好,得了个土方,要在这季节的半夜里,在野外路边上找'泽漆麻'。这是种草药,用它的根叶煎水喝,有特效。女老师夜半独自找'泽漆麻'当然不行,我是班长,陪她找草药。"

"马猴"突然问家霆:"是吗?"

家霆点头:"是这么回事,我是好奇偷偷跟着看的。"

"马猴"倒似乎有点信了,问:"挖到了没有?"

施永桂好像是为了留一手:"难找,挖到了一些,很少。"

"马猴"摆出一副关心的样子:"啊,是这么回事。我找你们来就是要弄清情况。我还没有向邵校长报告。既然你们没什么问题,我也不准备报告了。邵校长强调治乱世用重刑,治坏学生也要舍得下手。我觉得你们两个都不错,是采取爱护态度的。你们可能不知道,蓝教官是军统的,是个喜欢见风就下雨的人。碰到他跟遇到我可不一样。……哈哈……"他用几声异样的笑吞没了下面的话。

家霆心里转着轴想:真是"老虎数念珠",说得好听,讨好我们。勉强忍住反感听下去。

"马猴"站起来踱着方步,又讨好地说:"劝你们注意:一是夜半老是起来违反学校作息制度,不好!人要看到了又要来向我报告的。二是找'泽漆麻'当然无可指摘,要防止同女老师过于接近,引起闲话!"他突然对施永桂说:"你是我心目中的好学生,要特别注意。"

施永桂脸上的肌肉纹丝不动,装得十分老实地说:"是啊,马主任,您说得对。不过,'身正不怕影斜',邢斌、林震魁他们无论怎么说,事实总是事实。"

家霆胁下刚才都叫冷汗湿透了。这时说:"马主任,我们以后注意就是。现在,我可以回去自习了吗?"

"马猴"和颜悦色,但有命令口气:"不要把我的话当耳旁风,听清了没有?"

家霆和施永桂走出"马猴"的办公室,吐出了一口胸中的闷气,家霆骂了一声说:"坏蛋!"

"老大哥"也骂了一声,说:"这家伙也可能在注意章星老师了!他曾经在晚上去章老师处,东拉西扯一坐两三个小时,也不知目的何在。章星老师很厌烦他。"

家霆气愤地说:"可要叫章星老师小心啊!以后,我们暂时不去或少去章星老师那里才好。我看'马猴'很阴险!"

施永桂也有些沉重,但轻声决断地说:"无论如何,先打两条'狗'!"

决定打"狗"!研究了怎么打,要达到什么目的?要问些什么问题?布置就绪,只等机会。

施永桂说:"打了'狗'以后,大家都绝口不提打的这件事!但要在同学中宣传,让大家都知道邢斌和林震魁是邵化的两条'狗',每月拿津贴,专干特务勾当,孤立他们!"

偏巧,晚自习后,机会来了。晚自习以后,临睡之前,照例学生寝室里十分热闹。学生们用两三根灯草做芯,点着了桐油灯。拉二胡奏刘天华《病中吟》的,唱戏的,唱歌的,聊天的,洗脚的,打闹的,都在苦中作乐。窦平的歌声最高,也最凄凉,他总是唱《松花江上》:"……那里有森林煤矿,还有那衰老的爹娘,'九·一八','九一八',从那个悲惨的时候……"邹友仁也照例拉起京胡引吭高唱:"我好比——南来雁,失群飞散……"突然,"博士"靳小翰回到寝室,他侦察来了消息:邢斌、林震魁偷偷摸摸都到"马猴"办公室里去了。"博士"到窗前偷听,听不清讲些什么,发现"蓝舅子"也在,四个人是在商量什么事儿。这可是个好机会,天又不下雨,行动方便。商量完事儿以后,邢斌和林震魁一定会从办公室下山回寝室来睡觉的。靳小翰说:"本'博士'宣布:机不可失!马上行动!"

吹了熄灯号,"马猴"办公室里的油灯仍亮着,纸糊的窗子上映出人影,四个"瘟神"还在议事。施永桂、窦平、家霆、靳小翰、邹友仁五人决定出马。准备了长绳索和短绳子之外,窦平把他从伙房里悄悄拿来的两条伙夫用的蓝围裙也带着,大家都用旧衣裹住了头,卷起裤脚,光着脊梁,将衣服翻过来披在身上,在领口扣上了纽扣,一起去到邢斌、林震魁回来必经的大黄桷树和山坡上的野坟堆里设下埋伏。

　　夜色沉沉,四野空气清爽宜人,到处隐藏着一种黑黝黝的神秘感。五人分了工:"老大哥"和"南来雁"在路上两人横拉一条绊马索;家霆和"博士"与他们相距十多步,再横拉一条绊马索。窦平是大力士,指定他专门对付健壮得像打手似的林震魁。靳小翰会画画,掏出粉笔来,给每人在脸上横七竖八画了几道直线。说也有趣,一张脸上加了几道粉笔线,对面也认不出谁是谁了。大家都悄声叫好,忍住笑等待着"狗"入陷阱。

　　这夜,老天爷帮忙,特别黑暗,没有月亮,也不见星星。躲在疏疏落落的槐树林子里,风瑟瑟一吹,凉爽得很。四外寂静,有不知名的虫豸此起彼落奏鸣得热闹。听到遥远处农家偶有犬吠声。"博士"等了一会儿,急躁了,说:"我再去侦察侦察!"他刚想挪步再去"马猴"办公室左近侦察,听见了"嚓嚓"的脚步声,又传来了轻轻的歌声,邢斌吹着口哨,林震魁在哼歌哩:"……也是微云,也是微云过后月光明,只不见去年的游伴,只没有当日的心情。"

　　施永桂轻轻"嘘"了一声,手打招呼意思是说"来了!来了!"大家马上屏息等待。

　　果然,两条"狗"来了!前边邢斌,后边林震魁,跟跟跄跄,走着下坡路,急匆匆往回宿舍的路上走。越走越近,越走越近。

　　绊马索起效了!第一道防线是施永桂和邹友仁的,只见邢斌一个狗吃屎"哟"的一声,张着两臂"乒"地滚着栽倒在地上,嘴里嚷嚷:"他妈的,谁?谁?"接着,林震魁也"哎"了一声,跳舞似的"咕咚"栽倒在家霆和小翰面前。说时迟,那时快,窦平带头扑向林震魁,狠狠用拳头揍了几下,家霆和靳小翰连忙上去帮忙。窦平打了几拳,用蓝围裙将林震魁的脑袋包起来,家霆和靳小翰也将林震魁的双手用短绳反绑起来。这家伙有股牛劲,到底有窦平对付,加上跌倒在地经不住三个人的一顿揍。他刚想喊叫,当脸门又挨了窦平一拳。窦平变了嗓音故意用四川话尖声说："再吼吼叫叫？老子揍死你！"他孬种了,低声哼着,不敢再动弹。家霆在黑暗中,回头看时,见邢斌早给施永桂和邹友仁用蓝围裙包住了头,双手也反绑起来了。

两条"狗"挨了揍,头被套住了,手被绑住了,不敢吱声,都变老实了,被牵到野坟地里。四外无声,只有野坟地里的小虫"吱吱""吱吱"鸣叫。家霆和施永桂、靳小翰、邹友仁四个都闭嘴不说话,让窦平一个人变着嗓音用四川腔讲话。但靳小翰两手不闲,一会儿在邢斌腿上掐一把,一会儿用鞋底抽林震魁的脊梁一下,发泄仇恨。两条"狗"心里一定估计到是怎么回事了,只敢吱吱唔唔地轻声哼哼,怯声怯气讨饶。邢斌哀求："饶了我们吧！要是什么地方得罪了你们,请多包涵,以后一定注意。"但他忽然出人不意地伸出手来将窦平的脚摸了一下。这坏家伙,他想摸摸是谁呀！幸好窦平机警,将脚一缩,狠狠在邢斌脸上打了一拳,打得这个狡猾家伙"哎呀""哎呀"哀声求饶。

窦平开始审问："你们跟邵化啥子关系？"

邢斌推托："没什么关系。"

"不老实！"窦平用力撕邢斌的耳朵,又用力扭林震魁的耳朵。两条"狗"都"啊呀""啊呀"地叫。

邢斌说："早先,邵化在合川做中学校长时,我们是他学生。他带我们转学到这里,我们就跟来了。"

窦平变了声音："你们都拿津贴,对不对？"

邢斌闷声不响,林震魁哀声抵赖："扯啥把子哟,硬是没有拿哟！"

邹友仁气得揍了他一拳,家霆也"啪"地打了他一巴掌。他又哼了起来。

窦平变着嗓音说："你们别捂着鼻子闭眼睛。你俩是核桃命,只服铁锤敲？老实讲,拿了津贴没有？"

林震魁点头,邢斌也点头。他俩不想用嘴说出来,可又不敢不承认。

窦平用四川话说:"你们以后拿津贴吃油大我们不管。如果有心跟大家作对,打小报告乱开黄腔,叫我们活不下去,那就对不起了,要有一天再落到老子手里,哼哼!老子的话你俩听明白了没有？"

两条"狗"连忙说:"听明白了!""听到了!"

窦平又说:"二天不准到各寝室乱窜乱跑!吹熄灯号后,不许出来活动!不许偷听同学说话!做得到吗？"

两条"狗"自然不敢说做不到,弓着腰不断点头。

窦平说:"你们才两个,我们人无数。同我们作对,没好结果的。以后,邵化他们要你们打小报告,就说一切没问题。井水不犯河水。不然,叫你们爹妈断子绝孙。"真是"驴子不捂眼不推磨",两条"狗"低着脑壳连连点头。窦平问:"今夜你们在商量些啥事情？"

邢斌说:"商量在学生里发展三青团员的事么!这是邵化叫办的。邵化让马悦光兼管发展三青团的事,准备每班发展几个,要我们物色人选。"

"还谈了啥子？"

"邵化想让大家办壁报。通过壁报,找找左倾的学生。"

家霆心里想:听说邵化要来,各班壁报自动都停了。高一新生一般都不愿多事;高二总是跟着高三干的。现在高三的两个班是想等着看一看,看看邵化有些什么花招。大家对邵化有戒心,看来这戒心对了!

窦平又问:"还谈了啥子？"

两条"狗"都不吱声。施永桂做手势将他俩分开。窦平和家霆拽着林震魁往前跑了一小段。他见将他和邢斌分开了,心里害怕,说:"别拽别拽,我说!我们还商议了要注意监视童家霆,看他跟谁接触,也要监视施永桂和靳小翰。这都是蓝教官的主意。"

"还有呢?"

"没有了!"

大家相信了他讲的。因为邢斌正在那边招供,供的同林震魁一样。

窦平轻轻附身问施永桂:"还有事儿要问吗?"

"老大哥"附耳不知同他说了些什么,只听窦平又变着声问:"那个徐望北,是个什么人?"

邢斌哭着腔回答:"他是县党部的干事兼录事,写得一手好毛笔字,很巴结邵化。县党部派他在邮局检查信件,也派他同邵化联络在学校里加强党务工作。"

"他为什么常来学校?"

林震魁要表现自己,抢着说:"蓝教官怀疑徐望北在追求章星。邵化说:'也许可能,不过他们是表亲,主要是接近接近了解了解,这事我知道。'"

家霆听了,心里奇怪。章星老师怎么跟徐望北密切交往?她这位表亲可不怎么样啊!

窦平威严地变着嗓音说:"今天就到这。今后你俩不准胡踢乱咬!叮嘱的话听清没有?"两条"狗"连连点头。窦平说:"我们走了,你俩怎么办呢?教你们个办法。我们把你俩分开,离开三十步。我们走后,隔半小时你俩自己爬到一块儿,手不是反绑着的吗?背对背,你给他解,他给你解,解开了回去睡。不准声张,不准报告,听到没有?"

邢斌和林震魁当然还是点头。窦平拽着林震魁到一块野地,把他揿得蹲在地上。五个人一阵风跑回寝室,赶快用湿毛巾拭去脸上的粉笔线,大家像打了胜仗似的高兴,轻轻脱衣上床,兴高采烈又安安静静地躺着。

但，以后事情会怎么发展？谁心里也无数。

不久，从牛角沱到辰溪的运煤队又经过山下青石板小路了，听着那"滴铃！滴铃！"的声音，也说不出为什么，家霆心里压抑，久久不能入睡。

清晨，吃早饭时，伙房工人抬着两只比轿子还大的盛满薄粥的木桶放到食堂天井里。粥又稀又少，八个人一桌站着吃，每只桌上小瓦盆里盛的一点点腌牛皮菜已经腐烂，议论纷纷的人不少。家霆草草喝了一大碗薄粥，看见同学们已在抢着用木瓢刮桶底了，也没吃饱，洗洗碗筷匆匆爬坡到教室里去。

第一节，章星老师仍像往常一样地来高三一班上国文课。

三十多岁的章星老师，看上去给人一种宁静、清高的印象。她长得很一般，气质上却使人感到美。她朴素得毫不修饰打扮，墨黑的头发虽短，却风韵有致。她平日不是穿深蓝色阴丹士林布旗袍，就是穿浅蓝色洋纱旗袍。可能由于生活的清苦和她沉湎在工作和书本中，面容略显苍白，身材略嫌瘦削。她平时较沉默，少说话，也很少见到她笑。间或笑，也是淡淡的微笑。但同学们都喜欢她，主要是爱听她讲课。她不但能把国文课本上俞平伯的《桨声灯影中的秦淮河》讲得使人沉湎于思乡情愫之中，激起抗日激情，也能把曹丕的《典论》这样一类艰深枯燥的课文讲得生动有趣。当然，在向几个读书会的学生讲起作品来时，因为无拘无束，就讲得更动人了。有一次，她讲鲁迅的诗："大野多钩棘，长天列战云。几家春袅袅，万籁静愔愔……"简直使家霆到了神往的地步。在家霆的印象中，她是一个有学问的人，也是一个关心爱护学生的老师。由于参加读书会的关系，家霆等对她特别亲近，她对这几个学生也特别亲切。家霆也说不出为什么，见到她总会想起郭沫若《女神》那首诗

中的序诗:

> 女神哟!
> 你去,去寻那与我的振动数相同的人;
> 你去,去寻那与我的燃烧点相同的人。
> 你去,去在我可爱的青年的兄弟姊妹胸中,
> 把他们的心弦拨动,
> 把他们的智光点燃吧!

自从发生了《新华日报》事件以后,家霆和小翰等都避免再上她那里去了,只有施永桂以班长的身份收发作文本,还同她保持着联系。施永桂将分散在几个人手里的书报杂志集中交还章星老师收藏,章老师也嘱他通知:暂停读书会的活动,不要去她那里。早上,章星老师来上课,态度平静,心上似乎没有受到什么干扰。快下课时,她忽然说:"同学们,昨天,邵校长找我谈话,要国文老师发动同学们仍旧把各班的壁报办起来。我就来放一遍留声机。这壁报怎么办?怎么才符合邵校长要求,大家可以考虑考虑,我做国文老师的不来'越俎代庖'。你们都是高三的同学,年龄也都不小了,什么事都该有主见,可以自己研究一下。"她讲得有点不着边际。下课号一响,夹着课本就走了。

她走后,"老大哥"对家霆作了个眼色。家霆假作闲逛,走出教室,与"老大哥"走到西侧一处岗子上,这儿可以看到远处依山势而筑的稀稀落落掩映在竹林中的农舍。家霆轻轻问:"永桂,章老师的意思,壁报我们该办还是不办?"

"老大哥"说:"办!当然办!"

"你怎么知道?"

"课前,去她那里拿批改过的作文本时,她建议我们:壁报办,政局时事暂不必谈,可以集中谈谈伙食问题,建议成立伙委会推选学生自己管理伙食。学生体弱,伙食太坏,不允许邵化的亲信陈胡

子再贪污中饱。她说,可以到各班联络一下,遵命办壁报,但写稿含意要深刻,语气可和缓,要讲究策略。"

"不是说邵化想从办壁报上来找左倾的学生吗?"

"暂不谈政局时事正是为了这。利用他要我们办壁报来改善生活条件,你不觉得巧妙吗?"

家霆心里折服,说:"妙极了!"又说:"这下窦平一定满意,他准会在壁报上打第一炮的。学生自己办伙食,监督陈胡子,不让他吸血,太好了!"家霆得意忘形,忽见"老大哥"摸摸左耳。这是约定的暗号,要家霆注意。家霆立刻收敛起兴奋。原来林震魁站在教室门口正在瞅着呢!昨夜"两条狗"挨了揍,今晨吃早饭时见到他俩,都像霜打过的茄子显得萎了,脸上似乎有心事。但现在朝家霆瞅着时,眼神却带着讨好,似乎是说:我猜昨夜揍我俩的一定有你,可我们也不想惹你们,大家互相都心里明白装糊涂吧!家霆装作毫不介意地和"老大哥"打打闹闹,说笑着回到教室里去。

这时,忽然看到一个穿褐色旧西装打黑领带的大高个儿经过教室门口往西边走去。这个大高个儿,是县党部的徐望北。这家伙,家霆见过多次。他总是铁板着脸,又到学校里干什么?忽然,他身后过来了章星老师,徐望北停步稍等了一下,同章星一起往西去了。他是到章星住处去了!家霆不禁又纳闷了。

下一节数学课,家霆想让脑子静下来,可惜办不到。脑子里混混沌沌,无法专心听讲。数学老师姓蒋,福建人,年岁老掉了门牙,说话像拉风箱。他讲解析几何本来枯燥无味,这时家霆更听不进去了。老在想着章星老师的事,觉得这人奇怪。她是来接替赵腾老师职位的,据说重庆的教育部的人介绍了她来,徐望北也介绍了她来。家霆问过施永桂,施永桂说:"弄不清楚。不过,章老师是好人,你放心。"家霆对徐望北的印象可坏了。过去邓宣德做校长时,他也偶尔来过。邵化决定来校上任前,他来过一趟。家霆亲眼见到他在学校里到处看学生办的壁报。那时,有些壁报上颇有些针对时弊指摘当局的"投枪"一类的杂文,诸如《投机与囤积》《通货膨胀何时休?》《谈大批将领投敌》《民主何在?》……其中《民主何在?》一文就是窦平写的。没想到,徐望北看了,竟动起手来"哗哗"把壁报全撕了!当时,学生上去质问:"为什么撕?"徐望北板着脸轻轻巧巧地说:"新校长邵化要来了,难道用这样的壁报欢迎他?我是县党部的,有权这么做!以后这样的壁报不准办!"他把撕下来的壁报卷起带走了。其中,也有家霆在班上的壁报《盍旦》上写的一篇杂文《论楚怀王》,是读了郭沫若话剧剧本《屈原》后有感而写的。看样子,徐望北是讨好他的主子。可是章星老师竟跟这样一个人交往,也许是她无法不敷衍他?要不,她是个怎样的人呢?

家霆当然知道政治情况复杂,好人坏人有时混在一起。国民党、三青团公开挂牌子,有的特务却是暗藏的身份。共产党人在重庆的头面人员旗帜清楚,一般的共产党员夹杂在群众里,却不挂招牌。过去对赵腾老师,家霆怀疑他是共产党。后来,对章星老师,也有点怀疑,问过"老大哥",他却说:"弄不清。反正她跟赵腾老师一样好。"施永桂比家霆老练、有主见。而且,他过去接近赵腾,现在接近章星都比家霆多。靳小翰、邹友仁和窦平也对章星与徐望北交往大感不解。因为信任施永桂,又对章老师本人印象好,就不追究了。家霆心里却总是有个未解答的方程式。他把神思拉回到数学课上来,聚精会神地听着蒋老师用那咬硬蚕豆似的福建官话讲枯燥的解析几何。

中午,吃罢午饭,施永桂轻轻招呼说:"'秀才'!走,散步!"两人走到办公室祠堂后的大片竹林里,看看四边无人,家霆忍不住把早上看到徐望北来和对章星老师的看法讲了。这也是试探"老大哥",想从他嘴里听到关于章星老师的情况。可是施永桂持重地说:"你不是读过鲁迅先生的《记念刘和珍君》一文的吗?鲁迅形容过刘和珍的为人。鲁迅说:我平素想,能够不为势利所屈,反抗一广有羽翼的校长的人,无论如何,总该是有些桀骜锋利的,但她却常常微笑着,态度很温和。人不可貌相,更不可从一些表面现象来判断一个人。章星老师不是一般的人,她像刘和珍一样,办起事来是有一种干练坚决、百折不回的气概的。你将会了解她。"

体味着施永桂的话,似有所解悟,又似不可捉摸。家霆相信,"老大哥"对一个人有这么高的评价总是不会错的。又问施永桂:"读书会的事你和章老师商量过了吗?什么时候能恢复?'狗'给揍了一顿,似乎老实些了!"

施永桂摇头说:"别急。时局常有风云变幻,我们必须谨慎。邵化代表的是县党部、稽查所、宪兵队。不能轻易往虎口里送。我们反抗,可以使他们的欺压有所顾忌,也能使那些看不清他们真面目的同学能看得清并且思索何去何从。但策略必须重视。最重要的是防止裸露。急躁每每有害,耐心不可缺少。"

"老大哥"的父亲是个老中医,在他童年时就死了。他从小家贫,亲友资助上了小学。抗战爆发,在从浙江到大后方的逃难途中,母亲死于轰炸,他流浪到了重庆,被收容在难童中学里。初中毕业后,当过铁工厂的学徒、杂工,后来才考进了这个享受公费的国立中学。平时不露锋芒的"老大哥",说这番话时,慷慨激昂,面部仿佛出现了一种光彩,使家霆从心里面喜欢他,觉得"老大哥"在思想上越来越成熟了。是读书会里读的书启示了他,还是赵腾老师和章星老师同他接触得多影响了他?家霆忍不住说:"'老大哥',我听你的!"

施永桂诚恳地看看家霆,说:"你是信赖我的,你把你母亲牺牲的事都告诉了我。我也信任你!我们互相之间有深刻的了解和情谊。正因如此,我正想跟你谈谈呢!我本是一个愚昧无知的青年,后来起了变化。从前,当未接触赵腾老师之前,我常吟诵屈原的名句:'路漫漫其修远兮,吾将上下而求索!'可是后来逐渐懂得多了,认识到:我们的希望,我们所想追求的一切,都是在延安,不是在这里。"

去年夏天,家霆与忠华舅舅一同骑马在黄河边古老的道路上行走,舅舅说过,在黄河那边就有八路军在浴血抗日,延安就在陕北。舅舅说过:国家民族的希望在那边!……河的那边,有一个生机勃勃的世界。……啊,多么向往啊!家霆急急忙忙地说:"你?'老大哥',你已经参加了?"

施永桂没有点头也不摇头,说:"你有那种想法和愿望吗?"见家霆点头,他说:"让我们抱着同样的信念干,你能同我完全一致吗?"

家霆热血沸腾,说:"能!我一定能!"他突然对"老大哥"真正了解了,过去常嫌他胆小怕事,他不爱出头露面,有时在一些场合表现得谨小慎微是有原因的啊!

竹叶散发着清香,有鸟雀在竹林中"吱啾"欢叫。施永桂看着鸟雀飞来飞去,说:"你有正义感,有热情和热血,坦率爽朗,但性子急躁,有点诗人气质,好打抱不平。有时任性,像把火燃烧似的!这要注意。现在'马猴'他们总在注意你,得加倍小心。"

家霆剖心沥胆地说:"有什么事要我做的吗?有些事你对我还保守秘密不讲呢,叫我心里老揣着把打不开的锁!"

施永桂说:"这你不要计较。你要相信,到需要时,你一切都会明白。今夜,就需要你帮我把风,做一件事。"

竹林里,地面湿润。天,阴沉沉的,稀疏的竹枝被风吹得瑟瑟抖动。家霆急切地瞅着施永桂的脸,说:"快讲吧!什么事?"

施永桂突然说:"你可能要大吃一惊:赵腾老师,他被秘密逮捕了!"

家霆"啊"地惊叫了一声,急切地问:"什么时候的事?"

"在离开这学校以后,由此地到重庆的轮船上。"

"他现在在哪里?"

"他差不多每夜都经过这里。"

"什么?"

"被逮捕后,先押在重庆稽查处大牢里。后来,又转到牛角沱的监牢里。"

家霆吃惊了,继续听着"老大哥"讲:"鲁冬寒串通商人勾结上司稽查处的特务,在牛角沱开了个大煤窑。这一段就拿被关押的犯人做无偿劳力,挖煤、运煤。因此,赵腾老师现在常常半夜从我们这山前的青石板小路上经过。"

家霆突然有些明白了:啊,半夜里"老大哥"和章星老师是为了看望赵腾老师去的呀!不禁问:"章老师认识赵老师吗?"

施永桂点头:"今夜,没有月光,我们要利用夜色同赵腾老师见一次面。"

"不能救他吗?"

施永桂难过地摇头:"动过这脑筋,不行。通过公开途径由重庆红岩村提出,他们一定是不认账并且可能会立刻采取残酷手段秘密处决的。事实上,皖南事变逮捕的人,到今天还被关在集中营里。要是秘密营救,每次押送的武装士兵有六名。这儿是渝江师管区的地带,枪声一响,很不好办。何况,他腿上还拴着铁链和铃铛。他们随时可以开枪'格杀毋论'的。"

家霆心头哽咽,急切地说:"我也想看看他!"

"老大哥"叹口气说:"你的心我了解。可是,你知道,我们看他不是主要目的,主要目的是要向他拿一样东西。"

"拿一样东西?"家霆诧异地问。

"老大哥"点头:"对,他突然被捕,太仓促了!有样要紧东西藏在他头脑里,没能交出来。现在必须拿到它!早几天,好不容易同他联系上了。他已经看到了章老师和我,当然明白我们要的是什么。那夜,也是漆黑抹乌,我假装过路人,在青石板小道上等候着。路很窄,运煤队的骡马和犯人挨身而过,我和章星老师故意说话让他听着。我们说着双关语让他知道,我们要他把东西交出来。他挑煤经过,我又特意用手电筒照了一下章星老师的脸,也照了一下他的脸,这就算联系上了。他看到了我们,是信得过的,会把东西交出来的。"

"能问一问是什么东西吗?"

"除了章星老师,连我也不知是什么。估计,他会利用经过我们面前时,把东西扔出来的。虽然以前在运煤队前露过脸,我们可以改变服饰。为了避免引起押运士兵怀疑,又怕赵老师扔下的东西体积小不好找,多一个人就多一双眼睛。因此,今夜要你同去,你也可以看看他。要注意他扔下的东西,哪怕一个小纸团,只要拾到手,就算大功告成。"

家霆说:"章星老师半夜出来活动,不方便。其实,你我两人也可以了。"

"老大哥"摇头:"危险确有,不能不这么办哪!她必须露脸,赵老师才信得过呀!"

"为什么?"

"老大哥"没回答,说:"万一遇到人,还是那句借口:我们是帮章星老师挖'泽漆麻'的!"

家霆心里纳闷:赵腾老师交出的是什么东西呢?为什么他见到章星老师就可以信得过呢?

见家霆点头,"老大哥"说:"为了牵制押运的丘八,也为了多磨蹭些时间,今夜,我佯装酒醉,好挡住运煤队的道。听到运煤队那铃声一响,就起来到十字路口等候。"

家霆突然想到地说:"那我们三个够吗?"

竹林里一片沉寂,抬头张望,透过被树叶割碎的天空,看到有铅样的彤云遮蔽了上空,天有雨意。"老大哥"说:"到十字路口去拿东西是够了,要对付'狗'还不够。我也准备好了,对付'狗'是要借窦平、靳小翰和邹友仁的力量一用的。"

"跟他们说了吗?"

"还没有。你记得上次'马猴'不小心透露出的那个情况吗?邢斌、林震魁是躲在宿舍东边大樟树下居高临下监视我们的。今夜,要让窦平、小翰和友仁埋伏在那儿再打一次'狗'!最近这两条'狗'好像收敛了,实际'狗'心未死,说不定夜里还会监视我们的。不怕一万,只怕万一啊!"

家霆说:"'马猴'这坏蛋,却供给了我们情报,你这步棋精彩。但是,我们的事告诉窦平他们三个吗?"

"老大哥"脸上很诚恳地说:"他们可以信任。但目前没有必要让大家都知道。等到需要知道时,会让他们知道的。目前,只能说帮章老师挖'泽漆麻'。他们只要能对付'狗',将'狗'吓跑,就完成任务可以去睡觉了。"

有脚步声传来,"老大哥"警惕地回头张望,是些散步的同学走过来了。"老大哥"说:"要谈的就这些。来吧,采些竹芯回去泡水喝。"

竹芯是竹子刚抽芽还未展开的嫩叶片,绿得透明,它清火解毒,味道清香。家霆和"老大哥"一人采了一大把。

二

天,阴沉沉,下起霏霏细雨来了。远处梯田间,有扑朔迷离的薄雾。雾在流泻、弥漫、回荡在橘柑林和山峦之间,它遮住了人们的视线,挡住了山,隐没了路,遮住了浩瀚的几江,使人们的眼前泛现出一片茫茫的白色。

下午,有两节空堂。有人兴高采烈地在谈报上登载的关于空军英雄周至开的报道。空军第四大队中队长周至开单机起飞,驱退入侵梁山机场的日机,击落敌轰炸机三架,击伤多架,创造空战光荣纪录,叫人听了兴奋。"博士"说周至开是他哥哥的好朋友,说到周至开的事,他特别兴奋。

这两节空堂,多数同学用来自习,也有人在写壁报稿。班上的壁报名字仍旧叫《盍旦》,是赵腾老师在时取的名字。他说过:"盍旦,一种鸟名。盍旦鸟在天将亮之前夜鸣。它叫了以后,东方就露出鱼肚白,天就亮了。它是追求光明的象征。"赵老师走了,大家认为这名字好,仍保留这个壁报的名字,也是为了纪念赵腾老师。自从知道赵腾老师被捕,并且常常夜间在运煤队中经过山下青石板小路后,家霆脑际老是出现赵老师的面容,仿佛看到他那蓬松着黑发的大脑袋,那热情的眉眼表情和嘴角的浅笑,又似乎老是听到耳边在重复着他有一次说过的话:"童家霆,一个人不能坐等别人把社会环境改造好了,才开始选择自己的目标。你如果忧国忧民,发现国家存在着什么严重问题,你就应当自己首先起来为之奋斗,把它当作自己的事业目标。不要自卑个人力量的渺小,只要懂得团结更多的有识之士,一起战斗,生命就会充实而有意义。"可是,谁能料想啊!赵腾老师竟被秘密逮捕作为囚犯在忍受惨无人道的折磨了!……家霆思索着,神思恍惚,只好强制自己定下心来写壁报稿。他同"老大哥"等商定:有意识地和同学们个别接触,谈论伙食必须改善,发动大家写稿。家霆自己就执笔写一篇貌似心平气和实际内容尖锐的稿件,题为《对伙食的感想和建议》。"感想"谈的是伙食每况愈下的现状,"建议"是提出必须成立伙委会,由学生自己推选信得过的同学办伙食,要邵化表态并照办。家霆随意起了个"为众"的笔名署在稿件上。大家谈起伙食问题,谁都没有忌讳,谁都很气愤也很敢说。有趣的是连林震魁也在教室里跷着二郎腿,慷慨激昂地说伙食如何如何不好,大骂陈胡子贪赃枉法,害得大家肚里一点油水也没有,肚子里整天唱"空城计"。他骂得口水飞溅,也许是出于真心,因为这同他的切身利益有关。再说,都是邵化的走卒,也不能就不狗咬狗呀!可是,家霆心里防他一手,怕他是假话,引大家上钩。又想:既然你林震魁也骂骂咧咧,总比闷声不吭好,就故意说:"林震魁,你也写一篇嘛,把你刚才说的写上!"林震魁却不干了,连连摇头,尴尬地笑着说:"我写不来,也写不好。你们写了,就代表我了!"家霆故意说:"行,我把你的意见全写上,带你署名。"见家霆这样说,他一脸为难,连声说:"不不不!"找个机会就溜走了。见他那副狼狈样,大家都哈哈大笑。

家霆正埋头写抄稿件,忽然,去小便的"博士"风风火火回来了,叫嚷着说:"学校出布告了!高二有两个同学给记了大过!"

邵化来后,亲自用"违犯校规"等理由,已经无理处分过好几个学生了。现在又发生了这样的事,大家七嘴八舌地问:"为什么?""怎么一回事?"有的人已经出门奔下坡岗去办公室前的布告栏看布告去了。教室里的空气紧张,秩序也乱了。

"博士"靳小翰说:"昨晚熄灯号后,'蓝舅子'到高二的九号寝室偷听学生谈话,谁知有个大水盆放在寝室门口。'蓝舅子'在黑暗中偷偷摸摸跨进寝室,'哐'一脚踩翻了水盆,'哗啦'泼得脚上、腿上湿淋淋的。"

大家听了,哄笑起来。"博士"继续说:"'蓝舅子'发火了,昨夜在九号寝室里追查时,动手打了一个同学的耳光。今晨又到高二查这事,说是胆敢侮辱教官云云。结果查明了是谁放的,放水盆的两个人都记了大过。现在布告贴出来了。"

大家气愤地议论纷纷。这个说:"到底谁不对啊?是偷听的不对还是学生不对?"那个说:"放盆水有什么错啊?不是你'蓝舅子'自己偷偷摸摸踩进水盆里去的吗?怨谁?"又有人说:"'蓝舅子'凭什么打人耳光?"

"博士"说:"高二同学中激起了公愤。'蓝舅子'专门体罚学生!前天上军训课时,在沙滩上罚两个高一的学生双手平举步枪弯蹲着腿晒太阳!高一学生也恨死他了。布告栏那里嚷成一片声了,说要去找学校当局讲理。"

大家你一言我一语地又扯开了。有的说:"对,是该找学校讲理!"有的说:"太欺侮人了,法西斯!"有的说:"这'蓝舅子'军校毕业后,不上前线,依靠裙带风到学校里来耍威风。要由着他这样横行霸道,今后日子怎么过?"有的说:"把他赶走,让他滚蛋!"

家霆心里气愤,看着教室窗门外阴云密布的天空和纷纷扬扬的牛毛细雨,胸里感到湿热郁结。见"老大哥"坐在一边沉默着思索,心里就提醒自己了:今夜有重要任务呢!可不能节外生枝出岔子影响了夜里的大事啊!最好能平平静静暂时不出事,等今夜把同赵腾老师见面的事办妥了再说。这么一想,就不吱声了。

可是,"博士"不了解这一点,见"老大哥"和家霆不说话,高声嚷道:"你们俩怎么闷声大发财?不气愤吗?"

家霆沉住气说:"当然气愤,可是光气愤有什么用呢?要从长计议嘛!看看应当怎么办。想得周全些,不要一哄而起,又一哄而散。那样,可对付不了'吊死鬼'!"

"老大哥"真有主见,这时接着说:"'秀才'的话对!大家不要急着就闹。现在,不是要出壁报吗?壁报是学校让办的,就用壁报来达到目的。除了改善伙食,用壁报把蓝教官的跋扈揭露出来,反对他的法西斯作风,反对学校不分青红皂白随意处分学生。……"正谈到这里,看见林震魁突然又走进教室来了。施永桂闭上了嘴。"博士"故意上去,说:"林震魁,看到下边的布告没有?"

林震魁看看大家的脸色和眼神,感到孤立。挨揍后,同学中传开了他和邢斌每月拿津贴,更没有人多沾他俩了。有的见了他俩远远就咳着嗽:"咴咳,'狗'来了!""当心,有'狗'!"现在,他心里明白"博士"是挑弄揶揄,站起身说:"没有没有!我……看是看了,弄不清怎么回事。"转身想溜,不知谁故意嚷嚷:"你不要走,你谈谈!"话音未落,林震魁已狼狈走了。大家哄笑起来,赶走了"狗",人人心里痛快。

见林震魁走了,"老大哥"马上说:"大家快写!早点将《盍旦》贴出去。"

家霆说:"对,我的稿马上抄好了。"

"博士"说:"我抓紧画壁报题头!"他会写美术字,会画水彩画和漫画,历来壁报上的美术装饰是他一手包办。

班上的同学也都欢声笑语,有的说:"我这就赶写一篇稿评评出布告这件事,题目叫《评牛头不对马嘴的布告》!"有的说:"我写一篇《反对偷听》!"有的说:"我写一篇《谈狗》!"有的说:"我出个题目:《热烈欢送蓝教官上前线杀敌》,谁写?"大家嘻嘻哈哈一阵笑,埋头复习的人一个也没有了。

忽然,"南来雁"踱方步似的走进教室来了,瓮声瓮气地说:"下边闹起来了!"他头发和衣服都被细雨淋湿了。

"老大哥"忙问:"怎么了?"

"南来雁"说话慢:"高一、高二的同学围了一大堆看布告。高三二的窦平他们刚好拿了壁报去张贴,壁报上对陈胡子开了炮,要他公布账目,指摘他做了手脚,提出要学生自己管理伙食。这下布告栏那里闹翻了天!"

"博士"催促:"说得快点行不行?"

"南来雁"说:"'马猴'躲着不出面,教务主任许平连影儿也不见!"这矮小的老头儿——教务主任许平是邓宣德赏识的人,一个有点学问但不爱多管闲事的老老好。邓走后,他很少讲话、露面。实际并不起教务主任作用,只不过排排课表,自己兼一点化学课。平时来了就躲在办公室里,上完课就回家。他负担重,小孩多,在附近农民家租房住,有空常在家整理菜地。他是时刻准备着被邵化免职的。

"南来雁"继续说:"结果,'陈胡子'和'蓝舅子'出来了,陈胡子'哗啦'将壁报撕了。大家围上去,窦平同陈胡子闹起来了,叫我来搬救兵!"

"博士"顿脚:"嗨,搬救兵你还不快讲!"果然,听到下边办公室那儿人声鼎沸。"博士"把手中画笔一扔,说:"走哇!这还了得!快支持高三二班去!"他一号召,同学们七七八八都跟着他出教室,一条龙地向下边办公室方向跑去。

家霆急忙看看"老大哥",用眼睛问:怎么办?

"老大哥"皱了皱眉,忽然跑到门口大声招手:"靳小翰,你们大家停一停!"大家脚下煞车,靳小翰转身跑过来几步,问:"怎么?"

"老大哥"像下命令:"你留下!还有——"他指指另两个在写稿的同学:"你和他,也留下来!"又指指家霆,"你也留下来,别人都可以去!你们快把壁报赶好,马上贴出去,用这来抗议陈胡子撕壁报不比什么都好吗?我们的《盍旦》只功亏一篑了!"

没有他后几句话是留不下"博士"的。他一说,"博士"认为在理,马上说:"对,我立刻划拉划拉,保证三分钟内完工!"家霆也说:"我只剩一个尾巴了。"家霆有心草草收兵,好下去支援窦平他们。那两个同学,本来写了一大半,也都抓了纸笔坐下。别人都一阵风地向布告栏跑去。家霆等在这儿用飞快的速度赶编壁报。

家霆第一个交卷,说:"'博士',交给你了!"说着,向施永桂打招呼:"永桂,我下去看看。"

"老大哥"点头,对靳小翰说:"'博士',你完成后马上带他们张贴,越快越好。我也下去看看!"说着,和家霆一起顺坡向下边的布告栏跑去。路上,他轻声说:"'秀才',这事乱闹或大闹都不行,要适当克制,站在理上,叫邵化他们被动。要达到我们成立伙委会的目的,浇一浇'陈胡子'和'蓝舅子'的气焰。"家霆点头。

牛毛细雨已经停了。两人急忙跑下去时,只见布告栏前人头攒动。人群中央,"陈胡子"正同窦平面红耳赤地在大吵大闹。穿绿军装佩武装带的蓝教官在指手画脚,帮着"陈胡子"打嘴仗。窦平周围一大伙学生也在帮着窦平点点戳戳。学生的情绪汹汹涌涌,像波涛冲击岩石。"陈胡子"和蓝教官涨紫了脸、口沫横飞,正在想用凶恶的眼神和语句阻挡怒涛。

"……快去上自习!这样胡闹成何体统!"蓝教官摆出教官架子,挥手要学生散开。

"学校的事有校长和我们管!学生不能干涉!""陈胡子"放声怒吼。

学生嚷嚷成一片,大家都流着汗。窦平虎头虎脑,声音最响:"你们乱处分学生,把伙食办得不如猪狗食,却还要撕壁报!我们忍无可忍了!"有人在嚷:"撤销布告上对高二两个同学的处分!"也有人在嚷:"要求学校对撕壁报的事件进行处理!"不知从哪里有人高叫了一声:"罢课!"顿时,"罢课!""罢课!"众人的声音像山呼海啸,震得人人的心像要跳出胸膛,血都沸腾了。

"蓝舅子"低估了学生,横眉竖起三角眼,大吼:"谁敢挑动罢课?开除!"

"陈胡子"也想威胁:"早听说你们中间混杂了坏人!谁敢说罢课?"

话,像石头扔进了沸水锅,锅里的沸水溅射出来了。后边的学生拥挤前边的,前边的学生都挤到蓝教官和"陈胡子"身旁来了。推推搡搡,有喊的,有骂的,有想动手打的。蓝教官和"陈胡子"连声吆喝:"你们想干什么?""不准推!"

窦平被后边的同学拥得一肩撞在蓝教官胸脯上,蓝教官"哎哟"一声,挥起巴掌,恶狠狠"啪"地打了窦平一个耳光。家霆一见,浑身发烧。学生们"啊!""啊!"哄叫起来。窦平捂着苍白的脸,鼻血流了下来。他瞪大了眼,攥起拳头,向闪身往"陈胡子"背后逃避的蓝教官正要挥手回击,突然被一只有力的手握住了右臂。家霆看到,是"老大哥"!"老大哥"高声说:"窦平!克制一下!"

学生见蓝教官打了窦平,齐声哄叫:"反对教官打人!""揍死他!""打!"蓝教官自知理亏,惊慌失措。窦平鼻血涂得一脸,怒目相向,蓝教官和"陈胡子"像过街老鼠,想从学生堆里钻出去逃跑。可是学生围成的圈子里三层外三层,他俩像被网裹住逃脱不了。

放在别人来阻止性如烈火的窦平,是阻止不了的。施永桂的话窦平听。窦平左手拭着鼻血,右手捏拳对蓝教官说:"要讲打,我三拳就能打断你的脊梁骨!……我等着看学校惩不惩凶!不惩凶,我得打还!"

家霆站在施永桂和窦平身旁。依家霆的性子,恨不得和同学们冲上去,一起将蓝教官和"陈胡子"揍个半死。但家霆懂得"老大哥"这时劝阻是相当高明的。窦平一还手,势必将蓝教官打得遍体鳞伤不可收拾,事情闹得太大了,说不定邵化会将宪兵队什么的都找来,学生会受损失的。再说,今夜的重要任务也可能受影响;蓝教官挨打后,就有了互殴的借口。现在,是教官打了学生,将学生打得血流满面,是非很清楚,更易引起公愤,邵化也讲不出理来,可以要求学校惩办打人凶手蓝教官和撕壁报的"陈胡子"。家霆觉得自己完全懂得"老大哥"的意图,也懂得他这个人能不露面是决不显山露水的。所以,家霆举起右臂像呼喊口号似的高嚷:"同学们,要求学校惩办打人凶手!要求学校处理撕壁报的坏蛋!不达目的,决不罢休!"

这一说,同学们冷静下来,不再嚷打了。有的高叫:"开除打人凶手!"有的高呼:"不要打人凶手做教官!"……这边正在吵吵嚷嚷不可开交,将围在中央脸上流汗的蓝教官和"陈胡子"逼得狼狈不堪。那边,"博士"带了两个同班的同学已经编抄好《盍旦》来张贴了。家霆回身一看,"博士"在壁报栏上方先贴上了一条用美术字写的大标语:"严惩打人凶手蓝教官!撤换贪污主任'陈胡子'!"

有人高声喝彩。学生们差不多全拥到这儿来了,密密麻麻黑鸦鸦,足足有三百人。一见"博士"等贴的壁报,大家又"嘀""嘀"哄叫起来。蓝教官、"陈胡子"被推推搡搡挤在学生中间,更加胆战心惊。

一些在学校里的教职员和伙房工人,都早已出来观看了。有的看看就走了,有的还远远站着作壁上观,没有上来干涉的。教职员工们都知道蓝教官和"陈胡子"是邵化的亲信,也都知道这两个坏蛋一个飞扬跋扈,一个贪污中饱私囊把伙食办得很糟,见学生这样,都给予同情,心里痛快。邵化平日像兔子三个窝,有时在县党部里,有时到校本部,有时在江津县城他公馆里,有时到这儿来。今天,他不在。能来劝阻拉架的只有训育主任马悦光。马悦光挺乖巧,竟没露面。邢斌和林震魁那两条"狗",早吓破胆不知躲到哪里去了。马悦光的办公室窗户紧闭,实际从窗户里可以看到外面的情况的。家霆猜,"马猴"一定在那里朝外张望。家霆举目逡巡,看到章星老师和教数学的蒋老师等都站在远处冷眼旁观。转瞬间,就不见章星老师了,不知她是回住处去了还是怎么。就在这时,听到有学生嚷嚷:"看,邵化来了!""吊死鬼来了!"

家霆回身朝同学瞩目处一看,果然,邵化同一个人一起,由蜘蛛穴山下沿着湿润的青石板小道向山上走来了。跟在他身后的人是谁?仔细一看,看清楚了,是徐望北!又是这个穿褐色西装不见笑容的徐望北!

邵化来了,蓝教官和"陈胡子"像盼到了救命观世音菩萨,用力挤着想冲出学生的包围圈。蓝教官嘴里嚷嚷:"放我走!""陈胡子"也大声狂叫:"校长来了!我要找校长!"窦平把臂一拦:"走?没那么容易!"蓝教官和"陈胡子"一见窦平的气势,都像漏了气的皮球。学生们也都不让他俩走,铁桶似的紧紧围着他俩。同学们见邵化和徐望北来了,胆大的故意把口号叫得震天响:"反对教官打学生!""反对总务主任撕壁报!""严惩打人凶手!""反对胡乱处分学生!""要求成立学生伙委会改善伙食!"有胆小的,见邵化来到,站在前边的忙把身子往后边缩。极少数三青团员,有想改善伙食的就不吱声,有的却在轻声嘀咕:"乱闹什么呀!""校长来了就别这么闹了!"

邵化穿一套浅灰派力司中山装,手拿一根"司的克",在学生们的口号声和鼓噪声中,顺着青石板小道的石阶,带着大高个儿徐望北一步一步地上来了。他剃的平头,皮肤白里透红,脸上长满酒刺,表情阴阳怪气,两眼一大一小,看起人来总给人一种不怀好意的感觉。也真有趣,他一出现,"马猴"也从办公室的门里走出来了。看来,"马猴"机灵,怕邵化责怪他为什么学生闹事他不出场。他出了办公室的门就迎着邵化和徐望北迅步走去,似是向邵化报告什么。

学生仍在"哦""哦"起哄,有的仍在叫口号。家霆见"老大哥"用手一碰窦平,说:"找邵化去!"又悄声对身后站着的"博士"和"南来雁"说:"让大家看住那两个坏蛋!"

窦平出着热汗,脸上涂着未擦净的鼻血,被簇拥着向邵化、徐望北和"马猴"所在的方向走去。

"马猴"一定已经把事情扼要向邵化报告了。邵化见一大伙学生拥着满面鼻血的窦平上来,皱着眉,脸上更加阴阳怪气了。他装出关切地摆着手说:"你,快去洗洗脸躺一躺吧!满脸是血,很不雅观。事情由学校调查后处理。一切我会管的!"

窦平不依,说:"蓝教官打人,我的血在面上摆着,还要调查什么?我要求惩办打人凶手!"

一群簇拥着窦平的学生马上哄叫起来:"立刻处理!""惩办打人凶手!"

邵化用"司的克"指指蓝教官和"陈胡子"被包围的地方,高声说:"把人放了!"他装作心平气和,"有问题可以商量。非常时期,用公费让你们上学,闹事可不行!学校是求学的地方,不容许闹事。我要提醒大家,这个学校很复杂,你们年轻幼稚,别受坏人利用。今天的事要相信我邵化来处理!"他咳了一声,又说:"先把教官和陈主任放了,你们有要求可以提嘛!这个学生,你叫什么名字?"他指指窦平。

窦平昂头说:"窦平!"

邵化点头:"好,是东北人吗?唔,鼻子淌血我看见了,快去歇歇。你们的壁报不也出了吗?我们得看一看,研究研究!要给我们些时间来解决问题嘛!大家看,我这样说在不在理?"

"马猴"见邵化来了,又活跃了,在边上插嘴帮腔说:"邵校长是教育家,言出必行,大家散了吧!把蓝教官和陈主任放了,大家都回教室去,不要影响读书。"

大个儿徐望北居然也在一边说:"大家散了吧!听邵校长的话!"

窦平挺身上前一步,说:"我们可以散,但学校明天一定要答复!"

邵化脸上阴沉得像头顶上灰暗的天空,居然爽气地冷冰冰说了两个字:"可以!"

学生纷纷散了。蓝教官、"陈胡子"满脸仇恨灰溜溜地从学生包围圈中走出来。家霆和大家一同向回教室的路上走去。西边天际凝聚着浓密的灰云,天有大雨的迹象。辽阔的山野间,覆满橘柑林的山峦,变得朦胧不清,犹如一片将要呼啸的浪涛。家霆心里不禁想:为什么邵化这么爽快呢?有什么阴谋诡计吗?

往常,这些家乡沦陷的游子,心头酝积得最多的是乡愁。夜晚在宿舍里,临睡前,常常唱《思乡曲》:"月儿高挂在天上,光明照耀四方,在这个静静的黑夜里,忆起了我的故乡……"只要思乡了,大家对前方老打败仗,后方乌烟瘴气牢骚就更多了。今天下午,出了"陈胡子"撕壁报和蓝教官打人的事后,熊氏宗祠改成的寝室里气氛紧张,大家忘了思乡,下午发生的事成了谈论中心。"南来雁"也不拉胡琴唱"我好比南来雁"了。蓝教官当然不见影子,邢斌、林震魁也不知去向。可能,两条"狗"正在邵化的办公室里参加议事,也可能他们不敢早早回来睡。他们虽不在,在家霆感觉上,老觉得黑暗中似乎有一双双鬼眼在闪烁窥察。为什么会有这种感觉呢?

天,擦黑时分下起了"沙沙沙"的小雨,雨声清脆地打在大黄桷树叶上,打在屋顶上。

点灯的桐油少,大家都没掌灯。天闷热潮湿,每间寝室里,蚊子嗡嗡叫,学生都摸黑坐着摆龙门阵。除了极少数还想置身事外的人,大家都在揣测明天邵化怎么答复,怎么处理。谁也不认为邵化会处分他的舅子,谁也不认为邵化会撤换他的心腹总务主任。事情如何发展呢?

施永桂和家霆心事重重。

家霆的心事复杂。最担心的是"马猴"。这坏蛋,看到他那种令人云山雾罩的表演,总觉得此人不简单。想到他上次夜里跟踪的事,家霆更不安了。他会不会下毒手?家霆晚饭后同施永桂谈过。"老大哥"说:"我也担心这,同章老师研究过。她说:'要防备!接受赵腾的教训,我们会尽早得到消息尽早采取预防手段的。'"家霆有点不解,说:"他真要下毒手,我们怎么能早早知道呢?"施永桂似乎也回答不了,家霆也只好又纳个闷葫芦。

比下午发生的事更使家霆挂心的,是今夜要见赵腾老师了。今夜要从赵腾老师那里取到那件重要物件了!心情紧张,只要一想到夜里听到"滴铃""滴铃"的铃铛声,只要一想到夜里要采取的行动,家霆的心就像打鼓似的咚咚蹦跳。望着木栅的玻璃窗,窗外漆黑的夜色中雨丝正在飘拂,玻璃窗上淋漓地交错着雨水凝成的泪痕。家霆用一种等待的心情盼着同学们早点安睡,盼着能在夜深人静时远处响起每夜都能听到的运煤队的铃铛声、铁链声和蹄声。

淅淅沥沥的雨啊,带着一点初夏夜晚的潮热,在无边无际降落。飘飘洒洒,近乎无声。雨大时,像有千万条针线,密密地把漆黑的天地都严实地缝合在一起。在这种时候,几江江水的汹涌流淌声是听不到的,全被雨声盖没了。家霆和"老大哥""博士""南来雁"都躺在床上。"博士"还在火冒三丈地谈着下午发生的不平事,一而再,再而三。他咬牙切齿地说:"浑蛋的'蓝舅子',最好将他赶跑!他是邵化的一条大腿,砍不掉也得一棍打瘸他!"

"南来雁"咯咯笑了,竹床"嘎吱嘎吱"响。他瓮声瓮气慢吞吞地说:"对!砍不断也要叫他挂拐杖。"

"博士"从床上支起身子,插科打诨地说;"邵化决不会拿出'辕门斩子'的气度来对待'蓝舅子'的,明天答复如不满意,干脆趁大家都在火头上,发起赶走教官!到处贴上大标语!我想好了一句上联,'秀才'你来对个下联贴在他门口好不好?"

家霆问:"上联是什么?"

"既是军人为何贪生怕死躲在后方享清福?"

"'秀才',你就对个下联吧!"邹友仁说。

"好,我来试一试!"家霆想了一下说,"我对:若非孬种理应鼓足勇气跑上前线杀敌人!"

邹友仁说:"精彩!""博士"和"老大哥"也被逗笑了。

"博士"说:"还有横批更精彩呢!横批是'马革裹尸'!"大家又笑。

外边,雨仍在飘飘洒洒,雨声时紧时松。有蚯蚓在墙角砖缝下呻吟。可以想象得出,此刻山屹梁上的树木、梯田、橘柑林和小路,都被细密的雨幕和夜色遮蔽成混沌一片了。几江的灰黄色的湍急而有漩涡的江水,漂浮着泡沫、树叶、柴草,转着弯在奔腾地流。

"老大哥"惦记地说:"窦平怎么还不来?"

"博士"霍然从床上坐起,说:"我找他去!"

话声未落,只听见门"吱呀"一响,窦平高大健壮的身影出现在门口。寝室里没有点灯,窦平一进来,"吱嘎"朝"老大哥"床上一坐,就哈哈笑起来了。"博士"和"南来雁"也都下床挤到施永桂和家霆竹床上坐。"博士"性急,埋怨地说:"还笑呢!你再不来,我要去找你了!"

窦平又咯咯笑了:"你们猜,敌人在干什么?"

"老大哥"说:"别打哑谜了,快说吧!"

窦平说:"天老在哭,依我估计,两条'狗'不会淋着雨往外跑。下午出了事他们也不敢在太岁头上动土。今夜咱根本不必在大樟木树下等他们。……"

家霆打断他的话说:"别大意失荆州了!万一'狗'去了呢?"

窦平说:"去不了啦!刚才,我见他俩悄悄摸进宿舍来了,鬼魂似的踮着脚怕人看见,悄悄趫进自己那间小房,轻轻掩上了门,灯也不敢点。我想,干脆让他们出不来,省得咱淋雨空等,就轻轻上前,把他们门上的锁锁上了。这下,别说现在他俩出不来,明天早上也出不来,除非将门踢破。不过,门很牢,踢破也不容易。"

"博士"咧嘴笑:"这一手漂亮!"家霆和施永桂、邹友仁也都笑了。

施永桂点头说:"窦平把'狗'锁住,干得好。那你们安心睡吧!"

窦平说:"下午的气还憋在肚里,睡不着,我就盼着黑夜快过去。天亮后,明天看邵化怎么办?他要是不处分'蓝舅子',我决不甘休!非出这口气不可!"

施永桂忽然说:"只是为了出自己的一口气,就什么条件什么后果也不考虑了吗?得有一个目的,不能蛮干,也不能乱干。"

"老大哥"话说得高明,大家都在思索。"老大哥"又说:"快睡吧!不早了,别的寝室也静下来了。明天的事看情况找对策。估计不会很顺利,必然有艰苦的交涉在前面啊!"

四下里,只有雨声散落在各处,发出各种各样轻的、重的、脆的音响来。窦平站起身说:"好,我去睡了。"他轻轻蹑脚走了。

空气湿得能捏出水来。"博士"和"南来雁"也回到自己床上去了。家霆和施永桂默默无声地躺着,听着雨声滴答,等待时间到来。时间这东西最怪,你盼它快过去,它偏慢得要命;你希望它慢点走,它却消逝得飞快。一会儿,"博士"又"咯吱咯吱"咬牙了,"南来雁"又打起他波浪式的鼾声来了。周围非常静,家霆不知"老大哥"在想什么,躺在竹床上,脑际不断浮现出过去同赵腾老师相处时的片段回忆。仿佛看到他穿一件旧蓝布长衫,戴黑边眼镜,用手掠一掠大脑袋上的浓密黑发,脸上带着笑容说:"童家霆,那本书看完没有?觉得怎样?"又仿佛听到他有一次在朗诵诗句:"曙光从黑暗中诞生,春天从冰雪中走来……"家霆心酸了,明白像他这样被秘密逮捕了的人,命运难以预卜。脑海里又突然浮出幻影,似乎看到赵老师蓬首垢面,眼镜也没有了,肤色苍白,涂满煤黑,满脸胡髭,穿着破烂的衣服,脚上拴着铁链,系着铃铛,挑着沉重的煤炭担子,正在骡马和囚犯组成的运煤队中艰难地走在青石板小道上,迎着扑面的风雨,满身水淋淋……想着想着,眼眶湿润了。

见"老大哥"躺在床上不声不响,家霆担忧地悄声问:"天气恶劣,现在还听不见声音,会不会今夜运煤队不来了?"

"老大哥"似乎也愁闷,轻轻说:"等着吧!"

就在这时候,从天而降似的,在雨声中,遥远处传来了渺不可闻的铃铛声。家霆兴奋地轻轻一个鲤鱼打挺,下床趿鞋,见"老大哥"也坐起来了。

"老大哥"压低嗓子兴奋地附耳说:"来了!"他将早就准备下的两顶蓑笠从床下拿出来,递给家霆一顶,自己戴上了一顶。两人悄悄出了寝室掩上了门,心上打着小鼓,摸黑绕着回廊小道走出了熊氏宗祠宿舍。

外边,漫天是淅淅沥沥的雨水,雨一点没有停歇的意思。有小风裹着细雨往身上、脸上扑来。戴着蓑笠撩起裤腿,在黑水洋般的夜色中,衣裤很快就湿了。雨和夜色,简直像一面天罗地网裹着两个人。家霆用巴掌抹着满脸的雨水,跟着施永桂迈开大步挟风裹雨地向山下青石板小道方向走,不禁想:好大的风雨,章星老师一个女人,独自出来,多艰难啊!听到了铃铛声,她现在该也和我们一样正向同一方向在走吧?

远处,暗夜中荒凉的几江上,一定有一只渡船靠在江边。船上点着半明不灭的一盏小灯,星星似的在浓黑的天地间一闪一闪,这算是目光所及范围中惟一的一点萤光般的光明了。周围的山峦全部融没在黑暗和细雨之中,使人想起杜甫写雨的诗:"……随风潜入夜,润物细无声,野径云俱黑,江船火独明。……"家霆跟着"老大哥"高一脚低一脚深深浅浅地走着,运煤队的铃铛声越来越清晰。在这夜雨的时分,铃声特别凄怆,铁链声和蹄声也逐渐听清了。自从知道赵腾老师在这运煤队里以后,铃声听来有了一种和从前更加不同的感觉了。原先,夜间听到铃声,心里也有难以形容的凄恻,却不像现在这么沉重。现在的夜雨闻铃,使人心碎肠断,不知什么时候,泪水早已和雨水混和在面颊上了。血沸腾着,家霆心里像有火在燃烧。今晚,漆黑的雨夜,能看见赵腾老师,能看清他的面孔并且让他也能看见我吗?……雨声和"滴铃"的铃声中,铁链的"哐啷"声和"托托"的蹄声越来越响,越来越重。看到赵腾老师的时刻快到了!运煤队正由西向东走来。心像要从嗓门里跳出来,感情也更激奋更难以控制了。

不知何时起的雾,纱一样的在空间缭绕。家霆的两条眉毛上挂满了水珠,潮湿的蓑笠上也在滴水。突然,树后出现了一个披风雨衣的人的身影。

"老大哥"和家霆迎上前去。黑暗中,接近了,见章老师穿着湿透了的风雨衣,风雨衣裹着她纤弱的身材,使她变得比平时多了一些英武之气。天虽黑,在迎面时,发现她苍白的脸上,两只很美的眼睛黑得发亮。一见面,她第一句话是:"啊,你们浑身都湿透了!"她的声音带着感情,有不安,也有安慰。她从手里递过来一束"泽漆麻",分了些给家霆,又分了些给施永桂,说:"我提前来了一会儿,'泽漆麻'已经采到了!"她想得真是周到。

斜风细雨,三个人一起走,要赶在运煤队来到前在十字路口同运煤队碰面。脚步匆匆,脸上水花晶莹。初夏的夜雨,也是冰凉沁人的。一股清爽的夹杂青草树叶味的雨腥气扑鼻而来。道旁梯田的水沟里,响着汇集的雨水经过缺口冲入田间去的沙啦声,间或有些蛙鸣声"咯咯"传来。运煤队里传来的铃声、铁链声和蹄声,像一曲哀伤而沉重的交响乐,越来越响地奏起在耳边。终于,三个人到达青石板小道的十字路口了。

他们没有停步,由施永桂带着头向西插去,迎着运煤队来的方向在青石板小道上向前走去。有心在狭窄小路上同运煤队迎面相遇,使小道堵塞,耽误些时间,然后好通过同押运士兵的谈话,让赵腾老师看到是谁,好拿到他要交出来的重要物件。

果然,施永桂当先,章星老师随后,家霆在最后,三人同运煤队迎面在狭窄的青石板小道上相遇了。听到施永桂打起四川腔,装得像个醉汉似的说:"你们……啷格……不先吆喝一声嘛!"

一个丘八上来,凶狠地开口就骂:"格老子,耳朵聋听不见铃声吗?"

家霆用四川话回嘴:"骂人做啥子啊!不要急嘛!这路两边不好下脚,我们退回去让你们就是。"

施永桂故意打着酒嗝,说:"章星,童家霆,你们退就退!老子不退,路是大家走的嘛!"

章星老师说:"施永桂!童家霆!让让让!"

家霆在细雨飘拂的夜色中,睁大两眼想寻找赵腾老师,只见青石板小道上黑压压一长串,有骡马,有押运的丘八,有囚犯,哪儿辨得谁是赵老师呢?家霆高声说:"章星!你退回去,退到十字路口等着我们!我和施永桂靠边挤着让一让就是!"

背枪的凶恶的丘八不愿意了,厉声说:"不行,这么窄的路啷格能挤啊?把骡马挤到两边摔下去,你们负不了这个责!快退回去!"

施永桂仍打着酒嗝说:"格老子,老子喝了酒头里晕乎乎,退不回去了。我站到下边烂泥地里让你们!"说着,他真的往下边田地里一站,烂泥陷到了他的脚脖子。他这样做,是想挨近运煤队好先同赵腾老师联络呀!

家霆和章星老师连忙往后退。退到十字路口,等着运煤队在面前过去。家霆想:"老大哥"是第一关,我们就算第二关。在十字路口一个一个地顺序看,一定会看到赵腾老师的。运煤队里几个押解的丘八,骂骂咧咧,"快走!""快!"手执鞭子打得"啪啪"响,驱赶着骡马和犯人又开始走动了。在鞭子的驱赶下,运煤队走得很快。家霆紧盯着从面前过去的犯人看:第一个,不是赵腾老师;第二个,又不是;第三个,仍不是!他心里紧张极了。在雨中咽着唾沫,急切地观察、等待。

一个中等个儿的犯人走过家霆的面前,朝章星老师和家霆看看。忽然,他在滑溜溜的小道上"乒"地滑了一跤。挑的一担煤从他肩上"哗嚓"滑下来撒了一地。他正摔在家霆和章星老师之间,摔得很重。家霆以为是赵腾老师,"哎"了一声忙去扶他。细细一看,是个不认识的有白胡子的陌生人。他这儿刚一摔跤,押运的丘八就过来了:"鬼儿子!"骂声刚落,皮鞭像雨点似的"啪!""啪!"打在犯人的背上。章星和家霆怀着同情心,扶着犯人起来。忽然,家霆感到黑暗中犯人往他手里塞了一只橘柑。啊!怎么一回事呢?一个想法立刻像火花一闪亮在心上:会不会就是今夜我们要来取的那个重要物件呢?可这只橘柑有什么用呢?天黑,又洒着雨,看不清,也没有时间看清。家霆灵机一动,迅即将湿淋淋的橘柑朝裤袋里一塞。那个白胡子犯人早已爬起来,在丘八的皮鞭下,不断用双手将洒了的煤块捧入箩筐,挑起担子,脚上响着铃铛和铁链声,拔步在雨中走了。

心中怀着一种异样的感情,看着那人走远了,在黑暗的雨线中消失了背影。家霆浑身湿透,和章星老师站在十字路口。家霆忍不住深深叹了一口气,沮丧地说:"奇怪,怎么没有?"

章星老师也叹了口气,说:"是呀,没有!"

黑乎乎的天空,像一只满是砂眼的锅底,雨丝在筛落下来。施永桂跑过来了,把脸凑在家霆和章星之间,轻轻说:"没有赵老师。今夜,白来了!唉,怎么的呢?"

家霆急忙说:"有件怪事:刚才一个白胡子犯人在我和章老师跟前摔了一跤,我去扶他,他悄悄塞了一只橘柑在我手里……"

话未说完,章星老师忙说:"一个橘柑?快!童家霆,拿给我看!"

家霆将裤袋里的橘柑拿出来。橘柑冰凉,橘皮湿湿的。家霆递到章星手里。她说:"一定就在这里了!一定在这里!"语气带着欣慰,又说:"带回去看吧!"又挂念地说:"不知赵腾怎么没有来?不会出什么事吧?"

是无法回答的问题呀,家霆和施永桂都沉默着。

施永桂终于说:"快回去吧!章老师,我和家霆送你一程。天太黑了,这倒霉的雨,老是下得不停。"

章星老师也不拒绝,说:"你们俩没有雨衣,可受罪了。但希望这个橘柑里有我要的东西!"

三个人匆匆向回来的小路上走。雨仍旧扑面飞来,调皮地将水珠洒在脸上、脖子里。虽是六月天,夜晚淋了雨仍可以冻得人打颤。白昼中午时的暑天余威,毫不存在了。

黑夜中的雾气雨帘遮拦了视线。运煤队逐渐远去,铃声像远在天边似的,终于听不见了。

三人踩着泥水和沾满雨水的野草、岩石,抄小道走向西边章星老师的宿舍去。中学的教师,有家属的大部分是在得胜坝镇上或对江县城里自己租屋居住。章星老师是住在学校里的惟一单身女教师。她的宿舍在靠近高三教室西侧那片房屋里。在她的寝室周围,有总务处的贮藏室,有两个单身教师的寝室。学校新近又将"马猴"的寝室安排在不远处。现在,已是半夜,雨仍在不停地"沙沙"下,到处偃灯熄火。脚踩过被水浸泡透了的长着小草的地面,发出"嗞嗞"的水声,常赶得青蛙跳出来。绕过一些槐树丛,快走到通向章星老师寝室的一条小路时,章星老师轻声说:"你们回去吧。"

施永桂和家霆立定了脚步。施永桂说:"章老师,您回去吧。我们在这站着,等您到了寝室,点亮了灯,我们就回去。"

章星老师刚说了一声"好!"忽然,家霆吓了一跳。发现在身边那棵老槐树旁边,站着一个黑黝黝的披雨衣的人。家霆说:"呀!谁?"施永桂也问:"谁?"章星老师停住脚步,又回身走了过来。

　　那人的手电筒一亮,又熄灭了。天哪!家霆心急如火!看清了,是"马猴"!这坏蛋躲在这儿监视着呢!啊,家霆真想握着拳头上去狠狠揍他一顿。但他忍住了,知道不能冒失,冷冷地说:"你在这干什么?"

　　"马猴"过来了,用一种异常平和的声音说:"学校今夜不平静!本来这一片分工让蓝教官查夜。我说我住在这儿,分给我吧。章星老师——"他转身说:"你们是采集'泽漆麻'的吧?采集到了没有啊?"

　　听来觉得话里有话,可又估摸不出他是什么意思。只听章星老师平静地说:"采到了一些,多亏这两个学生帮忙。这是个偏方,要下雨天半夜采集的'泽漆麻',治病效果才好啊!"听得出章星是耐着性子回答的。假戏也要真做嘛!果然,施永桂扬扬手里的"泽漆麻"说:"天太黑了。不然,你就看清这草药是什么样子了。"

　　"马猴"也不知心里安的什么机关,说:"你们这两个学生,我对你们印象不坏。不过,闹事儿可得注意,不要乱闹。事儿闹大了不会有好处的,你们得要注意。还有,你们回寝室,说不定会碰上邢斌、林震魁,同学之间要和气,不要闹起来半夜三更惊动全校!"

　　章星似乎不爱听,说:"你们别多谈了。我,回去了。太迟了!"她的脚步声和身影轻轻地远了。家霆也不想听"马猴"啰嗦,心里好笑:你"马猴"知道个屁!"两条狗"早给窦平反锁在寝室里了。家霆说:"我们得回去睡了。雨淋得身上凉冰冰的,都起鸡皮疙瘩了!"

　　施永桂说:"马主任,我们回去睡了。"他有个本事,在学校这些主任、校长、教官面前,总是特别老实,特别有礼貌。

"马猴"说:"去吧!我也要回去睡了。"他背着手冉冉走了。

雨仍在下,雨星凉森森地落到头上。家霆觉得一颗灾星悬在上空,不知会有什么祸殃要降临!他脚步沉滞,和施永桂往熊氏宗祠寝室这边走,绕的仍是小道。施永桂忽然长吁一口气,说:"'秀才',我心里不踏实呢!'马猴'今夜又监视我们。他的话越说得平和没有火气,我越不踏实,老觉得有些捉不到、摸不到的可怕东西在我们周围。我不是胆怯,是觉得要警觉啊!"

家霆紧锁双眉地懊丧地说:"是啊,真倒霉!事儿反正麻烦,我看'马猴'一定会报告的。真想象不出会怎么样!"

夜色在流动,到处如有无形的黑墙,阻挡着,又阻挡不住。

家霆脑子里乱糟糟的,又说:"我想,明天,我们干脆发动同学们把事闹大,转移目标,赶走蓝教官!事儿闹大了,就是'马猴'报告了邵化什么,邵化也顾不上追究了。你说怎么样?"

施永桂叹气说:"不行不行!事闹大了,邵化狗急跳墙会下毒手的。他们干这种事是家常便饭。你没听说过?有些学校风潮闹大了,最后总是抓人、开除!"

"那怎么办呢?"

"唉,可惜马上不能再去找章老师商量。这么大的事要我们拿主意太难了。可是回去找她,再遇上'马猴',更糟了!"

两个人浑身湿透,十分小心地悄悄钻进了熊氏宗祠宿舍。所幸,既未遇见"狗",也未碰上"蓝舅子"。他俩轻轻进了二号寝室取下蓑笠,脱下了湿衣裤,用毛巾擦干身子,换上了干衣,便匆匆躺下。

黑暗中,"博士"仍在咬牙。他曾开玩笑地说:"我是为社会的黑暗和不平咬牙切齿!"邹友仁也仍在打鼾,像拉风箱。他也慢吞吞地笑着说过:"我是为了唤醒民众而在黑暗中发出雷鸣般的呼声!"

家霆盖上散发出霉味的被子,身上仍凉津津的,心里很复杂。他知道:"老大哥"一时也是睡不着的。没能见到赵腾老师,使他心里凄楚又遗憾。今夜那只绿色橘柑是怎么回事?任务算完成没有?"马猴"会采取什么行动呢?明天,邵化会怎样答复学生的要求?

心中充塞着不安与忧虑。仿佛听到几江的江水在奔腾流淌。脑子里交杂着许多问号,终于在"沙沙沙"的雨声中睡熟了。

第二天,是星期六,鉴于学校形势,家霆决定下午不过江回家。早上,雨停了,操场泥泞,没有升旗,远山近岭,云封雾锁。

在熊氏宗祠寝室里,学生们像往常一样,天亮以后陆续起床漱洗。邢斌、林震魁起来,门仍反锁着。他俩在屋里伸出手臂来,拿着钥匙哀求:"×××,谢谢你给开开门!""××,帮帮忙!"谁知,没人理睬,被叫的人和周围的人,都装作听不见,有笑的,有唱的。急得两条"狗"七窍生烟。最后,高二一个姓金的绅粮家的少爷清早来学校,他是住在得胜坝家里的,一早来上课,见学校罢了课,准备回去,到了熊氏宗祠寝室,经不住邢斌、林震魁请求,给他们开了门,才将两条"狗"放了出来。

早饭照例是喝不饱的"什锦粥"。大约为了表示学校有心要改善伙食吧?早饭从每桌一点臭烂牛皮菜改为一碟油炒豌豆,豌豆是先煮熟后炒的,里面有一点点油星味。炒时油委实太少了,豆子多数都炒得焦煳了。尽管如此,比腌牛皮菜强得多。吃粥时,大家议论起来。"博士"说:"好苗头!好苗头!""南来雁"说:"不反抗一下,连这点油星星也没有。"窦平敲着饭碗走到家霆桌旁来,说:"听说'蓝舅子'到江边迎接邵化去了,早饭后要紧急集合。我们要看看'吊死鬼'怎么答复?"大家心里都打着问号,等着揭晓。

所谓"食堂",也是"礼堂"。下雨时星期一举行纪念周,就在这儿行礼如仪唱党歌听训话。这是李氏宗祠进门来有明柱的祠堂大厅。开饭时摆上一个个方桌,开会时将方桌挪到一边叠起来。方桌是竹制的,很轻巧。大厅做"食堂"的时间长了,在这雨后潮热的天气,空气里弥漫着一股馊味。平时,吃早饭时,"马猴"和蓝教官都会露脸,站一站或者巡视一下,今天早晨蓝教官去接邵化了,"马猴"也不见面。邵化的公馆在对江县城里。昨天天黑后开完会,据说"蓝舅子"送到江边,他在徐望北护卫下冒雨回去了。他今天还没有来,学校里表面还平静,实际却像一场紧锣密鼓的戏快开场了,空气使人压抑。

喝粥的声音"沸沸"响,议论的声音也震得食堂里发出"嗡嗡"的回音。忽然听到有同学嚷嚷:"邵化来了!'吊死鬼'来了!"一嚷,大家一窝蜂都跑到食堂大门外向下张望。家霆也忙捧着碗往大门外拥去。

穿着灰色中山装的邵化挂着"司的克",正向山上走来,后边跟着的,一个是穿褐色旧西装的徐望北,另一个是挎武装带穿绿军装佩上尉衔的蓝教官。再后面,还有两个腰挂"盒子炮"的宪兵。家霆心里立刻有一种不祥的预感。邵化带了人马来,是为了保驾,还是为了镇压?假如他很顺利地答应学生的正当要求,不会采取这样的阵势吧?……正在想,见同学们也有同样的预感了。有的说:"看!带宪兵来了!"有的说:"'吊死鬼'要耍硬的了!"施永桂不知什么时候早已走在家霆身边了,说:"来者不善!"家霆点头"嗨"了一声,说:"你看他会怎么办?"

"老大哥"将碗中剩粥一口喝尽,自言自语:"他不用高压倒还罢了,一用高压非出事不可。你没看到同学们的情绪吗?"

只见窦平迈着大步过来了,说:"看到了吗?宪兵也带来了!你看'蓝舅子'走路那副架子没有?得意忘形,有恃无恐!"他攥着右拳拍着左掌说:"我心里埋着火药!要是再欺压,非爆炸不可!"

窦平脸上那刚毅的线条和愠怒的神色,像暴风雨来临前浓云密布的天空。家霆意会到今天决不会是平静的了,草草喝完了碗里的粥。

"博士"也过来了,学着川剧里诸葛亮的口气说:"宪兵光临,不出山人妙算,三天之内,这蜘蛛穴上定有一场恶战也!"话虽滑稽,却没有人笑。

家霆发现施永桂心情沉重,问:"'老大哥',怎么办?"他的眼睛盯着正在走上山来的邵化一伙。"老大哥"抬脸看看家霆,将家霆用眼色引到一边,轻声地说:"看事情的发展吧!糟的是我现在没法去同章老师商量了!"

家霆说:"走吧!到教室里把碗筷放掉,等着看吧!"

两个人回到教室,将碗筷放进竹子课桌的抽屉洞里,坐在位子上拿出了书本,心里不安。不一会儿,听到在吹号了,吹的是高昂的紧急集合号。号声像一个催命鬼在大叫,使已离开食堂纷纷回到教室、寝室的学生从山上、山下都向操场上跑。操场泥泞,邵化已经站在旗杆旁的大青石上掏出手帕拭汗了。"马猴"、蓝教官、"陈胡子"、徐望北站在他身旁,两个穿草绿军衣的宪兵戴着粉红色的上士军衔牌子,佩着盒子炮,护卫在两旁。一些教职员和伙房工人零零落落挤在布告栏附近。各班整队,大家只好站在烂糟糟的泥地上。

人头攒动,嗡嗡嘤嘤,空气压抑。家霆站在队伍里看见章星老师也来了。她站在布告栏附近,脸上毫无表情。再看看邵化,那吊死鬼似的脸上罩满杀气,一大一小两只眼睛凶光毕露。学生整队以后,他举目扫视,将三百多学生一张张阴暗的、营养不良的脸看了个遍,目的是威慑学生。接着,干咳了两声,演说起来了:"今天,先谈伙食问题。物价飞涨,伙食不能尽如人意。非不为也,乃不能也!总务主任并没有贪污,不可胡说!学生成立伙委会,俟条件成熟后可以同意。方法是:由学校批准伙委会成员,在总务主任统筹下发挥作用,避免各自为政。须提醒的是:国家收容流亡学生上学,你们理应感恩思源,不应聚众闹事。倘有害群之马,惟恐天下不乱,胆敢肇事罢课,国有国法,校有校规!"说到这里,他突然"司的克"一指窦平,咆哮起来了:"你不就是东北流亡学生窦平吗?出来,站到前边来!"

窦平出乎意外,虎头虎脑地从高三二班队伍里站了出来。看得出来,他是强忍住怒气的,脸色因气愤变得毫无血色。这是个雨后的阴天,微风拂动他的头发,他像钢打铁铸似的笔直立在那里,两眼瞪着邵化。

邵化盯着窦平上下一打量,说:"窦平,昨天的事我已查清。你先打了教官,教官忍无可忍无意碰了你的鼻子,你就煽动学潮,想用罢课威胁学校,真是岂有此理! 为了严肃校纪,不处分不足以平众愤。学校决定给予你大过处分,以儆效尤。布告一会儿就张贴,现在先向大家宣布一下。窦平你必须好好反省! 过去,本校在前任邓宣德放纵下,校风很坏。我们掌握可靠情况,学校里可能有坏人潜伏作祟。已与稽查所、宪兵队取得联络。一有发现,立即逮捕!"他用威吓的语调和表情对着大家,又说:"学校实施军训,学生对教官的命令必须无条件服从,更不得侮辱殴打。今后,如再发生与教官对抗或破坏军训之行为,今天处分窦平就是一个先例。学校决不姑息养奸!"

家霆气得七窍生烟,按捺不住,也听到周围同学中发出的一片不满的喊喊喳喳声。

邵化的镇压太突然了! 他完全背弃了昨天的诺言。大家一时竟被震慑住了,没有人说话。家霆察觉窦平的脸色惨白,咬唇强忍住愤怒,像一枚快要爆炸的炸弹,冷冷地立在那里。章星老师的脸色也异常苍白。施永桂立正站在前边左侧,沉默着,脸上是不平静的。

　　人格的侮辱,比肉体的疼痛更难忍受。邵化的话,像冰水撒进了油锅。窦平忽然开口了,他脸红到脖子根,用震耳的声音对着邵化抗议道:"蓝教官打了我,昨天人人有目共睹,你今天不但不处分打人凶手,反倒记我大过!这公平吗?难道因为他是你的舅子,你就维护他?难道我是一个家在东北沦陷区的流亡学生,无权无势,你就这么欺侮我?我抗议!"说到这里,他回头对着全体同学说:"你们说说公道话吧!我求求你们!这样欺压人能行吗?"他这条大汉,声泪齐下,使人感到他的骨节在"咯咯"响。

　　意识深处的神经,像引线被触发了。正义感使家霆真的爆炸了,简直粉身碎骨也不顾了!他忽然走出队伍,用冰雪崩裂似的声音说:"窦平说得对!他昨天被教官打得淌鼻血,我们都是看到了的。为什么包庇教官反而处分窦平,太不应该!"

　　邵化站在青石板上,脸都气歪了。蓝教官在他身旁,气急败坏,像要发作。两个宪兵东张西望,不知所措。站着队的学生群上空飞扬着激愤、不平的声浪和"嗤嗤"的嘘声。窦平一号召,家霆一带头,响应的人立刻动起来了。

　　家霆继续慷慨激昂地说:"同学们,昨天学校答应处分蓝教官,今天忽然变卦了!学校里出现了宪兵,是想威吓我们吗?有热血有心肝的同学站出来!我们抗议!要求撤销对窦平的处分!也撤销昨天对高二两个同学的无理处分!严惩打人凶手蓝教官!让学生管理伙食、改善伙食。要是学校蛮不讲理,我们就罢课抗议!"

　　人群中愤愤不平的声浪更高,起了风暴。家霆话出口了,又冷静了一点,陷入感情和理智的矛盾:冒失了!事先也没有同"老大哥"商量,就放了一炮!后果如何?确实已经无法考虑了。他偶然瞥见章星老师,她的脸色不好,笼罩着愁云。家霆觉得,我这样也许已经造成了难以收拾的局面。但是,我不能让窦平孤立无援遭受冤屈和欺凌呀！……事情也正像家霆料到的,在他之后,紧跟着"博士""南来雁"等都站出来了。学生队伍像火山突然爆发,"哗啦"一下全乱了。高三、高二的队伍先乱,学生们都高叫:"罢课！""罢课！"有的嚷嚷:"抗议！"有的嚷嚷:"反对处分窦平！""严惩打人凶手蓝教官！"学生一散,操场上的局面已经不可收拾。面对学生的强烈不满和反抗,邵化强作镇静。徐望北和"马猴"好像在劝他从青石上下来,避进办公室去。他摇摇头,站在青石上还在凶恶地高叫:"不准罢课！谁带头罢课立刻开除！"又高叫:"散会！大家回教室照常上课！"回答他的是学生的一片嘘声。看看实在已无法收拾局面,邵化只好带了他那伙亲信匆匆窜进办公室去了。两个宪兵拔出了盒子炮,也匆匆跟着走了。他们一定是去酝酿阴谋去了。

　　学生们互相聚合着,议论着,怒骂着,像火石撞击着冒出火星。窦平、"博士"和其他许多同学,都上来围着情绪仍在激动的童家霆,好像他是一个英雄,向他表示同情、支持、慰问和感谢。大家谈了一会儿,都各自散了。家霆心里很乱,渴望找"老大哥"谈谈。学校很不宁静,到处有人声,喊的、叫的、骂的。家霆突然看到:"老大哥"在前面走,忙赶上几步,追上了他,说:"我忍不住了！我为窦平抱不平,就那么做了！你看,怎么办？"

　　"老大哥"脸色难看,似乎疲劳,但平静地说:"当火山爆发时,谁也挡不住岩浆迸流的。你不出来讲,别人也会出来讲的。窦平他们高三二班已经宣布要罢课大闹了。他们的中队长刚才通知我,要我们班也采取一致行动……"他话没说完,看到高三二班门口围了一堆人,传来"打""打"的声音。家霆说:"发生什么事了？""老大哥"说:"你去看看去！我们分头做点联系同学让大家齐心的工作。我们暂时少在一起,我好留一点余地。你先同窦平他们好好干起来。"说完,就走了。

家霆点点头,离开了施永桂上前去看。只见邢斌已被窦平等几个同学打倒在地,满身泥土,正在讨饶,嘴里像含着青果似的说:"我……我决不破坏!……我不管!……别再打了!"窦平不知说了些什么,闪开了身子。邢斌爬起来像个被猫放了的老鼠,蹿着身子跑了。引起一阵哄笑,有人拾起石块朝邢斌身上扔去。

噪音声浪在冲击,像沸腾的油锅里的油在飞溅。家霆能感染到同学们打"狗"的痛快情绪,他说:"干吧!罢课!赶教官!我负责回去发动高三一班。我们一致行动,有难同当!"

窦平感激地又上来一把攥住家霆的手说:"童家霆,我忘不了你!我是豁上啦,大不了蹲大牢!"他眼眶湿润了。有的高三二班的同学说:"要抓把我们大家都抓去!"有的说:"先赶教官!目标就集中在教官一人身上!"也有的说:"带两个宪兵就想弹压我们三百学生?做梦!"家霆和大家一样激动,又清醒地感到危机四伏,有一种驾舟在狂涛中沉浮前进的感觉。家霆说:"窦平,我们快分头干!只要大家齐心,就不怕邵化!只怕一盘散沙五分钟热度。现在各班同学都很气愤,我们要使大家团结起来对付邵化。我马上回班上去写标语欢送蓝教官上前线!"

离开窦平时,高三二班的同学已经分头到各班游说,发动大家坚持罢课并且驱赶教官去了。家霆匆匆往教室跑,想找"博士"帮着写标语。一进教室,见同学们正围着"博士"看他写大标语呢。"博士"用扁笔写美术字,白纸黑字,将对联写得像一副挽联:

既是军人为何贪生怕死躲在后方享清福?
若非孬种理应鼓足勇气跑上前线杀敌人!

家霆想再找施永桂,施永桂不在教室里。刚才从施永桂说的话看来,他是同情罢课的,认为高压必然会引起爆炸。在这种情况下,他是不会不同大家一起的。他很可能是找机会看望章星老师商量什么去了。多么希望他回来后拿出点主见来呀!现在,各班都已经自己在爆炸了,就炸吧!炸成什么样以后再说!家霆觉得自己和窦平二人都是有危险的。邵化什么恶毒的做法干不出来?但已经开了弓,射出的箭怎么止得住拉得回呢?以后会怎样?已无法计较盘算了。家霆决定像窦平说的"豁上了!"决定到每间教室、每间寝室里去,发动大家坚持罢课,坚决赶走特务教官"蓝舅子"。

其实,无须谁再发动。干柴上投下了火星,总是会起火燃烧的。什么事有了带头的,担风险的,别人跟着干也就比较容易了。有了窦平带头,更有了家霆出头,跟着干的人都分外有劲,全校很快贴满了大标语:"坚决要求严惩打人凶手蓝舅子!""反对无理处分窦平!""一定要由学生自己管理伙食!""热烈欢送蓝教官上前线抗日!"……"博士"写的那副对联贴在李氏宗祠的大门口。一批学生由"南来雁"带着,拿着大标语到县城里和得胜坝街上去张贴了。

窦平真的豁上了,他有组织能力,以高三二班名义同各班协商。各班都推出了代表组织了罢课委员会。他是主任委员,家霆是副主任委员。这一切,都在一个多小时里办成了。罢课委员会正式贴出了一张"罢课声明"在布告栏里,邵化带了蓝教官和两个宪兵看了"声明",马上匆匆到对江县城里去了。邢斌、林震魁失踪了。据说也过江躲到县党部里去了。留下那个总是板着脸不笑的徐望北,像是作为邵化的耳目,留下来监视学生闹风潮的。他躲在"马猴"的办公室里,同马悦光一起并不露面。"陈胡子"走迟了一步,被学生看管起来,理由是要查清他的账目。他被看管,学生们吃饭就不会发生问题。那些在外边租屋住的教师,学校一闹风潮,都在家待着不来了。学校成了学生的天下。高三二班立刻选了一个五人伙委会,同伙房的伙夫一起掌管起自办伙食的大权来。高三二班提出:以后每个班轮流选出伙委会,管理一个月的伙食。

家霆忙着同窦平商量事儿,心里老记挂着施永桂。窦平说:

"'老大哥'什么都好,就是胆小怕事不好！他怎么不见了?"家霆离开窦平,见到仍在教室里写标语的"博士",问他见到"老大哥"没有,他摇摇头。一种不安全的感觉老是无声无息地压在家霆的心上。胆怯,倒没有;忧虑,是浓重的。因为无法预料事情会发展到什么地步。快近中午,家霆在教室后的小路上,意外地见到了施永桂。家霆快步迎上前去,发现他脸色疲惫。家霆问："'老大哥',你到哪里去了?"

他抓住家霆的手腕,看看家霆说："我到章星老师那里去了一次,也正想找你呢！"

家霆看着他苍白泛黄的脸色,问："有什么事吗?"

他点点头说："我马上有件要紧事急等去办。我们找个地方谈几句。"奇怪,家霆发现他的眼神里流露着悲戚。

天,阴沉沉的,远处雾蒙蒙。两人蹲在潮湿的梯田田埂上开始谈心。家霆还没顾上问他有什么要紧事急等去办,他先开口了,说："我不放心你和窦平呀！老话说：出头的椽子先烂！邵化阴险毒辣,他是要镇压要报复的。我烦心的是怎样才能保护你们。想来想去缺少办法,不能不去找章星老师。"

家霆忙问："她责怪我和窦平吗?"

"老大哥"摇摇头,说："她肯定了你们的勇敢精神和正义感,也肯定了这样一来,会使同学们进一步看穿邵化之流的真面目,受到教育和锻炼。邵化和他的爪牙以后也可能收敛一些。但是,她认为本来可以更策略些。现在自然已经来不及了。她不主张使罢课坚持下去,她认为到适当时候可以复课,目的是保护同学们。一战退兵后,可以转入长期斗争。"

家霆听了,对"老大哥"的话体会不深,思索着,没有做声。施永桂突然又说："她想同你当面谈一谈。学校里现在那些'狗'走了,你马上快悄悄去一下。"

家霆心里兴奋,忍不住又问:"昨夜那个橘柑?"

没等家霆讲出来,施永桂疲惫的脸上更悲戚了,说:"昨夜的橘柑里藏着章老师要的一封信,赵腾老师被捕前未来得及将一些事做交代。但是——"

"老大哥"的语气和脸色为什么那样难看呢?家霆急着问:"怎么啦?"

"赵腾老师已经不在人世了!已经被秘密杀害了!他死前托别人办了这件事。"施永桂悲伤地说,看得出痛苦抓住了他的整个身心。

家霆好像雷轰头顶,心里苦涩,愣着说不出话来,热乎乎的泪水顿时遮住了双眼。他拭着泪说:"我马上到章星老师那里去!"他心里急切地想去看看那封信。赵腾老师那蓬松着头发戴着眼镜的面容,又浮现在脑海中了。

出乎意外的,施永桂拍着家霆肩膀亲切地说:"你去,要注意,别让章星老师太伤心了。你要知道,赵腾老师是谁?他,就是章星老师的丈夫呀!"

啊!家霆一下子全都明白了。那夜雨中的铃铛声、铁链声和马蹄声呀!那在刺刀皮鞭下与骡马一样运煤的政治犯队伍呀!他仿佛能看到,夜雨潇潇,一灯明灭,当运煤队在山下青石板小道上经过的时候,章星老师半夜未眠,听着铃铛声和铁链声,是怎样在寄思于同志和亲人的了!心里空落落的,简直想放声哭一场,但他强忍住了。离开施永桂,他急切地穿过小径,向章星老师的寝室走去。

三

章星老师孤寂地伫立在寝室前茂盛的竹丛前,若有所思。她身后远处,是起伏的坡岗,有团团雾气在树木和梯田间游移,有不知名的鸟懒懒在叫。

童家霆随章星老师走进她那间布置得简单朴素的房里时,心里镇静得多了。章星老师虽然脸色不好,苍白,眼圈异样,却很平静。为什么还要用懦弱的眼泪去刺激她呢?

家霆心有歉意,因为一时的冲动和冒失,事先未同她和"老大哥"商量,捅了大娄子。现在,在她如此悲伤的时刻,还要为我和窦平的安全操心。他坐在章星老师小书桌对面的一张凳子上,默默无言。章星静静地倒了一杯开水给家霆,说:"我先要告诉你,根据赵腾老师过去对你的了解,根据我来后对你和你家庭的了解,我和施永桂一向是非常信任你的。"

也说不出是怎么的,家霆动感情了,泪水哗哗流了满面。有兴奋、激动和欣悦,也有因为怀念赵腾老师引起的悲伤,又有对死去了的妈妈柳苇的思念和对不知去向的忠华舅舅的怀想。他不知说什么好了。

她又说:"一切施永桂都告诉我了。你和窦平在操场上面对邵化的表现我也亲眼见了。你们的朝气和勇敢可贵。说明读书会的同学们,是有觉悟的。但是,这几天,我们之间的交往不方便,也怪我平时同你们谈得不够,我没能把你应该知道的道理告诉你们。同邵化斗争,不顾一切只图出一口气,不问后果,是不行的。国民党假抗日真反共,进步的人在国统区,就是要隐蔽精干。像你的母亲,她被敌人杀害了,是很可惜的。应当像树木的根芽似的埋在地下,到春天时发芽生枝开花结果。"

家霆点着头,想:对呀!……

房间里布置得淡雅,气氛就像章星老师的人一样,清秀、文雅。雪白的粉墙上有一幅兰花,带有韵味感,使人仿佛能闻到一阵扑鼻的幽香。

章星老师又说:"为了使同学们能适当改善一下政治和生活的恶劣条件,提高大家的认识,斗争是必要的,但不能蛮干。暴露自己,引来镇压,被敌人一网打尽了,队伍散了,群众泄气了,就什么也谈不到了。所以,要有理,有利,有节。有节,也就是适可而止!决不可以在力量悬殊下只图痛快。有时,退却是为了进攻。你现在快高中毕业了,应当懂得这些道理。过去,我们有过惨痛的教训。"

家霆心服地点头。这样精辟的话,过去谁也没有讲过。家霆思前想后,更明白了。"老大哥"就是因为懂得要隐蔽埋伏,才分外谨慎的呀!

粗糙的木桌上,放着一厚叠作文簿,面上的一本掀开着,是章星老师用红笔正在圈点批改了一半的一本。她的蝇头小楷毛笔字,像她的人一样的俊秀。

章星老师又说:"还不清楚邵化会不会下毒手。如果仅仅是记过之类的校规处分,都不要紧;如果开除,就比较麻烦;如果要逮捕、陷害,那就得立刻走!无论如何,窦平比你危险。但什么事都不会束手无策的,这点要有信心。"

家霆点头。

章星老师说:"我建议你赶快过江,争取你父亲对你的支持,也争取他支持学生。他还是有一定的力量的。能支持你,你的处境就能好一些;能支持学生,窦平和大家的处境也会好一些。你应当说服他。我想,任何有正义感的人对邵化的坏事都会反对的!"

家霆有信心地说:"等会儿我就过江回家。我会把实情告诉父亲的。我想,能争取到他的支持的!"

章星老师说:"那好!此外,依我们看,国民党自己内部派系斗争狗咬狗很厉害。邵化遇到了这种情况,支持他的人有,反对他的人必然也有。这么一个中学,是他们争夺的地盘。你们的这件事,发生在昨天,爆炸在今天。在昨天发生这件事后,我们就想利用这件事看看狗咬狗。我们已经做了一些工作,也许会有助于收拾残局。你提高点警惕,施永桂随时会把消息通知你的。"

像一丝闪电似的阳光,射进家霆波涛翻涌的心里,家霆又点点头。但,终于忍不住了,章星老师丝毫不谈自己的事,却克制住痛苦讲这么多深刻的道理给我听。她的内心世界,是一座蕴藏量多么大的感情的宝库呀!但我怎么能不安慰她一声并表示我对赵腾老师的哀悼呢?何况,又多么想看看那封信。家霆终于说:"章老师,我来之前,永桂讲了赵腾老师的事,我很难过。"说到这里,泪水顺着腮流下来了。

章星老师用手势阻止家霆再说什么,又拍拍家霆的手背,用端庄的包含悲痛的大眼睛望着家霆,说:"昨夜橘柑里有一封短信,信是用香烟里的锡纸卷着塞进橘柑里藏着的。信是用什么木签、针尖一类东西蘸着炭黑写在一张残破的白纸上的,告诉我:赵腾被杀害了!并将老赵死前要交代的事告诉了我。"

"这塞橘柑到我手中的白胡子老头是什么人呢?"

章星老师垂下了眼睑。她的睫毛是湿润的,脸上似乎泛着一层圣洁的光泽。她摇头说:"不知道!"又叹息一声说:"从武汉失守后,反共闹摩擦一直没有停歇,而且越来越凶。实际都是破坏抗战,危害国家。其实,赵腾的事我早有思想准备了!"

家霆忽然发现,章星老师好看的眼角上,突然好像有了鱼尾纹了。她心酸,只是不想表露。

屋外坡岗上,有一缕风儿轻轻拂过竹丛,竹叶瑟瑟响。忽然,章星警觉地说:"脚步声!有人来了!"

是有脚步声,家霆有些紧张。章星老师说:"不要紧,就说我在劝说你不要闹事,谁来也没关系!"说着,她从窗户里向外一张望,忽然说:"他来得巧!我正盼着呢。"

家霆站起来问："谁？"

窗口的一角,从洁白的布窗帘的缝隙里,瞥见了一个高大的穿褐衣的身影。家霆刚"呀"了一声,门上已经"笃笃"敲了两下。

章星老师说："徐望北!"又对着门说："进来!"

家霆的心吊在嗓子眼里。门已经开了。那个穿褐色旧西装的大个儿,老是板着脸的县党部干事徐望北出现在面前了。见到家霆,他倒像挺熟悉似的,说："啊,童家霆在这儿?"

家霆对他心里反感,发现他满脸倦容,好像熬夜未睡的模样。他来干什么?家霆看看章星老师,章老师的态度使家霆坠入五里雾中,她似乎对徐望北很亲切,毫不见外,说："童家霆,我的表兄徐望北。不过,多数人都不知道。"

她这么一点,家霆思想感情上的疙瘩一时仍解不开,也理不出头绪来。听到徐望北问章星："已经同他谈了?"

章老师点点头。徐望北好像完全知道家霆的心思,两只眼尖锐地朝家霆看看,突然对着家霆和蔼地说："我来撕过你们办的壁报,你很仇视,是吗?《盍旦》上有你写的一篇稿子,题目叫作《论楚怀王》,你那是学郭沫若影射当今的吧?靳小翰他们也有这样一些一把就能揪住辫子的文章。这在邓宣德做校长时问题不大。邵化来,就是文字狱的把柄了!不撕能行吗?"家霆真想不到,这样一个大个儿,说起话来竟轻轻柔柔,他的话说得有点幽默,却突然使家霆感到对他从心底里亲近起来。家霆没有说话,愣在那儿。实在不知说什么好呀!他的话有一种触动心灵引人深思的力量。

徐望北居然又说："你勇则勇矣,可是太缺乏经验了。你赵腾老师被捕后不久,你写过一首诗寄到重庆《新华日报》,又悄悄写过一首诗,题为《乌云笼罩着青春》,寄到重庆海棠溪一个名叫《前锋》的杂志编辑部里去,对不对?"

家霆吓了一大跳,这人怎么什么都知道?瞪大了两只眼哑口无言。

徐望北自己拿杯子倒了一杯开水,转身说:"危险哪!我是党部派在邮局检查邮件和投寄的书报的特派员呀!《前锋》是谁办的知道吗?这是中统开设的一个诱捕进步青年的陷阱呀!"

扑朔迷离,却又如此现实。家霆鼻尖和腋下都出汗了,发现自己真是个冒失鬼。

徐望北又缓缓地说:"年轻人,不要吃惊,不要忏悔。说真的,你挺不错。但现实生活很残酷,不能任性,要学会沉着,学会策略。头脑复杂点!比如,你以前仇视我。现在,我就得劝你:不要光从表面看人,要善于看到人的心!不要光会从表面上表现得慷慨激昂,要学会深沉地工作。诸如昨天的事,冒冒失失,愣头青,'盲人骑瞎马,夜半临深渊',后果呢?"

章星一直坐着,静静地听。这时说:"童家霆,这不是责怪你,是在同你谈心。"她大约看到家霆难堪,所以这样说。

但家霆真心诚意地说:"我懂得的似乎确实比以前多了!"

徐望北关切地看着家霆说:"这就好。邵化是可能想逮捕窦平和你的,至少也想开除你俩的,你想到过没有?"

家霆神情振奋,头脑清醒地说:"现在,当然想到了。"

徐望北喝着开水,说:"我来,是同你章老师分析形势来的。你听着,未必懂,但不必问。"

章星说:"又有什么新的情况?"

徐望北点头说:"有!我也已经同他接上头了!"

章星露出了一丝淡淡的几乎是不可见的欣悦的表情,说:"要是昨夜不拿到那信,真不敢想象!他来找我,我哪敢信他的话呢!"

徐望北说:"老赵出事后,他断了线,找得好苦啊!"

章星点头动感情地说:"他真不简单!"

家霆脑子里朦朦胧胧,听不懂他俩说的是什么。只听徐望北继续说:"邵化硬要留下我来,要我和他随时注意学生的动静。又说:'一定要把那两个为首煽动学潮的学生想法抓起来。'我劝邵化说:'过刚则折,还是策略点好。诸葛亮七擒孟获,对学生有时也要用点怀柔政策!'邵化说:'为什么?'我说:'依我看,可怕的不是这些冒失的出头鸟,这样的人多数不是异党。可怕的是我们根本没发现的那些不露头的真正异党分子!说不定有的还想乔装改扮披上保护色,所谓敌中有我,我中有敌。'邵化说:'对,高见!高见!我办党务多年,实际也有些体会!'他在一边也发言了(家霆想:这个'他'是谁呢?),说:'邢斌、林震魁等乱打小报告干涉太多,徒然引起学生反感,自己反而孤立,提供的事实也常难准确。神仙下凡先得问土地。今后,要一方面多培养可靠的耳目,一方面仔细查访,才可长期使学校平定。窦、童之流,要恩威并用,使之就范。平歇学生情绪后,既维护了你的威信,博得大多数学生同情,又可避免事态继续扩大。这里离重庆不远,事态发展,邓宣德会卷土重来,觊觎妄想之徒也会有攻击的口实,影响值得注意。'邵化似乎颇为同意了,偏偏他那小舅子蓝教官不愿意了,说:'老子非报这个仇不可!老子去找稽查所和宪兵队,宁可不干了也要出口气!'邵化熊他说:'千怪万怪,你不该动手打学生!你闯下大祸,害得我来收拾残局,你还要自作主张?现在社会上有些人一天到晚民主民主吵得凶,光天化日随便抓学生就那么容易?稽查所长鲁冬寒同我和县党部是面和心不和,我不要他看笑话!'蓝教官才不吭声。邵化问我:'老徐,你说怎么办?'我说:'听说邓宣德下了台并不死心,仍在重庆上下活动,攻击你不遗余力。事态如果扩大,必然又给他提供了口实,大事不如化小为宜。确实,昨天如果不撕壁报不打学生那就好了。马主任刚才的话,我倒觉得很有学问!'邵化沉默不语,但看得出,马和我的话他都听入心里去了,最后说:'马主任,你设法和学生谈判,试一试!能谈成先复课最好,免得走极端!'

听着这些话,早先家霆心中那些烦躁、顾虑和担心,开始有些减弱了。

章星老师说:"看来,一时还不可能对窦平和童家霆下毒手?"

徐望北很有把握地点头:"唔,要下毒手,事先也会得到消息的。现在,县城里,得胜坝街上和学校里都会出现油印的传单。传单是'告全国新闻界各报馆、监察院、军委会调查统计局、教育部及各界父老兄弟姐妹书'。这传单一出现,形势更会有些变化。"

家霆心里想:有意思!谁印发的传单呀?连什么军统局都写上了,是怎么回事呢?

徐望北嘴角上吊起一丝微笑,继续说:"传单写得很短,措词尖锐,指出邵化在江津花天酒地胡作非为,任用私人做总务主任,贪污学生公费克扣伙食,又任用小舅子蓝某做教官,蓝某打着军统幌子殴打欺压学生,引起罢课,在得胜坝和县城里造成很坏影响。目前学校风潮正在蔓延,学生怀念前校长邓宣德。邵化等正勾结稽查所、宪兵队想进行弹压。呼吁新闻界主持正义,又呼吁有关部门调查处理。"他喝干了杯中的开水润着喉说:"这传单到处一撒,再往重庆一寄,就是报纸不登,邵化可也要收敛了!这一下撒手锏,真妙极了!"

家霆听了,心里高兴,想:是谁干的呢?这么快,这么有预见,又这么巧妙!

只见,章星老师看看徐望北,平静地说:"盆里有水,桌上有肥皂,快洗洗手吧。"

徐望北一看,自己的左手手背上有一块铜钱大的油墨,马上说:"啊,你真细致!"他马上拿起肥皂把手伸到盆里洗起来,边洗边说:"我打算马上到县城里去找邵化,劝他适可而止先平歇舆论。"

听到章星问:"你真认为这传单能起这么好的作用?"

徐望北点头,搓洗着手说:"当然!打蛇要打七寸。等一会儿,他叫施永桂去找他。他让施永桂带一批传单到得胜坝和县城里秘密散发,却又叫施永桂拿了传单秘密到县党部送给邵化。我见他写了个纸条,大体是说:据了解,在学校和得胜坝上发现并收集到了这种传单。估计县里和重庆也许都会出现,要邵化注意,并说他正在安抚学生,避免事态扩大,以免渔翁得利。"

章星老师仔细听着,这时说:"好!疑兵之阵一布,邵化感到四面楚歌,也许有利于问题的解决。"

徐望北说:"是呀,他可真有本事,真真假假,不急不慌。下一着棋看三步!"他开了门,将盆里的脏水"哗"地泼了。

家霆起先听了半天,恍恍惚惚没听清他们谈的那个"他"是谁,后来听清他们谈的是"马猴"了!但实在难以想象:怎么可能会是马悦光呢?但又怎么不可能呢?唉,的确太幼稚太单纯头脑太简单了!从昨天到现在,发生了多少意料之外而又合情合理的事啊!他不好问,默默听着不做声,心里想:生活真像万花筒啊!人世间有许多事情并不像数学上的一次方程一样,只有一个解!

离开章星老师和徐望北后,走到屋外。田野的雾不知在何时已退尽了,空气新鲜、洁净。家霆有一种幸福感,感到天特别蓝,树木庄稼特别绿,吹来的风也是香甜的,连远处翻着泡沫转着漩涡流淌的几江水,看上去也觉得生动可爱了。他决定马上过江回家找爸爸谈。

童家霆匆匆摆渡过江,满身是汗地赶回南安街九号家里。一进大门,看见骨瘦如柴的老钱背着那个小女儿,正弯着腰在教坐在小板凳上的大女儿识字。见到家霆回来了,老钱走上来轻声神秘地向他打招呼,说:"啊呀,大少爷,你闯祸了是不是?"

家霆有心从老钱这里了解点近况,好去见爸爸,问:"怎么啦?"

老钱噘嘴指指里边,做了个生气的模样,示意是童霜威在发脾气,说:"县党部书记长李思钧来过,稽查所所长鲁冬寒也来过,都来告你的状,把秘书长气得脸色都变了。你要是下午再不回来,秘书长就要派我过江把你找回来了!"

"他们说我些什么?"

"弄不太清,我是听钱嫂说的,她给客人倒茶时好像听到客人说什么你带头闹罢课,学校闹风潮是坏人捣鬼……"

家霆无心再多听老钱讲什么了,离开老钱走向住处。

童霜威正伏在桌上看报,家霆进去,叫了一声:"爸爸!"童霜威回过身来,脸上气色难看,表情沉郁,眉眼间充满愠意,开口就说:"你回来啦!你不回来我也要找你回来!怎么?你在学校里带头闹风潮了?"

家霆在爸爸旁边一张椅子上坐下,尽量使自己克制,说:"爸爸,你听我说说是怎么一回事好不好?"他一五一十地将事情的发生和发展如实讲了一遍。最后说:"事情就是这样,我并不想闹事,但我实在忍受不了!"

童霜威神色不快,叹气摇头说:"李思钧、鲁冬寒都来过了。他们是为了你对着我来的。尤其鲁冬寒,李思钧不过说是你可能要被开除,要我赶快开导你,鲁冬寒言下之意是打个招呼,说万一为平歇风潮,可能要抓几个为首的肇事者,也是不得已的事。你的处境危险了!你要知道,我如今不过是有点空名望、空地位,这种特务,他才不在乎你呢!要真是对你下了毒手,我又有多大能耐能保护你?"

家霆觉得爸爸说的话是真诚的,说:"爸爸,我知道您是希望我做一个正直的、有正义感的爱国青年的。你在沦陷区的表现也为我做了一个榜样。来到大后方,你和我一样都很失望。我在学校里实在是忍受不了那种法西斯的重压才爆炸的。现在,他们想下毒手,我也能估计得到。但我不怕!一个人应当敢做敢当!如果在我身上发生了什么不幸,请爸爸不要为我难过。你能管我就管我,不能管或管不了那我也了解爸爸的心。"说到这里,家霆心里难过加上气愤,眼睛都红了。

童霜威吐心吐肺地说:"孩子,你怎么这样说呢?爸爸怎么能不管你呢?我只是怪你事先什么事都不同我商量,什么事都不先告诉我,冒冒失失去闯下这样大的祸,是会影响你的前途的。这下,我看你高中难以毕业了!被开除十分可能,杀鸡吓猴嘛!当然,逮捕我觉得还不至于。那天,鲁冬寒来,说了些软中带硬的话后,我也硬话软说告诉他:我的儿子我知道,我不护子,但无中生有地乱来一气,我也不会答应!"

"鲁冬寒怎么表示?"

"他笑笑,没说什么。"童霜威叹口气,"欧阳已经不见了!我不能连你也失去。"他语重心长,"不过,家霆,不要再参加闹风潮了。我马上带你去找李思钧,他到底过去是在我手下干过事的人,同邵化有些密切关系,托他转圜,争取不开除你,我看办得到。"

想不到家霆把头摇摇。童霜威看到家霆那酷肖妈妈柳苇的脸上,那种倔强不屈的性格又在眉眼、神情间透露无遗了。他明白:儿子是不愿意跟随自己到李思钧那里去的。

果然,家霆斩钉截铁:"爸爸,我不去!您知道,我不能抛开同学们,只求自己一个人的解脱。我们学生没有错,错的是邵化他们。他们贪赃枉法,为非作歹。我希望爸爸主持正义,站在我们学生这一边。我当然不希望被开除,甚至被逮捕,我也同样不希望同学被开除被逮捕。如果我只顾自己,不顾大家,我岂不成了卑鄙可耻的小人?"

童霜威沉默起来,儿子的话打动了他的心。儿子确实长大了,是一个有正气的人,使他欣慰。但儿子的这种耿直、执拗,会不会导致与他死去的妈妈柳苇同样遭遇的不幸命运呢?童霜威想:我,只不过是想使儿子摆脱当前在风潮中的危险处境,可是儿子却要我站到学生一边支持学生,我怎么能做得到呢?

只听,家霆又说:"爸爸,我听说,现在到处都在散传单揭露事情的真相。现在,学生怀念邓宣德。听说传单已经寄到重庆,满天纷飞。新闻界肯定也会主持正义的。报上如果一登,邵化想勾结县党部、勾结稽查所和宪兵队镇压也会力不从心的。爸爸,您可以联系本地一些有声望的人一起同情、支持学生的嘛!只要事情处理得合理,风潮当然会平歇的。您说呢?"

童霜威起身背着手踱了几步,摇头说:"怕不行哪!"

"怎么呢?"

"本来,比如李参谋长,对我还是可以的。可是上次冯玉祥来,你在电厂将渝江师管区拉壮丁、吃空额等老底一揭,听说冯玉祥见到渝江师管区的司令和李参谋长时,红着脸好一顿训。事后,他们要查是谁跟冯玉祥讲的。查来查去怀疑到我和你了,说那晚我带你去看过冯玉祥,密谈,你又同师管区的一个营长有来往。反正,这事显然得罪了李参谋长。最近,他从不上门。"

"别的人还不少嘛!比如,邓六爷,他还是讲正义的;比如被服厂田绍曾厂长,比如法院院长郑琪,都有子女或亲戚在学校里的嘛!他们是了解学生吃不饱、邵化任用私人、乱处分学生等学校情况的。"

"唉!"童霜威心里烦躁,"我到江津,不求闻达,委屈苟安,只想宁静致远、淡泊明志,可是如今你却招惹这许多麻烦使我烦心!"

钱嫂开好了饭,来叫童霜威和家霆去吃饭。父子俩一起到吃饭的厅里去,谈话又继续下去。菜虽很好,有荤有素,家霆想起了学校里的同学们,吃得无味,说:"其实,爸爸,您也不是不关心国事的人。冯玉祥、程涛声来,您都想同他们谈谈,也都谈得很高兴。我平日听您谈的话,您一直是在关心时局忧国忧民。我始终认为爸爸现在您是没有遇到机会,有机会您还是会像大鹏鸟一样展翅飞翔的。您还并不老,应当对抗战、对中华民族贡献力量。学校这种情况,您就完全不管?"

啊,童霜威感到儿子出言不凡,心中赞叹了,默思着,站在窗前看着院子里一棵枝繁叶茂的绿树出神。半晌,点头吐出一口闷气,说:"好吧!我去奔走奔走。我先找李思钧,为你们开脱,劝他转劝邵化做事不要过头。再找其他熟人,让大家同情你们,给邵化之流施加点压力。但这事能办到什么程度,不敢说!而且,你们应当适可而止,不要逼得邵化之流狗急跳墙。你说怎么样?"

家霆表示满意,心里觉得目的达到,亲热地说:"爸爸,您说得对!"他心里思念着学校里的同学,打算吃完饭后就回去。看了看天气,天气阴暗,似乎又有雨,说:"那,爸爸,等一会儿你出去后,我就回校去了。"

"为什么还要回校呢?"童霜威停住夹菜的筷子,也看了看天色,说:"要下雨了!你在家里安分住住算了。你不去,我说话也有用一些;你去了,我怕风潮闹得更大那才难办呢!"

"我不去不安心。"家霆一脸诚挚地说,"我去,克制自己就是了!两军对阵,我不能当逃兵呀!"

童霜威明白儿子下了决心的事是拧不回来的,又重重叹口气说:"你一定要回去我也不拦你。不过别年轻气盛,凡事要讲点策略,不要莽撞蛮干,不要打人骂人,一个人出头的事千万不要干,也劝告同学们不要那样干,一切都要集体来干。散发传单那种事倒是厉害的,那叫造舆论,多多往重庆造!也要在此地争取同情,让每家子女回家找父母、亲戚支持,像你回来找我这样。"说到这里,摇了摇头,有种没奈何的神情。

家霆看着爸爸,笑了,说:"谢谢爸爸指点!"

童霜威嚼着饭说:"这叫做'鸡抱鹅,没奈何'!我怕这样纵你,会使你以后闯更大的祸也未可知。"

家霆心想:许多事我都没告诉您呢!你要是知道了,恐怕更要担心害怕了,嘴上诚恳地说:"不会的!爸爸,我一切自知小心。"爸爸从反对到支持,又从支持到指点策略,起了很大变化,使他心里欣慰而又踏实。

这时,天降起雨来了。先是长空飞满雨星,纷纷扬扬,一会儿蚕豆大的雨点"噼里叭啦"地砸下来,大雨倾盆了。

饭吃完后,童霜威看看大雨,说:"这么大的雨,你就明天回校也可以。我来出去一趟。"

家霆摇摇头,笑笑,说:"不,我现在回去才好!"

他将一把好的黑洋伞递给童霜威,将另一把黄油布伞给自己用,说:"爸爸,时机紧迫,我们一同出去再分道扬镳吧。"

走出南安街九号,大雨已湿了裤脚和鞋袜。告别爸爸,看着爸爸带点蹒跚的背影消失,家霆才向西门外鲤鱼石摆渡处走去。雨声在伞上跳跃响动,水气和雾气在远处飘动。这使他忽然想起那次在上海,同欧阳素心合打过一把伞走在涤尽尘嚣的环龙路上。是一个细雨如丝的傍晚,灯光里,斜射的雨丝中,走着的行人和驶过的车辆被雨幕和树影遮得影影绰绰。那天,欧阳吟诵了一首海涅的诗,他还记得那有趣的诗句是这样的:

> 在你的面颊上,
> 是炎热的夏天;
> 在你的心儿里,
> 却是冰冷的冬天。
> 我最爱的人儿!
> 这些都要改变。
> 你脸上将是冬天,
> 你心里却是夏天。

但现在,除了"啪啪"的雨点和寂寞的天空,什么也没有。

四

灰蒙蒙的厚厚的雨云,仍在向广阔的天空铺展。天总是潮湿、闷热,阴晴相间,夜里也总是降雨。

贴满罢课标语的蜘蛛穴山上山下,到处散散落落地有踯躅着的学生。住在县城和得胜坝街上的教师们,都不到学校里来了。住在学校里的极少数教师也不见露面。

鄂西激战已经一月余了。这些日子,第六战区以十四个军的兵力阻止日寇六个半师团进攻,进进退退,终于恢复了所失阵地,给日寇以一定的消耗,毙伤日军万余人。报上常在报道战果,却没有眼前学校的罢课受学生注意。

罢课坚持着,学生仍在画漫画、贴标语,并且"没收"了训育处的油印机也印起仿制的传单到处散发,也往重庆邮寄。连由县城开往重庆的火轮上,也贴满花花绿绿的传单和漫画。学生罢课委员会的代表们,发动子女回家做父母的工作,争取同情,到县城的校本部进行联络,扬言三天之内邵化不给满意答复女生也立即罢课!

这是第二天上午,家霆和窦平被训育主任马悦光找去"谈判"。两人经过操场到李氏宗祠马悦光的办公室里去。

家霆心情十分复杂。有时,在这种尖锐、复杂搏斗似的生活中,一天所学到的东西确实"胜读十年书"。怎能想到"马猴"不但不是坏蛋而且是这样一个人呢?又细细一想,他哪点像猴子呢?其实一点也不像,给他起绰号是损他的。真懊悔给他起了那么一个难听的绰号"马猴"了。

家霆思前想后,凭着自己已了解的情况加上想象、分析,找到了马悦光的"轨迹"。许多事情一件件像电影放映时一个镜头一个镜头呈现在眼前:

他,一定是同赵腾老师有联系的。赵腾失踪后,他失去了联系。为了寻找关系,他不能等待。既然赵腾是立足这个中学的,那么,这学校里必然会有留下来的人。他自然千方百计来到这个中学。

终于,发生了《新华日报》事件。邵化要查,他一定以为通过报纸可以找到线索。他追逼,牢牢不放,并想通过考验,看看是不是能找到他要找的人,可不可以发现线索?

邢斌和林震魁两条"狗"是邵化掌握的。当他感到我是可靠的时候,有意透露"狗"的活动,也透露蓝教官是军统特务,这是打招呼。

他一定是从邵化那里听到徐望北是检查邮件的。那时,他对徐望北也不了解。所以他用一种特殊的方式警告我不许投稿。现在想想,他讲的许多话都是很有意思的双关语了。

他听到邢斌、林震魁报告施永桂在夜间运煤队经过时的举动后,他自己也想了解一下情况,夜间就发生了"跟踪"的事。他可能也是知道运煤队里有政治犯的,这很难估计了。他为打"狗"提供条件,让我们避开"狗"的追踪,自己却在暗中窥探保护。他同我关于"泽漆麻"的谈话也是含有深意的嘛!他一定早就开始肯定章星、施永桂和我是他要找的人呢!

家霆向马悦光的办公室走去,虽然估不透马悦光怎么干,但心里透明透亮。窦平却心中无数,虎头虎脑地说:"童家霆,'马猴'是个坏家伙!我们去,看他怎么谈?态度好,就谈,态度坏,不吃他那一套!"

家霆心中有底地说:"他同邵化不同!不能再莽撞了!要学得

乖巧点。跳高或跳远时，需要后退一步再跑；伸出拳头之前，也每每需要把手臂先缩回来。"

窦平用一种钦佩的眼光看着家霆，使家霆感到自己曾用类似的这种眼光看过施永桂。窦平说："'秀才'，你的话有理！我一定耐着性子！说实话，我也不希望开除和逮捕，只要成立伙委会的事学校同意，能改善大家的生活；只要'蓝舅子'打人的事是非分清，让学校保证他今后不随意欺压学生，我自己吃些亏不在乎！"

两人理直气壮地走进了马悦光的办公室。说也怪，家霆看了看他，好像重新真正认识了他。他的样子绝不难看，他精神焕发，既不凶狠也不邪恶，态度大方、平静。他要家霆和窦平坐下，给一人倒了一杯开水，说："学生起了火，我训育主任只好做消防队，找你们两个罢课委员会的负责人来，想同你们谈一谈复课的事。我想，是谈得拢的。我从来不把你们看作坏学生，更不把你们看作是别的什么。因为我认为你们不是！浑水里乱摸鱼是捉不准的。你们是比较单纯的青年学生，我喜欢你们。这一点，我会向邵校长说清楚的。"

话说得真妙。家霆开门见山地问："学校方面能接受我们的条件吗？"

马悦光善意地看看家霆："谈判不必跑马拉松！该想到的我都给你们想到了，桌上有张协议书八条。你们看看，如果同意，我再去请示邵校长。他点了头，双方签了字，你们就复课，好不好？"说着，他起身指着办公桌上一张写满毛笔字的协议书，说："来，你们来看。"

家霆和窦平上前去看，见写的是：

经训育主任马悦光与学生代表窦平、童家霆商谈，协议八条如下，立即执行：

1. 学生方面自本协议签字日起立即复课；

2. 学生方面负责将校内外此次张贴之标语、漫画、传单等全部毁除，不再印发、张贴、邮寄有关此次罢课事件之任何宣传品；

3. 学生方面立即恢复总务主任之行动自由；

4. 学生方面应将此次罢课引以为戒，今后应维护校长威信，恪守校规及军训纪律；

5. 学校方面同意学生选举伙委会管理伙食改善生活；

6. 学校方面保证不处分此次带头罢课的学生代表；

7. 学校方面负责今后督促军事教官严格管理但不得体罚学生，并收回处分窦平及高二学生的决定；

8. 学校方面给予各班学生以出壁报的权利。

窦平读了一遍，出乎意料地满意，似乎提不出太多意见。他转脸朝家霆瞅着，仿佛问："你看怎么办？"家霆心里想：咦，真想不到事情急转直下！马悦光拟这八条，花费的脑子比谁都多，周到，符合心意。但却故意说："我们要拿回去给同学们看看。"

马悦光点头："可以！"又双关地说得有滋有味的："文字的协议不可没有，但也不能全相信、依靠它。事情复杂，邵校长一心认为学校里有异党分子，也可能有汉奸。他是个会用铁腕的人。因为不想事态扩大，才对你们客气些。因此，有些条文含混些或不符合心意，过分挑剔也就不必要了。重要的不是现在，而是将来。我是怕夜长梦多，所以希望这个协议的通过能顺利些。"

家霆觉得，他是在把这些事透露给我们知道。

马悦光又说："俗话说，'猫和猫能相处，猫和老鼠难攀亲！'现在，是解决问题的好时机。我想，抓紧办好不好？"

家霆体味着他的话，说："可以！"窦平也点头表示可以。

马悦光笑了，从容不迫地说："我喜欢青年人的活力和朝气，但你们应当在自己身上不断地生发和积聚力量，冷静、机敏、坚韧不拔。作为一个学生，在学校里最重要的是当一个好学生。我是从爱护青年才说这些话的。"

家霆笑了。真有趣,他讲的话就像八卦图,可是我听得明白,说:"我们以后要做好学生!"

马悦光脸上浮现着令人捉摸不透的表情,说:"我想,以后我们会谈得来的,你们以后要做好学生的决心我要报告邵校长的!"

窦平用一种奇怪的目光看着家霆。他不了解马悦光,正面话也是要作为反面话听的。他一定觉得家霆的话也很玄。

外边,有同学在大声叫:"窦平!童家霆!"听出是"博士""南来雁"他们的声音。他们一定是不放心,所以在外边高喊助威。家霆给窦平做手势:"你去,跟他们说一说,我们马上就谈完了,免得他们不放心。"

窦平应了一声拔步外出。他这里刚出门,马悦光忽然笑着向家霆点点头。一股热浪"轰"地冲上了心头,家霆洋溢着喜悦,也笑着点头,觉得心是相通的。

这天半夜里,又下开了霏霏的小雨,蚯蚓在草丛泥土缝中被雨水淋得断断续续哀鸣,荒村的狗吠声也时而响起在耳边。这正是四川多雨时节。在蜘蛛穴下的青石板路上,那支士兵押运的由囚犯和骡马组成的运煤队伍又在淅沥的雨声中,在漆黑的暗夜中从西向东负荷着沉重的煤炭路过了。铃声先传来,然后,慢慢地,铁链声、骡马的蹄声接着传来。一下下都仿佛敲打在家霆心上,久久地鸣响在耳际,萦回不断。

家霆仰面躺在竹床上,周围是昏天黑地的夜。他清醒地沉默着。穿着旧蓝布长衫的赵腾老师戴着眼镜、头发蓬松的面容,又浮现在眼前。仿佛听到赵老师在说:"曙光从黑暗中诞生,春天从冰雪中走来。"立刻,又出现了那摔倒在面前递橘柑过来的白胡子犯人的身影。赵腾老师是不在人世了!今夜,在这运煤队伍中,白胡子的革命者一定又正在皮鞭下迈着艰难的步伐吧？

家霆的心凄恻哀痛，却又充满着信念和希望。同寝室的"博士"又在咬牙了，"南来雁"也在打鼾，家霆感到"老大哥"施永桂并没有睡着，听到他有轻微的唏嘘声。家霆明白：他心里想的一定和我一样。

就在那一个夜晚，当运煤队的铃铛声在迷茫的黑暗中远远逝去后，家霆又听到了几江汹涌的江水在默默中奔流的"哗哗"声。它引人想起黎明时船夫在川江上拉纤时唱的"川江号子"。家霆似乎领会到了生与死搏斗的严峻，一种神圣的献身感情在心中萌发。他觉得自己突然更成熟一些了。

学校里的风潮似乎要平歇了，谁知风云突变，第二天早饭后，想不到竟发生了一件绝对意想不到的大事。

早晨，仍旧下着毛毛雨。吃早饭时，家霆、"老大哥""博士"都还没有起床，托"南来雁"吃早饭时替他们用缸子盛点稀饭带回来。"南来雁"去得迟。忽然，他慌忙跑回来了，说："快快快，不得了啦！你们快起床来看！……"

家霆第一个翻身起来，问："怎么啦？"

"老大哥"也赤膊起身，穿上旧衬衫问："发生什么事了？"

只有"博士"仍旧像熟睡着。

"南来雁"喘息着说："我想，可能是中毒了！喝了粥吃了早饭的人，都在剧烈呕吐。从上边饭厅一路下来，到这宿舍里，人全站在路边哇哇地吐，脸色都变了！有的喊肚子疼，蹲在路边站不起来了！"

家霆和"老大哥"都随"南来雁"急急跑出寝室。"博士"听到，也马上跟着跑出来。只见确像"南来雁"形容的那样，从上边半山食堂附近起，沿路上到教室那里，沿路下到寝室这里，都有人在弯腰呕吐。有的捧着肚子蹲着,有的站立,有的互相搀扶,真是惊人。谁也没有见到过这种景象。

"南来雁"说:"我上去得迟,见喝粥的人都在吐了,就没敢喝。大家都说:准是谁在粥里下了毒!"

"博士"说:"我看准是邵化这浑蛋派人下的毒!他恨我们,要破坏……"

"老大哥"说:"先救人要紧!小翰,你赶快到得胜坝镇上请徐校医来!"校医住在得胜坝,平时她总在校本部,每周只到男生分校来一次。罢课后,她当然干脆不来了。

"博士"应了一声:"好!"空着肚子迈步朝下山的路飞也似的跑步去得胜坝了。

家霆心里火烧火燎,说:"我去发动未中毒的同学都来救护中毒的人,把中毒的人都集中扶到寝室睡下。"

施永桂老练,向"南来雁"说:"你去饭厅,把稀饭桶找人保护起来,不让破坏。再舀些稀饭赶快过江,找卫生所化验。看看中的什么毒,有了结果,问了解毒方法马上回来。最好能买药带回来!"

"南来雁"说:"买药的钱呢?"他连摆渡的船资也没有呢!

家霆把身边的钱掏给了"南来雁",说:"我写张纸条,你到南安街九号找我父亲,请他筹点买药的钱由你买了药带来!"说着,从衬衫口袋上取下钢笔,从口袋里掏出小纸片写了一张便条。

他把纸条递给了"南来雁",忽然又对施永桂说:"永桂!我看,在这里干等不行,靠我们自己也不行。人命关天,是不是组织人把中毒最重的同学干脆立即送过江去,请县政府收容救命?"

正说着,只见马悦光和章星老师跟跟跄跄从上边沿着山路跑着来了。马悦光满头大汗脸色苍白,十分着急,老远招呼着说:"童家霆、施永桂,这很像是中了毒!呕吐、腹痛、腹泻,我看,快把重病号送过江去让卫生所抢救。放在学校里既无医生也无药物,耽误了时间可不行。"

章星老师也是满脸焦急,说:"得赶快组织一个抢救队,马上行动!马上动员没病的同学抬重病号过江。"

施永桂对尚在等待的邹友仁说:"那,你就快找个同学一同办稀饭化验的事吧!买药的事就不办了!"

邹友仁将家霆写的条子还给家霆,飞步就向上边饭厅方向跑。这里,马悦光、章星和施永桂、童家霆马上分头去组织抢救队。马悦光去组织未中毒的伙房工人,章星和施永桂到教室一带去找未中毒的同学,家霆到宿舍里发动未中毒的同学。大家忙了一阵,中毒太重需要立刻渡江抢救的学生,有窦平等二十七人,其中有的已昏迷不醒。组编成一支五十多人的抢救队,包括伙房工人和学生,连背带抬,由马悦光、章星和施永桂带领,立即下山到得胜坝摆渡过江。商量好在抢救重病号的同时,买了解救药品由施永桂及时送回来。

重病号转移到对江后,学校里还有大批轻病号和没中毒的同学。家霆感到自己应当留在学校里,不能离开,又重写了一张纸条给爸爸,让施永桂如在必要时可以去找童霜威支持。

章星老师临走时,心情沉重地轻轻对家霆说:"我看确实像是有人在稀饭里下了毒。这件事出现得蹊跷,说不定是邵化之流玩了什么鬼!老马拟稿你们同意的协议书八条,邵化本来同意,忽又完全推翻了,说:'不同意,不能让步!'据老马说:昨晚,蓝教官和邢斌鬼鬼祟祟回来过。会不会是他们干的坏事呢?这事他不便挑明,只有先救人要紧了。不过,我怕邵化要借这件事做文章了!你要特别谨慎小心!"

抢救队抬着、背着重病号走后,家霆在山上看着队伍远去,心中一阵凄凉。他头脑里思索起来了:为什么突然发生这样严重的事呢?发生了这件事邵化会怎样?越想越苦闷烦躁,有一种"山雨欲来风满楼"的感觉笼罩心上。

到山下请校医的"博士",浑身汗湿地跑步回来了。他带来了住在得胜坝的校医徐秀伟。徐秀伟是物理老师朱启的太太。两夫妇一样都有点本事。男的课讲得好,女的医术也不坏。两个人都一样老实,也一样都被生活重担压得抬不起头。他们有两个孩子,但一个男孩风瘫,一个女孩肺病。平时两人在家,总找点可怜的活路干,赚钱贴补家用。据说朱启天天半夜起来给附近一家伤兵开的面馆揉面切面,也给人家代写书信、刻木图章。徐秀伟则替人家打针、织毛线衣、补衣服、绣花。现在,徐秀伟气喘吁吁地来了,问了详情,由家霆和"博士"陪着到寝室里看望中毒较轻的学生。徐秀伟问了病情,翻看了好几个学生的眼皮,看了舌苔,看了症状,最后说:"看来是急性中毒!但不化验还难说是中的什么毒。我觉得有点像砒中毒:剧烈呕吐、腹痛、腹泻。为怕误了病,赶快去买点生鸡蛋给大家吃。如是砒中毒,能有好处。"

听徐医生这样讲,家霆马上同"博士"找了些同学分头筹钱,自己又找了几个本地绅粮家的同学借了钱,马上派人到周围农家收购鸡蛋。

又忙了好一阵:照顾泻肚的同学上厕所,扫除呕吐出来的脏物,找人给大家去煮开水送开水。徐医生和家霆分头在病号集中的寝室里护理病人。这时,有的腿快的同学,已将收集到的鲜鸡蛋陆续送来了。徐医生和家霆就把鸡蛋敲开一头,让中毒的同学吮吸吞食,每人二枚。忽然,家霆听到有"橐橐"的皮鞋声和听不清的说话声,似乎来了些人。家霆刚想从五号寝室走出去看看是谁,意外地看到蓝教官和鲁冬寒带着四个宪兵出现在门口,并且六个人都走进寝室里来了。

"啊,童家霆,你在这里啊?"蓝教官神气活现,突然盯着家霆问:"咦,你怎么好好的一点事儿也没有啊?"

家霆感到他眼中有刺、话中有话,说:"我早上起迟了,没有吃稀饭,所以没中毒。"

"啊,那真太巧了!"蓝教官朝鲁冬寒看看,似乎用眼在交谈,说,"鲁所长,这就是童家霆!这次闹风潮的英雄,倡导罢课的学生代表!"

鲁冬寒阴沉的脸上毫无表情,白皙的脸上刮光了的胡髭,乌青地衬得他那表情更加冷森森,两只细小的眼睛也不正视家霆。其实,他早认识家霆,这时抹下了脸,一副公事公办的神色。

家霆听蓝教官话里带着挑拨和陷害,冒火地说:"现在发生了中毒事件,你蓝教官来不要大摇大摆七嘴八舌,你该像我们这样做点实事,使中毒的同学早点脱险才对!"

想不到蓝教官忽然凶相毕露了,不怀好意地说:"中毒?不是还没有化验吗?你怎么知道是中毒?既是中毒,当然是人放的毒啰!谁放的?你知道不?"

见他栽赃了,家霆气愤地反驳:"谁放的毒谁自己心中有数!"

"我看你心中是有数!"蓝教官高叫,"如果是中毒,这么多人都中毒了,偏偏你例外,不是太奇怪了吗?而且,谁也没有说是中毒,你却脱口而出露了馅。不明真相的人会这样说的吗?嫌疑太大了!你这个一贯要把水搅浑的家伙!"

家霆不能忍受,脸都红了,说:"你血口喷人!"

谁知,鲁冬寒开口了,说:"童家霆,你带头闹风潮,给学校造成的损失很大。闹闹闹,又闹出了这样严重的事情,我们是要仔细调查破案的。这件事,任何在校的人都不能说没有嫌疑,你也在内。我们一同过江,我要同你好好谈谈。"

家霆明白:一张网已经罩在自己头上了。真是暗无天日啊!他大声责问鲁冬寒:"是要抓我吗?"

鲁冬寒阴丝丝地回答:"现在还没有!如果该抓,我们有的是手铐。你跟我们走吧!"

　　家霆心里想:估计有爸爸在,他们还不能把我怎么样!不存在的事总是不能成立的。这一想,倒坦然了。出祠堂,下山去得胜坝,蓝教官和四个宪兵随后跟着,样子很像押解犯人。家霆迈着沉甸甸的步子,跟着鲁冬寒沿着印有深深辙印和骡马凸凹蹄印的小路,朝得胜坝走。走到远处,回首望时,见熊氏宗祠门口有好些同学扶病在张望。"博士"怅怅站在那里,徐校医也怅怅站在那里。

　　家霆在稽查所里被拘留了整整一星期。算是优待,未进牢房,住的是一间潮湿阴暗的小房,有张竹榻,但无蚊帐,被蚊子叮得浑身是疙瘩。有人一天送三餐饭,家霆一再提出希望通知家里,未得答复。

　　所谓"调查",是鲁冬寒亲自三次讯问。每次讯问,鲁冬寒的态度不坏也不好,他就像一只无感情的冷血动物,脸上冷冷的,阴沉得可怕,说话轻轻的,声音不大,却使人起鸡皮疙瘩。问的问题,老是同样那几个:"你为什么那天偏偏不去吃早饭?是否你事先知道了什么?""你现在当然已知道这是一次放毒的事件了,可是那时你为什么一下子就肯定这是放毒?你的根据是什么?""现在经过化验,确是砒中毒,毒是不是你放的?""你为什么思想左倾?""你知不知道这学校里谁是异党分子?谁是汉奸?"家霆受了折磨,不由想起了一句西洋的谚语:"河里的鱼一上岸就会渴死。"如今,特务是把我当作一条鱼了!他们要我离开水,让我渴死。

　　对于鲁冬寒颠来倒去的讯问,家霆也只能颠来倒去地回答。他心里好像油煎,真咽不下这口气。拘禁一星期,家霆感到时间像一张砂纸,慢慢地想把自己浑身的棱角都打磨光了。

　　天气闷热,常常说晴不晴,说阴不阴。从小房的窗口看到灰蒙蒙的天上,有时能隐约见到日头无端地发白,像个月亮,真是白昼也有暗夜的感觉了。

一星期后的一个晚上,鲁冬寒突然进了小房,坐在竹榻上,说:"童家霆,现在先放你回家。但有两不准:第一,不准对外边人讲这里的一切情况;第二,学校里已经将你开除!(家霆一惊,心头像被猛地戳了一刀。好呀!竟将我开除了!窦平他们呢?啊,他们一定糟了!)你以后不准再与同学联系来往,不准再插手学校的事。说实话,我们还是看令尊的面子才对你宽容的。没有刑讯,没有拍你一巴掌。但你的嫌疑并未完全消除,我们也许随时还会再找你回来问问什么的。"

家霆蜡黄的脸上没有一丝表情,也没有做声,只能在肚子里咬牙切齿。心想:能放出去就好!心里急切地想了解这一周来,外边发生了些什么?学校里情况怎样?同学们怎样?还有人被捕被开除吗?只有赶快回家,看看爸爸,从他那里一定可以知道些情况的。他离开稽查所,出门回头看了一眼挂在门口的那块白底黑字的木牌上的字样:"重庆卫戍区总司令部稽查处江津稽查所",忽然感到那一个个扁方的字形都像一张张鬼脸,非常狰狞可怕。

马路黝黑,路灯灯泡坏了,只剩下电线杆伶仃伫立。胸膛里郁积着委屈、怨恨,墨染的沉沉夜色使他心里充满忧郁。他脚步匆匆,一口气走到了南安街。

当他跨进九号大门时,在往炉子里用火钳夹煤球的钱嫂看到了他,惊喜地高叫:"啊呀,谢天谢地,菩萨保佑!大少爷,你回来了!"马上关切地问:"听说你给稽查所抓去了,是真的吗?现在放你回来了?"她那善良的脸上充满关切,使家霆感到温暖,"怪不得今天一早,邓六爷园里大树上的喜鹊老是'喳喳'叫,我就知道有喜事!阿弥陀佛!"

家霆点头回答她的好心,问:"我爸爸好吗?他在里面吗?"

"好好好!"钱嫂点头微笑着回答,有一种欣慰,"秘书长在里边,可把他急坏了!你快进去吧!我来给你弄东西吃。"

家霆回答:"我吃过了,不吃了。我进去了。"同钱嫂打个招呼,就心跳着走回家去。

书房电灯下,见到童霜威时,家霆发现爸爸气色不好,显得憔悴,眼泡有点浮肿,家霆说:"爸爸,我回来了!"他自己也不理解为什么此刻心里反倒不那么激动了。原来,他想见到了爸爸自己可能是会流泪的。现在,坚强得一点也没有想流泪的感觉了。

童霜威却是十分激动的。走了上来,叹了一口气,摇摇头,见儿子这么冷静,他仍然抑制不住地说:"啊呀,孩子!你真把我急坏了!现在,整个形势是暗中在反共,共产党的代表在重庆谈判,一个问题也未谈成,周恩来等都离开重庆回延安了。所有的事扣上红帽子就倒霉。怎么样?吃苦没有?他们怎么待你的?"

父子俩在椅子上坐下来,钱嫂提了瓶开水来,要给家霆泡茶。家霆谢了她,让她把水瓶留下,给爸爸茶杯里斟了水,自己倒了杯白开水坐下,把七天的经历全部讲了。最后,问:"爸爸,你知道学校里的情况不?"

童霜威点点头叹气说:"你是放出来了!我费了好大的劲,能找的人都找了。可是你两个同学:窦平和靳小翰都出了事。窦平还是中毒极重的,说他放了毒故意又假装服了毒的。你那个好朋友施永桂来找我主持正义,可是特务是不管青红皂白的,说两人都是要犯,听说用了重刑,都有了口供,早送到重庆稽查处大牢里去了。"

家霆听到这里,忍耐不住了,说:"真是誓无天理了!"他气恼得想哭,说:"我完全明白了!他们放了毒,接着就栽赃镇压!你看,抓的就是窦平和我还有靳小翰,因为最仇恨的就是我们三个!窦平和我最先反抗他们,靳小翰写了大标语,又撒贴过传单,邵化和蓝教官一定非常恨他。真恶毒啊!他们一定是被重刑屈打成招写出口供来的。"

童霜威叹息说:"唉,木已成舟了。你们学校复课了!邵化、鲁冬寒由李思钧陪着来过一回,算是给我一个面子,说中毒的事上边很重视,不能不秉公处理,有嫌疑的学生总得调查清楚,不然不好交代。又说校有校规,为了整肃校纪,不能不开除你,希望我能谅解。反正是要我默认就是了!"

家霆体内升腾起一股炽热得能熔化一切的愤怒烈焰,他高昂着头,仍掩饰不住内心深处那种沉重的孤独和锥刺的痛楚。突然流下泪来,而且潸潸满面了,说:"我恨这些坏蛋!我要永远恨下去!"但又冷静下来了,问:"爸爸,施永桂不知怎么了?"

在童霜威那憔悴和带着不快的脸上,忽然露出一种难以形容的表情,说:"我知道你同施永桂好。你被捕后,他来过两次,一次是为窦平、靳小翰被捕的事求我援救;后一次来时留了张纸条给你,说第二天要去重庆,但第二天去重庆的那只船,在小南海触礁沉没了!"

"啊!"家霆好像当头被猛击了一棍。

"是啊!天有不测风云,人有旦夕祸福。就会有这么巧的事!"童霜威说,"我特地把报纸留着给你看的呢,川江水险,小南海那地方常有船出事。但怎么偏偏施永桂坐了这条船?唉!"童霜威去书架上将一张放在那里的《中央日报》拿来递给家霆。

家霆含着泪将报纸打开,上边一条花边新闻,童霜威用毛笔打了个黑框框,新闻写的是:

【本报最后消息】 昨日由江津驶渝之"民渝"轮,于上午十一时驶抵小南海险区时,因轮机陈旧,过滩时用力过骤,不胜水力,损坏后于江心触礁,不幸翻覆沉没,船上乘客近三百人,在激流中大半丧生。水性娴熟者有十数人免遭没顶外,迄至今日凌晨本报截稿时止,已捞起尸首八十余具。

像一声惊雷,炸得他头昏眼花,家霆呜咽起来,说:"爸爸,施永桂留的纸条呢?"

"啊,对了!你看,人老了,心情不好,就这样丢三忘四的。我刚才说要拿给你的,一转眼又忘了。"童霜威去房里写字桌抽屉里,找出一张折着的纸条递给家霆,说:"这我看了,好像他是和你的一个老师一起走的。"

家霆没有就回答,急忙接过纸条一看,确是"老大哥"的字,写的是:

家霆:相信你是会出来的!校中情况你出来后当会了解。由于有要事,我随星师明晨即乘民渝轮赴渝。未能握别,十分遗憾,后会有期!

永桂留条

啊!家霆又目瞪口呆了。沉没的船上不但有施永桂,还有章星老师呢!可是他们都没有好水性,在川江湍急凶险的激流中是难以逃生的。这么说,难道就真的永别了?

"那个'星师'是谁?"童霜威问。

家霆忍着悲痛回答:"一个非常好的老师,教国文的!"他头脑里翻来覆去地想:从永桂的信上看,他一定是随章星老师匆匆转移了。很可能是窦平、小翰都被捕了,怕被牵连;也可能是察觉到邵化和鲁冬寒之流要下毒手。从永桂的留条上看,他说"后会有期",就是说明他们走了,并非两三天就会回来的。那么,他们是属于转移则绝无问题了。再说,那封从白胡子犯人手里得来的信,章星老师也一定是立即要转上去的吧?她去为了这,也是可能的。章星老师和"老大哥"竟这么不幸!小南海的礁石,你为什么这样残忍?川江的湍流,你为什么这样无情?想起章星老师和"老大哥"死于非命,身上带着秘密,家霆泪水再次湿了脸颊。

唉,唉!丢下了我,我怎么办?

那天,章星老师谈话时的情景犹在眼前,但,现在烟尘消殒,泥泞荆棘,我像一只断了线的风筝了!你们离开了我,学校开除了我,我怎么办?他爆发似的大哭起来。

童霜威似乎能了解儿子的悲戚,其实也不了解儿子为什么这样痛心疾首。他对儿子内心深处埋藏的秘密知道得太少了,喟叹地安慰着说:"乱世人命不值钱,这川江上翻船死人的事常常发生。家霆,事已如此,不要难过了。古人诗云:'尝恨知音千古稀,那堪夫子九泉归'①,但人生赋命有厚薄,天地无穷,人生难卜,强求不得的。"

家霆沉默着,没有回答。爸爸的话他根本听不进去。他的痛苦只有靠他自己克服,别人无法帮助。

逝去的事,像一个残破飘零的梦。

"呜!——"汽笛鸣叫,电厂在九点半钟的时候要停电,这是在警告用户快点蜡烛或者油灯。

这一夜,父子一同睡在童霜威卧室的大床上,二人抵足共眠,谈到夜深。当童霜威打起鼾声来时,家霆仍醒着。睡在床上,从窗口里望出去,可以看到夜间的星空,他真想在星空中寻找未来的梦。他的眼一直睁到天明。他心里有个想法:我要到小南海附近去找"老大哥"和章星老师的尸体,我也要设法找徐望北同他联系,我更要到重庆去探监,看望靳小翰和窦平,给他们送些吃食和零用……

五

日月风尘埋下了沉冤!即使是短短的一些时日,也刺心锥骨,

---

① 唐钱起《哭曹钧》诗。

使童家霆难以忍受。

在这种心情下,盟军七月十日登陆西西里,使意大利政治发生激变这样的好消息,也未使家霆心里有多么高兴。

鲁冬寒的"两不准"还像两把刀子架在家霆头上,威胁着他,他却决定按照自己的意志行事。当然,必须注意策略,注意技巧,不再傻干蛮干。

最初,他想过要去小南海附近两岸寻找"老大哥"和章星老师的尸体。听说县里有些人去寻亲属尸首的都失望而归,原因是川江水急,尸首大部都已沉没水底或冲向下游不知何处去了。捞起来的尸首,由于天热,有的已无法辨认,有的捞上来后已很快腐烂变质,都及时作了掩埋处理。这样,家霆只好放弃了寻找尸体的打算。

他决定打听徐望北的下落,设法能见到他。为了这,他连续几天,都故意伪作寄信或买邮票到邮局去,希望在邮局碰上这个县党部派往邮局检查邮件的特派员。可是,失望连着失望,没有见到徐望北的踪迹。

是什么原因呢?徐望北也出事了?他也转移了?

又不敢向爸爸明讲,也就无法托爸爸去打听。家霆只好把苦闷憋在心里。

有一天,从邮局回家,不巧在路上迎面碰到李思钧夫妇。他躲避不及了,爽性若无其事地打了个招呼。李思钧摆出了长辈的态度,苦口婆心谆谆教导起来了:"啊,家霆,我是看着你长大的。在南京时,你只有这么一点点高。我们是关心你喜欢你的。见你好,就高兴;见你不好,就难过。这次该'吃一堑长一智'了!以后,千万不要做出规犯界的事。你这是交上坏朋友了!思想左倾万万不行。要不是靠你父亲的老牌子,靠我们大家出力,早押到重庆去了。该在家闭门思过,多读点书。《中国之命运》是委员长的重要著作,要多读!往后要循规蹈矩,安分守己,懂吗?"

打扮得"老来少"的钱敏敏,头上居然用天蓝绸带扎了一根"处女带"打了个蝴蝶结。据说"处女带"是电影明星白杨这样打扮过的。她用绸带扎发后,青年女性竞相效法。抗战时期条件差,这种打扮花钱少,仅仅一根绸带就添了不少妩媚。但钱敏敏年岁大了,头上扎根鲜艳的绸带叫人看了滑稽。她也在一边帮腔:"是呀,家霆,往后别叫秘书长为你烦心了。这次要不是大家帮忙就糟糕了。往后,要听话!你李叔叔刚才说的话要记在心上。"

他俩没有讲完,家霆已经拔步走了。家霆没有看到他俩的表情,那该是激动而尴尬的吧?

家霆在家里,苦闷得如坐针毡。过江去找马悦光吧?目前是绝对不行的。虽然,从爸爸处听说学校里人事无变动。马悦光该还在位上吧?章星老师死了,马悦光会怎样?同马悦光之间的关系既挑明了又并未挑明,这种艰难时节找上门去,怎么行?

找徐望北!怎么找呢?家霆终于想:托吕营长吧!请他打听徐望北。

这天一早起床后,家霆就又到文庙附近渝江师管区一团二营营部去了。

情况同上次来时没有什么差别。仍旧是门口的卫兵拦着讯问,仍旧是小勤务兵将家霆带进里边去。那个房屋破旧、地上生满了青苔的潮湿小院仍旧肮脏、零乱。从这小院穿过一条屋旁的小过道往里走,里边又有一进旧瓦房,仍旧听到"哗哗"的牌九声和嘈杂吆喝的人声。

小勤务兵一通报,吕营长热情地从自己房里出来了。显然,他没有在隔壁房里赌牌九,头上包着一条白毛巾,脸色发红,热情地说:"啊,小老弟,你来了!我病了好几天了!来来来!"他招手,"快进屋坐!"

房里药香扑鼻,小木板床上的脏被窝掀开着,看来刚刚吕营长是睡着的。那张老式的木桌上,比上次见到时更杂乱,除了墨水瓶、脏饭碗、钢笔、旧瓶罐、脏玻璃杯和连环画外,还放着药壶,一碗冒着热气熬好的中药汁液盛在一只粗瓷蓝花大碗里,上面架支筷子。苍蝇"嗡嗡"地在叮饭碗。

家霆关切地问:"什么病?见好没有?"说着,在旧扶手椅上坐下,要吕营长快睡下。吕营长坐在床上,高叫:"勤务兵,快拿开水冲茶!"

房里真是没有变化。红木椅仍在,只不过上面堆了一只西瓜和三四斤米花糖;木制洗脸盆架子上花花绿绿旧脸盆里,仍是半盆污水泡着一条发了黑的旧毛巾;屋角的破箱子和另一只破柳条包也仍在,只不过灰尘积得更厚了。依然是屋顶的瓦背上一缕缕地垂着条状的尘埃,像是流苏。惟一变化大的是木头格子窗户上,因为天热,原来糊的旧桑皮纸撕掉了,如今漏了空,苍蝇飞进飞出,风却不吹进来。屋里潮湿霉烂的气味浓得刺鼻,叫人想去晒太阳。

勤务兵斟水泡了茶走后,没等家霆开口,吕营长说:"小老弟!你的事我已经知道了。我去看过你,遇到你们南安街九号看门的老钱。他告诉了我你的事。我们这里有个连长,他表弟刘智渐也在你们学校,你不熟?是的,他跟你不在一个班,也谈了你的情况。我曾买了些吃的给你送去,想看看你。"他指指红木椅上的西瓜和米花糖,"可是,稽查所不让我看望也不给我转交东西。依我的火气,恨不得带上十几个弟兄砸了他门口那块特务牌子。后来一想,砸了牌子又怎么?就吞下了这口气。可心里一直在记挂你啊!你好吗?听说开除你了,今后怎么办呢?"

吕大鹏深情厚意,家霆感动,如实把自己的情况讲了。吕大鹏一边听一边摇头,最后说:"此处不留人,自有留人处。你还年轻,我劝你怂恿你父亲,带上你去重庆住。现在重庆没敌机轰炸了!

不像以前连炸几百次,死伤先后总有二三万人吧?现在已久不见重庆上空出现日机了。你父亲有地位,到重庆给你再找个学校我看能办到。无论如何,多读点书有个学历总是好。在此地,闲住下去可不行。"

家霆点头表示对,用手挥赶叮药碗的几只苍蝇,正打算提出请吕营长打听徐望北的事,吕大鹏却叹了口气告诉家霆说:"小老弟,你一定还不知道,我就要开拔了。"

"走?"家霆问,"去哪里?什么时候?送壮丁去吗?"

"才不会让我送壮丁哩!那是肥差,轮不到我的。我是去上前线!"吕营长回答,"日期未定,反正快了!让我到昆明报到,听说要准备配合盟军打通中印公路,在缅北作战。现在,国际战局形势倒是不错,德寇在苏联斯大林格勒一败涂地后不那么顺利了,英美在北非打败了隆美尔元帅,太平洋上形势好转,日寇在中国战场上泥淖越陷越深,只是大后方这个腐败的样子,太叫人痛心。战争把人命变得不值钱了!我对自己这条命估价从来不高。在后方消磨意志,倒不如早点上前线痛快。"

家霆听到吕营长讲这些话,心头有些说不出的同情,闷闷叹了一口气。吕营长头疼,揿揿眉心皱皱眉头说:"上次你给我把信递交给了冯玉祥,我很感谢。可是热心人招来麻烦多!不但屁用没有,听说状子由冯玉祥转给了军政部,还认认真真附了一封信,结果呢?军政部将状子转来转去转到渝江师管区来了。李参谋长把我叫去,大发雷霆,拍桌子狠狠熊了一顿,说我'吃里爬外''多管闲事',问我冯玉祥来是不是也告了渝江师管区的状?我说没有。后来才知道那伤兵医院院长程福同跟我们师管区司令常有来往。结果,哼!现在是送我上前线!"

外面,是个阴晦的日子,天空低沉。如果在旷野处看,天空很可能像要一直压到地面似的那么令人窒息吧?忘了谁说过的:"太阳普照全世界,但不是到处都有太阳的,更不是每个人都拥有太阳的。"这话太对了!家霆此刻的感情很特别,多么希望这阴沉、晦暗的天空忽然能有阳光透过云层普照大地啊!但是,从吕大鹏撕去了桑皮纸的格子木窗洞眼里望出去,只使他想起了在稽查所被拘留时的铁栏杆窗户的情景。从那窗户里看出去,只能看到阴郁的被分割成一条条的一小块天空。他始终有一种受人欺压了的恼怒。此刻,忽然脸上热辣辣的,像是被人猛力掴了好多巴掌,想反掴却无从下手。他心灵上掠过一丝哀伤,喉咙口泛起一阵苦涩和酸辛。

吕营长可能在发着烧,也可能是激动,两腮泛红,眼光对生活是冷漠、暗淡的,说:"天地间每个人都会有自己的归宿!"他搔搔头长叹一声,"不管后方、前线,都是漂泊,都是远离,都是走向未知!"虚无地像是结束了自己的话,也像是给自己的未来下了一个悲观的结论。

打听徐望北的事还是要拜托吕营长,家霆就把来意讲了,说:"我希望你病好后,给我打听一下,最好能同他见到面,约定个时间,让他定个地点同我见一次面。"

吕大鹏爽直地问:"看来你很着急,找他什么事?"

家霆为难了,说:"这我现在就不告诉你了,以后有机会再说。"

吕大鹏是个讲义气的人,说:"我明白,准是你学校里闹风潮那些事,是不?好吧,我马上就去给你办,尽快给你回音。办了,我马上去你家通知你。"说着,不顾家霆劝阻,竟就起床,整整衬衫,加上件军装上衣,戴上军帽,捧起药碗,将一碗药"咕嘟咕嘟"喝了个底朝天。

吕营长有病,家霆当然不肯要他马上去。他却热心地说:"走吧,走吧,一同走!你回去,我去找他,找到找不到都来给你回音。"

两人一同走出营部。临别时,吕营长又好心好意地劝家霆,还是怂恿父亲把家搬往重庆,说:"这种小县城,坏事传千里。你在这里是抬不起头的。换个地方去闯吧!从头来起,混个大学毕业,将来让他们看看。"说完,拔腿朝县党部方向去了。

一周多来的事,都使童家霆有一种陷入梦境之中的感觉,心上五味混杂。对历史的玄机、生活的深奥,觉得多少又明白了一些。身处夏季,却有严冬的感觉。回到家里,进了书房,见童霜威正在给人家求字的人写对子。见家霆来了,他放下手中的大笔,说:"去哪里了?"

家霆把看望吕大鹏的事说了,未提托吕营长找徐望北的事。接着把吕营长提的建议说了。

童霜威听了,沉吟着在书房里踱方步,思索着,过了一会儿,说:"唉,我再慎重考虑考虑吧。他的意见是对的。为了你,应当走!再说,重庆究竟是陪都,比住在这小县里不一样。现在,日机想轰炸似乎也力不从心了。只是,要走,也有一些实际问题要解决。比如住处,比如你的上学问题。事情未安排好之前,不宜声张。"

家霆点头说:"爸爸说得对。是不是我能先去一趟重庆?找找冯村舅舅,让他帮着想想办法。我也想去重庆稽查所大牢看望一下窦平和靳小翰,也不枉相交一场。"

童霜威看着儿子诚挚的面容,听着儿子发自肺腑的声音,心里有的是寄居一隅的窘迫和无所着落的悲凉,说:"唉,你的心意我明白。可是,你不能再惹事了!稽查处那种地方少沾为好!"

家霆央求:"爸爸答应我这一次吧!您给我托托熟人,我只是想见他们一次,看看他们怎么了?送点吃的和零用钱给他俩。他们无辜,只是不像我有您这样一个有地位的爸爸。而且,也许,这就是同他俩最后一面了。如果不这样做,我永远不会原谅自己的。"

童霜威心软了,点头说:"唉,我总是依着你、依着你,不知会把你纵容成什么样。以后,你可不能再交华盖运了,自己处处得谨慎小心些。你去,带我的名片,我再给你写一封信给杜月笙的秘书胡叙五,让他找稽查处的人让你探监看望。这点小事我看胡叙五是办得通的。"

家霆点头应允,不由自主地深深嘘了一口气,似是想把胸中郁闷全吐出来。

童霜威从书架上拿下《历代刑法论》的厚厚一大沓原稿,感慨地说:"我这部书也快写好了,只剩下一点点了,我赶一赶,把它结束了,再写个序就完成了。你在重庆时,为我带去给冯村,交给他出版。这部书命运多舛,从战前写到今天,拖的时间够长了,应当杀青了!也算是我在江津赋闲的一点成就,做个纪念吧。"又说:"还有,你到重庆,找到冯村,要他给找找房子,住处小些不要紧,只要地段好些,进出方便,价钱不太贵,房屋不要太蹩脚就可以。我们去,最重要的是这一条。去不去,首先也决定在这一条。"

家霆应诺了,走上前去,翻阅着爸爸《历代刑法论》的手稿。开头战前写的那部分,纸质已经发黄。看到那一笔老练、工整的毛笔小楷,家霆能体会到爸爸为这部书付出了多大的心血和工夫。家霆看得出爸爸去重庆的主意大致是定了,心里满意,说:"我去重庆,也想寻找一下欧阳。"

童霜威不禁叹了一口气,说:"是呀,是该寻找。这孩子,我总悬念她。人海茫茫,她会到哪儿去了呢?唉!"说着,心里难过起来,"上次给杜月笙写了信,托他转托戴笠,说是正在查找,如石沉大海,没有答复。给叶秋萍写了信,却说不知下落,无法查找。你去,又怎能找到她呢?"

家霆也说不出个所以然来,心潮被搅动了,一种淡淡的哀愁侵袭着他的心。

后来，两人闲聊起来。谈起物价飞涨，粮价最近每石米上涨一百四十元至一百六十元。童霜威又谈起盟国自卡萨布兰卡港会议后，制订了先解决德意、后解决日本的战略计划，说："事实上，中国在这场反法西斯战争中，历时最长，损失最大，独自拖住日本这么多侵略军，可是西方盟国一直抱着一种轻视中国轻视东方的偏见，确实令人气恼。"又谈到庞炳勋①叛国投敌；谈到用美械装备的大军已调去准备闪击延安，日前重庆《新华日报》刊登了朱德致蒋介石呼吁团结、避免内战的电文。……这些消息，有些是《江津日报》的编辑来说的，有的是童霜威从邓六爷处听说的。总之，时局使人烦恼。童霜威拿起桌上的半包香烟，抽出一支，擦亮了火柴，两股青烟从鼻孔里冒出来。

家霆突然发现：爸爸又吸烟了！战前爸爸偶尔吸烟，在"孤岛"上海时，是见他吸过烟的。来大后方后，在外边应酬，有时吸一支半支，在家里却未见他再吸烟了。可是，现在又见他在家里吸烟了。是儿子被捕使他痛苦和焦灼造成的？还是阢陧的时局使他烦恼和忧虑造成的？啊！可能都有呢。啊，爸爸又抽烟了！又抽烟了！

后来，吃中饭时，吕营长来了，请吕营长一同吃饭，他坚决不肯。家霆请他到自己卧室里谈。

吕营长说："我去了，徐望北因为母亲生病，回了一次家，他家在重庆江北，刚刚回来。我去时，他外出了，人家问我找他什么事，我胡扯了一通，说我有个远房表亲也叫徐望北，不知是不是他，特地来见见面的。等了好一会儿，徐望北回来了。这人不会笑，我跟他两人轻轻谈了一会儿，我说是你叫我找他的，他板着脸摇头，说'我不认识'！"

---

① 庞炳勋：国民党中监委、河北省政府主席、冀察战区副司令长官兼第二十四集团军总司令。

"不认识?"家霆几乎要叫起来。

"是呀,他说根本不认识你!后来,又说:'唔,这个学生我知道,不过我同他并无交往。'"

家霆气得脸色也变了,心想:是他怕事,还是不信任我?抑是不喜欢我用这种方式同他接触?

吕营长撇着嘴摇头:"我对他说,童家霆是我的小老弟,他想同你见见面。他马上说:'见面干什么?没有必要嘛!再说,我不愿同这种学生交往!'见他态度恶劣,我知道你想见他是不行的了,就回来了。"

家霆思索着说:"好吧,算了!"心里想:徐望北在严峻的形势面前,这样做是对的。徐望北说:"见面干什么,没有必要嘛!"又说:"我不愿同这种学生交往!"话讲得很明白了,当然不能勉强。

吕营长见家霆的脸色不好,热心地说:"你找他到底有什么重要事嘛!有事我替你办行不行?"

家霆摇头,说:"没有什么重要事,只不过是想向他了解一下学校的情况。他既然认为没有必要,就算了!"

吕大鹏说完话,急着要回去躺躺。家霆见他满头大汗,脸仍发红,知道他可能还发着烧,歉意地送他出门,陪他走到路口才回来。同徐望北的联系如此失望,家霆去重庆的心更切了。盼着能赶快去办一些应办和想办的事,好重新开始安排自己的生活。

异常闷热的暑天里,当江津到重庆的班轮到达朝天门码头时,正是烈日高晒的下午两点半钟。

童家霆下船以后,提着一只装着爸爸手稿和随身用物的小箱子,又独自走在喧嚣、纷繁的重庆地面上了。

这里,同九个多月前几乎没有什么变化,仍旧是密密麻麻的夹杂着挑筐背篓的农夫的人群,在狭窄的石阶上上下来往,仍旧是脏乱无序垃圾满地,仍旧是重浊的轮机闹音和船上汽笛的长鸣在震响,仍旧是破旧的房舍麋集。

旧地重来,家霆忍不住想起了欧阳素心。去年秋天的那个夜晚,在这附近看到天上亮灿灿的孔明灯,又在雾中听到口琴声。重见欧阳的往事好像发生在昨天。他心里发酸,忍不住侧脸向朝天门下另一面的江边望了又望。

那夜,欧阳一双情意深切的眼睛凝望着他,伤心哽咽地说:"……以后,我再也不离开你了!再也不了!"

可是,她后来突然走了,像一片浮云,无处寻觅到她的踪影。

啊,走到都邮街广场的"精神堡垒"附近来了。七丈七尺高涂成灰黑色的"精神堡垒"矗在眼前,这里是重庆最繁华的街市,国货公司、华华公司、西大公司、邮电局、冠生园、中华书局都在街口,仍旧别来无恙。

终于,怀着心要跳出来的激情,童家霆来到了熟悉的"渝光书店"。书店的店招改成于右任亲笔题写的了,那"渝光书店"四个字写得龙飞凤舞、神采奕奕。家霆走进去,迎门的一张大书台上陈列着各种新书供人随意翻阅,有些顾客正在架上挑书。他见到了脸色黝黑的冯村。

"啊呀!家霆,你怎么来了?"冯村仍旧没有改掉他用手拢拢头发的习惯,说:"走走走,上楼去坐!上楼去坐!"他对柜台里的一个中年人打了个招呼:"老甘,你照顾一下。"就带家霆走上楼去。

这间熟悉的小楼,开着窗,能闻到煤臭,那盏到了晚间半明不灭的电灯上灰尘积得很厚。这楼上,现在布置得像一间简易的会客室兼办公室了。家霆放下箱子,冯村忙着从热水瓶里往脸盆中倒热水,又对上一些凉水,将墙上挂着的一条干净毛巾递给家霆,说:"看你满头大汗,赶快先洗一洗。"

家霆感到亲切,急急忙忙将自己近来的遭遇和来重庆的打算全部讲了,并且立刻开了皮箱,将爸爸用一块包袱包着的一大厚叠《历代刑法论》的原稿递到冯村手上。

冯村两只好思索的眼睛闪着光,听了家霆的讲述,脸上平静,看得出他是在动脑筋。将童霜威的《历代刑法论》原稿翻阅了一下,点头说:"前不久,中央图书杂志审查委员会负责人潘公展宣布:必须遵照《中国之命运》精神从事写作,听说正准备查封大批进步图书,又公布了一个'非常时期报社、通讯社、杂志社登记管制暂行办法'。看来,对出版社和书店也要加强控制。但秘书长这本书是写历史的,是学术性的,虽然也论了政,有些地方有他的抨击和见解,估计不会有什么大风险的。我一定用最快的速度,让书出版。"说着,站起身来,去一张办公桌旁开一只小保险箱。冯村珍贵地将手稿放进保险箱,又锁起来,才在对面的椅上又坐下来,叹口气说:"抗日阵线内部国民党大搞摩擦,正面战场作战消极,共产党的敌后作战得不到援助,闹风潮不问原因扣上一顶红帽子就能镇压。听说前两天教育部在开会。会议内容是加强各校训导员的设置,配合军事教官和党团活动(家霆又突然想起了蓝教官和邢斌、林震魁),严密控制学生的思想和行动。这一切,都对你们不利,对邵化、鲁冬寒等有利。"

"太黑暗了!我们闹风潮遭到镇压完全冤枉!"家霆愤愤地说。一缕午后的斜阳洒落在窗前的椅子上,将家霆的脸照得发光。

"冤枉同大独裁者才无关呢!"冯村苦笑笑,"去年年底,反法西斯希特勒的影片《大独裁者》,卓别林主演的,在重庆上演。许多看过的人都说:'真像真像!'像什么?像大独裁者嘛!唉,那片子居然一度被禁,后来厄于国外舆论才勉强放映的。自己不是大独裁者,像阿Q怕人说'秃'说'亮',心虚干什么呢?"

家霆感到冯村舅舅同去年夏秋之交在重庆见面时,起了极大的变化。那时,他似乎谨小慎微,话少,而且不说激烈的话。现在,却说得这么有烟火气,什么原因?憋不住了嘛!就像我不也是一样吗?当我那天面对邵化的专横挺身而出支持窦平提出罢课,不也就是憋不住才这么做的吗?唉,家霆拉回思绪,说:"冯村舅舅,你看,爸爸带我搬到重庆来住好不好?"

冯村点点头,说:"可以!"他不说"好",却说"可以",这就是说"来也行,不来也行"嘛。

"怎么呢?"家霆问。

"你是反正不宜在江津住下去了。"冯村说,"我想,你到重庆来上学吧。秘书长同你一起来当然可以。我有个朋友,是'民声新闻专科学校'的创办人之一,我看设法让你进去还是有门路的。学新闻,你合适,不知你觉得怎样?"

家霆没想到冯村会给他出这么一个好点子。他突然想起那年在香港时,也是有冯村的介绍,才有黄祁那样的好老师哺育了他的。他对冯村舅舅心里感激,冯村说黄祁在香港沦陷后就失去联系了。不知现在他好吗?家霆拉回思绪,激动地说:"学新闻,我愿意!我想为民喉舌!我想用笔战斗!新闻记者可以用眼睛看到黑暗和光明,也可以用自己的心追求正义和真理!"

"但必然是有风险的。"冯村警告似的说,"有过这次在江津的经历,你应当成熟一些,更加知道如何机智一些,更加知道如何在勇敢的行为中带着谨慎。"

家霆点头:"是啊,我深有体会!"

冯村说:"我抓紧给找找房子。找到房子后,你们就搬来。说重庆不会再有轰炸了,也许过于乐观。前一向,日机还在袭川,万县、梁山都丢过炸弹,重庆未必不来。但,日寇在走下坡路,空军要全力对付美国,重庆空防也较前加强了。大轰炸的阶段总是过去了。所以确也不必为这担心。重庆居,大不易。不过江津太闭塞,秘书长来后,活动活动,得风气之先,在政治上找找出路也是好的。"

家霆见冯村不急不慌已将出书、迁渝和入学三件最重要的大事作了盘算和安排,这时就提出了想探监看望窦平、靳小翰和寻找欧阳素心的打算,并且将爸爸写给胡叙五的信拿给冯村看。

冯村看了童霜威给胡叙五的信,说:"秘书长给胡叙五写信,是杀鸡用了牛刀,不必。我可以找到路子办这件事。不过,家霆,我不能劝你不去探监,却又怕你惹麻烦。这样吧,你先找找欧阳;我来为你托人打听窦平和靳小翰的情况。然后再研究怎么办,好吗?"

家霆点头,冯村的慎重很对。天气闷热,当晚,冯村陪家霆在外边小馆子里吃了面。家霆住在小楼上,冯村要去设法弄张行军床来给家霆睡,家霆坚决不肯。他觉得办公桌上可以睡,用席子铺在地上睡也凉快,可以省去借床来再拆床搭床的麻烦。最后,冯村同意他睡在地上,给家霆送了热水,才匆匆离开。

时间的长河总是悄无声息地淹没一切,记忆却常像钥匙似的要打开放置陈年旧事的仓库。夜晚,开着那盏钨丝发红的电灯,家霆睡在凉席上,老是想念欧阳,一片怅惘攫住了他。家霆心里烦躁。岁月,磨损了一切,也磨损了他的心。天热得叫人汗淌不停,重庆真像个大火炉,比起江津来热多了。

对街一家人家,有个女孩子老在唱歌,一遍遍地唱:"九宫幕阜发战歌,洞庭鄱阳掀大波,前军已过新墙去,后军纷纷渡汨罗。"家霆在学校也唱过这支过去庆祝长沙大捷的歌,听得心烦,辗转反侧,不能入睡,决定明天一早就去江北中华大学找谢乐山。许久许久,实在疲劳了,才昏昏入睡。

过了中午,在下午打上课钟后,家霆才在中华大学附近谢乐山租的一间屋子外等到了谢乐山。谢乐山不住简陋的学生宿舍,自己花钱租了一间茶馆店楼上的空屋在外面住。他上午没有在校上课,隔夜在市里同学家参加 party(舞会)跳到深夜,住在人家家里。上午一伙男女同学在市里坐了小汽车兜风,到曾家岩园庭式的餐厅进餐,酒醉饭饱,意兴阑珊了,才回住处来,开锁打开了房门。

他吹着口哨,见到童家霆出现在面前,咧开跟他父亲酷肖的蛤蟆嘴说:"哈哈,失恋了?童家霆,我早料到你迟早会来的!"他发胖了,白衬衫,红领带,乳色西装裤,分头上油搽得能滑跌苍蝇,说:"走,进房坐,你是来打听欧阳素心消息的吧?"

谢乐山的房间不大,有点奢华,却又凌乱。奢华的是床头挂了几套西装,墙上用图钉贴了些美国《生活》画报、《王冠》杂志上的半裸美女照,桌上有些舶来香水、奶粉、水果糖罐头、玻璃牙刷;乱的是被子未叠,脏衣扔得到处,好几双鞋胡乱塞在床下。谢乐山让家霆在椅上坐下,自己坐在床上继续说:"不过,sorry(抱歉),我没有新的讯息。"

家霆心里凉了半截,说:"你交游广,我想你或许又见过她。"

"没有!"谢乐山摇头,"我们有些老同学在重庆,他们也都不知道欧阳的踪迹。"

"哪些老同学?"

"'小黑皮'杨南寿在空军里,(家霆记得:杨南寿小时候家里养鸽子,春天比赛时,一只青毛拿过一等奖。)'尖头怪'你还记得吗?就是韦锋呀!(家霆记得:韦锋小时候爱打架出名,父亲好像是个军官。)军校毕业,在湖南前线负过伤,不知怎的到了重庆进了军统。辛绥之,我们叫他'老母吱'的那个合肥人,在警官学校;秦国权,父母在化龙桥开小杂货店,他好像在什么厂里干小差使,我见过他,混得不行,一副寒碜样!"

谢乐山一口气报了四个名字,说到秦国权时,势利眼光使家霆反感。家霆问:"他们中间谁有可能知道欧阳的下落呢?"

谢乐山看看手表，似乎还要办什么事，说："我同杨南寿、韦锋都见过不止一次面，欧阳失踪的事我也告诉他们了，他们都说奇怪。至于另外两个，能耐不大，找他们也是白找。"

家霆让谢乐山把同学们的地址写给自己，心想：我何妨找找韦锋好设法去稽查处看看窦平和小翰。韦锋的地址是罗家湾军统局本部。但心里的想法没告诉谢乐山。他怕谢乐山这人"水"，乱说乱讲。

谢乐山将地址写好交给家霆，打着哈欠，又看看手表说："童家霆，现在你家老头子在江津孵豆芽干什么？应当叫他来重庆混混嘛！听家父说过：你家老头子为人拘谨，做事畏首畏尾的。现在他在干些什么？每月收入怎么样？"

听他这样说，家霆想起了往事，心里冒火，耐住性子不去管他，却用同样语气说："你家老头子在美国得意吗？什么时候回来？"

谢乐山炫耀了，亮亮腕上的金表："快啦，你看！这是他从美国带给我的。还有这！"他亮亮腰上的玻璃皮带，"还有这！"他掀掀领带和西装，"也都是他托人从纽约带回来的！"

家霆心里生出一种想赶快离开谢乐山的感情，又见他老是打哈欠看手表，就说："看来，你困了，我走！谢谢你给我开了些老同学的地址，如果以后有欧阳的信息，哪怕是一点一滴，也希望及时写信告诉我。"

谢乐山送家霆走出宿舍，洋腔洋调地同家霆握手作别，摆出一副美国兵的架势，用英语说："Good-bye！（再会）"

离开跨山枕水的江北，家霆在回来的途中，心里空虚。阳光不知什么时候又消失在阴霾的天空中了。天，阴沉沉的，像一个忧郁的老人。也许由于谢乐山谈到的一些老同学，使他除了想念欧阳外，一路上老在想童年时的旧事。多么眷恋童年、少年时期无忧无虑的生活啊！天上，有群鸽子在飞翔，洒下了快乐的哨音。哨音又使他想起战前在南京,战后在香港。

啊,人为什么总是要回忆?总是要回忆呢!

为了怕给冯村添麻烦,家霆在都邮街的小馆子里吃了一碗排骨面,算把中饭、晚饭一顿吃了,在天色快暗将下来时,回到了"渝光书店"楼上。

冯村在等他。家霆把同谢乐山见面的经过讲了。冯村安慰说:"再努力继续寻找打听吧。这事也真怪!你别急,急也无用。好在过不久你们有可能搬来重庆,那时可以从长计议看看怎么寻觅。"

家霆觉得,自己一直在用憧憬和期待编织五彩斑斓的梦。其实很可能是自己欺骗自己,梦是要破碎消失的。他心里难过,却感谢冯村的好意,把自己打算找韦锋探监的事说了。

想不到冯村脸色严肃地说:"你年轻,同这种人少来往的好。特务太可怕了!今天,我为你要探监的事跑了半天,稽查处在市中区石灰市,是军统在地方的合法行动机构,大门朝罗家湾,后门朝大马路。情况是摸清楚了,我不能不告诉你一些坏消息。"

听到"坏消息"三字,家霆的神经绷紧了,睁大了眼等待冯村叙述。

冯村看着家霆,说:"我托了熟人,打听到由江津送到稽查处大牢的两个高中学生,都是作为'奸'和'伪'投毒罪送来的。'奸'是军统特务的专用语,指中共;'伪'是指汉奸。窦平来时大口吐血,不到三天就死在大牢里了!"

家霆像咬破了苦胆,嘴里发苦,苦到心里,泪水盈眶地说:"他身体本来并不弱,那天中毒了,那么厉害!他们居然还逮捕他!居然还诬陷他的中毒是为了隐瞒放毒故意装出来的。居然还将他移送到重庆来。他们被捕后听说受了重刑屈打成招的。窦平是东北流亡学生,万里迢迢为了抗日,为了不做亡国奴,离开了亲人和白山黑水,可是却凄凉地死在监牢里!我真恨哪!我真太恨了!"说着,顿脚,无声地抽泣起来。

冯村站起来走到家霆面前,用双手拍着家霆的双肩,安慰他不要难过。

家霆拭去泪水,又挂心地问:"靳小翰现在怎么了?"

"关在大牢里,还要审讯。据说要判重刑。"

"没有罪也能判重刑?"像一块烧红的烙铁烙在心上,家霆痛心地说,"我能去看看他吗?"

冯村摇头:"这类问题,不准看望!你不知道,稽查处不挂招牌,人称那地方是'军委会停车场',因为在石灰市,人一听'稽查处',就汗毛立正。所以,你别去了。"

家霆心有不甘,知道冯村的话正确,只好打消去看望小翰的念头,也决定不找韦锋了。他对冯村说:"明天我再住一天,后天早上就回江津。"

冯村点头:"也好。你先回去,好在也快到暑假了。我替你造一张假证件,介绍你进'民声新闻专科学校',成功了就通知你来注册上学。最好那时房子能找成,你就可以和秘书长一同搬来重庆住了。至于书,那时我看已经出版了。"

冯村后来回去了,留下家霆独自在小楼上。夜里,附近不知谁家死了人,从楼上看下去,亮着灯,挂满彩色的绸幛,吊孝的,敲敲打打的,铃鼓铙钹铿锵一片,有哀哀的哭声做出幽幽扬扬的旋律飘来。哭声哀痛,含着古老的忧伤和苍灰色的诗意。家霆独自静坐,听着哭声,心里痛楚。萦绕在他跟前已经死去的人影,有一大串,远的有妈妈柳苇和舅妈杨秋水、军威小叔、刘三宝、金娣,近的有赵腾老师、章星老师、施永桂和窦平。这些人的影子,犹如冬天的雾一样,弥散开去,变成了一无所有的空蒙蒙,使他心上留下了凄然的凭吊。

知道自己无法入睡,天又奇热,他独自走下楼去,朝江边走,走着走着,又走到朝天门附近来了。他沿着去年重逢欧阳的那条路走下去,去寻找失去了的梦和当年的脚印。能看到大江黑乎乎横在那儿,江南江北灯火闪烁,像天上的星云。这夜,没有月亮,也没有孔明灯,当然更没有动听的口琴声和欧阳的倩影,有的只是水声,"哗哗"奔腾流泻的水声。

离开重庆前,家霆寄了一个包裹的吃食到北碚给靳小翰那位在中学教书的母亲。这位献身抗战的空军烈士的妈妈,如果知道她的小儿子如今蒙冤受屈羁身囹圄将会多么伤心。家霆改换笔迹写了一封未署名的信给靳伯母,告诉了她小翰的遭遇。他知道靳伯母并不在乎这一包裹的吃食,但他要表达自己的一片真心。无法将吃食送给狱中的好友,只有将吃食寄给靳伯母了。

回到江津时,已是下午。家霆进了南安街九号的门口,看到老钱。老钱打摆子打得脸皮又黄又白,披着衣,满面汗,身体十分虚弱。老钱亲切地上来说:"大少爷,你回来了?昨天吕营长来看你,向你告别,没见到你,很难过。他上前线了!让我对你说一声。他说,只要不死,将来总会再见的。他留了张照片给你!"他语气里带着钦佩。说着,进门房里拿出一张四寸照片递到家霆手里。

家霆接过照片,正面是吕大鹏的戎装照片,背后写的是"赠童家霆小老弟",署名是"愚兄吕大鹏敬赠",中间写的一行字是:"宁为战死鬼,不做亡国奴。"

第三卷 禅林觅知音，雾都多凶险

（1943年8月—1943年12月）

> 战争，是带来残酷、流血、死亡的怪物，它无疑是人类最大的痛苦。但，一旦不幸发生了战争，用正义战争消灭非正义战争，换来和平，常是必经之路。
>
> 有人说："避免战争的惟一方法，就是凭借实力去要求公平和正义。"说这是"惟一方法"，值得商榷。但颂扬从事反对非正义战争者的勇敢与无畏，是正确的。许多事实说明：有人在战争中用消极出世的态度去逃避战争的残酷，显然"此路不通"。

——摘自创作手记

一

　　九月八日,重庆各报出了号外:意大利投降,新政府宣布对德作战,德、意、日轴心断了一条腿。

　　第二天一早,刚搬到重庆不久的童霜威,带着喜洋洋的心情决定带着新出版的《历代刑法论》去访友,家霆则在家等候着冯村来,好由冯村陪同去"民声新闻专科学校"办理注册手续。

　　自从八月下旬童霜威带家霆由江津迁居重庆,瞬忽已经十多天了。

　　冯村在陕西街余家巷二十六号给童霜威找到了一处合适的房子。房主原本是做盐巴生意的四川商人,姓陈,男的发了财娶了小老婆另购了新屋,将原来住的旧房划给大老婆名下。大老婆陈太太嫌房子多住不了,院子大,荒芜寥落,不安全,决定将远离正屋在院子西面的两间原来供账房用的瓦屋出租。这房子原来空着,一些乡下的穷亲戚有的想来住,招惹的麻烦不少,租了反倒省心。陈太太指明要租给正派、可靠的人,还要家庭人口少,没有小孩的。冯村通过熟人介绍,看中了这处房屋,向陈太太介绍了童霜威的情况。陈太太听说是个有地位的人,仅仅父子二人,表示欢迎。这大院子里,民国二十九年五月,日机狂炸重庆时,落过炸弹,将一座假山石和一幢小楼的一角炸得开了花,迄今仍未整理。陈太太就在那次轰炸中炸断了一条右腿。如今,支着双拐行走。冯村洽谈房子期间,正巧八月二十三日敌机七十三架早晨分两批突然又来空袭,其中四十七架窜入重庆上空投弹,虽被击落两架,许久未再经历轰炸的重庆居民又忆起了以前大轰炸的惨景,人心惶惶。陈太太就主动找冯村谈,提出优惠条件:降低租价,借用家具。冯村做了决定,为童霜威预付了定洋。童霜威迁渝遂成定局。

八月二十三日的轰炸,使童霜威心上紧张了一阵,但综观大势,他认定日寇的空袭已是强弩之末,不必多忧。从小县城里迁居重庆,在江津的下江人中间,引起一场小小的轰动。有的说:"童某人可能又要活跃政坛大展宏图了!"有的说:"童某人有声望地位,听说是中央一些要人请他去的。"有的说:"重庆和县里相比,有天渊之别,江津也只有童霜威有这种条件。"

童霜威久不得意,满足于这种虚荣。当人询及去重庆后的打算时,他含糊其词,只说:"呃呃,现在还不好说,还不好说!"或答:"一些朋友让我去。江津闭塞,到重庆住住也好。"别人摸不着底细,只觉得更高不可攀了。于是,来看望、来请吃饭饯行的更多。久不见面的李参谋长又热情请童霜威父子去喝"真正的鸡汤"。李思钧夫妇邀去家里摆席招待,叙旧奉承。法院院长郑琪,分外谦恭地请去家里吃送别宴,一口一声叫童霜威"恩师"。他知道中华法学会第二届年会七月下旬在重庆中央文化会堂举行,讨论新法学的建立和法制精神的培养以及国际司法、人才培植等,选举了居正、毕鼎山、彭一心等三十一人为理事,邵力子等九人为监事。童霜威未去参加会,也当选为理事,使他不胜羡慕与敬重。他估计童霜威可能在法界依然要出山理政,所以一再说:"以后要请恩师仍像以往一样多多提携、栽培。"

临行前,请童霜威写字留念的人更多,包括稽查所长鲁冬寒在内。下江人里好多连不认识的也买了宣纸送来,求童霜威的"墨宝"。童霜威不禁感慨。去年秋天由重庆来到江津的惨淡景象与今番去重庆时在人们心目中的分量相比,他似乎更能体会到人生三昧了。

去重庆,宦海沉浮,前途难卜,总不会比江津坏,则可以肯定。童霜威觉得人赖以生存而不泄气的常常是自己给自己以鼓励,实际也是自己骗自己的一种方式。此刻,他在离开江津去重庆时,倒是颇有点踌躇满志了。江津对他,无所依恋,无论是这地方还是这儿的人,都如此。他觉得离开江津去重庆,同去年离开"孤岛"到大后方一样,意味着又一个开始,又一个起点。他仍然希望自己能有所作为。

倒是老钱和钱嫂对他的送别,使他难忘。这一对下江难民夫妇,一年来,始终照顾着他和家霆的生活,产生了一种一家人的感情。这种感情,他战前在潇湘路时对尹二、庄嫂、金娣、刘三保等是淡薄的,只是经历了战争,后来回顾起来,这种感情就变深了。而这一年来,老钱和钱嫂同他和家霆之间是介乎一种主仆、友人、下江同乡之间的综合感情。他和家霆珍惜这种感情。

走前那晚,钱嫂做了一条糖醋鱼来。老钱说了吉利话:"这是'鱼跳龙门'、'富贵有余'(鱼)!"老钱又送了一张合家欢照片双手递上来,是他和钱嫂抱了两个小女孩拍的,原是拍了寄到沦陷了的苏州乡下给老人看的。背后,老钱用不很熟练的毛笔字写了:"秘书长和大少爷赐存 感谢援手救济 姑苏断肠人老钱(玉仙)、钱嫂(黄秀英)敬呈"。他那"断肠人"和"援手""敬呈"等措辞大约都是他说书时学来的吧?童霜威和家霆看了,心酸得不受用了。

临走那夜,童霜威让家霆用红纸包了五百元,给钱嫂送去,老钱夫妇跑来退还。一再勉强,才将钱收下。但老钱后来又独自跑来悄悄地说:"秘书长和大少爷,有件事我要告诉你们:稽查所长鲁冬寒一直要给我钞票,让我监视你们,向他报告你们的种种情况,我起先坚决不干,后来他威吓我,我不敢不答应,但从来不收他的钱,人要有良心,有骨气。我向他报告,只说你们的好话,别的不说。他也没办法。你们是好人,这事知道就行,请不要宣扬,我怕他报复。"

听老钱一说,童霜威和家霆都倒吸一口冷气,感到身上凉丝丝的。

次日清晨,老钱和钱嫂早早就起床做了早饭。送行的客人坐满了屋子。李参谋长派来帮着搬家的几个士兵由老钱带着押运行李物件上轮船。码头上,送行的人不少,都在江边招手作别。童霜威和家霆难忘的是:船开得老远了,仍看到老钱瘦削的身影孑然立在那儿挥手拭泪。

离开江津前,家霆心情始终未曾开展。他每天埋头写作,将《间关万里》写完,总共十一万字,抄得整整齐齐的,拟作为人生旅途上的一件纪念品。他曾经改换笔迹用化名给徐望北写过信,约了一个日子,希望能见次面。他觉得徐望北会猜到是谁的。到了约定的那天下午,他准时到西门外鲤鱼石那个橘柑林里等待,却没有人来。对徐望北完全失望了,马悦光那里他不敢冒失。他明白:这些人谨慎,以大局为重,不会做不理智的事,自己只有停止尝试。

因此,随童霜威到达重庆时,他虽有一种脱离樊篱的感觉,鲁冬寒的"两不准"不再能威胁到他,他也有了一个重新振翅飞翔的新环境,心情始终是郁悒的。

在余家巷二十六号两间半旧的瓦房里,冯村已经找泥瓦匠粉刷装修了一通。虽然比起江津的住房要小,在战时陪都,已难能可贵不太寒碜。这里离陕西街银行区近,下余家巷的坡有一些整齐好走的台阶。交通、生活比较方便,地段很好。一间房作卧室,一间房会客兼作书房。童霜威将于右任那副"不信有天常似醉,最怜无地可埋忧"的对联和冯玉祥的"要想着收咱失地,别忘了还我河山"那副对联都挂了起来,还加了一幅在江津时一位江苏籍的老画家白忧天画的红梅。画不算顶好,笔触颤抖,但老画家是八十老人了,题了"寒香"二字,写了"八十老人白忧天封笔之作",颇为雅致。

赠了童霜威这幅画后不久,白忧天就病故了,所以画也算得珍贵。字画一挂,屋里顿时变得优美了。童霜威舒口气说:"'人生到处知何似,应似飞鸿踏雪泥。'①住着再说吧!"

挂双拐的房东陈太太,四十多岁年纪,信佛拜菩萨,早晚都要敲木鱼念经,倒是很好很热情的。童霜威带家霆搬来住定后,去看望了陈太太。陈太太见童霜威气度不凡,官场中人没有架子,非常高兴。在这以前,冯村曾提出希望让她家雇的女佣帮助童霜威父子做饭洗衣,被她拒绝了。这时,她主动提出:以后可以让她家的女用人侯嫂帮童霜威父子做菜做饭兼带洗衣,锅灶厨房等也用她的,每月由童霜威付些钱给侯嫂作"外水"。童霜威很高兴,食住两样都解决了,别的都不足为虑了。虽然,侯嫂办的菜是川味,太辣,吃的饭是平价米煮的,砂砾、稗子较多,但童氏父子要求不高,可以适应。

初到重庆,住处安顿下来后,冯村总是悄悄带些刊物、书籍和《新华日报》来,家霆以前要想看的那本《Red Star Over China》②(《红星照耀中国》)的英文本也带来了,有趣的是安着一个《中国之命运》的假封面。这天,冯村来,带来了两个好消息,童霜威和家霆一人一个。

给童霜威的好消息是由"渝光书店"印行的《历代刑法论》出版了!冯村带了五十本样书来。书的封面是冯村自己设计的,用了童霜威手书的"历代刑法论"五字作书名,浅灰色的衬底,美观、严肃而大方,是一本学术性书籍的样子。内文纸张虽然差些,黄色的纸张厚薄不匀,有些地方印得模糊,但在非常时期,出书已是难能可贵。童霜威十分高兴。这些年来,恐怕只有从"孤岛"魔掌下逃

---

① 宋苏轼七律《和子由渑池怀旧》中的头二句。
② 《Red Star Over China》:美国著名作家和记者斯诺一九二八年第一次来华,一九三六年访问了我国陕北根据地,次年写了此书,宣传中国共产党领导下的中国革命斗争和工农红军的长征。此书后译为《西行漫记》。

脱出来时,有过这样的开心。捧着心血凝成的著作,翻阅着书,书上的油墨味在他闻来也是一种清香了,感情激动,看着冯村说:"我要谢谢你。你这不啻救我于陈蔡之厄了!"

冯村不断扇扇子,川产的竹扇,细篾编成,五角形状,轻巧雅致,比折扇风大,比蒲扇省劲。冯村扇着扇子,拿出一包用报纸包好的法币放到桌上,说:"这是书店付的稿酬,微薄不成敬意。本来尚可算是斗米千字,如今粮食提价,距离越来越大了。我知道秘书长手头不宽裕,虽是杯水车薪无济于事,出书拿稿酬,古今中外都是一样,请哂纳。"

别的倒没什么,童霜威听到这番话,想起自己勉力撑持实际落魄的处境,却眼圈发热,强自压制,嗫嚅地说:"其实,我知道你为我印行这书,既无利可图,且要负责任。我已十分感激,稿酬是不应拿的。"

冯村善于处理事情,打开话岔,不再谈稿酬的事,将稿酬递给家霆收起,先谈了"渝光书店"门口今天出了广告,宣传《历代刑法论》出书,又谈起家霆入学的事来了,说:"还有个好消息,是送给家霆的。明天上午九点,我来陪家霆到'民声新闻专科学校'去办理注册手续。"

童霜威喜笑颜开,家霆兴奋得脸都红了,问:"我那证件是怎么解决的?我插哪一年级?"

冯村手拢拢头发笑了:"我给你做了一个转二年级的证件,是印刷厂排印的,胡乱假写了上海一个大专学校的名义,好在从沦陷区来转学的学生,证件什么样的都有。谁也弄不清上海有没有那个学校。校章是请人用肥皂刻的,倒也挺像。你在学校,就说是从'孤岛'转学来的即可,暂勿露馅,等到将来木已成舟问题也不大了。"

童霜威听了苦笑笑,叹口气说:"也只能这样了!不过,插班干什么呢？还是循序从头读上去的好吧？"

家霆说："还是插班好！这学校三年毕业,我从二年级读起,再读两年就能毕业。说实话,我已经等不得了,老是读呀读呀,有什么意思！我真想早点进入社会干起新闻记者来！"

冯村说："家霆的话也有道理。他程度不错,这种新闻专科学校,是文科,家霆的中英文好,一支笔也强,知识面广,插班完全读得下来。早点步入社会施展抱负也好。社会上能学到的东西可不是学堂里能学得到的。许多大记者、大文豪并不是学校培养出来的。"

童霜威思索着点头："插班就插班吧。我在想,抗战进行了六年多,战局虽仍拖拉着,未必再要拖六年多了。早点出世锻炼锻炼也未始不好。将来,有条件还是可以再出国留洋的。本来——"他对着家霆怅怅地说："你小时候,我就准备着等你长大送你出国的,为你也积蓄了出国的费用。但战局影响不说,给你那贪心的后母方丽清把钱全部吞掉了。只是,将来我只要有力量,还是要让你出国的。以后,少闯祸,多读书。这个学校可不能再拿不到毕业证书了！"

家霆默默点头,感激地对冯村说："冯村舅舅,明天上午我一早在家等着你,我们一同去注册。"他有一种飞燕见到了春天来到的心情。

第二天上午,童霜威带了一些新出版的《历代刑法论》出去拜访友人兼带送书。冯玉祥又出去发动献金了。程涛声不在重庆,冯村说他可能秘密去广西桂林看望好友李济深[①]去了。童霜威决定先去看望于右任。有了这本书可以赠送,他感到自己迁到重庆,身份又恢复了三分,在司法界依然会使人侧目而视了。尽管毕鼎山掌握了中惩会的实权,尽管彭一心掌握了司法行政部的实权,他

[①] 李济深:此时任军委会驻桂林办公厅主任。

们都靠拉帮结伙、逢迎拍马在贪赃枉法,他们都没有司法方面的专门新著出版,政治小丑而已!司法界还是不能忽视我这样一个人物。中华法学会在我缺席的情况下选出我做理事,并不偶然。他对司法界本已厌倦而且感到被排挤,早不想去占一席之地了,现在却又有了不甘心就此完全退出的想法。想起这些,他决定先送一批书给些对自己关心的、自己尊重的及熟识的友人,听听意见和反响,造造声誉。他是带着一种胆气较壮的心情出去的。

家霆在八点钟时,等来了冯村,两人一同到"民声新闻专科学校"去。这学校位于重庆闹市区保安路的基督教社交会堂。基督教社交会堂周围,以前被敌机炸得一塌糊涂。除礼堂外,还能看到的是一大片大轰炸后残留下来的瓦砾。在被炸平了的空地上,新筑起的七八间平房,就是"民声新闻专科学校"的校舍,里边放着桌椅、黑板。

家霆随冯村去后,在一间小平房里,见到了穿西装的陈教务长,一个学者型的人,五十岁光景,上海口音。同家霆谈了话,问起家霆在上海的一些情况以及途中来大后方的情况。好在家霆会讲一口娴熟的上海话,对上海也熟悉。外加去年来大后方时一路的情况与目前并无多大不同。谈了一些,口头禅"好啊好啊"的陈教务长高兴地点头:"好啊好啊,欢迎你!"他让一个会计模样的人帮家霆办注册报名、收费手续,并且说:"抗战时期,一切从简。我们这里条件比较艰苦。课是下午七时上,你住处不远,还算方便。有些同学,住得远,由于交通不便,从下午四点左右起,就得从郊区步行来校上课。由于发电机早被炸毁,我们晚上没有电灯照明,要点蜡烛上课。你对这些困难不介意吧?"

家霆摇头,说:"当然不介意。我只希望早点入学,多学到一点东西充实自己的能力。"他在得胜坝上学时,竹笆糊泥的房子、烂泥地、桐油灯,都比这里简陋艰苦。

"好啊好啊!"陈教务长满意点头,"我们这里上课的教员有不少是新闻教育界的前辈,报界的总编辑、主笔,书店的总编辑,也有知名作家,我想,你是会满意的。"

家霆见那几间作为教室的平房里,此刻坐着上课的是些男女小学生,感到诧异。冯村注意到了,说:"房子紧张,教室白天归小学用,下午五时以后,才归'民声新闻专科学校'用。"

陈教务长说:"很好笑吧?实际也很可悲。"他用幽默的语气说:"我的本家——教育部长陈立夫竟说'民声新专是共产党学校'!立案他不批准,什么条件他都不给。所好我们这些办校的同人不在乎,大家努力募捐,师生一起努力,终于把学校办成了。你来上了课,就可以知道,我们可不是挂羊头卖狗肉的学校!"

当家霆和冯村办好注册手续离开"民声新专"出来时,忽然迎面见到走进来一个短发齐耳卷一道曲边的漂亮女学生,个儿高高的,两条长腿走路特别神气,皮肤雪白,一脸灵秀,穿件淡黄洋纱旗袍,衬得皮肤分外光洁,手里夹一叠书,浑身充满青春活力。

冯村显然碰到熟人了,叫了一声:"啊,燕寅儿!燕小姐!"

"冯经理啊!"她笑容可掬,"你到我们学校里来干什么?"她那清晰而略带磁性的声调说起话来格外悦耳。

冯村介绍家霆,说:"我的亲戚童家霆,他来报名注册。以后你们是同学了!"

燕寅儿活泼开朗,大方地点头,伸出手来:"好啊,欢迎欢迎!"

家霆握一握她绵软的手,发现她的眼睛长得非常好看。睫毛黑长,左眼好像有点毛病,却又无可挑剔,反倒使那双大眼变得更光彩、更妩媚了。

燕寅儿笑着,看得出她性格活泼乐天,问冯村:"你怎么好久不上我们家了?家父前些日子还惦念着你呢!他很寂寞,喜欢同你下围棋,也喜欢听你聊天。"

冯村说:"要去的!要去的!"

燕寅儿说:"来吧!今天我有事,再会!"她同冯村点点头,又同家霆也点点头,微笑着像只小雀子似的蹦蹦跳跳走了。

家霆问:"谁?"

冯村说:"她父亲是同盟会员,安徽人,名叫燕翘,下半身麻痹瘫痪不能走路。你父亲也认识的。燕翘现在仍是中央委员,也是国民参政员。"

家霆没做声。他好像曾听爸爸说起过燕翘这个名字。燕寅儿的活泼妩媚,给他留下了很好的印象。但不知为什么,在这种时候,他忽然感到更想念欧阳了。如果欧阳在这里与自己同学那多好啊!

两人一同走到街上。家霆问冯村:"刚才陈教务长说'民声新专'立案不批准,将来毕业了文凭算不算?"

冯村幽默地说:"不承认的人是不承认的。但是,'民声新专'是个客观存在,毕业了你不承认我自己承认,这是没有问题的。将来,毕业了,当新闻记者有的是门路,新闻界愿意要'民声新专'毕业生的有的是!这有个看法问题,自己应当如何看自己!"

家霆觉得自己这个被开除的学生,立刻能有学校上已经应当满足,就不做声了,想:反正我高中没有文凭,转学证书上的章也是肥皂刻的。有一个学新闻的学校能早点走上社会,能早点实现我的心愿,那就很好。想着这些时,他又遗憾起章星老师和"老大哥"的死了,暗忖:新闻界的人消息灵通,进步的也多,不知我能不能在这里找回我已失落的?

在这种时候,同冯村走在街上熙来攘往的人流中,爬着坎坎,他内心感到寂寞、孤独,又忽然感到异常思念忠华舅舅了。忠华舅舅在哪里呢?走着走着,走到人稀少的地方来了。

家霆忽然轻轻挨近冯村,悄声问:"冯村舅舅,你是共产党吗?"

冯村惊异地看看他,看看四周,说:"莽莽撞撞乱问这种事干吗?我只是个正直的人,无党无派。"

"你知道忠华舅舅在哪里吗?"

冯村摇头:"不知道。以前你问过我了!"

家霆忽然心头抑制不住一种欲望,想让冯村真正了解自己。也不知为什么,这些藏在心灵深处的秘密,他觉得不能告诉爸爸,冯村舅舅却是可以告诉的。并不是说他不爱爸爸,或对爸爸有什么距离。不!他爱爸爸绝对超出于爱冯村。可是心中这个与共产党有关的秘密,如果讲给爸爸听,爸爸是会吓一跳的,爸爸可能是会责骂的;同冯村说,冯村舅舅是可以理解的,会支持的。他觉得自己同冯村间,还是隔着一层纸。如果把心底这件秘密亮给冯村舅舅看,这层纸就捅开了,两人间会一点隔阂也没有了。冯村舅舅说不定会给他帮助,也把心里的真心话说出来的。正因为这样,家霆说:"我们找个地方谈一谈好吗?我要告诉你一件非常非常重要的事!"

两人故意走到人迹稀少的僻静处来了。附近正在修路,拥塞着人,这里不通车辆,行人也少。通过一片开阔地,能居高临下看到下边远处一些树荫下,傍着山岩建造的一些古色古香的旧房子,门口挂着鸟笼,种着盆花。这里并肩轻声低语无人听到,也无人会注意的。家霆一口气将在得胜坝学校里参加读书会与施永桂在一起,先与赵腾老师后与章星老师的关系都讲了。

冯村静静听着,没有表情地听着。

家霆更把章星与施永桂不幸翻船遭难以及与徐望北联系未成的事讲了,说出了现在心中的苦闷。

冯村听了,看得出家霆的真诚,说:"家霆,你真的渐渐趋向成熟了。你的话加深了我对你的了解,我很高兴。"

"我可不可以到化龙桥红岩村或者曾家岩五十号去请他们找

忠华舅舅或者把我同赵腾和章星老师的交往讲出来同他们取得联系呢？"

"啊，家霆！你这想法没有错。将来到适当时候，这些地方你也可以去，但现在不要急于冒冒失失那样干。你拿什么博得信任呢？现在情况这么复杂，鱼龙混杂，你应当妥善稳当地追求进步，不要因为形势发生变化失掉关系就匆促乱找。你不要急，只要坚持自己走过的这条正路，总会又和你的同志走在一起的。"他叹口气，"现在，你们刚来重庆，我不能不悉心尽力照应你们，帮你们办一些事情。但我要坦率让你知道，我现在处境很不好。特务确实已注意我，很难说他们是不是想把我抓到牢里去。我也有可能会离开重庆的，为的是避免无谓牺牲。我同秘书长及你来往，对你们不好。过了这段时间，我要改变。那时，你应当理解。我宁可去同一些不怕涉嫌的国民党人士来往。那样，对安全有好处，不会蒙不白之冤！"

"同一些不怕涉嫌的国民党人士来往？这好吗？"家霆不解地问。

"问题不在于同谁来往，问题在于为什么来往？谁影响谁？我来往，是不会受他们影响的。我也不是见了面就向他们宣传什么，我只是使他们了解我能保护我。比如，刚才燕寅儿她的父亲燕翘吧，老先生是国民党的中委，忠于三民主义的。可是他对今天的贪污腐化深恶痛绝。他喜欢我陪他聊天，不外是因为他半身瘫痪太寂寞，也不外是他有忧国忧民之心。这样，用不着我说什么，我只是把书店里的书刊送他一些。他喜欢听人念书报，我就念些给他听。我告诉他：现在办个书店很困难。像我这种人居然也招惹了中统的不满，有时盯我梢，似乎想找我的麻烦。燕老就生气地说：'他们不敢！他们要是找你的麻烦，你来找我！我有机会就在会上骂他们！'"

家霆懂得,冯村这样说,是在教他怎样注意安全,不要莽撞,不要蛮干。冯村是什么人,这时他似乎更明白了。同冯村在一起,他感到亲切温暖,有一种依靠。冯村舅舅说的话很对:"只要坚持自己走过的这条正道,总会又和你的同志走在一起的。"这话说得还不够明白吗?还要冯村舅舅再说什么别的呢?

他简直想拥抱冯村舅舅。当然,是在街上,远处有些人走来了,不能这么做。

两人后来分手了。冯村回"渝光书店",家霆回余家巷。

家霆到家正是中午,见爸爸已经回来了,正在喝茶休息,扇着扇子。茶几上放着一大沓已经用牛皮纸包扎好的《历代刑法论》,打算寄赠友人的。见家霆回来了,童霜威问:"办好了吗?"

家霆介绍了情况,拿起脸盆去院子里自来水龙头上打水回来洗脸,问:"爸爸,你去了哪些地方?"

童霜威说:"我想了一想,书不能都由我自己送,还是由邮局寄赠的好。所以买了些牛皮纸和绳子回来捆扎。上午只去了监察院,没见到于大胡子。他住在歌乐山山洞小园,我无法去那么远,将书留给了季秘书。同季一谈,才知国史馆的名义是于胡子推荐了才给的。于胡子也算对得起我了。在监察院又碰到不少熟人,坐到十点半钟,了解了些其他熟人的情况,我心里不痛快就回来啦。"

"为什么不痛快?"

"什么都不痛快!时下,这些人拍马的本事越来越大。比如对蒋介石,原先叫'蒋先生'就很尊重了,后来叫'总裁'叫'委员长',上个月林森一去世,蒋马上代理国民政府主席,这些人立刻都改口一声一个'主席'了!这种时髦我真跟不上!"

家霆劝解道:"犯不着为这些不痛快。你不跟着叫我看也没什么。"

"不是叫不叫的问题,而是卑鄙小人就能鸡犬升天。谢元嵩真的要回来了。人还没回来,官已安排好。你猜,他在美国玩了些什么把戏?"

童家霆愣愣地望着爸爸,似问:怎么啦?

童霜威生气地扇扇子:"他在美国到处吹法螺,居然结识了一个美国牧师。通过牧师,在一个什么州立大学获得了荣誉法学博士称号。这美国牧师当年在华传教,任过新生活运动总会的顾问,最爱中国的字画、古董,据说谢元嵩这次去送了不少这类东西给他。现在回国,洋牧师写信保荐,蒋就批了叫监察院于院长重视并予适当安排。信已转到了于胡子手里,季秘书把事情告诉了我,说于胡子有点不快,看批示后生气地说:'岂有此理!'"

"那会怎么?"

"谁知道!"童霜威摇头拭汗,"中国官场的事,谁也猜不透。可是谢元嵩这个浑蛋,看到现在美国人吃香,他又找到美国佬做后台了。真会投机!"说着,连连摇扇。

午饭,房东陈太太家的女用人侯嫂送来的菜是:一只炒回锅肉,一只肉丝炒嫩姜丝,外加一只素榨菜汤。菜是不错,只是辣些,天热吃了火气大。童霜威让侯嫂把菜端回去,说:"你的菜不错,但今天有事,不吃了,我们要出去吃。"家霆纳闷,见童霜威看看手表,说:"走,家霆,我们今天去吃面,上'陆稿荐'!"他掏出一盒万金油来往额上搽,说:"你可能不知道吧?今天是你妈妈的生日!"

家霆这才恍然大悟,爸爸又在思念死去的妈妈柳苇了。

冒着酷暑炎炎,两人浑身汗湿地到了"陆稿荐"。这是一家具有浓厚苏州风味的酒家,经营面食、江苏菜肴、酱肉酱鸡、油酥麻雀及各种卤菜。"陆稿荐"在苏州出名,在上海也出名。重庆的"陆稿荐"是下江人开的,下江人抗战滞留四川,思念家乡,留恋家乡风味,来吃喝的很多。

童霜威和家霆走进馆店时,馆店里生意兴隆,两人在角落里找了两个座位。坐定后,童霜威点了一碟油酥麻雀,一碟酱鸭,又点了两碗排骨面,叹了口气说:"当年,同你母亲在苏州时,有一次去观前街,到'陆稿荐'吃面,她爱吃的是雪菜虾仁面或是鳝丝面,但这两种面,在重庆都是吃不到的。今天我们吃排骨面来纪念她的生辰,只是她去世已经十二年了!"言下不胜悼念。

一会儿,菜来了,面也来了,两人吃将起来。童霜威说:"这里的卤菜本来以鲜香带甜、鲜嫩爽口为特色,享誉江南。现在到了四川,味道全变了!东西一样,滋味不同,没吃头了。可是名气大,货色不好,人家也还是趋之若鹜,怪不得人要图虚名了。有了名声,总是值钱的。谢元嵩从美国弄个荣誉法学博士头衔镀金归来,也是深谙此道了。"说毕,摇头苦笑。

见爸爸有些感慨,家霆有意岔开爸爸的思绪,问:"这店怎么起了个这样怪的名字?什么意思?过去我不懂,现在思索了半天也还是不懂。"

童霜威说:"这还是你妈妈当年在苏州'陆稿荐'店里讲给我听的呢。想不到,一晃十几年,现在我来讲给你听了。人生的事,真难预料。提起'陆稿荐'的店名,有段传说:清末苏州观前街上,有家陆记馆店,开张后因为酒菜没有特色,亏损很大,老板想典去酒店回乡务农。这天睡觉,忽见一个道人来了,老板一看,这游方道士过去常来乞讨,不过现在穿得十分体面,仙风道骨、气度不凡了。道士说:'我是吕洞宾,特来辞行,谢谢你平日经常接济。你曾送我一床草垫,我留在我栖身的悬桥之下,那是宝物,速去取来!'老板梦醒,赶到道士栖身的悬桥下,发现道士已死,便购买棺木掩埋,把草垫拿回家,但看来看去,并无什么奇特,丢也不是,不丢也不是,最后将草垫扔在屋后柴堆上。哪知第二天,厨师抱柴把草垫也抱到灶前,扯一把草塞进灶去,一股香味充满堂屋。锅内做的酱肉、酱鸭等异香扑鼻。老板忙将烧剩的草垫珍藏起来,每次取一小节生火,不论做什么菜都特别味美可口。从此,陆家馆店生意兴隆门庭若市,店名改为'陆草垫'。苏州一些文人说这店名粗俗,取其谐音,改为'陆稿荐',名气就越来越大了!"

家霆听了,一边吃着油酥麻雀,一边连连点头,说:"原来如此!我看是陆老板生意萧条,编造了这样一个神仙故事招徕生意也未可知。"

童霜威笑了,说:"也有可能!不过,干什么都要有特色,说不定原来这陆老板用的厨子不行,没有特色,没有看家菜,后来雇的厨子在做酱肉、酱鸭上有特色,所以兴旺起来。真正'陆稿荐'的酱四喜肉,颜色红艳,肥而不腻,吃到嘴里就化,确是与众不同有特色的。"说到这里,忽然触动情怀,说:"我这人,一生不算得意,主要原因就像做生意没有特色一样,在这魑魅世界,只好门庭冷落,不过我却安之若素!别人哭笑我不管!"

家霆问:"怎么呢?"

童霜威挑着面条说:"有的人会吹牛拍马结党营私抬轿奉迎;有的人会高唱和平卖国做汉奸;有的人会装糊涂百事不问什么正事都不干;有的人会翻云覆雨投机取巧出卖人;有的人会心毒手辣助纣为虐杀人不眨眼!……都各有特色。可是我呢?这些我都不会也不愿干!于是,只能成为可有可无不需要的人了。像开了个店面,做不成生意。"

家霆能体会到爸爸的感慨,这是些牢骚话,又都是真话。见今天是死去的妈妈的生辰,爸爸触动情怀同心里伤感有关,自己心里也不禁耿耿,劝慰道:"其实,您的特色是有忧国忧民之心!您爱国,有民族气节,希望国家富强。这特色,就值得人称道。"

父子俩闷闷吃掉了麻雀和排骨面。天热,酱鸭似乎有点变味了,一盘酱鸭只好剩下一大半。童霜威叫家霆去付了账,两人走出

"陆稿荐",童霜威不禁又想起当年与柳苇同在苏州观前街"陆稿荐"里吃了鳝丝面带了一包酱肉、一包酱鸭回去给两个老人吃的情景了。家霆也因为思念起母亲,连带思念起忠华舅舅和欧阳素心来了。太阳暴晒,日光耀眼,山城的闷热增加了父子两人心上的惆怅。正在这时,忽然迎面撞见一个熟人:身材粗壮,脸上皮肤粗糙,一脸橘皮疙瘩,近视眼镜下两只金鱼眼配着一只大蒜鼻子,模样有点愚蠢,行动有点笨拙,热呵呵地说:"啊呀,不是啸天兄吗?你什么时候来的重庆?"

童霜威一看,原来是中央委员乐锦涛呀!忙叫家霆:"快叫乐老伯!"

自从去年夏秋之交到重庆,在于右任公馆见到乐锦涛后,多蒙乐锦涛关心帮助出了个同杜月笙见面的主意,童霜威感情上对乐锦涛亲近了不少,觉得这个喇嘛似的人还是很厚道很推心置腹的。这是途中相遇,马上寒暄起来,互问近好。

乐锦涛笑着打油说:"哈哈,啸天兄!好个重庆城,山高路不平!没有汽车坐,你我都步行!"

两人为这在路边哈哈笑了一阵。乐锦涛说:"华严经上云:'一念瞋心起,八万障门开!'瞋恚无忍,就是烦恼。我对一切事都能看得开,看得穿,不烦恼。"

童霜威点头说是,向乐锦涛介绍了自己的近况。乐锦涛说:"好好好,你来重庆比在江津要好。你与我不同,你是有学问的人,迟早还是要青云得意的。我已经老朽衰颓了,现在闲来无事,就是逛大街。今天路过一家书店,看到一本你的大作《历代刑法论》的广告,用大字写在书店门口,我立刻想到了你,却不知你大驾已经在重庆了!"

童霜威说:"拙作刚刚出书,我正想寄奉一本请你指正呢!"心中却暗愧:啊呀,我送书却把他给忘了,真不应该!

刚才童霜威谈近况时,同方丽清离婚的事没有说。谁知乐锦涛消息灵通,笑着说:"啸天兄,听说你去江津后,办了离婚手续,现今一人独处,是不是?"

童霜威只好三言五语,把离婚的事讲了。

乐锦涛说:"佛经说:四大本空,五蕴非有,缘聚则合,缘散则离!听说尊夫人貌美而不贤,你这下解脱了,也许倒是清净。"他也介绍了自己的近况,说:"我刚有些事去北碚回来,在北碚缙云山还看望了太虚法师听他讲了经。北碚缙云山风景秀丽,嘉陵江水色碧绿,北温泉可以沐浴,我在缙云寺里住了一个月,人也发胖了。你不信佛,这我知道。但我劝你不妨到北碚一游,我还想拜托你一件事哩!"说到这里,看看站在一边始终沉默听着谈话的家霆,忽然似有什么话不好出口似的,说:"站在这里谈久了也太吃力。这样吧,改天我到你新居拜望,我有事想与兄谈谈,我们好好再聊聊。"

两人告别分手。

家霆敏感地说:"他好像有什么话想讲未讲。"

童霜威也思索着说:"唔!是好像这样。"心里不禁想:他想与我谈什么事呢?

二

童霜威怀着一种特殊的心情,独自购了车票,离开重庆,坐汽车去到北碚。

说他的心情特殊,是因为他并不感到高兴,也已没有当年游山玩水的兴致。为什么居然去了,连他自己也说不清。固然,他告诉家霆:"我想到北温泉去散散心,住二三天就回来。"实际,去却不仅是为了"散散心",还有其他的目的。

那是十多天前的一个晚上,家霆去上学了,乐锦涛到余家巷二十六号来看望童霜威。

国民党五届十一中全会正好在重庆结束。这几年,共产党和一些名流及民主人士都一再提出应当实行宪政,延安还成立了各界宪政促进会,桂林、重庆方面这种呼声也高。蒋介石在大会上宣称:"准备在战争结束后一年内,召开国民大会,制定宪法颁布。"这使童霜威感到一点欣慰。一是战争的结束看来确是不会遥遥无期了;二是自己这个国大代表还不是完全空空的头衔。他又注意到蒋说:"中共问题是一个纯粹的政治问题,应该以政治方式解决。"尽管蒋也大骂了一通共产党,派去包围陕北中共根据地的河防大军仍虎视延安驻扎在那里。但有这么一句话,使童霜威感到形势可能不会太僵。在这次会上,通过了《国府组织法》修正条文:"国府主席为海陆空军大元帅,五院院长由国府主席提请国民党中央执行委员会选任。"选举蒋介石正式继任国府主席并兼任行政院长。童霜威觉得可笑:林森做主席时,主席空而无权,林森当了十二年有职无权的元首,他自嘲自己是"监印官"。蒋自己作了主席,主席马上就有偌大最高权力。说来说去,还不都是这个"大独裁者"一个人在操纵政权,他要怎么办就怎么办。国民党是法无定规、权从人转的,童霜威不禁慨叹"法治"之沦丧。乐锦涛来,闲谈了一番五届十一中全会会上的情况,说:"一样是和尚,有的和尚念的是假经!蒋主席反共这一条是不会变的。他说的话凡反共的都是真经,凡不反共的都是假经。"说得童霜威呵呵大笑。

后来,换了话题,乐锦涛说:"啸天兄,与你相交,感到你为人有书卷气、规矩、正直而善良,是当今不可多得的君子。那天街头相遇,公子在旁,有件事我未出口。从六号开始,又去开五届十一中全会凑数,没空前来。我这人历来不爱多事,如今却诚心想为你作伐,能成最好,不成也不要紧,希望能听我一述。"

童霜威摇头说:"啊,锦涛兄,我如今倒也清净惯了,何况很不得意,一时还不想续弦。谢谢好意,是不是免了吧?"

乐锦涛表情和语气都真诚而固执,说:"啊,佛门弟子恪守五戒、八戒或十戒,戒的犹只是'不邪淫'。你不信佛,正当的媒娶是人之常情。我如今要给你介绍的绝非普通女子,而是一位高操、聪慧的天下奇女子。这事未必能成功,要看造化和缘分。我只是牵一根红丝线,希望天下的好人终成眷属。因为我不忍见她十分消沉,又想到你一定也十分寂寞。学佛的人应普为一切生众解除苦难得到快乐。你们均不是风尘中的俗人,我才多这件事。你就不要坚拒我于千里之外了!"

童霜威觉察到他的真诚,又对他所说的"天下奇女子"怀有好奇,就耐心地听乐锦涛继续介绍。

乐锦涛说:"事情是这样的:内子是你们江苏人,世家出身,她最爱的小妹名叫卢婉秋,今年四十二岁。早年,在南京国立东南大学哲学系毕业,下嫁章铭华师长。铭华黄埔四期毕业,进过陆大,湖南人,抗战爆发后转战各地,功勋卓著。三年前,枣宜会战时,率部与日寇血战七天,敌众我寡,援兵不来,身负重伤,在地图上写下遗言:'误国之罪,死何足惜,愿我同胞,努力杀敌。'日寇骑兵冲击,形势危急。他吩咐所部突围,自己举枪自戕,壮烈牺牲,时年四十三岁。去年十二月,国府命令表彰并入祀忠烈祠……"

童霜威听到章铭华师长英勇作战身负重伤,居然还自责"误国之罪,死何足惜",实在是严于律己,忠勇少有,肃然起敬。回想当时自己正在沦陷了的"孤岛"陷身在敌伪魔掌之中,随时都有死亡的危险。往事历历,不禁叹了一口气。

乐锦涛继续说:"铭华夫妇,感情极好,人皆称羡。婉秋本来生性爽朗,是个情感极为丰富的人,铭华死后,却因感受太深,对人生心灰意懒,一下子变得与以前判若两人。她本是世家之女,钱财首饰维持生活尚无问题,但从此住在北碚闭门不与人交往。后来,吃素茹斋,诵佛学经,在缙云山的缙云寺旁,赁得农家三间整洁小屋,独自居住,无异带发修行,成了四川人说的'斋姑娘'了!内子与我前去劝她离开那里来重庆与我们同住。我们去过两次,她都坚持不肯。这次我又去,仍劳而无功。我见她对人生如此淡泊,心如死灰,与内子心里都十分难过……"

童霜威插嘴问:"没有子女吗?"

"有个儿子,本在沙坪坝读大学,被征去做翻译了,随中国驻印军在印度。"乐锦涛接着又说:"内子出了个主意,因为平日常听我谈起你的才貌文章,她就问:能不能作伐,使你们两个有情人能结成伉俪?并且说:这事也只有请啸天兄帮助,即使不成也希望啸天兄劝解开导她一下,使她不要太苦了自己,有伤身体。当然,这要劳啸天兄你亲自去趟北碚,做一次看望,见见面,互相交谈交谈,有个了解。有缘千里来相会,我们想到把你和她联结起来,本身就是一种缘分。这事我们不好先跟女方讲,所以先同啸天兄你坦率地交底,实在是因为你们都是极优秀的人杰。她过去好读李清照诗词,其实自己的才赋不亚于李清照。"

童霜威听到这里,心上一动。近年来与方丽清处得多了,在上海到四川又与尘世中的凡夫俗子处得多了,像易安居士李清照那样俯视巾帼压倒须眉,博览群书综观文史,独放异彩的女词人,使他不禁心向往之。并不一定就是想什么结为伉俪,但能认识一位这样的奇女子,谈谈心,也感到是一种快慰。又想:过去我只觉得乐锦涛面目丑陋,觉得他可能愚蠢,其实人不可貌相,看他刚才这番话,说得多么有才气、有分寸!

想着,听乐锦涛又说:"她是很大方的!啸天兄,你去,我和内子写封介绍信带着,她一定不会失礼的。我看你在重庆也很空闲,北碚既有温泉,缙云山又被称作'川东小峨眉',你何妨去一游悠闲几天,不知啸天兄意下如何?"

童霜威觉得这种事可遇不可求,情不可违、义不容辞。主要不是为了续弦,而是有一种好奇心,一种侠义心肠,而且觉得能同这样一个不同于一般的殉国将领的未亡人见见面,帮助一下乐锦涛夫妇了个心愿,也是成人之美。所以,终于在这十月艳阳天,独自乘汽车沿上清寺、歌乐山、赖家桥、青木关直达北碚了。

北碚是重庆的一个风景胜地。童霜威早听说抗战期间,北碚名流荟萃,文风颇盛。十点钟,汽车到达,下了车,见街道整洁,比起重庆的喧闹、肮脏不可同日而语,印象很好。童霜威决定按照乐锦涛的指引,到缙云寺去借住。

雇了一乘滑竿,由北碚顺着嘉陵江边的羊肠山径去北温泉,两个抬滑竿的壮汉徒步行走健步如飞。童霜威坐在滑竿上,有时身子向后仰。一路瞭望缙云山,只见群峰高耸、巍峨峥嵘,云雾缭绕,岚光滴翠,美丽极了。不到半小时,就到达了北温泉。北温泉地势高于北碚,是一座小山上的公园,背负葱茏的缙云山,前临翠绿的嘉陵江,早在千多年前,这儿就是游览胜地。江畔,有一断壁残岩,岩壁上镌有"第一泉"三个草书,字体圆润,刻工精细。可惜荒草湮遮,已弄不清是谁写的。童霜威凝坐滑竿,一路欣赏水色山光,心情虽不急迫,但在滑竿上晃动得有些害怕,加上天热,仍满头是汗。他回溯一下,抗战军兴以来,几乎已从未有过独自游山玩水的雅兴和机会了。现在却由于一种意外的遭遇,忽然又漫游在山水之间,而且是有目的又似无目的地去看望一位抗日殉国的中将师长的未亡人,人生际遇多么奇怪。

到北温泉后,他决定不坐滑竿了。因为缙云山山势更高,他决定步行。向人打听,从北温泉一条山径,可以登缙云山。山,满眼是山,没完没了的山的巨浪。山巅即是古刹缙云寺,他大步流星地踏上了山路。

童霜威来前早已寻找查考过有关缙云寺的记载。寺建于宋少帝刘义符景平元年。唐太宗贞观二十年，赐额"相思寺"。唐僖宗乾符元年，相思寺经和尚宏济重建。宋太祖开宝四年，又重修过。宋真宗赵恒赐名"崇胜寺"。明代天顺年间，英宗朱祁镇改崇胜寺为"崇教寺"。万历年间，神宗朱翊钧依缙云山名，改崇胜寺为"缙云寺"。张献忠率领的农民起义军到此地后，烧毁了这座古寺，到清朝才又陆续重建成现在这般模样。一路上，只见沿途密楠葱茏，古树参天，松涛滚滚，苦竹青幽。俯瞰山下，蜿蜒如带的嘉陵江，风光秀丽的北碚镇与它对岸的黄桷镇，铁桥飞跨的观音峡，逶迤如浪的鸡公山，都尽收眼底。

童霜威一路找人指点，不时在太阳穴上搽点万金油，偶尔在山间坐下歇息一会儿，近中午时分拾级登山到达了缙云寺外。庙宇极大，树木峥嵘，名僧太虚法师在这里办有"世界佛学苑汉藏教理院"，自任院长。使童霜威想起江津支那内学院今年已经去世了的欧阳竟无大师。他想：太虚与欧阳渐都是出家人，佛教学者，都为弘扬佛学奋斗一生，但两人的观点颇有分歧和争议。谁是谁非，各有所宗。可见佛门之内也不平静。人间战争频仍，也就不足为怪了。

缙云寺门前，有圣旨"迦叶道场"石牌坊一座，明朝万历三十年修建的。石牌坊结构仿木建筑，前边有两只石狮匍伏。童霜威手上挽着早已脱下身的西装上衣，将松了的黑领带又整一整好，掏手帕拭汗，持乐锦涛的介绍信进入寺内。

寺内有天顺六年重修寺碑一座，清雍正年间修庙碑一座。两碑文字都已模糊得看不清了。石坊前有石照壁一座，上雕一兽，身披鳞甲，侧有芭蕉，是麒麟。童霜威见有些游客正在瞻仰大雄宝殿，有的进去行跪拜礼。他走了一圈，看了看佛堂上写着的"昙花蔼瑞"四字和庄严的佛像，然后，取出信来找住持联系。

出来接待的知客僧四十岁光景，出口不俗。看了信，说住持法舫随太虚法师外出了，表示歉意，随即安排童霜威到后边净室居住，并让管理饮食、住宿等的典座僧前来同童霜威见面，随后由小和尚上茶，又送来了香喷喷的素面。

童霜威独住一间小屋，自己舀水洗了脸，喝了茶，不由得想起在苏州寒山寺被囚居的情景来了。那时，读了不少佛学经书，目的不外是想"转迷为悟""离苦得乐"，更坚定自己的不屈不挠信心，更坚强地使自己履苦如饴。同时，又以佯作消极出世的态度来抵御日本侵略者和汉奸的进攻。那段锥心刺骨的日子哟！怎么忘怀得掉？在寒山寺里听到钟声激起心底涟漪的感觉，犹在眼前，回想起与柳苇一同在枫桥镇共同度过的幸福时日，也犹在眼前。想起那些过去了的感情上的折磨和精神、肉体上的煎熬，童霜威觉得人生痛苦太多。早年，他在失意懊丧时常有过要出家做和尚的想法，可是如今，却是来到缙云山去拜访卢婉秋劝她不要消极出世，应当回到红尘中来，岂不矛盾？只是人生也每每是在矛盾中存在并进行的，是矛盾又不矛盾。《五灯会元》里有句谚语说："泥佛不度水，木佛不度火，金佛不度炉。"佛犹如此，何况是凡胎的人！活在世上，如果太消极，必然是走向毁灭自己的道路。等待着生命的结束，又有什么意思呢？有时候，死比生容易，生比死难。自己在"孤岛"陷身魔掌时就是如此。当时简直是求死不得、求生不能，但终于没有用消极态度对待，而是用积极态度战斗的。正是这样，学佛经学佛性看是消极，实可积极，终于同忠华带家霆一同逃出沦陷区来到了大后方。这也就是选择。一样学佛读经，可以有出世与入世两种选择；一样生活，也可以有积极、消极两种选择；一样面对厄运与逆境，也可以有克服和退让两种选择。我的选择显然是对的。

此时，在古刹之中，看到和尚来去、香客出入，闻到香烟触鼻，他忽然有一种想用生命直截了当地投入对世界与人生的体验，在活泼泼的体验中自见自性而开悟的愿望了。他觉得对卢婉秋谈些这种道理,还是对她对自己都是有益的。

他向小和尚详细问了到卢婉秋住处的路途,知道离缙云寺不算远,是在缙云寺与狮子峰之间的一条岔路附近,就走出寺来,从寺侧林间幽径顺路而上。

中午时分,十月的太阳本来还有点猛烈的余威,但大山披垂绿髯,这里气候凉爽,林幽竹翠,鸟儿鸣啭,树叶清香,安静而又凝满诗情画意。山上凉爽,蝴蝶成双结队,翩翩飞舞,斑彩之美,难以形容。看到远处山峰峭壁高悬,蜷曲的老树挂在崖边,风光无限,童霜威也不感到劳累了,坦然地迈步向前走去。

依傍山势,按照小和尚指点的路径,走着走着,看到了浓绿的树丛竹林间,一些农舍模样的房子出现在眼际。是建立在一块较平坦的山地上的用竹笆建成的平房,白墙黑瓦,映着绿色的修竹和夹竹桃,分成两摊。一摊旧些,一摊新些。旧的一摊房屋多些,约摸五六间,新的一摊不过三间屋,门窗漆了碧绿的颜色,窗户配了绿纱。门前一条小溪泉水弯曲流过,有石块砌的桥路,通向卵石曲径。

忽然,听到有悠扬的凤凰琴声,叮叮咚咚,弹着一曲空灵、崇高、超凡入圣的曲子,飘飘摇摇,行云流水般荡逸旋转在山林丛树之间,令人有陷身梦境之感。童霜威向前走去,来到新建的三间绿窗小屋前,站在湿漉漉苔藓布满的岚岩旁,忽然听到有轻轻的女子歌声悠扬地传出来,侧耳细听,唱的是:

"……人天长夜,宇宙黮闇,谁启以光明?三星火宅,众苦煎迫,谁济以安宁?大悲大智,大雄力,南无佛陀耶!昭朗万有,衽席群生,功德莫能名!今乃知,惟此是,真正皈依处……"

童霜威依稀记得,这好像是太虚法师写的《三宝歌》,作曲的是弘一法师李叔同。李叔同精于音乐,民国十九年与太虚同在厦门之闽南佛教院执教。他持律谨严,后人推为近代律宗祖师。这歌是他配的曲子,很出名。无怪乎如此飘渺高洁,又如此不同凡响。童霜威来到此处,还未见到卢婉秋却已听到歌声,可以想见其为人。他记得,李叔同当年有一首《满江红》热烈歌颂辛亥革命,他是十分欣赏的。还记得下阕是:"荆轲墓,咸阳道;聂政死,尸骸暴,尽大江东去,余情还绕。魂魄花成精卫鸟,血心溅作红心草。看从今,一担好山河,英雄造。"真是慷慨激昂,热血沸腾。可谁知李叔同几年后竟在杭州虎跑寺出家剃度当了和尚。奇人、奇女子为什么都会这样?心情不由得激动起来。

童霜威的手指叩在门上了:"笃笃笃!"门是紧闭着的,安着绿纱的窗户则开着。歌声就是从窗里传出来的。他怀着急切的心情想看看来开门的是怎样一个人。

门"吱呀"开了。童霜威突然感到眼前一亮。

呀!一个穿黑色旗袍、身材中等体型匀称的美丽女人站在面前。她看上去不过三十几岁,满头乌发,梳了一个好看的发髻在脑后,乌发黑衣衬得皮肤格外白皙,像施了粉一般。眉眼长得很美,有一种傲气与悲戚笼罩在脸上,素净而大方,高雅而又矜持。童霜威凭想象是绝对想象不出这么一个卢婉秋来的。可是面前这个女性确实必是卢婉秋无疑。

她有一种冷峻的美,美得异常,没有开口,也在打量着童霜威,态度似是问:"找谁?"

也许童霜威的外表、气度给了她不坏的印象,她带着冷气的面容并没有表露出一种厌烦或拒绝的神情。童霜威礼貌地点了点头,开口说:"我是来拜访卢婉秋女士的。这里有封乐锦涛兄写的信。"他将信递给门内站着的她,心里想:乐锦涛夫妇给我写的这封介绍信里写了些什么呢?是怎么写的呢?信,是封了口的,自然是有的话不便给我看到,也自然是为了便于向卢婉秋说些可以不被我知道的话。反正乐锦涛夫妇总不会写出什么不得体的话来的。这样倒好,我可以少些拘束,自然一些,随便一些。因此,声音不高不低,拭着额上的余汗,态度亲切有礼地又说:"我住在缙云寺。"

对方把信撕开,没有看完,就伸手做了个"请"的手势,不卑不亢地说:"请进来坐。"

童霜威进屋坐下,扑鼻闻到一股沁人的馨香味。屋内明窗净几,雅静得很,给人一种特别清洁的感觉。见卢婉秋坐下在细细看信,就打量起屋里的陈设来。雪白的粉墙下首挂着一幅字和一幅画。一幅字笔走龙蛇,刚健流丽,自成一家,写的是李清照的《渔家傲》词:"天接云涛连晓雾。星河欲转千帆舞。仿佛梦魂归帝所。闻天语。殷勤问我归何处。　　我报路长嗟日暮。学诗漫有惊人句。九万里风鹏正举。风休住。蓬舟吹取三山去。"这是李清照乍失伴侣,弥天哀痛,而且国事日非,流离异地,无子无女,身将何依,深痛当前、深忧以后之作。使童霜威从挂这幅字上似可窥察到卢婉秋的内心。一幅墨绿彩画,不知出自什么画家之手,画的是竹林旁一所小庵,小庵仅露一角,只见竹林,不见人迹。题诗云:"深深竹林下,园庵最幽僻。高怀本恬旷,野趣助闲适。众人奔名徙,浮世荣物役。岂知庵中乐,道胜心自逸。"诗画都颇有雅意。

雪白的粉墙上首却怪,挂的是一幅雪白无字亦无画的屏条,用白绫裱得十分精致,可是一片空白,叫人估不透猜不着是怎么回事。这奇女子确实是奇!

童霜威再看看屋里,外间与里屋有门相通,用一块雪白的布帘遮隔。外间是书房,又似是诵经的房间,临窗的一只桌上放着无数佛经、佛学书籍,一盏煤油灯玻璃罩擦拭得透明透亮立在左侧,有只古瓶供着一束野菊立在右侧。桌上有讲究的文房四宝,还有一盘红得像火的橘柑。西边有张小案,上面搁着一架凤凰琴,一杯清茶正悠悠冒着热气。刚才主人一定就是坐在这里弹琴吟唱的。东边沿墙，放着两只竹书架，每只四层里里外外整齐地满满放着书籍。童霜威约略一看，多数是线装书，一只竹书架的底层，还放着一副讲究的围棋。书架旁的茶几上，则是热水瓶和茶具。童霜威想看看有无木鱼，却未看到。主人肯定极爱干净，地上桌上窗上均是一尘不染。童霜威在一张竹椅上坐着，见卢婉秋读完了信，脸上平静，掀帘进里屋去了。一会儿出来，手里拿着一只干净的盖碗和一小筒茶叶，干净利落地将一撮茶叶倒进杯里，又去冲了开水，放到童霜威身旁的几上，说："请喝茶！"又将一盘火一样的红橘柑放到童霜威面前敬客，说："请吃点！"

　　见她这样，童霜威明白既然泡茶待客，就是表示了不嫌弃请多坐的意思。乐锦涛夫妇已经写了信，无须再说明来意了。他对主人印象甚好，但却像面对一潭绿水不知深浅，见主人在对面远处书桌前的竹椅上坐下了，就说："这里真是人间仙境，一路走来，两眼美不胜收。"

　　卢婉秋点点头，虽然脸上依然是冷，眉眼间也依然是傲气与悲戚笼罩，却轻声细语地说："再过些时候，在秋冬季节，如果由此攀登狮子峰，可以观赏雾海奇景。早晨，茫茫雾海，银浪翻腾，蔚为奇观。倘若等待日出，不但能看到绯红的太阳在乳涛中跳跃着冉冉升起，还能看到灿烂的光环，绝不亚于峨眉山金顶的佛光。"

　　见她肯说这样多的话，童霜威感到更自在些了，不假雕琢地问道："缙云寺原名相思寺，我来之前查过典籍，说缙云寺即古相思寺也，寺前多相思树，有相思岩生相思竹，形如桃钗，又有相思鸟，羽毛绮丽，巢竹树间。今日来时，知道相思岩在寺东香炉峰下，也见到了相思鸟，只是竟连一棵相思树也未看到，不知何故？还有这相思竹不知与这门前的竹子有何不同？"

　　卢婉秋似乎并不嫌童霜威问得啰嗦，用手指指童霜威的茶碗，说："霜老，请饮茶。这是山中特产缙云甜茶，味甘芳，养胃健脾，滋喉润心,请试试。"

童霜威道谢,捧起茶杯,水还烫,喝了一口,清香可口。

卢婉秋自己也喝着茶说:"这问题我也答不好。有人说,当年相思寺曾遭火焚,相思树全被山火烧光了。有人说,缙云山上根本就不长相思树,只有另一种红豆杉,只因有'红豆'两字,便与被叫作相思树的红豆树相混淆,皇帝糊涂,就错赐了寺名。至于相思竹,有人说就是夹竹桃,'形如桃钗',相思岩前不少。另一种说法是相思竹就是苦竹。清人毛澄留有《相思寺》诗一首:'相思寺里相思竹,千般桃钗扫石尘。紫粉难揩啼梦痕,翠环若伴苦吟身。巴娘曲罢远江雨,越鸟声多幽谷春。欲向灵山问迦叶,拈花何似散花人。'就是吟的这种苦竹。其实,这些考证并无太大意义,知道这点我就觉得够了。"

童霜威微笑,发现卢婉秋确实既博学又有见地,忽地又想起了柳苇。她们两人之间似乎有一些共有的东西,如博学强记,如一样都那么美丽,又迥然不同。这是个消极出世者,柳苇是个积极入世者。这个在带发修行,柳苇却为做共产党献出了热血和生命。此想彼想,既觉得柳苇比卢婉秋要高,又觉得卢婉秋也自有她不平凡之处。由于想起了柳苇,引来了感伤和那种曾经沧海的感情。一时间,只觉得应当同卢婉秋好好谈谈,了解她,并劝慰她,对于乐锦涛夫妇作伐的事,反倒抛到脑后去了。

童霜威又喝一口茶,指指墙上那幅雪白的无字无画的屏条,说:"卢女士,这幅屏条怎么没有画也没有字呢?我看到后想了很久,忽然悟到战前有一年我去西安,游唐高宗和武则天合葬的乾陵时,见到与歌颂唐高宗的文治武功碑对称放置的是一块六米多高的'无字碑',上面当时一个字也没有刻。这是武则天的特立独行。为了表示自己'功高德大'难以用文字来表达,故而立了这样一块无字碑于乾陵。我想,面前这幅空白的屏条,也许应该是幅佛像,不知这推测是否有点道理?"

从她那乌亮、美丽的眼神里可以看出,卢婉秋似乎感到对方不是寻常人了,带点肃然起敬的态度点头,说:"是呀,佛陀到底该怎样画呢?我见无数佛像,都将佛画得太丑陋粗俗,太像凡人了。与我心中的佛,相去太远。用这洁白的纸,我心中之佛,我自能看见映照在这纸上。不但如此,在战场上为抗日而牺牲了的先夫,我觉得他与众多英烈,也是应当立地成佛的。我为他修心练性,为他诵经礼拜,我也能从这洁白的纸上看到他音容的出现。"

"啊,果然如此!"童霜威不胜唏嘘。见卢婉秋既然已经谈到了死去了的章师长,正好从这下手来进言劝她不要超脱红尘带发修行。因此,诚恳敬重地说:"章夫人(为了表示自己心上无邪,童霜威改口了),我来之前,听锦涛兄谈起你自从章师长为国捐躯后,转变了人生观。锦涛兄夫妇对这极不放心。章师长为抗日战死沙场,他死得其所,重于泰山。现在抗战尚未胜利,日寇未灭,章夫人遽而如此消沉,未免与章师长的抗日爱国初衷背道而驰。锦涛兄夫妇为之忧虑,希望你还是振作起来,不要既伤精神与心灵,又伤身体。应当多为神圣抗战考虑,为国为民,哪怕尽一分义务也较现在这样与人隔绝为好。不知章夫人以为如何?"

谁知这话一说,卢婉秋脸上忽然更冷,悲戚与傲气也更足。先是低头沉吟,忽然说:"霜老,人各有志,不能勉强。我对战争,已经深恶痛绝。战争使无数家庭生离死别,大地上滥开杀戒血流成河;战争使人性毁灭、道德沦亡,社会上肮脏龌龊。面对战争造成的苦难,我的忍耐已到极限。我无力挽救众生于苦海,只有四大皆空,自外于战争,修行正果,弘法利世。佛说:'我不入地狱,谁入地狱?'我正是依此精神活在人间准备了此余生的!何必为我忧虑?"

童霜威看得出她的认真,不忍不劝,说:"其实,佛门虽有杀戒,现在的佛门弟子,即使在国内外有很高地位的,也在心里常为国家民族的灾难祈祷。虽然未必能去从军作战,但绝不会做汉奸。为什么？因为意识到这场战争是日寇侵华造成的。如不奋起抗战,只有做悲惨的亡国奴。我们开杀戒是由于敌人杀我们而引起的。日寇是侵略者,我们是被侵略者,战争的性质,在日本和德意轴心是侵略战争,在我们及盟方,则是反法西斯反侵略的战争,不能等同而言,更不能笼统不加区别地反对战争。正因如此,我不能不来劝劝章夫人,你尚年轻,又学识渊博,倘能利用本身才智,为抗战效力,比在这山野树丛之间,青灯一盏、佛经一叠,要有意义得多。"他说到这里,动感情了,忽然谈起了自己在沦陷区里的往事,从在上海被敌伪特工绑架,到被囚居在苏州寒山寺诵读佛经,又转移南京潇湘路软禁,一直讲到逃离沦陷区经过大旱的中原抵达大后方。讲的目的是要说明战争确也给自己带来了大灾难,也给百姓带来了大灾难,这是日本帝国主义强加到中国人头上的战争。只有将反对日本侵略的抗战进行到底才行,不能笼统地谴责战争的罪恶。也是为了说明自己虽有过这种生死选择的危险经历,而且直到今天,依然生活艰难,仍没有消极泄气。目的希望卢婉秋能有所启发和回心转意。

童霜威温和地娓娓讲来,常有威严的表情。经历本来动人,卢婉秋听着听着,既为对方诚意所感,也为对方遭遇所动,态度和缓下来,脸上出现了一种关切、尊重的神情。听完以后,凄然地说:"霜老,谢谢您讲了一首正气歌,使我很感动。怪不得姐姐姐夫在信上向我介绍,说霜老不但是位饱学多才的前辈,而且是位置生死于度外的爱国者,这样一听,就明白了。我实在感谢您的好意,但我见到太多的残忍与沧桑,生命不过是一场悲剧。我确已看破红尘,这里是我在尘世中的天堂。在无常的法理看来,苦受固然是苦;而乐受,以至于乐极生悲,仍是逃不了苦。人生是苦,这世界充满着苦,知苦而不贪欲乐,就不为境界所转移了。我念经,但不用木鱼;学佛,但不入空门。一切的一切,只求解脱烦恼,得到平静,证入涅槃而已,请霜老谅解。"

童霜威忍不住说:"那时我在苏州寒山寺读经看佛书,也曾经消极过。后来,感到涅槃的用意,是要我们省悟世界无常,认识现实,不离现实而努力,在世广修善行,改造自己烦恼染污的身心,使成清净功德所聚的生命。人生宇宙的一切,都是相依互存的缘起,人人与我都有密切关系,人人对我都有重大恩惠,怎能抛弃大家不管而自己独自去解脱呢?人世越痛苦,我越感到需要自己出力去救济他们,愿为众生服劳,愿代众生受无量苦。"

"您是说我应当入世而不恋世,出世而不独善,能舍己为群,利度众生?"卢婉秋问。

"是的!所谓地狱未空,誓不成佛,众生度尽,方证菩提。这才算有佛陀的救世精神呀!"童霜威点头说。

可是卢婉秋脸上又深深笼罩着惨然悲戚的神色了,她轻轻吁了一口气,说:"霜老的话是对的!只是我早已寂静无染,无欲无求,只求摆脱无明烦恼,即使已入迷途,也不想走回来了。"说到这里,似乎有送客之意,轻声彬彬有礼地说:"今天辱蒙光临,谨谢所赐。"

童霜威感到不好再坐,更不好再说,起身说:"章夫人,我明天再来,不知可否?"

卢婉秋既不拒绝也未肯定,只微微躬身,说:"谢谢,谢谢!"也弄不清她这"谢谢"是谢绝呢,抑是表示欢迎。

她恭敬地送童霜威到门外,黑衣乌发的美丽身影瞬即回身,进屋关上了门。啊!你这痛苦的美丽!童霜威打算走了。极目远望,群峰耸立,林壑深秀,周围的迷人景色,像一幅气势宏大的山水长卷,悠然挂在面前。

他迈步下山向缙云寺走去,心头有一种难以表达的怅怅感情,惋惜,凄然,意犹未尽,也有愤世嫉俗。同卢婉秋仅仅是第一次见面,他忽然已感到难忘她那美丽的身影、乌黑的发髻和哀怨的大眼了!是的,她比起柳苇来,似乎逊色,而且太冷漠,但柳苇早已死在南京雨花台,她则是活生生地站在面前。旧梦难寻,柳苇早不可再得,卢婉秋却可以匹配的。乐锦涛夫妇做媒,应当感谢他们的好意。只是卢婉秋消极出世似乎已成定局,童霜威感到要使她回心转意重入红尘似乎很少可能,却又恻然于她过这种空虚无益的生活,似乎是在活埋自己,把自己囚禁在心狱之中,怎么能不好好劝她一劝呢?想到这里,他不禁长长地嘘了一口气。

在他心头翻腾得更多的是一种矛盾、复杂、愤慨与不平交汇的情绪。两鬓已皤,一年老一年,世态人情经历得太多,人间宠辱都已参破,迄今仍在为缥缈的事业和前程苦苦张罗。刚才对卢婉秋说了那么多,其实自己心里有的旧愁新怨,也是意兴阑珊,也是意马心猿,也是伤怀消极,何尝没有出世之想?只不过是强打精神,在宦海中沉浮,在人海中挣扎!想到这里,心里难过,游山观景的兴致一点也没有了,倒想起了一首元人小令,无聊地吟诵起来:"不识字有权,不识字有钱,不晓事倒有大夸荐。老天只恁忒心偏,贤和愚无分辨,折挫英雄,消磨良善。越聪明越运蹇,志高如鲁连,德过如闵骞,依本分只落的人轻贱……"吟着吟着,独自摇头苦笑起来。

缙云寺庙宇很大,太虚办的佛学院,学生都是些小和尚和年轻的僧人。除讲授佛经外,也教些一般课读,提高和尚的文化。教师都是那些有文化的老和尚。童霜威回寺以后,时候还早,不过四点钟光景。一个执事僧来访,看样子是统领全寺僧众的后堂首座僧。是位年岁较大气质极好的老和尚,双手合十,自报了法名,童霜威未能记住。他极为虔诚地道歉,说太虚法师与住持法舫外出未归,招待不周,又出乎意外地说要向童霜威"化缘"。童霜威正想要拿钱布施,老和尚却连连摆手,笑说:"不是不是!"听他说了原委,才知"化缘"是风趣的说法,缙云寺内常请游客中的名流给佛学院的僧众讲演,把这说成是"化缘"。

老和尚笑道:"我们不要求布施金银钱财,只要求施主布施些文化知识。"

童霜威听了,赞许地点头:"真是名山大寺的风范,应当效劳!应当效劳!"

傍晚,他在佛学院向僧众演讲,讲的就是白天在卢婉秋处叙述的那段自己在寒山寺囚居学经的经历与体会,结合佛学,宣传了抗战救国的道理。听讲的僧众,个个都为之动容。这天晚饭,送来的是讲究的素斋。童霜威吃了素斋,天已见黑,一天疲乏,无心再出去游逛,只想静静休息一下,就在住的禅房里躺下睡了。

夜晚有月亮。月亮像天上一盏孤独的路灯。可以想见,清爽的月色洒进了树丛、飘洒在苍郁的山峦间有多么美丽。寺院里的树影又映在纸窗上了,同在寒山寺的情况相仿,月色无声地溶解着人生的苦乐。猛地想起那年农历年前,方丽清由江怀南陪同来看望的事了,往事真如烟云!又想起了白天同卢婉秋的会见与谈话。依然是卢婉秋苗条匀称穿黑色旗袍梳发髻的身影,依然是她悲戚、傲气的黑眼睛……他觉得此刻自己的心情恰有一首怀古的元人小令可以表达:"美人自刎乌江岸,战火曾烧赤壁山,将军空老玉门关。伤心秦汉,生民涂炭,读书人一声长叹。"

在叹息声中,他因疲乏而睡熟。

半夜,下起了淅淅沥沥的小雨,雨声敲打树叶,秋声搅心,就再也睡不着了。第二天,童霜威早早起来,心里记挂着卢婉秋。一看外边天色阴霾,牛毛雨仍在纷纷扬扬飘洒,觉得这雨淋不透衣,沿途又有大树蔽雨,也不向和尚去借伞了,吃了碗素面,匆匆信步走出山门,沿着小径,向卢婉秋住处走去。

外边,白雾迷漫,雾气在树丛、山峦间升腾潜漫,流光滴翠,雨丝拂面,雨露浸袜,郁蓝灰蒙的晨光在远处依着晨岚雾气而飘动。红豆杉、香果树、飞蛾树,加上奇花异草,层层叠叠的浓绿、浅绿、淡绿、深绿,在白色的雾气中变得更加滋润,更加新鲜。眼睛舒适,心胸开放,浑身凉爽得既有快意,也有些刺激。但这种凉爽也颇像卢婉秋美丽的脸上的那股冷气,使人感到既可近又不可亲。

童霜威在如梦的雾里,心里得到极大的自由和舒张。终于又走到昨天来过的卢婉秋的住处来了。脚下踩着青青苔衣,仍然是昨天的情景,只是没有琴声,没有歌声。他快步走过石块砌的桥路,踏上卵石曲径,来到卢婉秋屋前,出乎意外地看到:绿纱窗外的玻璃窗紧闭着,房门上挂着一把沉重的黑铁锁。

主人不在,她到哪里去了?一股怅惘泛起在他心头。世界的万事万物,是既可求又不可求、既可以理解又不可以理解的吗?

正在徘徊,决定归去,忽见邻舍里出来一个十三四岁的农家姑娘,补丁的花短衫、黑色的旧长裤都还洁净,见有客人找卢婉秋,跑了上来,问:"找谁?"

童霜威说了是找卢婉秋的。

姑娘说:"卢娘娘一早就走了,上狮子峰看雾海去了。"

"什么时候回来?"

"不知道。"

童霜威明白:卢婉秋未必真是去看雾海,是避不见面,免动凡心哪!他只好怅然而返。

山,巍巍从远方来,又巍巍然向远方去。沐着牛毛雨,在大雾中,脚踏雾絮,有时身在雾外,有时身在雾中,远望在雾气中被吞没了时隐时现的苍翠的狮子峰,如大海中的岛屿。一道蜿蜒曲折的小径,像是天梯,是要把人引领进天外的世界里去么?童霜威忽然有置身仙境的感觉。其实,他就是这样一个人:能得到的东西未必太希罕,得不到或得到而又失去了的东西常会遗憾。卢婉秋,在他心上留下了一块空白,使他在回到缙云寺后,心里一直感到失去了什么似的空虚。

童霜威决定再住一天,明晨再造访卢婉秋,如果仍不见面,就算人事已尽只好回去。那么,这一天怎么度过呢?他决定看看宋代状元冯时行的遗迹。冯时行宋宣和初年在缙云山读书,自号"缙云先生",宣和六年考中状元后,历任奉节尉、江原县丞、左奉议郎、石州知州等官职,绍兴八年奉诏入朝,觐见天子。他主张抗金、反对议和。由于坚持抗战,不附和议,不合宋高宗偏安之意,也为奸臣秦桧所恶,绍兴十一年,岳飞风波亭被害,冯时行也被罢官回乡,后来在缙云山侧办学。

童霜威带着凭吊冯时行的同情心游览遗迹。冯时行有一首题缙云山的七律:"借问禅林景若何?半天楼殿冠嵯峨。莫言暑气此中少,自是清风高处多。岌岌九峰晴有雾,弥弥一水远无波。我来游览便归去,不必吟成证道歌。"诗写得平平,但想到他的为人,童霜威觉得诗味也就增加了一些。童霜威漫步游览了缙云寺右冯时行的洗砚池,逛了冯时行清晨迎着朝阳朗诵诗文而命名的洛阳桥。中午回寺,忽然收到家霆从重庆发来的一份加急电报,电文是"有要事盼速归"。什么要事呢?童霜威想来想去得不到答案,觉得纳闷,决定仍按原计划进行。午后,休息了一下,就又去寺左冯时行课余散步的相思岩游览。游览中,他忽然想:明天一早如果能见到卢婉秋,一定要同她谈谈冯时行。冯时行不信佛教,他诗中说的"我来游览便归去,不必吟成证道歌。""证道"就是"悟道",冯时行是不在缙云山出家的,他的坚持抗战不附和议,被黜后悲愤办学,不消极而仍积极,难道不值得钦佩赞扬而对人有所启迪吗?

但,第二天清晨,童霜威去卢婉秋处,又扑了个空。依然是那个农家小姑娘,也依然是同样简单无情的回答:"卢娘娘一早就走了,上狮子峰看雾海去了!"

"她什么时候回来?"

"不知道!"

意思是很明白了。童霜威觉得无可强求,取出身边自来水笔,将小本子的纸撕下一张,想留个条给卢婉秋礼貌地告别,又觉得难以写什么。终于突然想到,何不把冯时行的诗写了留给她呢?也许对她有些启示,也等于我当面又劝了她一次。就在小纸上将诗写了一遍,最后写上:"抄录冯时行七律一首请婉秋女史一阅藉作告别",下边署上了"童霜威"的名字,交给了那个小姑娘。

离开缙云山时,心里惆怅,同来时心境迥异。他感到心里疲乏,不想步行了,雇了乘滑竿直到北碚。一路上似乎总看到卢婉秋那双傲气又悲戚的黑眼睛。

抵达北碚,才十点钟,童霜威到兼善公寓,找了个二楼上的房间休息。他未来北碚之前,早听说冯玉祥来北碚就常住兼善公寓。这里清洁幽静,他打算在这里休息一下,吃了中饭,然后就搭车赶回重庆。他实在想不出家霆会有什么重要事打急电来催他回去,很怕是家霆得了急病,所以虽留在北碚休息,心里也很不定。

洗了脸,喝了茶,轻快地走出房间到楼下,打算上街去逛逛,看看这北碚实验区的面貌,无意中却在兼善公寓门口,碰见了方脸盘高颧骨戴着近视眼镜的程涛声。程涛声穿件夹克衫,手执一卷报纸,走路有点八字步,微笑着点头上来说:"啊呀,啸天兄,你怎么到北碚来啦?"

童霜威避而未答,碰见程涛声出乎意外,高兴地说:"振亚先生,上月就听说你去广西了嘛,怎么是在这里呢?"

程涛声哈哈笑了,说:"是我开了一个声东击西的玩笑,放的空气!我说我要去广西,军统就要忙乱一阵。我没去,他们却先派了人去了。其实,我是到这里来读佛学书的。北碚水色山光好。我是远离尘嚣来追求清净的。"

原来程涛声也住兼善公寓二院二楼,两人就一同去到程涛声房里谈心。

坐定以后,泡了一壶茶。程涛声说:"大作《历代刑法论》我已经拜读,写得很好呀!现在,国民党法无定规,有的人可以随心所欲。特务横行,又根本不要什么法律依据,更加上刑不上裙带至亲,怎么能振奋人心争取抗战早日胜利?大作看来是在论史,是专门性学术著作,其实用心良苦,颇多对当今权贵逆耳之言。你这书是有爱国民主思想的,我读后颇受教益,应当祝贺。"

听程涛声这样说,童霜威意识到他确实是读过《历代刑法论》了,就将自己本来打算写一本《三朝三帝论》的计划讲了。

程涛声大口喝着茶说:"哈哈,这本书如果写完出版,必然轰动,只是恐怕你就家无宁日了。再说,如今要出版,也很困难。我看,你如有写这书出版的胆量和决心,倒不如干些实事。"

"干些实事?"童霜威凝望着程涛声,想听他说些什么。

程涛声说:"是呀,国民党被一些人弄得乌烟瘴气日益腐败,专制独裁世界难找,实在应当促进它实行民主改革啦!我们都是主张抗日的国民党内真正忠实于孙先生提出的三大政策的三民主义信徒,应当在国民党内部坚持抗战,坚持团结,坚持进步,同当前逆时代潮流的一些人和事斗争,谋求国民党组织的彻底改革。"说到"斗争"两字时,他把"斗争"念得像"捣针",声音很高,使童霜威吃了一惊。

童霜威一想:真大胆!也真有了不起的想法!他感到这次谈话是上次江津之谈的继续,显然比在江津时诚恳而且坦率得多了。鉴于上次的教训,由于对当前时局的不满与忧虑,再加上自己的不得志,童霜威感到,此时此地,应当像冯村在去年八月我刚抵重庆时提示过的:"从长远看,我要劝您在看看情况后,经过深思熟虑,为中华民族和人民着想,考虑在政治上离开国民党另立门户,另找出路。"那么,程涛声的谈话就不是可听可不听的了。显然,程涛声他们,似乎都有一种打算,一条道路。他们这批国民党左派,已经跑到前面去了。我这中间派,难道一直要在中间游荡,左也不要你,右也不要你(要当然也不会去!),这多可怜哪!因此说:"振亚先生,你说得好,请往下讲!"

程涛声突然笑笑,欲擒故纵地说:"江津那次见面,我要谈的已经谈了,今天要讲的也讲了。如果你确有决心,请多体会我的话,也请再作等待,做些应该做的事。我想到适当时候,我们是一定会携手并肩(他念作'小手奔加')一同有所作为的。你可以相信我的话!"

童霜威宁愿今天有这样一个结局,心中想:是呀!看来,我的出路说不定是在这里!为官荣贵,只不过多吃些筵席,安插些相知,住洋房,坐汽车,玩女人,银行里有钱,箱笼里充实,有什么意思!真正为抗战出点力,为国家民族前途出点力,也出出胸中这点不平之气,那才是做人之道!想到这里,连连点头,说:"相信!相信!但愿能如先生所言。"

后来,两人一同吃了午饭,程涛声突然说:"啊,我把重阳节都忘了!原来你到北碚是来登高游览的?"童霜威顺水推舟地点头,把在缙云寺住了两天游了缙云山的情况谈了,当然隐去了看望卢婉秋这一段,风趣地说:"重阳登高,饮菊酒,佩茱萸,吃重阳糕,从古相传,可是我这次是'独在异乡为异客',除了登高四望,既未饮酒,也未吃糕。"程涛声约童霜威再一同盘桓两天,童霜威把家霆电报拿出来,说明急欲赶回重庆,表示了心中的焦虑,午饭后就与程涛声握别。

在往南回重庆的途中,童霜威在公共汽车上,一边静观窗外景色,一边沉思默想:这次来北碚和缙云山,委实太有意思。我是以一个既积极又消极的中间派规劝已经皈依佛家完全消极遁世了的卢婉秋,希望她回返积极的。可惜未能奏效。遇到了程涛声,他表面上虽也信佛读经,实际却是在高叫"捣针"和"小手奔加"。他是一个应当消极却能十分积极的政治家。他三言两语就将我说服了。同样一个世界上,不同的人正在演出不同的角色!卢婉秋那样是不足取的,有机会我还应当劝她。而我,虽仍犹豫,已不惶惑。我的道路也许会有危险,但地藏大士说:"地狱未空,誓不成佛。"用佛祖"我不入地狱,谁入地狱"之心来做个正直的党人,我的心是会安的。我的精神也是会得到寄托的。我将不会感到空虚,我也将生活得有意义。

他脑际不知为什么,老是出现卢婉秋壁上那张既无字又无画的屏条。卢婉秋确实是个富于神秘色彩的冷艳而又贞洁的奇女子。从缙云山带回的怅惘,刹那间在思索这些问题时似乎消散了一些。

只是,他挂心的是家霆那份急电。会有什么事情发生呢?既是急电,肯定是严重的事呀!

三

十点多钟,童家霆到设在都邮街街口的邮电局,打了急电到北碚缙云寺给爸爸童霜威以后,心情非常恶劣地从邮电局走了出来,打算回家。

天气阴沉沉的,他从邮电局出来时,从玻璃门上看到自己悲郁的面孔。他隐隐感到在他记忆的极深处,在他的潜意识里,有什么东西在挣扎着呼唤着拼命地想钻出来。那是对冯村过去和同他在一起时的那些岁月和事情的回忆,都是些难以忘怀的回忆。

战前,家霆小时候,冯村在南京潇湘路做童霜威的秘书时,同家霆的感情是很好的。有一次,他带家霆去玄武湖租了小船钓鱼。那天钓到好多大鲇鱼,回来时划的小船离岸有一丈多远时搁浅了,真急人啊! 冯村脱掉皮鞋和袜子往岸上远远一甩,卷起裤腿下水,背起家霆就上了岸。

　　抗战爆发后到了武汉,那次在东湖的谈话是难忘的。是冯村将妈妈柳苇死的秘密讲给他听。……

　　然后是在重庆见面,几次动人的有启示的谈话。半个月前,冯村翻阅了《间关万里》的原稿,满意地说:"好啊,我太高兴了!《生活文艺》里有我的朋友,我拿去交给他们看能否连载。"隔了几天,来说:"家霆,他们决定用了,只是可能有些删节。祝贺你!"啊,冯村舅舅的关心和爱护岂是能轻易忘怀的?

　　冯村在家霆心里是一片光明,但现在冯村快像一面要被打碎的镜子,闪闪灼灼的光彩将破灭了。

　　家霆用茫然的目光看着面前摩肩接踵的店面、房屋,望着街上来来往往拥挤的人群和自行车、人力车,额上出汗,心里布满忧郁和伤感。好诡异的人生! 一切常常扑朔迷离! 他意识到情况险恶,现在只有希望爸爸快回来拿主意,好赶快想法营救冯村舅舅。

　　早上,家霆在家里为晚报"重庆今昔"栏赶写文章。这个专栏每天刊登一篇关于重庆的知识性、趣味性短文,六百至一千字。晚报总编辑是"民声新闻专科学校"的兼职教授储忠侨,冯村的熟朋友,他教新闻采访课,看中了家霆的采访才能和文字功力,又受冯村嘱托,给家霆练笔的机会,特约家霆固定写这个连载。家霆刚把文章写完,"渝光书店"的会计甘汉江急火火地跑来找到家霆,见童霜威去北碚了,慌慌张张告诉家霆:"冯经理出事了!"

　　甘汉江这人,脸色古板,其实内心充满激情。他平日是个沉默寡言的人。家霆知道他是冯村的贴心人。他现在激动得说话像打机关枪,告诉家霆:冯村失踪已经两天了!失踪之前,有个姓张的中央社记者找过他,谈了很久。这姓张的,听说是中统的。现在据了解,冯村确是被中统秘密抓走了。大约关押在中山二路川东师范学校内的中统重庆首都实验区行动科牢房内,请霆老立即想法救他一救。

听到甘汉江谈起姓张的中央社记者,家霆马上想到了张洪池那两只老像在生气的眼睛和"格格"的笑声。这个坏蛋,一会儿记者,一会儿特务,一会儿在沦陷区当了汉奸,一会儿在重庆又恢复了原来身份,变来变去,跳来跳去,真是个特殊人物啊!

家霆焦急地问:"怎么肯定知道他被中统逮捕了呢?"

"我们通过一些熟识的关系调查过了!"

"是用什么罪名抓他的呢?"

"偷偷摸摸秘密抓人,军统和中统都在干。既是秘密抓,自然无须要什么罪名。冯经理无党无派,为人正直,一心只是想把书店办好。为了事业,偌大年岁,一直独身,连婚都没有结。他是个大好人!快救救他才好。我们书店的股东也有一些大人物,我们自然也设法救他,这请放心。"

家霆心里难过。自己固然在洛阳、在江津都被逮捕过,可是由于有爸爸在,被囚禁的时间短,也没有受过刑罚。窦平、靳小翰被捕,则受了重刑,一个死了,一个毫无音讯。冯村如今被捕了,他会怎么样呢?既是秘密逮捕,比公开逮捕更坏。怎么办呢?越想心里越酸楚,只好对甘汉江说:"甘先生,我马上去发急电,让家父回来。你放心,一定努力救他!"

甘汉江急匆匆回去了,家霆就赶来打电报。发出电报,估计爸爸一定及时赶回来。但自己心里却觉得这事爸爸回来了怕也难办,心里空落落的。

失踪!冯村失踪了!在这之前,欧阳素心也失踪了!冯村的失踪,一定是叶秋萍下毒手的。可是,欧阳素心的失踪又是怎么回事呢?人海茫茫,相处过的人,生离死别的太多了!混杂着悲哀与痛心的情绪,他茫然地迈着步子,感到两腿都非常沉重。特务的凶残与可怕,使他背脊凉丝丝的,额上的热汗也仿佛全变成冷汗了。

　　除了等候爸爸回来之外,简直不知自己该怎么办。本来想就近到"渝光书店"去一下,告诉甘汉江电报已经发出,可又感到少惹特务注意为好,就不打算去了,决定回余家巷住处吃午饭。正在彷彷徨徨走,听到后面有个好听的女声在叫他:"喂,童家霆!"

　　他回头一看,原来是燕寅儿。燕寅儿浑身鲜亮,洋溢着青春气息,她脸上总是乐呵呵的,人世的忧愁、烦闷似乎与她无缘。她劲头十足,连走起路来那两条漂亮的长腿都带弹性。她今天没穿旗袍,白衬衫,黄咔叽裤,头发上扎一根天蓝色的处女带,显得格外年轻活泼,引人注目。自从在民声新专同学后,有过不少次接触,家霆同她已经很熟。家霆喜欢这个女同学的真诚无邪和直率大方。她有点男孩子脾气,似乎很喜欢同家霆接近。家霆转过身来,等着她走过来,说:"你怎么在这儿?"

　　"我去逛书店的,没什么好书可买。看到令尊的《历代刑法论》,要不是令尊给家父寄了一本,我真可能买一本回去呢!"燕寅儿说,"令尊的这本书,家父夸说写得不错。"

　　童家霆打起精神同他笑笑,其实笑得有点苦,说:"是吗?"

　　"阁下好像不太高兴?"燕寅儿机灵地已经注意到童家霆的笑容很勉强了。

　　"是啊!"家霆如实回答,"是不太高兴。"

　　燕寅儿忽然感兴趣了,说:"走!我们上茶馆喝茶去好不好?我渴死了,真想牛饮!一个女学生独自上茶馆喝茶有点别扭,碰到你正好,陪我去行吗?你让我解解渴,也许我能帮助你解解忧。"她话说得风趣,始终笑容可掬。

家霆无可无不可地点点头,心里忽然一亮:啊!她是熟识冯村的!她父亲又是国民参政员、老同盟会员。这件事告诉她托托她,由她找她父亲燕翘出出力岂不是好?这一想,倒觉得应当陪她喝茶了,说:"好吧!我们去茶馆喝喝茶聊聊天吧。"

两人就近到了一家名叫"晓园"的旧式茶馆店,里边墙上贴着副红纸楹联:"世事洞明皆学问,人情练达即文章。"这里全是躺椅,瓷杯盖碗,屋后有扇门通风,茶馆凉爽宜人。生意不太好,也许是被咖啡店和一些类似咖啡店的新型茶室抢了生意,茶客不多。茶客们,有的躺在靠椅上嗑葵花子或咬着干炒蚕豆和花生,有的撑起身子慢拂盖碗啜茗摆龙门阵,有的吸着叶子烟吞云吐雾,悠闲得很。

两人找了个边上无人的清净地方坐了下来。燕寅儿像个男孩子似的对着茶博士大大咧咧叫了一声:"幺师!"①叫完,却脸红了,朝家霆笑。

她实在太渴了,巴不得马上能大口喝到茶水。

"茶来啰!——"过来上茶碗的茶博士,又瘦又矮小,是个有点白胡子的老头,白布缠着头,穿套干干净净的白褂蓝裤,围着围裙,双手连碗带盖捧着擦得高高的十几副盖碗,稳稳当当地过来。

燕寅儿要喝杭菊花茶,家霆也要了杯杭菊。茶博士在几上摆好茶碗,一会儿右手提着一只大铜茶壶快步来冲茶了,他扬臂运腕将那把十几斤重擦得锃亮的铜壶高举得与肩相平,娴熟地左手揭开茶盖,壶口的沸水银龙似的一个弧线准准地直射进茶碗中间,滴水不漏,水斟得刚好齐到碗口,不多不少,一点不溢出碗外。在这同时,茶碗盖轻轻盖在茶碗上,老头已经转身去别的桌上掺茶去了。他的一举一动,稳稳当当,富有节奏。

燕寅儿看了,赞赏地说:"怎么样?真是艺术吧?我看,你那

---

① 幺师:四川称茶堂倌为"幺师","幺师"也即"茶博士"。

'重庆今昔'连载,也可以写篇重庆茶馆的今昔。在这山城,每天在茶馆里消磨时间,聊天办事的,何止几千上万人。这种'幺师',你说他平凡也平凡,实际却身怀绝技。我听说好些作家、记者、演员常常都在茶馆里泡,你不妨就写写他们和茶馆,准有人看。"

家霆觉得题目出得不错,热情地说:"你来写吧!好不好?那个连载以后就由我们合作如何?"

"君子不掠人之美!"燕寅儿笑了,"以后我们会有合作机会的。我想一定会有的!"她急着喝热茶,脸上出了汗,用一种对家霆十分友好的眼光和态度看着家霆,改换话题说:"喂,言归正传,你为什么不高兴?"

她的眼光和态度里,似乎有超出一般关心的情意,家霆忽然感到她有点像欧阳素心关心自己时的神情了,心里有点警惕,说:"唉,我遇到了一件非常难过的事!"

"什么事呢?"燕寅儿又喝了两口热茶,茶烫,她实在太渴了。她脸又红了,说:"说出来,如果我能帮助,一定尽力。"

家霆终于压低嗓子,将冯村突然失踪的事如实讲了。

燕寅儿听了,愣了一愣,皱皱眉。杭菊花被开水泡开了,一朵朵洁白淡黄,鲜花开放似的在杯里水中,很美。茶博士提壶又来掺水,一道银水龙划一道曲线,从家霆背后飞流直下,将燕寅儿喝去一半水的茶碗斟满。开水浇下来时,好像要烫了家霆的耳朵,氤氲的水汽在茶碗上稍瞬即逝。等茶博士走后,燕寅儿带着气愤,认真地说:"我等会儿回去,就同我父亲说!现在特务真横行霸道。父亲对冯经理印象很好,他一定会出力托人办的。你放心!"她很豪爽,说话有一股侠义气概。

家霆表示感谢,说:"冯村,我是叫他舅舅的。他战前是我父亲的秘书。后来做过新闻工作,所接触的人左中右都有。他为人正派,是个无党无派有正义感的人。他会出事,真是太奇怪了!他老家是武汉,父母都已去世,只有个妹妹一家在武汉。他在重庆举目无亲……"

家霆说这些,目的是要使燕寅儿对冯村有一个无党无派的印象。谁知燕寅儿打断了他的话,率直地说:"我不管那些,他就是共产党我也要叫父亲救他。我对特务这一套秘密抓人的恐怖做法反感。你先别急,有消息我就告诉你。"

她确实是真渴了。家霆一口茶也没有喝,她见家霆碗里的水比她碗里的凉,说:"你不喝?我就喝了!"端起家霆的茶碗吹了几口气,"咕嘟咕嘟"喝干了,站起来说:"童家霆,我也等不得了,我马上回家去办这件事,好在今晚上课还要见面,有消息我随时会告诉你。"

两人匆匆分手,燕寅儿修长、敏捷的身影一会儿就混在转动的人流中消失了。家霆站在那里,望着她远去,忽然对燕寅儿的侠义与豪爽产生了一种好感。这个带点男孩脾气的女孩子,倒确是适合做个新闻记者的。女孩子带点男孩脾气,家霆并不觉得好,妙在燕寅儿一方面带点男孩的豪迈与直爽,一方面却确确实实又是个女孩子。她有女性温柔妩媚富于同情心的善良品格,她的美丽的笑容中有一种对男性的吸引力。这种笑容,欧阳素心也常有。

童家霆转身拔步回余家巷。他因为在等待爸爸回来之前,能先托燕寅儿办一办救冯村的事感到欣慰。

一天匆匆过去。晚上在民声新专上课时,见到了燕寅儿。燕寅儿主动告诉他:"家父决定让家姐燕姗姗拿他名片去找中统和军统的人。他说首先要保住冯经理别遭毒手被杀害,然后再进一步设法救他出狱。"

家霆曾听燕寅儿说起过她的"姗姗大姐"。燕寅儿说她这个姐姐十分能干,交游广阔,在一家民办报纸做采访主任。姐夫于浩本是一个中学校长,不幸在民国二十九年秋天的一次大轰炸中负伤去世。"姗姗大姐"实际排行第二,燕寅儿的大哥燕东山,是齐鲁大学内科毕业的,私人开业。医术很好,就是跟嫂嫂感情不好,嫂嫂又有严重心脏病,脾气变得越来越古怪。燕东山就成为一个嗜酒酗酒借酒浇愁的人了。现在,听说燕姗姗出面去办冯村的事,家霆感到放心,热切盼望着爸爸快从北碚归来。

但,第二天上午,燕寅儿来余家巷了。从她面部的表情,家霆察觉情况不妙。果然,燕寅儿美丽的黑眼睛里闪着义愤的光芒,告诉家霆:姗姗大姐昨晚连跑了三个地方,都不得要领。军统与此事无涉,确是中统干的。听说冯经理的问题很严重,说他同共产党、左倾文化人都有联系,牵涉到替共产党送情报的事,是叶秋萍下令逮捕的。大姐回来跟爸爸谈了,都觉得棘手。

家霆几乎叫嚷起来:"说冯村舅舅送情报完全是胡扯!他对我说过:做经理需要交游广阔。书店的股东里,军界、政界的人都有!"

燕寅儿浅浅的眉峰展露出她柔中有刚的个性,两只乌亮的瞳仁神光闪闪,说:"你也别急。反正,我再催促爸爸和大姐想办法。我想,伯父也该回来了吧?"

家霆说:"我想今天一定会回来的。昨天的急电论理晚上也该到了!"他忽然问:"大姐她的观点是'右'还是'左'?"

燕寅儿笑了:"是'中'!她在大学里是学新闻的,认为做记者应当不偏不倚、不党不派,应当公正,才像'无冕之王'。她是个自由主义者,说实话,我也正是受她影响才进民声新专的。我看没有职业比做记者更有意思的了。"

家霆默默思忖,燕寅儿讲姗姗大姐的话,值得咀嚼。他一时还不能完全理清这段话的内容,觉得不对,又难以用凝练中肯的几句话来说明是非。同燕寅儿相交也不长,已在麻烦她姐姐搭救冯村,一下子就来挑剔也太不礼貌。从燕寅儿日常言谈中,他感到燕寅儿也是一个自由主义者。不再做声,心里想到冯村在特务手里,说不定已经动了酷刑,心里难受,叹了一口气,又叹一口气,坐立不安。

燕寅儿看得出家霆的痛苦与烦恼,见他情绪不好,也不多坐,热情地安慰了几句,表示一定找父亲和姐姐继续出力,然后告辞。

她走了。家霆觉得该留她一留。留她下来谈谈总比自己独自苦闷的好。同燕寅儿谈话还是挺有味的,她的心地透明得好像叫人一眼能看穿,讲话时没有顾忌、隐讳,也没有做作,纯情、纯真。他猛然感到,近来的相处,使她和他,两个本来陌生的青年人,产生了一种相互的吸引,是一种建立在互相信任和友好关心上的并非男女之爱的友情,这使他在心上产生一种宁静和快慰。

从早到下午,家霆始终在烦躁不安与苦恼等待中度过。直到暮霭悄悄爬上窗户涂暗了玻璃,童霜威突然归来,家霆才感到一点安慰。同爸爸在吃晚饭时,家霆把冯村的失踪与托燕寅儿搭救冯村的经过一五一十都讲了。晚上,他没有去民声新专上课,留下来同爸爸商量该怎么办。

童霜威听了家霆的叙述,认识到冯村的被捕肯定是叶秋萍下的毒手,张洪池也在中间起了坏作用,估计到这次搭救将很艰难。他沉默着,回忆着许多往事。终于,气愤填膺地叹着气说:"为了搭救冯村,我要尽一切力量!不管怎么样,非把他救出来不可!"

家霆问:"爸爸,你找谁?"

"当然先找叶秋萍,解铃还须系铃人嘛!"

"万一他不买账呢?"

"我要多找些人,像于右任、冯玉祥、居正、杜月笙,都立刻找。于管监察,居管司法,冯主持正义,杜有他的邪门歪道和不可低估的势力,我都先找一找,然后再考虑找别的人。"

"爸爸今晚去看望一下燕翘老伯不好吗?他已经开始办这件

事了。您同他见见面,一是再当面托托他,二是也好多个人计议。"

童霜威点头。提起燕翘,使他想起一些往事。童霜威与老同盟会员里极有威信的赵声①是江苏丹徒同乡,赵声比他年龄要大七八岁。辛亥革命前,有一年,童霜威在南京拜见过赵声。赵声身材魁伟,长面竖眉,声音洪亮,模样威严。当时在南军新军三十三标任标统,大家称他为"活关公",年轻人都崇拜他。正是在赵声住处,童霜威第一次见到了燕翘。当时燕翘刚从清朝监狱里出来,背上还拖着一条大辫子。那是晚上,在灯光下看见他满面胡须,形容憔悴,讲话声音刚劲有力,给童霜威留下了深刻的印象。赵声一九一一年四月与黄兴一同领导广州黄花岗起义失败后,去香港积忧成疾,常吟"出师未捷身先死,长使英雄泪满襟"句,痛哭流涕,不久即抑郁病逝。一晃二十九年,童霜威在南京又因友人之邀到过一次燕翘家里。燕翘已经半身瘫痪,住在南京鸡笼山下考试院附近。那次见面,谈些什么已记不清了。但燕翘家客堂里挂的一幅条幅却使童霜威再也忘不了。

那是赵声亲笔写的一幅条幅,裱得素净精美,挂在墙上,写的是:

录旧作《送皖南友人吴樾②北上》七绝一首

淮南自古多英杰,山水如今尚有灵。
相见襟期一潇洒,朔风吹雨太行青。

燕翘老弟　留念
丹徒赵伯先书于白下

---

① 赵声(1881—1911):近代民主革命者,字伯先,江苏丹徒人。一九〇二年江南陆师学堂毕业,次年游历日本。归国后在江阴训练新军。一九〇六年在南京参加同盟会,一九一一年四月与黄兴领导广州起义(黄花岗之役),不久病逝于香港。
② 吴樾(1878—1905):近代民主革命烈士,安徽桐城人。一九〇五年九月二十四日在北京东站谋炸出洋考察宪政的清朝五大臣。弹发,载泽、绍英受伤。吴樾在爆炸中牺牲。

这首七绝是吴樾去北京谋刺清朝五大臣前赵声送赠的。吴樾之去北京,大有荆轲"风萧萧兮易水寒"的气势。赵声又将这首诗写赠给同是安徽人的燕翘,自然寓含鼓舞勉励之意。燕翘在辛亥革命成功事隔二十几年之后仍挂这幅条幅,自然是作为一个老同盟会员永志不忘的意思。这使童霜威不禁肃然起敬。童霜威听人说过:燕翘这人一直还保留着一股当年的豪气,也敢仗义执言,对现实多有不满。到底半瘫痪了,虽有参政员头衔,只是将他当元老一般养着,点缀门面,毫无实权,说话常等于不说。但无论如何,他总是有不少熟人,是块老牌子,拉他出来自然是好,因此点头说:"好,家霆,你马上陪我去吧!"

燕翘住在小什字水巷子附近,离余家巷不远。晚饭后家霆陪童霜威到那里时,燕寅儿去学校上课了,燕姗姗也未回来。燕东山同父妹等不住一起,他同有病的妻子住在较场口附近,不常回家。燕翘正坐在轮椅车上,与一个侍候他的年轻男仆下围棋。见有客人来了,一盘黑子白子的残局仍放在身旁短几上。童霜威注意到,当年在南京挂着的那幅赵声的条幅仍悬挂着。只不过,年代久了,屏条早已发黄陈旧了。

家霆还是第一次见到燕翘。童霜威同燕翘多年未见,见燕翘虽老了不少,脊背挺直,坐在那里,看不出是下身瘫痪。他剪的平顶头,面容苍老、清秀,两只眼炯炯有神。见童霜威带儿子来了,显得极为高兴,"哗啦"推掉棋子,说:"啊,童先生,我记得你是喜欢诗词的。我闲来无事,近年也读点诗词。我这是'老来博弈岂荒耽?饱食终嫌不用心。藉免出门撞扰扰,犹胜午枕梦沉沉。'哈哈,老朽了!老朽了!"

童霜威热情同他握手,说:"'世途黑白混难分,翻覆输赢总未真。'棋中的学问太大了!翘老!一别多年,我是才从江津迁来重庆的。从冯村处知道你的近况,小儿与女公子又同学。这就更想念了,寄上过一本拙作,想已收到?"

坐定,男仆来上茶。燕翘说:"童先生,你那本书写得极好。我读过了。既有丰富的史料,也很有见地。我们这个国家,从古到今确实都既说有法而又从不依法办事。封建时代,皇帝的金口就是法,他要杀人,杀人就合法。你的书里用了历朝历代许多有名的冤案作例,痛快淋漓。当年,我们革命,也正是要革掉清朝的腐败和那些混账的做法。可谁想到媳妇成了婆,有野心,想独裁,还是用的老黄历!"

童霜威叹口气摇摇头,说:"翘老感慨得对,我今天来,是为了冯村的事来烦请翘老鼎力相助的。听小儿说,翘老已经在出力营救了,不知情况如何?"

燕翘生气地摇头:"难哪!冯村有时来我这里,陪我下下棋,聊聊天,我很喜欢他。他对时局有时不免不满,依我观察,意见并不错。这次被捕,出我意外。我找了些特字号的熟人,打听到确是叶秋萍亲自下令捕的,还说问题严重,是个大案。要释放,我看颇费周折。我再努力,你也去努力。我们两方面一同来出力,你看好不好?"

童霜威只得点头,心想:也只能如此!他是个老同盟会员,国民参政员,可是老了。时下当局对这些老人嘴上说"尊重"实际是"丢弃",他是心有余而力不足啊!

正在沉吟,只听燕翘说:"我想,最后一条路,是我来写信给最高当局,让他来干预。不过,我也明白,他对这种事是怂恿支持的,叶秋萍这种坏东西,那时候一定不承认抓了冯村。他们这种事干得多啦!当年,就是宁可错杀一千,不可错放一个的嘛!"

童霜威黯然,觉得心上全是皱纹。家霆听了,打了一个寒噤。

童霜威想:燕翘的话已经说得很道地了,就用商量的口吻问:"翘老,你说,你这封信早一点写好呢还是晚一点写好?"

燕翘说:"写信容易放人难!我是想早写,可是,同小女姗姗一商量,怕的是一写这信中统反倒来个不承认,事情就僵了。万一他们暗中将冯村杀了,也是可能的呀!倒不如暂时不写,先从各种路子上来营救,把那留到最后来办。"

童霜威说:"翘老的话确有见地,那就这样办吧。我马上去叶秋萍住处找他!过去我们在南京是邻居。"

燕翘点头赞成:"好啊,救人如救火!童先生,你有空请随时来谈。"又看着家霆对童霜威说:"听小女讲起过你的公子,说他中文外文都好,尤其是文笔极有功底。今天见到,发现长得也是一表人才,真叫人高兴。以后,有空请常来玩吧!"

童霜威和家霆都谢了燕翘,同他握手作别,由年轻的男仆送出大门,来到灯火闪烁、馆子和商店林立的街上。

到了街上,童霜威的主意变了,说:"家霆,要跑的地方很多。我想,还是明天我找监察院或杜月笙借一部汽车用用,一是方便,二是别让人家觉得太寒碜。现在人情势利,不坐汽车,到门房挡了驾反而不好。"

家霆心里对搭救冯村固然十分着急,不能不认为爸爸说得有道理。爸爸身体并不好,又已上了年纪,让他走路、挤公共汽车东颠西跑,自然不行。于是,点头说:"好!我们回去。"

父子俩情绪低沉地走回余家巷去。

这一夜,家霆乱梦颠倒。一会儿,梦见窦平站在蜘蛛穴山上高唱:"我的家在东北松花江上……"一会儿,又梦见冯村在监牢里被特务在狠狠拷打……有一把乌黑锃亮的手枪,枪口对准冯村……

第二天,童霜威打电话从杜月笙的秘书胡叙五处借到了一辆汽车,是一辆半新的福特牌汽车,比起童霜威战前在南京潇湘路拥有的"雪佛兰"蹩脚得多了。再蹩脚到底是汽车,坐着它跑一圈方便得多,也排场得多。只是,童霜威下午回到余家巷家里时,心事怃陧,人也疲劳,见到家霆就说:"劳而无功!劳而无功!"

原来,先到两路口川东师范中统局找叶秋萍不在,又到国府路七十八号住处找叶秋萍,也未能找到。递了名片,门房说他去成都了,问什么时候回来,门房答:"不知道!"看样子,门房倒不是说谎。叶秋萍这种人反正不会老是蹲在家里的。童霜威只能懊丧地去歇台子找冯玉祥。

汽车出重庆市区,绕过复兴关,再驰了七八里路,到了歇台子村。这是个小镇,正逢赶场,非常热闹。挑筐背篓的农民乱纷纷地挤来挤去,小镇那条街是用大石条铺垫的,本来狭窄,加上街面顶上又遮起了瓦篷,阴暗潮湿。在歇台子村西北的罗汉沟内,冯玉祥盖了一座简陋的小楼,自己题名为"抗倭楼"。童霜威到"抗倭楼"前,又失望了!冯玉祥也不在,又到下边县里发动献金去了。

怎么办?童霜威叫司机把车开到莲池沟司法院内找居正。这湖北佬,在公馆里未去办公。见了面倒是寒暄了一番,态度不错,也感谢了童霜威赠书。但当童霜威提到冯村的事后,马上退避三舍了,说:"啊,中统方面我倒没有知交呢!这种事怕是不好办的。……"看他这样,童霜威决定走了,居正客气地送到门口,只说:"有空常来坐坐,来谈谈。"

童霜威离开居公馆,叫司机把车开到监察院找到了于右任。于右任心情不好,他虽未说,童霜威明白外边的传言是可靠的:林森死后,未将国府主席给老于却由蒋自兼,而且堂堂监察院连打个苍蝇都有困难,老于当然心里生气。于右任对冯村的事表示同情,答应设法,但如何设法没有谈,只捋着大胡子说:"你那个冯秘书,我记得!是个好青年哩!"随后,又告诉童霜威:"你的《历代刑法论》写得很好。那天,复兴大学校长张友山来,我拿着书对他说:'你们放着这么个大学者不聘多可惜!法学院或文学院应当请他去讲学的嘛！'友山说,下学期一定聘请你去做教授,每周讲几节课。我看,啸天,他们聘你,你不要拒绝。"

童霜威倒被于胡子这点诚恳的关心感动了。这时,已到午饭时间,于右任留他吃午饭。于公馆照例吃饭总是一圆桌坐得满满的。老于自家的人就他自己和季秘书,食客却很多,多数童霜威都不认识。吃的也仍是小米稀饭和馒头,桌上十几个盘碟,有炒菜也有小菜。一个副官把司机邀去吃饭。童霜威匆匆吃完后,敷衍几句就向于右任告别,驱车去中国通商银行找杜月笙。

在那里,见到了胡叙五。光头戴眼镜的胡叙五,态度总是十分谦和、热情。他告诉童霜威:"杜先生在南岸汪山,有什么事,可以去汪山,或者由我转达都可以。"

童霜威想:有些话见面反而不好讲,不如让胡叙五转述。把冯村的事说了一遍,提出希望杜月笙设法营救。

胡叙五点头,说:"我一定尽快转达。只是军统的事好办一些,中统的事可能要多费些周折。"说到这里,特意殷勤地说:"上次就是您那位冯秘书来托代打听令媳的事。后来军统方面倒是给了回音的。说是仔细查找过了,没有这个人的音讯。"

童霜威谢了他的关心,心里懊丧,觉得自己过得浮浮沉沉,有如浪里行舟,想:就怕冯村的事,将来中统给个回音也说"没有这个人的音讯",那就棘手了!

最后,童霜威告别胡叙五,由原来的车子把他送回余家巷。他厚厚地给了司机小费。这天从上午跑到下午,简直是竹篮打水,毫无所得,不禁怅怅。所以,见到家霆开口就说"劳而无功"。

家霆给爸爸倒茶,听爸爸讲了经过,也觉得情况不妙,心里忧戚。

童霜威喝着茶坐在那里,叹息着说:"现在,是特务世界,特务比人要大三级!想不到我竟无用到这种地步!"他感到到处都受到牵掣,被牢牢套住了四肢,无法动弹。

见爸爸泄气,家霆只好劝解:"其实,爸爸也不必懊丧。我看,你托了别人,别人也需要时间去办,一时不可能就有回音的。等两天再催催,看怎么答复。再说,叶秋萍那里,爸爸不如写封信给他。信他总是能收到的,看他怎样答复!"

童霜威点头说:"唉,为了冯村,我只有写封信给这个王八蛋!"说着,走向写字台前,揭开墨盒,拿起笔筒里的毛笔,铺开信笺写将起来,脸上有悒郁和不快。

家霆站在童霜威身边,看着爸爸写信。天色有点暗,他给爸爸开了电灯,见写的是:

秋萍我兄大鉴:

久未晤面,思念良深。弟上月已自江津迁至重庆佘家巷二十六号居住,昨日造访,适蒙大驾外出,怅甚怅甚。兹有一事恳托……

正在写,忽然有脚步声走近门边。父子俩一同回头看去。童霜威见门口站着的是一个身材高高非常神气的姑娘。两只好看的眼睛闪烁着光芒。她是特意打扮过的,神采飞扬。

家霆叫了起来:"燕寅儿!"忙给燕寅儿介绍,说:"爸爸,这就是燕寅儿!"

燕寅儿大方、热情地叫了一声:"童老伯!"移步进门。

童霜威停止写信,端详起这个女孩来了。也不知为什么,忽然想起了欧阳素心,这个女孩子长得也这么可爱。从她对家霆的微笑和态度猜度,他感到这个女孩子似乎很喜欢家霆。是啊,家霆是个漂亮的青年,教养好,有才干,是讨人喜欢的。但家霆别因为见了燕寅儿就把欧阳忘掉了啊!童霜威对欧阳素心有感情,觉得欧阳可怜。现在,欧阳在哪里呢?……

只听燕寅儿说:"家父让我来看望童老伯,有件关于冯经理的事,他让我对童老伯说一下。……"

童霜威请燕寅儿在门边的一张椅上坐下,自己在对面的椅子上坐了,和蔼可亲地说:"好好好,说吧。"

"家父请童老伯设法托一下您的一位熟人,说让他和他太太设法,可能搭救冯经理有效。"

"是谁呀?"家霆给燕寅儿倒了茶来,在燕寅儿左边一张椅上坐下问。

"毕鼎山!"燕寅儿说,"家父说,毕鼎山战前与童老伯是同事,一定是很熟识的。"

童霜威差点七窍冒烟,捺住性子问:"找他?有用吗?"

"有用!"燕寅儿说,"他是C.C.的大将,现在掌握中惩会的大权,又一直是兼着法官训练所的所长。法官训练所大量收的是中统的特务人员,是依照党务人员从事司法条例参加受训的。司法党化嘛,所以他与叶秋萍和中统的关系十分亲密,说话自然管用。而且——"

童霜威想:唉,我对司法界既疏远又孤陋寡闻,不正是毕鼎山之流的排斥造成的么!想不到,他已经成了参天大树了!又听着燕寅儿继续往下讲。

燕寅儿说:"更重要的是,毕鼎山的太太陈玛荔,她是蒋夫人喜爱的亲信。原在励志社挂名当副总干事。后来,去掉了励志社的职务,一下子任命了两个新职务:一个是三青团中央团部女青年处处长;一个是中央图书杂志审查会的副主任,实际还兼着战时新闻检查局的副局长。她现在同许多首要人物有来往,她的工作同中统要打交道,又是个通天的女人,人家都恭维她、巴结她。"

童霜威鼻子里不由自主"哼"了一声,忆起了去年同叶秋萍在重庆歌乐山双河街"林园"参加鸡尾酒会时,见到的那个穿紧身猩红色金丝绒旗袍的年轻妖媚的漂亮女人了。那天,叶秋萍向他介绍过这位毕鼎山的新太太的。谁想到,今天为了冯村,自己竟要去求毕鼎山和他的新夫人了呢!想起这些,心里好不受用。

燕寅儿说:"家姐为冯经理的事,找了不少人。最后,她认为,如果找陈玛荔和毕鼎山——其实要找陈玛荔,也许不动声色、不落痕迹就能顺利办成。同家父商量后,决定让我来向童老伯禀报一下情况。家姐也认识陈玛荔,只是没有什么深交。老伯这边出面找陈,效果会好些。"

家霆一直听着。这时,皱眉思索。他明白爸爸同毕鼎山的关系不好,也明白爸爸为人狷介,不愿卑躬屈膝去乞求毕鼎山。可是燕寅儿提的建议可能有效,怎么办呢?

只听童霜威点头说:"寅儿!谢谢令尊和令姐了!我考虑一下,看看怎么进行好。请令尊和令姐也继续帮帮冯村的忙。"说这话时,他声音有些沙哑。在家霆听来,爸爸是控制着感情做出决定的。家霆被这种感情激动了,明白:爸爸为了搭救冯村,是不顾一切的,把自己的什么自尊心、面子都丢到一边去了。

后来,房东陈太太家的女佣侯嫂用托盘送晚饭来了。为了便于家霆上课,晚饭总是早早就吃的。童霜威和家霆坚决留燕寅儿吃晚饭,燕寅儿大方地留下吃了晚饭。童霜威同她谈话,感到这女孩不仅长得好,而且确是大家风度,极有教养,说话有分寸,礼貌很周到,谈吐表露出渊博而有才华。虽不免聪明外露,确是个极可爱的女孩子。晚饭后,家霆与燕寅儿一同去学校上课。天又下起小雨来。童霜威孤身一人,意兴萧索。摆在眼面前的事是找毕鼎山夫妇帮助。怎么去找?他想:既然找毕鼎山不如找陈玛荔,就找陈玛荔为好。找陈玛荔,我前去倒不如让家霆代表我找燕姗姗陪同前往。家霆办事已经很能干很老练了。让他代表我去面陈一切,如果对方给面子,就同我自己前去完全一样;如果不给面子,也有个回旋余地。做出了决定,他内心仍感到一种难言的悲哀,既有失意,也有怨尤和伤感。

绵绵的雨飘洒着,使他想起去年秋天同冯村在一起时的那种灰暗的心情和日子。但去年秋天还并不这样苍凉。

四

毕鼎山、陈玛荔的公馆在上清寺、曾家岩口,附近就是中央党部。这一带,住的要人不少。

晚上,家霆没有去学校上课,换了整洁的衣服,由燕姗姗陪同来找陈玛荔。

从上清寺公共汽车站下来,走在路上,燕姗姗像讲故事地说:"陈玛荔本来叫陈玛丽,后来将'丽'改成了'荔'。这时候,毕鼎山一般总不在家。他在外边常有应酬,老不正经,喜欢到都城饭店或嘉陵宾馆跳舞。陈玛荔却不同,爱跳舞但不随心所欲。她每每只在蒋夫人举行家庭舞会时才去参加。她处处学蒋夫人,也是讲究穿戴、讲究饮食,吸烈性香烟。烟瘾很大,像英国名牌烟'茄立克'、三五牌、'白锡包'等都不爱,爱吸的是美国的 Camel(骆驼牌)。她爱看美国电影,爱听小提琴独奏曲,也爱看京戏,爱用舶来化妆品。手指甲和脚趾甲都涂蔻丹,经常打扮得十分俏丽。但在一些会议上露面或到机关里去时,有时也特别素静大方。"

家霆明白:燕姗姗在使他了解陈玛荔这个女人。家霆同姗姗大姐还是第一次见面,却像早就熟识了,一见面就学燕寅儿叫燕姗姗"大姐"。姗姗大姐做报馆的采访主任,养成了"自来熟"的本领。她该有三十五六岁了,长得年轻,一副职业妇女的样子,看上去不到三十岁。有一副讨人喜欢给人好感的外表,穿得朴素,但风度洋派,潇洒得很。不是那种华丽、美艳的人,却像玉兰花似的,给人素雅的美感。她不胖不瘦,不高不矮,齐耳的短发,白净的脸皮,两只乌亮的大眼睛同燕寅儿相像。她好像很喜欢家霆,把家霆当作弟弟似的带着,临进陈玛荔公馆的门时,还叮嘱家霆:"这个女人很高傲,在美国留过学,上的是文特贝尔大学,有很多洋脾气:讲究礼貌,讲究仪表,讲究守时,讲究效率。今晚,是我预先打电话同她约定的时间……"燕姗姗看看手表,夜光手表正指着七点缺三分,说:"正好!我们到达时一分也不差!记住,她忙,不宜多坐,把事谈完,我们就走!"

陈玛荔、毕鼎山的公馆,看来可能是哪位川军将领或四川实业家的房子借给他们住的。在这天色已暗的时分,看到这种在重庆属于要人居住的青砖公馆洋房,使家霆明白毕鼎山确实是走红了。门口,停着一辆黑色小轿车,有个司机坐在车里。燕姗姗一看车号,轻声说:"是中统局的汽车,有客人在里边。"

家霆佩服燕姗姗的机灵、聪敏和对车号的熟悉,觉得这本领包括她刚才在路上介绍陈玛荔时所掌握的丰富背景材料,都是做一个名记者必备的条件。跟着燕姗姗正往里走,看见一个西装革履的人从里边匆匆走出来。近前了,映着门房的灯光可以看清这人三十七八岁,留着对分的西装头,有两只看上去叫人觉得他在生气的眼睛,右手夹着香烟。家霆心中一惊,马上认出:是张洪池!就是那个中央社记者兼着叶秋萍部下特工职务的张洪池。这个神秘人物,冯村的被捕显然同他有关。他到陈玛荔公馆来干什么呢?家霆怕被张洪池认出,忙掏手帕假作拭脸,随着燕姗姗走向门房,避开了张洪池,然后走进陈玛荔的公馆里去。

"啊,你们很准时啊!"陈玛荔见到燕姗姗和家霆时,放下手中正在看的晚报,第一句就用满意的口吻这样说。她的国语带着上海口音。

这是一间宽大的、布置得简洁又很有艺术气息的客厅。地板打了蜡,光灿灿的,看来是可以用来开 party 用的。墙上一边挂着两幅风景油画。最引人注目的是中间挂着一张陈玛荔的全身巨幅油画像,神采风韵,飘飘欲仙。相框讲究,金色叶穗的阔边古色古香。一套沙发上蒙着墨绿色布罩,一只小圆桌上有景泰蓝花瓶,小茶几上有一套西式花瓷茶具,还有彩色烟灰缸和一罐三五牌外加一包骆驼牌香烟。此外,中间一张奶油色大横几上,排列着满满的原版外文书和许多中文书籍,还有不少《Life》(《生活》画报)、《Reader Digest》(《读者文摘》)、《Crown》(《王冠》杂志)等美国杂志。精装书里有《圣经》,中文书里有童霜威的《历代刑法论》。家霆想:爸爸那天寄书给毕鼎山时,是抱着一种讽刺态度去寄的。当时,哪想到为冯村的事竟要来找他们帮忙。

三人都在沙发上坐下。燕姗姗介绍了家霆,家霆把爸爸的信交给了陈玛荔,陈玛荔抽出信笺来看。家霆打量起陈玛荔来了。这女人,脸不太漂亮,却窈窕、华贵而有风韵。总该有三十出头了吧?却显得很年轻。她头发梳成一个小圆髻,旗袍裁剪得非常合身,苗条而丰满,配上高跟鞋显得亭亭玉立。

"哦哦哦。"陈玛荔从茶几上拿起骆驼牌香烟来,抽出一支,用打火机"啪"地点燃了,看了信,吸着烟,朝家霆看看,点着头,声音飘飘柔柔,"令尊和我们,关系是很好的,我知道!(家霆想:关系好什么?)令尊的大作我们也早收到了,很钦佩啊!不过,关于这件事——"她扬扬手里的信,"我在你们来之前,了解过情况,恐怕不是很容易办的。人到底在哪里,也摸不准。我想,我来努力一下,你们对外也不必声张。过些时候,我给你们个回音,怎么样?"

态度不冷也不热,听来似乎有点应付、打发的味道。

燕姗姗忽然说:"玛荔处长,这件事别人办不行,你办一定能行。这个冯村,为人极好,太冤枉了!你就帮这个忙吧。"

陈玛荔听燕姗姗这样说,有点高兴,却岔开话题,吐着烟说:

"姗姗,你是个人才,我是最爱才的。我老想劝你到中央社,如果你到中央社,我让他们重用你,让你出国去做特派员。你们那个报纸是没什么前途的。"

燕姗姗摇头笑笑说:"不行啊!让我做个自由主义者吧!我喜欢做个无党无派、不偏不倚的记者。再说,我的英文不流利。倒是他——"他指指家霆,"他是在上海教会学校读过的,年轻有才,英文中文都棒!等他从民声新专毕业了,你好好栽培他吧!"

"哦?"陈玛荔突然好像才发现家霆的存在和不凡的风度了。她吸着烟,看着家霆,看得那么仔细、认真,竟使家霆有些不舒服了。她那不太漂亮的面庞在烟雾吞吐之间,透着一股坚定、自信,有一种成熟、世故的风韵。她用上海话问:"你是上海人?"她忽然注意到他的那双眼睛了!啊,这双多年轻、多清澈、多明净的眼睛哟!为什么这么熟悉呢?

家霆点点头,用上海话说:"我生在上海,在上海住过多年。"

陈玛荔突然用英语说:"你是什么时候离开上海来重庆的?"

家霆用英语回答后,陈玛荔用英语说:"好极了!你的发音很好。"她变得高兴起来了,说:"我见了上海人就亲三分!"又突然看着家霆笑笑,用英语说:"你非常漂亮!"大约在这时,她发现在面前的这个年轻人风度翩翩,确是一个英俊的美男子。但,这句话却使家霆不太受用了。

燕姗姗听了,也笑了。她明白,这种话美国人说说极平常。这位玛荔处长真是美国脾气!她为了引起陈玛荔对家霆的重视,有利于把冯村的事办好,指着茶几上那张晚报,说:"玛荔处长,你没注意吗?你可能看过童家霆写的文章哩!这晚报上有个专栏——《重庆今昔》,每天都是他写的连载哩!"

"啊啊啊……"陈玛荔确实更重视了,她揿灭烟蒂,去拿起那张晚报,看了一看。晚报上《重庆今昔》栏里,用"家霆"署名写的一篇文章是《山城茶馆花絮》。她说:"我看了!从文化角度写的,写得很有趣,很有意思。"她看着家霆微笑,"看来,你将来一定可以成为一个名记者!"

家霆谦虚地摇头笑笑。陈玛荔却问起家霆的情况来了,从年龄问到学校,从爱好问到志向。谈了一会儿,家霆乏味得很,只记挂着冯村的事,把话转到正题上来,说:"我是从小把冯经理叫作舅舅的。那时他是家父的秘书,他太冤枉,是个非常好的人。陈处长(他本来想叫她'伯母',觉得她太年轻了,只好依燕姗姗的叫法了),望您一定……"

陈玛荔打断家霆的话说:"家霆,别叫我什么处长,叫我 Aunt(姑母、姨母)吧。我想这样——"她的态度已经变得非常亲切了,看着家霆说:"我去努力办!你好在已经认识我这里了,后天,星期四,下午三点钟,你来,我把办的情况告诉你。"

事情似乎有了较好的变化,家霆心里高兴,看看燕姗姗,似乎是征求意见:我们是否可以告辞了?燕姗姗会意地站起身来,说:"玛荔处长,我们回去了,谢谢你。"

陈玛荔已经闲闲地又点燃了一支"骆驼牌",呛人的烟味,使人受不了。她吸这种烈性烟,一口牙齿却洁白如珍珠,不知是什么道理。她也没有挽留,临别,亲切地对家霆说:"好吧!后天下午,我等着你。"

走到外边,夜色漆黑,马路上偶尔有汽车驶过。燕姗姗忽然说:"看来,家霆,她算是应承了。不过,她这种人,既老练,又能干,也忙得很,见的事多了,有时就像四川话说的不免有点'水'。这件事就怕她不放在心上。你后天下午三点一定要准时去,多催催她,免得靠不住。"

家霆答应着,心里觉得燕姗姗真是热心、诚恳,说:"大姐,我知道您忙。这事太麻烦您了。以后来,我就不用您陪了。我一定准时来找她！"

他们分手时,燕姗姗同他握手,说:"家霆,你是个讨人喜欢的小伙子。以后,有空常来我们家里玩。我们一家,不仅寅儿,我想都会欢喜你的。"说着,她好意地朝家霆笑笑。笑容,很亲切,使家霆感到她话中有话,话里似乎带着一种希望,希望家霆与她的妹妹寅儿能够要好。是不是这样呢？是不是太敏感了？家霆还回答不出。

按照约定的日期和时间,家霆又出现在陈玛荔那在重庆算得精美讲究的客厅里了。

茶几上,放着一大堆书,横七竖八,看样子,陈玛荔刚才坐在沙发上正在翻阅。家霆发现她今天打扮得素净,看上去却特别顺眼。她一头黑发,未梳发髻,长发披肩,穿一件合身的茶色旗袍,配的是高跟鞋,身边有一只书本大小的黑色皮夹。她的打扮有点像个大学生,但高贵的派头难以形容。看到家霆准时来到,她表示高兴,看看手上的金表,说:"你知道,我最喜欢人守时守信,你能守时,说明你很有教养,我喜欢。"

上次来时,茶也没有。今天,一个四十多岁的女佣送来了两杯喷香的咖啡,然后轻轻带上门退了出去。

她端详着家霆,态度十分友好,眼光流波闪烁,说:"家霆,你的事我确实办了！但你的冯村舅舅,问题严重。他是一只往灯上乱扑的飞蛾。现在关押在一个秘密地点。由于主事的人去成都了(家霆想:这是指叶秋萍吧？),必须要等他回来才能找他解决问题。按规定,中统不能捕人,其实他们也像军统一样捕人。不过捕了人总不肯承认。因此,不能把事情弄僵,急是急不得的。"

"但,冯村舅舅是个好人！"

"好人？"陈玛荔笑了,"怎么好法？对谁好？"

"如果中国人都像他,抗战早胜利了!"

她笑出声了,露出一口皓齿,说:"你说这种话真像个孩子!别急吧,等几天,我们再碰次面,你说好不好?"她要家霆喝咖啡,自己却慢悠悠地在吸骆驼牌香烟。

家霆端起咖啡,心想:也只能这样了。真是"急惊风偏遇慢郎中",说:"好,谢谢Aunt!"喝了一口咖啡,甜得太腻,糖放多了。

听到家霆彬彬有礼地叫她"Aunt",陈玛荔又笑了,她夹烟和吸烟的姿势娴熟、优雅,用英语说:"我喜欢听你叫我Aunt!你是个讨人欢喜的男孩子!"接着,却问起家霆和燕姗姗的关系来了。家霆如实做了回答。陈玛荔笑着问:"你同燕寅儿在谈恋爱?"

家霆连忙否定,诚实地说:"没有,仅仅是同学!"

她又笑了:"其实,你这年龄,也是该谈恋爱的时候了。她一定很漂亮吧?"

家霆只好微微笑笑,又摇摇头,问题使他难以回答。心里却想起欧阳素心来了,心想:等冯村舅舅的事办完了,或者托托陈玛荔再帮着寻寻欧阳也好。正想着,记起了燕姗姗上次的叮嘱,站起身说:"Aunt,您忙,我回去了。"

谁知,陈玛荔笑了,吸着烟说:"别走,我是忙,但今天下午这时间是留给你的。我们该好好谈谈。你看,咖啡只喝了一口呢!"她语气十分亲热,像个Aunt,也像个大姐姐,出乎家霆意外。

家霆只好仍旧坐下,端起咖啡又喝了一口。

陈玛荔突然指指身旁几上堆得高高的那些书,说:"你看,这是将要取缔的一百多种剧本,不准出版,也不准演出!你看,Aunt的权力大不大?"

家霆斜眼看去,堆放着的剧本中有郭沫若的《高渐离》、曹禺的《原野》,还有田汉、熊佛西、洪深、阳翰笙等的剧本。他不喜欢陈玛荔骄傲、自夸的语气,问:"为什么要取缔这么多呢?"

陈玛荔笑笑,将烟撤灭:"有个内部检查手册,凡不符合的就取缔!报纸要检查付印的大样。对共产党和那些跟着往左边跑的进步人士,只有把他们的嘴巴贴上橡皮膏封严才老实。"她说这话时,轻松随意,透过她美艳的嘴唇说出来,使家霆产生一种反感。他沉默了,又微微喝了一口甜得发腻的咖啡。

陈玛荔忽然问:"听说令尊为冯村的事找了杜月笙,是吗?"

家霆诚实地点头。

陈玛荔笑了,亲切地说:"其实,中统的事现在找他用处不大。我不是中统的,你来找我倒是或许有用。我告诉你吧!蒋主席下了个手令给中统局,要中统就帮会问题做出建议,以便中央决定对帮会问题做出适当决策。这事杜月笙也知道。他现在揣摸不透上头对帮会的态度是什么,是不愿多惹是非的,对中统的事,他更不敢去碰。即使答应给你们办,也是嘴上说说,这点你要心中有数。"

家霆叹口气说:"所以,Aunt,我只有指望您了!"

陈玛荔笑了,带感情地望着家霆,说:"相信我,我把你的事当作我的事。"她忽然说:"家霆,你喜欢诗吗?"

"喜欢!"家霆点头回答。

"背首英文诗我听,好吗?"她说,"短的!选你喜欢的背诵一首。"

家霆感到她是在测试他的英语水平,想了一想,说:"那我就背诵一首。"他背道:

> There are words like freedom
> (有许多像自由这样的字眼
> Sweet and wonderful to say.
> 说起来真是美妙动听。
> On my heartstrings freedom sings
> 自由在我的心弦上

All day every day.
每天从早到晚歌唱不停。

There are words like liberty
有许多像自由这样的字眼
That almost make me cry.
听起来几乎要使我哭泣。
If you had Known what I Know
假如你知道我所知道的一切
You would Know why.
你就会晓得这是为什么道理。)

　　他发音准确,诗句念得铿锵悦耳,音调抑扬,带着深沉浓厚的感情,脸上仿佛有一种向往和探求的神情。当他背诵完,陈玛荔赞叹地用英语说:"太好了!聪明的年轻人!"她忽然惊叹于他的文雅的举止,浑身上下那种光辉四射的恬静了,说:"家霆,你是很有才华、很能干的。我要好好培养你。你将来一定是可以出人头地通过做名记者成为大人物的。你知道,'无冕之王'这职业是最好的上天梯!你有极好的条件,仪表、教养、中英文的基础都好。其实,我做你的 Aunt 实在太年轻,不过这不要紧,我愿意把你当作好朋友。我愿意帮助你!但你应当听我的话,我可以把我的许多宝贵的人生经验作为忠告使你知道。你能体谅到我的这种好意吗?"

　　摸不清她话里的含意有多么丰富了!是什么意思呢?有些话是好理解容易理解的,有些话不那么好理解和容易理解。摇头是不礼貌的,家霆只有点头。

　　陈玛荔又点燃一支烟,亲热地说:"你将来,毕业后,要做一个名记者,我可以介绍你到中央社!你可不要受燕姗姗的影响,她那样,其实没有前途。当然,她的活动能力很强,她也很漂亮,又死了先生,有不少人,什么党派的都有,都喜欢她。所以她采访起来也比人方便,办起事来也常路路通。但政治上,她这样是不会得意的。现在,国际战局形势很好,意大利完了,德国在走下坡路,第二战场如果开辟后,欧洲形势会改观。日本同美国在太平洋上硬拼,等待着日本的必然是大失败。中国的抗战虽然仍艰苦,最后胜利是不容怀疑的了。战争为人们出类拔萃创造了好机会。蒋主席是伟大的民族英雄,国民党领导抗战博得民众的衷心拥戴。你出身于世家,令尊是国民党人,你应当继承衣钵,做三民主义的信徒。有这一条,我保险你将来前途无量。"

家霆听她说出这样一番话来,看得出她的确是真心实意一片好心,又面临着点头也不是摇头也不是的局面了,说:"我现在还是学生,有些事只好等毕业后再讲了。"

"不不不!"陈玛荔笑着摇头,似乎感到家霆的天真幼稚,说:"你到底年轻,会说出这样的话来。我劝你,从现在起,就要走自己的路!迟起步不如早起步嘛!过些时,我找人介绍你参加国民党。现在有些年轻人,一天到晚爱骂国民党腐败。腐败确实有,正像一棵树上总有烂果子的。但烂点果子算什么?烂果子不会使果子树跟着烂的。你对国民党要有信心!你在学生时代就该出名,让名字被新闻界和文化界都知道。我可以出些题目提供些条件让你写文章。我能给你拿去发表,出书也方便。到适当的时候,你可以到美国留学。你说,你有了这个 Aunt 好不好?"

家霆仿佛被她逼到门边了!要么挤进来,要么退出去。为了冯村舅舅,怎么能"出去"呢?怎么能使陈玛荔不快呢?

家霆斟酌了又斟酌,含糊而模棱两可地说:"谢谢 Aunt!"却岔开话题,用礼貌的态度说:"毕老伯战前在南京时我曾经见过。那时我还小。一晃这么多年,他见到我恐怕记不得了。他现在一定也很忙吧?"

陈玛荔喷一口浓浓的青烟,平淡地笑笑说:"我们各忙各的,各人不管各人的事。"她脸上的表情对毕鼎山似乎有点鄙视,突然神情阴冷下来,眼里闪过一丝怨艾说:"不谈他吧!"

家霆敏感地想到,她和毕鼎山可能是很不协调、很不幸福的。童霜威说过:毕鼎山贪污腐化,在法国除了跳舞玩女人,什么也没学到,是靠蝇营狗苟爬上去的。姗姗大姐也介绍过毕鼎山是"老不正经"。谈毕鼎山既然会引起不愉快,家霆只好沉默着不说话了。

陈玛荔将吸剩的半支烟揿灭,高贵、淡妆的脸上倏地收敛了一些刚才的幽怨和愠怒,说:"我喜欢年轻人,同你在一起,使我想起年轻时的一些事,我感到快乐……"她似乎本来还想讲什么,结果没有讲。她的情绪不稳定了,似乎已经扫了兴。家霆感到自己应当走了,站起来彬彬有礼地告辞。

陈玛荔没有再留,站起身来,忽然说:"我要送你两套你穿了一定非常好看的衣服!"

家霆感到突然,也感到奇怪,说:"啊,不不不!"

但,陈玛荔已经去横几上把一只装衣服的纸盒拿来了,说:"不是为了别的,只是因为我觉得你穿这种衣服一定非常好看。一套是美军的橄榄绿毛料空军服,一套是美军的丝光咔叽空军服。是我从美军那里弄来的。现下最时髦的!只是有的人穿了不好看。而你,穿了一定非常漂亮。"

家霆摇头,他从来不喜欢接受人家的馈赠,说:"不不不,Aunt,谢谢您的好意,但我有衣服,我不要!"

她笑了:"我知道你是个大少爷!当然不会没有衣服。这是我的一分心意。你怎么能不领 Aunt 的情呢?收下,不收我就不给你办事!听我的话!乖!……"她简直把家霆真当小孩子了。

家霆感到真难对付,被陈玛荔将装衣服的纸盒硬塞到手上,不由地叹了一口气,耳朵也红了,说:"那怎么能行呢?"

她摇摇头,爱怜地看着家霆,说:"我一点也不是说假话!确实是因为上次见到你后,看到人家穿这种衣时,我觉得你穿了一定非常英俊,所以才想到要送衣给你的。下次来,你就穿这衣服中的一套来,好吗?"

家霆未置可否,心里尴尬。

她又郑重叮嘱:"记住!下星期二下午五点,准时来,一定要穿我送你的衣服来,我希望那天我能把冯村的事办成了,告诉你好消息!我们可以庆祝一番。"

她提到冯村,像打出了一张王牌,家霆觉得只能答应,就点头了。他离开了陈玛荔,一路上都在想:陈玛荔为什么这样?他觉得陈玛荔的态度、眼光和有些话,有时有些暧昧。如果这样,这使他不安,也使他厌恶。但怎么该往那种事上去想呢?这种沾染美国风的女人,就是很热情很大方很随便的嘛!他感到她有时确实像个Aunt,有时像个大姐姐,她也许确是愿意帮助我,也认为我优秀。她坦率地告诉了我,她是右的,她希望我按照她的指点也往右的路上走。但我有我的选择。愿冯村舅舅能够得救。以后,我是不会同她很亲密的。

家霆回到家里,见到了童霜威,发现爸爸正伏在桌上写东西。他急着想把今天同陈玛荔谈的话都告诉爸爸。当然,有关陈玛荔的一些有点暧昧的眼光、态度和言语是无法讲的,讲的只是一些大致的情况,最后说:"她约我下星期二下午五点再去,希望那时冯村舅舅的问题已经解决。"

童霜威听说后,点头说:"那就好了!看来,陈玛荔倒还通情达理。"又感慨地说:"她谈的杜月笙的事看来也不是捕风捉影。我真想不到,搭救冯村,我竟心有余力不足到这种地步!"

家霆走到桌边,突然吃惊地发现,原来爸爸在开始写他那本一直想写而始终犹豫不决而未写的《三朝三帝论》了!稿纸上端,爸爸写着《三朝三帝论》五个大字作书名,苍劲中见秀隽,流畅中带疏狂。在家霆眼中,五个字闪闪发出寒光,使他想到小说中形容荆轲在秦时,图穷匕见,宝剑飞跃出来,熠熠如电去取秦王头颅的描述。童霜威见儿子发愣,笑道:"我可不能'避席畏闻文字狱,著书都为稻粱谋'啊!我这书是为冯村写的!"家霆明白:爸爸开始写这书,不是草率决定的,是时局、国事、冯村被捕的事促成的!他感到激动。望着爸爸日渐苍老仍坚强挺拔而未衰颓的面容和身影,一刹那间,他竟热泪盈眶了。

好不容易,熬到了星期二,下午五点钟,童家霆第三次准时去到陈玛荔公馆。他学校里上课请了假,心里估计今天一定会有冯村舅舅的好消息。

家霆是个守信的人,遵嘱换上了那套美军橄榄绿毛料空军服。对着镜子,他自己也觉得这套衣服确实抬人,使他看上去既英俊健康,又十分潇洒,倜傥得很。那种橄榄绿发出柔和的光,衬得人遍体生辉。美国人在战时把最好的衣料、式样、颜色献给军人。好像也是吸引人去献身的一种手段吧?家霆走近陈玛荔公馆门口时,看到停着一辆蓝色的小汽车。经过门房,走进青砖洋房到了那间熟悉的客厅时,闻到一阵优雅的香水味。他眼前红光一闪,看到陈玛荔已经坐在沙发上等候他了。

陈玛荔今天一身红。火红的旗袍上,是一件瘦腰身的火红西式短上衣,脚上是一双火红的高跟鞋,身边放着一只火红的带金链的皮夹,涂着口红,分外艳丽。她坐着对家霆笑,用英语说:"我的孩子,你真守时!你穿这套衣,太漂亮了!我注意到你有一双会说话的眼睛。"说着,站起来,卖弄地问:"我穿这套衣服好看吗?"

家霆有点窘了,应付着说:"好看!"

她笑了:"走,今晚我们一起享受享受。我陪你去吃晚饭,还看一场电影!"说着,走近过来,香水味更浓烈了。她提着皮夹,说:"走吧!"

家霆完全出乎意外,说:"呀,Aunt,冯村舅舅的事怎么了?"

"啊,出乎意料,叶秋萍到今天还没有回来。"陈玛荔摇着头,"据说,近几天一定会回来。回来我就办,你放心。"她补充说:"别把今晚约你出去纯粹当作是玩,今晚我带你去的地方,也许能见到一个人。能见到他,救冯村就有希望。"她说得神秘,使家霆不能不跟着她走了。

出了门,原来蓝色小汽车是停放着等她的。上了车,陈玛荔说:"盟军招待所!"司机似乎很熟悉,点头"哞"了一声,汽车飞快地驶行在马路上。陈玛荔介绍说:"盟军招待所属于军委会战地服务团,实际就是属于励志社的。我曾是励志社的副总干事,同他们有点老关系。现在,招待美军的费用大得很。那里吃得舒适些,我们可以过一个愉快的晚上。"

家霆心里不快活。冯村的事使他心里有疙瘩。陈玛荔的作为又使他感到像一个谜。哪有什么心情去吃饭。何况,他历来不喜欢沾人家的光。连在上海那次初遇到欧阳素心在"白拉拉卡"吃饭时因为身边没有钱,当时都使他红了脸。今天,随着陈玛荔去吃饭,多么别扭。他处在一种不好说也不好问的被动境地中,只好抱着客随主便的态度,进了嘉陵宾馆附近的那个美军出入的"战服团"招待所。

充溢着乡下浓汤和番茄牛尾汤香味的餐厅,很大很大,布置得洁净明亮,约摸有二十多只小圆桌,每只小圆桌上都罩着雪白的桌布,摆设着花瓶和鲜花,陈列着调料瓶和锃亮的刀叉。音乐正播放的是《蓝色的多瑙河》。墙上贴的是一些色彩鲜艳印刷精美的美军宣传画,宣传报国和捍卫民主自由,宣传从军的人马上有工作、有收入,能到欧洲、亚洲和中国旅行。白衣侍者好像都认识陈玛荔,见到她带了客人来,特别恭敬。时间还早,只有西边屋角一只圆桌上坐着两个戴船形帽的美国军人在喝啤酒吃冷盘。

刚坐下,侍者拿来了菜单,恭敬地站在一边。陈玛荔看着英文菜单,说:"我来做主点菜好吗?"家霆点头说:"谢谢!"陈玛荔夹着英语向侍者点菜,点的是:蔬菜浓汤、冷盘、白汁鳜鱼、英国铁排鸡。忽又用上海话对家霆说:"改吃蜡烛鸡好吗?是一道俄国菜,用白脱油作馅心,外面卷一层鸡脯肉,外形像一支蜡烛。俄国人不敢恭维,这道菜蛮好。你也许没有吃过?"

家霆确是没有吃过,只好点点头。

陈玛荔最后又点了布丁和咖啡,叫了两小杯红葡萄酒,说:"这地方不错吧?"

唱片换了《圣母颂》,家霆忽然又想起与欧阳素心在上海"白拉拉卡"里吃饭谈话的情景了,不由地一边点头,一边神思飘荡起来。

她看着他,问:"你怎么啦?"

家霆连忙回神,笑笑说:"没怎么呀!"他的脸显得非常敏睿,眼深沉明亮,笑起来好看,坐的姿势有风度。

"你似乎不太高兴?"她说,"今晚,我想让你高兴高兴的。把你冯村舅舅的事暂时放到一边吧。我看得出你对他的感情。我答应帮你办的事一定会努力办的。只要你高兴!唔?"

她又把他当孩子了!家霆只好点点头。这时,来的美军渐渐多了,门口老有汽车声、吉普声,进来的美军散散落落坐满了好几只桌子。侍者已将红酒、冷盘和浓汤端上来了。家霆将白巾展开铺在膝上,用瓶插软纸拭净了刀叉和汤匙。高脚杯的玻璃晶体和液质的辉映凝聚到杯边的一星亮点,犹如红宝石戒指睒眨诱惑的眼。她同他碰杯,用英语说:"祝你快乐!"花影迷离,酒色鲜红,她啜了一口酒,两颊渐次泛出红色。家霆只是用嘴碰了碰玲珑剔透的高脚玻璃杯,他不会也不爱喝酒。

她笑眼望着他,说:"Adonis！我以后叫你 Adonis,好吗?"

家霆问:"Adonis?"他在上海上教会学校时,读过英文的希腊神话。Adonis 是希腊神话里的一个美男子,他是司美和恋爱的女神维纳斯的爱人。

她笑笑,开心地说:"是呀,Adonis！我喜欢你叫这个名字！"

难以回答,家霆只好仍旧笑笑,显得拘谨。无论从哪方面来说,他心里都没有空隙要用她的感情来填补,也不感到自己应当同这样一个 Aunt 发生什么超乎寻常的情感。他觉得局面很糟。

陈玛荔只喝了几匙汤就推开了盘子,侍者收去汤盆。她用叉选着芦笋吃。家霆见她这样,汤也不喝了,吃起冷盘里的鲍鱼来。

她忽然神秘地问:"Adonis,你有隐瞒我的事没有?""Adonis"的名字似乎她已做主确定了。

家霆为难了,指的什么事呢？本来嘛,我的事你知道得不会多的,我也没有向你好好谈过我自己。是指的什么事呢？因此问:"您指什么?"

陈玛荔笑笑:"《生活文艺》上开始在发表一个连载《间关万里》是你写的吧?"

家霆"哟"了一声,说:"怎么？您看到了？我还没有见到呢？他们早说要发表,我以为发表还早呢！"

"我是今天上午见到的！刚出刊。"陈玛荔吃着冷盘里的牛肉说:"你的文章我也看了,文笔很好,但不该写这样的东西。我感到再往下写,写到河南灾情等等,估计你要揭短,我不希望你那样做。这对国民党不利,对抗战不利,会帮共产党的忙。更糟的是《生活文艺》的背景可疑,不该在它上面发表文章。"

家霆露出一点愠色来了,闷闷吃着冷盘。

陈玛荔语气缓和过来了,说:"以后,你写了好的东西,拿来交给我,我给你送到好的刊物上去发表。当然——"她笑着看家霆,

"Adonis,你发表东西我总是高兴的。这说明你是聪明有才能的,年纪轻轻,出手不凡,前程远大!"

家霆总是感到自己在她面前很不自然,却又怎么也自然不起来,只好也笑笑说:"记不清是谁说的了,我记得有这样一句话:'最弱的人,集中精力于单一目标,也能有所成就;反之,最强的人,分心于太多事务,可能一无所成。'我其实很笨,并不聪明。只不过,那个阶段能集中精力,才写了点东西。像现在,有了冯村舅舅这种事分心,简直书也读不下去,文章也不想写了。"

她又笑了,脉脉地看着家霆说:"上帝赋予你了才能,应当珍惜。对于我来说,我的人生好像包括两部分,过去的是一个梦,未来的是一个希望。我曾热衷于我的事业,希望使事业成为我的喜悦,使喜悦成为我的事业。可是,梦醒来却未能给我喜悦,我只有把喜悦寄望于未来。希望能看到你成功,成为一个名记者,成为我私人的朋友,甚至能成为我贴心的助手。我能为你的成功出一分力,我愿意把你的事业看作是我的事业。你懂得我的意思吗?"

她说话常常一泻千里,看得出才思的敏捷与思维的丰富。家霆感到她的眼光里蕴含着一种他说不清也不愿去想的光波,坦然地摇头,但语气平和地说:"不太懂。"

她宽宏地笑了,带嗔地说:"好吧,你以后能懂就行!"

这样谈谈说说,吃完了晚饭。其实,差不多每道菜都剩了一些。最后吃了布丁喝咖啡了,餐厅里的桌子坐满的已占大半了。陈玛荔看看腕上的金表说:"在这里再坐一会儿,去看《卡萨布兰卡》,影片是美军空运来重庆的,在隔壁放映厅里放映。男主角亨佛莱·鲍嘉专演铁汉;女主角英格丽·褒曼美得叫人动心。我看过一遍了,这是陪你看。"

家霆说:"不看了吧!我想早点回去。自从冯村舅舅出了事,我心情一直不好。"他是说的实话,也是用这话催促陈玛荔出力。

说出口以后,想到陈玛荔说的"今晚我带你去的地方,也许能见到一个人。能见到他,救出你冯村舅舅就有希望",忍不住问:"您说的也许能见到的那个人,会在这儿吗?"

她笑了,说:"我真想抽支烟,可惜这儿不能吸!"又说:"等会儿看电影时,也许能见到他。反正,一同去看看《卡萨布兰卡》吧!"

她似乎喜欢把与他的交往弄得浪漫而神秘。家霆简直没奈何了,只得由陈玛荔摆布了。

这时,进来一个年轻的约摸二十六七岁的美国人,戴一副眼镜,穿一套西服,眼光犀利,似乎有敏锐的观察力,步履轻快,看得出他的精明强干。陈玛荔轻轻向家霆说:"Adonis,这个就是美国《时代》杂志的记者 Theodore H·White!"

正说着,美国记者过来了,同陈玛荔握手寒暄,家霆听到他们互相问好。美国记者到另一桌上去坐了。陈玛荔说:"这个人,我检查过他的稿件,他是不受欢迎的。年初,他到河南去了一次,从洛阳未经检查,就把电报发往纽约,报道河南大灾,说老百姓正在饿死,夸大耸动。消息在美国传播,蒋夫人正在美国活动,十分生气。他后来求见蒋主席,说什么河南人吃人,狗也吃尸首,灾荒纯属人为,未对灾荒进行控制等等,蒋主席大发雷霆。这使我想到你写《间关万里》了,你是不是该把后面的部分删一删、改一改?"

家霆忍不住了,说:"Aunt,你不知道!我是亲眼看见的,我经过河南大灾的无人区,真是人间地狱!今春《大公报》发的通讯和社论《看重庆,望中原》并不失实。事情有过而无不及。"

四周"嗡嗡"的人语,像荡起的波涛似的浮动。陈玛荔看着家霆的眼睛,不再说什么了。她似乎已经察觉到家霆是有个性的,她不愿使家霆不愉快,说:"好了,Adonis,不谈这些不愉快的事了。今天本来是出来找快乐的。我是想使你高兴高兴。怪我不好,"她用英语说:"不该去谈这些不相干的事。"

侍者拿账单来时,家霆抢先掏钱,陈玛荔笑笑,说:"你付他们也不会收的。这里有我的户头,他们会记账的。"又说:"你这孩子,太见外也太要强了!"

后来,两人同去看电影《卡萨布兰卡》。放映间里,大部分是美国军人,也有些西装革履的中国人。熄灯看电影时,家霆始终没有说话,专心看着。影片的故事引起他很大的兴趣。陈玛荔在他身边,也不说话。影片故事写的是一九四〇年巴黎陷落后,一个名叫里克的人为了逃避法西斯迫害,来到北非摩洛哥的卡萨布兰卡开酒店度日。一天,他的旧情人伊尔莎跟她现在的丈夫,两个反法西斯的地下工作者避难来到酒店,他不顾个人安危,巧妙地帮助伊尔莎夫妇摆脱德军追捕安然出境。影片中的主题歌《时光流转》,曲调特别动人,却不知为什么,曲调和歌词又使家霆深深地想念起了欧阳。

那"也许能见到一个人"的事,看来是一场玩笑。陈玛荔没有提,家霆也不再提。家霆怀疑:是陈玛荔编了出来骗他,让他陪着"过一个愉快的夜晚"的!有什么办法呢?

电影散场后,陈玛荔用汽车送家霆回余家巷。车子停在上边陕西街口。分别时,她轻声用英语说:"Adonis,今天快乐吗?"

家霆礼貌地点头,有分寸地说:"Aunt,谢谢!"接着又问:"我什么时候再听您的回音?"

陈玛荔说:"下星期二吧,下午三点。"

她的汽车一溜烟地开走了。家霆怅怅地回到家里。童霜威正在灯下写书。家霆把不得要领的情况告诉了童霜威。父子俩都感到怅怅。童霜威将燕寅儿晚间来过留下的条子和一些讲义、资料交给家霆。家霆看见留条写的是:

今天你未上课,发的讲义望收。另外附的资料是给你写《重庆今昔》用的。我估计你心不定连找资料的情绪也没有,所以代你在图书馆借了些资料,用毕归还,勿遗失。你写一篇重庆城门的史话如何?你看,我老爱替你出题目做文章!希望明晚上课时见到你能听到冯经理的好消息。

看了留条,家霆心里感动。过了一会儿,家霆强自定下心来,在灯下替《重庆今昔》栏赶写《重庆城门史话》,心里纷乱。冯村舅舅能不能被释放?似乎一点把握也没有。陈玛荔的种种,使他有直感却又无从肯定捉摸。他痛苦的是:心里的事,无从告诉别人。如果欧阳素心在,她是惟一可以被告诉的人。可是,欧阳在哪里呢?自从冯村出事以后,反倒把找欧阳的事放下了!可是,内心深处,他对欧阳是哪天也没有忘怀过的呀。

五

天,总是彤云密布,阴沉沉地下着冷雨。

空际飞飘雨星,纷纷扬扬,沾满头发,濡湿衣衫,地上也总是水淋淋、潮济济的,两只脚踩上去非常难受,裤腿也常溅着泥浆。

夜里,蒙蒙细雨随风无声无息地洒到天明。潮湿的气息,使童家霆身上发冷,心里也发冷。寂寞和凄凉,总弥漫在心上,久久不去。

叶秋萍始终未回重庆。童霜威给他写的信,他没有作复。为了冯村,童霜威又跑了些熟人的地方,有时淋得浑身湿透了回来。跑的都是些司法界的熟人,有的答应帮忙,却没有下文。官场上这种答应了不办的做法并不为奇。陈玛荔的努力也没有结果,似乎必须等叶秋萍回来,冯村的事才会有着落。

家霆无法摆脱对冯村舅舅的挂念。怎么办呢?童霜威去催于右任。但老于心情不好,去成都小住了。他让季秘书专诚来看望过童霜威,说:冯村的事已经托人去说项了,只怕未必立刻奏效。季秘书带来一张八行宣笺,说:"院长让送给您的,是他去成都前填的一篇词。"童霜威拿来过目,写的是《浣溪沙·小园》:"歌乐山头云半遮,老鹰岩上日西斜,清筝哀怨起谁家?依旧小园迷燕子,翻怜春雨泪桐花,王孙绿草又天涯。"季秘书走后,童霜威再读于胡子的词,心想:连他都感到失意与不快,何况于我?不过他也不枉生一口大胡子,还有骨气!在诵词时,触发了更多的愁思。

杜月笙那里,胡叙五亲自来看望过,还带了些礼物,带来了一封用杜的名义写得很周到很客气的信,说:"所嘱之事已恳托主事者,请释锦注。"童霜威自从听家霆讲了陈玛荔谈杜月笙的事,心里明白杜月笙的信不过是江湖上的政治手腕,算不得数的。

家霆陪童霜威一天下午又去燕寅儿家拜访燕翘。燕姗姗和燕寅儿都在家。姗姗陪燕翘正在下棋,见童氏父子来了,燕翘停下棋来,叫寅儿敬茶。

老头儿是参政员,开了国民参政会三届二次大会。谈起冯村的事感叹系之,说他亲笔写了一封信给叶秋萍,说愿意担保冯村绝非问题人物,希即推情释放,但无下文。他对谈参政会的事很有兴趣,这次会上通过了一个"对于何应钦[①]军事报告及关于报告中涉及第十八集团军部分之决议案",指摘"第十八集团军未能恪守军令政令统一之义",要共产党取消红军,受国民政府军委会统辖等等。这是个反共的决议案,在何应钦做报告时,中共参政员董必武当场驳斥并退席,以示抗议。身为老同盟会员的燕翘对于国共老是摩擦十分厌烦,说:"大敌当前而兄弟阋于墙,令我心烦。如今,共产党羽毛已丰,同日寇作战仗打得很不错,地盘越来越大,军队越来越多,不承认它,那是开玩笑!想马上消灭它,比西安事变前不知要难多少倍,太不切实际!我们的国民党,贪污盛行,腐败加

[①] 何应钦:当时是军政部长。

剧,通货膨胀,物价暴涨,民不聊生,怨声载道。如今在延安边上部署了大批精锐封锁共产党,共产党也部署了军队防备。要是大家都一心一意先抗日,有些事等胜利了再说,岂不是好?我是连做梦也想早点回下江去,年岁大了,等不得啦!可是,我在参政会上讲了这意见,有人鼓掌,有人反对,还有人冷笑。我生气了,通过决议那天,我没有去!"

童霜威能体会到燕翘的一片心。他是老党人,当然爱国民党,可是他能清醒地看清形势,而且关心抗战大局。他的主张当然像个国民党里的中间派,但也有点偏左。这可能同他的做记者的女儿燕姗姗标榜自由主义有关吧?

燕姗姗在一边插嘴说:"国民党太不争气!美国舆论对中国议论纷纷。听说史迪威派来做蒋主席的参谋长后,同蒋意见不合。他认为如果不改变中国的政治,就不可能在中国建立起有战斗力的军队。他从来不讲国民党的好话,还主张把援华的军火武器分给共产党。史迪威是美国杰出的指挥官和步兵战术家,中国通。他的主张在美国颇有影响。美国朝野都有人指摘将二十万精锐军队包围延安不用来对日作战,还说美援除了被贪污盗窃外,许多军用物资都囤积着打算将来用来打共产党。为了这,蒋说史亲共,关系紧张。"

燕翘说:"姗姗是消息灵通人士。我的新闻来源主要靠她。像我这种半残的老人,除了给我点空头衔外,平时是无人理会的。幸亏有这么个女儿,还不致使我像耳聋眼瞎的人视而不见、听而不闻。"

燕寅儿亲切偎依在燕翘身边,风趣地说:"所以我也要学新闻当记者呀!"

燕翘笑了,笑得开心,看得出他疼爱这个可爱的小女儿。他亲热地把燕寅儿叫作"猫",说:"猫!给我把茶端来!"

家霆看着燕寅儿把茶端给父亲喝,心想:这家人家和谐幸福,为什么叫燕寅儿"猫"呢?可能因为他爱猫,而燕寅儿又可爱得像只小猫?

童霜威听了燕翘的话,说:"翘老,我比你年轻,但已是道道地地的耳聋眼瞎之辈。因为赋闲在家,什么事都没有得干。前几天,去开了一次国史馆的会,像泥塑木雕般坐了两小时,研讨来研讨去怎么写国史?简直就是要写家史,写一人史!最后说下次再研究。会上打盹睡觉的有,聊天摆龙门阵谈牌经的也有。那是个养老院,养些耳聋眼瞎之辈抬轿子的。平时,我消息来源太少,到你这里谈谈,既广视听,又开茅塞。"

燕姗姗说:"童老伯是有名望的法界权威,可是却等于赋闲,太气人了!其实,能者应当多劳。只是我们的蒋主席兼职太多了。有人统计,他兼着行政院长、总统等等主要职务不算,更多的是兼着军官学校校长、步兵学校校长、炮兵学校校长、交辎学校校长、工兵学校校长、骑兵学校校长、海军学校校长、陆军大学校长、军医学校校长、中央政校校长、中央大学校长……大概兼了三十七个校长。有趣吧?"

大家哈哈笑了一阵。

童霜威接着说:"对国事我也很忧虑。抗战初起,民国二十六年冬天,我在武汉见到于右任时,他对我说过:国共合作救中国,合则两益,离则两损,是历史的鉴戒。团结起来,动员群众一致抗日最重要。再像以前那样兄弟阋墙是绝对不行了!这话说过已经六年了,抗战则快六年半了,他这话在我脑子里印得很深。我觉得确是说得好,只是可惜做得不好。在这中间,我认为主要责任总是该由国民党来负!执政的是我们,力量比人家强大,老是用欺压的态度,老是想用杀人灭口的态度,怎么行?"

燕翘点头叹口气说:"是呀。其实,国民党该自己励精图治。

你的政治清明,百姓拥护。你的抗战努力,军事胜利。日寇被打败之日,你蒋某人就是了不起的民族英雄。你的威信人家毁不了,只怕自己毁自己!你有威信,民心所向,你还怕什么共产党反对呢?可是,自己不争气,弄得骂声载道一塌糊涂,能怪谁?"

燕寅儿插口说:"现在最失民心的是特务横行!"她那略带磁性的声调特别清晰入耳。

燕姗姗深刻地说:"其实也不仅特务!现在是政治上腐败,经济上溃烂,军事上无能,百病丛生!"

家霆一直沉默,这时说:"确是百病丛生。各种病里,最严重的是恐共病和仇共病。恐共和仇共,并不可能把共产党怎么样,却造成了特务政治,使百姓受害。特务就是害这种病的人指挥的。横行霸道胡作非为就是生这种病的表现。"

燕翘听了,说:"你一直沉默着,我就在想,你的文章《间关万里》等等,我都读了,都写得很好。为什么不听见你说话呢?你一开口,果然不负我之所望,说得挺有意思。"他的语气里带着一种喜欢家霆的感情。

燕寅儿玩笑地用四川话说:"人家口才可好呢!到我们家来似乎有点拘束,成了乖娃娃,所以才嘴上贴了封条。"

燕姗姗笑着对妹妹说:"他不像你,到哪里都叽叽喳喳像只小雀子!"

童霜威也笑了,说:"寅儿在我那里话也不多。"他觉得寅儿讨人欢喜,这家人家也好,却不由自主地又惦起了欧阳素心。他终于又提起了冯村的事,说:"冯村现在也不知怎样了?真为他的生命安全担忧!"说着摇头,"特务的气焰太盛了啊!"

燕姗姗气愤地说:"我曾经不止一次考虑过,想干脆通过报纸把这件事捅出去,发则消息说'渝光书店'经理冯村失踪了,据云是被秘密逮捕了。用这来取得舆论的支持,给特务施点压力,看他们能不能释放。可是,同父亲商量后,怕弄巧成拙,弄不好会送冯经理的命。中统来个不承认完全可能,或者干脆暗害了他也完全可能。于是,只好等待陈玛荔出力了!"

燕翘说:"特务的事,难以摸底。要干干脆脆把冯村放出来,除非有蒋的手令,这手令,是无法去拿到的。说实话,我们也不算太小的人物,可都是徒有虚名,特务是不买账的。姗姗的意见对,只好等一等,叶秋萍回来了,看陈玛荔怎么办。陈是通天的人,她有力量。童先生,你可以再去当面找找她。"说着,叹气,"不是投鼠忌器,参政会上我早把冯村被捕的事捅出来臭骂他们一顿了!"

童霜威和家霆也只好沮丧地点头。这次在燕家的谈话,使童氏父子对这家人的印象更好了,觉得这家人正派、待人真诚,给人温暖。但冯村的事没有下文,父子二人的心情总是波动。每当秋雨霏霏,尤其夜雨绵绵的时候,听着雨声和远处江上轮船闷声闷气发出的短促尖利的汽笛声,心里总是十分难受。

家霆不是不想常常去找陈玛荔。为了冯村的事,恨不能天天都去催促陈玛荔,或者从她那里及时得到叶秋萍是否回来了以及冯村怎么样了的消息。可是,他有一种敏感,使他对多去接近陈玛荔感到不妥。难以恰切说出这种敏感,甚至有时怀疑自己这种敏感是否真实。他却不能不警惕地提醒自己:还是保持距离的好。心里这个秘密他无法对人诉说。对爸爸,不能说;对姗姗大姐和燕寅儿,也不能说。对陈玛荔,他也并不全是反感。她对他确实热情、坦率、关心。她说要在冯村的事上帮助他似也是真的,并不虚伪。反感是在于陈玛荔那种右的党气,那种有时过分亲昵和暧昧得难以说清的态度。这两样都是他受不了的。但,现在为了冯村,还是只有找她,怎么办呢?

为了逃避,家霆向陈玛荔要了电话号码,用打电话的方式隔几天打一次电话去。起初,她在电话中,总是约定时间,要家霆到她那里去。家霆总是推说忙,有事。几次一来,她也不再勉强了。虽然,保持着风度,态度仍和蔼亲切,只是说:"好吧!这件事你放心!我答应了的事总是会努力办的。"

家霆同陈玛荔保持着电话联系,他认为比较巧妙,也意会到这可能会得罪陈玛荔,心里有时又隐隐觉得抱歉,但没有办法!不这样又怎么办?

想不到,叶秋萍竟到十一月下旬也没有回重庆,冯村的事只好耐心等待。为这,家霆有时抑郁得想痛哭。望着昏沉沉下雨的天空,老觉得天像一口阴沉沉的铁锅笼罩了一切。到了夜晚,天就是一口黑铁锅,笼罩得更密更严更叫人透不过气来。夜雨秋灯,心里恻恻,神经始终绷得紧紧的无法松弛。

幸亏有燕寅儿,每天去学校里上课能够见面,平时又常常来往。两人很谈得来,常常为了给报刊写文章和完成老师的命题作文一同进行采访。又能一同玩玩,到国泰电影院看看电影,到抗建堂、青年馆看看话剧。中央青年剧社演出的《大地黄金》《金凤剪玉衣》,中国艺术剧社演出的《杏花春雨江南》和《戏剧春秋》,都是燕寅儿把票买来请家霆看的。燕寅儿兴趣广泛,豪放温柔,快快乐乐,给人的感觉如箫管般悠扬,又如鲜花般芬芳。她天真无邪,同她在一起容易使人愉快。使家霆忧虑的是:她有一股热情,有时不自觉地表现出对家霆有一种爱。是爱情吗?当然可能是的。为了这,家霆曾决定:还是应当同她保持距离的好!也决定过:我应当早早把欧阳的事告诉她。告诉她,除了欧阳,我既不可能爱上别人,也不应该爱上别人。但每当自己心里苦闷,见到燕寅儿热呵呵的态度和赤诚一片的关切后,话就难以出口了。当一个姑娘,她并没有向你表白什么,你却先来向她表示拒绝,既不礼貌也不应该。粗鲁的、可笑的冒昧,家霆觉得不能做。何况,燕寅儿那种有教养的大家气度和她的天真无邪能使你无法往别的方面多想。她对有些同学,无论男女,也是那样大方热情,无代价地给人家以从精神到金钱上的帮助,同人家一起出去采访。这样,使家霆就不能不听之任之了。因为,他感到自己确实也喜欢同她在一起,她能鼓舞人上进,使人昂扬奋发。同她在一起,他能暂时抛开因冯村的被捕和欧阳的失踪引起的忧伤和烦恼,他能拿起笔写作,他能不至于消沉得只想蹲在家里阅读书报杂志。

他记得一位哲人说过:"在生命的劳苦黯淡中,乍然看见一样美丽的东西,同时立刻感觉到自己的命运必定与那分美丽相缠相绕,那就是爱!"于是,他只能在这种清晰的友情、朦胧的爱中同燕寅儿保持节制地来往、相处。不管燕寅儿怎样想,家霆心中都是对爱情保持着心防,保持着警戒的。

当然,天下事谁也想不到命运会有多么神奇,天下会有多少巧事。

那天午后,家霆被燕寅儿硬邀去看川戏。家霆对这没有兴趣。他在江津时,曾到演川戏的"江声舞台"看过一次川戏。戏园小,叶子烟和香烟味熏人欲呕。看了一出《八阵图》,见那演陆逊的武生武功不怎么样,蹚马、舞枪、耍翎子都不精彩,对场面帮腔不习惯,觉得吵闹,没看完就出来了。所以这次燕寅儿邀约,家霆说:"不去了吧,我不爱川戏!"

谁知,燕寅儿笑着说:"非看不可!今天下午是名丑角会演,在机房街鼎新舞台,现在叫悦和戏院了。有些戏一定精彩,你知道,我为什么邀你去看?"

家霆也笑了,说:"准是你又给我替'重庆今昔'想了个题目,写川戏!"

燕寅儿闪着那对扇子般的睫毛说:"你还真是聪明,果然如此!但写川戏题目太大,我给你出了个小题,就叫《川戏丑角今昔》你看如何?"说着,从小手提包里掏出一大张纸来,说:"给,这是替你收集的一些关于川剧丑角的资料。你自己再去图书馆找一点。看了下午的戏,我看写个上下篇也不难!"

家霆接过纸来看,上面写的是川戏丑角分类,罗列了武丑、老丑、袍带丑、龙箭丑、方巾丑、婆子丑、神怪丑、小生丑、娃娃丑、襟襟丑、褶子丑、烟子丑等十几项,有的一看就明白,有的不好懂。家霆一看,"烟子丑"下注的说明是:"扮演的是各类农夫、劳工之类,大都具有善良而风趣的性格与优美品德,如《荷珠配》中之赵旺等。""龙箭丑"下注的是:"扮演的是出征、狩猎的暴君昏王,如《三伐宋》中的宋康王,《采桑封官》中的齐宣王等。"

家霆心里感激,说:"为什么你偏爱川戏又要专看丑角戏呢?"

"你可别小看了川戏艺术,一样东西像一个人一样,不接触你是不会了解它的。做记者兴趣应当广泛,知识应当丰富,你不该把川戏排斥在外。至于丑角戏,我并不特别爱好,只是听说川戏中的丑角嬉笑怒骂、冷嘲热讽俱全,特地来看看试试。"

后来,家霆就同燕寅儿一起去悦和戏院看川戏了。节目一共四个:《顺天时》《打胖官》《议剑献剑》和《归正楼》,家霆都不熟悉。倒也好,不熟悉更新鲜。戏园子本来就不讲究,开戏后抽烟的人多,嗑瓜子的人多,聊天和哄笑的人多,男男女女花花绿绿,秩序不好,喧闹得很。但几出戏确有特色。演《顺天时》,丑角表演土行孙,巧妙运用矮子身法,半个小时的戏一直栽"矮桩",使人以为这丑角个子生来就那么矮小,谁知剧终他突然站了起来,由矮变高,还了自己本来面目,博得了满堂彩。

演《打胖官》时,丑角演胖官,和官太太有段十分精彩的台词:

官太太问:"县衙里的所有差役哪里去了?"

胖官答:"收捐讨税去了!"

官太太:"嗨,哪有那么多的捐税?"

胖官:"你岂不闻民国万岁(税)万万岁(税)!"

这是丑角即兴插科打诨,却引起掌声如雷。

表演《议剑献剑》时,演曹操的竟是丑角。曹操从王允手中接剑观赏时,双手背剑从肩后亮出,分别侧起左右腿,口中赞道:"好剑!好剑!"脚尖踢剑出鞘,这样一个"双朝天腿"的绝技,不仅表现了曹操胆大妄为和狡诈的性格,也突出了宝剑这一道具在戏中的重大作用。功底深厚,造诣不凡。

最后一出折子戏《归正楼》,丑角演的是个乞丐邱元瑞,有一段精彩的唱:"那高楼住它做啥?窟(四川方言,音'哭',意为'住''蹲')桥洞免得漏渣渣;那牙床睡它做啥?坝地铺免得绊娃娃;那高头大马骑它做啥?那打狗棍挂遍千家;那绫罗绸缎穿它做啥?穿襟襟挂绺绺风流潇洒;那嘎嘎(四川方言,意为'肉')吃它做啥?喝稀饭免得塞牙巴……"这本是折喜剧,通过穷乞丐演唱出来的那种愤世嫉俗的悲凉之情,使人难忘。

家霆和燕寅儿一起看得满意,散场出来,陷身人的漩涡中,已是五点多钟。天上又在落雨了,路人中打着雨伞的不少。两人淋着雨,踩着湿烂的路,快步往前走。有个报童跑上来,问:"《新华日报》要不?"家霆掏钱买了一份折叠了塞在口袋里。两人并肩走着走着,到公共汽车站,好不容易挤上了车。

车子老牛破车慢慢腾腾颠颠簸簸开到了市中区黄家垭口实验剧院附近,要转车了,两人走下车来,雨却越来越大了。两人走过一家杂货铺,又一家小吃店,又一家牛肉馆,到了一家咖啡馆门口。

家霆说:"进去坐一下吧,等雨停了再走。"

燕寅儿说:"好,干脆在这儿吃点东西,等会儿就直接去学校上课吧。"

两人头发上、身上带着雨水进了咖啡馆。咖啡馆很大,布置得幽雅,摆着盆花,挂着镜框,可惜仍是香烟味充塞空间,也缺少音乐。一张张小圆桌,排得较挤,靠里边有一长溜火车座。客人不少,只有最里边靠墙角有只桌子空着。家霆和燕寅儿挤进去,占了那张桌子,坐下点了两杯咖啡和四块奶油蛋糕,打算当晚饭吃。

外边雨声"哗哗"响了。下的是一阵急雨,鞭子似的抽打。从家霆和燕寅儿坐的地方远远透过店面大玻璃橱窗望出去,只见外边街上打着伞的行人来来往往。有些未打伞的人,都缩着脖子脚步匆匆或跑或走。

两人吃起蛋糕来。家霆掏出口袋里的报纸同燕寅儿一起看:日军大举进犯常德地区,已进占南县、公安及松滋分头西犯。……敌军三万人围攻冀鲁豫解放区遭粉碎,俘敌伪五千人。……山东敌二万人围攻山东解放区被粉碎,前后毙俘敌万人,解放赣榆城。

燕寅儿吃着蛋糕说:"看报得把《中央日报》加上《新华日报》一同看,这就两面的情况都知道了!"

家霆说:"《中央日报》假话太多,真话太少。共产党抗战的事他都不登。如果没有《新华日报》,只看《中央日报》,简直不知道共产党也在抗日,而且在拼命抗日。真是封锁得太过分了!刚才那报童你注意没有?卖《新华日报》给我们时东张西望,怕的是宪兵、特务抓啊!"

外边雨声"哗哗"的更响了。

燕寅儿喝着咖啡说:"幸亏我们进来喝咖啡。如果还在街上,怕不成了落汤鸡了。"

家霆点头说:"是啊!……"他下意识地隔着前面的大玻璃橱窗怅怅地看着外边的倾盆大雨,无意中瞥见大玻璃橱窗外,走过一个打伞的女人。看到这打伞的人,他"啊"的一声把一切都忘了。

他猛地站起身来,嘴里轻轻微喟地叫了一声:"欧阳!"

确实是欧阳!欧阳素心穿的还是去年九月在雾气茫茫的江边穿的那套衣服:黑色的旗袍,上身罩着一件浅米色的短外套。她打的是一把黑洋伞。刚才,她经过这咖啡馆的大玻璃橱窗时,曾朝玻璃橱窗里望了一望。绝对是她！不会看错的！

家霆浑身激动、兴奋得发火，血都沸腾了。他不顾一切地从最里边的桌位上快步冲出来。啊，多么长久的寻觅、思念和期待！多么哀伤的失去和挂念！如今，她却奇迹般出现在眼前了！会看错吗？不会的！绝对不会的！

也不管燕寅儿如何惊讶地望着他，家霆从桌子之间和咖啡馆的顾客之间挤着冲出来，一直冲到了大雨滂沱的门外。

可是，迟了！太迟了！

雨，无情地"哗哗"下着。被雨水冲刷得亮光光的人行道上和街上，到处都是湿淋淋的雨伞。行人们东来西往一晃而过，无法看见他或她的脸，只有那些撑开着的雨伞：黑色的洋伞，黄色的油布伞，暗红色的、蓝色的油纸伞，像无数只香蕈、蘑菇在雨雾之中波浪般地飘移。

家霆冒着大雨，向左面估计的方向朝前飞奔，朝一把撑着黑色洋伞的行人奔去。那是个女的！跑近面前，唉！不是！是个中年女人，穿的是蓝布旗袍，不是欧阳。

雨伞，在街道两旁和街中央匆匆聚合，又匆匆分离、远去。

啊，啊，欧阳！正如水面吹一阵风留不住任何痕迹，来无踪去无影。你在哪里？怎么你又隐去了呢？

啊，啊，欧阳！我到哪里去找你？我怎么才能同你再见面呢？

啊，啊，欧阳！你为什么又不见了呢？你为什么这样铁石心肠呢？

一切都像是谜，一个难解的神奇之谜！

他站在雨中，淋着冷雨，心里发凉，想起了徐志摩的几句诗：

> 我守候着你的步履，
> 你的笑语，
> 你的脸，

你的柔软的发丝；

守候着你的一切。

希望在每一秒钟上枯死——

你在哪里？

太消极颓丧了！但这时的心境就是这样。

淋着"哗哗"的大雨，像挨了一顿雨的鞭打，家霆走回咖啡馆，浑身湿透。当他站立在燕寅儿面前时，脸色苍白，满脸愁云，懊丧得使开朗的寅儿十分吃惊。她关切、惊讶而好奇地问："童家霆，你怎么啦？"

雨水从家霆的头发梢上静静滴落，他没有回答，坐了下来，只是哀伤地用双手捂住了自己的眼睛和脸。

她又问："告诉我，怎么啦？"语气是异常焦灼、关心的。

他放下了捂脸的手。她看到他的脸变得疲乏而伤感。

她用温柔的语调同情地又说："也许，我能帮你点什么？"

他摇摇头，伤心地说："你没法帮我什么的！"

"假如你把我当作你的朋友的话，你应当告诉我。"她诚恳地说，带着男子气概。

他终于悲伤地轻声喑哑地讲述了自己与欧阳素心的故事。

寅儿静静地听着他叙述，渐渐的，眼里布满雾一样的忧郁。

咖啡早冷了，她啜饮着，将苦涩的咖啡喝干了！脸颊陡然发烫又骤然发凉，清澈的眼里射出同情和悲戚的光来。他发觉燕寅儿是从未有过这种表情的。平时，她总是乐呵呵的，仿佛能自己找到生活中的阳光与温暖，可是现在听了他讲的故事，她却变了。

"啊，我还没有经历过爱情！可是，你的爱情故事使我太感动了！"她说，"可惜我没有能见到欧阳，我真想见见她！她是一个多么可爱的姑娘啊！我想，如果见到了她，我同她一定是能成为好朋友的。"

她没有说过多的安慰他的话。因为她明白：什么话在此刻都不可能减轻家霆的痛苦。她同他一样，陷在那解不开的谜中了。欧阳素心究竟在干什么呢？为什么突然要避而不见呢？啊，近在咫尺，又远在天边！她住在什么地方呢？真是太神秘、太奇怪了！

"我一定要找到他！"家霆无根据但有决心地说，声音像宣誓一样。

"我愿意帮助你一起找！"燕寅儿说，"可是全重庆市人口有九百五十万人。汪洋大海中怎么去寻找呢？"

晚上，他俩没有去上课。家霆已经没有心思去上课了。燕寅儿觉得自己不应自私得丢下家霆独自去上课。雨，后来停歇了。他俩一路走回来，默默地，谁也不再说什么。家霆随着人潮走动，希冀在摩肩接踵中抖落心中的寂寥。人与人，挨得太近，就常常互挤互撞。一个路人的伞柄无心打在家霆头上，使他好疼。但他深爱的欧阳给他的伤害，使这点疼痛他也顾不上介意了。燕寅儿将他送到余家巷的口子上才回去。他能感受到她的女性的温柔和关怀。

天已经漆黑，路灯鬼火似的半明不灭。从夜色里走下石级到余家巷二十六号，回到家里，家霆见爸爸开了台灯，埋头在大堆书籍、资料里孜孜地在写他的《三朝三帝论》。见到家霆回来，童霜威问："你今天一下午上哪儿去了。这里收到了一封信，是作急件送给你的。你快拆开看看。我问了送信人，说是毕鼎山的太太给你送来的。"

他们家有个习惯，父亲不拆儿子的信，儿子也不拆父亲的信。看样子，童霜威觉得信里写的事可能同冯村有关，所以急着想知道。

家霆站着将信拆开。一只封着的讲究的白信封上写着娟秀的钢笔字。这种白信封是进口的美国信封。信封上写的是"送呈童

家霆先生亲启",下边署了"内详"二字。撕开信封,见一张雪白的道林纸信笺上没有称呼,写的是:

冯事已有下文,明日下午三时请来面谈。

下面签了个漂亮的英文花体名字缩写"M.C."。

家霆将信给童霜威看了,说:"明天下午三时我准时去!"他感到这次不能用打电话的方式了。

童霜威忧心忡忡:"不知是吉是凶!"又说:"给你留的晚饭在菜橱里,在电炉上热一热吃吧。"

家霆说:"吃过了。"其实,他只在咖啡馆里吃了些蛋糕。他急着去换身上的湿衣。换好衣出来后,告诉童霜威:"爸爸,我今天下午见到欧阳了!"

"什么?"童霜威几乎一惊,连忙说,"哦?见到她了?她好吗?"

家霆将经过如实全都讲了,最后丧气地说:"我实在不懂她为什么要这样?"

"是啊!"童霜威慨叹地说,"她这样做,既苦了自己又苦了你和我,一定是有难言之隐,这孩子,历来有个牺牲自己的精神。为了人家,她可以牺牲自己。她不愿同你见面,怕的也是为你考虑的呢。唉,我担心,她会不会落入了什么坏人手里?这世道,黑社会、袍哥、特务、宪兵……牛头马面,陷阱太多。她无亲无眷,一个年轻的弱女子,又那么美丽,谁能料到她会有什么不幸的遭遇?这事我早琢磨过不知多少遍了,不想挑明,不想讲出来,讲出来徒然使你更着急。我要劝你,我们要努力再找。也要清醒,她可能陷身不幸之中,也许已经被毁了。我们也可能难以找到她,或者找到了她也无法救她。你应当振作,不要为这伤了精神和身体,不要为这误了求学和未来的事业。"

家霆其实脑子里也有过爸爸类似的想法,只是不愿往这上面想。听到爸爸这么说,忍不住流泪了,说:"爸爸放心,我挺得住!"

他忽然撇开了欧阳素心的事,说:"爸爸,我想马上先去打个电话给陈玛荔,问问冯村的情况,然后明天下午再去详谈。好不好?"

童霜威想了一想,说:"也好也好!我也是急切想知道冯村的事究竟怎么了,哪怕一点点消息也好。快去打电话吧!"

家霆辞别爸爸,出了家门,爬过湿滑的石级往上面走。他带着小跑急切想赶快同陈玛荔通电话。好不容易,好说歹说,夹着请求,在一家报关行里借到了电话打。

陈玛荔熟悉亲切的声音在电话里响起了:"啊,是 Adonis 啊!你好!其实,我估计到你会打电话来的。"声音依然是热情的。

家霆急急地说:"下午,我出去了!"

"是呀!我的汽车路过机房街一带时看到你的,同你在一起的那个漂亮小姐就是燕姗姗的妹妹吧?我看到你脸上有幸福的笑容!玩得很高兴,是吗?"

家霆不知该怎么回答了,说:"Aunt,明天下午三点我准时来,我和爸爸心里都很不安,我先打这个电话,问问您关于我冯村舅舅的事怎么了?"

她故意吊胃口:"明天见面时我们详谈吧!我们可以出去玩玩,边玩边谈。"

"很想先知道一点情况。不然,我心里简直没法安定下来了。"

"好吧,给你透个信。他的事很严重,不可能就出来。关于这方面的情况,明天我们详谈并且商量怎么办。现在我可以告诉你的是他生了重病,高烧不退。我在想,燕姗姗的哥哥燕东山是名医,给我治过病,医道不错。你是否找燕寅儿和燕姗姗,托她的哥哥去给冯村治一下病?"

"病有危险吗?"家霆着急地问,"什么病?"

"唔,不好好医治当然很危险。什么病弄不清。"陈玛荔说,"所以我建议你找燕东山去给他诊断治疗呀!你要知道,我完全是信守诺言为你才多这种麻烦事的。"

"我能去看看他吗？"

"不能！"陈玛荔说，"燕东山可以作为医生，由我设法让人带他去。有个中央社的记者张洪池，这令尊是认识的吧？你第一次上我这里来时，可能在门口见到过他，是不是？他后来谈起过你们父子的。他答应可以带医生去一次。这是看了我的面子才这样的哩。至于你，是不能去的。"

"能送点东西，比如吃的什么给他吗？"

"他病得不轻，送什么吃的呢？主要是要请高明的医生给他治病。"

家霆心里难受，只好说："我立刻设法请燕东山去看病。明天什么时候让他去呢？"

"明天下午三点你来我处。我们商量后让人陪他去。你要知道，我正在设法弄一种美国的新药。这种新药叫盘尼西林，很难弄到，但能救命！"末了又叮嘱孩子似的说："你还是穿我送你的那种空军服来，好吗？我爱看你穿那种衣裳！"

话说到头了。家霆答应后，同陈玛荔告别，挂上了电话，马上又打电话给燕寅儿。燕寅儿在家，家霆把同陈玛荔联系的情况讲了。寅儿爽快地说："哥哥的事，我负责找他，一定不会有问题的。这样吧！明天你三点同陈玛荔谈后，打电话给我，再约定时间，让哥哥去探望冯经理给他治病。"

事情这么定了。家霆回到家里把全部情况讲了。童霜威听说冯村在囚禁中病重，心里不快，背着手来回踱步。半晌，去菜橱中拿酒瓶。那是一瓶封着头的泸州大曲，还是刚由江津回重庆时冯村送来的。童霜威平时不喝酒，战前在南京时只是偶然伤风感冒或心情特殊时喝点英国的三星斧头白兰地。但今夜，却打开了酒瓶，倒了些酒，独自闷闷喝将起来，长叹着说："只怪我处境寂寥，人事萧索,眼见冯村身陷囹圄,却无从援手。人情冷热,世态炎凉,我心里太清楚了。来重庆这些日子,来看望我的人不是没有,但不太多,而且大人物亲自来的可以说一个也没有。我为冯村跑了不少人家,一点效果也不见。'三十功名尘与土,八千里路云和月。'人非草木,怎能无动于衷?"说毕,怆然泪下,"我也不能老是独自坐在家里写书了!我要自己主动些了!我要选择主动!你懂吗?"

家霆也感痛心,说:"忠华舅舅去年在成都同我们分手时说过:'到目的地,定会看到许多痛心事,但也要看到希望在前。战争使腐朽的东西更腐朽,也引发刺激了新的生机,能看到这点,就不会消极悲观。'我觉得他说得很对。"他将爸爸劝慰了一番,觉察到爸爸刚才讲的话的分量,爸爸讲的绝对不是醉话。后来,他让爸爸睡了,自己寂寞无聊地坐在灯下。这时,雨又潺潺下开了。院子里草丛、墙缝中有秋虫哀鸣合唱。他想着冯村,想着欧阳素心……想到了遥远的南京潇湘路夜雨时风扫柳树枝的瑟瑟声,想起了上海环龙路,那幢华丽的攀满碧绿爬山虎藤萝和翠叶的花园洋房楼上画室里那幅奇妙的《山在虚无缥缈间》的油画。……他想唱歌,唱那只在江津得胜坝国立中学里学会的歌。歌词是:

　　我走遍茫茫的天涯路,
　　我望断遥远的云和树,
　　多少的往事堪重数,
　　你呀,你在何处?……

这歌,无论歌词还是曲调,都能抒发他此时的感情与忧伤,能表达他的心境与思念。但是,他不能高声唱也没有唱。他就这样木然地坐着,直到深夜。

第二天中午,出了明亮的太阳。下午三点钟,童家霆穿了丝光咔叽空军服又是一分不差地准时到了陈玛荔带点豪华气派的客厅里。

陈玛荔装束娴雅,穿的就是客厅里她那幅全身大油画上的衣服,神采风韵非同一般。客厅里有了她栩栩如生的全身巨幅画像,又有了她活生生的本人存在,变得明亮、辉煌,气氛活跃而神秘。

她看到家霆时,高兴地笑了,说:"Adonis,你真准时,守时的人必定有信义。"又赞赏地说:"你穿这套衣服太妙了!使我想起许多往事!"她站起来马上拎起手提皮夹,说:"走!这里等一会儿有人要来,我不想见!我们去慈云寺谈,那儿幽静。车子在外面等着。"

蓝色轿车的司机对陈玛荔十分恭敬。开了车门,让陈玛荔和家霆上车。他好像事先已经知道要到慈云寺,没听到陈玛荔吩咐,已驱车飞也似的向储奇门摆渡处进发了。

她搽的香水,香得使人昏晕。家霆还不知道慈云寺是什么地方,只估计是处名胜。一路上,有司机在,他觉得冯村的事不便谈,沉默着,听陈玛荔介绍慈云寺。

陈玛荔说:"慈云寺在南岸玄坛庙的狮子山上,听说是唐朝开始建造的。清朝乾隆年间又重建。依山傍岩,西临长江,风景极好。我以前听蒋夫人说她去过,印象不错。闻名已久,所以今天特地去看看。"

家霆问:"有什么值得看的东西吗?"

她说:"听说,寺殿正中,有一尊玉佛,重三千多斤,是我国现有的最大玉佛之一,当初是从缅甸迎来的。寺内荷花池畔有一株叶树繁茂的菩提树,据说全四川仅此一株。菩提树佛经上称之为'圣树',你过去见过没有?"

家霆说:"菩提树是什么样的?"

"我也没见过。"陈玛荔风趣地说,"所以要去看看呀!"她掏出香烟来抽,点火吐出浓烟,笑着问:"怕烟吗?"

家霆笑笑点头说:"如果要我老实地说,怕!"

她今天是经过精密化妆的,妩媚大方,丰润的涂着口红的唇边挂上一丝朦胧的富于女性魅力的微笑,说:"待客之道,客人怕烟,我就不吸!"她摇开了车窗,笑着将一支刚吸了一口的骆驼牌香烟扔到了窗外。

他笑了。

她看着他说:"你笑起来的样子真像个孩子,那么年轻、明亮,无忧无患。"

于是,她似炫耀又似亲热地谈了一些政治上的事和一些她工作上的事,使家霆感到她是怕冷淡了客人,所以才无话找话在讲。她热情奔放的谈风,使人感到她是一个既有魄力又有能量的女人。她谈起:蒋夫人最近很忙,也许将随蒋主席出国去开一个重要的会议,正在制装⋯⋯她谈起有些美国人是合作得很好的,像陈纳德;有些美国人却常拆中国的烂污,像史迪威和那个记者西奥多·怀特。但这无足轻重。美国为了它的利益,只会支持蒋主席,决不会真正全力去支持共产党的。这点必须看到!

然后,她突然说:"Adonis! 你的《间关万里》连载出的那几万字又出来了。我已读了! 你没有听我的劝告。说实话,你的文章跟西奥多·怀特今春从河南回来向美国发的电讯和文稿相差无几,很不好。怀特的文章,蒋主席看了是很生气的。"

家霆平静但是倔犟地说:"Aunt,我说过,那全是我亲眼看见亲身经历的,一点虚假也没有。我正在学新闻,也开始在学做记者,我要有记者的良知和良心。"

两人都沉默了。汽车到了储奇门,向南岸摆渡。这里,人渡和车渡是分开的。车子开上渡船,摆渡相当费事。两人坐轮渡过江后,等着车子摆渡,都只说了些闲话。江边风大,车子顺利过了江,两人上车,司机继续疾驰。两人才又谈起来。

陈玛荔凝视着家霆,有一种关切,说:"我不是要同你争辩。我只是说,你应当爱国!"

"我当然爱国!"家霆真诚而坦然地说,"正因为我爱国,所以才如实写。我是希望国家好,人民少受点苦难,抗战早日胜利。我们这个国家灾难深重,从我小时候就是内忧外患。可是现在仍是内忧外患。我怎么能无动于衷?"

汽车飞快地行驶着。陈玛荔摇头,用一种爱护家霆的语气说:"我早夸你是有才华的。正因如此,我要你把才华用到正道上来。千万不要站到对立面去,不要接受左的一套的影响。乱世出英雄,这场战争会使许多记者出名得利的。你要好自为之!"见家霆没有点头,她说:"我知道,年轻人有个通病,总是喜欢偏激、激进,总是喜欢把辱骂政府当作进步,总是喜欢心怀不满,总是容易同情反对党。但你想过没有?你要有成就该依靠谁?这个国家这个政府谁在做主?站在反对的立场和对立面的人是容易遭到不幸的。甚至就会像冯村一样。你应当有所选择!"

家霆心里倔犟地想:可不,我当然知道怎样选择!说:"难道不让人讲话?"

"讲话可以,但不能乱讲!"

家霆沉默了。今天来不是来争辩的,是来为营救冯村舅舅出力的。他克制住自己的不快与激动,闷不吱声,只是既然陈玛荔提到了冯村,他就说:"我希望等会儿您详细把冯村舅舅的情况告诉我。"

陈玛荔矜持地点点头,她也沉默了,情绪似乎没有刚才高了。她一定是个性格很强的女人,拂了她的意,当然不高兴。

沉默了半晌,汽车终于到达了慈云寺下。两人下车一起拾级走上山去。茂林翠竹,景色宜人。阳光被云团遮住,天气忽又阴沉,远处江上及对岸重庆市区似有淡淡的白雾缭绕飘动。慈云寺已经破旧,显得败落衰颓,黯然无光,结构倒是别具一格,跷鳌悬铃,雄伟壮观。

她伸出手来,说:"Adonis,扶着我!"她穿的高跟鞋。

家霆说:"好,Aunt!"他扶着她的手腕,她却让他挽着她的臂膀,说:"今天只可谈景色,不再谈那些使我扫兴也使你不高兴的话了,好吗?"

家霆笑笑,说:"我并没有不高兴。"却马上问:"Aunt,您快谈谈冯村舅舅的事吧!"

她摇摇头,说:"你对他真关心!这说明你是个讲情谊的人。我喜欢这样。"说着,侧脸看着家霆,说:"叶秋萍回来了!我找了他,但冯村的事确实严重。中统和军统都在注视他。只不过中统先下了手罢了。中统曾会同重庆国民党市党部一再干涉过'渝光书店'的业务,审查过账目,特别注意经济上的来踪去迹,看看是否共产党给了资助。只是没有漏洞。要冯村参加国民党,发了表给他,冯村不肯填表,却说:'信佛教不一定非做和尚,而做和尚的却不一定都信佛教。'他交游广阔,来往的人什么党派都有,人都说他这人不错。这就更可怕。这次抓他,说是抓到了他的铁证。"

"什么铁证?"

"谁知道!反正抓人总说有铁证的。听张洪池说,沙坪区发现了一本《评〈中国之命运〉》的书,怀疑同冯村有关系。"

家霆皱眉为冯村辩护:"不会的吧!他确实无党无派,他的朋友也许有左的,但国民党里的熟人更多。他过去做记者时可能写过些被当局看作是左的文章,正像您看我的文章也不满意。可是,我会是共产党吗?他也不是呀!"

陈玛荔说:"他们说冯村狡猾,什么也不承认。而且,党、政、军里给他去说项的人确都有。不过,捉人容易放人难。中统抓了他总不肯草草罢休。现在他病重,我本想让他保释,中统不同意,说事未弄清。我说:'人死了怎么办?'他们说:'死了该他自己负责!'

所以,我只好想出个办法,先把他的病治好,再走下一步棋!"

迎面走下来一个行脚僧模样的游方和尚,总有四五十岁了,瘦得皮包骨头,僧衣破旧,补丁叠着补丁,擦肩下山去了。

家霆焦灼地说:"Aunt,您一定得救他的命!我真怕他会死在牢里!"

陈玛荔立定脚步,打开手提包,取出一些精美小玻璃瓶装的针药说:"看!这是半打盘尼西林,从盟军那里好不容易才设法弄来的。美国最新发明的药。别人弄一针都很困难,可以救命!我怕交给中统的医生靠不住,这药他们会贪污下去的。你交给燕东山,他医术高明,又不会贪污这药。冯村不会死的!Adonis,你说,我为你想的是不是够周到了?"她将药递到家霆手里,说:"收着,交给燕东山吧!今晚八点钟我派车接他去给冯村治病。"

家霆对陈玛荔心里怀着一种深深的感激,恭敬地说:"谢谢Aunt!"

慈云寺的寺门外侧,俯卧着一尊巨石青狮。有两个尼姑手持佛珠,正在寺门外远眺滔滔的长江。从上往下看,江水滚滚,如同一条玉龙,船只往来如梭。

陈玛荔忽然笑着说:"注意没有?这里既有僧,也有尼!这是全国少有的僧、尼合住的'十方丛林'。全国各地僧尼南来北往,有的去朝拜九华山、普陀山,有的来朝拜峨眉山,都可以在此驻脚。这一点我很欣赏。其实上帝安排在这世界上有男也有女,硬要使男女隔绝,或者用宗教使男女成为苦行者,那又何必?"

家霆"啊"了一声说:"不是您告诉我,我可没注意到呢!"

她露出碎玉般的皓齿笑了,指指寺门旁僻静处一块大青石,说:"休息一下吧!不该穿高跟鞋来的,我累了。"

她同家霆都在树阴下那块平坦的极大的青石上坐下。她从提包里摸出香烟来,用打火机燃着,吸了一口。在她眼里,他风度翩翩,身材适中,有双非常有神的眼睛,眉毛挺拔,五官轮廓英俊秀气,浑身似乎光芒四射。她忽然叹了口气,用英语说:"Adonis,我想好好同你谈一谈。"

家霆想:谈什么呢?他从她很美的眼睛里看到了一种异样的光彩。

她慢慢地用英语说:"我应当坦率地说,我跟你可能有缘分。许多人讨好我,却从来得不到我的注意。因为感情不能从市场上寻找。可是,自从第一次见到你后,我就非常喜欢你,你没感觉到吗?"

家霆吃惊了,保持距离地说:"Aunt,在冯村舅舅的事上,我非常感谢您,非常!"他想用这种晚辈对长辈的称呼和态度来同她保持距离,约束住她。

"我曾经不止一次生过你的气,不知怎么的,我都原谅了你。"她赧然一笑,风姿迷人,"有一种感情,常常是莫名其妙的,说不清的。但这种感情我珍视。我要告诉你一个秘密。"她的眼里有些忧伤,语调有点低沉沙哑了,"我当年在美国是爱过一个美国年轻人的,一个战斗机的驾驶员,我叫他 Adonis。不知为什么,见到你后我觉得你太像他了。虽然他是美国人,但他喜欢诗,有一双梦幻似的眼睛。黑头发,发型像你,身材像你,笑起来像你。你穿了美国空军服更像他。"她刚丢了一支烟,却又摸出一支烟点着了火。

"他在美国?"

"不,他随航空母舰在荷属东印度群岛附近作战时,被日舰击落牺牲了!那使我非常伤心。"稍停,她叹了一口气,"现在,你该了解我为什么这么愿意见到你并与你同在一起了吧?"

见她睫毛眨动,眼眶湿润,家霆产生了几分同情。初恋的丧失对于任何人都是痛苦的。但他不知怎样劝解她,只"啊"了一声,叹了一口气。

陈玛荔把染渍着红色唇印的香烟夹在指间,那最后一丝袅袅的烟雾蔓延开来,说:"歌德说过:'爱情和愿望,是造就伟大事业的双翼。'也许,愿望越渺茫,爱情越炽烈。这些天,我已无法安心。当然,感情指引我这一条路,理智却指向另一条。天下事不可强求。在这样清净的地方,我愿意让你知道我心地的洁净。世界上其实没有绝对的纯洁,重要的是真诚和信任。真诚和信任会使人变得纯洁。我并没有损害一个年轻人的用心。"

家霆忍不住说:"Aunt,我会真诚待人,也会信任您的。"他想打断她的话,换一个话题了。

"不!"陈玛荔摇头,有一种凄凉的微笑,"这样不够。我希望你不要逃避我,不要同我有那么远的距离。人有时总是想把心底的秘密吐出来告诉别人求得一种舒畅的。这样的人并不好找。我选择了你。我们应当成为知心朋友,可以无话不谈,互相爱护和帮助。将来,当我扶持你有名望有地位后,你不要忘记我或背叛我。"

"我想,我会尊重您的,Aunt!"家霆文不对题地说,他有点惶惑不安了。

"尊重当然是要的。我更希望我们能变得亲密起来,将心换心。"

家霆感到为难,想:反正,我只要自己有所不为,有所选择,我不会堕落,这是我有自信的。因此仍旧不改称呼地说:"Aunt,我很感谢您对我的帮助,我愿意将来回报您。对帮助过我的人,我是永不该忘记的,我只希望您能再努力帮助把冯村舅舅救出来。"

陈玛荔注意地听着他的话。她喜欢他的气质、容貌、风度以及他在谈话中表露出的智慧和才能。她站起身来,摇头说:"人都觉得我很得意,其实我自己知道我并不快活。我还摸不准你的心,但我已经把心里的秘密毫无保留地全告诉你了。对异性的吸引是动物的本能,不过心灵的吸引是人类独有的。我不能要求你承诺什么永久的东西,天下也许欠缺一切永恒的东西。我愿意成为你的不同于一般的好朋友,而且时间要尽量长些。今天的谈话我不太满意。感情不能当作礼物赠送,我可以期待它能慢慢被接受。走吧!"她看看手上的金表,"我们逛一逛。以后,倘若我要见你,你可不能老是故意逃避我了!"她的话声音低沉,好像从水底里发出来似的。

家霆想:无论如何,以后我是更要逃避更要保持距离了!但没有说。

两人一同进寺内去逛。

在寺内荷花池畔,果然看到了那棵枝叶繁茂的菩提树了。阳光这时出来了,树叶和树间摇曳着晃动的光点。陈玛荔和家霆站在树下,她挽着家霆的臂膀笑着幽默地说:"听说释迦牟尼是在菩提树下成佛的,你年纪轻轻,有时却很像个佛门弟子。你快祈祷,让我们一起也成佛吧!"

家霆开玩笑地说:"好!我愿四大皆空,立地成佛!"

她笑了,说:"如果你在这里做了和尚,我就到这里来劝你还俗。"她这也是玩笑。家霆却又不知该怎么回答了。

她忽然说:"我们在此地一起盟个誓吧!"

"你又不是佛教徒!"

"佛教属于东方。"她说,"我要你盟誓,今天谈的,只有你知我知,对谁也不讲。"

为了叫她放心,家霆慨然地说:"好!我盟誓!"

两人一起离开了菩提树。西斜的阳光溅泼,白亮亮、蓝湛湛的一片苍穹。慈云寺建筑面积很大。面临长江,两角有高耸入云的钟鼓楼,大雄宝殿中央,高悬着黑漆朱书的"慈云法苑""法轮常转"等匾额。果然,看到了那尊从缅甸来的巨大玉佛了。玉佛造型生动,保存完好,有和尚在一边敲磬念经。游客很少,但也有在大殿里跪拜的。家霆兴趣索然,陈玛荔好像也逛得无趣。

走到高处,看到暮霞凝血一般喷射,江上闪闪有无数金屑银片浮起。陈玛荔说:"回去吧!时间不早了。"又说:"我今天老是像在说梦话。不过,有时人在梦里,要比醒着的时候快乐、美好。"

家霆没有回答。

他们上了汽车。一路上,当着司机的面,陈玛荔变得很严肃,只说:"今晚八点,你让燕东山等在诊所,药你交给他带着。我请张洪池届时坐我的这辆车接他去看病,然后再派这车送他回去。"

她让车子将家霆送到下石级去余家巷的街口旁,同家霆告别,脸上的笑容是十分甜蜜、亲热的。

当晚,八点整,果然张洪池到燕东山在民生路的诊所,将燕东山接到囚禁冯村的地方给冯村治了病。家霆和燕寅儿晚上十点多钟在燕东山的诊所等候到了燕东山回来。听他说:冯村的病很重,可能是肺炎,高烧不退,有时昏迷。注射了盘尼西林,可望缓解。他还留下了消炎退烧药品给他定时服用,并约定明晚再去给他注射盘尼西林。又说,看模样,似乎上过重刑,有内伤,人很衰弱,只听他昏迷中老是呻吟,嘴里反复地说:"不!……不!……"

家霆听了,眼含热泪。冯村舅舅的病不至于危及生命吧?有没有希望能出来呢?

他同寅儿分别,独自回家,急着想把这些情况告诉爸爸。夜雾已起,街上空气潮润,地下湿漉漉。望着从低矮窗户里依稀透出的昏黄灯光,看到远处雾中活动的朦胧人影,他有一种但丁在《神曲》诗中描述过的凶险的地狱中行走的感觉。

第四卷 种种奇遇，处处荆棘

(1944年2月—1944年4月)

> 战争给人以灾难。当人面对灾难时，必须坚强。"经不起不幸乃不幸之最。"这是说：莫向不幸屈服，人应该发挥主观能动性，无畏地向不幸挑战，改变灾难，消除灾难！
>
> ——摘自创作手记

一

　　人生有许多事真像做奇异的梦,想也想不出料也料不到。童霜威如今与军委会委员长汉中行营主任李宗仁及他的驻渝办事处处长杨忆祖一同坐着小轿车,由重庆到达成都游览,就有这种感觉。

　　童霜威早向往天府之国锦绣蓉城了。这座有两千多年悠久历史的文化古城,汉时,蜀郡蚕桑发展,织锦工艺发达,官府统一管理大量官奴从事织锦,在南门外设立锦官城,流经城南的府河被称为锦江。所以锦官城名闻遐迩。秦汉以后,成都一直是西南的政治、经济、文化中心。抗战以后,这里华西坝集中了许多大学,从下江来的文人政客也都在此居住。城市繁华,生活似比重庆要胜上一筹。最令童霜威向往的是名胜古迹:浣花溪旁的杜甫草堂,松柏掩映的诸葛武侯祠,东郊濒临锦江的望江楼,百花潭北岸的古老道观青羊宫……历代文人留下的诗文极多。唐朝大诗人杜甫为避"安史之乱",有将近四年时间定居在成都。流传至今的一千四百余首杜诗中,有八百多首是在四川写的,其中许多名篇都写于成都。童霜威素来喜爱杜诗,也同情杜甫的遭遇。多么想看看"万里桥西宅,百花潭北庄"的杜甫草堂遗址!多么想看看杜甫诗中吟诵过的"蜀相祠堂何处寻,锦官城外柏森森"的武侯祠!又多么想体味一下春雨时节"晓看红湿处,花重锦官城"啊!

　　那天晚上,杨忆祖突然陪同由汉中乘小飞机到重庆参加军事会议的李宗仁到余家巷来看望童霜威。童霜威正独自在家研墨写

《三朝三帝论》,对李宗仁的热情来到,心里不免感动。李宗仁还特地带了汉中产的两包黑木耳、天麻馈赠。

李宗仁同童霜威的交情其实并不深,只是在民国十九年春天,李宗仁站在冯玉祥和阎锡山一边,同蒋介石进行了中原大战,任"中华民国陆军"第一方面军总司令,并进军武汉。7月,被蒋击败,到民国二十年五月,李宗仁又联合粤系陈济棠反蒋,任第四集团军总司令。到十二月,李宗仁和胡汉民、陈济棠等在广州发出通电,要蒋下野,蒋介石被迫辞去本兼各职。李宗仁到南京参加了国民党第四届中央执行委员会全体会议。当他在南京时,童霜威同他有过些来往。他看望过童霜威,童霜威也看望过他。他那反蒋及主张抗日的态度,虽使童霜威当时认为炙手,但反蒋及抗日都有道理。李宗仁曾有一篇《焦土抗战论》的文章,在民国二十二年发表在报上,许多报纸都转载了,焦土的立论虽不免偏颇,抗日的决心是坚定的。"一·二八"后,童霜威到广西游览桂林,见抵制日货十分彻底,当时李宗仁盛情招待,童霜威曾向新闻记者发表谈话,赞誉不让劣货销售的做法,赞美了李宗仁。李宗仁这人表面给人一种朴实、诚恳、虚心的印象,又有礼贤下士之风,为人确也比较忠厚,像个长者。身为军人,从来不殴打辱骂下级和士兵,都给了童霜威好印象。所以《历代刑法论》出书后,童霜威给李宗仁和杨忆祖都寄了书。

现在,童霜威正在失意之中,余家巷的住房简陋狭小,汽车只能停在上边陕西街口路边,来客要拾级上下。李宗仁亲自来看望,实是出于意外。自然有一种虽未表达却蕴藏心中的知遇之情。谁知,李宗仁不仅是来看望,也不仅是表示了感谢赠书,他对《历代刑法论》颇多赞扬,还邀童霜威一起到成都游览,说:"啸天兄,我特来约你明日同去蓉城小游。久闻成都物华天宝,风景秀丽,总无机会。如今我在汉中,名义上虽然负责指挥第一、第五、第十三战区,事实上日常待决的事务极少，与在老河口管第五战区的忙碌生活迥然不同。日长无事，简直有髀肉复生之叹，趁来渝开会之便，成都有个熟人邀去住几日。我就想到请你同去，不知有此雅兴否？"

童霜威历来爱游山玩水。这一向，有一件差强人意的事，就是复兴大学校长张友山专诚送来了聘书，聘童霜威为法学院教授，开《历代刑法论》选修课，并为历史系讲"评史论古"选修课，让寒假结束开学后每周去北碚夏坝讲课两次，每次两节课。这事先是磋商过的，校方本要请童霜威为中文系讲《唐诗宋词》选修课，但童霜威提出开设"评史论古"课，校方同意了。这样，就是每周连续讲课四小时。答应了复兴大学的聘请后，童霜威决定辞去赈济委员会的那个空头委员，也辞去杜月笙那中华实业信托公司设计委员的职务。他写了一封信给赈济委员会，又写了一封信给杜月笙请胡叙五转交，表示了感谢之意。他内心对杜月笙怀着感谢，但觉得自己有自己的身份，同杜这样的人还是不亲不疏最好，靠杜月笙施舍终是可悲。辞去了这个职务，不拿杜给的"车马费"了，心里坦然得多。童霜威这一度因冯村的事仍在苦闷之中。冯村的病脱离危险后渐渐痊愈，陈玛荔也设法给家霆代转送过几次食品、衣物及零用钱，只是事情仍旧拖着。如今，快过农历年了，也还难以看出很快就会释放的迹象。所以他想：与李宗仁同去成都一游，散散心，何乐不为？好在去的时间很短，家霆独自在家，上课、吃饭，一切正常，无须挂念。而且，童霜威心里还有一件事，听家霆从谢乐山处得悉：谢元嵩已经由美国回来，监察院有人抓他在上海附逆的辫子，他自己识相，就去成都做寓公了。听说成都一家大学聘他作了教授。他的住址是永安街三十五号，与画家徐悲鸿的住处不远。

童霜威对谢元嵩恨之入骨，早先听说谢元嵩由美回来后，仍要飞黄腾达，愤愤不平。现在知道谢元嵩并未到监察院任职，也没有新的任命，比较欣慰。想到自己在上海被他害得好苦，后来又被他出卖,对谢元嵩的那份仇恨总是无法发泄。真恨不得见了面咬他两口。现在,有了去成都之便,就想抽个时间前去当面痛骂他一场,出出心中之气。

因此,当李宗仁当面邀约去成都时,童霜威对李宗仁说:"德邻先生厚爱,自当从命。我对芙蓉城也早心向往之了!晋人左思在《蜀都赋》中说:'既丽且崇,实号成都',南宋陆游曾写诗说:'老天白首欲忘归',能去一游,真是幸事!"

这样,李宗仁戎装佩三星上将衔,披了黑斗篷,杨忆祖穿二星中将军装,穿黄呢军大衣,与穿西装外加黑呢大衣戴礼帽的童霜威一同坐小轿车,沿重庆到成都的公路,经青木关、璧山、永川、隆昌、内江、资中、资阳、简阳而到成都。有了杨忆祖和司机同去小游,李宗仁副官也未带。

招待李宗仁的,是抗战开始前两年被蒋介石以"剿共不力"的罪名撤职罢官的川军师长饶颂天。他瘦黑矮小,光头高颧骨,除了两只鹰隼似的眼外,看不出是军人。虽然息影成都,仍是各方权威袍哥拥护的"总舵把子",是"仁"字堂的"坐堂大爷",所以依然威风赫赫,带着几个姨太太过着骄奢的退隐生活。公馆在桂王桥东街,是那种中西合璧建造的庭园房屋,有洋房,有平房,有小巧玲珑的花园假山石。李宗仁来到,他对所有来客都暂停会见,把一幢洋房的二楼全部腾出,给李宗仁、童霜威、杨忆祖都安排了讲究的卧室,吃饭都安排了川菜风味的上等酒席,一般总是八个围碟、十个正菜、四个热吃、五道点心。饶颂天酒量大,谈风健,气管炎、肺气肿严重,还吸鸦片,也不忌烟酒。看那样子,不是长寿之人。他那身体不能陪同游览,只能在家应酬。这样反倒少些客套。来到成都的第二天上午,李宗仁、童霜威和杨忆祖就乘坐由重庆来的自备轿车由饶府派了一个青年管家导游。

李宗仁主张先玩武侯祠,征求意见说:"啸天兄,你看好不好?"

童霜威笑着说:"德公是军事家、政治家,武侯也是军事家、政治家,今人拜古人,先谒武侯祠当然好。"

李宗仁哈哈笑了,那张高颧骨、阔嘴巴的脸上有三分得意,说:"啸天兄过奖了!过奖了!"

杨忆祖也赔着笑,点着头。这是个对李宗仁忠心耿耿的办事处处长,为人比较厚道,脸皮黑红,身材魁梧,军帽下剃着光头,挂着金闪闪的两颗星,威风凛凛。只是在李宗仁面前,由着李宗仁同童霜威谈,自己像个副官似的,不甚讲话,却时时处处照顾着李宗仁的一切。

车到武侯祠,三人下车,由饶府的青年管家带路跨入武侯祠。武侯祠坐北朝南,主要建筑落在一条中轴线上,经过大门、二门,先到刘备殿、过厅,再到诸葛殿。刘备殿的正殿有刘备的泥塑贴金坐像,东西偏殿是关羽、张飞塑像。殿前左右两廊有文臣武将彩色塑像共二十八尊。东廊文臣以庞统为首,西廊武将由赵云领先。诸葛亮殿正中为武侯贴金塑像,手执羽扇,栩栩如生,西侧是他的儿子诸葛瞻和孙子诸葛尚的塑像。三人在殿前殿里站了一会儿,童霜威特别喜欢赵藩[①]写的一对匾联,不禁站着看了又看。那对联是:

能攻心则反侧自消,从古知兵非好战;
不审势即宽严皆误,后来治蜀要深思。

李宗仁见童霜威老是在吟阅这副匾联,也伫立看了两遍,忽地说:"不审势即宽严皆误,说得对啊!"忽又自言自语:"蒋先生不知来此看过这副对联没有?"

童霜威不知他说的是什么意思,佯作未听见,没有答理,心里却想:这副对联的寓意和哲理都很深,指的古人,说的今人。今天

[①] 赵藩(1851—1928):云南人,白族,清末曾两任四川按察使,长于书法及题咏,后来赞助过辛亥革命。民国后做过云南省图书馆馆长。

的人确是可以得些启发的。

三人在青年管家导游下,又经过桂荷池西,穿过绿竹掩映的红墙夹道去看刘备墓园。那墓封土有十多米高,周围达一百八十米,有"汉昭烈皇帝之陵"石碑在前。刘备于公元二二三年病逝在白帝城永安宫后,五月运回成都,八月葬在这里。

童霜威说:"这种君臣合庙的情况真是少见!有意思的是明明是刘备墓,却被叫作武侯祠。千秋后世,臣反而压倒了君!可见世人对诸葛亮的崇敬,也说明一个人主要应是依他的功绩,对民众的贡献,他的人品、道德、文章来评价的。而不仅仅因为你是皇帝,百姓就尊奉你!"

李宗仁注意地听了,颔首笑道:"有见地!有见地!……"他似乎想借题发挥讲些什么,吞住了没有讲。稍停,却又笑着说:"刘备宽厚待人,从不忌才,所以他能有诸葛亮悉心辅佐。我们有的人,多疑而忌才,亲小人而远贤臣,最怕臣属功高震主,是不可能像诸葛亮这样得人敬重的!"见童霜威微笑点头,又说:"有件事很有趣,接替我任五战区司令长官的刘峙,是个胆小而屡战屡败的庸才,可是蒋先生说:'刘峙指挥作战是不行,但是哪个人有刘峙那样绝对服从!'哈哈,有趣不?"

童霜威听了,摇头说:"不仅有趣,而且可悲!"稍停又说:"从历史上看,凡是爱用奴才的人,每每是暴君或昏君。桀纣是暴君,阿斗是昏君。"

李宗仁咧开阔嘴笑笑,没有说话。只听到他轻轻叹了一口气。

离开武侯祠,驱车到了西郊浣花溪畔的杜甫故居——草堂。

这是杜甫在公元七五九年冬天,流寓成都时结庐而居的寓所,先后在这里住了近四年,写诗二百四十余首。五代前蜀时,写那首"江雨霏霏江草齐,六朝如梦鸟空啼,无情最是台城柳,依旧烟笼十里堤"的大诗人韦庄,寻到了草堂遗址,重结茅屋,使之得以保存。

此后历代都有修葺扩建,可惜保护得不好,园林内虽清幽别致,竹林与树木茂盛,小溪蜿蜒,但颇有一种衰颓、寥落的凄凉景象。

童霜威想起杜甫为避战乱在此地的落魄失意与贫寒闲散,想起了杜诗中的惊惶凄苦及勉强做出的悠闲疏放,不禁心上感慨,甚至觉得自己此时更能体会杜诗中的感情与抒发。

去年由沦陷区来到大后方,途经成都,行程匆匆,成都的名胜古迹一处都没有游赏。同柳忠华是在成都分别的。从那,就不知他的下落了。现在来到成都,在草堂想到了杜甫诗中的"人生不相见,动如参与商……明日隔山岳,世事两茫茫",童霜威不禁牵动思念,心潮汹涌。

他记得当年在杜甫草堂前面有一株古楠,杜甫曾前后专为这株楠树写过三首诗。其中《枯楠》一首表露的是:楠木乃栋梁之材,却无良工赏识;那种贱材榆木,反被做成金露盘为朝廷重用。原诗已记不清,诗意却还在。想着这首诗,又想着自己的不得意,童霜威不由自主地寻找起那棵楠木来了。原来的古楠自然早该不在,但远处确有一棵楠树亭亭玉立。四川的土壤据云适合楠树生长。说不出为什么,看到有这么一株楠树葱茏苍翠挺立在那里,童霜威心中感到一种欣慰。

李宗仁逛草堂不像逛武侯祠那么有兴趣,只是说:"荒凉得很!有点破落了!"又告诉童霜威:"我在老河口前后住了五年。老河口附近的武当山,据说明朝皇帝曾封之为五岳之王,我在炮火战争戎马倥偬中,偶发雅兴,曾数次去游玩武当山。层峦叠翠之中,宫阙如云,壮观美丽。前年初秋,我曾想邀你去游游武当,你未能去。可惜现在到了汉中,无法再邀你去同游武当了。武当风光,比这里要有个看头。"

草草看了草堂,汽车又开到青羊宫去。

青羊宫即唐玄宗幸蜀时所居行宫,原是天宝中剑南节度使鲜于仲通所建使院。当时应是非常华丽的。唐玄宗去后,臣下不能再住,因此改为道观。在成都通惠门外南面百花潭北岸,是成都最大最古老的道观。现存殿宇建筑是清代重建,主要建筑有灵祖楼、八卦亭、三清殿、斗姥殿等。

三清殿里供三清贴金泥塑巨型坐像,左右有十二金仙坐像。殿内香案前有两只铜羊。其中一只单角铜羊,是清朝雍正元年铸造,形象古怪:虎爪、牛鼻、鼠耳、龙角、蛇尾、马嘴、兔背、羊胡、鸡眼、猴颈、狗腹、猪臀。另一双角铜羊,外形就是真羊,是清代道光九年所铸。

童霜威和李宗仁、杨忆祖一起看了两只铜羊,都夸那只单角铜羊怪异少见。青羊宫不大,兜了一圈,李宗仁已无兴趣。有卖腊梅的少女来兜售。童霜威不禁想起南宋时陆游调任成都府路安抚司的参议官,只领俸禄,无事可做,与自己干那国史馆委员的闲差一样。那时,陆游总是骑了小马在青羊宫、浣花溪这一带饱看梅花,呆呆地若有所思。他晚年回到绍兴后,还常回忆成都看梅的情景,写诗道:"当年走马锦城西,曾为梅花醉似泥。二十里中香不断,青羊宫到浣花溪。"

童霜威掏钱向少女买了一束腊梅,腊梅幽香袭人。闻着梅香,心里忽有一种难以诉说的忧伤,也不知是伤往事,还是忧国家。

做向导的饶府青年管家介绍说:"青羊宫向来以花会出名。每年农历二月十五日李老君生日,在这里举行庙会,又因传说这天是'花朝',百花同时开放,所以称为花会。一千多年来相沿成俗。可惜长官来早了,要是迟些日子来,花会可有个看头了。"

李宗仁听了,笑着对童霜威说:"我到底是军人,在这抗战之中,头脑里放的总是军政大事。虽想风雅一下,花花草草还是吸引不起我多大兴趣。成都名胜古迹虽然不少,上午速战速决玩了三个地方,似乎已经兴趣索然了。不知啸天兄如何?"

童霜威一上午匆匆跟李宗仁"速战速决",忽然觉得同李宗仁一起游览,颇有点像《儒林外史》上马二先生的游山玩水,比走马观花还不如。不知为什么,有些疲乏了,说:"是啊,年轻时我酷爱游历于山水与名胜古迹之间,如今一是年岁大了些,二是与德公一样,也是满脑家国事,不胜苦闷情,所以玩兴也就小了。"说完,唏嘘一声。

李宗仁似乎注意到了,对杨忆祖说:"我们回饶公馆吃中饭吧。下午休息休息,我想同啸天先生在家谈谈。"

回到饶公馆吃饭,饶颂天和三姨太、四姨太热情迎迓接待。三姨太原是唱四川扬琴的,四姨太是高中毕业学生。两人长得有点相像,三姨太老式打扮,四姨太新式打扮,都很会劝酒敬菜。摆的一桌酒席十分丰盛,最后是吃毛肚火锅。有水牛的毛肚、牛肝、牛腰、鸡鸭血、猪脑花、猪脊肉、鳝鱼片、莲花白等盘碟,用麻油加调散的鸡蛋清在火锅里烫了蘸食。大家都听健谈的饶颂天摆龙门阵,一会儿说成都正在赶建大飞机场,风雨无间,限期赶成;一会儿又谈起军政部在成都成立教导团集中训练四川各地参加远征军的知识青年,打算送去缅甸作战。……李宗仁食量极大,吃了火锅毛肚,居然又打了四个生鸡蛋在火锅里烫熟,都大口吃了,真是颇有军人风度。

童霜威饭后午睡片刻,起身后洗了脸,见杨忆祖来了说:"德公也醒了,想请先生去谈谈天。"

童霜威去到隔壁李宗仁房里,见李宗仁神采奕奕地在看报纸,觉得他精神真好。先一会儿,童霜威睡午觉时,李宗仁还在隔壁同杨忆祖聊天,现在童霜威小睡醒来,他却早已醒来在看报了,笑着说:"德邻先生,怪不得你在台儿庄打仗调度有方,连时间的运用也一环扣一环,紧凑不凡。"

李宗仁起身谦和地给童霜威斟了一杯刚泡好的热茶,请童霜威在沙发上坐下,说:"啸天兄,现在只有你我二人,我们可以倾心交谈。上午我听你说'满脑家国事,不胜苦闷情',不知为什么事,我可以帮助的吗?"他的态度朴实、关切。

童霜威见他忠厚诚恳,忍不住把冯村的事讲了,最后说:"特务为非作歹,权势过人。国家这样下去,如何得了?"

李宗仁听了,问:"这个冯村,肯定不是共产党吗?"

童霜威明白李宗仁历来反共,所以说:"他做过我秘书,是个我信得过的人。"

李宗仁点头,说:"无论如何,我来托人办一办。当然,未必一定立刻见效。但多一个人的力量总是好的。"又说:"不择手段,豢养特务,这种暴政,罄竹难书,是由来已久的了。但现在确是更厉害了!一人当国,耍权术,排除异己,当然要靠特务来做爪牙,真叫人为中国担忧。"他这指的谁,童霜威一听就明白。

童霜威说:"去年十一月,中美英三国《开罗宣言》,申明东北、台湾、澎湖群岛等都应在战后归还中国。接着罗、邱、斯德黑兰会议,宣言一致要给德国以最后打击。德日的失败是必然的了。中国的抗战使蒋先生地位越来越高,也使人越发担心他一人独裁。他独裁,国家不可能统一富强,百姓也不能有安居乐业的日子过。"

李宗仁点头,说:"蒋先生的为人,我是深知的。国家在大兵之后,疮痍满目,哀鸿遍野,当国者如再以国事逞私欲,事情更办不好。"说到这里,他似乎想改换话题了,说:"抗战胜利终究只是时间问题,我最担心的是胜利后,苏俄和中共将变成我们最头痛的难题,不知你是否这样看?"

童霜威听得出李宗仁话中的反共气息,心想:我们虽都看到了战争胜利后问题可能更多,看法却明显不同。你反共,我却觉得国民党腐烂得太厉害,共产党正在大发展,反共解决不了中国的实际问题。我同你何必在这问题上深谈?就敷衍着说:"很想听听德公高见！"

　　李宗仁大口呷着茶说："我在重庆时，曾与英国大使和邱吉尔驻华军事代表卫阿特将军讨论过，我认为：西方国家与苏联，由于政治制度不同，战前已成水火，战时才暂时携手。一旦大敌消灭，必定又会针锋相对。为减少战后的困难，第二战场千万不要过早开辟，应让苏德拼死纠缠，最后德国投降，苏联也元气耗尽。这样，二次大战后的世界便要单纯多了。"

　　童霜威大吃一惊：为了反共竟会有这样奇特的想法，心中不以为然，脸上没有表露，只说："不过，这样一来，战争旷日持久，欧洲各国百姓固然受罪，亚洲战局也要拖延时日，对中国抗战，恐怕也不利。德国如早败亡，苏联回身对付日本，对中国也有利。"

　　李宗仁右手握着拳摇头："不不不，中国首先应当看到的是一个共产党的问题。从历史上看，战胜一场战争并不难，难的是处理战后问题。战后中国存在的国共问题，这种困难将甚于战时百倍。如果把苏联削弱，对我们将来处理中共问题绝对有利。而且，盟国千万不必要求苏联对日参战，免得将来苏联出了兵，进入我国东北在日本问题上分一杯羹，也会使中共问题引起中苏纠纷。"他说话时十分自信。

　　童霜威发现李宗仁主见很强，谈的话都从反苏反共考虑，并不是从抗战及反法西斯战争考虑，怀疑李宗仁的这些想法，可能如今中枢最上层的军人从蒋介石开始都一样。也猜测李宗仁这次从汉中来重庆开军事会议说不定发表过这种论点，不禁为抗战的可能继续拖延时日以及即使胜利以后战局必然更为棘手而忧虑了。见李宗仁望着他似乎等待他的评语，只好似是而非地说："德公确有独到见解，独到见解！"

　　李宗仁听了，高兴地咧开宽嘴，笑笑说："我是在汉中空闲无事，才有工夫对今后中外大局的演变做一番冷静的思考。"忽问：

"啸天兄,你早年留日,对日本熟悉,有个问题倒想请教:我认为德国一旦投降,日本不久也必然屈膝。但美国人却认为日本民族性强悍,德国败后日本还会打下去,直到最后。不知你以为哪种看法正确?"

童霜威说:"日本民族笃信武士道,是事实。现在他困兽犹斗,军事上给中国的压力仍很大。到他真正失败时,进攻日本三岛或进攻东北,按常理估计,自然要付出高昂代价。但历来无论中外,'兵败如山倒'是军家常例,主帅丧失斗志,将士就会解甲。如果德国战败,日本势必气馁,即使不想投降,最后恐怕也由不得它自己做主了!所以,早点打败德国,还是必要的。"

李宗仁好像未注意到童霜威这最后一句话的真实用意,说:"在战争史上,未有攻不破的要塞。日本侵华企图征服中国,本身就是一个不可补救的错误。'兵凶战危',古有明训,日本的大政方针出发点已错,玩火自焚是理所当然的。"说到这里,他又起立给童霜威斟茶,忽然说:"啸天兄,你久负才名,我对你的文章与见解,早就钦佩。有件事早想向你提出,又不知你是否能俯允,所以未曾冒昧。这次同游成都,在途中交谈了不少,颇为投契,双方了解更多。你在重庆赋闲,我深为不平,想请你到汉中去。行营建制上有秘书长一职,现尚空缺,大驾如去屈就,好经常面聆教益,不知尊意如何?"

童霜威感谢李宗仁的好意,但心中暗想:汉中行营实际是个虚设机构,无实际职权,让李宗仁干这差使,目的是把他明升暗降调离有实权的五战区。你李宗仁在汉中坐冷板凳,我何必去陪坐?而且,此人虽然待人比较忠厚诚恳,看来不无野心。他的礼贤下士,未始不是想今后有所作为。可是他对自己过于自信,又坚决反共,看不到时代发展的趋势,看不到人心的变化,却又未必肯听人劝导。与他谈心,终不如与冯玉祥、程涛声那样亲近。保持一个情谊似比去做他的幕僚为好。且我现在已经不愁生计,离开重庆去到偏僻的汉中,也是得不偿失。因此,婉谢说:"感谢德公厚爱,只是我目前已经接聘复兴大学,出尔反尔不好。且正在写《三朝三帝论》,需在重庆查阅资料。小儿又在上学,将他一人丢下也不放心。是否请俟诸异日,再供驰驱?"

李宗仁缓缓点头,遗憾地说:"那好,那好。我所以犹豫的,是汉中虽然民俗淳朴,确实闭塞,怕贻误大驾蹉跎年华。既然如此,只有以后借重。我想,以后总是会有机会合作的。"

谈到这里,杨忆祖进来了,拿来了崭新的大笔、砚台、墨锭和大张的宣纸,说:"饶公馆没有大笔,这是特地去买来的。不知合用否?德公想请童先生留一幅墨宝作为游成都的纪念。"

童霜威听了,心里高兴,说:"好好好,我马上就写。"

杨忆祖在桌上放好笔砚,铺好宣纸,舀水替童霜威磨墨。

童霜威饱蘸墨汁,思索了一下,在宣纸上满怀激情和才气,如洪峰奔泻地写着:

>殊方又喜故人来,重镇还须济世才。
>常怪偏裨终日待,不知旌节隔年回。
>欲辞巴徼啼莺合,远下荆门去鹢催。
>身老时危思会面,一生襟抱向谁开?
>随游锦官城录杜工部《奉侍严大夫①》七律呈

德邻先生　　雅正

童霜威
民国三十三年二月

李宗仁与杨忆祖在一边看着童霜威挥毫写字,一边看一边赞好。写完,李宗仁咧开大嘴哈哈笑了,说:"兄弟是军人,不懂得诗

---

① 严大夫:指严武(726—765),华阴人,初为拾遗,后以军功封郑国公。

不过,这诗里的有些含意还是懂得的。哈哈,很好,谢谢。"

童霜威注解似的说:"严武当年,史书载其善于治军,'虏亦不敢接近'。德邻先生抗战初期大捷于台儿庄,在五战区期间也是战绩辉煌。我这是借杜甫的诗献给你,聊表对抗日名将的仰慕及知己之情,字是写得不好的,做个纪念罢了。"

后来,饶颂天来了,走路轻飘飘。他鸦片瘾大,此时,大约吸足了鸦片来的,显得精神抖擞,谈风更健。但谈的不外是关于成都的吃喝、成都的典故、当年川军将领间发生的一些纠纷,并且建议明天该到望江楼和宝光寺去看看。童霜威听得无味,见李宗仁也听得无味,幸好不久就亮灯开晚饭了。饶颂天请大家下楼去吃饭,照例又是摆了酒席,大吃大喝一场。

只是在吃酒席时,忽然送来一个急电。杨忆祖看了,立即在席上将电报送给李宗仁看了,说:"重庆办事处来的,说军委会请德公立即回去,还有重要事要商议。"

灯光映得李宗仁那张酷似农夫的脸明晃晃的,灯光也映得他军装领口的三颗金星亮闪闪的。李宗仁看了电报,笑笑说:"嗬,盯得真紧!……"想说什么却没说,吃着盘中由饶颂天三姨太夹了敬来的怪味鸡,对杨忆祖说:"晚饭后就启程吧!"说着,歉意地对童霜威说:"啸天兄,抱歉之至。本想邀你来悠闲几天好好谈谈的,没想到戎马倥偬,才来却又要走。这样吧,我建议你就在此再住住玩玩。"他转向饶颂天说:"请你代我招待招待了!"

饶颂天放下酒杯,连忙说:"自然,自然!童委员来到,寒舍生光。一定请再多住住。我这里有车有人,可以陪你游览。可以将成都没游过的地方都看一看,还该去都江堰、青城山一游!倘若想去乐山、峨眉,也极方便。"

童霜威正吃着樟茶鸭子,心想:也好!来此一趟不易,我还未见到谢元嵩。望江楼也早想能游一游。就在这里留上一二天吧!

因此点头说:"德公军务在身,颂天兄又这样盛情,我就再留一二日,看看望江楼并访问一下熟友就回去。"

晚饭后,李宗仁雷厉风行,收拾了东西就同杨忆祖上车返回重庆。临别,童霜威送他上汽车。他紧握着童霜威的手,模样十分朴实诚恳,说:"成都之游,虽然时间短促,很尽兴。承赐墨宝,我会裱好挂起来的。我说过,以后要借重。我没有别的优点,但历来能对人推心置腹,重才如渴。希望以后勿断联系。冯秘书的事,我不会忘,回重庆当即去办。"

童霜威见他这番话情深意长,不禁感动。同李宗仁握别后,又同杨忆祖握别,看到那辆轿车驰远了,才同饶颂天等一起进屋。

第二天上午,是个阴天,饶公馆派小汽车送童霜威去东门外游锦江河畔的望江楼,并让昨日伴游的青年管家陪同导游,童霜威婉谢了。他宁可独自一人前去,可以更自由自在些。

他把望江楼想得很美,可能是由于那里有唐代女诗人薛涛遗迹造成的印象吧?那里有一口薛涛留下的古井。薛涛一生爱竹,在诗中称赞竹"虚心能自持""苍苍劲节奇"。后人为纪念薛涛,在"薛涛井"望江楼畔种了许许多多竹子。薛涛早岁住在万里桥西百花潭,中年移居浣花溪旁,晚年住在碧鸡坊。相传薛涛生前在浣花溪、碧鸡坊兴建有浣笺亭和吟诗楼,早已圮废。旧址存的这口古井,传是薛涛汲水制诗笺用的。薛涛,字洪度,原籍长安,随父宦居蜀中,自幼才智出众。她能诗善文,谙练音律,时称女校书,与她同时的名诗人元稹、白居易、杜牧等对她都很推崇,写诗与她唱和。在《全唐诗》里有《洪度集》一卷八十九首,说明她的诗作大部散失。这更使来寻幽访古的童霜威有一种悼失之情了。

出东门外大约四华里,到了望江楼。翠竹夹道,岸柳石栏,亭阁相映,极有诗情画意。童霜威独自看了那口有清朝康熙六年成都知府翼应熊手书"薛涛井"三字的古井,用手摩挲井栏,不胜怀古之幽思。看了清人石刻的薛涛画像,薛涛很美。不知怎么的,使他想起了死去多年的妻子柳苇。柳苇的才华,如果向诗文方向发展,肯定也是个在诗文上有造诣的才女呢!据说薛涛死后葬在这一带附近,坟墓早已湮没不知去向。柳苇死在雨花台,柳忠华给她在死难处立了个碑,但尸骨也早不知湮没在何处了!想起这些,心里发酸,意兴阑珊。忽又想起在缙云山上带发修行的卢婉秋,更加游兴扫尽。

游客不多,他却感到清净宜人。他走到那座高大的矗立在锦江岸边的木质结构的"崇丽阁"里来了。这该是清朝建立的吧?鎏金宝顶,回廊环绕,因为可以望江睹景,民间称之为"望江楼",反倒把原名压倒了。他望一下锦江的江水,江水很小,岸边有挖掘的痕迹,也胡乱散放着些大石块和石鼓模样的东西。早听说:政府听人举报,说锦江里有张献忠当年兵败时埋下的金银财宝,所以调了抽水机来抽水挖宝,只是劳而无功,看样子,现在已放弃不挖了。

他又慢慢踱到了"濯锦楼"畔。楼阁枕江而立,四面均有门窗,像船形,周围花木扶疏。再走到旁边,是吟诗楼,大约是依据薛涛生前的吟诗楼修建的吧?四面敞轩的吟诗楼,在竹影树阴之中,别有一番雅趣。在这里,想起了薛涛的名诗:"花开不同赏,花落不同悲。欲问相思处,花开花落时。"不禁又忆起了柳苇。

他刚踏上回廊,迎面有一个游客走来,定睛一看,实在喜出望外,高叫一声:"啊!振亚先生!是你啊!"

遇到的正是程涛声。他也是独自在此游览,高兴地说:"啸天兄,你怎么独自也在成都呢?"

两人一同走到江边。四边无人,水声潺潺,翠竹摇晃。童霜威如实将李宗仁邀来小游的经过讲了,也说了李宗仁要邀去汉中行营任职自己婉辞的经过,更说了自己日内就回重庆,将到复兴大学任教的事。

程涛声听了,高兴地说:"我来这里,是来开民主宪政促进会的!其实,你不是国大代表吗?你也参加一个吧!"

童霜威问:"民主宪政促进会?"

程涛声做着手势说:"是呀,上月我们在重庆江家巷迁川工厂联合会大礼堂开了宪政问题座谈会。各界名流有六十多人参加。这是通过座谈时事联系和团结一些上层人士和各界名流,从事民主宪政运动,敦促当局实现民主政治,早日实施宪政,来争取抗战形势好转。现在,成都要成立民主宪政促进会了。邀我来,我也就独自来了!下午开会,上午偷得片刻闲,我特来拜访薛涛来了!"他把"薛涛"念成"学童"。

童霜威心情激动,说:"上次北碚别后,我在重庆,曾到你住处去了两次,都没碰到。你夫人说,你是游方和尚,四处云游,连她也不知你在何处。"

程涛声哈哈笑了:"我确爱走走游游,但也是跟盯梢的特务开开玩笑,让他们捉摸不定。他们盯我,我不见了;不盯我,我就出来了!"说毕,又哈哈捧腹,却突然问:"啸天兄,听说你以前那位秘书被秘密逮捕了?"

童霜威气愤之至地讲了冯村的事,叹息一声说:"洪秀全有诗说:'擒尽妖邪归地网,收残奸宄落天罗。'往昔读时,只觉得过于愤激直露,近来却觉得恰如其分!不是有这种深切感受,他也不会寻求救国真理在广西桂平金田村起事了!"

程涛声注意地听着,说:"是啊,你去找那位司法院长居正出力营救你的秘书,必然一点用也没有。你可能不知道,上个月他在中央文化运动委员会演讲宪政问题,我决定去听听他的高见。你知道他怎么说?他竟说:'讲一句老实不客气的话,现在宪政的基础需要建筑在国民党身上,说得清楚一点,就是建筑在总裁身上。'哈哈,你说,这是什么话?他真是'老实'得可笑,也老实得愚蠢!"

两人都耻笑了一番,也不想再游览了,决定回去。童霜威用汽车送程涛声到住处。程涛声住在春熙饭店。那在成都和"沙利文""静安别墅""成都饭店"等都算是著名的旅馆,设备还算讲究,服务也较周到。两人约定下午一同去参加成都民主宪政促进会成立大会,才握手告别。

二

同程涛声分别后,童霜威决定到谢元嵩处去一趟,然后,第二天回重庆。

这次,同程涛声相处,童霜威觉得非常愉快。

第一天,他同程涛声在下午一起参加了成都民主宪政促进会的成立大会。会议在东城根街锦春茶楼里举行。门口停着不少小轿车,也有不少包着白铜、黄铜车辕撑着黑白绸子车篷的人力车摆满街边。这是座老式的楼庭,古色古香,楼下一排桐树苍翠碧绿,楼上为了要明亮,开着电灯,照得玻璃门窗亮晃晃的。茶楼今天布置得像会议室,宽大的厅堂里整齐地放着桌椅,四周摆着美丽的盆景和万年青、迎春、兰草,显得清净、洁净、幽雅。会上的气氛很热烈。童霜威看到了第一届国民参政会时就遴选为四川省参政员的无党派名流邵从恩老人和著名爱国人士、教育家张澜,也看到了依照国民参政会组织条例第三条丁项①遴选为第一届国民参政会参政员的李璜。李璜是青年党的。童霜威对张澜是久仰的了。张澜清末曾被保送日本留学,就读于东京宏文书院。在留日期间,他反

---

① 这丁项指的是:"曾在各重要文化团体或经济团体服务三年以上,著有信望,或努力国事,信望久著之人员。"

对留学生为慈禧祝寿,并倡议慈禧退朝还政于光绪,被清朝驻日公使以"大逆不道"的罪名押送回国。辛亥革命成功后,四川成立了军政府,张澜被任命为四川军政府川北宣慰使。民国四年,他曾联络川军第三师响应蔡松坡讨袁。民国六年,任过四川省长,以后就做了好几年成都大学校长。"九一八"后,张澜曾参加抗日反蒋活动。做参政员后,在参政会中,他对国民党一党专政、蒋介石的个人独裁以及消极抗日、积极反共的反动政策,进行了公开的抨击。据说,军统对他常进行监视。童霜威听说:救国会、中华民族解放行动委员会、青年党、职教社和一些民主人士组织了中国民主政团同盟,口号是"贯彻抗日,实践民主,加强团结"。张澜以无党派民主人士身份参加民主政团同盟,现在被推选为主席。在成立会上,发言的人不少,都提出了实践民主精神,结束国民党独裁统治,在宪政实施以前,设置各党派国事协议机关的言论。听到这些发言,童霜威感到这些人的胆量真大,也觉得这些发言个个针中时弊,确为促使抗战早日胜利并使国家大局改观所需要。

他不禁想:像张澜、邵从恩这样的老人,张澜年龄比我大十几岁,他们为了国家民族,思想、行动都不像老人,选择了一条激进的路,我却总是有些前怕狼后怕虎,不能按照自己的良知选择正确的路走,是为什么?

他对中国民主政团同盟的情况简直毫无所知。程涛声告诉他:那时你还在上海未到大后方来。是民国三十年春天,皖南事变发生后局势严重,大家感到为了应付这样严重的局势,必须有个组织,所以就有了中国民主政团同盟。

童霜威不禁问:"在重庆竟能公开成立这样一个组织吗?"

程涛声笑了,说:"当然不行!大独裁者哪能容许。因此当时是秘密的,派了一个人到香港去办一个《光明报》,借以宣布成立了这么一个组织。谁知,立法院长孙科在香港,看到《光明报》后,立刻招待记者,说重庆根本没有这么一个组织。事既如此,张澜他们几位政团同盟领导人,就义不顾身在重庆举行了一个公开招待会,邀请部分国民党和共产党参政员以及社会和报界人士宣布重庆有这么一个组织,并且已经成立多时了。木已成舟,又都是些头面人物,大独裁者气得没有办法,不承认也只好默认了!"他把"大独裁者"说得像是"歹徒惨哉",听了叫人发笑。

听了这些,童霜威非常佩服这些人的勇气。参加中国民主政团同盟的"中华民族解放行动委员会"实际就是当年的"第三党"。使他不能不想起了他认识并交往过的第三党创始人邓演达。邓演达早在民国二十年就被蒋介石杀害了。那时,他思想上曾接近"第三党",只是他并不公开表露自己的思想而已。自从邓演达被杀害后,他就更以无派系的超然态度自居了。但现在,他却隐隐责怪自己了,感到自己的启悟太迟,行动太缓。一个人或少数人单独要做一件带有危险性的事,常常会胆怯,有一大批人在一起做一件带有危险性的事,就总会胆壮。正像游行队伍,带头的每每是要身先矢石的勇士,尾随的大批人流,却会有一种安全感。童霜威在参加了成都民主宪政促进会成立大会后,从思想和心态上都起了变化,感到:我不能再冬眠了!我应当出来依照我本心的意愿,按照当前我对国事的愤慨说我应说的话,做我应做的事了!

与此同时,他为自己的不得志仍感到气恼。他倒并不热衷于想凭自己同当局唱对台戏来换得自己的什么利益,像战前管仲辉在南京潇湘路教他的办法。那时,管仲辉说:"我劝你,立刻唱唱高调骂起来。只要你一骂,看吧,马上就引起上下和四面八方注意。莫说一个国大代表,就是再给你重新任命一个秘书长或者委员,也十分可能。"政界许多人都是靠"捧"与"骂"取得政治资本爬上来的。他那时骂了一下汪精卫,果然换得了一个国大代表。现在的事仍是一样。但童霜威的心胸却有些变了。自从在上海经过敌伪羁绊的生死考验,自从在中原大地上见到了人间地狱,自从在大后方看到了处处黑暗与腐败,自从因儿子闹风潮和冯村被逮捕尝到了特务横行的滋味,他不能不为中国的现状和未来忧愁忧思。人生几何?江山万代!富贵荣华与我又有多少可羡之处?他并不想通过"骂"来博得些什么,但确是想跟着一些忧国忧民的志同道合者,为救中国、为这个国家的人民出一分力,创造一个好的现在和未来。

成立会在午间聚餐后结束了。会散后,童霜威坐饶府的汽车陪程涛声回到春熙饭店。程涛声打算次日晨回重庆,两人在春熙饭店程涛声的房里又谈了很久。童霜威将自己的想法告诉了程涛声。当作了决定性的选择后,他有一种从大雾中跑出来走到灿烂阳光下的感觉。他谈得透彻而大胆,激动而明白。

午后市声喧嚣,"叮当!叮当!"是人力车的踩铃开道声,"喤啷啷啷"是拨浪鼓的货郎担儿,"唪!唪!唪!"是卖糕担在敲竹梆,"嗒嗒嗒嗒,砰!"是楼下左近素面馆在打锅盔的声音,都从临街的窗口里传进来。

程涛声看着他,说:"啸天兄,我们互相信任。听到你这番话,心里很高兴。为了中国,我早是什么也不怕的了!与周恩来、董必武他们中共的人也有接触,很受教益。这当然有点冒险,你暂时还不一定这样做。但我们正在筹建一个组织。建立一个国民党民主派的组织,去团结国民党内爱国民主人士参加抗日民主运动的条件已经成熟,可以着手这件事了!我对你有了解,有的人对你也有了解。我们在适当的时候,就会吸收会员参加活动。让我们一同携手为了坚持抗战、坚持团结、坚持进步而努力吧!我可以告诉你,谭平山、杨杰、朱蕴山、王昆仑等这些你也认识的老朋友都在。我们这个组织名称为中国国民党民主同志联合会,也许会改为三民主义同志联合会。"

听程涛声说了"有的人对你也有了解"这句话,童霜威不禁问:"是谁对我也有了解?"

程涛声说:"钟放呀!你不认识吗?"

"钟放?"童霜威想,我何尝认识这么一个人呢?想了又想,摇摇头,说:"我还想不起是谁呢!"

程涛声说:"他有一次对我说,他了解你的为人。"

有卖报的报贩在楼下街边叫唤:"买报!买报!全家五口生活无着服毒身亡的新闻!总府街发生抢劫案强盗被击毙的新闻!"有附近茶楼上"开水!摻起——"的吆喝声,纸烟、瓜子的叫卖声,饭馆里汤瓢敲打锅儿声,鲜菜下锅的"嗤啦"炸响声,喝酒搳拳的吼叫声,戏园子里的锣鼓声,都从临街的窗口里传进来。

童霜威仍想不出这个"钟放"是谁,心里纳闷,像揣着个谜似的解不开,只是又想:我也早是个有地位名望的人,认识我而我不认识的人并不少,问:"这个钟放多大年岁了?"

程涛声说:"说不准,大约四十几岁,不到五十岁吧。中等个儿,你们江南口音,一个很沉着坚强的人。"

童霜威依然想不出"钟放"是谁,心里想:反正,以后总会认识的吧!就也不去多想了。当晚,两人同在春熙路上小吃店里吃了晚饭,才分手告别。他觉得这次成都之游十分值得。

童霜威在饶公馆又住了一夜,准备第二天早晨由饶公馆派汽车送去找谢元嵩。这一夜,可能是由于白天同程涛声谈多了,动了感情,夜晚,又喝了点浓茶,睡在床上,怎么也睡不着,失眠了。那束在青羊宫向卖花少女购得的腊梅插在桌上花瓶内,发出幽香,夜晚特别醉人。但饶颂天房里传来的鸦片烟香,很快就将腊梅的香气全部冲没了。夜里,听到极细微的小雨声,滴滴答答。接着,听到乞丐讨饭的哀啼声:"善人老爷,锅巴剩饭!……"又听到小贩遥远、凄凉的喝卖声:"热——鸡蛋!""盐茶鸡蛋!""香油卤兔!""汤圆！——""椒盐粽子啊热哩——呃——"更听着"噹！噹！噹！"三更锣响。童霜威忽然想起了抗战爆发前那年,应吴江县长江怀南之邀到苏州游玩的事。那夜,也睡不好,老是听着邻室的牌声,又静听着馄饨担敲着"笃笃！笃笃！"的竹梆声。早晨醒来,听到一个清脆动听的卖花少女的卖花声,心里那种怅然,同现在差不多。江怀南早落水做了汉奸了！方丽清现在怎么样了？……

低沉模糊的喧哗嘈杂之声,像流水一样向远处展开,怎么也睡不着。过去的事都像演电影似的展开在眼前了。童霜威就这样一直熬到听到锣声"噹！噹！噹！噹！噹！"打了五更,开电灯看看表,已是凌晨三点左右。思索着明天上午去同谢元嵩见面算账,更睡不着。直到又听到运粪车的轮子压在坎坷不平的街面上发出的"隆隆"声,估计天快亮了,却忽又疲乏得睡熟了。

睡醒来时,已是八点多钟,鼻子里又闻到鸦片烟香。童霜威明白可能是饶公馆的主人在抽早上的一遍鸦片。童霜威马上起床。见童霜威起来了,一个俊俏灵巧的丫头马上打来了洗脸水和漱口水,接着,又端上香茶。然后送上了几色早点:担担面、红油抄手、八宝油糕、醪糟汤圆。那个年轻管家上来问清了童霜威要去的地方,让小汽车送童霜威到永安街找谢元嵩。

早晨的成都,街上依然市声喧嚣。狭窄的街边上菜贩拥挤,陈列着鲜嫩蔬菜,水泄不通。一些喊卖"辣辣菜""菜——豆花——""椒麻——笋子——""大头菜丝子"的小贩,与一些敲竹梆卖"马蹄糕"和"蒸蒸糕"的小贩到处吆喝。小食摊摊上,一股葱花、花椒、猪杂味扑鼻冲来,好像是卖"肠肠儿粉"的,也有腥膻的"羊肉汤锅",卖醪糟鸡蛋和汤圆的摊摊,卖凉粉、素面和锅盔的摊摊……童霜威坐在小汽车里,故意开了一点车窗,便于欣赏这与重庆既相仿又不同的成都早晨市容。

汽车转来绕去,终于驰到谢元嵩住的地方——永安街三十五号来了。没想到这是一个当铺！当铺名叫"鼎信",赫赫两扇包着铁皮的大门,门上密密麻麻钉满铁钉,像个监狱似的阴森可怖。门口的招牌有一尺多长,上面写了个黑色大"当"字。

童霜威让司机等着,自己下车走到当铺门口,想：莫非家霆把谢元嵩的地址写错了？是个当铺呀,怎么会住在当铺里呢？心里想着,脚下已迈进了当铺的高门槛,只见一男一女两个穿得破烂寒酸的人正在当东西。柜台高过人头,柜台上装设木栏留有一个方孔。从方孔里,可以看到朝奉冷冰冰的脸,也可以将当的衣物递进去,将当票和钱钞递出来。

童霜威犹豫了一下,本想不问了,又一想,谢元嵩这人专会干些出人意料的事,谁能肯定他一定不在这里呢？因此走上前去,朝那方孔里问："谢元嵩在这里吗？"

谁知,留山羊胡子戴老花镜的老朝奉见童霜威服饰讲究,气度轩昂,竟十分客气地说："请问尊姓大名,从哪里来？"

童霜威递过一张名片,老朝奉在老花眼镜下看了,马上更客气地用手指指："他,他……本来在这后边住,前些日子刚迁到隔壁三十七号楼上去了。请大驾到那里一找便是。"

童霜威点点头回身走出当铺,心想：谢元嵩真会捣鬼！怎么原先住在这么个像阴曹地府似的当铺里？又一想,当铺的老朝奉态度十分谦恭,难道谢元嵩会是当铺的老板？正想着,已经到了三十七号门口。一看,更迷惑了！门口是个刚粉刷好的封闭的店面式样的房子,似乎还刚开张,但已经挂着"蓉盛企业有限公司"的一块长招牌。有一扇铜把手的玻璃大门已经开了。童霜威走进去,见里边倒像个生意场所,摆着些桌椅,一个涂脂抹粉的年轻女人坐在一张类似会计账房用的桌子旁敲打算盘写账,一个穿西装的年轻男人正在数点一些木箱里的瓶瓶罐罐,那是些美国瓶装咖啡、菊花牌淡奶、克宁奶粉之类,也有一纸箱骆驼牌香烟。另一边沿墙堆放着一些纸盒,内装红红绿绿的玻璃牙刷、玻璃裤带,一望而知都是美军的物资。怎么会到这里来的?

见童霜威进来了,女的娇声娇气问:"找谁?"男的也上来问:"什么事?"

童霜威把名片一递,说:"我找谢元嵩。"

"啊啊啊。"男的客气起来:"他在楼上,我上去通报。"说着,拿了名片就往后边的门里进去了,只听到"冬冬冬"脚步上楼的声音。

女的客气地请童霜威在椅子上坐下,自己又忙着"噼噼啪啪"打算盘记账了。

一会儿,只听楼梯响,男青年下来了,非常客气:"请上楼吧!他刚起来。"

童霜威也不多说,跟着青年人进后门上楼。想起过去的事,对谢元嵩充满怨恨,想:见到了他,我一定得好好训他一通,然后要同他把些问题弄清,要他赔礼道歉……

楼梯既窄又陡,也破旧了。正迈步上楼,脚下踩得扶梯"叽叽咕咕"叫,只听得上边谢元嵩的声音异常亲热地在高叫:"啊,啸天兄,别来无恙! 别来无恙!"

抬脸一看,谢元嵩正在上边楼梯口迎接着呢。他挺着肚子,瞪着两只蛤蟆眼带着笑意,一张蛤蟆嘴笑得像弥勒佛。他不断拱着手,似在祷告,连声说:"啸天兄! 啸天兄! 见到你真是高兴! 真是高兴!"他矮胖秃顶皮肤光溜溜的样子没有变,只是肚子似乎更大了。穿着一套深灰色西装,打条淡蓝花领带,仍给人一种老实憨厚的印象。

童霜威心里憋气,"拳头不打笑脸",对谢元嵩这种老滑头、老牛筋、老脸皮,有什么办法呢? 但也不想回礼,手未拱,话未说,迈步上了楼,到了谢元嵩那间卧房里,仍旧板着脸没有招呼也没有说话。

房里浓烈的雪茄烟味熏人。迎面墙上有张十六英寸的大照片,谢元嵩瞪着蛤蟆眼穿戴了美国荣誉法学博士衣冠摄的。模样似炫耀似显示。另一面墙上有个条幅,写的草书倒颇雄浑俊逸。

谢元嵩对陪童霜威上楼来的年轻人说:"快泡茶来!这是童秘书长!"

"什么童秘书长!"童霜威不满地顶了一句,也辨不清谢元嵩是讽刺还是吹捧,自己气鼓鼓地在一张椅子上坐了下来。

谢元嵩拿雪茄自己点火吸烟,又敬童霜威一支,童霜威皱眉摇头未接。谢元嵩依旧笑笑的,忽然无穷感慨:"啸天兄,'孤岛'一别,四年多了吧?你我知己,我真是常常想你,常常想你。"

童霜威差点气噎了,说:"知什么己?你害得我好苦,差点让我送了命,你难道如此健忘?"

谢元嵩微微笑着说:"误会!误会!真是天大的误会,果然不出我之所料!"说完,吐口白烟,摇了摇头。

"怎么误会?"童霜威训责道,"你诓我进入圈套,拖我下水,害得我被敌伪绑架,九死一生!难道不是事实?难道你毫不明白?"

年轻人油头粉面,上楼来送茶,并提了只热水瓶来放下。谢元嵩等他把茶敬在童霜威面前了,摆摆手,叫青年人下去,才说:"啸天兄,你是这个!可敬可佩!"他竖起右手大拇指,"我到重庆后,处处都说你了不起,都夸你是爱国忠贞之士,难道你不知道?我跟你是一样的呀!我们都是摆脱敌伪羁绊,冒生命危险才能来到大后方抗战的呀!"

童霜威觉得谢元嵩说假话脸不红,同他简直越说越说不明白了。他居然厚颜无耻地说什么"我跟你是一样的呀!"一样在什么地方呢?童霜威脸都气白了,大声说:"你同我不一样!你是同汪精卫一伙的!你还为他当说客硬要拖我下水。你是帮凶!怎么一样?"

"啸天兄,此言谬矣!"谢元嵩吸着烟仍旧咧着蛤蟆嘴"咯咯"地笑,"怎么不一样呢?现在你我都在大后方了!你我都在拥护抗战,怎么不一样呢?殊途可以同归嘛!况且,我的事你并不清楚,我也无须向你剖白解释了。试想,如果最高当局不清楚,会派我出国考察?会让我平平安安在此安居?本来监察院是要让我官复原职的。我对那里的人事倾轧不感兴趣,弃而不就。你是智者,这些无须我来解释了吧?所以我说是误会嘛!再说,陶希圣又如何?他是真正落了水又出来的。他现在多受重用,《中国之命运》不就是他出力代写的吗?"

童霜威的嘴给堵住了。是呀,官场的事,翻云覆雨,朝秦暮楚,有什么理好说呢?但仍心有不甘,忍不住气汹汹了:"你的事我可以不管,也不想管。但你把我害了以后,自己到了重庆,只顾往自己脸上贴金,却对我进行污蔑。你太卑鄙了吧?"

墙上大照片中,瞪着蛤蟆眼的美国荣誉法学博士谢元嵩,眼光似乎在张望、讽刺。

谢元嵩"咯咯"笑笑,敲着雪茄烟灰,轻松而似乎十分诚恳老实地说:"啸天兄,我可以对天发誓。我没有那么做过,要讲贴金,我倒是给你贴了金。我说:童某人真是了不起!为了不肯下水,坚贞不屈,很可能会被敌伪杀害成为烈士!你不感谢我,反倒指责我,未免失之于公允了吧?"

童霜威被他搅得十分烦躁,说:"你别胡扯了!你在我从前的秘书面前说:你同我久未见面,不知情况。你何曾为我贴什么金说什么好话?"

谢元嵩笑着吸口雪茄:"就算依你这样说,也不能说是坏话吧?"

童霜威前年夏天在洛阳见到毕鼎山时,因为辩论中原灾情,与身为救灾大员的毕鼎山冲突时,毕鼎山曾经语带辛辣,言外之意是听谢元嵩说过些什么坏话,所以尖锐地说:"我失之于什么公允?你在毕鼎山那个混账王八蛋面前是怎么污蔑我的?难道你以为我不知道吗?你难道忘了?毕鼎山当我面就是用你的毒箭污蔑我的!"

谢元嵩软绵绵地笑,不瘟不火,模样十分老实:"唉,你这就上了毕鼎山的当了!他同你之间从前就不和么!他是个无风也要起浪的人,肯定是他要污蔑你,拿我作替死鬼,害得我们鹬蚌相争,挑拨我俩关系。哼!将来我可要找他当面算账的。啸天兄,我老实,你也老实,老实人总是要吃亏的。你可既不要误会,也不要上当啊!"

一件使童霜威十分生气、十分冒火的事,被外表老实憨厚的谢元嵩笑着三下五除二,竟弄得他不知如何再兴师问罪了。童霜威嘴干舌燥,捧起茶来,喝了一口浓得发苦比药还难入口的茶,闷闷叹了一口气。

谢元嵩看出火候了,吸着雪茄,赔着笑说:"啸天兄,天下人要都像我这样宽厚,天下就不会有战争了。我是宁可退避三舍息事宁人的。因为住在成都,不然早去看望你了,真想念你啊!我们一向交称莫逆,我真想同你合作老老实实干点事业哩!"

一听谢元嵩又谈"合作",童霜威像见了蛇蝎忙不迭地说:"不不不,不不不!"他想起了战前在南京时,由于谢元嵩的圈套,碰到了江怀南;在"孤岛",由于谢元嵩的圈套,自己落入敌伪手中。如今,诡计多端的谢元嵩居然又谈合作,安知他要抛个什么圈套出来?他能不心惊胆颤?冷笑着说:"我现在不像以前那样不识人了!现在,我虽愚鲁也还知道区分好坏,谨防上当!"

谢元嵩打着哈哈,诚恳异常地说:"哈哈,啸天兄,你这不是说我的吧?我想你是不会这样看我的。我这人历来老老实实,历来诚恳,历来爱说真心话、爱办真心事,从不做伪君子。我是想邀你办一张报,你是办报的老行家了!我看你现在很不得意,也未曾被人重视。我呢?也一样,现在连星期一上午的纪念周都不必去做了。总理遗嘱和'三民主义、吾党所宗'也快忘光了。我们来办一张报纸,定能如鱼得水!也定能让人刮目相看!定能有所作为!战争乱世,中外古今英雄都要善于利用,你我何必做庸人老是要仰人鼻息呢?"

听他又搬出"老老实实""真心话""真心事"这套经来念,还提出了三个"定能",童霜威简直吃不消,摇头讥讽地说:"唐朝贞观时的疯癫诗僧寒山曾有一首诗流传民间,说:'我见百十狗,个个毛挐挐,卧者乐自卧,行者乐自行,投之一块骨,相与哇嗪争,良由为骨少,狗多分不平。'敌伪将我囚禁在寒山寺中时,我曾想起过这首诗。听你刚才的话,似乎对抢骨头很感兴趣。你想抢,就敲锣开张好了!我不参与!"

谢元嵩"咯咯"一笑,吐口浓烟说:"办这张报,我一人势孤力单,有啸天兄你一起,我们就可以造成千军万马的声势。办报的资金、房屋、登记的问题都不难,名字已经想好,叫《老实话》!你说妙不妙?人都爱听老实话的嘛!现在这当局全爱说假话、听假话,我们就来个老实话!你知道的,我是个最老实的人,最爱说真心话的人。你不但是法界泰斗,还有一根刀笔!听说你写的《历代刑法论》出版了,反响很强烈哩!有你来写重要的社论,一定是笔扫处扫到谁谁就讨饶,指向哪哪就求情。我现在是无处找这样一支大手笔,何况你又有声望地位。你看,我们合作如何?"他指指墙上的大照片,"民主时代了!在美国,我也能得到支持。有这合作,将来,我们,哈哈,想做官就做官,想发财就发财!想组个政党分一杯羹也不困难。要不然,怕将来很难在政界立足了!"

听他这样说,看到他"咯咯"笑时,眼里露出的一丝狡黠的光,童霜威颇有反感。把他这种人谈的,同程涛声等的谈话相比,顿时感到有高下文野之分了,他坚定地摇摇头说:"不了吧,我确实毫无兴趣!我现在已应聘到复兴大学任教授,自己也打算继续写写东西,无暇再来办你那种《老实话》了!"

谢元嵩微微点头,揿灭雪茄说:"也好!这事暂且搁一搁,你再考虑考虑,随时我们再谈,反正我是诚心诚意的。我这人你应该信得过。我是从不会使人吃亏上当的。"

童霜威听了恶心,嘴干了,端起茶来喝,苦得皱眉。谢元嵩亲热地替他斟水。

童霜威见他这样,此时气只好渐渐消了,问:"听说你如今在大学里任教?"

"啊,没有没有!听说我在美国奥立荷大学得了荣誉法学博士头衔,好几个大学来请我聘我。但——"谢元嵩摇头晃脑,"'教授'者,'教瘦'也!物价飞涨,穷教授如何干得?我到成都住,是因为这里吃喝玩乐一应俱全,现在也没有空袭了,完全可以享受享受。'教瘦'的买卖,干不得!干不得!"

童霜威说:"隔壁那个'鼎信'当铺是你开的?"

谢元嵩仰面笑了:"哈哈,还记得香港那个大阔佬季尚铭吗?他就是开当铺的。这倒启发了我,使我开了窍。'鼎信'者'顶信'也,顶顶讲信用!我这人就是做生意也同在政界一样,顶顶讲信用!从美国回来后,原说分块肉给我。谁知僧多粥少,该给我的肉没有给,一气之下,我就到了成都。坐吃要山空呀!想起了季尚铭,我找点熟人一合计,有人给我撑了腰,就开了个当铺,月息大三分,典押期限一年。看来,既救了穷人,我也有点好处。"

童霜威又问:"楼下商行也是你开的?"

谢元嵩又笑了,"同两个朋友合开的。现在打仗离不开盟军,做生意也离不开盟军。美军越来越多,军用物资排山倒海。成都造了大飞机场,美军招待所多的是。同美军串通一气,走私、贩卖黄金美钞和手枪,那些东西有人敢做,我是反对的。但美国香烟、羊毛军毯、蚊帐、美军干粮、奶粉、罐头以及玻璃牙刷、裤带、剩余军装等等,都是民生必需品嘛!这生意完全应该做。有人会经营,我只不过借此消遣而已!哈哈哈!"他笑得括辣松脆。

童霜威打量起这间卧室来了。在当前情况下,算是间条件极好的住房了。墙新粉刷过,那张大照片是谢元嵩炫耀身价用的,连框占了一面墙的四分之一。再看那幅草书,写的是首五言诗:"楼小能容膝,檐高老树齐。开轩平北斗,翻觉太行低。"字写得相当好,但并非名家,裱得也不精致。童霜威忽然想到:是袁世凯的一首名诗呀!当初,袁项城开缺回籍回河南家乡后,表面上披蓑戴笠,莳花种草,寄情于山水虫鱼之间,似乎无心于政治,实际上一刻也没有停止过政治活动,随时都打算东山再起。这诗充分表达了他当时不甘寂寞待时而起的野心。看来,这个谢元嵩,也野心勃勃呢!房里一些家具也还整齐,大橱上还有穿衣镜。一张旧式红木大床上有两床蜀绣被面的被子,铺成两个被窝,另一个也不知谁睡过的。童霜威不禁问:"嫂夫人呢?"

谢元嵩衔着雪茄,不清不楚地说:"仍在上海。当时我走,冒着生命危险,只带了乐山同走。她在上海倒也不错,房子她可以照顾。"说到这里,问:"听说你离婚了,是吗?"

童霜威点点头,叹口闷气,说:"确有其事。"

谢元嵩打哈哈:"其实,没有老婆牵挂,自由自在,也是福气。"

童霜威也没理会,见茶几上有本书放着,顺手拿来看看。一看,书名是《厚黑学》,作者叫李宗吾,很不熟悉,翻了一翻,说:"这本书倒未听说过呢!厚黑学不知是门什么学问?"

谢元嵩又擦火柴点烟,一本正经地说:"难道没听说过这本书?是本名著呢!全书分经与传两卷。经是谈既厚且黑、必厚必黑的道理,仿老子《道德经》五千言体为之;传则叙事,罗列了种种论据,有点像《左氏春秋》。"

童霜威还是不太明白,倒有点兴趣了,问:"何谓厚黑呢?"

谢元嵩吐口浓烟,哈哈呛咳了,说:"李宗吾认为人要成功,秘诀在于脸皮厚心要黑才行!所以论述这门脸厚心黑的学问遂叫做厚黑学。他认为三国时代的曹操、孙权、刘备都各有其厚黑的一面,但偏而不全,且不彻底,所以都未能完成统一大业。"

"那谁是厚黑得最彻底的人呢?"童霜威问。

"他上溯到楚汉相争时的项羽与刘邦,认为项羽之失败,全由于他的厚黑太不彻底,所以尽管有'力拔山兮气盖世'的英名,还是要垮台。只有刘邦,既脸厚又心黑,所以终于使项羽自刎于乌江,自己成了汉高祖。"

"这怎么说?"童霜威不解地问。

"刘邦这人当打了败仗楚兵追急时,他心黑到能亲手把子女推下车去,好让车子轻快些便于自己逃脱。若不是从臣拼命抢救,则惠帝和鲁元公主早就死掉了。这种心黑的程度可谓了不起。当楚汉两军战于荥阳成皋时,项羽天天骂阵,刘邦老着脸皮不敢应战,厚颜无耻地说:'我宁斗智不斗力。'到了项羽要烹太公来要挟刘邦时,刘邦能心黑皮厚到不但不顾父亲死活,竟对项羽说:如果你要把我父亲煮了吃,'请分我一杯羹!'所以五年之后,他就做了皇帝。"

童霜威觉得可笑,问:"李宗吾是何许人也?"

谢元嵩说:"是四川自贡人,自号'厚黑教主',比你我要大七八上十岁。早年参加过同盟会,辛亥革命后,做过中学校长,也做过四川省的议员,在成都住过二十来年,干过省教育厅的督学,学问大约不错。啸天兄,你觉得此人有点道道吧?我读此书,常把老蒋和汪兆铭厚黑方面的事想了又想,倒觉得颇有意思,可惜他没有写!哈哈,颇有意思。"

童霜威摇头不以为然地说："世风日下,只怕这种厚黑学再来泛滥,坏人就更多了。况且,从治学来看,此人的论述也极浅薄偏颇,太牵强附会了!人的成功失败全归之于厚黑,太不科学。也许他是玩世不恭,但却贻害于人,格调也低下。早年参加过同盟会又办教育的人,而今来写这种拙劣的害人文章,未免太等而下之了!"说这话时,心里想:唉,你谢元嵩,原来就够坏的了!如今又在看《厚黑学》,要再把厚黑精髓学去,怕今后更要好话说尽坏事做绝了!

大约谢元嵩已经听出看出童霜威对《厚黑学》不以为然,也不再谈了,问:"啸天兄,你来成都干什么的?"

童霜威不想如实告诉他,说:"一是游览,二是听说你在成都,来找你谈谈的。"说到这里,站起身来,说:"我走了!车子还在下面等着。我明天就回重庆了。"

谁知,谢元嵩起身一把抓住,说:"不不不,啸天兄,你不要走!一别多年,见面不易,岂能匆匆就分别。这样吧,你有汽车,我们何不去宝光寺看看呢?你一定没去过!对了,那里可以吃上等的素菜,我们再多谈谈,我请你吃素席,也算向你赔罪。我想来想去,在上海的事我只错在一样,就是走时不告而别。但当时形势已不可能邀你同走。不过,我们都是忠贞之士,我这人也历来肯虚心自责。我们理应像以前一样友好。我向你道歉、赔罪。我们同去宝光寺一游。"

谢元嵩这人就有这种厚黑本事,童霜威拗不过他,终于两人坐汽车出成都北行,去新都宝光寺了。

在汽车中,两人相处的气氛比原先好得多了。童霜威问:"上海汪伪方面的情况现在如何?"

谢元嵩衔着雪茄挺着肚子,哈哈笑了,用两只蛤蟆眼机灵地望着童霜威说:"我同他们势如水火,现在何从知道他们的情况!"

童霜威不觉也笑了,说:"你消息向来灵通,见闻也广,我只是随便问问。"

谢元嵩说:"大局还不是明摆着的!意大利投降后,日本人与那伙人也一定更悲观了吧?前一阵,在广播上,汪兆铭常常发表谈话诱降,听说,也秘密派过人到重庆谈判。他们打的如意算盘还是一起携手反共。所以日军总是在大量与共军作战。只是反共固然要反,现在去同日本谈和,只有傻瓜和疯子才会这么干!如今,美军在太平洋上打得好。所罗门群岛日军退路已受威胁,小笠原群岛也要完蛋。我替汪精卫他们悲哀的是:无论如何,他们总是不行的了!不过,听说有些聪明人也正在找路子与重庆沟通,为将来找退路。不过,话又说回来,人总是有所得有所失的。他们这些年在上海、南京,声色犬马,享乐也享够了,金条也捞够了。不能说不实惠呢!"说到这里,问:"那个江怀南你知道他的情况吗?"

微胖身材、中等个儿的江怀南那张伶俐的白净脸又出现在童霜威眼前了。童霜威冷冷地回答:"不知道!我来时,他仍是汉奸的锡箔局长!"提起江怀南,许多往事涌上心头,童霜威皱起眉来吁口气说:"此人不足道!一个卑鄙小人!"又问:"听说南京、上海敌伪很怕美机去轰炸。但我看美机迟早会去轰炸,担心的只是处在水深火热中的中国百姓,在轰炸中怕要遭殃了!"

谈谈说说加上沉默,不多一会儿,到了新都,往城北行,远远只见竹木葱茏,坐北朝南庙宇巍峨,四周有红墙环护,绿水萦绕。

谢元嵩用手一指,说:"到了!宝光寺,我国南方四大寺院之一,建于唐代,这是清朝康熙年间重建的。"

汽车在庙门前"福"字照壁旁停下,童霜威和谢元嵩下了车。让司机就近停车等候。童霜威取出钱来,赏给司机作小费,说:"你自己玩耍一下,找个地方吃午饭吧。"自己随谢元嵩在"宝光禅院"四字的匾下走进寺庙去。

天上有群不知谁家喂养的鸽子在绕着圈子奋翅高飞,无拘无束,迎风振翮,追着光流,陡折天外,使童霜威想起了南京、香港时看到的鸽群。俱往矣,记忆为什么如此清晰?

一进山门,见一边塑的是个白发土地,另一边是个穿明代衣冠戴乌纱着紫袍的官员。童霜威奇怪了,问:"这是谁呀?"

谢元嵩咧嘴笑了:"这是当地鼎鼎大名的状元杨升庵,明朝正德年间的状元。后来因为不识时务'议大礼'触怒了嘉靖皇帝,被充军到云南,死在戍所。庙里将他塑像在此,既慰民望,得民心,又使状元替菩萨看门,抬高宝光寺的身价。这叫一举两得。只是这位杨大人明明可以当大官享尽荣华的,偏要直言乱谏,落得个充军下场,未免失算。也是厚黑之道不到家的缘故吧?"

童霜威有意刺他一句,说:"那你还要办个报叫《老实话》干什么?"

谢元嵩仰脸大笑,笑得捧腹:"啸天兄不必为这担忧。我这人虽是老实,很懂分寸,也识时务。说老实话,首先也要有个目的,要看看起什么效果。像杨升庵,他不是老实,是傻,愣头青的事能干得的么?得不偿失的事是不能干的。所以,啸天兄,你别怕吃亏,我们还是一同合作办报吧!把报一办,我们就开始组党!你我都是党魁,同国共两党分庭抗礼。你看这点志气该不该有?"

童霜威大摇其头,要他再同谢元嵩"合作",况且又是干这种荒唐事,他觉得太可笑了,说:"我们来此,还是好好游览一下,别的以后再谈吧!"

谢元嵩笑笑,说:"好好好,以后再谈。"

穿过挂着"尊胜宝殿"匾的天王殿,走过舍利塔,再经过七佛殿,到了大雄宝殿。大雄宝殿东边有个建筑独特的罗汉堂,平面是"田"字形,内塑三佛、六菩萨、五十祖师、五百罗汉。那五百罗汉,同真人一样大小,形态各异,造型绝妙。

谢元嵩说:"看吧!这些罗汉衣着、姿态、面貌、表情各具特色,绝不比杭州灵隐寺的逊色。来吧!我们来依照年庚点点罗汉像,看看自己点到的是哪个罗汉,就是我们的金身,好看看今后的鸿运如何。"说着,他随意从一个罗汉数起,往下一直数着,说:"数到第五十四个,就是我的金身!"

一数,竟数到了个大肚子胖罗汉,胖罗汉咧嘴在笑,模样真跟谢元嵩有点像。谢元嵩哈哈大笑,说:"好啊好啊!我的金身在此!既年轻,又快乐!大腹便便,一副富贵气!看来,今后还大有可为哩!来来来,啸天兄,你也数数!"

童霜威被他怂恿得兴起,笑着说:"好呀,我也来数。"他随意由一个罗汉数起,数到第五十五个时,不禁愣住了。这个罗汉竟穿着清代官服,而且留着黑须,全是一副俗者模样。看不出有什么超凡出世的仙姿佛骨!他惊讶道:"呀!这个罗汉怎么竟是清代衣冠?"

谢元嵩"格格"笑了,说:"这是顺治皇帝!你来看。"他指指又一座清代衣冠的罗汉塑像说:"这是康熙!这两位万岁爷塑了金身在此跻身罗汉之列。他们有了金銮殿上受膜拜的权利还不够,还要在此跻身寺院罗汉之中,受善男信女的膜拜。你了不起啊!金身竟是皇帝!可见将来必有一番了不起的鸿运。来吧来吧,啸天兄,我们合作办报吧!我到美国去了一趟,美国的政坛人物靠办报发迹这一条给我十分深刻的印象。所以我下定决心要办《老实话》。你我同做社长,有福同享,如何?"

童霜威不想同他再在办报的事上纠缠,岔开话题说:"你看,这里的楹联有的很好啊!你看这一副——"

谢元嵩看时,这副镌刻在柱子上的楹联,写的是:

> 退一步看利所名场,奔走出多少魑魅;
> 在这里听晨钟暮鼓,打破了无限机关。

谢元嵩说:"这是劝人出家出世的说教,使人悲观,不可取!况且,对得也不精彩。其实我早说过:人生就是一场赌博,政治舞台就是赌场。上了赌场却不赌,能行吗?"

他这一套又来了!童霜威听了厌烦,说:"唉!我并不出世,却也看穿了利所名场的折腾,更不愿把政治当作赌博来看!"

谢元嵩不笑了,说:"既不出世,又看穿了利所名场,这是条什么路呢?"

童霜威心想:"夏虫不可与语冰",我怎么同你说呢?"道不同不相为谋",我就少说几句算了!因此敷衍着看看表,笑道:"走吧!你不是说这儿素斋好么?我们去吃午饭吧。"

两人后来去吃素席。谢元嵩说他要请客,择价格昂贵的菜点了许多。可惜那些素菜,偏偏都要取了许多荤菜的俗名,居然也有鱼翅、海参等山珍海味之类的名堂,而且价格昂贵。明明是豆腐皮染了红色,偏要冒名顶替"油煎仔鸭""烧鹅";明明是洋芋,却要混充"红烧狮子头""糖醋桂鱼";明明是魔芋,却要冒充海参;明明是面筋,偏要假充"肉片"。什么三鲜熊掌豆腐、鸡淖海参、群虾戏珠、翡翠鸡丁……无一不是冒牌货。在童霜威感觉上,这些菜名也充塞了一种吃斋者羡慕吃大鱼大肉者的用心。吃了素斋,感到既不如干脆吃荤菜有味,反倒蒙受了欺世盗名之嫌。见谢元嵩拣素菜中的蘑菇、香蕈吃得津津有味,自己却胃口不佳。

吃罢素席,谢元嵩嘴里说要会东,拖拉着并不掏钱。童霜威也不想让他请客,快快掏钱付了账。然后,又让饶公馆的车子送谢元嵩回去。谢元嵩一路上仍旧大谈合作办报的事,童霜威心里早已下定决心:"无论如何,我决不再上你的当了!"因此,分手时,尽管谢元嵩仍旧十分亲热,仍旧紧紧握手,仍旧说:"啸天兄,这件事确实大有可为,你考虑考虑后,我们再联系。"童霜威心里却想:我同你之间,恐怕这是最后一次聚叙了吧!

同谢元嵩分别后回饶公馆的路上,童霜威忽然感到一阵空虚。

其实何必来找谢元嵩呢！这种人,你接近他就要有损失。原来想同他交涉一番的,结果呢？他狡赖得精光,一点目的也未达到,反倒请他吃了顿饭,用汽车陪他玩了一趟宝光寺。这种人哪！他口口声声说要"合作",要一同办报,是真心呢,还是为了表示假的友好来平复过去的怨尤呢？难说！这种人始终是真真假假的,叫你猜估不透,叫你沾上了他就要吃亏。我来找他,又同他打起交道来也仍是太傻了,还是远远离开他的好！这么想着,童霜威反倒独自苦笑起来了。

三

天亮了,又天黑;太阳一次次地缓缓升起,又一次次地急急西下。这就好像说:没有永恒的好事！好事总是来得又迟又晚,却去得匆匆,自然界也是这样？在这多雾的四川,天亮得晚,太阳常常被雾挡住看不见。童家霆的心情在遭遇了一连串的不幸事件的摧残与刺激后,就不能不变得更痛苦晦涩了。晚上,下了课,童家霆独自走回家去。夜雾氤氲,周围像一片黑水汪洋,他觉得自己像被卷在忧患的漩涡中挣扎。

冯村的病渐渐好了,释放却遥遥无期。一年一度的农历年又到了。年前,家霆与爸爸商量着想给冯村送些钱物和吃食去,但没有成功。他打电话给陈玛荔,陈玛荔告诉他:"你们别胡乱托人！胡乱托人会把事情弄得更糟！……"陈玛荔没有明说,童霜威猜测:可能是李宗仁托了谁干涉这事,可是中统不买他的账！陈玛荔指的可能是这件事。本来,办一件事,找错了人,反而坏事。这道理童霜威懂。他很后悔将冯村的事托了李宗仁办。

家霆在年前按照谢乐山提供的地址到罗家湾军统局的局本部

找小学时的同学韦锋,想托韦锋帮助,给在稽查处大牢里的靳小翰送些吃食和零花钱。假如可能,还想同小翰见一次面。他同韦锋小学同学时打过架,关系不好,是硬着头皮去的。偏偏韦锋出差去贵州了,没有见到,只落得满心凄凉地回来。

过年了,他不禁又想起那些死去的亲人、朋友、老师和自己有过密切联系的人。他买了一束鲜花走到江边扔进江水,让鲜花顺流而下祭奠亡魂,聊表悼念的心意。这是一种心灵上的自我慰藉和对死者的悼念方式。看着那束鲜花随波远去,他的思绪飘飘缈缈,却又不禁深深想念起仍在人间却无法寻找的欧阳素心和在狱中不能见面的冯村舅舅来了。

过了一个十分寂寞、十分悒郁的农历年,童家霆又长了一岁。看见爸爸早上起来,枕头上洒满了脱落下来的花白头发,怅怅地用手将脱发拾掇在手掌中一起丢入痰盂,表情上充满了那种迟暮的惆怅之感,家霆的心也是酸酸的了。过年那些天,来拜年的客人不多,童霜威也不愿出去拜年,只是初一那天,带着家霆到断了腿的房东陈太太家里去坐了一坐,说了些吉祥话,作为礼节上的应酬,并谢谢房东在生活上的关照。后来,又去曹家巷程涛声住处,想去谈谈。可是程涛声去自贡看灯会,说是一个月才能回来。童霜威就带家霆到燕翘家去坐了一坐。燕翘家从老到小都分外热情,坚留着吃了中饭,燕翘还陪童霜威喝了一小盅酒。饭后,家霆婉谢了燕寅儿邀约去看电影的好意,陪爸爸回到余家巷家里。

童霜威想得周到,对家霆说:"陈玛荔那里,你还是去一趟,带我的名片去,给她和毕鼎山拜个年。没有办法呀!为冯村的事还得求她。"

家霆遵嘱去了。这一向,他始终避免同她接触,只打过电话,从未上门。他很怕陈玛荔又出什么新的花样。所好,去时,陈玛荔家客人很多。客厅里留声机正放着华尔兹乐曲,有两三对男女在跳舞，十分热闹。陈玛荔穿戴耀眼，精神百倍地在招待客人。见了家霆，在门口接过童霜威的名片，亲切但是矜持，说："请代向令尊拜年！"然后留他跳舞。他推说不会。她笑着说："哪天我教你，今天人太多。"他借机告辞，她握了握他的手，用了用力，眼睛里似乎是说："下次你一定还要来！"

年后，学校放完寒假开学了。童霜威去到北碚，大学里对他很优待，在江边一幢小洋房的二楼上分配了两间房给他住用休息，并说："如果把家迁来也可以，省得来回跑。"听说那幢洋房本是个川军旅长的别墅。旅长生前坏事做得不少，老来带了姨太太息影林下，在这小楼里念佛诵经，想安度晚年。谁知洋楼里常常闹鬼，旅长受惊死后，房子成了"凶宅"，一直空着。复兴大学租来作教职工宿舍，一个生物系教授不迷信，认为"鬼"是旅长心理作用造成的。他迁到楼下住后，也没听说再闹鬼。所以现在二楼装修后，就将朝南的两间房分给童霜威去住了。童霜威倒没有想把家迁去。因为家霆要在重庆上学。但北碚校内有个住处，方便得多。愿意回去就回去，不愿回去可以住上两天，就接受了这房子，由学校派人布置了一番。这次去北碚前，他告诉家霆："我去讲课，打算在学校里住几天，同一些熟人也见见面。"在复兴的教授中，他有好几个熟人。

这样，家霆独自在余家巷住着，心情就更寂寥了。

房东陈太太，早上或夜晚，除了敲木鱼念经，有时要出来散步，拄着双拐，踽踽而行。拐杖戳着地面，"橐橐""橐橐"，凝重、缓慢、富于节律，听来单调、落寞。在这种时候，每每是家霆写文章的时候。他正和燕寅儿通过采访打算写一写田赋征实中的弊病。两人归纳出有八个弊病：征购混淆、实物转移、量器差异、衡器紊乱、标色虚假、包商狡诈、运商昧骗、上下其手同流合污。商定由家霆写前四个弊病，燕寅儿写后四个，通过燕姗姗的关系，把这篇文章找报刊发表出来。

这一向,家霆有意在尽量避免同燕寅儿过于亲密,过多接近。他喜欢燕寅儿的热诚坦率、纯洁无瑕,喜欢她的亲切、乐观和富有朝气。她天生带有一种富有教养的恬静典雅,同她在一起,人会高兴起来振作起来。正因如此,当燕寅儿对他同对待别人不一样时,他就在心里提醒自己了:注意!别伤害一个这么好的少女!你是不可能也不应该爱她的。如果让她误会了或者害得她加深了情愫使她痛苦,你怎么对得起欧阳素心,又怎么对得起她?

他已经在那天把欧阳素心的事如实全部告诉了她,并且向她表示:除了欧阳,他不可能再爱任何别人。没有欧阳,他是多么的痛苦。他要寻找到欧阳并等待欧阳。他发现,听到这些以后,在寅儿光彩照人的坦诚的脸上,曾一时掠过一片阴云。以后,她仿佛若无其事了。她同他的相处没有起任何变化。她仍旧常常笑得很高兴。尤其是同他单独在一起的时候,她总有说有讲,像一只美丽的跳来跳去鸣声悦耳的小鸟。

有时,她陪他打着伞在雨中的街道上信步徜徉,谈论时局,评论当天报纸上的版面及标题,谈论诗歌和戏剧,谈论未来。有时,在茶馆里一起讨论课堂上教师讲授过的课程内容,或者研究写作的题目和文章的提纲。

燕翘老伯似乎很喜欢家霆,这是家霆感觉到的。只要家霆去了,他总要笑着说:"家霆,你来了吗?怎么不常来玩呢?"然后,他要同家霆谈时局、谈国事,有时夸奖家霆"有见地"。一次,当着家霆的面说:"我觉得用'倜傥'两字形容你真是最恰切了!你父亲有你这么个儿子真是好福气!"这以后,燕寅儿开玩笑,把家霆叫作"倜傥"了,正如家霆开玩笑叫她"猫"一样。

大姐姗姗也喜欢家霆,甚至使家霆感到她是有意想促成妹妹寅儿和他成为一对。她总是弄些话剧票、电影票来,一次总是两张,要寅儿同家霆一同去看,还说:"将来,等你们毕业了,我来设法,让你们合办一个刊物,或者同进一个报社。"又说:"你们以后写文章,可以合写,同署两个名字。未毕业前要先在新闻界打开局面。未毕业前,我就让你们得到锻炼。这样,毕业时出路就宽了。"

即使是爱喝酒常常一醉方休的燕东山,接触虽少,对家霆印象也好。他常忧国忧民,同家霆能谈得合拍,对燕寅儿说:"你得多跟着家霆学学,他读过的书比你多,中文英文也都比你好!"

家霆喜欢这家人。但怕使燕寅儿陷得太深,也怕使自己陷得太深,就尽量少去燕家。学校同学里有些爱跳舞的,周六开 Party,燕寅儿说:"来!'倜傥',我教你跳舞。新闻记者哪能不会跳舞!"家霆跟她学了,也跟她去同学家跳舞,但跳了几次就不跳了,仍采取逃避和疏远的办法。有时,燕寅儿走路像带着弹性似的来了,对他说:"'倜傥'!我父亲和姐姐都问,你为什么最近不去我们家?他们还以为我跟你吵架了呢!你能不能今天去一趟啊?"家霆听了,也只是笑笑,说:"'猫'!我实在太忙了!找时间我一定去!"却总是尽量拖着不去。

今晚,就是这样。上课时,他特地挑了个最后排靠门口的座位。一下课,就匆匆离开座位蹓了出来。他不想同燕寅儿一块走,匆匆出了校门。雾气模糊,空中散发着沉闷呆滞而潮湿的气息。他心中为爱情和噩梦似的遭遇而痛苦。想到爸爸去了北碚,此刻余家巷家中只有自己单独一人,冷冷清清,外加一种对欧阳素心的思念,这雾使他又想起了去年秋天的往事,使他又一次地想到朝天门码头去看看。他陷在若有若无的遐思之中朝东北方向走去。

过去的时光,那些与欧阳素心在一起时的甜蜜时光,在回忆中总是无限芳馨,又总是变得时断时续游移不定。缠绕在他心上的爱情与痛苦,希冀与失望,使他的心干渴,使他的灵魂好像沉沦在炼狱之中。他走着走着,终于踯躅到朝天门码头来了。

天墨黑,既无月亮,也无星星。雾气满江,雾团像波浪翻腾,遮住了对江远处。有星星点点鬼火似的灯光,散布在白雾空隙处。江水咆哮奔流。除了季节不同,除了天上没有美丽的"孔明灯",一切都同去年秋天那次晤面时相仿。当然,更没有欧阳素心动人心弦的口琴声。她在沉默中飘然而去,浪迹天涯,没有留下一句话或一个字。她哪里去了?啊,欧阳!

道路上拥挤、嘈杂,人们匆匆闪过,神色呆板。家霆怀着忧伤,独自走回来。身边有些来来往往的人,一个背背篓的撞了他一下,他也没有在意。就在这时,他忽然发现前面不远处有一个女性的背影非常熟悉,步伐也非常熟悉。夜色漆黑,又有雾气,那背影被夜色与雾气混杂遮掩,忽露忽隐。看见了却又并不真切,仍在眼前又似要隐没丧失。

奇怪的是:人丛中那背影曾翩然回首,又瞬即回过脸去。在微妙的一刹那间,家霆心有灵犀一点通似的感到那确实是欧阳素心!她似乎是正朝着这面走来,忽然发现家霆而突然转身逃避的。她的脚步敏捷迅速,看来快要逸出家霆的视野,在白雾与夜色中消逝了。

是幻觉吗?不,不是!是梦中吗?不,不是!家霆奋力大叫一声:"欧阳!"立即拨开脚步飞也似的冲上前去。

她没有答应。背影迅速地在人群中奔闪,越来越远了。

家霆不顾一切地飞追,撞了一个人,又撞了另一个人,口里仍旧高叫:"欧阳!欧阳!"

路人惊异地望着这个鲁莽飞跑的青年人。家霆拨开行人,往前直冲,无论如何,不能再让欧阳又突然在眼前消失。但那美丽的背影确实也是在拼命逃避。

前面,街边有盏昏黄的路灯。路灯金色昏黄的光,使家霆在黑暗中看清了背影逃逸的方向。他冲刺得更快了。

终于,在又滑又湿的路边,家霆追上了背影。他看到在面前的正是朝思暮想的欧阳素心!

她似乎是在黑暗和雾气中飘逸而出的,显得迷蒙虚幻而不真实。喘息着,疲惫而无生气。远处一盏路灯,照亮了她右脸的一部分柔和的线条,衬出她美丽的脸部轮廓。她的眼,隐没在黑暗中。她的头发在脑后用黑缎带扎成一束,一仰头时,清瘦的脸庞依然显出一种微带忧郁的秀美。她穿的可能是一件黑色驼棉旗袍,外面罩一件藏青色的西装外套,衬得她的皮肤异常白皙。额上闪着汗水的光辉。

一种痛楚难言的感情充溢心间,家霆拭着额上的汗摇头说:"欧阳,真是你吗?"

她点点头,沉默着,泪水却由睫下不断地流出来,湿了脸颊。

家霆真想抱住她,安慰她。但街边有人,他一把牵住她冰凉的左手,说:"走!欧阳!到我那里去!"

欧阳素心孩子似的由他拽着手跟他走了几步,忽然说:"不!我不能去!"

"为什么?"家霆奇怪地问,"欧阳——"他轻声但是体贴地说,"你遇到了什么事了?告诉我,好吗?"

欧阳素心摇头,她依然在流泪。

家霆克制住急躁,耐心地说:"我同爸爸住在余家巷二十六号。爸爸去北碚复兴大学讲课了,要过两天才回来。我那里没有别人,跟我回去吧!"

这话似乎有效,欧阳素心不做声了,用小手帕拭泪,任凭家霆紧紧握住她的手,带着她往前走。走路的姿势像一个迷了路的梦游者。

"你为什么见到我要避开呢?"家霆痛心地问,声音很轻。

欧阳素心没有回答。

"你把我想得好苦啊！爸爸也时刻记挂着你！我们想尽办法找你,始终没有音讯。你难道不想念我吗？"

欧阳素心又落泪了,有哽咽声,仍旧没有回答,任凭家霆牵着她走。

"你现在在干什么呀？"家霆关切地问。

欧阳素心忽然站住脚步开口了,似乎主意已变,说:"我想,我还是不跟你去的好。我们就此分手吧！"

家霆急了,说:"什么？不！欧阳！怎么能这样呢？你难道完全忘了过去？"他伤心得要落泪了。

欧阳突然变得冷酷了,声音里不带感情地说:"是的！完全忘了！"她站在路灯的阴影里,马路上流动错杂的车灯光在眼前扫来又游去。偶尔能看到她的眼神,冷凄凄的。

"那怎么可能呢？"家霆急得要命地说,"你这不是真的,绝不是真的！我了解你,你不会忘的,永远不可能忘的。你不是那样的人！"

欧阳仍旧什么也没有说,满面颓丧的样子。

家霆用力挽着欧阳的手又走,说:"走吧！今天,无论如何,我要你答应我这个请求。"

似乎经过思索,欧阳不再拒绝了,叹口气说:"好吧！但是,我只能在你那里停留一小时。"

家霆叹口气,想:唉！到了家里再说吧,点点头,发自内心地说:"欧阳,我依你。你真太忍心了！你知道我是多么的想你,多么不放心你呀！……"

欧阳没有做声,她默默走着,全是被动的。看不出她在想些什么,也不知她是否在回忆往事。脸上茫然,像一个幽魂,在一个陌生而寂寞的天地间游荡。

家霆痛心,是什么矛盾纠结的东西集中在她的躯体里,使她变得这样沉默、这样沉重、这样无情?她当年心灵中那些美丽、纯洁、专注的爱到哪里去了呢?难道往昔的一切都已化为灰烬了吗?……他从心里发出声声恳求:"欧阳,你知道,没有你,我不能活!"

欧阳摇摇头,用微弱的声音说:"家霆,忘了我吧!不要这样!战争已经毁了我的一切,一切都不复存在了。你……不要再寄希望于我!"她的眼光迷蒙,似那流动的雾气,但她的声音里不可遮掩地仍有着爱,使家霆略略感到欣慰。

已经走到距余家巷一半路程的地方了。她忽然又挣扎着立定脚步,说:"我不能到你那里去!让我走吧!"

家霆几乎是哀求了:"不,欧阳!快到了!答应我吧!"他搀起她的左臂,说:"你知道,我见到你是多么高兴。除非我死!我不能再离开你!"

他见欧阳素心战抖了一下,眼里已饱含着盈盈泪水。欧阳不是个爱哭的人,她一定有隐痛,一定有难言的伤心事。而这正是他想知道并且愿为她效力的。他今晚一定要知道她的秘密!他用强有力的胳臂,挽着她大步向前走去。

路灯把他俩的身影拉得又细又长,又突然因为远远离开,而让他们的身影被黑暗吞没。他能感受到她的体温和柔情,但是他猜度不到她的心。过去那种悄声低语和情意绵绵的并肩同行与这完全不一样。雾气中,有闪闪烁烁灯影的反射。茶馆店里的说书声和谈笑声,人力车夫的吆喝声,汽车驶过散发出的酒精味和"啪啪啪"的泄出废气声,远处楼上的胡琴声……小馆店里的油香味和爆炒味……一家小楼上的窗户里灯光映照着天蓝色的窗帘……这一切,都在身边又好像不在身边,都如此近又如此远。家霆突然想起电影《卡萨布兰卡》中那支难忘的主题歌《时光流转》了!歌词已记不清了,但时光流转,一切都变了,而感情呢?我的感情是不会变的,她的感情难道真的变了吗?……啊,啊!

终于,到了余家巷家里。家霆开锁进屋,"啪"地开了电灯,让欧阳素心在椅子上坐下。连忙倒了一杯热开水递到她手上,说:"欧阳,息一息,喝点开水。"

他端详着她。她美丽苍白的脸映着灯光,因为走热了鼻尖有点汗,脸上泛射出金黄的光晕。眉毛细微地闪动,似有无限心事难以申诉。她的表情由于兴奋和激动变得格外楚楚动人。她的身材仍旧苗条,只不过好像丰满了些。也不知为什么,这使他突然想起了《茵梦湖》中莱茵哈德重新见到已经结了婚的初恋恋人的情景。那小说中在形容莱茵哈德看到她时,她身材比以前丰满了。……为什么这样想呢?问题是家霆不能不这样想:难道她已经同别人相爱结婚了?所以负疚避开我不再愿意同我见面?……想着想着,他心里懊丧到了极点。他深情地凝望着她,像过去一样地那么热爱地凝望着她,心头涌上甜里带苦带涩的滋味,说:"欧阳!到家了,我们谈谈好吗?"

欧阳素心啜饮着开水,她那可爱可怜的脸上透露出意志消沉。她的生活似乎并不贫穷,无论肤色还是穿着,都显示出这一点。她也仍然美得周身像飞溅出吸力似的引人注目,只是眉心间那道以前没有的皱纹,却呈现出她生活得不好。她常皱眉,她不快活。

"我对不起你!家霆!有过这样的你,我比谁都幸运。但是——"她忽然开口说话了,而且这话是发自内心的,"请一定原谅我!一切都完了!我早完了!我们之间的一切也早完了!"她流下泪来,拭着泪唏嘘起来。

家霆再也不能忍受了,一把拥抱着她,像他过去曾吻过她似的那么吻着她。她的两颊发烧,她哭泣,他也哭泣,把脸颊紧紧贴着她的脸。两人的泪水流到了一起。见面本是喜事,绞心的是现在双方都能意会到这是悲剧,只有哭泣,才能发泄心中的痛苦。这样,哭了一阵,两人才都松开手,各自拭泪,面对面地坐着,静静无言。

"欧阳,告诉我吧。"家霆心中充满了爱,十分诚恳地说,"你遇到了什么不幸的事?你怎么了?好吗?我想,我们的幸福是该由我们俩一同创造的。不管是谁都阻挠不了我们的相爱,我也不会计较什么的!我只要有你,一切都满足了!没有你,我简直压抑死了!"

欧阳素心摇摇头。此刻,她似乎平静下来了,镇定地说:"不要问我什么了,我是不会说的!一切都过去了!我的个性你知道,你不要逼我。"她看看表,"我不能多留,但让我们谈谈吧。告诉我一些你和老伯的情况,好吗?"

家霆简单介绍了自己和爸爸的情况,也谈了冯村的事。

欧阳素心忽然问:"你那位在上海让我介绍去同我父亲做生意的舅舅柳明好吗?"

"柳明"是舅舅柳忠华在上海时的化名,去年一起离开孤岛同路到大后方来的事欧阳素心已经知道。现在她问起,家霆如实回答说:"成都分别后,一直不知他在哪里。"说到这里,家霆不禁问:"你上海家里好吗?情况知道吗?"

欧阳素心平静地说:"知道一点。依然是那样子吧!银娣仍在。你舅舅柳明离开后,那个贸易公司的生意仍在做。"

从她的话里听不出什么感情来,似乎那个家同她已经没有任何关系。她的父亲和继母也同她无涉了。

但她又说:"现在,战局起了极大变化。日本的处境不好,做汉奸当然死路一条!"她语气凄凉,"听说政府正在大量做策反工作,共产党当然也不会放弃策反。说实话,我倒希望我那不光彩的父亲能从汉奸的泥潭中爬上来。但我已经连对这也没兴趣了。"

她的话什么意思呢?家霆体味着。

欧阳素心忽然问:"有酒吗?"

家霆诧异了:"你现在爱喝酒?"她想寻求刺激填补心灵的空虚,还是想用酒慰藉心灵的创痛。爸爸喝过的那瓶酒就在橱里,但他不愿她喝酒。

她摇摇头,苦笑笑:"不,有时想喝一点。"

"别喝吧。"他央求说。

她点点头,对他笑笑,笑容凄惨,使他心酸。

她突然说:"家霆,还记得在上海时,我们争辩过关于战争的问题吗?"

"记得!那些事我一点都不会忘记。"

"我直到今天还是怨恨战争,恨战争给了我苦难,恨战争破坏了一切,恨战争使人变态和疯狂,使人类流血屠杀,我亲眼见到日本兵就像野兽。你还记得我的那张画吗?那张《山在虚无缥缈间》?我追求的一切美的善的东西,都是缥缈的!实际对我都不存在。我其实早已是行尸走肉。世界之大,我从上海到香港,又从香港到大后方,走了一个大三角形,见到了牛头马面,看到了黑暗内幕,已经厌倦了!厌倦人生,厌倦这世道。路走得太多了,太长了!我累了!想休息了!"

家霆心怦怦跳着,听得急了,说:"欧阳,你太消极了!不能这么想!中国的抗战是正义的!战争是毁掉了许多东西,但有许多美好的东西它是毁不掉的。发动战争的侵略者终究在走下坡路了!反对侵略战争的人们会胜利的!战争毁了许多东西,但也能生发了生机。你也许还不了解,中国也存在着一个生机勃勃的世界,那儿有国家民族的希望。"

"可是,谁叫我是半个中国人又是半个日本人呢?我恨日本兵!他们无恶不作!但我站在中国一边,日本人骂我是日奸;日本如果战败了,中国人又会骂我有日本血统。"欧阳素心似乎没有耐心听家霆的唠叨,更不想多思索,她只哀怨地自顾自在说:"中日结了仇,无论中国失败还是日本失败,我都要遭受苦难。我恨为什么要让我降生到这世界上来。国家的悲剧加上家庭的悲剧本来已使我无法忍受,何况我个人是如此不幸,我已经没有生路了!"

家霆劝慰着说:"欧阳,别那么想!你只应站在正义和真理的一边。再说,发动侵略的是日本的法西斯军阀,不是所有的日本人。日本人反对侵华的也绝不是极少数。"他想把在上海时那位冈田医学博士暗中搭救爸爸的事讲给欧阳素心听,又觉得似乎太啰嗦,只是说:"欧阳,中国也有法西斯,日本也有法西斯!中国也有好人和坏人,日本也有好人和坏人。你站在好人一边你就对了!"

"可是,我惶惑得很。哪里有正义哪里有什么好人呢?我只看到日本帝国主义的烧杀、劫掠、强奸和轰炸,我也只看到大后方到处都有陷阱和豺狼虎豹!"她的眼睛像月光下的树影一样阴沉,里面动荡着愤怒的火焰。

家霆恨不得把自己心里要讲的话都讲出来,可是,既没法一下子讲明白,也没法使她一下子就接受,更无法察知欧阳此刻内心想的是什么,她曾遇到些什么不幸,只能痛心地连声说:"啊!欧阳!你别这样消极,你别这样消极,为了我你也不该这样消极呀!"他起身上来抚慰她。可是她拒绝他再接近她,只是摇着头,泪水潸潸流下来。

远处,房东陈太太念佛敲木鱼的声音隐隐传来,十分阴森,十分凄恻。

家霆终于问:"欧阳,告诉我,你现在在哪里?干什么?住在哪里?"他将脸凑近她,只看到灯光下她的眼睛好像深深的海洋,他好像沉了进去,好一阵子都浮不上来。

欧阳摇摇头,烦恼地说:"别问了!家霆,我对不起你,我希望你将来有一个幸福的前途,也有幸福的生活。但,把我忘了吧!我已经不爱你了,真的!我以前说过:'生命不在长,而在好!'我的生命太坏了!今后,把我从你的心上抹去,就当我们从不认识……"

不容她说完,家霆着急地说:"欧阳,你怎么这样说?在我的心中,你比我自己更贵重百倍、千倍、万倍!你真急死我了!……"说着,他真诚地流泪了,晶莹的泪水挂满面颊,"你必须告诉我,你到底怎么了?发生什么事了?"

"别再追问我了!我早已经不知我为什么还要活着!战争时期死一个人毁一个人算得了什么!"欧阳素心闷闷地叹了一口气,脸上有一种冷漠的伤心失望到极点的表情,"今天,我去朝天门江边,如果不是偶然碰到你,我也许早跳在江水里了!我去过好几次朝天门江边,都想去死!但每次,我都又一念之差走回来了。不过,我确实只想死!你别逼我!我的个性你知道,你如果再逼我,我随时可以死给你看!"

家霆当然知道她那任性而坚定的个性,她说了是会做到的。但什么事使得她如此厌世想去死呢?怎么解开这个谜呢?

任由寂静的空间沉淀下各自澎湃的思绪。家霆犹豫了,只好说:"欧阳,我不逼你!我怎么会逼你呢!我只是为了要你好,只是为了要使我们又能像过去一样过那种幸福美好而难忘的生活。"

欧阳素心皱着眉头,有着沉重难抒的神情,冷冷地摇头,重重地叹一口气:"不可能了!完全不可能了!"她站起身来,说:"我要走了,放我走吧!"长叹声中透着解不开的沧桑。

"你再坐坐,我们再谈谈!"家霆说,看到欧阳把头摇得非常坚决,又改口说:"把你的地址告诉我吧!或者约定个时间再见面,好不好?你知道,我真是日思夜想,我怎么能失去你呢?我的魂魄系在你的身上。"

远处,陈太太念经敲木鱼的声音始终不断地传来,慢悠悠的,炉火纯青,却又使人有镜花水月的空落之感。

欧阳素心又叹口气,摇摇头:"恨我吧!家霆!我和你不一样,我完了!忘了我!你自己好好努力生活!我该走了!"她起立就要拔步。

"你留在这儿!今夜就在这里,我们谈一个夜晚吧!"家霆求她。

"我有事!我得马上走!"

"我……送你!"家霆实在没有办法留下她了,说,"答应让我送你回去吧。"

"不!"欧阳素心的表情显得冷酷,"我说过,你如果逼我,那就是说你要我马上就死!我一定走到马路上就冲到汽车上面去!我也可以回去就死!我可以触电!我也早准备好了一把刀片,可以割破我的静脉!"

多可怕呀!她说得多可怕呀,但看得出她说的全是真话。这倒吓住了家霆,简直不知所措。她变了,那么美丽可爱的她变得这样了!是怎么一回事呢?家霆心里明白:她如果走了,将倏然消失,如同夜空上转瞬即逝的流星!可是他能不放她走吗?连如此深厚的爱情都无法挽转她的决心时,用别的东西更无法拴住她了。

家霆伤心之至地拭着泪问:"那,我们什么时候能再见呢?"

"永远不再见面了!"欧阳素心摇头微喟了,"永远不会再见面了!"她的声音,听来既强硬却又有无限伤感。她看了他一眼,从她的眼神里,家霆心里感到她仍是深爱着他的。只是,她是那样违心地控制住自己。

啊!啊!……

她迈步向屋外走去。步伐是无力的,像是一种勉力的垂死挣扎。

"欧阳!——"家霆痛哭出声,"难道你就这么忍心吗?"

欧阳略一战栗,但没有回头。

家霆紧跟上去。

欧阳回头,冷冷的脸上蓦然流闪出一种死亡的神态:"我说过,别逼我!你不要跟!那样只会使我马上就死!"

她头也不回地匆匆走了。

家霆等她走了一会儿,马上快步追出门去,沿黑黝黝的余家巷石级向上跑。他浑身发烧,心里火燎火烤。天暗,路灯昏黄,有些人在走,却都不是欧阳素心。欧阳素心早不知走到哪里去了。

她走了,可又到处使他感到她曾在此存在过。他充满了一种沉重的失落感,呆呆地像木头人似的伫立在街边黑暗中。他拭不干泪水,想放声愤怒地狂叫。欧阳到底遇到了什么事呢?是什么事使她对生命已经如此厌倦了呢?是什么不幸使她这样一位多情善良的少女,竟会变得这样铁石心肠完全要捐弃过去呢?……

他想不出、猜不透这个谜。

一切都已枉然。他像被一盆冰水从头淋到脚地浑身发冷,颓然拖着沉重的脚步走回来。

四

如果不是谢乐山亲自把粉红色烫金精印的结婚请柬送到余家巷来,并且说起了一些情况,童家霆今天是未必会去参加谢乐山在"冠生园"举行的婚礼的。

那天,谢乐山油头粉面地来了,恭恭敬敬地叫童霜威"老伯",然后,把结婚请柬拿出来,说:"我要结婚了!家父请老伯和家霆兄赏光!"后来,同家霆两人在外屋谈话时,谢乐山说:"我四月十九日结婚,在'冠生园'。吃西餐,你一定要来捧捧场。那天,我把原先的老同学能请的都请了。杨南寿、韦锋都要来,还有曹心慈,是新碰到的。他父亲是军委会的中将参议。我记得小时候你俩是很要好的。他也一定会参加我婚礼的。所以,你一定要来,跟大家见见面。我们老交情,我再忙也不能不亲自来请你。"

家霆小时候同曹心慈确实很要好。两人斗蟋蟀、踢小皮球、划船,都常做伙伴。听他说起曹心慈,家霆不禁打听:"心慈在干什么?"

"好像也在军统呢!"谢乐山说,"看样子混得不错!那天街上遇到,匆匆互相留个地址就分手了。"

家霆又想起了欧阳素心,忍不住问:"欧阳素心还是没有消息吗?"自从那晚同欧阳见面又分手后,家霆一直伤心,只要想起欧阳就心里难过。

"你还在想着她哪?"谢乐山眨着跟他父亲谢元嵩十分相似的蛤蟆眼说,"根本不知她在哪里!从那次在七星岩兴隆街附近偶然瞥见她后,就没再见到过她。"说到这里,谢乐山可能是察觉家霆脸上的表情反映出心里难受,排遣地说:"童家霆,别做多情种子了!何必再去想她呢?听说你现在跟一个姓燕的漂亮女同学很好,常常两人一起进进出出看戏喝茶什么的。早点请吃糖不就行了么?还去想欧阳干什么?女人的事么,不要太认真。就拿我说吧,我现在这位新娘子呀,名叫艾春茹,长得不好看,但她父亲早年留美,如今是孔祥熙院长的亲信,中央信托局的副局长。同她结婚后,我们也许很快会一起去美国留学。我就图她这一点。好在,她长得不好看自己也知道。我要是想在外边怎么样,她也管不着。我在这方面是不太认真的。你该学学我。"

谢乐山人逢喜事精神爽。小分头上的发蜡搽得油亮,蛤蟆嘴一直笑得咧开着。临走前,又炫耀地说:"这次我结婚后就去成都我父亲那里度蜜月。我结婚,家父当然要来主婚。不过,家父不愿招摇,这次请的人不多。主要是让年轻的朋友们一同热闹热闹。

所以伯父要是忙,不去就不去。我知道,他同家父之间有点小误会。哈哈,不过家父为人忠厚,历来对老伯是很好的。我们之间就更不用说了。那天,你一定要光临!"他像个小政客似的口若悬河。

送走谢乐山后,家霆把谢乐山讲的话说给童霜威听了。童霜威忙于写《三朝三帝论》,听后说:"谢元嵩是永远都会使自己走红的,我不想见他。不过,谢乐山结婚既来请了,你当然应该去一去。你们有些老同学能见面,你也可以打听打听欧阳的下落,说不定有人会知道呢。"

家霆点头,说:"是呀,我也是这样想。"

家霆去"冠生园",特别订做了一个奶油大蛋糕,并且要求在蛋糕上用红色奶油写上:

谢乐山学兄
艾春茹小姐　结婚之喜

关关雎鸠,在渝之洲

童家霆敬贺

他请"冠生园"在四月十九日上午,将这大蛋糕送到租用厅堂结婚的谢、艾两府主人手里。

今天,他穿得整整齐齐,上午近十一时到达"冠生园",谢乐山的请柬上写明:婚礼十一时举行。家霆到时,见"冠生园"门口停着不少车辆,门口用大红纸写着招贴:

谢府
艾府　婚礼

走进去时,后面来了个人,"啪"地在他肩上轻轻打了一巴掌。他回头一看,原来是杨南寿!杨南寿穿一套漂亮的丝光咔叽空军军服,打着黑领带,戴着军帽,佩的是少校领章。

"是你啊,杨南寿!"童家霆高兴地挽着他的肩,立刻想起了战前在南京同学时到他家看他喂养的信鸽的情况来了,"听说你受了伤,好了没有?"

"好了!好了!"杨南寿小时候人叫他"小黑皮"。现在仍黑黑瘦瘦,个儿不高,不像人们想象中的航空员。可是如今美国来的P—51战斗机,需要身材灵活体重较轻的飞行员。他瘦而精干,身体健康,自然合格,"我很快要去归队了!"

"你了不起!"家霆真心实意地说,"我钦佩你!小时候你天天赶鸽子飞,如今,你自己在天上飞了!有时听到天上飞机声,我就会想起你!"

"真的?老同学,太感谢你了!"杨南寿高兴地说,"做空军死的机会太多了!多少伙伴都早粉身碎骨了,我活到今天是命大!"杨南寿讲笑话似的说:"我死不得!还没尝过结婚的滋味呢!看到谢乐山这家伙结婚,我还真嫉妒呢!"他又问:"童家霆,听谢乐山说你在上民声新专,也有了个漂亮的女朋友了,是不是?"

家霆摇摇头,说:"你别全信他的话!"又说:"走吧!我们该进去了。"

厅堂里面,布置得喜气洋洋,真是挂灯结彩,四周挂满了深红、淡红上百顶喜幛,幛上亮闪闪的金字全是"天作之合""花好月圆""琴瑟和谐""君子好逑""白头到老""鸾凤和鸣"一类的吉庆贺辞。人客到得很多,男女老少都有,香烟的烟雾腾腾。吃西餐,所以未摆大圆桌,长桌摆成长方形,四面都是桌椅,只是下首留了一个豁口,让新郎新娘进来。桌上都放满了盘装的香烟、喜糖之类。

家霆同杨南寿进去后,先看到了谢元嵩和一些男男女女的老年人在上首坐着聊天。谢元嵩瞪眼挺肚,穿了笔挺的藏青西装吸着雪茄,正在高谈阔论。家霆远远看到自己送的那只大蛋糕与其他别人送的一些大蛋糕都放在进口处的一张横桌上。

新郎新娘去梳妆打扮还没有来。一个不认识的胸前佩戴粉红色招待条穿墨绿旗袍的女郎,上来客气地请家霆和杨南寿到一块放在桌上的粉红绸子上签名,然后引他们到左侧去坐。

杨南寿眼尖,一下子看到坐在右侧正在吸烟的韦锋和曹心慈,说:"童家霆!看!韦锋和曹心慈在那里!走,去那儿坐。"

两人到了韦锋和曹心慈的面前。韦锋伸出手来,曹心慈高兴地站了起来,说:"啊呀!同班老同学今天都又见面了!"

家霆对韦锋说:"我前些时到罗家湾找过你,你出差去贵州了。"

韦锋说:"是呀,我刚回来。其实我不在,你为什么不找曹心慈呢?"他的眼仍像小时候那样诡谲。

曹心慈亲热地握住家霆的手,说:"你把我忘了吧?我们小时候是老伙计呢!"

家霆说:"心慈,我一直不知你在重庆,也不知你同韦锋在一起。"

大家互相交谈了一番,各自讲了自己的情况。韦锋和曹心慈只说是在军统工作,具体的事谈话都很谨慎,一句也不多说。

杨南寿问:"辛绥之来了没有?"

曹心慈丢掉烟蒂踩灭了说:"没见到!"

家霆问:"还有别的老同学来了没有?"

韦锋笑了,喷着烟说:"谢乐山是多精明的人!他看不起的人是不发请帖的。"

四个人在一起谈得挺投机,主要谈的是战前在南京时小学里的趣事。有一次,曹心慈带了乌饭到学校里吃。"四月八,食乌饭"是南京的习俗。乌饭又名青精饭,是用青精树的茎叶捣烂滤汁泡糯米晾干蒸煮而成的。传说仙女三圣母因思凡下嫁人间,触犯天律,被玉皇关进地狱,整日挨饿。儿子沉香送饭到地狱,都被看门鬼把饭吃了。沉香找到一种树挤汁把米浸黑煮饭,从此看门鬼不敢再吃。三圣母靠这身体强壮起来。沉香的孝心感动了玉皇,于是将三圣母释放。这种黑颜色的饭家霆从未吃过,曹心慈分一半给家霆吃,家霆不敢就吃,杨南寿上来大口大口就吃。家霆见他吃得津津有味,想吃,剩下的已不多了。……杨南寿又谈起有次他跟曹心慈偷偷同到夫子庙去看"吊吊戏"。"吊吊戏"就是木偶戏,露天搭台演出。周围圈地围成篷圈,上面用布篷遮盖。给八个铜板,可以进门站着看。演吊吊戏的一个人右手敲大锣、左手敲小锣,脚踏铙钹,胡琴倚在胸前,还有唢呐、笛子、京胡、二胡配音,演的是《猪八戒招亲》和《水漫金山寺》。看完戏回家迟了,一人挨了家里大人一顿骂。谈起小时的旧事,大家嘻嘻哈哈很高兴。

讲讲说说,家霆时时刻刻想问问他们关于欧阳素心的情况,但插不上嘴。一会儿,结婚典礼开始,司仪的是个穿西装的中年人。宣布后,响起了结婚进行曲。贺客们都下位蜂拥到进口处。韦锋等人跟着拥上前去。家霆出于礼貌,也跟着他们走上前去。谢乐山和新娘艾春茹的汽车到了大门外,走下车来,这时,按着悠扬的音乐声走进来。当头的是一个打扮得十分漂亮的小男孩,提个花篮撒花瓣,后面就是男傧相陪着矮小蛤蟆眼的谢乐山,和一个年轻美貌的女傧相陪着披长纱的新娘。新娘缓缓走着,后面一个小女孩牵着长纱跟在后边。

新娘肥胖得要命,又有一张大扁脸、两只朝天鼻孔,涂脂抹粉,浓妆素裹,确实难看。

杨南寿对家霆说:"哈哈,我还以为'皮猴'艳福不浅呢,原来……"下半句没说,意思很明白。

韦锋轻轻地笑着对杨南寿和家霆说:"你们不知道吧?这一对郎才女貌的结合,嗨嗨,是谢乐山的爸爸同女方的父亲要合伙做大生意才促成的。女方的父亲艾大伦是中央信托局的副局长。谢乐山的父亲谢元嵩同成都、昆明美军方面挂钩做生意,很发财。最近听说办了家报纸,得到了某些政界实力人士的支持。反正,家长合作了,子女结婚了;子女结婚了,家长也就合作了!"

曹心慈说:"要是我,不是我爱的人,哪怕她老子是百万富翁我也不要。"

韦锋说:"谢乐山自己也不过是个武大郎!幛子上说的'天作之合'其实不错。"

几个人说说笑笑,只见结婚典礼开始,大家都回到各自位子上去坐着。这时,外边"乒乒乓乓"放起爆竹来,里边新郎新娘在鞠躬了。又是向证婚人主婚人鞠躬,又是相对鞠躬,又是向来宾鞠躬,交换戒指,接着是证婚人演讲。咿咿呀呀也听不清讲些什么。

家霆同曹心慈坐在一起,在他感觉中,曹心慈比韦锋人要好得多。小时候,韦锋绰号叫"尖头怪"。有次下课后,家霆同韦锋一起踢小皮球。韦锋一脚将小皮球踢到教室玻璃窗上,踢碎了玻璃。老师追查时,韦锋赖了,说是家霆踢碎的。现在,韦锋干了军统,家霆发现他两只眼老是露着凶光,心里有种直感:这人不会发善心!本想同他谈谈靳小翰的事,就有点打憷了。恰巧见他跟杨南寿坐在一起正谈中美联军最近在缅北作战取得小胜的情况,两人谈得高兴,家霆轻轻对曹心慈把靳小翰的事说了,问曹心慈他和韦锋知不知道这个案子。

曹心慈默默听了,摇头压低嗓子说:"童家霆,我们小时候就有交情,所以我对你说老实话。我学了医,只是想治病救人,没想到毕业后,人家介绍我进了军统。进去后,懊悔也来不及了,听到看到的坏事太多了!唉!以后,你别到罗家湾'漱庐'找韦锋和我。那里是军统局局本部,门口不挂招牌,你去找我们,一般都是告诉你人不在。其实上次你找韦锋,说他去贵州了,那是打发你的。韦锋根本没出差!刚才他叫你到军统局找他或找我,嘴上是这么说,心里未必这么想。你不要去！那种地方去没有好处！"

家霆心里感到了军统局的恐怖。

曹心慈又轻轻说："你谈的这件事,我没听说过。既是属稽查处办的,我这个搞医务的小巴拉子是没法办的。重庆卫戍总司令部稽查处,在我们戴老板的计划中既是掩护地方军统秘密单位,又是军统在地方的合法行动机构。这是戴老板一手掌握的。我劝你少管闲事算了。"

上边证婚人讲完,主婚人在讲话。谢元嵩指手画脚"呜里呜啦"不知在说些什么。

家霆听了,闷不作声,心里难过,终于还是说了："心慈,倘若可能你给我打听一下消息告诉我好不好？我想知道他现在什么情况了。在学校里是那么好的朋友,我现在总不能一点不关心呀！"

曹心慈点点头,说："我尽我的力！能打听到我一定告诉你。"又轻轻地说："'尖头怪'这家伙心毒手辣,我在军统做医生,他干的却是特侦工作组的事。他是一定能升官的。我这人心软,可不行。我很后悔进了军统,正想设法脱离,只是一时恐怕还办不到。"

家霆轻轻地问："'尖头怪'他怎么样？"

曹心慈把面前桌上的一副刀叉拿在手里,做着刺杀的手势说："反正,别跟他说知心话！他办起案来,不讲人情,也不讲人性。他是狂热的,一个领袖,一个主义,很想博得上司的欢心,好提升他当头目。这人可怕！我不想得罪他,也不想多接近他。平时客客气气,维持个关系。……"曹心慈话没说完,家霆发现婚礼已经结束,新郎新娘已经入席,仆欧来上西餐的汤和冷盘了。杨南寿站起身来,说："来来来,童家霆,我俩换个位子,我同曹心慈谈谈,你同韦锋谈谈。"

他这主意,当然周到。老同学久不见面了,自然应互相交谈交谈。但由于家霆从小同韦锋不太要好,所以并不想换位子。既然杨南寿要换,也只好换,就同杨南寿调了个位子坐。

韦锋看看冷盘和蔬菜浓汤,摇头尖酸地笑笑对家霆说:"哈哈,'皮猴'真抠门儿,我送的礼够吃十客这种蹩脚西菜。我给他算算,结这次婚,可以赚一笔去成都度蜜月的钱还有余!"

家霆觉得他尖刻,无心地随口开玩笑说:"昨天我看报上登的孔二小姐飞美结婚的一篇文章,说:她结婚所耗费用可以救济一万难民,还可以开办一所完善的大学,赶制嫁衣的工人可以制成中国的两师人的军装。要是让你去参加孔二小姐的婚礼,吃得可就一定满意了!"

韦锋听了,脸色突然阴沉,不以为然地眼露凶光,说:"哪里看到的报纸?什么报纸?全是共产党的宣传攻击!胡说八道!"

家霆想:这是他干军统的职业养成的一种本能了!究竟年轻气盛,而且对韦锋容易有反感,不服气地说:"桂林《大公报》登的!不见得是什么共产党的宣传攻击吧?那年,太平洋战争爆发后,孔二小姐由港飞渝,飞机降落珊瑚坝机场时,她带了洋狗、老妈子下飞机,听说当时无人不知,难道也是假的?现在政府贪污腐败、专制无能,你能说什么都是假的吗?"

韦锋冷笑,半真半假似开玩笑又似认真地说:"啊,童家霆!你思想还真进步呢!怪不得听说民声新专里有共产党。看来,你也受了影响了。我以老同学身份劝告阁下,你父亲本来也是中枢要人,可不要不维护国民党的利益倾向共产党去。共产党迟早还是要被解决的。"

家霆本想争辩,想到在江津学校里的教训,又想到刚才曹心慈的叮嘱,就不想说了,心想:韦锋说的民声新专里有共产党,看来军统早注意到我们学校了,特务的鼻子真是到处都在嗅呢!……想到这里,故意缓和,开玩笑地打断韦锋的话说:"算了算了,你就别卖膏药了!快吃吧,汤冷了!"

韦锋喝着汤,说:"童家霆,谁跟你开玩笑!我是好心好意才劝你的!不听我的劝,小心吃大亏!"说这话时,眼中依然露出凶光。

家霆只好笑笑了,倒不是示弱,经验教训已使他懂得应当如何对待特务了。这是他逐渐成熟了的表现,他仍是开玩笑地说:"韦锋,怪不得看来你现在很得意。我要是你上司一定会提拔你。"

"上次你到罗家湾找我有什么事?"韦锋听他这么说,似乎心上在思索什么,突然问。

"没事,老同学嘛,去看看你。"家霆充满警惕。

厅里热热闹闹,笑声此起彼落,人声喧哗,烟气缭绕。又来上菜,是一道德国式牛排,牛肉极老,韦锋用刀切了一块,嚼了几下,骂了一声:"他妈的!"将牛排吐出来,说:"哪是牛肉,简直是牛皮!"

家霆咬着牛肉,确是老得嚼不动,心想:谢氏父子办不出好事来。见韦锋在看手表,发着牢骚说:"看来也没什么好吃的了,我还有事,得先走。"说着,起身对家霆说:"童家霆,今天见到你很高兴,以后找机会再见面吧。"说着,绅士派地伸出手来。

家霆同他握握手,感到参加这个婚礼没意思,也想走,但不愿与他同走,见他对杨南寿说:"'小黑皮',走不走?"

杨南寿站起来说:"好,我也走。"他同曹心慈和家霆都握手,对家霆说:"童家霆,前方最近吃紧,河南已有恶战,日寇在湘桂都要蠢动。我不久就要离开重庆去柳州了!后会有期!"

家霆同他紧紧握手时,感觉到他的友情,发自内心地说:"一定会再见面的!祝你一切顺利,多击落几架敌机。"

厅里上边还在吵吵闹闹,有些人闹新房似的上去纠缠新郎新娘,要他们谈恋爱经过,要他们唱歌,嘻嘻哈哈,一片笑声。

见韦锋和杨南寿走了,家霆把位子挪到曹心慈身边,说:"我们吃完了饭一块走吧。"

曹心慈点头说:"好,我就住这附近,等会儿到我家里坐坐。"

家霆继续嚼那又老又无味的德国式牛排,他并不想吃,只是陪曹心慈。

曹心慈嚼着牛肉摇头,说:"一定是水牛肉,黄牛肉都去孝敬美国大兵了!"

现在,没有韦锋在身边了,家霆问曹心慈:"你还记得欧阳素心吗?"

"怎么不记得呢?"曹心慈望着家霆说,"别的女同学能忘得掉,她是忘不掉的!"

家霆说:"你知道她现在在哪里吗?"

曹心慈又看看家霆,似斟酌了一下,说:"家霆,我听谢乐山说过了,你同欧阳素心谈了一段恋爱,是吗?"

家霆点头承认,叹气说:"在老同学面前,我不瞒你。奇怪的是她忽然弃我而去了。不知她有了什么不幸的遭遇?"

来上最后一道火腿丁蛋炒饭了,曹心慈吃着饭似乎在思索什么,又看看家霆,说:"快吃!吃完,到我家,我告诉你一件事!"

家霆用奇怪的神情望着他,敏感地觉得他一定要谈的是与欧阳有关的事情,点点头,吃着火腿丁蛋炒饭,忍不住问:"心慈,别跟我打哑谜了!为她的事我几乎要急疯了。你知道她在哪里吗?我想,你一定知道!"

曹心慈摇摇头:"别急!我一定把知道的全告诉你。快吃吧!不吃了?好,那就走!"

两人悄悄溜走了。走到外边,天是阴郁的。四川的天气,常常说晴就晴,说雨就雨,现在是要下雨的样子。家霆紧紧跟着曹心慈走,过了一条马路,转了一个弯儿,到了一片"国难房子"跟前。"国难房子"的建筑,是竹片编成篱笆抹上黄泥做的墙壁,讲究点的是瓦顶,蹩脚点的是茅草顶。有些最差的则是用木柱、竹架撑起的小矮房或者棚子。这里原先遭过大轰炸,还有残存的半幢未倾圮的洋房和砖房存在。"国难房子"是在废墟上后来盖起来的。

曹心慈说:"大轰炸时原先我家住的房子炸毁了,幸好没死人。后来盖了点这种房屋住。我们是广东人,我老子带的是粤军,算是杂牌,不是中央系,平时克扣粮饷,战时不予补充。他负过两次伤。前年队伍打得消耗得差不多了,便被改编掉了。空出的番号,用嫡系补充了。我老子成了孤魂野鬼,在军委会挂了个中将参议的空名,领点吃不饱饿不死的钱来养活他们老两口。说起来心酸,也叫人生气。"

家霆看得出曹心慈的义愤,心想:他虽进了特务机构,但做医生,比起韦锋来是有些不同。一味跟着曹心慈走,只是随口问:"你兄弟姐妹几个?"

"如今就我一个了!"曹心慈说,"有个姐姐,当年留在广东家乡亲戚家没出来。如今那里沦陷,也不知下落了。"

雨,突然零零落落洒下来了。好在曹心慈家也到了。绕过一小片刚拆除和清除干净的瓦砾和断垣场地,这里大约要准备盖房子,又绕过一块被旁边住家人家倒垃圾、泼污水溅湿了的肮脏泥地,走到了曹心慈家。

外边,用竹篱笆围了一圈。几间"国难房子"比较讲究,竹篱抹泥的墙上开着窗户,窗户外边还有好几尺宽的走廊。门开着,屋前也不洁净,说明两个老人慵懒衰颓,连打扫都说没有能力和兴致了。

进了房,里边布置得倒还干净。曹心慈的父亲是个瘦高条子的白发老人,穿的旧军装,坐在躺椅上看报纸;他母亲是个矮胖花白头发的老太太,正在床上午睡。

家霆一一打了招呼,叫了"老伯""伯母",被曹心慈领进了里边他的一间小房。小房里倒是明亮,家具简单,有些杂物。家霆在写字桌旁的凳子上坐了下来。曹心慈摸出烟来点了一支,说:"家霆,这事其实我早知道,当然不是都清楚。但我碰到过欧阳素心,后来又听谢乐山说起了你们的事。只是欧阳素心恳求我保守秘密,更不能对你说。我向她起过誓。而且,这事很复杂,我不想得罪谁。所以,现在,看在我们小时候交情的分上,我告诉了你,就你知我知。你也要保证以后别再找她!"

家霆愣在那里,心里七上八下,不知说些什么好。事情被他估计到了:曹心慈确是掌握了情况的。但怎能保证今后不再找欧阳呢?

曹心慈同情地说:"在'冠生园',在路上,谈这些都不合适。我怕你动感情,也怕被人听见。在我家里,保险,而且我可以给你看张照片。"

他去打开了一只藤箱,乱翻乱找,找出了一些照片,在里边抽了一张,递给家霆,说:"看看吧!这上面有欧阳素心。"

家霆接过照片,是一张豆腐干大小的照片,上边的人都很小,是在一个小院子里拍的。院子里有墙有树,照片上有六七个人,便服军装的都有,有男有女。其中也有曹心慈。果然,三个女的中有一个就是欧阳素心。她穿着黑旗袍外罩一件浅色短外套,这正是前年秋天在朝天门下江边见到她时穿的那套衣服。另外两个女的在笑,欧阳则冷若冰霜。在她身旁站着一个身材高大强壮的中年男子,模样干练,穿的军装,没戴军帽,脸上跋扈骄横。家霆看着照片,对欧阳失踪之谜,似乎渐渐得到了答案,心里发酸,说:"我有点明白了,心慈,全告诉我吧!"

曹心慈吸起烟来了,皱着眉说:"反正,欧阳素心跟我一样,尽管并没有干那种血淋淋的事,但已经陷在这里边了,要摆脱已不可能。你死了心算了,她已经身不由主。何况,还有别的更重要的原因。"

"更重要的原因是什么呢?"家霆焦灼地问。

曹心慈把家霆手中的照片拿过来,用右手食指指着那个身材高大的中年男子说:"这人叫顾孟九!戴老板的亲信大红人,军校八期的,在局里是个后起之秀。军衔只是中校,权可大得吓人。他自命最忠于领袖,是个铁石心肠厚颜无耻的小人,杀人不眨眼的凶神。欧阳在他手掌里!这事我告诉了你,可不能对人乱讲。"

家霆似乎更明白了,问:"他们恋爱了?还是结婚了?"

"欧阳是不可能同这种人恋爱的。"曹心慈浩叹了,"我偶然遇见欧阳是去年十二月的事。在那以前,她早被顾孟九占有了!一个孤零零的弱女子,其情肯定可悯!"

"怎么回事?欧阳怎么会到军统里的呢?"

"弄不清。只知日寇占领香港后,她单身一人冒险经由惠阳等地逃离香港到桂林,逃离香港时途中遇到了日本兵,后来又遇到了在香港干特工撤回来的顾孟九。这中间一定有了什么非常悲惨的遭遇。我偶然碰到欧阳时,顾孟九早占有、控制她了。"

"她在军统里干些什么呢?"家霆心里哀伤欲绝,说不尽有多么痛苦。

"她好像有日本血统,日语讲得跟日本人一模一样。我见到她时,她正在做对敌宣传的广播工作。她用地道的日本人的声音对日本进行广播。东京的报上诋毁她是'娇声卖国贼'呢!"

"能把她的地址告诉我吗?"家霆问,心想:无论怎么,我也还是要找到她!

曹心慈语气里含着责怪了:"你看你这人!不是我不告诉你,她的住处我知道,可是你去也找不到她了!"

"为什么?"

"听说走了!不在重庆了。"

"不!"家霆说,"不久前我还见到过她!"

"不骗你!她被派出去了!"曹心慈用手指捏灭烟蒂,也不怕烟火烫手,显得他心里极不平静。

"去哪里了呢?"

"听说去上海了。"曹心慈说,"这是绝密的!只是听说,不一定准确。"

家霆暗想:派去上海了?难道是要利用欧阳父亲的关系?心里的懊丧无法形容,问:"顾孟九对她怎么样?"

"那是个瘟神,将人打得皮开肉绽鲜血淋漓时,他脸上也是笑眯眯的。"曹心慈说,"情况我知道得很少。同欧阳一共见过两次面。第一次是偶然碰上,就是拍照的这次,我因公到他们电台那里去,碰到了她。正巧有个人在给大家拍照,欧阳不肯拍,那人硬拉她拍,把我也拉上去合了一个影。第二次,她到局本部看病,顾孟九不在旁边,我俩就谈了一会儿。"

"她谈了些什么?心慈,全告诉我吧!"家霆哀求道。

"她很消极,问我见到过你没有?我说没有。她说如果见到了或遇到其他同学,管谁都不要提起她。说着,就伤心落泪了。她说:她曾和你山盟海誓,但现在掉入陷阱,一切都完了!一切都已无可挽回!又说:战争毁了她一切,日本兵是豺狼,顾孟九也是豺狼。她一再想自杀,但还有些心愿未了,不然,早可以死了!"

家霆伤心,眼眶湿润了,说:"心慈,我太爱她了!你不知道,她多么善良!我实在想不到她会有这样不幸的遭遇。你说,我怎么办?"

曹心慈叹口气又点燃一支烟说:"家霆,这些事我本不该对你说的。既说了,我希望你现实一点,把她忘了算了!她像一朵洁白的香花,已跌入污泥被车轮碾碎了!你不能因为她已被毁就也毁了你自己!"

"但是,没有她,我就必然会毁了我自己。"家霆大声说,他像被人用铁锤当头猛击了多少下似的简直快不能支持了。

曹心慈劝慰地说:"有些漂亮的艺术品,原都是值得珍贵的。一旦被人砸碎,就毫无价值了。欧阳素心是一件珍贵的艺术品。但现在,你即使再伤心,又有什么用呢?"

家霆把头摇摇,痛不欲生地说:"心慈,我求求你,把她的地址告诉我!"

"你是不相信我吗?"曹心慈诚恳地说,"我绝不骗你!她确实已经离开重庆了!顾孟九走未走,我不知道。我如果把她地址告诉你,你去找,碰到顾孟九多不好!"

家霆固执地说:"相信我!我绝不会做连累你对你不利的事。万一她没有走呢?我要她的地址,在那附近等候,看看有没有机会再见她一面?如此而已。我不会冒冒失失去闯祸的。那样,对她也不好。我不会做对不起你也对不起她的事的!"

曹心慈把支香烟又用指头揿灭了,用手指捏玩着烟丝,叹口气说:"热心人招来是非多!我早料到只要把这件事向你透了信息,就会惹来你刨根问底的。我就如实告诉你吧!顾孟九同她住在信义街一〇二号,是一幢三层小楼。他们住在三楼上。"说到这里,曹心慈又叮嘱:"童家霆,你说话可要算数的。我全告诉你了,作为老同学,我对得起你了,你也要对得起我!"

家霆后来怎么离开曹心慈的,他自己也糊糊涂涂记不清楚了。像生了一场大病似的,他浑身无力地走回来。一个人精神全部崩溃也就是这种样子吧?他脑海里始终有一个欧阳素心的形象存在。但不是过去那个纯洁、美丽、善良、聪明、爱幻想的欧阳了,而是一个苍白、忧郁、痛苦、被摧残、被侮辱与被损害了的欧阳了!欧阳哀怨地向他流泪、倾诉。

他觉得完全可以理解欧阳的"失踪"了。但是,谜并没有解开呀!欧阳是怎么会同顾孟九沾到一块的呢?她绝不是那种见风随雨的女性呀!她是有主见的、有个性的刚烈少女!她的爱真诚而洁白,她不是一个轻易毁去自己诺言和爱情的少女呀!她一定有非常悲惨非常不幸的遭逢,是什么样的伤心血泪经历呢?……现在,曹心慈说她又被派到上海去了,去干什么呢?当然是去执行什么任务去的,她会怎么样呢?……她一定早就不想活了,她还有什么心愿未了呢?是我?是她父亲?……谜纠缠在家霆的心上,像细麻线紧紧缠得他心疼,像被棉絮捂紧他的鼻子使他几乎窒息。

外边,下着雨。淋着冰凉的雨,似乎清醒些了。人不能这样脆弱!家霆突然不想回去了!他叫了一辆人力车,说:"到信义街!"他迫不及待地要去探寻一个究竟,希冀能同欧阳见上一面。当然,他言而有信,决不莽撞。觉得自己既不能损害欧阳,也不能损害小学时的老同学曹心慈。

他找到了那幢三层的青灰色小楼了。站在那幢上了年岁遭到日晒雨淋在大轰炸中幸存下来的小楼面前,心头拥集着历史今昔之感,他神思恍惚。

小楼已经很旧了。无论斑驳的门窗还是有着水渍、青苔的墙壁,都已说明它经历过多少年的岁月湮蚀。有些玻璃窗上的玻璃或碎或缺,糊着报纸。小楼里边住的一定是很多户人家。

家霆佯作找人似的走了进去,在楼下一户人家问一个黄瘦的穿蓝布旗袍的中年主妇:"请问,这三楼上有个名叫杨蕙娟的年轻女人住着吗?""杨蕙娟"的名字,是他胡诌的。

"杨蕙娟?"中年主妇倒是个好脾气爱讲话的人,摇手说:"没有这么个人。"

家霆把欧阳素心的模样形容了一番,黄瘦的中年主妇说:"啊,这样的人倒有一个,不叫杨蕙娟,叫杨素心呀!男的是个军人,姓顾,不过已经搬走了,房子将由别人住了。"

家霆谢了她,说:"那我上去问问!"他踅进黑暗的甬道,磕磕绊绊摸索着楼梯栏杆,小心地上楼。楼梯已经朽烂,踩上去"吱吱"地叫。碰着转弯处的煤球炉,踩翻了一只簸箕,终于摸上了三楼。这儿早已人去楼空。两间房,一大一小,门敞开着,空空荡荡。他心里酸酸的,直想落泪,站在那里,耳边仿佛听到欧阳吹奏的悦耳的口琴声,又仿佛听到欧阳好听的声音在说:"家霆!你是为什么来的呢?……"这当然仅仅是幻想,这是他那次在上海到环龙路欧阳家里看她那幅《山在虚无缥缈间》的油画时,欧阳一见面时讲的话!……可是,这一切都遥远了,都过去了,都消失了!似乎永远永远地消失了!

雨轻轻敲打着空房间的玻璃窗。他设想着那间小的房间可能是欧阳住过的。不胜动情,也不堪回首。他带着怅惘的心情走下楼来,沿楼梯的墙上湿漉漉的,仿佛淌着眼泪。他冒着雨,拖着疲软的脚步走着回家。他摆脱不了对欧阳的思念,更摆脱不了对欧阳不幸遭逢的怜悯。他永远不能、永远不能不想念她。他心上好像给剜空了一大块无法填补。

马上到沦陷了的上海去找欧阳,当然已不可能。在他心里有一个声音像盟誓:只要有可能,再远也不管!我将来一定还要找到她!不管她怎样,我还是永远爱她!我要救她!

淋着雨,他丧魂落魄地回到了家里。

看见儿子从脸色到精神状态都十分异样地回来,童霜威惊讶地盘问究竟。听家霆谈了经过,他叹了一口气,摇着头说:"都是鬼子的侵略!我也恨这罪恶的社会!恨这罪恶的特务政治!"他的脸痛心得纠了起来。

他拿出两封信来,说:"家霆,我也难过!但要坚强,不能消沉!这里有两封信,我看了一封,还有一封你快看看。冯村的事倒好像有点生机了!"

家霆看到:一封是陈玛荔派人送给自己的信;一封是叶秋萍派人送来给爸爸的信。

陈玛荔的信,家霆拆开后看到写的是:
"嘱托之事已有转机,望明日上午十时半来面谈。"
叶秋萍的信曲里拐弯,写的是:

啸天我兄勋鉴:

去外地处理公务,瞬忽数月,归来奉读惠书,知悉一一。所嘱之事自当查询照办。知关锦注,特此布复。顺颂
大安

弟秋萍顿首

五

居然是一个难得的好天气,上午十点钟就见到了阳光。童家霆匆匆到陈玛荔的公馆去赴约。他虽看到天气晴朗,心里仍像见到阴霾天气一样沉重。

冯村的事使他沉重;欧阳素心的事使他沉重;早上报纸上的新闻也使他沉重:四月十七日,日寇在河南发动猛烈进攻后,渡过黄河,国军在七天内,丢失了郑州、荥阳、密县、虎牢关等大片土地和城市,看来日寇是想打通平汉路。国事如此,加上个人遭遇,家霆怎么能不扼腕叹息。

他怕到陈玛荔那里去,又不能不去。总算还好,陈玛荔很忙,在约定的时间,准时在会客厅里见到他后,说:"我今天有事,马上要出去参加一个宴会,让我们开门见山地把事谈一谈。"

这女人,做事讲究效率,讲话也是。她请家霆在大沙发上坐下,自己陪家霆坐在大沙发上,吸着烟说:"冯村今晚就可释放。他是因为交游广阔、又会日文涉及汉奸嫌疑被捕的。(家霆想:咦,怎么罪名又改变了?)所好查无实据,各方面都有人营救说情,加上现

在他又得了重病,所以,今晚你可以通知'渝光书店'做好准备。晚上九点以后,会有车子送他回去的。"

家霆心情激动,也说不出高兴还是不高兴。听说冯村舅舅又病重,问:"他的病要紧吗?"

陈玛荔点头:"很重!你可以仍请燕东山给他医治嘛!不过,盘尼西林针药没有了。我本想给你设法再弄一些,没有弄到。"这女人也许就是个热心人,也许是一种交际手腕的运用,使人无法捉摸。

"要注意一个问题!"陈玛荔又叮嘱,"人释放了,不要声张,更不要给他们添麻烦。"这"他们"当然指的是特务机关了,"我卖了大面子才帮你这个忙的。不要给我也添麻烦。"

家霆点头,说:"当然,Aunt,我非常感谢。"

陈玛荔笑笑,说:"我很欣赏你对你冯村舅舅的情意。我喜欢重感情的人。反正,你这次算是欠了我的债了!怎么还这个债?"她朝家霆看看笑笑,"以后你考虑!我不急。"

陈玛荔今天没有着意打扮,穿得淡雅,是一套银灰色的西服和一双黑皮鞋,未涂口红,脸色显得苍白疲乏,但眼波流盼,依然光芒四射,同墙上那幅巨大全身油画像上的她相同。

家霆不知该怎样回答才好,略一犹豫,陈玛荔似乎能看穿他在想些什么,笑笑说:"Adonis,'有事有人,无事无人',过河拆桥就不好。以后,你仍要常来。如果我有需要,你能像我帮助你那样帮助我吗?"

家霆规规矩矩地说:"Aunt,我希望我能那样做!"

陈玛荔看着他笑笑说:"你气色不好!什么事使你变得这样?可以告诉我吗?"

家霆当然不会把欧阳素心的事告诉她,敷衍着说:"为冯村舅舅的事心里一直不宁,也忙。"

"啊,对了!"陈玛荔丢掉烟蒂,想起了什么似的说:"那篇发表在《抗战文坛》刊物上的《田赋征实八大弊病》的文章,署的是你同燕寅儿的名字,是你们合作的?写得实在不好!"

家霆不能不承认,却想:以后写稿该用笔名,可以省去不少麻烦。因此点头,却没说话。

"你的知识库丰富,也勤奋,可是我很怕你会左倾。"陈玛荔流露出深思,关切地说,"你已经进了民声新专,又怎么写这种损害政府威信的文章呢?况且,《抗战文坛》是个左倾杂志,战时新闻检查局以后要扣检它的文章!"

家霆辩解说:"我们那篇文章完全符合事实。田赋征实弊端严重,写出来有利于改进比不写好!"

"但对政府不利,实际是攻击政府的。我再说一次,以后,你有文章拿来给我,我来给你找地方发表。我一定可以把你培养成名记者。"

家霆没有做声。

陈玛荔又笑了,看看手上的金表,站起身来,说:"Adonis,今天不能再谈了,我叮嘱你的话你要记牢。"

家霆点头,起身要走。陈玛荔说:"别走,我让车子送你回家!"她从提包里掏出金套的蜜丝佛陀唇膏和一面小镜,对着镜子迅速地搽口红。口红一涂,整个脸变得容光焕发了。她用迷人的口气问家霆:"怎么样?好看吗?"

家霆点头,诚实地说:"很好!"却又说:"Aunt,我还要去别处有事,不坐您的车了!"说完,转身就走。

陈玛荔热情地叫他:"停一停!马上一块儿走。"但没有叫住家霆。

家霆出来,走在阳光下,想到冯村舅舅可以出狱了,有一种如释重负之感,担心他的病情,又忐忑不安。正在路边走,忽然一辆从后面开来的"福特"蓝色轿车"嗞"地煞车,停在他身边。

他看到陈玛荔在车窗里笑着向他招手,并且迅即开了车门。他没奈何地只好上车,车"鸣"地又开驶了。

她问:"上哪?"

家霆只好说:"回家。"

"你太客气了!"她笑笑说,"其实我顺路。"她告诉司机:"先到余家巷。"

一路上,她似在思索什么问题,沉默着。家霆也沉默着。车子开到余家巷口,停了下来。家霆下车,她向家霆笑笑,驱车远去。

家霆回到家里,急急忙忙把陈玛荔谈的有关冯村的事全部讲了。正在看报的童霜威听了后,说:"唉,总算可以出来了!但不知病成什么样了?这样吧,今晚我和你都到'渝光书店'等着,你下午先去找甘汉江打个招呼,把床铺什么的都给安排好。"又说:"下午,你再找一下燕东山如何?等冯村一回来就请他抓紧时间治疗,不要误事。"

房东陈太太家的女佣侯嫂将一荤一素一汤和米饭用托盘送来了。童霜威父子俩草草吃了午饭。家霆让爸爸午睡,自己就去"渝光书店"了。"渝光书店"在继续营业,主要管事的就是甘汉江了。家霆找到他一说,他喜出望外。这一向,他东奔西走营救冯村很出力,没想到今晚就能释放,说:"军统和中统有矛盾,中统抓了人不认账,社会上都以为是军统干的,使戴笠恼火。这次抓冯村的事,听说也如此。中统怕军统找麻烦,替冯村说情营救的人又来自四面八方。据说冯村的辫子也抓不住,估计现在又病了,所以干脆卸包袱了!"

家霆让他在吃的、睡的、用水及换衣等等方面都做好准备,告诉他:晚上八点再见。离开"渝光书店"后,决定去燕寅儿家,请她同去找燕东山。

到了燕公馆,燕翘老人正在午睡,燕姗姗照例在外边忙于采访,燕寅儿正在房里看书。这间房,是她和姗姗大姐同住的,布置得挺艺术,桌上有普希金、托尔斯泰、鲁迅的石膏像。墙上有些世界名画的复印件。瓶里插着孔雀尾翎和野鸡尾翎。见到家霆来了,燕寅儿很高兴,眼睛喜灿灿地说:"啊呀!'倜傥'!今天什么风把大驾给吹来了?"她那婀娜、健美的身形很美,嗓音好听。

家霆语塞。是呀,这一向,确实不该一次也不来呀!他索性老老实实地说:"唉,我是无事不上三宝殿!今天来,又是想要你陪我去找东山大哥。"说着,把冯村今晚要释放以及病重的事讲了。

燕寅儿听了,激动地说:"太好了!"她在一张纸上"哗哗"地不知写了些什么,说:"我把冯经理要出狱的喜讯写了一下,留条告诉姗姗大姐和爸爸,让他们也高兴高兴!你不知道,他们是非常非常关心的呢!"又说:"走,我马上陪你到大哥那里去!"她的男孩子脾气这种时候就表现出来了,说走就走,也不讲究梳头打扮,也不婆婆妈妈、拖泥带水,把只手提包一拎,说:"快!走吧!"

燕寅儿老是乐呵呵,老是看到她发诸内心的笑,使人感到她的真诚与乐天。同家霆走出家门后,两人去赶公共汽车到上清寺燕东山诊所。一路上,她见家霆情绪不高,总是故意找话谈。一会儿说:"昨天大梁子'一园'上演话剧时,一个老演员在演出时突发心脏病死了,给他入殓换衣时,发现他穿在一套旧灰西服里的衬衫,原来是件只有个完整衣领和袖口的破布烂片,穿在西服裤内的长衬裤两条裤腿都露着膝盖,当场看到的熟人都纷纷落泪了。"一会儿又说起缅北丛林战的情况,那儿作战艰苦、进展很慢,日寇组织狙击手抱着必死的决心把自己绑在树顶高端,武士道精神顽固得很。这些狙击手被击毙后,一个个张开双臂吊在大树顶上,模样十分恐怖。

但,家霆面部总是包含着淡淡的忧郁。他自然不想把欧阳素心的事告诉燕寅儿。欧阳的悲惨和冯村的病重,使他无从摆脱心里的哀愁。也许,向燕寅儿吐露一下心中真实的痛苦,可能会减轻一点痛苦的分量,只是他不能。他体会到寅儿对他的热情与关切,他不愿损害她的感情。何况,更重要的是:他是这样深深地爱着欧阳素心,他对欧阳素心仍抱着希望!只要有一丝希望,他也要等待她、寻找她,并且救她。

公共汽车又少又挤,真能把人挤出油来。家霆和寅儿到达燕东山那里时,是下午三点多钟了。燕东山靠街的诊所门口挂着"内科名医燕东山诊所"的牌子,外间看病,里面两间兼作住所。上清寺一带有些中央要人都找燕东山治病,但燕东山好喝酒、脾气大。心情好时对病人体贴入微,态度和气,不但努力把你的病治好,甚至不收钱;不高兴时,任你什么大人物他也不买账,有时骂人,有时拒绝不看,在门上挂个"今日休息"的牌子谢绝病人。今天,寅儿和家霆到达时,诊所门口正好挂着免战牌。燕寅儿皱皱眉说:"大哥准又喝醉了!真糟糕!父亲不知训过他多少次,一点用也没有。"

家霆不好说什么。战争不但使姗姗大姐做了寡妇,也使东山大哥成了酒鬼。东山大哥本来与大嫂感情不好,连续几年大轰炸后,大嫂心脏病加剧,脾气更古怪,经常摔东西打碗。不但照顾不了东山,连她自己的生活也要雇人料理。为嫌市区喧闹,燕东山最近专门在歌乐山给她租了房屋,雇了一个女仆侍候她,行医收入大部分花在她身上。但只要见面,大嫂总是变态地诟骂、发火。燕东山总是借酒浇愁,成了酒鬼。随寅儿推门进诊所后,见那间作为诊所用的屋里满地碎玻璃瓶碴儿和药水,一股扑鼻的酒气和药水味迎面飞来。女护士正在收拾房间,一只玻璃药柜已经摆周正了。她手拿扫帚,见到了寅儿和家霆,满面愁容,指指里屋,说:"唉,又发酒疯啦!刚睡着。"

女护士名叫蒋素雅,三十多岁,长得平常,人倒像她的名字,穿上白护士衣挺动人。她是北京协和高级护校肄业的,独身逃难来到四川,由燕东山聘来。燕寅儿说过:"人生总像天有阴晴、月有圆缺。大哥的婚姻太不幸,现在他的工作、生活全靠蒋护士照顾,他们如果配一对倒可以幸福,可是有大嫂在,这婚事就不可能成功。别人也帮不上忙。"现在,看到蒋素雅脸上那种愁闷忧郁的表情,家霆不由暗暗叹了一口气。他对燕寅儿说:"怎么办呢?我看,我们走吧!留张条子给大哥,倘若晚上他能去,请他务必去一下。不然,只能等明早再请他去了。你说好不好?"

燕寅儿爽快地说:"只能如此了!"她找蒋素雅拿纸和笔,马上写了条子递给蒋素雅说:"大哥醒了,请立刻交给他,要他晚上一定去!"

然后,燕寅儿掀帘进里房,看了一看燕东山,见燕东山盖着被在床上躺着打鼾,满房酒味,床前一只痰盂,里里外外都吐得一塌糊涂,只好摇头叹气,出来对家霆说:"我们走吧!"

两人同蒋素雅告别,到了外边,燕寅儿说:"'倜傥',别不高兴了!你看看,人生本来烦恼就多,要是有了烦恼就发愁,那还能有个完?所以,我认为,要用快乐来对付烦恼、战胜烦恼!不然,只能像我大哥,'借酒浇愁愁更愁'!我见你脸上像老阴天一样,心里很不是味。冯经理现在要出狱了,该高兴了!你别再这么阴阳怪气好不好?"

家霆叹口气说:"'猫',我也想像你一样,高兴一点,快乐一点。这是你的一个优点。可是一时做不到呀!我当然不会永远忧郁不快的。因为我有事业心,我们这一代的爱国青年,肩上责任重大,有许多事要做。我不能消极颓废,会像鲁迅说的有股'韧'劲的。只是现在还拧不过这种情绪来,你要谅解我!"

燕寅儿和家霆站在路边,看着街上来往的行人和车辆,看看手表只有四点半钟,怎么办?家霆想同燕寅儿分手了,说:"我们分手吧！我晚上要到'渝光书店'，不去学校上课了。你帮我请个假。"

燕寅儿不想同家霆分手，说："晚上我也不去上课了。今晚的新闻写作课不去没关系。我陪着你，晚上一同到'渝光书店'。"然后，她就出主意了："现在才四点半，我们就去附近吃'三六九'汤圆，看一场电影，再一同去'渝光书店'，一环套一环，十分紧凑。你说好不好？"她的纯朴、明净，犹如广阔、蔚蓝的晴空。

家霆说："我还不饿。再说，我还得回家。"但想了一想，不愿太扫燕寅儿的兴，就说："走吧！我陪你去吃汤圆，电影就不看了！"

燕寅儿高高兴兴，说："既然不饿，何必去吃！电影我也并不真的想看！我只是试试你这人是不是处处只为自己着想。如果一个人处处只为自己，不顾别人，就不是一个好人。现在试出来了，你可以打六十分！"

家霆被逗笑了，说："真拿你没办法！这样吧，干脆到我家去，我们谈谈，休息一下，在我家吃饭！然后一同去书店。"

燕寅儿想了一想，说："好吧，我也不能只替自己打算。我知道，你不回去怕老伯不放心，那就这样吧，上你家里。不过，我不在你家吃饭。我知道，你们家的饭常常只够两个人吃。你陪我去吃客汤团完了。"

两人在"三六九"叫了两客汤团，每客四只，家霆舀了两只给寅儿，自己吃了两只，让寅儿吃了六只，一起回余家巷来。童霜威已经等得不耐烦了。自从听到冯村要出狱的事后，他心情过于激动，血压有些波动，脸上红红的，头里发晕。知道燕东山醉了，很不放心冯村病重不能及时治疗。燕寅儿看出童霜威的心事，说："我想大哥会去的。我的条子写得很恳切，又叮嘱了蒋护士。我想再过两个钟点他的酒一定醒了。"

晚饭前后，三个人聊天，不外聊的是河南的战事，这使童霜威和家霆都想起了去夏路过中原大地时见到的旱灾、蝗灾和汤恩伯的"汤灾"。现在,日军在中牟渡黄河进攻,前线失利,童霜威十分愤慨。

燕寅儿却对战争充满乐观,说:"一时的挫折没什么,日寇终是强弩之末了。"她从手提包里取出一张《新华日报》,说:"今上午在民生路《新华日报》营业部买的。你们看看吧!那边河南打败仗,这边八路军在敌后解放了太谷、蟠龙、武乡、涟水、昌梨、赵城、晋县、沁水、博野……哈哈,有些地方简直弄不清在哪个省的什么地方。我前天看美国《新共和》杂志上有篇文章叫《远东的混乱》,说:中共虽然只有有限的资源,在目前抗日战争中所做的事情却比重庆政府多。"

童霜威看到这个开朗、乐观的女孩子天真活泼的模样和话语,也被她的情绪感染了,说:"好呀,你又看美国杂志,又看《新华日报》,的确称得上是消息灵通人士了。我听家霆说你自命是中间派,可怎么拿共产党报上的消息来作证呢?"

燕寅儿"咯咯咯"笑个不停,说:"这不是中间派了吗?又是美国,又是《中央日报》,又是《新华日报》,都拿来参考,不就公正了吗?我的中间派呀,实际是公正派!"

家霆说:"可是敌后打得好,正面战场上一溃千里,怎么得了?受苦受难的老百姓怕不又有几十万或者上百万了!"

童霜威说:"现在我越发感到要抗战早日胜利,要中国的事情能办得好,首先是要政治清明。如果不把现在这种专制法西斯特务政治和贪污腐化蔓延的局面来个彻底改革,国共团结谈不到,力量不是用来抗日,反而用来对付中国人,军事上就是大局临近胜利了,也仍是要吃败仗的。"

后来,侯嫂来送晚饭了。燕寅儿说她吃过了,童霜威坚决要她再吃一点,她就勉强又吃了小半碗饭。她秀气的脸,明亮的眼,微微翘着角的自然拳曲的头发,都给人一种美感。童霜威很喜欢这个女孩子。自从听家霆谈了欧阳素心的事以后,童霜威心里又苦又辣,伤心又痛心。事出意外,无法挽救。从冯村的事发生后,童霜威深深感到自己无能。凭自己的声望地位,在对待特务政治上毫无能力抗衡。现在,欧阳的事使他再一次更深地感到自己无能。一个美丽善良聪明异常的女孩子,却被肮脏的特务魔手糟蹋了!是的,他们也可以用"爱国"这一类的话来招徕,但他们的"爱国"常常包含着肮脏、罪恶的法西斯内容。眼看欧阳素心陷身水火,无力无法挽救,童霜威怎么能不痛苦?看到家霆的忧郁,他能体谅儿子的感情,但却只能同情,无法安慰。因为他对欧阳素心也有特殊的爱。这种爱,燕寅儿虽好,无法代替。只要想起那年夏天在沦陷了的南京潇湘路见到欧阳的那一幕和以后得到欧阳资助逃离孤岛的事情,这种爱混杂着感谢就更浓烈了。啊,多么不幸的孩子啊!她以后会怎么样呢?会怎么样呢?

想起这些,他有点发呆,变得沉默了。燕寅儿和家霆也感到了他情绪上发生的变化,只是无法揣测他为什么会这样。

后来,七点多钟,三人一起步行去"渝光书店"。"渝光书店"打烊后,上了排门,甘汉江泡了茶陪他们坐在书店门市部里等候着冯村被送回来。

是采取什么方式送回来呢?什么时候送回来呢?今晚九点会不会如约送回来呢?特务的事一切都叫人难以猜测。四人闲谈着等呀等呀,快九点时,有敲门声了,开门一看,是戴着近视眼镜提着一只出诊皮药箱的燕东山。

"啊,大哥,你来了!"家霆站起来迎上前去。

燕寅儿也高兴地说:"大哥,我知道你一定会来的。"

童霜威同燕东山握手。燕东山酒醒了,气色仍不好。他温文尔雅地叫着"老伯",放下药箱,陪童霜威坐下,说:"怎么又病重了呢?唉!监狱里真不是人蹲的。何况,他上过重刑。上次,如不是那些盘尼西林,早危险了！这种药,现在没有特殊路子,是弄不到的。"他转向家霆,"万一需要,能再弄点那种针药吗？"

家霆把陈玛荔的话讲了。

燕东山说:"我很怕他肺炎又犯了！肺炎重犯每每来势更凶猛,也更难治,有并发症更讨厌！"

大家沉默了。冯村究竟能否放回来？什么时候回来？回来病有多重？都是未知数。

墙上的钟"当当"敲了九点,并无音讯,到了九点半、十点仍无音讯。

怎么办呢？走吧,当然不能走；等着吧,几点才算完？会不会有变卦？

到十点五十分时,只听到有汽车声"嗤"地在门口刹车停下了。然后,有脚步声,家霆和寅儿同时冲去开门。门一开,只见两个大汉夹着冯村正走到门口,把冯村往家霆和寅儿手里一推,家霆和寅儿连忙扶住冯村,两个大汉已经快步回身上了一辆黑色小汽车"呜"地开走了。

家霆和燕寅儿忙扶冯村进来,将冯村又扶到后面小房的床上躺下。灯光下,大家围上去看,见冯村头发老长,面容瘦削,两颊发红,眼睛充血,像喝醉酒的样子,有点昏迷、抽搐,一摸额头滚烫发烧,身上好像发着寒战,轻轻呻吟,有时艰难地呛咳,眼张一张,就又闭起来。燕东山说:"你们都先出去,让我检查一下。"

童霜威和家霆、寅儿、甘汉江都出来了。大家愁眉不展。童霜威默默无言,只是在额上擦万金油。

家霆说:"病得重极了！"又说:"他身上气味很大！大约一直没洗过澡。"

燕寅儿说:"真急死人了！我发现他脑后靠颈部有处伤结了痂。"

甘汉江准备了一盆水和肥皂,给燕东山等会儿洗手。大家听着那只钟"滴答滴答"地走,大约十多分钟,见燕东山掀帘出来了,脸上表情严肃,说:"很糟!看样是虱子传染的斑疹伤寒!寒战高热,肝脾肿大,胸腹部可见圆形红色疹点,皮疹加压不退色,脖子发硬,人头痛头昏,有些抽搐狂躁,这种病伤脑筋了!"

童霜威轻声急切地问:"有生命危险吗?"

燕东山点头:"病拖的时间长了,不是病重,应说是病危!"

燕寅儿问:"大哥,你能治吗?"

燕东山:"现在只是我的观察诊断,应当作血液和大便的培养来确诊。我当然要努力治的!"

家霆焦灼地问:"现在怎么办呢?"

燕东山叹口气老实地说:"没有特效药!如果有盘尼西林先注射一下就好了。"

家霆忽然咬牙说:"唉!我来打电话找这种药!"此刻,他想:只有求陈玛荔才有办法了!为了救冯村舅舅的命,不求她又怎么办呢?虽然她已经说过:没有办法再搞到这种药。但求求她,让她去求求别人,事在人为,说不定能弄到这种药呢!一想,打电话给陈玛荔的决心更大了。又一想,这时候已经十一点半了,打电话去合适吗?再一想,管它合适不合适呢,救命要紧呀!

燕寅儿问:"打电话给谁呀?"

家霆如实回答:"陈玛荔!"

童霜威看看手表,说:"唉,这时候,太迟了吧。"却立刻又说:"打吧!救人要紧!"

家霆到账房桌上摸起电话机,摇了半天,打通了。真巧,接电话的正是陈玛荔。家霆说:"Aunt,我是家霆!"

电话中的女声很清楚:"啊,是你呀!"

"冯村舅舅回来了!可是病得十分严重,需要盘尼西林救命,实在没有办法,我只好打扰您,求您设法弄半打针药救救他!"

陈玛荔笑了:"看你急得那样子。幸好我失眠还没睡,你马上来吧!"

"来拿药?"

"咘!"陈玛荔带笑说,"果然不出我之所料,你来电话了!老实告诉你,我好不容易弄到了两支针药在这里。我是试验试验你,我知道你不肯求人,倒要看看你在这种时候求不求我!"

家霆从陈玛荔的话里,听出滋味来了,无可奈何地说:"我马上来拿?"

"好吧!Adonis,我等着你!"

家霆挂上电话,对燕寅儿说:"书店有自行车,我带着你,你陪我一同去拿药好不好?"

燕寅儿想了一想,说:"好!"

甘汉江把自行车帮家霆推出门去。童霜威叮嘱说:"一路小心,快去快回。"家霆骑上车,燕寅儿灵敏地一跳,牢牢坐在后座上,家霆脚下使劲,自行车飞也似的上了路。

燕寅儿忽然说:"'倜傥',我怎么感到这个女人对你有点不一样?"

"怎么不一样?"

"说不出!"燕寅儿说,"反正有这种感觉,我感到她在电话里的声音、语气都有一种诱惑。"

家霆说:"太敏感了!在冯村舅舅的事上,我是感激她的。你别想入非非,我是不会掉到什么泥淖里去的。何况,我还并没有感到她有什么特别不妥当的诱惑。"

"她叫你什么咪?"燕寅儿问,"我没听清楚。"

"叫什么咪?"家霆装作不懂掩饰过去,倒不是为了自己,而是为了不愿意损害陈玛荔。他是个厚道人,受了人家的恩,不愿意故意再去说或做对人家不利的事。

后来,燕寅儿沉默了。家霆努力踩着车子,满头大汗地到了陈玛荔公馆那幢青砖洋房门口。经过传达室,传达正开了灯守候着,似乎主人早已嘱咐过他等待,特别客气。里边的边门虚掩着,家霆带着燕寅儿进入了客厅。

陈玛荔坐在沙发上正开了灯在看一本画报,吸着烟。房里灯光柔和,烟气很浓。她穿了一件蜜色丝质讲究的睡衣,趿着拖鞋,但没有卸妆,涂了唇膏的嘴唇在灯下依然鲜红。见到家霆和燕寅儿一同来,她似乎有点意外和不快。瞬即掩盖掉了,说:"啊,你们这一对一起来了,你是燕姗姗的妹妹燕寅儿吧?"她对燕寅儿亲热地微笑,"早知道你了!今天还是第一次见到呢。你的名字同你的人一样美!"又对家霆说:"不错,很不错!你真会找女朋友,找得好极了!"

她八面玲珑,家霆和寅儿都窘了。燕寅儿解释说:"我是陪他来的。"家霆解释:"我们是同学!"

陈玛荔笑笑,用英语幽默地对燕寅儿说:"爱情要趁青春,美丽的姑娘,聪明些!"却又正经起来,对家霆说:"言归正传,救人命要紧!我今夜特忙,还要看些东西。我上楼把药拿给你。快去救人吧!"说着,她走出客厅门,"橐橐橐橐"上楼去了。

燕寅儿见她走了,悄声对家霆做了个鬼脸,说:"啊!这个女人很能干!"

家霆说:"当然!"

"她不算太漂亮,但风度可以打一百分!"

陈玛荔的脚步声又下楼了,一会儿进来了,手里拿着两支针药,说:"可能少一点,但是没办法。好不容易只求到这两支,再多就没有了。快拿回去吧!愿上帝保佑他。"

家霆倒被她的话感动了,和燕寅儿谢了她,告别出来。从陈玛荔看他的眼色里,家霆心里明白:她不愉快。但他只能这样,他感到自己处理得很好,很正确。

骑车回来的路上,家霆踩得更加出力,恨不能马上让针药注射到冯村的身上,好抢救他。

燕寅儿突然又说:"这女人,是个危险人物!"

家霆问:"你指的是政治上,还是其他?"

"我指全部!"燕寅儿答,"你得提防这种人!"

家霆坦率地笑笑,说:"我已走过漫漫长路,历尽沧桑!有一个字常被人滥用,我不会滥用的。"

燕寅儿似在思索,接着说:"我相信!"

家霆忽然感到她的手扶着他的肩,扶得很紧,似是拥抱着他。她的脸贴在他的背上。但他不能指责或拒绝她这么做。下坡的时候,车行过速,是需要扶紧的呢。

冯村的病况很不好,常说呓语,也听不清他说些什么,大家都非常着急。针药到了,"渝光书店"里的人都因盘尼西林的来到而兴奋。燕东山说:"太少了!如果多两针就好了。"他已经给冯村注射了葡萄糖,立即给冯村再注射了一支盘尼西林。他等着观察了一些时候,决定回去,说明天早上再来注射第二针。童霜威血压高,人不舒适,家霆请燕寅儿送童霜威回余家巷休息,要燕寅儿送童霜威回去后也快回家休息,家霆决定同甘汉江一起守候冯村过夜。

燕东山走了。燕寅儿陪童霜威也走了。书店里只剩下家霆和甘汉江了。家霆细细观察冯村舅舅,只见他病得真是沉重,眼闭着像熟睡着似的,嘴里不断呛咳,老是"呜噜呜噜"不知说些什么,睡不安稳,常常躁动不安地哼哼唧唧。

家霆同甘汉江商议,先叫甘汉江去楼上打一个盹,由他独自守候,然后再来换班。这时,已是下一点了。他看着冯村被特务和重病折磨成这样,心里痛楚,又不禁想起了许许多多往事。

战前在南京,小叔军威同冯村舅舅在抗日问题上谈得来,但小叔却说过冯村舅舅"圆滑",又怪冯村舅舅"学日文",说"堂堂的中国人去学日本话干什么"。现在看来,是小叔对冯村舅舅不了解才这样的。冯村舅舅如果不机灵一些,在白色恐怖下能不暴露吗?冯村舅舅学习日文,自然是有他的道理的。说不定是他要掌握一门技能以利于进行抗日活动呢!谁能料到现在因他会日文却反扣他一个"汉奸嫌疑"的帽子呢!……唉,冯村舅舅呀!

忽然想到战前有一次在南京,冯村带家霆到夫子庙灯市看灯。大街小巷、庙前广场都挤满了从四乡八镇来的卖灯的小贩:兔子灯、荷花灯、鲤鱼灯、狮子灯、飞机灯……五彩斑斓,神形酷肖,惹人喜爱。还有插在草荐上的纸风轮,成包成捆卖的爆竹,还有抖了玩的"嗡",泥塑的彩俑……冯村给买了一只飞机灯,说:"家霆,将来长大了学了开飞机去打小日本。"

有一次,冯村带他到下关江边,指着江里的许许多多外国军舰,说:"家霆,到你长大了,要是中国的内河帝国主义的军舰不能任意来停泊驶行了,到那一天,中国也许就比现在强多了!"

家霆进初一时,冯村带家霆到下关狮子山麓的静海寺去游玩。这是处古庙,这儿是丧权辱国的《南京条约》签订处,腐败无能的清廷代表在洋兵洋将威胁下,从南京城里来到静海寺,在英国大使面前签字画押,订下了卖国条约。冯村讲了历史上的这则故事,说:"家霆,你长大了可要记得这些国耻,要做洗刷国耻的好青年哪!"

往事如烟云,但烟云飘散,往事却永难忘怀。

家霆不由得想:我的成长,难道不与冯村舅舅的指点与熏陶密切有关吗?

这些往事,在记忆的幕上重现,又像用黑板擦抹拭黑板似的擦净了。一笔笔忆,一笔笔擦拭,于是,心里一片白茫茫,酸溜溜,不胜感慨,不胜悲伤。

守候到两点多钟时,忽然,他见冯村睁开了眼,醒了!似乎病情轻快了一点。看来,是盘尼西林起了作用。

家霆也不怕这病是否会传染,也顾不得冯村身上那种难闻的酸臭味,靠在床前他身边,说:"冯村舅舅,您好点了吗?"见冯村点头,他问:"您喝水吗?"

他倒了些温开水给冯村喝了两口,说:"您放回来了!您的病一定会治好的!"

冯村被热度烧得干裂的嘴唇动了几动,问:"家霆,老甘呢?"

家霆说:"他在楼上休息,我去叫他。"

冯村做了个手势,意思是暂不,又吃力地咳嗽着,说:"家霆,我恐怕不行了。我受过重刑,又病成这样。"他十分衰弱,话声虽轻却勉力连贯。

家霆安慰说:"不,您的病可以治好的。"

冯村摇摇头,呛咳起来,"我知道不行了!"他深情地看着家霆,说:"家霆,告诉你爸爸,去年你们来后,我向他提的那个建议是对的。他应当多为中华民族和人民着想,考虑在政治上走一条历史选择的路。"

家霆点头,泪水流下来,感到冯村舅舅好像是在诀别。

冯村呻吟着又说:"你该懂得怎么救中国,也该懂得革命是怎么回事了吧?对你,我现在比较放心了,就按这样谨慎小心走下去,追求进步,相信中国是会前进的。要像你妈妈那样坚定。"

家霆拭着泪说:"您放心!"

冯村脸上十分痛苦,继续说:"如果我死了,你要到临江门海关巷五号找一个姓吴的,要求同你忠华舅舅见面!"

家霆大吃一惊:"忠华舅舅?"

"是的!他现在姓钟!同姓吴的接头时,暗号是'枫叶荻花秋瑟瑟'，就是白居易《琵琶行》开头第二句。他会帮你找到你舅舅的。记住了吗？"

"我记住了！"

冯村呛咳着点头："就在外间东头靠里的书橱最下层，底板是活的。你马上去把书挪开把板掀起，有只密封的信袋，你快把它取来！"

家霆立刻照冯村的嘱咐，迅速找到了信袋，照原样把书放好，又来到冯村面前。

冯村说："见到你舅舅，把这信袋交给他，把我的情况告诉他，说我被捕后什么都没有说！"

家霆点头，泪水潸流。

冯村气急，呻吟着又说："家霆，快叫老甘来！"

家霆赶快上楼去找甘汉江，甘汉江正听到楼下有说话声起床下楼来。听着冯村和甘汉江轻轻谈的是店务的事，家霆独自流泪，心里察觉冯村是不行了。他了解冯村舅舅，冯村是个十分稳妥而周到的人。他在叮嘱后事，说明他明白自己是要死了。家霆怎么舍得同冯村舅舅永别呢？

冯村同甘汉江没说多少话就又陷入昏迷了。家霆同甘汉江守候在边上，他只盼着快点天亮，只盼着清晨燕东山能早点来。

冯村没有再开口，也没有再睁开眼睛。当一清早，燕寅儿和燕东山几乎是同时来到的时候，燕东山发现：冯村的脉搏已经停止了跳动。

燕东山只说了三句话："不仅仅是斑疹伤寒，他有极严重的内伤！天杀的狗特务！"

冯村被安葬在歌乐山麓，是甘汉江去接洽来的一块坟地。那里青山环抱，坟地附近有农家的菜圃，右边一片竹林，绿竹千竿，青翠欲滴。是一个凄凉的上午,田野山峦消失在白茫茫的雾里。坟旁有些柏树在雾中矗立着,树干上湿漉漉的,仿佛淌着泪水。有杜鹃鸟飞过,悲啼声令人心碎。

童霜威和家霆、寅儿、甘汉江四人参加了安葬。新翻叠成的坟堆前,碑上风格遒劲的字是童霜威亲笔写的,正面镌着:"义士冯村先生之墓　童霜威率子家霆敬立"。

石碑背面镌着一首秋瑾的诗:

莽莽神州叹陆沉,救时无计愧偷生!
抟沙有愿兴亡楚,搏浪无椎击暴秦。
国破方知人种贱,义高不碍客囊贫。
经营恨未酬同志,把剑悲歌涕泪横。
　　——谨录鉴湖女侠《感愤》诗借其意以示哀悼

本来,童霜威是要自己作一首诗的,太伤心了,血压又高,构思不成,说:"借用秋瑾的这首七律吧!心情是同我一模一样的!"

家霆除伤心落泪外,什么也没有说,面对一个特务横行、凶恶杀人的社会和天地,想着还有许许多多与冯村类似的人,抱着爱国热诚与理想信念在囚牢中呻吟、喘息,他感到震颤灵魂的孤单与愤怒。

事后,燕寅儿对家霆说:"有人说:'人全都是为"发现"而航行的探寻者。'通过冯经理的死,我觉得童老伯和你,都有所发现!"

家霆反问她:"你呢?"

寅儿说:"我也有所发现!"

她没有说"发现"了什么,但家霆懂得:这是对一个天真的自由主义者政治上的震撼。

第五卷 思悠悠,恨悠悠,前方溃败令人愁

（1944年5月—1945年2月）

抗战后期,一九四四年,当解放区军民扩展了局部反攻,正面战场上却发生了使重庆震动的湘桂大溃败。日本侵略者的骑兵一下子冲到了贵州独山,给中国人民的生命和财产带来了巨大损失。身历其境者到今天记忆犹新。它充分暴露了当时中国腐朽势力的溃烂已经达到何等严重的地步！我们说抗日战争是中国近代历史的一个根本转折,不仅意义在于反对帝国主义侵略,而且因为它促进了中国腐朽势力的进一步腐烂,促进了健康势力的进一步生长与发展。终于,以后在新旧中国的决战中,加速了中国走向社会主义。

——摘自创作手记

一

　　冯村在歌乐山被安葬后，家霆收到了曹心慈写来的一封简短的信，告诉他："靳小翰被判九年徒刑，送到不知什么地方服刑去了。"家霆心里又多添许多悲伤。

　　家霆按照冯村的叮嘱，悄悄到临江门海关巷五号去找忠华舅舅，却不顺利。

　　这条街的北头，有一家饭馆，饭馆楼下厕所旁有个后门可通后面一家旅馆。旅馆南面有条小巷，由此可以进到海关巷五号。那地方是个什么黄河水利委员会驻渝办事处，有好几间房，似乎只有一两个办事人员。姓吴的是个戴眼镜的黑瘦子，他单独同家霆见面时，起先说没有姓钟的这个人。后来，家霆说了《琵琶行》的开头第二句"枫叶荻花秋瑟瑟"作接头的暗号，姓吴的态度变了，说："啊！钟先生啊！你刚才说时我没听清楚。有这个人，不过，他出差了！下礼拜二晚上七点钟你再来吧。"

　　按照约定日期，家霆晚上又再次到临江门海关巷去找"钟先生"。到那里后，仍是先找了戴眼镜瘦黑的吴先生。吴先生记性很坏，见到家霆，似乎全忘了上次的事了。家霆又说了"枫叶荻花秋瑟瑟"作接头暗号，他把家霆带到一间挂着竹帘的卧室里，开了电灯，叫家霆坐，说："等一等！"

　　这是一间非常简陋的卧室，竹床上的铺盖都很旧了。墙上有些地方糊着旧报纸。左边是两把木椅和一张旧藤茶几，右边竹制破旧书架上堆满了《中央日报》和些书刊。一张小桌旁有把带背的竹椅,窗台上放着些牙缸、牙刷等杂物,墙角有些盆盆罐罐。

不多一会儿,听到脚步声。家霆紧张兴奋地瞪眼看着,只见竹帘一掀,进来一个中等个儿的人,戴副眼镜,穿套半旧的藏青色西装,开阔的前额,紧闭的嘴唇,略带方形的下颌,额上有刀刻般的皱纹,镜片下的眼睛射出一种尖锐的光芒,一头头发干燥、粗硬、倔强。家霆站起身来,灯影下仔细一看,"啊"地叫道:"舅舅!"

实在高兴,真的见到成都分别后日思夜想的忠华舅舅了!忠华舅舅多了一副眼镜!想到分别后的思念之苦,想到分别后的许多遭遇,尤其是冯村舅舅的死,家霆刹那间,竟泪水湿了眼眶,说:"您好吗?舅舅!"

柳忠华显然是出乎意外,说:"啊,家霆,是你啊!"安慰似的笑了,亲切地拍拍家霆的肩膀,捋捋他的头发,说:"家霆,意外吗?你又长高长大好多了!真是个干练的青年人了呢!"他叫家霆坐下,自己也在床上坐下了,说:"虽然没有见面,我常想念你们父子。你们的情况我也大致有些了解。"说到这里,他显得很难过,悼念地说:"你冯村舅舅的事我知道了!你来,是他叫你来的?"

"他让我把这交给您!"家霆拿出那个密封的信袋,慎重地递到忠华舅舅手中,伤心地说,"他死了!"

柳忠华点头接过信袋,没有拆开看。显然,这是件十分重要的东西。他仔细地将信袋对折了放进西装上衣内的插袋里,露出悲伤的眼神。

家霆继续说:"他也要我把他的情况全告诉您。他被捕后,上过重刑,有非常严重的内伤,但什么都没有说。"讲到这里,家霆含着泪把有关冯村的事全部谈了。谈到激动时,又掉下泪来。

柳忠华静静听着,最后痛苦、愤怒地说:"他们对抗日有功的共产党员、爱国志士秘密逮捕关押杀害,对日本人却放手让他们长驱直入。今天报上说洛阳又失守了！中原大败,平汉路算是完全被日寇打通了,实在叫人不能忍受。"稍停,又说:"有个诗人写过诗悼念为抗战牺牲的烈士,说:'死,是我们民族挺直腰杆面对凶顽而无畏的证明;是我们民族必定能昂首生存下去的象征。'这完全适用于冯村。他虽死犹生！"

家霆肃然,接着把别后的种种都讲了。在忠华舅舅面前,什么话都能讲。心里早憋得很苦了。他意识到时间宝贵,不能拖沓,只能扼要地谈。谈了江津的经历,又谈到现在的经历,把欧阳素心的事也告诉了舅舅。

柳忠华为欧阳素心的事叹息,叫家霆必须坚强,要正确对待,说:"特务万恶,她掉进了那样一个深渊,你一定要特别警惕。同她断了吧！"他对家霆进了民声新专以后要做记者并且已经开始练笔表示满意,特别叮嘱家霆谨慎小心,不要冒失大意,不要赤膊上阵,说:"《三国演义》上的典韦虽然勇猛,但身无片甲,战宛城时,身中数十枪血流满地而死。现在特务太多,讲点战术讲点策略,十分重要。"

约摸谈了一个钟点,柳忠华亲切地说:"家霆,舅舅见到你非常高兴。但你冯村舅舅是因为自己病危有东西要交给我才叫你来找我的。以后你不要再来这里了。有事我找你。那样比较安全。"

家霆想问问舅舅在干什么,觉得不应当问,就没再问,只把爸爸一年多来的情况告诉了舅舅,将爸爸十分思念舅舅的心情也讲了。

柳忠华听了,点头说:"告诉你爸爸,他选择同程涛声接近是对的。他应该沿这条路走！希望他珍重,也希望他坚定！有机会也许我会同他见面谈一次的。"

家霆巴不得能同舅舅一直谈下去。但这时吴先生来了,掀帘看了一看,似乎示意柳忠华时间到了。柳忠华站起身来,说:"家霆,就这样,我们分手了吧!"

"舅舅!"家霆难舍难分,忍不住抓紧时间把心里的要求说了出来,"我想寻找党,舅舅能帮助我吗?"

柳忠华微笑着十分关怀地说:"家霆,党实际是无处不在的。现在与以前不同了!党的力量正随着艰苦抗战而壮大,随着人民的拥护而壮大,随着反对国民党反动派的专制法西斯与贪污腐化而壮大,你没有感觉到吗?无须舅舅帮你找。只要一个人在走一条正确的进步的路,在这条路上一定会遇到他的同志的。"

"我能自己到红岩村、曾家岩八路军办事处去找吗?"

"以后必须去时,当然可以去。但那里有特务监视,在国统区隐蔽是十分必要的。"见家霆点头,柳忠华继续说,"你应当用自己的表现找到党!你年轻有为,要抓紧充实、武装自己。重庆有个好条件,'新华书店'里有好书买,《新华日报》可以读到。我希望下次再见到你时,你比这次更成熟、更有大的进步。也许那时候,你不会再像个孩子似的说要舅舅来帮你包办什么事了。你说是不?"他的话恳切、温暖。

夜色中,家霆回到余家巷,童霜威正在灯下看书。这一向,童霜威停止了《三朝三帝论》的写作。他的心绪不宁,使他无法安静地坐在那里一个字一个字地写作。四月中旬,日军在中牟一带渡过黄河后,豫中会战三十多天,虽然给日寇一定的伤亡损耗,打的是大败仗。从五月二十五日开始,日寇又集中兵力在湖南蠢动。人说日寇又要打通粤汉路,还想摧毁衡阳庞大的空军基地。每天看报,童霜威心事浩茫。冯村的惨死加上时局的苦闷使他心情压抑。家霆同柳忠华见面后,回来把情况告诉了他,使他得到了一些鼓舞。他忽然"啊"了一声,说:"他现在姓钟?难道'钟放'就是他?"

童霜威遗憾没有能同柳忠华见到面,激动地对家霆说:"他总是神龙似的见首不见尾,有时甚至全部隐没在云雾之中!冯村死了!更想同他见见面。我心里有多少话想同他商量同他讲啊!"

这一夜,童霜威前思后想不能入睡。近些日子,他血压高,服药后,平稳了些,但只要有了激动事,夜晚睡不安,血压总会波动。第二天早上,他一早起来,家霆知道他夜里睡得不好,说:"爸爸,您早上再多睡睡,下午复兴大学的课今天是否不去上了?"他却说:"不碍事!我服点降压药就是了。"并说:"早饭后我想到曹家巷程涛声家中去看望他,好同他谈谈。"自从上次在成都见到程涛声后,童霜威还未同程涛声再见过面。程涛声老是在外边云游似的,连家里人都弄不清他去哪里了。童霜威决定:上午找他谈一会儿以后,就去北碚上课。家霆帮爸爸将去北碚要用的衣物、药品等集中整理在一只公事包里,陪爸爸去曹家巷找程涛声。

不巧得很,程涛声的太太说他与两个和尚同路去北碚了,可能要住些日子才回来。听说程涛声在北碚,童霜威决定马上去北碚,对家霆说:"我现在就去北碚,在北碚找找他,也许在北碚我要住上几天。"

家霆送爸爸到汽车站,坐九点钟的班车去北碚,叮嘱爸爸一路小心,直到车开后才离站。童霜威看着儿子站在那里凝望着父亲乘车远去,亲情之爱溢满脸上,心中不禁又爱又感动。

车行途中,路旁景色也没有什么足以欣赏的,童霜威头脑里始终在胡思乱想。一会儿想起下午上课时讲授的内容,一会儿想着到北碚后如何去寻找程涛声。兼善公寓当然是一定要去寻找的,程涛声到北碚多半是住在那里。他满心希望能见到程涛声后再多多深谈一番。既谈时局,更谈怎么办。自己必须振作起来,为抗战出点力,也为中国的前途出点力。冯村生前的一些话,使他回想起来颇为激动,柳忠华在武汉、上海和一起由沦陷区来到大后方时途中讲的一些话,回想起来也犹在耳边。消磨岁月已经太多,实在不能再清净无为地这样生活下去了。

东想西想,又不禁想到了在北碚缙云山上的卢婉秋了。过旧历年时,乐锦涛夫妇来拜年,曾谈起过卢婉秋,说她情况依旧,情绪消沉,他夫妇二人为她犯愁。前些时,偶然在街上遇到乐锦涛,乐锦涛说:"仍旧希望啸天兄能去缙云山再看看婉秋并同她谈谈,使她能打消出世的消极思想。"并说:"最好希望啸天兄能同她建立感情,共同生活,互相都有个照顾。"童霜威上次在缙云山同卢婉秋见面后,的确感到这是不可多得的奇女子,既有才华和见解,也有脱俗的美貌和极好的修养,却又感到卢婉秋那种对人生的失望,对战争的憎恶,程度已经达到沸点,很难使她转变或回心转意了。只是,寂寞和苦闷,使童霜威有一种对家庭生活的企求。多么向往有一个温暖的家庭啊!是的,家霆很孝顺,同家霆在一起能解去不少寂寞。但儿子不能代替妻子,一个家庭里,没有主妇,这种欠缺是无法补偿的。自从同方丽清离婚后,他有一种如释重负的轻快感。作为一个男人,他又深深感到需要一个可爱的妻子。卢婉秋给他的印象很好,他喜欢她的气质、风度、容貌与才华,这些都不是在尘世间随便可以寻觅到的。所谓"可遇而不可求"。遗憾的是,她的消极心理深入骨髓,她的出世思想也病入膏肓。有没有可能挽救呢?何况,她已不年轻,我更不年轻,我们这种人之间的爱情,本身就是一种凋谢了的爱情。每每由于经历过苦难,在甜蜜中早掺入了辛酸和苦涩,它更容易枯萎。童霜威没有信心,又不愿意放弃试一试的机会。他想:等同程涛声见面谈话后,找个时间我再去缙云山看望她吧,跟她谈话还是有点意思的。何况受人之托忠人之事。乐锦涛夫妇希望我能续弦,也希望卢婉秋能有个好的归宿,即使不成,也要我多尽心尽力劝解她一番,我二上缙云山自然更有必要了。

　　在车上有了这些思索和安排,心里反倒舒畅些了。车窗外,洋溢着饱满的春末夏初气息。一些竹篱茅舍,一些远山近树,青绿苍翠,宁澄恬适,看了都使他心里产生一种散淡悠远的神情。岁月推移,人的情怀和哀愁,自然的美,无一不使童霜威长久地沉浸在既有惆怅又有悠然的情绪中。

　　到北碚已近中午,到一家干干净净的小馆子里吃了一碗面作午饭。从小馆子里出来,渡江到复兴大学之前,走过兼善公寓,决定先打听一下程涛声住不住在这里。到账房间一问,竟然没有,心里不免遗憾。他住在哪里呢?是不是用了化名登记住宿的呢?程涛声的行踪每每诡秘,为摆脱特务盯梢,总是来无影去无踪,说来就来说走就走。童霜威怀着有点失望的情绪离开兼善公寓,走向江边摆渡过江。

　　复兴大学是在北碚江对岸的夏坝上。木船从北碚载客摆渡来到夏坝,踏上江边布满鹅卵石的沙滩,再从一条高达一百几十级的石梯走上去,就算跨进大学的校门了。站在校门口,掩映在校园绿树和花坛中的校舍、图书馆、实验所、大礼堂都历历在目。回首俯瞰,漩涡急湍的嘉陵江正在"哗哗"流淌,对岸北碚参差错落的房屋密密地连成一片。这大学没有围墙,经费不足,加上占地太多、建筑物分散,也不可能有围墙。校门以南,是教学区,靠西北面是一条喧闹、干净的小街,开设着专让大学生光顾的小饭馆、茶馆、锅饼铺。走过小街向南,是学生的宿舍区,向北是些教授们的宿舍,童霜威分到的"临江庐"住处,在北面的江边,离校门大约一华里,是一幢西式二层楼洋房,临江矗立在江边一处坡岗上。童霜威想到住处休息一会儿再去上课,看看手表,上课时间还早,回去休息一下来得及,径直沿着江边林阴道往住处走。

　　正是中午休息时候,校园里人迹稀少,只偶尔有些学生经过,恭敬地向他打招呼叫他："童先生！"童霜威向"临江庐"走去，途中看见竖立在木架上的几块布告栏上，除了贴满寻物启事、出售衣物启事和出售贷金卡的启事外，贴着一张特大的黄色纸张，用彩笔装饰着花边的布告：

明晚六点三十分在大礼堂
特请著名社会贤达、国民参政员颜成之先生演讲

《为民主拼命》

请本系同学准时参加，欢迎外系同学旁听
新闻系系会　中文系系会
外文系系会　历史系系会　　同启

　　童霜威是战前在上海认识颜成之的。颜成之比童霜威年岁大些。民国二十年，颜成之去日本考察，发现日本侵华战备空气极浓，归国后，带着日本即将侵华的预感，多方奔告。当时童霜威在上海友人处认识了他，认为他颇有见地。"九一八"后，颜成之积极投入抗日救亡运动，在上海成立了上海市地方协会。到民国二十一年"一·二八"事变时，他动员上海市民筹募捐款，供应军需物资，支援十九路军抗日作战。童霜威对他那种赤诚的抗日爱国精神颇感钦佩。"八一三"事变爆发，颜成之又组织上海市地方协会在战区救济、救护、慰劳、募捐和动员工厂内迁等方面，做了大量的工作。从那开始，未再见过面。现在见他到复兴大学来演讲了，讲的题目如此大胆，叫作《为民主拼命》，童霜威不禁想：老头儿年纪虽大，实在不老！当年他为抗日大声疾呼，今天又在为民主大声疾呼，胆气真是不减当年。但不怕特务下毒手吗？

　　他觉得世道在变。中国人民决定民族命运和前途的紧急时机，已经开始来到。尽管特务越来越多越凶，不怕特务的人也越来

越多越厉害了。现在占人口最多的工农大众都是毫无民主权利的,他们如果起来了,这股怒潮是谁也无法阻挡的!抗战还在继续,虽然已经胜利在望,仍有恶战在豫湘两省出现。人们已经看到:中国需要胜利,需要准备反攻,但没有民主化怎么发挥全国人民的力量?政治、经济、军事、文化等各方面,怎样实行彻底转变?怎样打倒法西斯特务统治?怎样改弦易辙把一切不能适应抗战要求以至阻碍抗战进行的政策和行为,勇敢加以革除,这是人们最关心的问题。

他极想明晚能听听颜成之的演讲,又觉得自己的身份、地位去听颜成之的演讲,必然也要引起特务的注意。而且,事先不去看望颜成之打个招呼不好,事先去看望颜成之与他同到会场也不妥当。斟酌着,就放弃了明晚去听颜成之演讲的愿望,决定明天抽空去缙云山看望卢婉秋了。

他到了"临江庐",走上二楼去开房门。房门口放着两只热水瓶,这是校方对他的特殊照顾。每到这两天,都让校工给他送好热水。他开门进了房,放下提包,将开水瓶提进来,倒水洗了把脸,略略休息了片刻。凭窗眺望,可以看到浩瀚的江水,也可以听到若有若无的水流声,心旷神怡。看看手表,离上课时间不远了。为了从容一点,锁门下楼,向教室方向走去上课。

这大学里,实行的学分制,有必修课和选修课。他未想到自己开设的两门课《评史论古》与《历代刑法论》,竟有那么多的学生选修。

他从自己的讲课中,发现青年学生并不喜欢那种就史讲史的教授方法,却喜欢以古喻今或以史鉴今。童霜威明白学生的这种喜好,是由于时局和社会上种种丑恶不良现象造成的。大学生们已经不能满足于经院式的讲授和受业了。他们希望从历史中得到眼前自己所关心和需要解答的意蕴,哪怕是三言五语也好,但必须可以联系现实。这使他想起了人所共知的事:两年前,郭沫若写的话剧剧本《屈原》上演时,盛况空前,许多观众为了能买到一张戏票,不辞辛劳,有的人半夜带着被盖到剧场门口等候,有的人没有座位,宁愿站着看三个多小时。一些由郊区进城到重庆看戏的穷学生,戏完后已是深夜,无法回去就干脆留在剧场过夜。《屈原》引起的反应为什么那样强烈,不仅仅是演员出名,更重要的是那出戏虽写的是一幕历史悲剧,里面却蕴含有现实的人的声音。它运用历史题材借古喻今,表达了民众要求团结抗战的愿望,义愤填膺地抨击了南后、郑袖等人的卖国阴谋和迫害忠良的倒行逆施,无情地谴责了当局的反动政策。

尽管如此,童霜威认为无论从讲授历史还是从策略上考虑,他都不赞成赤裸裸地以古喻今或含沙射影,让古人变成今人。他之所以把《三朝三帝论》的内容改用《评史论古》课的形式来表达,理由和目的也在这里。他只"评史",不"评今";只"论古",不"论今"。这门课,他没有讲义,只是自己凭一个提纲即兴讲述,完全出乎意外地受到了大学生们的欢迎。来旁听的学生,竟一周比一周多。本来选课的学生仅仅只能坐满一间教室。今天,他来上课时,兴奋地看到教室里坐得满满的,门口已早早放满了椅子,窗口外也有站着的学生要旁听。

童霜威曾把自己到大学来执教,看作是失意、落魄的结果。一个本来曾任司法行政部秘书长,又是中央公务员惩戒委员会委员兼秘书长的人物,如今除了一个毫无作用的战前选出的国民大会代表空头衔和一个养老的国史馆委员空头衔外,实际仅仅是一个复兴大学的教授。当日的红火与今日的冷落,炎凉之不同,不能不使他感慨刺心。但现在,当他讲授的课吸引了这么多的大学生来听,而且从大学生们好思索的脸上,他能体会到学生们对他的尊敬与崇拜。他不能不激动万分了。当然,兴奋激动中也夹杂着不安。

他老于世故和政治,绝不想引起特务的注意。于是,他在措词上、在态度上,都尽量使自己平和、稳妥、雍容,尽量使自己技巧、策略,没有大辫子让人去攥。只是,由于他讲述的内容含意尖锐、事实生动,大学生们听来有心,尽管你是"评史论古",他们听来仍是在"以史喻今"。童霜威是处在这种既兴奋激动又感到必须小心谨慎的矛盾心情中授课的。他本来是个辩才无碍、博学强记的人,又仪表堂堂,大学生们也早听说他的一些经历与有关他宁死不屈摆脱敌伪羁绊逃脱魔爪的传闻,已感到他这人带点传奇色彩,现在又欣赏他的讲课内容,自然对他格外尊敬。他上课时,下边几乎鸦雀无声,只有钢笔尖接触纸张记笔记的"嚓嚓"声。下课时,他迈步走到教室旁那间冷冷清清的休息室里洗洗手喝点水,偶尔吸支烟,同并不熟识的别的教授点个头,也不同别人谈说什么,只是独自坐一会儿或临窗望一望,显得有点清高、孤僻与傲气。这种时候,他会想起战前自己穿了披风和蓝袍黑马褂在南京丁家桥中央党部做纪念周的盛况,会想起坐了尹二开的"雪佛兰"小轿车,去中山陵参加谒陵、到干河沿司法行政部及中惩会那幢西式淡黄色大楼里办公的情景。都过去了!于是,一股酸辛泛上心头,落魄不得志的感觉又来了。

一下午的课,他感到疲乏。下课后,肚子饿了,独自走到西边那条开满了饭馆、茶馆的小街上,找了一家干净宽敞些的小馆子,点了一菜一汤。时候还早,馆店里人少,只有两对谈恋爱的大学生在吃饭,低低唧语,倒很安静。童霜威吃了晚饭,散步似的沿着林阴道慢慢走回"临江庐"去。

一路上,在林阴道上走的师生很多。这个八百多学生的国立大学,大部分学生都比较穷。但因为离重庆近,也有阔绰的少爷小姐。所以学生的服饰既有整年都穿一件蓝布长衫的流亡学生,也有西装革履的阔少;既有齐耳短发十分朴素的姑娘,也有烫发高跟鞋和西式毛料大衣的摩登女郎。大后方的有些学生,根据生活水平都说成都的华西坝大学区是"天堂",沙坪坝大学区是"地狱",而这儿是"人间"。这儿的教授携家带口住校的多,像童霜威这样的少。这时候,快近黄昏,教师们都该在家做饭了,在外边的几乎没有。只有些大学生用筷子敲着饭碗,三五成群往大食堂里跑,去吃以盐水煮萝卜或辣椒炒地瓜当菜,以发霉的掺了沙石稗子的糙米煮出的"八宝饭"来充饥。童霜威看着绿茵茵的江水,江水正向远处峡口流去,水波万叠,悠悠荡荡。他又看见美丽的缙云山了。缙云山上烟雾缥缈,一种寂寞孤单的心绪侵上心来。他觉得这世界上太凄清了,想:明天一早我就上缙云山,去看望卢婉秋!一定要去!这样想着时,心里倒有了点温暖。虽然那个不幸的出世的女人是冷冰冰的,他同她还是能谈得来的,从谈话中交流感情是他迫切需要的。

　　走到了"临江庐"。楼下住的那位生物系的步履蹒跚的胖教授正自己在炒四川泡菜。一股泡菜味儿有些刺鼻。他走上二楼,开了房门,进去后,冲了一杯茶,在临窗的一张椅子上坐下休息,感到确实累了,是衰老的表现抑是不得志的表现?这场战争,从"七七"算起,已经打了快七年了。人生有多少个七年?这六年零十个月过得好快又过得好慢哪!使生活起了多大的影响和变化呀!失去的东西太多了,剩下的东西这么少,想起来是要心酸的。但如果不坚持抗战,像那些卖国的汉奸们,他们这几年做了新贵,也许倒是保住了自己的官禄、财产、享受……只不过他们是遗臭万年的民族败类!现在的时局已经开始昭示:随着日本帝国主义者的失败,汉奸们的末日必将一同来临,不会太久。而我,我虽然为这场战争失去得太多,我保持了一个堂堂正正的中国人应有的气节!保留了一个堂堂正正的中国人应有的民族尊严。我从生死之间突破死亡线而博得了光荣的生,仰不愧于天,俯不怍于人!现在,虽然宦途失意,有时感到空有一腔抱负无从出力,有时感到寂寞孤单,我却保留着自由之身,正直之心,可以选择应走的道路去走,走一条正确的路,走一条对国家民族和百姓有利的路!中国将往何处去?我应当为此得到答案做出实践。我也许不会像颜成之那样火爆,那样在老虎嘴上拔毛,但我会策略地用我的能力走应走的路的。我从那些大学生听课时的表情与心理状态上,看到了这一点。

他觉得自己本来是一个过多斟酌、容易犹豫不定的人,遇事好多思虑,每每举棋不定。可是又满意于自己在大的选择上是坚定的。那种斟酌和犹豫不定,可能就是柳忠华在武汉时说的"中间派"的态度吧?那种爱多思虑、举棋不定,也可能就是柳忠华批评的"明哲保身"吧?现在,犹豫不定的心理有时仍存在,"明哲保身"的态度依然有残余,比起从前来已是大有区别了。是形势造成的,也是亲身经验、教训、体会得出的结论所做出的抉择。他颇有屈原在《国殇》上所说的那种气概了:"出不入兮往不反,平原忽兮路超远。……诚既勇兮又以武,终刚强兮不可凌。"

心情比较平静了,舒畅了,疲乏也逐渐消失了。天开始暗将下来了,他不开电灯,今晚有月亮。他走近窗前眺望窗外。月光下,嘉陵江水像匹锦缎泛着波光,对岸北碚的万家灯火闪闪烁烁。月光下,看得到江边沙滩上散布着一对对男女学生。这沙滩是大学生们谈情说爱的地方。有人把这叫作"沙滩会"。现在,江边沙滩会的男女学生一对对的不少,有的散步,有的坐在沙滩边上谈心,还听到有隐约的歌声传来。

远处的缙云山,山巅在月下似是积雪的山峰,山中央淡淡地似乎飘浮着乳白色的薄雾。天际有被淡云遮掩显得寂寞、稀疏的星星。他点燃了一支香烟,思绪流动。一会儿想起缙云山上的景色和卢婉秋住处墙上那幅精裱而未曾写字绘画的空白屏条;一会儿想起成都望江楼上那副意境优美的楹联:

"引袖拂寒星,古意苍茫,看四壁云山青来剑外;
停琴伫凉月,予怀浩渺,送一篙春水绿到江南。"

是呀,多好的"送一篙春水绿到江南"呀!不禁想起江南美丽的五月来了:潇湘路旁玄武湖畔淡蓝色的湖面上,轻舟荡漾;苏州枫桥镇狭窄而拥挤的青石板条铺成的街道和小酒店里飘出的黄酒香;同柳苇在寒山寺的邂逅与漫游……啊!柳苇!柳苇!他不禁脱口诵出了元稹的悼亡诗:"闲坐悲君亦自悲,百年都是几多时!……潘岳悼亡犹费词,同穴窅冥何所望?"

心情又复有点怅然,慢慢吸尽了烟,丢掉烟蒂,离开窗前,开了电灯,回到桌前椅上坐下。见外边月光极好,突然很想下楼去在江边林阴道上走一走。

正在这时,听到楼梯上有脚步声响。是谁上楼来了?

再一会儿,脚步声止于门前,听到门上有"剥剥"的敲门声。童霜威起身去开门,问:"谁?"

外边,一个似熟悉又似陌生的声音回答:"我!"

门开了,童霜威"啊"的一声,惊喜交集,发现站在门外的竟是柳忠华。

"忠华,是你?"童霜威激动得眼圈都红了。

"啊,姐夫!看到灯光和窗上的人影,我知道你今晚住在这里。"

两人握手一同进房,童霜威请柳忠华在房内仅有的一张有靠背的藤椅上坐下,恨不得将别后种种都倾吐出来。真太兴奋了!连连地问:"你……你怎么会在这里?怎么会到这里找我的?"

柳忠华摸出烟来,递一支给童霜威,擦火柴给童霜威和自己都点上了烟,笑着说:"你的情况我是时刻关心着的。你的事我也差不多都知道。今晚,是特意来看望你的。"

"为什么突然要特意来看望我呢?"

柳忠华朴实诚恳地笑了:"关心国运的大问题,促使我们越走离得越近了。那么,我来看你一趟,不是应该的吗?"

童霜威开心地点头笑了:"是啊,是啊,团结抗战,实行民主,发奋振作,荡涤污垢,取缔特务,都是当务之急!我真希望同你聊聊啊!"他给柳忠华倒了一杯开水。

柳忠华流畅地说:"国共谈判正在进行,分歧很大。中共的实际地位得不到承认,反而一定要取消这取消那。党派的公开合法地位、人民的民主自由问题毫无改善。现在,日寇正在作垂死挣扎,中国的抗战要保持今天的国际光荣地位,必须更靠自己努力。需要团结与动员全国力量,才足以停止敌人的进攻并准备力量配合盟国的反攻。国民党如果不立即结束当前这种统治局面,组织联合政府,一新天下耳目,振奋全国人心,鼓励前方士气,怎么能行?姐夫,你对这问题怎么看?"

童霜威仔细听完柳忠华的话,说:"联合政府,这张药方开得很对症。"

柳忠华补充说:"国民党寡头专制统治的军事、政治、经济各方面的深刻危机,反映了全国人民对于误国政策的愤怒。中国往何处去?应该怎么办?大家不能不关心。联合政府的提出,就是这么来的!姐夫,记得抗战初在武汉你问过我:'你觉得我是怎样的一个人?'那时我回答你:'以前,你自命中间,实际是中间偏右!也许现在可以算是一个国民党里的中间派!'后来我又说过:'我希望你能从明哲保身中跑出来,做一个国民党的左派!'如今,是这种时候了!你有这种准备和打算了吧?"

童霜威浑身发热了,吸着烟说:"人非草木,我思索得很多,时间也很长。新旧之间,是非之间,得失之间与生死之间,都有所考虑。我深深认识到:如你所说的寡头统一,非但统一不了全民族,而且也统一不了国民党自己的党和派系。抗战到今天,我看到一种趋向:国民党在溃烂,共产党在壮大。人心向背,历来决定一个政权的成败。冯村死后,我看得更深想得更多。路怎么走?我懂得,也有决心。只是,孤单寂寞之感却并没有消失。……"

柳忠华插嘴说:"那是因为你还缺少行动,没有启程上路!更是因为你还游离于群众之外。"

"是呀!是呀!"童霜威点头猛吸着烟,将烟灰缸递给了柳忠华。

柳忠华也吸着烟,说:"如果你在群众之中同大家并肩在一起,就不会有孤寂的感觉了,就会有了精神支柱,也会觉得胆大气壮了。"

"是呀!"童霜威思索着说,"我在给大学生讲课时有一种感觉,我不孤单!"

"你的课听说讲得很精彩。"柳忠华看着童霜威说,"一些进步的大学生说,在听你讲课时,能感受到你有一颗火热的心在跳动。你讲的课,谈的是历史,能使他们有新的思索。"

"这你也知道?"童霜威笑着问,忍不住如实地说,"忠华,我有一种实实在在的感觉:现在同战前确实是不同了。你们的人似乎无处不在、无处不有!这是一种队伍在无限扩大的表现。这当然是由于你们的人在积极抗战,而且具有一种奉献精神,但也是时代使然吧?老实说,有时我感觉到:家霆确实长大了,但他不会走我的路!他走的是他妈妈和舅舅走的路!"

"这是对的!"柳忠华带着感慨说,"家霆是会比我们这一代人强的。因为他生活在搏斗、创造、开拓和建立的年代。既有战火和生死的考验,也可能会有胜利的喜悦,虽然一样并不轻松,也可能付出血的代价。但无论如何,与处在帝国主义任意践踏之下,与处在漫漫长夜中遭受围剿和白色恐怖的笼罩究竟不同。曙光的呈现是可期的。倘若你坚定了自己的步伐,参加到一支国民党左派的队伍中去,对他会是一种极大的支持和引导,也是一种极大的鼓舞与勉励。只是,你有时还有些犹豫,是不是?"

童霜威坦白地点头,吐口浓烟说:"有时,是有的!不过,我有时也是从策略上考虑的。比如,明晚颜成之演讲,他胆量确比我大,我则认为是否不够策略?"

"讲求策略是对的。"柳忠华说,"他也考虑到这问题,但由于他德高望重,是国民参政员,认为特务还不敢碰他。他的正气令人钦佩。这次来演讲,据说有特务说了威胁他的话。他听后还是决定来讲,劝他换个题含蓄些,他说:'我晓得我演讲时人群里会有特务,但我不怕!怕就不来讲话了!我就得把话讲给特务听听,再让特务把我的话报告上去,才起作用!'"

童霜威一瞬间激动得心里"嘣嘣"乱跳,眼眶也泛红了,说:"忠华,你知道,我老是在等待着。我确曾有过犹豫甚至动摇,可是,现在,我下定决心了。国事不能再耽误了。我这一生曾错过不少黄金时代,这个统治造成的罪恶太多了。一味责备别人是无用的,自己觉悟最最重要。这就是我现在的决心,你能理解吗?"

柳忠华吐着烟,同情地望着童霜威,带着感情地说:"姐夫,我来看你,也是来给你打气的。我为你对一些问题的认识感到高兴。今天的谈话,是我同你这么多年来谈话中最重要最愉快的一次。反攻的日子理应快到了!前方仍在打败仗,归根结蒂还是由于这个政府不行。你有声望,能起你应起的作用。应当不停步地向前走。这样,在适当而必要的时候,肯定会有人来找你参加他们的队伍。那时,你会发现,在你的前后左右,都是国民党的左派,而且他们早已有了一个组织,同志很多!中国将来的责任将担当在每个人自己的肩上!"

童霜威被柳忠华的诚恳与鼓励所感动,他明白柳忠华说话是有一句算一句的。他能意会到柳忠华是在干些什么。突然,脑际像有电火光一闪,他似乎开窍了,问:"忠华,你现在名叫钟放?"

柳忠华笑着点头,掐灭烟头说:"是的!"

"啊!钟放就是你啊!"童霜威喟然地也揿灭了烟头。

柳忠华点头微笑着。

童霜威更明白了,欣慰地赞叹了:"可惜你不是个军人。不然,你一定是个能变主客之形、能知己知彼、善于审势审机、运筹帷幄的良将!"

后来,柳忠华走了,还要摆夜渡过江去。临走,他说:"我到冯村的墓上去过。他的死我很难过!"又叮嘱:"同我见面及我来看望的事不必同任何人讲了。"

整夜,童霜威辗转反侧不能入睡。柳忠华每每总是在他感到最需要的时候出现在他面前。同柳忠华谈话后,他心情激奋,忽然决定明天不去缙云山看望卢婉秋了。是因为不喜欢卢婉秋的消极出世呢,抑是因为占据脑际的已是国家大事而将男女私情搁在一边了?他自己也说不清。睡在床上,听着嘉陵江湍急的水声,听着野鸟"吱"地飞鸣。半夜里,他嘴干舌燥,披衣起来倒水喝。从玻璃窗里向外望去,月光下,看到夜雾腾腾在江上漂浮。沙滩边,一只停泊着的木船旁,船夫在鹅卵石堆和细沙滩上烧着一堆篝火。通红的篝火在江畔的夜雾中燃烧,射出熊熊的红光,美丽鲜艳极了。

童霜威看着那堆在黑夜浓雾中燃烧的篝火,虽然知道自己已经进入老年,热血却辛辣地在肌肤和血管中奔腾,心中像注满了青春活力。

二

转眼到了六月下旬。

天气湿热难耐。童霜威来到缙云山上时,觉得山上凉爽宜人,十分舒适。

这一个月来,童霜威始终没能同程涛声见到面,也不知他究竟去哪里了,在忙些什么。上周,乐锦涛来看望童霜威,除了谈豫、湘战争溃败不胜忧患外,主要是谈卢婉秋的事。说他最近又去看望了一次卢婉秋,卢婉秋更消极了,他夫妇二人十分焦灼。说从卢婉秋处发现她对童霜威印象不错,希望童霜威一定再去缙云山看看卢婉秋,同卢婉秋谈谈,劝劝她。

童霜威听乐锦涛这么说,心里既有同情也有歉疚,立即表示一定去看望一次。现在,趁着昨天来北碚复兴大学上课,在"临江庐"睡了一夜,今天一早,坐木船渡江到北碚,雇了一乘滑竿上缙云山了。

此次来,并无游兴,单纯只是为了看望卢婉秋。想带些什么给卢婉秋,又不知带点什么合适,最后决定将自己心爱的一本《鉴湖女侠秋瑾诗笺》带去送她。记得卢婉秋是喝茶的,又带了一斤上等清茶一并拿在手里。到了山上,滑竿停在缙云寺前,他付了钱打发了滑竿,独自走到缙云寺与狮子峰之间的那条岔道附近来了。

上次来,是去年十月,一晃八个多月了。八个多月未来,童霜威感到歉疚。并不是他薄情,倒是常常想起卢婉秋的。为什么竟这么久不来呢?啊,冯村的事,自然是很重要的原因。自从冯村被捕,顾不上也不忍心再为别的事去致力了。何况,冯村死了,在感情和心情上的打击是难以形容的。更何况,国事扰人,脑海里始终不平静,常有一种"何以家为"的想法。同时,由于卢婉秋的清高、圣洁,与世上俗人迥然不同的博学、谈吐、仪容,她那种战死疆场的抗日爱国将领未亡人的身份,以及她的肃穆、宁静与对亡夫的哀思之情,都使童霜威感到既可钟情却不应侵犯。倘若为自己的钟情向她表露,无异是亵渎了她的意志,强人所难。对于卢婉秋这样一个奇女子,童霜威感到自己是没有能力使她回心转意返回红尘的。正因如此,虽然难免不想起她,又觉得难以亲近。自己既有声望地位,又是上了年岁的人,顺乎自然水到渠成的事可以去做,勉为其难力所不逮的事何必强求?尽管如此,那种夹杂着爱与歉的复杂感情总弥漫胸中,难以拂散。

从绿树荫下的山间小径走去,用竹笆建成的农舍模样的房屋又出现在眼前了。白墙黑瓦,映着绿色的修竹和夹竹桃,分成两摊。旧的一摊是五六间平房,在后边;新的三间门窗漆成绿色装着绿纱窗。一切依旧,连门前那条蜿蜒流过的小溪上石块砌的桥路、卵石曲径,也依然如故。

只是,听不到上次来时听到过的丁丁冬冬、飘飘缈缈,悠扬、空灵的凤凰琴声,更没有女子悠扬的《三宝歌》声了。一片寂静,只有在那旧的一摊农舍前的场地上,有一群公鸡和母鸡在走动着啄食,隐隐可以听到鸡声咯咯。

童霜威手拿纸扇和诗书茶叶,取出白手帕拭干脸上的汗水,捞起灰绸大褂的下襟,踏着湿漉漉青苔布满的小道走上前去,心里想:卢婉秋在不在家呢?眼面前又想象出穿黑旗袍体型匀称的美丽中年女子的身影来了,那个眉眼间充满傲气与悲戚、皮肤白皙梳了一个好看的发髻的素净而大方的女子。他希望她在家,希望能够见到,希望能够谈谈,希望不虚此行。

刚要走近三间有绿色门窗的新屋跟前,忽见邻舍里那个去年十月间见过的十三四岁的小姑娘又出现了。她一跳一蹦地跑过来了。仍旧穿着半旧的花布短衫、黑色长裤,只是八个多月不见,好像长高了些。她走上前来,隔断在童霜威和门户之间,像上次一样地冷着脸问:"找谁?"

童霜威停步指指卢婉秋的屋子,说:"我是找你卢娘娘的。我以前来过这里。"

"娘娘不见客！她在做功课。"小姑娘早已不认识童霜威了。也难怪她,上次童霜威来是穿的西装。

童霜威没奈何了,说:"我等一等吧。"心里却想:只要人在家就好,总不能闭门不开吧?

"不,娘娘不见客！啥子人都不见！"小姑娘的意思是打发童霜威马上走。

既入宝山,岂能空手而返?童霜威掏出一张名片来递给小姑娘,说:"麻烦通报一下,看能不能见我。"话声较响,希望卢婉秋在屋里能听见。

小姑娘摇手不接名片,仍冷着脸:"娘娘不见客,请客人回去吧！"

童霜威感到棘手,说:"我是你娘娘的姐姐、姐夫托我来看望你娘娘的,一定要见！"

小姑娘坚决得很,摇头又挥手:"不见就是不见！回去吧！"

童霜威没有办法了,只好跨前一步,轻声叩门,叫唤起来:"章夫人！锦涛兄嫂托我来看望,请开门吧！"

门一敲加上一声叫唤,使小姑娘生气了,大声叱责:"你哪格不讲理么?跟你说娘娘不见客,乱敲门做啥子?"

童霜威叹息一声,却出乎意外地看到卢婉秋的绿纱窗"啪"地开了。他一抬头,从窗里看见了站在窗口的卢婉秋。八个多月不见,卢婉秋的变化太大了。她已经将一头乌亮的美发全部剃光,人也苍白瘦削了。虽然,眉眼仍旧美丽,但八个多月前在脸上犹可见到的一点生气,现在似乎全部没有了。她伫立窗口,见到童霜威时,微微颔首,双掌合十,道了一声:"阿弥陀佛！"

童霜威心里酸楚,恭敬地说:"章夫人,我是特来拜访的,请开门谈谈如何?"

谁知卢婉秋平稳地说:"霜老,别来无恙！谢谢关心。我早已体悟佛性,渐入佳境,厌生死苦,欣涅槃乐,断除一切烦恼,发大誓愿,皈依佛祖,忧乐不能攻心,六根清净。请霜老回去,我就不出来送您了!"说毕,默默躬身,闭目冥思,端坐下去。

童霜威心中一阵悲凉。酸楚和悲凉是在看到卢婉秋剃度了丝丝青发产生的。这时,听她说了这一番消极到极点的话,酸楚悲凉的感觉更剧烈了,不禁发自内心地对着窗口里说:"章夫人!觉悟之心人人有之,成佛之性人人有之。但这世间有罪恶,中国面临的是日本帝国主义的侵略战争。大乘佛教的精神是奉献小我广度众生。贵如释迦者,也曾经为了救度他的祖国,静坐在大马路旁,抗议敌军的入侵。章夫人!如今从大局上来说,抗战胜利已经有望,只是日寇日暮途穷仍在河南、湖南发动猛烈进攻,抗战不可懈怠。章师长是为抗日捐躯的。你理应积极而不是消极,为抗战出力为他报仇。为什么竟因伤心和烦恼而从远离尘嚣又进一步剃度为尼了呢?生命的可贵,不在于舍弃,更在于奉献。不顾在日本侵华战争中煎熬的苦难大众,只想自己断除烦恼、得到解脱,恐怕并不正确吧?"他有心把话说得刺激些,心想用重槌才能把鼓敲响。

只见卢婉秋敲起木鱼默默诵起经来,塞耳不闻,闭目垂脸,似置身清风明月的境界当中,满心禅悦,丝毫无动于衷,完全处于四大皆空的境地了。

小姑娘将窗从外面关上,驱赶童霜威说:"客人,回去吧!娘娘不会客的!"

童霜威听着"笃笃笃笃"的木鱼声,懂得出家人敲木鱼,发出清脆的声音,用于掌握诵经节奏与调整音节,还有它更深一层的含义,就是"自警"。因为鱼昼夜未尝合目,亦欲修行者昼夜忘寐,以至于道。"警众"与"自警",乃是出家人敲木鱼的宗教内涵。现在卢婉秋见到了他,闭目敲起木鱼来,就是表明心意,促他快走,怎能勉强?

童霜威只好叹一口气,将诗集和茶叶交到小姑娘手上,说:"代我交给你卢娘娘吧!"他转身离开卢婉秋的住处,带着满腹悲凉,缓缓移步走了。已近中午,阳光强烈,透过林叶间洒下来,在林中构成金光万道。有夏蝉在枝梢鸣叫,蝉鸣声使他想起了战前南京潇湘路一号花园里夏日的情景。心事重重,难以自已。

为卢婉秋伤感,又为她惋惜。人生在世,苦难本来就多,如果用乐观积极的态度对待,就有可能履过苦难,有所建树。倘若悲观消极,看破红尘,自己认为这就是得到了解脱,对人对己都不可取。卢婉秋这样一个多才、有见解的奇女子,今后会怎样呢?这样的人,决心已下,是难以使她摆脱悲剧重新回头的。

他又想:这些道理,难道她不懂得吗?未必!只是真理即使懂得,不能按照去做,也是无用的。世界最尊贵的宝物,莫过于能按照着真理去做了。人世间的名利富贵,恰如过眼烟云,而真理之光却会永远照耀着世间。对于我来说,从卢婉秋身上看到了什么呢?我这些年来跨过生死关,绕过名利场,好的是我没有消极,对抗战我是越来越坚定的,对国家民族的未来,是越来越看清楚应该怎么办了。与其像卢婉秋凄凄惨惨地青灯红鱼在悲戚消沉中了此余生,何不慷慨激昂地面对纷纭复杂的斗争做出我应有的贡献?

东想西想,他虽摆脱不了惆怅,心里却畅快一些了。听到那树上大批鸣蝉发出的鸣声似乎是说:"知了!——知了!——知了!——"

无心赏玩山景了,顺路到缙云寺去打听程涛声的消息,寺里的知客僧说程涛声前些时来过,近日未来。他只好失望而返。冒着日晒,流着汗,大步走下山去,决定到北碚吃了午饭坐汽车赶回重庆去。

童霜威从北碚回到重庆余家巷家中已是傍晚,万万没想到,家中已经坐着一个风尘仆仆同乞丐差不多的客人在等待着自己了。

家霆正陪客人谈话。客人个子矮矮的,挺着肚子,肩膀横阔,原来一定很胖,现在因为消瘦些了,脸上多了些皱纹,满面风霜,面目黧黑,看得出是经历过大苦大难的。他下巴上一颗黑痣,长着几根黑毛,就是烧成了灰,童霜威也认得出,是褚之班。

家霆见童霜威回来了,声音里含着激动,叫了起来:"爸爸,褚叔叔来到快两个钟点了!他从河南逃难来到重庆,一路上吃尽了千辛万苦。"

啊,褚之班!这个战前做过上海地方法院院长的褚之班,童霜威同方丽清这门婚事是他做的媒!战前童霜威与他本是好友,他贪污受贿犯了案,童霜威当时是中惩会的委员兼秘书长,不得已作了惩判,得罪了他。结果,有人在新街口、国民政府门口和中惩会、监察院大门口都撒了无头传单,说童霜威贪赃枉法徇私舞弊,害得童霜威只得辞职。这事当然不能肯定是褚之班干的,但也不能说一定不是他干的。抗战爆发后,褚之班一下子变成了安庆地方法院院长,童霜威带全家逃难路过安庆,正逢大雪,褚之班穿着团花绸皮袍、头戴土耳其式黑羔羊皮帽热情迎送宴请。到前年夏天,童霜威跟柳忠华带家霆逃离沦陷区来到大后方,经过皖豫交界的界首,巧遇褚之班。他在界首挂了个山东省政府参议的名义,纳了妾,过得很舒适。见到童霜威后热情招待,表现得情深意长。童霜威在江津时同他通过信,不过是互相问候的八行书。想不到如今中原惨败,兵燹千里,他逃难来到重庆,狼狈得简直成了乞丐。童霜威真是既唏嘘又同情。回想起过去在安庆、界首的事,自然热情接待,马上说:"啊!之班!你来了!"说这话时,也真奇怪,竟鼻子都酸溜溜的了。

这一些日子,国际战局中的好消息与国内战局中的坏消息同时传来,都激动着童霜威父子的心。

六月六日,盟军出动船舰四千艘,飞机一万一千架,掩护英美加联军,在法国诺曼底半岛登陆成功,突破了希特勒大肆吹嘘的"大西洋长城",举世盼望的"第二战场"开辟了!人心激奋。这昭示着法西斯德国的失败,已是必然要来到的事了。正因如此,日本帝国主义在中国像只发疯的野兽拼命做最后的挣扎。在河南取胜的日军开始进攻潼关;在湖南占领了长沙的日军开始进攻衡阳。前方战争的失利,使大后方的人心头罩上阴影。因此,虽然六月十六日,美国超级空中堡垒 B—29 轰炸机首次从成都机场起飞,轰炸日本本土——八幡钢铁工业中心,本是值得十分兴奋的大事,实际却未能扫除豫、湘战场上作战失利给人们造成的不快。现在,褚之班这样乞丐似的出现在童霜威父子面前,自然不能不使童霜威感到震撼了。

褚之班叹息摇头,他眼泡虚肿、眼神疲倦,连声叹息地叫着:"秘书长!秘书长!"说:"险险是今生再也见不着你了!如今,你看,我这副叫花子的模样,实在惭愧!我来找你,真有恍若隔世之感哪!"

童霜威放下手里提的公事包,热情招呼褚之班快坐,亲自去拿热水瓶给褚之班面前那杯喝了一半的茶杯里斟水,对家霆说:"家霆,你褚叔叔脱难来此,见面不容易啊!赶快上街,去买几样熟菜来给褚叔叔洗尘。我们要好好谈谈。"

褚之班摆手劝阻说:"秘书长,你父子对我这么热情,我已经感激之至。你这里的生活条件我也看得出来,不必客气了。我今夜,找个小客栈一住就行,只是随身这点东西——"他指指一只破藤包和一只沾满尘土的公事包,"要在你这里寄放一下。晚饭么,有一菜一汤就很好了。主要是我们可以谈谈叙叙。"

家霆仍旧去内房取了钱拔腿走了。这里,童霜威同褚之班喝着茶谈起心来。

褚之班微伛着背摇头叹息,说:"前年你路过界首,我已经对你说过一战区将帅不和争权夺利搅成一团贪污腐化扰民害民的劣迹。这不,日寇从四月起集中兵力进攻,军事当局仓促应付,指挥失当,一败涂地!老百姓都给害苦了!"

童霜威气恼地说:"汤恩伯这下怎么交账?"

褚之班凄苦的脸容有种说不出的严肃,说:"汤屠夫的军队与民众关系恶劣,作战中一再败退。论理,杀了汤恩伯的头再枪毙也应该。可是,他是嫡系亲信,无法交账也不要紧。我看,怎么样上边也是要保他的。说不定打了败仗还能让他升官。中国官场之黑暗,无理可说。"

童霜威叹气摇头。

褚之班捧着热茶叹息,又说:"我在界首安的那个小康之家,你是看到过的。这次匆促逃难,一路上,老觉得鬼子在屁股后边追。如今我成了孤家寡人,沦落成这副模样。说起来伤心。"

"如夫人呢?"童霜威问时,不禁想起了前年夏天,在界首褚之班家中看到的那个穿月白色旗袍长得娇小玲珑的烫发女人来了。

"唉!"褚之班声音很轻,有点儿嘶哑,像是闷在心里似的,"我倒是带着她走的,但未出河南,路上就失散了。正像戏文里说的:'夫妻本是同林鸟,大难临头各自飞!'"说完,意兴索然。

童霜威又问:"你留在上海的夫人好吗?"

褚之班仍旧摇头:"在界首时是通信的,当时情况还好。她娘家开鞋帽庄,不涉政治,生活无虞。对了,内人来信谈起,说见到过嫂夫人方丽清……"

"啊,是吗?"童霜威阻断了他的话,"我已经同她离婚了!"说着,将情况大致说了,又问:"方丽清什么样了?"

"内人信上略而不详,只说看来她打扮得还是很漂亮,过得好像不坏。"

童霜威鄙夷地说:"这个女人的事不谈也罢!"同褚之班谈起方丽清,勾动了他许多痛苦的记忆,心上泛着苦涩。

两人继续喝茶聊天。褚之班边聊边摇头叹息。看来,摇头叹息已经成了他的习惯,遇到无话可说或感慨不已时,就只有用摇头叹息来表示感情了。

童霜威问:"你怎么知道我这里的住址的?"

"啊!"褚之班说,"我先到司法院找熟人。人心不古,有的见不着,有的极冷淡。又到中惩会去,碰到了毕鼎山,他真是神气极了。过去,我们没有交情,但还是熟识的。想不到这小子如今眼睛长到额头上去了!见到我这副狼狈模样,好像忘了我是谁了。那种疏远没法形容,告诉我,你住在余家巷,门牌号码不知道,叫我到国史馆打听。去了国史馆,才来到这里。"

童霜威叹口气,心情复杂,站起身来,说:"你等一等。"去内间开五斗橱抽屉拿钱,将一沓钞票套在一只空信封里,走出来,递给褚之班说:"之班,这里有点零用,你先拿着花,别的我们再好好商量。"

褚之班连连摆手,不肯收钱,说:"不要不要!"

童霜威诚恳地说:"你我何必见外?这点钱也不多,我只是先拿了给你买点衣服和零用的。你来到重庆,往后怎么办呢?得从长计议一下才行。"他心里在盘算怎么想法帮助褚之班得到安置,一时却又想不出办法来。

正谈着,家霆回来了,手捧着大包小包的卤菜,说:"褚叔叔,这里也买不着什么好东西招待你。"他去小菜橱里拿碗、盘和筷、碟,端出了童霜威的那瓶泸州老窖和两只小酒杯来。一会儿,桌上放了四盘卤菜:牛肉、排骨、酱鸭、酱肉。家霆说:"爸爸,您陪褚叔叔先喝点酒吧。我去厨房里看看侯嫂今天做的什么菜,叫她再加炒点鸡蛋什么的。"说着,人已出屋去后边花园旁的厨房间去了。

童霜威同褚之班上桌,替褚之班斟满了酒,说:"'久别偶相逢,俱疑是梦中'①,我不爱喝酒,但今天要陪你喝一盅!"

两人举杯轻碰,褚之班感慨万端地说:"秘书长,我落难了,多蒙不弃,心感无既。但我看你来四川后也颇不得意。不知现在处境究竟如何?"

童霜威抿一口酒,苦笑笑,简单地将来大后方以后的情况如实讲了。

正讲着,家霆来了,他自己捧了碗饭,后面跟着侯嫂,用托盘送了几个菜来。侯嫂放下菜盘,家霆对侯嫂说:"谢谢你过一个钟点送热饭来。"他对侯嫂总是和气而且平等,侯嫂做起事来也总是心甘情愿。

侯嫂走后,家霆说:"褚叔叔,我一会儿还要去上课,你同爸爸慢慢喝酒,我就先饭陪了。"他说着,吃起饭来。他这人,也是软心肠,见褚之班落魄,对褚之班特别显得亲热和客气。

褚之班对童氏父子的热情对待十分满意,也十分感激,对童霜威说:"秘书长,刚才没讲完,请继续讲。"

童霜威苦笑笑,说:"其实也没什么可讲的了,倒不如我讲一则佛家故事给你听。一个和尚请教一位禅师说:'人怎么才能解脱?'禅师在地上画了个圆圈,叫和尚站到圆圈当中去,没想到和尚刚一进入圆圈,禅师就用木棒狠狠地打。和尚被打疼了,跳出圈外。但是,当他刚跳出圈外,禅师又打将起来。这真是进也不是,退也不是!圈内也不是,圈外也不是!这边也不是,那边也不是!站也不是,坐也不是!笑也不是,哭也不是!"童霜威说:"哈哈,我现在倒是有些解悟了。我并不求解脱,我如是那和尚,即使不能把禅师的木棒夺过来,我也要远远离开木棒和那圈圈,走我的路!我想进就进,想到哪边就到哪边,想笑就笑!"说这话时,他想起了柳忠华,却

---

① 见唐朝白居易五绝《逢旧》。

又不禁想起了卢婉秋。

家霆吃着饭,听到爸爸讲这个故事,似能体会到爸爸的思想和感情。觉得爸爸讲这故事在愤激中寓含着一种积极斗争和进取的精神,不想任人摆布,也不想消极对待人生。

褚之班对故事也不知听懂了没有,倒是难得地微微苦笑笑,又叹气摇头地说:"是呀是呀!进也不是,退也不是;圈内也不是,圈外也不是!别说你秘书长有声望有地位有真才实学尚且如此,现在我这个流浪汉来到重庆,想生很困难,想死不容易,真不知该怎么才是了!"

家霆说:"褚叔叔,不必悲观!不管怎样,第二战场开辟后,德国是走定下坡路了!苏联正大片大片收复失地。太平洋上美军正在一步步前进。缅甸方面,中美联军与中国驻印部队以及英印军在孟拱河谷与日寇的战斗胜利结束,日寇损失惨重。滇缅路与中印公路迟早就要打通。过去我们老是挨日机轰炸,现在日本八幡已经挨从四川成都起飞的B—29轰炸了。日本狗急跳墙,河南、湖南前方失利,使人揪心和不满,但共产党在广大敌后解放区抗日,成果极大。这几天,美国副总统华莱士来华,就是要政府进行改革。一部分美国的有识之士也看到了重庆的腐败,主张必须发挥中共的抗日威力了!整个国内外形势是很好的。"

褚之班睁大了眼睛听着,说:"我这些年在界首住着,只知道风陵渡那边有共产党,陕北有共产党,别的消息都听不见。这两个月又老在逃难,更加孤陋寡闻。你这一说,有了总的印象。不过在界首住着,共产党抗日的事简直不知道!"

家霆笑了,说:"抗战初期,在武汉电影院还放映平型关大捷。这几年,实行新闻封锁,不让民众知道。不过,在重庆可封锁不住。昨天,《新华日报》上刊登了消息,八路军参谋长叶剑英招待六月八日去延安参观的中外记者团,公布中共历年抗日战绩:七年中八路军、新四军大小战斗九万多次,毙伤敌伪军八十几万,俘敌伪十八万多。解放区现在人口有八千万,军队已发展到四十七万,民兵有二百万。"

褚之班听得聚精会神,喝口酒问:"可靠吗?"

童霜威沉着地笑笑点头说:"我想可靠!试想,如果共产党不抗日,地盘怎么会占得这么多?力量怎么可能得到这么快的发展?政府又怎么会心里不安老想排斥人家?美国一些有识之士又怎么能同情共产党?现在,听说美国要向延安派遣军事观察组。人家争气,不像这里乱七八糟、一塌糊涂!"

褚之班又摇头叹息,喝了点酒,脸红红的,似有醉意,说:"是呀!人要争气!一个党也要争气!"对着童霜威夸奖家霆说:"秘书长,仅仅不过两年不见,令郎已成大器。听他说话,有条有理,有板有眼,既有思考,又有见地,真不凡!可喜可贺!可喜可贺!"

家霆已经吃完了饭,说:"褚叔叔过奖了!我只是随便谈谈,想为褚叔叔排解一点苦恼。"他去桌上拿书,说:"我要去上课,就不陪褚叔叔了。褚叔叔同爸爸多谈一会儿,等我上课回来后,送您去客栈。"

家霆走后,童霜威同褚之班又谈起心来,不外是谈了些当年的旧事、别后的遭逢。过了一会儿,童霜威说:"之班,你有什么打算没有?"

褚之班长叹一声,说:"唉,我也正要说呢!俗话云:大丈夫不可一日无权,小丈夫不可一日无钱。我思索过了,依你的名望,如今也是如此不得意,我哪去谋一官半职?我既然来了,倒想走走经商的路。"

童霜威说:"唉,不瞒你说,你如果要经商,我在经济上是无法帮助你的!"

褚之班脸红红的带着酒意,说:"当然!当然!老实告诉你,我幸亏还算有远见,在界首时跟人合伙做了点黑货生意……"

童霜威吃惊地问:"鸦片?"

褚之班苦笑笑:"对!那地方人都做这生意!从沦陷区贩到界首,再派人去洛阳、西安脱手,总算捞了点钞票换成了金子。"他指指放在屋角的那只破藤箱,"我的金子全随身带出来了。多亏有这点'黄鱼'啊!要不,我也无脸上你的门了!多蒙你热情款待,不势利我,所以我什么话都可以告诉你。你一定会笑我知法犯法,做过多年法官的人竟贩过鸦片!可我这是上行下效。官儿大的发大财,我只算是发小财。如果我两袖清风,只怕如今已死在日本皇军铁蹄下了。就是来到了大后方,也只能挨户讨饭饿死街头。幸亏我总算把金子带来了!我想,就是坐吃,也能过几年穷日子。如能经经商,就更好了。一般物价总指数约较战前增加四百几十倍,现在物价飞涨之势不减,做什么生意都容易赚钱。不知你能否给我介绍点这方面的路道?"

童霜威不禁感情复杂地叹了一口气,是叹这世道、这社会,也是为褚之班叹息,更是一种无可奈何的叹息。稍停,沉吟着说:"说实话,给你找个事,对我说也极困难,要我来介绍你经商,更不知如何下手!"

褚之班点点头:"生意之道,我知道你确实无缘。但杜月笙我战前在上海做法院院长是认识的,有些案件上我也帮过他忙。你同杜月笙过去熟识,他现在在重庆仍是兜得转的风云人物,借着戴笠的势力,让中华实业信托公司包揽了内地军用物资的生产,不仅大批抢购囤积物资,做投机生意,还利用军统控制运输,一直在同沦陷区进行走私买卖。就是鸦片吧!听说在西康没收的一批烟土,足足五万多两,也是这个公司包揽下来销售的!"

童霜威听得目瞪口呆,这些事他不清楚。听了倒是深信不疑。一方面为自己早已辞掉杜月笙给的那个中华实业信托公司的设计委员不拿那点车马费感到轻松,一方面却又为自己曾经拿过那点车马费感到肮脏,深深吁了口气,大口喝了些辛辣刺激的老窖酒。

只听褚之班说到正题上来了:"我在想,我也还有点本钱。我可以租点住房,换点衣服,改变这副落魄模样。去找杜月笙,希望他让我在他的公司里扎进一只脚。我给他东南西北跑跑腿,还是够格的。这种事我自己可以去找他,要是有你的推荐信更好办,一定能成!我来找你,就是为此。秘书长你一向是个豁达大度肯急人所急的人,这封介绍信总是可以写的吧?"

童霜威心情沉重、复杂。写吧,不合心意;不写吧,碍于面子不好办,也于心不忍,诚恳地说:"之班,你做做生意,将本求利,我倒也赞成。只是去同杜月笙在那些邪门歪道的事上抱成一团,赚些亏心钱,去做奸商发国难财,我怕不可取!"

褚之班仍苦笑笑,说:"现在是无商不奸,无官不贪,奸商比贪官还好!要想赚钱有什么可取不可取?你是个君子!现在是君子失意,小人得志的世道。我刚才说过,如果我在界首时不是做了点黑货生意,今天就讨饭行乞了!谁来可怜我?如今,你写封信,我也不要你担负多大的干系!只要说我从河南逃难来此,谋生维艰,但颇有能力,你念当年旧谊,特写此信介绍,希望他推情予以帮助,别的都由我自己口述就行。你看,不为难吧?"

童霜威沉吟了一下,思索着说:"你处境如此,信我当然该写。但我还是要说一句,你无论如何本来是个法官,做事该有个尺度。现在有困难,暂时在他那里落脚,是出于无奈。以后有了点办法,还是离开那里为好,不要恋栈。如何?"

"你劝我洁身自好,我懂!"褚之班说,"我当牢记!"

他说得轻巧,童霜威摸不清他是真心话还是敷衍语。

侯嫂来送热饭和一只热鸡蛋汤来了。两人开始吃饭。饭后,童霜威给褚之班写了一封给杜月笙的信交付给他。褚之班将一只破旧的藤箱留下请童霜威代为收藏,自己提着只破旧的公事皮包走了。

三天后的一个晚上,褚之班又来到余家巷二十六号。家霆去上课了。童霜威这次再见到他时,他已经容光焕发,理了发修了面,穿了新买的米色西装和黄皮鞋。他取走了藤箱,告诉童霜威:"'士为知己者用',杜先生到底是豪爽人,还不忘当年在上海滩上我在一些案件上为他出过力的旧谊。一切总算顺利!"留下了新租的住处的地址,道谢而去。

童霜威不胜嗟叹,不知自己帮他写了这封介绍信,算是做了一件好事抑是做了一件坏事。

三

是幻觉吗?不是!却完全有幻觉之感。

童家霆坐在美军 C—30 运输机上由重庆飞往桂林,心情惊愕而开朗,他尽量使自己幽寂、恬静。从窗里逆着阳光看下边的景色,分外奇妙,巨人似的松散云团,深蓝色的山峦,褐色的原野,金黄色的庄稼,使他眼花缭乱。

一个月前,激战了四十七天的衡阳①失守后的那天,陈玛荔派专人送了一封信给家霆,约他晚上八点钟务必去一次,有要紧事商量,信上并注明:"你愿意去前线采访吗?这儿有一个极好的机会留给你!"

自从暑假前期考开始时,家霆同燕寅儿就讨论过利用暑假实

---

① 一九四四年六月至八月,日军进攻湖南衡阳。衡阳是中国空军基地,也是交通中心、战略要地。当时守城将士与日军激战四十七天,可歌可泣。但最后,守城高级将领方先觉等因援救解围无望而投降,衡阳保卫战遂告失败。

习的事。学校在教学方法上,注重练习、实习。新闻采访、新闻写作、新闻评论等课程,教师都主张边讲边做,主张学生从实习中取得实际工作经验。暑假既然快到了,当然最关心实习的事。燕寅儿告诉家霆:"姗姗大姐说,她打算让我们俩在她报馆实习,一人给一个特约记者的名义,不拿薪水,可以印名片并参加记者招待会等活动,也可以到外地采访写通讯。稿件择优刊用,付给稿酬。"

依家霆的本心,最希望能到延安采访观光一次。初夏时分,在蒋介石和他的美国参谋长史迪威的矛盾中,政府被迫组织了一个中外记者团到延安。《新民报》派主笔赵超构参加,他们经西安到山西转赴延安,来回两个多月,赵超构写了《延安一月》,从七月三十日起在报上连载。他以自由主义者的观点,比较系统地报道了一向被封锁的延安情景,使家霆阅读后,感到起了打开一扇通风窗口的作用。家霆每天必读,更增加了对那里的向往。但明白要去延安是不可能的。因此,又很想有机会到前线去采访。

家霆心里十分羡慕战地记者。钦羡那些在欧洲随盟军在诺曼底登陆开辟第二战场的战地记者们!羡慕《大公报》派往英国又派往欧洲的中国名记者萧乾!羡慕驰名的美国"大兵记者"恩尼·派尔。派尔不写将军,专写士兵,在太平洋越岛战争中与士兵一起登陆冲锋陷阵,在十分艰难的条件下根据亲眼看见的危险经历做出第一手报道,勇敢精神多了不起!他很希望自己能有这种机会,并且相信凭自己的活动能力与写作水平,如果有这种机会,一定能是一个出色的合格战地记者。所以,他曾笑着问燕寅儿:"能找到机会上前线吗?"

燕寅儿当时笑着回答:"你想去哪条前线呢?敌后去不了!河南兵败如山倒,湖南可能要往广西跑,只怕你人还未走到,那里已经有了日本兵!缅甸丛林战,写些通讯倒是吸引人看。可惜,《大公报》早派了随军特派记者吕德润,我没办法用飞机再把你空投下去！你说怎么办？"

两人笑了一阵。后来,放暑假了,就都在燕姗姗的报馆里挂了个"特约记者"的名义,在重庆市内跑新闻。虽是实习性质的记者,两人"初生牛犊不怕虎",专拣重大新闻采访。

八月五日,中美混合突击支队在中国驻印军支援下,攻占缅北第一重镇密支那,毙日军两千多。两人特去采访了在缅北侨居过的一个华侨翁先生,又采访了一个一九四二年初随中国远征军入缅作战受伤致残回到重庆的林少校,写了一篇综合专访。八月七日,由美国驻中国战区司令史迪威派出的"迪克西使团",即美军观察组一行十人,由重庆飞往延安。两人去采访,写了一条新闻,用"童家霆、燕寅儿"的名字发表了。八月十三日,两人又随燕姗姗去曾家岩五十号参加了周恩来的记者招待会。这天是"八一三"淞沪抗战七周年纪念日。会上,周恩来用事实驳斥国民党中央宣传部长梁寒操七月二十六日对外国记者发表的所谓"国共谈判陷于停顿的责任在共方"的谈话,指出:只有国民党的统治人士立即放弃独裁政治,立即放弃削弱与消灭异己的方针,立即实行民主政治,并从民主途径中公平合理地解决国共关系,才能得到效果。两人回来,又合写了一条新闻,只是这次用了笔名。消息写得很客观,符合有闻必录的原则。姗姗大姐认为写得不错,报馆及时发表了。

除了跑新闻,家霆和燕寅儿还开始写些"戏剧漫语"的文章,对上演了的《杏花春雨江南》《戏剧春秋》和《还乡记》等戏剧进行评论。余下的时间,两人大都用来阅读从"新华书店"里买到的进步书籍。

谁知,就在这时候,来了陈玛荔的信。

家霆看到信上措辞恳切,纯属好意。又有上前线的机会,斟酌再三,觉得不能不去。晚上八点准时到了陈玛荔那间挂着她巨大全身油画像的客厅里。

陈玛荔表情比历来都严肃,态度仍旧不胜亲切,说:"你好久不来我这里了!我知道你忙!听说你同燕寅儿在实习是吗?"

家霆点头。

陈玛荔吸着香烟,笑着说:"我看到你与燕寅儿合写的那则迪克西使团飞延安的报道了。你们是在帮共产党的忙呢,是不是?"

家霆笑了,说:"我和燕寅儿都无党无派!这,Aunt,你是知道的。"

陈玛荔点点头:"我没有责怪你的意思。我总觉得你是有远大前程的,应当好自为之!使人高贵的是人的品格。我没有理由不喜欢你的品格。我愿意为你打开生命中的窗户!"

家霆想:多么矛盾的想法!但好奇地专心听着。

陈玛荔关切地说:"比如,你上这个新闻专科学校就很可惜。我有心想让你上重庆新闻学院。这个学院在上清寺,去年十月创办的,是中美文化合作计划中的一个项目,由中宣部国际宣传处与美国纽约哥伦比亚新闻学院合办。每期只招考三十个学生,收的都要大学毕业生,而且要英文程度好的。学习一年、实习半年毕业后,将选拔成绩优良的学生去美留学。你的中英文都好,大学文凭么,我可以给你设法。但你必须做出点成绩来,我好给你说话,愿不愿意?"

家霆洒脱地笑着,问:"怎么才叫做出成绩来呢?"

陈玛荔吸着烟,说:"现在,美军反攻,切断了日本在太平洋的海上航道。日本至今占据着香港、广州、新加坡、安南、缅甸等等大片地域,所以企望打通大陆交通线的意图越来越明显了。打通粤汉路可以与广州、香港方面的日军联成一气,打通湘桂路,再通过南宁,可以与河内、海防方面的日军联接起来。当然,也不排除打通贵阳、昆明的通道,包含着威胁重庆的祸心。"

家霆吃惊了,问:"有这么严重吗?"

陈玛荔点头,但说:"当然只是推测。东条英机内阁上个月垮了台,说明日寇处境不妙。但正因如此更要垂死反扑,这次进攻规模很大。我军前方确实打得不理想。衡阳打了四十七天,很不容易,但终于失陷了。日寇正想沿湘桂线南进入广西。广西方面,肯定要打硬仗阻止日寇进犯的。第四战区是会固守桂林的。你想去前线采访吗?我可以介绍你坐美军 A.T.C. 的运输机去广西桂林。那里离前线还远,如你不怕冒险,再朝前去也行。如果不愿向前,就在桂林采访也可。回来时,你仍可以从桂林坐美军飞机回来。我要你去做出成绩,就是希望你能写出些引人注意的通讯来。"

家霆出乎意外地感到一种刺激,一种兴奋。上新闻学院,去美国留学似尚遥远,他倒不热衷,但居然真有立即可上前线采访的机会,而且可以坐飞机来回,真太妙了!又问一句:"通讯怎么写才算做出了成绩呢?"他认为这问题必须当面先同陈玛荔说清才好。他明白陈玛荔腹内常常藏着机关。

陈玛荔喷一口烟,看着他说:"Adonis! 现在政府处境艰难,盟国的援助微不足道。像史迪威之流那种美国人不明中国国情,却在亲共,甚至主张援共、改组政府!这也增加我们的困难。你应当写几篇精彩的通讯,来说明中国军队是在英勇浴血抗战的,指摘我们办事无能贪污腐败是不公正的,说明我们完全有能力能有效地把中国动员起来进行抗战。我们应当有民族感情嘛!你说是不是?"

家霆内心有些矛盾:不愿放弃这次机会,又不愿放弃自己的观点,坦率地说:"我想,写前线军民的英勇抗战,当然应该。我愿意到前线去好好看看。冒险倒不怕!我想,根据看到的和了解到的情况写点东西完全可以。只是写不写得精彩,能不能引人注意,现在说就为时过早了。"

陈玛荔点头,揿熄烟蒂,说:"你写的东西,不会不精彩的。为了快,写好,可让美国空军基地带回来给我。我们就这样定了。我还需要做些联络工作,给你准备记者证、工作信件、来回机票等。你做好准备,先送两张二寸照片给我。钱则无须,我会给你准备的。一旦要走,我立即派人通知你。"

家霆忍不住问:"我以什么记者名义去呢?"

"这以后再定!"陈玛荔说,"主要要看工作怎么方便,到前线便于活动。我会随便给你找个名义的!"

家霆见她说得很诚恳也很真实,没再说话。

晚上她还有事,约定的别的客人马上要来。同家霆谈完话后,她也不再挽留,说:"我派车子送你回去。"实际是要家霆走了。家霆没有要她派车子送,自己出来走到了街上。

时间还早,他想立刻先去告诉燕寅儿,然后回家再告诉爸爸。他走到公共汽车站,挤上了公共汽车,下车后抄近路走到了燕寅儿家。

这几个月来,他同燕寅儿之间的感情始终保持在一种纯洁的友谊上。他有意使自己同燕寅儿之间既不太亲热又不太疏远。燕寅儿自从知道了欧阳素心的事后,也有意在感情上克制住自己,免得给自己和家霆带来不必要的困扰和烦恼。两人似乎都在单纯地面对一种美丽的情感,维持着正常交往,也非常友好,非常关心。在爱的问题上,谁也不越过雷池一步。感情有点微妙,也有点勉强。尤其是燕寅儿,为这付出的那种自我克制力是极强的。她一直忍受着痛苦,坚持和忍耐着。

家霆这一度去燕寅儿家里的次数不多。去时,燕翘老伯总是非常热情,姗姗大姐也仍是非常热情。表面上似乎没有发生什么新的情况,只好像这一对青年学生爱情的发展缓慢、停滞。只是有一次,燕姗姗终于询问燕寅儿了:"寅儿,怎么我发现你同家霆有点不冷不热?"

"是吗?"燕寅儿笑笑,"同学嘛!要有多么热?"

"我看他这个人不错!你们交上朋友了,关系也该深起来热起来嘛!"

"倘若将来有这种事,我不反对!"燕寅儿开朗地说,"现在何必太热呢?把交朋友互相了解的时间拉长,不更好吗?"

燕姗姗不做声了,觉得妹妹说的也有道理。而且,见他们的关系挺正常,觉得也不错。

这事燕寅儿过了几天告诉了家霆。

家霆听了,平静地说:"你说得很对。无须我再多说什么了。你了解我和欧阳素心之间的感情。为这,我感谢你。"

她觉得他身上蕴藏着令人深深同情的东西,他也觉得她身上蕴藏着令人十分尊重的东西。

现在,夜晚近九点钟的时候,家霆出现在燕寅儿的家里了。燕翘正在与客人下棋,再过一会儿要睡了。家霆到燕寅儿房里,把今晚同陈玛荔见面后谈的事讲了。

燕寅儿轻轻咳嗽遮掩心中的激动,说:"那你是决定去了?"她说话时甩一甩头发,样子潇洒。

"难得的机会!我非常想上前线采访,没想到真的有了这么好的机会!"

"不会有危险吧?"

"不会的!"家霆十分肯定地说,"飞机来回,我可还是第一次坐飞机,条件好得很!"

燕寅儿说:"要不要问问姐姐,她有经验,该听听她的。"

家霆点头说:"也好。"

正巧,燕姗姗一会儿就从外面回来了。燕寅儿把她拉到房里,家霆前前后后把事讲了,说:"想听听大姐的意见哩。我去,好不好?"

燕姗姗思索着说:"机会当然很好。这种事也只有陈玛荔能办得到。只是有两个问题需要考虑。"她扳着指头说:"第一,上前线总可能有危险。现在日军猛攻,前方失利,战局变化很快。你尽可能勿往前沿跑。我看就到桂林为止的好。第二,写通讯的事,陈玛荔一定会有她的主见,你如果写得不合她的口味,她就不会满意。你怎么处理这个问题?"

家霆干脆地说:"这第一条我会自己注意;这第二条她如果不满意,我不在乎,我该怎么写就怎么写。"

燕寅儿说:"机会是不错。我也挺想去,只是没人让我去。反正,做记者最重要的是忠实报道。写几篇前线目击记,在后方准有影响。你就决定去算了。"

家霆征求燕姗姗意见,说:"大姐,我真想去!你说我去好不好?"

燕姗姗沉吟着笑了,说:"去吧!做记者的,当然羡慕有这种机会。做什么事前怕狼后怕虎的都不成。这也是一次锻炼!你就去吧!"忽又想到什么似的自言自语起来,"不知她用什么记者名义让你去?"这话却未引起家霆的注意。

事情似乎就这样进一步确定了。当夜,家霆回到余家巷家里,把事情说了,同爸爸商量,并谈到去桂林要带一些钱的事。

童霜威说:"你也渐渐大了。既做新闻记者,自己又已做出了决定,有这机会,虽带点危险,我也不能阻拦你,你就去吧!钱我来给你准备。不过去桂林后,自己要多注意安全,能不往前线去,就别去了,免得我为你担心。"

第二天,家霆用一只信封装好两张自己的二英寸照片,送到了陈玛荔处。她不在,他就留给传达室了。他开始准备地图、笔记本、钢笔、稿纸、衣物等,并大量收集阅读战地通讯和描写战争的小说,一心等着陈玛荔的通知。

谁知,十天过去了,半个月过去了!整整等了半个多月,无声无息,好在家霆时间总是抓得很紧,采访、看书、练笔,毫未懈怠。家霆懒得去找陈玛荔询问催促。燕寅儿说:"这漂亮女人肚子里曲里拐弯的东西多,看来这事吹了!"燕姗姗说:"也许她怕你写的文章可能不符合她的要求,所以作罢了。"家霆心里想:算了!不去就不去!不过,陈玛荔倒不像是个随便失信的人,看来,不知出了什么问题。九月十二日学校就要结束暑假开学了。家霆做好开学就去上课的打算,把上桂林采访的事抛到脑后了。这时,前方战事继续失利,八月中旬,日军沿湘桂线南进,占领了祁阳、零陵、东安、新宁等七个县,随即攻入了广西。燕寅儿苦笑着摇头开玩笑地对家霆说:"'倜傥',你如果再不去,说不定哪天早上看报时发现日军已经打到桂林了呢!"

想不到,就在九月十一日,开学的头一天傍晚,家霆突然收到陈玛荔派司机送来的一封中文中夹杂着英文的信,信说:

伤风刚好,劳你久等了吧?去桂林事一切均已联络、安排妥当。明天下午二时我派车亲自送你去白市驿机场,给你机票、记者证明、工作信件及款项,并介绍你认识美军 A.T.C. 的白乐德上校。回程机票也由他给你安排。总之,一切顺利。我预祝你一路顺风。希望不负我之期望!明天我坐车来余家巷,我们准时见面。

家霆马上把信给爸爸看了,说:"嗨!这么仓促!明天下午两点就要走了!我去告诉一下燕寅儿,商量一下学校的问题。学校明天要开学了,我得请假!"

他离开余家巷,匆匆到了燕寅儿家,将陈玛荔的条子给燕寅儿看了。燕寅儿眨着睫毛特长的大眼睛,叹口气关切地问:"明天开学怎么办?"

家霆决断地说:"给我请假吧!就老实地说:我上前线采访去

了。这种机会太难得了！功课可以补,这种机会可没法补!"

"什么时候回来呢?"

"反正我一定尽快回来。到前线就采写!看情况如何,如果紧张,采写了马上回来!"

"'倜傥'!我不想扫你的兴。本来我也支持你去的。但现在前方失利,又见你马上要走了,我倒为你的安全担心了,前线总是危险的!"

看到燕寅儿那六神无主的表情,家霆笑了,说:"'猫'!吉人天相,我会很快回来的!"

燕姗姗不在家。燕翘因为感冒,早早服药睡了。家里静悄悄的。

燕寅儿说:"我明天怎么送你?"

"不必了!你没看到条子吗?陈玛荔有车送我。她会自己送的,许多事她还要交代给我呢!"

燕寅儿去内房拿出一只"莱卡"照相机和两个胶卷,说:"带着吧!姐姐的。上次说你要上前线,她就让我给你,说应当拍点照片。"

家霆点头,收下照相机,说:"好,我借了用一下。"

有许多话要说,又似乎已无话可说。后来,燕寅儿送家霆到门外,同家霆握手,说:"'倜傥'!一路平安!"

家霆点头,心里涌上一股热流,看得出也觉察得到燕寅儿的深情。他明白她的克制,他自己也在十分克制。为什么要这样呢?无可解释,却双方都理解,似乎就够了。他离开燕寅儿后,走得老远了,回过头来,仍看到燕寅儿美丽颀长的身影站在门前。

第二天下午,快二时,童家霆告别爸爸。童霜威说:"你去,我当然只有支持。没有别的要求,只希望早点平安回来。安全最重要!"他送儿子到了门口,家霆一肩行囊,从余家巷二十六号沿石级走上去。走了几步,回头看,见爸爸仍站在门边。他做手势叫爸爸进去,见童霜威走进去了,才继续沿石级往上走。为了方便,他穿了陈玛荔送的那套美军丝光咔叽空军服,显得格外英俊。他提着大包,背着小包,走完石级到了陕西街的路口边。抬头张望时,见守时的陈玛荔简直一分钟不差地坐着那辆蓝色小轿车由远而近驰来了。

汽车"嗞"地停在家霆面前,陈玛荔开了车门,亲切地笑着招呼家霆上车。司机下车,将家霆的一只皮质大提包放到车尾拉开的车箱内,家霆提了一只小包上车坐在陈玛荔身旁,立刻闻到一阵幽雅的香水味。她的香水真多,每次闻到的香水味都不同。司机上车后,汽车向白市驿方向飞驰。

"Aunt,您来送我?"

"当然喽!你上前线,怎么能不送!"陈玛荔用英文说。她今天穿一件浅天蓝色阴丹士林短旗袍,化着淡妆,显得朴实优美。她将身边一只照相机递到家霆手中,说:"带着用吧!"

家霆摇头,说:"我已经带了一只!"

"有这只好吗?"

"差不多!"

陈玛荔笑着摇摇头:"你表面很通人情,内心却常常相反!"她收回相机,打开自己的皮包,一样一样将东西交到家霆手中,"这是你的记者证!这是给你印的名片!"她朝家霆看了笑笑,用英语说:"你穿这套衣服真像个出色的战地记者了!"

家霆看到记者证是中央通讯社的,照片上盖有钢印。名片印的头衔是"中央通讯社广西前线特派记者",正面中文,背面英文。

"中央社?"家霆突然想起了张洪池。

"是呀!只有中央社记者上前线活动才方便呀!"陈玛荔继续在交代物件,"这是机票,你一定要收好。去时这张,回来是这张。

回来时你可以叫四战区司令部派车送你到机场上飞机!"

所谓机票实际是一封打印的英文信。信里介绍了中央社广西前线特派记者童家霆准许乘坐美军A.T.C.飞机的事,下边是一个美国上校的钢笔签名,潦草得看不清是什么名字。

"我详细打听过了:四战区长官部召开了军事会议,决定以第十六集团军所辖三十一、四十六两军为守备桂林部队,以十六集团军副总司令韦云淞为桂林城防司令。这是给城防司令部的介绍信,这是给四战区司令部的介绍信。这是一些空白介绍信,带着随时可以填用。"

家霆感到陈玛荔的细致周到和关心,将这些物件一一看后收下,见陈玛荔又拿出一个纸包和一个小包,说:"这些是钱和几个金戒指,带着路上用。"

家霆摇头拒绝,诚恳地说:"不不不,我带的钱足够了!"

陈玛荔带嗔地说:"别固执!我知道你的自尊心特别强。出门上路,钱一定要多带,宁宽勿紧。要你多带点钱外加带点金戒指,是因为万一钞票无用了,金戒指可能还有用。最近战局演变较快。正因如此,我原本不想要你去了。后来,又一直在犹豫该不该让你去。现在想想,一个人要有所成就,一点险都不冒怎么行?我还是希望你有成就、上新闻学院、出国、成名记者!无论如何,去有一定的危险性。到桂林后,就不要再往前去了!看到形势不妙,立刻飞回来。懂吗?听说湘桂路现在有点乱,军车和难民的车挤成一团了。好在你回来是坐飞机,没关系。我给你什么你就带什么,这才好!"她的话说得推心置腹。

家霆依然说:"钱,我就不再多带了,用不着!我带得不少。"

"用不着,你回来后还我就是。只当我暂时放你那儿的还不行吗?"陈玛荔认真而坚决。

家霆见她真诚,想了一想,说:"好吧!那我带着,以备万一,回来还您。"

她递过一个美军军用的针线包,说:"给你带着,金戒指什么的可以缝在内裤上,保险些!"见家霆都收下了,又说:"凭你的机警、聪明与灵活,我想你是会快去快回的。文章吗,时间紧,回来写也可以。多写一些当然好,少写一点也可以。总之,不要叫人为你的安全担心!"

家霆倒被她这番话感动了,这些话很像一个 Aunt 说的,富有信心地说:"Aunt,谢谢您!我想,您不必担心,我会照您的话做的。"

"那就好!"陈玛荔笑了,摸出香烟,用打火机点燃了烟吸,说,"Adonis,并不是中央社没有前线记者,中央社的记者多的是。让你去是费了大周折才办成的。所以,你的通讯一定要能激励士气、激励民心,让大后方的人看到前线将士如何浴血苦战,回答国内外那些怀有偏见者的指摘。"

"前线将士浴血苦战我是一定要好好写的!"家霆忽然想起了姗姗大姐那晚的提醒,想:您的有些意图我也许是不会照办的,我只能凭我做新闻记者耳闻目见的事实来写,忠于事实,忠于原则。但这些意思,没有说出来。马上要出发了,怕造成不愉快,就不多说了。

后来,车子到了白市驿飞机场,在 A.T.C. 办公室里见到了白乐德上校。一个个儿高大肥胖壮实像拳击师的戴船形帽、穿美国丝光咔叽空军服的上校,性格和善,有蔷薇色粉红的皮肤。同陈玛荔好像很熟。陈玛荔向他介绍了家霆,大家都用英语交谈问好。白乐德上校说他过几天先要到桂林机场,再要到柳州机场去处理一些事务,约定同家霆在桂林机场可以见面,并且保证回程坐飞机无问题。

陈玛荔与白乐德上校一起送家霆上飞机。是一架银色的美国C—30大型运输机。家霆上飞机前,同陈玛荔握手告别。她说:

"Adonis,人是要努力才能变得伟大的。但我只不过是要你去出一次风头,并不要你真的去冒大险。你可不要傻干!一路平安,希望早点回来!"

飞机从跑道冲向蓝天时,家霆俯瞰机场,看到陈玛荔的蓝色小轿车已像小甲虫似的爬动了。这天,重庆上空有很厚的云层,飞机冲破云层在高空飞行。这种飞机,是运输士兵和物资的,宽大的机舱里,两面相对有一排帆布座位,散散落落坐着几个美国兵,其中还有个黑人。舱中间堆放着一些木箱子,估计是军用器材。家霆倚着圆洞形的窗户朝下张望,蓝天白云,飞机平稳,阳光灿烂。走了一半路程时,可以俯瞰到山野景色和河湖庄稼了。有时,海浪似的云团在机翼下飘浮翻滚。他的目光停留在一朵浮云上,云的形状在缓慢地变,颜色也在缓慢地变。他无法想象前边在等待着他的会是一种什么样的生活和遭遇。

"桂林山水甲天下",童家霆在小时候就听童霜威说过。那是童霜威战前从桂林游览归来时,同冯村闲谈时说的。阳朔山水,漓江风雨,都在家霆脑海里留下过听来的印象。

这里,是一个具有两千多年历史的古城,有山有水,绿树成荫,历史上是广西政治文化中心和军事重镇。离开炽热的重庆来到这里,确有诗人杜甫所说的"五岭皆炎热,宜人独桂林"的感受。温和舒适的气候使家霆好欢喜。

他用欣赏和赞叹的眼光看着绿树掩映、江水如带的桂林。这里的山,多从平地拔起,巍然矗立,形态万千。市中心有独秀峰、象鼻山……北面有叠彩山和洑波山;西面有隐山、西山和桃花江;东面有七星岩、月牙山、普陀山……秀丽婀娜的漓江,是桂林山水的重要组成部分,它发源于桂林东北兴安县的猫儿山,流经桂林市中,再流向阳朔,在梧州市汇入西江。

风景名胜,现在都引不起家霆的兴趣。他并无心来此地游山玩水,他一心想扎扎实实地采访,写出一些好的通讯特写来。飞机天黑时到达桂林,他在机场住了一夜,次日早晨,搭便车进桂林城。出乎意外的是山水间绿盈盈的桂林城,竟已混乱成这般模样了!街上人不多,市面既萧条又纷乱。人们的脸上带着惊恐的神色。有些地方市民三个一丛、五个一堆在谈论战况。走路的人都脚步匆匆。家霆心里不禁紧张,这个广西首府怎么已经变成这副模样?全国许多著名的文化界人士云集的桂林,难道也快要面临日寇蹂躏的局势了吗?

家霆一路询问,走到了市政府,有卫兵挡住了他。他掏出了证件,大步走进去,才发现机关正要撤退,桌椅柜子均已凌乱不堪,满地废纸垃圾,有人正在烧毁大批文件纸张。一个小公务员模样的人苦笑笑对他说:"走吧,走吧!省政府早迁往百色了!我们也要撤了!机关、团体和市民人心惶惶,都要疏散,大家都在抢占交通工具。市民没有交通工具的,都丢掉财物,携儿抱女地向南逃难。你来得不是时候,我劝你也快离开桂林算了!"

家霆不得要领,离开市政府出来,走到街上,决定到城防司令部去。沿着环湖路,又走过洋桥,途中经过一家简陋的小旅馆,家霆走进去想寄宿。旅馆老板指着些空荡荡的木板隔成的小房间,愁眉苦脸说:"生意不做啦!到别的旅馆去吧!我们也打算要逃生啦。"

家霆叹口气,只得提着大包背着小包满头大汗直接去城防司令部请求帮助了。

这座城很古老,有许多以前大轰炸时毁坏倾圮了的房屋,也有许多后来临时建成的简易新房子。过了街头一棵树茂枝繁的大榕树,见到城防司令部门口戒备森严,架着铁丝网,站满全副武装戴钢盔的士兵。家霆走上前去,卫兵拦阻,家霆掏出介绍信和证件、名片,说要见韦云淞司令。卫兵让到门口传达室等候。

在门口传达室等了许久,才出来一个佩中校领章的中年军人,个儿不高,有一张长长的马脸,长着两只招风耳,接待家霆,将家霆请进去。见家霆年轻,似乎有点怀疑,又查看了一遍家霆的证件和介绍信,说:"对不起,军情紧张,不能不认真。"他带家霆到了一溜平房中靠左边的一间,房里有些桌椅,镂花的窗户上玻璃碎了很多,地上似乎从未打扫过。让家霆坐下,叫勤务兵倒水,自我介绍他是城防司令部的参谋,名叫韦家琪,广西人。听家霆谈了来采访的目的,他叹口气说:"上礼拜,九十三军从广西、湖南交界的重要险地黄沙河已经退下来了。日寇突破黄沙河,这就进入我们广西了。听说九十三军守黄沙河不派重兵扼守,仅派了一个营做前哨部队,这怎么守得住?如今,四战区张发奎长官要九十三军固守全州,我看凭九十三军,是守不住的!我不乐观!"说完,紧闭着嘴。

家霆问:"为什么?"

韦家琪吸着劣质烟,烟味呛人。他有一对锐利的眼睛,始终冷冷地打量着家霆,听家霆这样问,沉吟了一下,说:"这些我可以告诉你,但你写报道时可不要乱写!"见家霆点头,他说:"九十三军是刘戡交卸下来的。刘戡在晋东南被鬼子扫荡得站不住脚,逃过黄河西窜,直到陕西的韩城,遂被撤换,将九十三军所属的第十师师长陈牧农升任军长。陈牧农治军不严,军纪太坏,五月间由四川綦江出发,开来广西,沿途拉伕扰民。七月间到了全州后,不积极做阻止敌人的作战准备,有些军官竟用汽车载上物资运到外地做生意赚钱。这些物资不是盗取国家的,就是从湖南、广东的商人和难民手中便宜买来的。这种部队怎么能打仗?这不,让他守黄沙河就没守住。鬼子一下子进了我们广西!现在,要他们固守全州,估计也是守不住的。你想,桂林和广西全省各城怎么能不受震动?"

家霆听了心里难过,问:"街上现在怎么这样混乱?"

韦家琪吐着烟,摸摸招风耳皱眉说:"由浙江、江西、广东、湖南怕鬼子烧杀逃来此地的老百姓,一点也没歇歇脚喘喘气的机会,现在又急着再往西逃,怎么能不乱?再说,桂林的防守现在也大伤脑筋。我们对外不能讲,可明摆着是大事不妙!说实话,我劝你还是快走。别留在这里倒霉!战争中,什么可怕的事都会有!"

家霆诚恳地说:"韦参谋,你把实情告诉我!我如果报道,当然不会做连累你的事,可讲的事我讲,不可讲的事我不讲。"说这话时,他露出稚嫩来了,反而使韦家琪觉得可以信任。

韦家琪叹口气,马脸上带点悲愤地说:"我们抗日很艰苦啊!我这条命以后能不能留下来难以预料。我倒也不害怕,军人嘛,随时得准备为国捐躯,我也不想做孬种。我们的军队,大部分抗日是坚决的,武器虽差,不怕死!但上边的事情实在办得太糟,叫人痛心!本来四战区长官部是决定以第十六集团军所辖三十一、四十六两个军为守备桂林部队,以十六集团军副总司令韦云淞为城防司令的。不知怎的,朝令夕改,上边认为四战区长官部决定的作战计划不恰当,由三十一军抽出一三一师、四十六军抽出一七〇师配属七十九军一个团及炮六团一个十五榴弹炮兵一连为守备桂林部队,将四十六军军部和一七五师、新十九师和三十一军副军长以及一八八师等都调出了桂林。调走的原因据说是这些都是副参谋总长白崇禧的嫡系或亲友,要保存实力。强的调走,弱的留下。一三一师的战斗力人所共知是最差的,而一七〇师是全部新兵的一个师,这怎么守桂林?"

家霆忍不住说:"是呀!这怎么行呢?军队这么少嘛!"

韦家琪摇摇头:"军队也并不少,中国地方大,战线多,有些精兵要留在西北对付共产党,有些精兵要放在云南打通国际通道。但,这里的兵是不够的。计划改变后,守城官兵都愤愤不平,认为这样做无异是要大家都白白死在桂林,军心涣散,士气低落,军风纪一塌糊涂,开小差的也有。"

家霆问:"韦云淞司令打算怎么办?"

韦家琪摇头:"谁知道!"

家霆又问:"桂林是一定守不住的了?"

韦家琪又接上一支烟,把烟蒂丢在地上狠狠用脚踩了几下,重重吸着烟,浓浓地吐雾,似想抖擞他疲惫的身心,说:"中国人嘛,谁不仇恨鬼子?鬼子来,当然会跟他干!但可以告诉你一件气人的事。昨天上午,柳庆师管区征集了一批新兵来补充桂林守城部队,都是未经训练过的,连枪都不会拿。你说怎么打仗?这叫敷衍失职!可叹我们现在中国的事就是你骗我,我骗你!"

家霆想到在渝江师管区听吕营长讲的押送壮丁补充新兵的故事了,愤愤地说:"糟透了!"

韦家琪马脸上那双亮闪闪的眼睛泛出杀气:"糟糕的事又何止这一件!上边下令守城期限为三个月,要屯集三个月的粮弹,实际屯集的不足一个月。所以——"他朝家霆看着,挺诚意地说:"劝你快走!要是再迟,怕你走不掉。现在,要走已很困难,听说难民正大批拥向柳州。公路上人山人海,火车连顶上都爬满了人!"

家霆有恃无恐地如实告诉他:"我可以坐飞机走!打算在这里留两三天,采访采访,实地看看。"又提出:"要请你帮助我,一是找个地方住下,二是万一我要走,请派辆车送我去飞机场。"

韦家琪爽快地答应:"行!住的地方嘛,好办!我住处就在司令部左侧,你同我住在一起,安全些。给你发张城防司令部的通行证,你来回进出或出外采访都方便。派车上飞机场,也可以办到。不过,形势紧急,你不要耽太多的时间,还是早走的好!"

家霆对这马脸、招风耳、鹰眼的军人,倒变得有点喜欢了,说:"我将来写通讯时,一定要写上你一笔,留个纪念。"

韦家琪点点头,纯朴地说:"当然好!打仗打到今天,我也流过血负过伤,可报纸上从来没登过我名字。你能给我在报上留个名字下来,我就是死在桂林了,也不枉此生!"

家霆听他这样说,心里感动,拿出背包里的相机,说:"韦参谋,我给你摄张影留念。"

两人走出房屋,到了外边,迎着阳光,韦家琪整整军装,让家霆拍了照,说:"童先生,你先坐一坐,我去给你办通行证。"让家霆进屋坐下后,他就匆匆进去了。

家霆进房里坐下,心里盘算:看这形势,往前走去到全州前线是危险而且不可能的了。这里也非久留之地!韦家琪的劝告有道理,还是抓紧时间安排好住处后,立刻外出采访。至迟两三天就离开,免得被动。他决定到一三一师采访,韦家琪说这个师战斗力最差,何妨前去看看听听。

过了一会儿,韦家琪回来了,将一张城防司令部发的盖着通红关防的特别通行证递到家霆手里,说:"走!童先生,陪你到住处去一下,你好放下东西先洗一洗、歇一歇。"

两人一同走出城防司令部向左侧走。绿树下,这里一些小店铺都关门闭户,行人稀少。附近有些以前轰炸时留下的房屋废墟,衬得这危城更带着凄凉气氛。穿过一条小巷,有一处门口有卫兵守卫的花园洋房。韦家琪用手指了指,说:"到了,就这里!我住在后院那房子的二楼上。"

陪家霆进去,绕过前面那幢洋房,走到后院,是处二层楼的灰砖房。门前又乱又脏,后边是一堵断垣残壁,左侧到处是垃圾、碎纸,许久无人打扫了。一边背阴的地上生满青苔,积贮了些脏水。另一边有几个军人和家眷在阳光下洗衣,用绳拴在大树之间晾晒衣服。韦家琪带家霆上了二楼,开了一间房,那房门上无锁,韦家琪说:"你就住这间屋,我在隔壁住。这门没锁,重要物件你随身带着的好,别放在屋里。这里不怕抢,怕偷!小毛贼总是有的。"

家霆听他说"这里不怕抢",问:"外边现在有人抢劫?"

韦家琪点头:"当然有!"

"没人管?"家霆天真地问,"城防司令部不管?"

"管不了!"韦家琪摇摇头说,"按照规定,桂林市为了避免作无谓牺牲,各机关团体和市民全部疏散,除市政府、警察局留在城内协助守城外,市民每户要留壮丁一人在家看守财物。实际上呢?市长、警察局长都被批准疏散离城了!每户壮丁也都跑了!有留下看家的只是老头子老太婆!这两天,有些下级军官和士兵每晚都出来到民房里去翻箱倒笼、搜索财物,不少人家被抢劫一空。"

家霆气恼地说:"枪毙几个不行吗?"

韦家琪不以为然地说:"怎么不行?但你想想,鬼子快来了,来后烧杀奸抢是免不了的。与其让鬼子抢光,何如让自己的弟兄拿一点?下级官兵不比当长官的可以贪污中饱。他们的生活够苦的了,鞋袜都没有,还要流血卖命!拿点百姓留下的破鞋烂袜穿,谁还愿枪毙他们!"

家霆不禁叹一口气,觉得无话可说。

韦家琪摸摸招风耳说:"我回去了!你自己料理自己吧。这房里,脸盆什么都有,楼下有自来水,你好好洗一洗,休息一下,想出去就再出去。"

家霆向他打听了去一三一师部如何走法。好在距这不远,韦家琪详细说了,并介绍一三一师师长名叫阚维雍,就开步走了。

家霆掩上了门,拿出物件整理,突然想起陈玛荔的话,马上从提包里取出那只美军用的针线包来。他取出几个金戒指,打算牢牢缝在贴身内裤靠近后腰的部位;又将一些大票面的钞票卷成一卷,也打算缝在内裤的裤腰上,其余的钱就都打算放在身上。当他把针线包打开,准备穿针引线来缝时,忽然发现针线包里夹着一张折叠着的巴掌大的纸片,上面是一首英文诗。

这是为什么呢？他一边看一边心译成中文，诗的题目是《相互都在等待》：

一颗星星朝我俯视，
说道："你和我
各站一处，各在一地：
你打算干什么——
　　干什么？"

我说："就我所知，
只有等待，让时光流逝，
直至我的变化日期。""正是，"
星星说："这也是我的主意——
　　我的主意。"

　　陈玛荔夹这首英文小诗在针线包里是什么意思呢？小诗的含意似可了解又很难了解。小诗是故意放进来的还是无意夹入的？谁知道呢？有闲的人总喜欢制造这种莫名其妙的爱情！这个既有权势又有美貌和能力的美国风的女人哟！家霆觉得自己"相互都在等待"的意思一点也没有，却有一种同情加怜悯。

　　无暇也无心多思索这些。他将金戒指和钞票缝好，将写着英文诗的纸片仍旧放在针线包里，才开始用脸盆下楼去洗脸抹身。

　　他不想休息，放下贮衣物的大包，精神抖擞地挎上照相机和小背包，独自走出了住处，很快走到了街上。

　　马路看得出本来是挺整洁的，而且绿树浓荫，分外悦目。现在遍地是尘土、马粪、纸屑、废品、垃圾，沿街的房屋不少都是陈旧、破烂、矮小的。家霆按照韦家琪说的路线走，沿着马路向南，过了一片绿树丛，见到十字路口又向西拐弯，肚子饿了，却一路不见有卖吃的馆店。馆店都关闭着不营业了。走着走着，见一家小店铺开着个一块门板宽的空隙。这木板小房的店铺门口原先写着的一个破损了的店招上,还有"马肉米粉铺"的大字。纸招虽早已破旧,几个大字依然清晰。家霆早听说桂林人喜欢吃马肉,马肉米粉是一道著名小食,走近前去,到门首把头朝里看看,只见一个干瘪老头儿,留着胡须,独自寂寞地在店铺里坐着。

家霆和善地问:"老伯伯,有吃的卖没有?"又笑笑问:"马肉米粉有没有?"他没有吃过马肉米粉,倒想尝尝。

老头儿见家霆和善带笑,站起身来,胡子一翘一翘,说:"兵荒马乱,谁还做生意呀?我是看家的。有点吃的也是给自己的,不想卖!"

家霆恳求说:"老伯伯,卖点我吃吧,贵点无妨!"

"鸡蛋要不要?"老头儿问,"价钱可是不便宜啊!"

家霆挤身走进店去,掏出钞票,说:"鸡蛋我要,钱你拿去,该多少收多少!"他将一百元钞票递过去,心想:二十五元一只鸡蛋总可以了吧。

见他这样,老头儿接了钞票去店柜里摸出四只煮熟了的鸡蛋来,说:"你这么好,我也不能收你太多的钱!不过,鸡蛋是我自己口里省下来的。你就在这吃吧,我给你再舀碗粥。"

家霆接过鸡蛋,在一张小桌边的椅上坐了,敲开蛋壳,吃起鸡蛋来。鸡蛋已不新鲜,蛋白发黏,但还可吃。家霆大口嚼着。干瘪翘胡子的老头儿去后边盛了碗粥来。家霆谢了,老头儿递来了一点找还的零碎票子。家霆说:"老伯伯,你留下吧!"此时此刻,他对这孤独可怜留下看家的老人特别怜悯,喝着粥问:"老伯伯,家里的人逃到哪里去了?"

老头儿触动愁思,一脸凄苦:"谁知道呢?儿子和媳妇带着孙子孙女一起向西去了!说是先到柳州看看,鬼子不来,马上再回来。先生,你说鬼子来不来?"

家霆只好安慰他说:"如今鬼子刚过黄沙河,进广西,还没到全州。鬼子要杀过来也得付出代价。"

老头儿叹气说:"为什么我们的军队这么不争气?听说伤亡也不小,就是拦不住敌人,这可苦了我们老百姓了!"

家霆喝着稀饭,身上出汗,问:"老伯伯,你这里有兵来抢过没有?"

老头儿摇摇头:"昨夜有来过的。屁也没有,能抢什么?有点吃的,他们翻出来也没忍心拿。到底都是中国人嘛!怕的是鬼子来就要鸡犬不留了!"

家霆将粥喝干,谢了老人,走出店铺来,继续去找一三一师的师部。

师部就在店铺前面五百多码处,一片绿色菜地旁的地方,掩映在树丛中,原先是个中学的校舍,门口有卫兵把守。家霆拿出证件后,说要见师长阚维雍。在一间传达室模样的房里等候,一会儿出来了一个年轻的师部政工人员,名叫郭绍勇,白胖脸,矮小的个儿,挂的一道金杠三颗金星衬红底的上尉领章,讲一口本地口音的国语,告诉家霆:"师长、副师长和参谋长都去视察野战工事和城防工事去了。"家霆提出请他介绍介绍情况接受采访。郭绍勇似乎不很乐意,说话就皱眉,起先说:"你明天再来!"经过家霆说服,他才勉强答应谈一谈。但说的都是些空泛的大话,什么"一切作战准备都已就绪"啦,"官兵们上下同心士气高昂"啦,"日寇如果进犯定要予以重创"啦,"全师官兵有决心与阵地共存亡"啦……

家霆听他都是在卖膏药,说的不是真心话,尖锐地要求他谈真的,并告诉他自己已经掌握了很多情况,希望他不要胆小怕事,要他放心,谈的话不让见报的一定不写。郭绍勇这才叹着气改变了态度。他将家霆领进去,到后边一间挂着军用地图的房里,给家霆倒了杯开水,陪家霆谈起来。这人很有趣。起先怕说,一说起来,动了情绪,激动得似乎没有顾虑了。

"我们这个师属三十一军,辖步兵三个团约一万人。"郭绍勇慢悠悠摸出烟吸,皱着眉,"如今给我们配了一点点炮兵,老实告诉你,战斗力是不行的。俗话说:'蜀中无大将,廖化作先锋!'其实廖化还很有点战斗力的,可是我们不行!拿我们来当王牌用,那是用红桃三来对付黑桃老K!非输光不可的。说来说去,上头私心太重。嫡系和亲戚要保存实力。就抱别人的儿子当兵,拿我们作替死鬼!"

房里地太潮湿,透着霉味刺人鼻息。家霆问:"为什么一三一师战斗力不行?"

郭绍勇白胖脸上苦笑笑:"倒也不是不肯抗日作战,但历来配备差、给养差、训练差、兵员不足额、师长没后台。我们的士兵行军时不但没汽车,连笨重的给养和物资都得士兵背着行军。士兵有的连双草鞋都没有,光着赤足行军,你说可怜不可怜?如今,要我们守桂林,说是屯集三个月粮弹,实际不够一个月的。蔬菜肉类全没有,除了粮食外,只给了一点花生油!"

家霆问:"士气究竟怎样?"他注意到郭绍勇烟瘾很大,右手食指、中指都熏成了黑黄色,吸烟时一口接一口。

郭绍勇皱皱眉毛:"鬼子谁不仇恨?做军人的抗日这点并不含糊。真要打起来时,肯牺牲不怕死的绝对是多数。但能否战胜人家或守住桂林就难说了。如今,士兵们怨声载道,主要是怪上边不公平。我再告诉你件事:我们的师长在奉命守桂林时就不想活了,决心与城共存亡。他也料定这次非死在桂林不可了,早些日子写了一封绝命书寄到柳州给他家属了。绝命书我看到过,铁石心肠的人看了也要掉泪!"

"这位阚师长为人如何?"

"怎么说呢?"郭绍勇叼着烟思索着说,"他要真是位能人,这个师的战斗力也许会强一些。再说,人们也传说,这次守城,他与城防司令韦云淞等一些高级将领都领到了全军三个月薪饷,可是为自己打算大部都贪污中饱了私囊,送回自己家里去了,只花了少量经费用在队伍身上。这是发国难财!可是,看了他写的绝命书,我觉得师长是有牺牲决心的。他家里有老有小,也情有可原。再说,贪污中饱的事确不确实也弄不清。我倒是同情他的。"他表现得通情达理颇有恕道。

家霆问:"目前,听说城里到了晚上常有抢劫,你们怎么不管?"

郭绍勇摇头皱眉:"驻城的不仅是我们这个师,管也不胜管。自从敌军进至黄沙河,九十三军军长陈牧农仓皇退守大溶江,就紧急下达了疏散命令,桂林怎么能不紧张不混乱?现在是民怨沸腾,军心不振。士兵们更难管束,拾点百姓留下的破东西,就抓来枪毙也说不过去。"

"那,桂林是一定守不住了?"

郭绍勇撸撸袖子,摇摇头:"除非出现奇迹!"说着,扔掉那吸得只剩一点点的烟头,劝家霆说:"你这时候留在这里犯不着,还是快离开桂林的好。听说铁路上、公路上人比蚂蚁还多!日寇未到,这里已经到处可以看到难民的尸体了!"

家霆听得出他纯属好意,表示感谢,心里很想见一见师长阚维雍好好谈一番,听阚维雍说说他的那封绝命书。他对郭绍勇说:"我可以在这里等一等阚师长吗?"

郭绍勇又掏烟来抽,问了家霆住处的地址,皱眉说:"最好是免了!他现在也无心接受记者采访。再说,什么时候回来也说不定。你等在这儿也无聊。还是先回去,明天再来跑一趟,你看怎么样?"

家霆想了一想,说:"外边乱,找吃饭的地方也困难。我在你这里等候,顺便在这里吃顿便饭如何?"

郭绍勇倒是爽快,说:"可以!你就在这等着吧!等会儿吃晚饭兄弟我请客。"

已是下午快三点钟了。郭绍勇说是要去办点事并张罗一下晚饭,将家霆独自留在房里。家霆站起身来,看看墙上那张巨大的军用地图,图上插着些小旗表示敌我相拒的战况。从图上的标志看,一路敌军从湖南零陵向西南突破黄沙河进入广西;一路敌军进攻箭头指向广西灌阳,全州实际已在包围之中。南面由广东沿肇庆、德庆进攻的日寇已经到达广西梧州,对桂林实际是形成了钳形攻势,又在威逼柳州。家霆不禁叹了一口闷气。天倒不算热,汗水不断冒出。此时此地,他忽然想起了小叔童军威。小叔军威当年抗战初期战死在南京,家霆一直不能忘怀。小叔军威陷身南京时那种壮烈心情,家霆此刻觉得完全能体会得到。由小叔军威又不禁想起了南京沦陷死在敌人手中的"老寿星"刘三保,想起了遭日寇凌辱毁容反抗的尹嫂,想起了在沦陷了的南京向敌伪报仇讨还血债的尹二……一时,心潮澎湃,不能自已。

突然,有凄厉的空袭警报声,又听见远远的有飞机隆隆声。一会儿,飞机声远去,又归于寂静了。稍停,家霆定下心来,取出提包中的笔记本,将今天先一会儿同韦家琪谈的话和刚才同郭绍勇谈的话都分条分项记录下来。他不喜欢在同人谈话时当场记录,那样会使谈话的人感到拘束。事后补记采访时比较自然,将来也不会忘记。记着记着,忽然又想:看形势,战局千变万化,是该早点离开桂林了。今天是九月十二日,明天九月十三日,争取下午就请韦家琪派车送我到机场,先把飞机的事联系好,说走就走,才万无一失。这样想着,心里才安定了一些,继续记着笔记。

大约四五十分钟后,白胖脸、矮小个儿的郭绍勇手上夹着香烟又来了,坐下说:"过一会儿我们早点吃晚饭。我俩也是有缘,在这种倒霉的时候还能交上朋友。我这次能不能活下来,难说。等一会儿,我们一同喝一杯!"

家霆说:"我不会喝酒,滴酒不沾!来吧,替你拍张照片留个纪念吧!"

郭绍勇兴奋地说:"好好好!"

两人一同到房屋外边,在植着许多绿树的院子里,家霆给郭绍勇拍了张照片,说:"留个家里的永久通信地址给我,将来我回重庆后冲洗好了照片一定给你寄去。"

郭绍勇感动地说:"兄弟是广西平果人,给你留个家乡地址吧!"他拿起家霆递过来的笔,写下了地址,说:"我们这支军队,当年是在广西征调成立的。本来,连排长以上都有点作战经验。不过士兵都是乡农,受训期间太短,所以战斗力差些。只是抗战初期在江苏海州等地驻防过,也在津浦南段作过战,敌忾同仇,打得还是可以的。可叹这次让我们挑大梁,这是让病号挑重担!同日寇喋血恶战,彻底牺牲,不是不可以做到的,但上边指挥调度不当,给养供给不足,用少数弱兵去御强敌,用意在包庇亲信和亲戚保存实力,能不使人气愤、寒心?"

家霆侧面向他打听城防司令韦云淞等的情况。郭绍勇说:"别的不知道。只听说韦云淞领到城防工事费二千五百万元,极少数用来构筑野战工事,大部分都下了腰包。"不过,又忙着补充说:"这我只是听说,没有证据。你如说是我讲的,我会被军法从事吃卫生丸!"

家霆又问起九十三军的情况。

郭绍勇说:"这支队伍,军纪太坏,胡作非为,扰民厉害。如今守全州,是马谡守街亭!"

家霆问起全州的情况。

郭绍勇做着手势,习惯地皱着眉说:"全州是西南的补给中心,那里美国来的汽车、汽油、物资,多得数不清。仓库里的枪炮、弹药、被服粮秣堆积如山,还有杜聿明第五军机械化部队的物资仓库也全在全州。九十三军在那里,肥透了!谁知他们要发多少横财!全州如果送给了鬼子,鬼子也大发洋财了!"

家霆觉得可惜,不禁咂嘴唏嘘。这时,一个小勤务兵来报告,说:"晚饭准备好了。"郭绍勇请家霆去吃晚饭。陪家霆出门向后边一个院内走去。

两人到了伙房旁的一间破旧的小屋里,一进门,扑鼻就闻到香味,有酒香和鸡香。家霆一看,桌上一只蓝花大碗里盛着只母鸡,边上一锅鸡汤,外加一大碗肉。一只脸盆里装着米饭,边上两只空碗是盛饭用的,还放着一瓶酒,两只小酒杯。

家霆不过意了,说:"我只是想随便吃顿晚饭,你准备了这么多菜,真不好意思。我知道现在搞点吃的不容易。"

郭绍勇拉家霆坐下,替他斟酒,家霆谢绝,说:"实在不会喝!"他自己斟了满满一杯,说:"好,你吃菜、吃饭!我喝一点!"

家霆拿起一只空碗去脸盆里盛了一碗饭,说:"好,我就饭陪了!"夹起一块肉吃,觉得味道异样,很不受用,硬嚼着咽了下去。

郭绍勇咂着酒,看出家霆不受用的样子,说:"是狗肉!弟兄们打了一条狗弄来的。你吃不来?其实,狗肉是好东西,滋阴补阳!"

家霆听说是狗肉,胃里难受,嘴里腥膻,又听说是打来的,明白这只鸡也准是来路不正,不知是从哪个老百姓家逮来的,倒颇后悔今天在这里吃这顿晚饭了。又不好说出口,只得舀了些鸡汤泡饭。

郭绍勇一片好心,撕了条鸡腿往家霆饭碗里放,说:"吃!吃!鸡煮得还算烂!"又舀鸡汤往家霆饭碗里倒。

家霆发觉鸡汤里盐放少了,也无葱姜,鸡汤带一股腥臊味,使他想起了爸爸讲给他听的"鸡的洗澡水"的事,鸡肉淡得使他恶心,十分难吃,匆匆把条鸡腿啃了,闷着呼吸,把一碗泡着"鸡的洗澡水"的米饭吃干净,就不添了。看着郭绍勇连喝了三杯酒,撸着袖子,把只鸡连肉带汤滴滴答答吃了大半,溅得上身军衣上都是油,又吃了半碗饭,嚼了半碗狗肉,两人才一同走出房去。

家霆心里正在斟酌是不是再等一等阚师长,郭绍勇用指甲剔着牙说:"看来师长今天未必回来了。你还是回去,明天再来。这儿晚上不安全,你一人夜里回去在街上走也不好。你看怎么样?"

家霆想:郭绍勇说得有道理,决定回去,就同郭绍勇握手告别,约定明天上午再来采访阚师长。

他走到两侧有绿树的大街上,这时不过五点半钟。看到一些过去轰炸中成为断壁颓垣的墙上绘着的反对轰炸的漫画和抵抗侵略的标语,漫画和标语都已褪色破损,看了仍感到激动鼓舞。街上已阒然无人,偶尔见到远处有一二个人匆匆闪过,转瞬就不知钻进哪个小巷或是住家里去了。有一个衣衫褴褛的盲乞丐在街边坐着大声乞讨,他看不见街上无人。家霆忽然想起了欧阳素心喜欢沿路布施乞丐的往事,掏出些钱来走上去递给盲乞丐,换来了千恩万谢,他心里更觉得恻然。路上凄凉的景象使家霆心里有些慌乱,觉得无论如何,明天上午采访了阚维雍师长后,下午一定就去飞机场!此刻,他特别想念在重庆的爸爸,想念燕寅儿,甚至想起了陈玛荔。他想:如果知道来这里这么危险,她也是不会让我来的。

他并无太多的畏惧,但他记得不知在哪里看到过的一句名言:"勇气就是在你心里感到一种恐惧时,得以采取必要行动的一种能力!"他觉得自己必须不失时机地设法尽早脱险,飞回重庆去。

四

九月中旬的广西桂林,白昼不算热,这天夜晚忽然闷热起来。好像那使人窒息的浓厚云团都猬集在桂林上空,紧密包裹着桂林,酝酿着一场雷暴。没有蚊帐,家霆被"嗡嗡"的蚊虫骚扰得难以忍受,浑身都叮满了疱块。嘴里干渴,房里连个开水瓶都没有。他拿起毛巾走下楼去,打算到自来水龙头旁喝点凉水,冲洗一下身体,再回来睡。

后边一堵断墙残壁,在月光下像个魔鬼似的站立着,叫人看了感觉阴森可怖。自来水龙头旁,有个葵叶搭成的遮阳天棚,地上有滑腻的青苔。此刻,皎洁的月光披洒下来,映得天棚下黑黝黝的。天棚旁的一棵大榕树,枝干盘根错节,藤条缠绕,绿荫如盖。此刻,月光从枝叶缝隙中闪烁地射下来,在地上像一只只眼睛眨动,使家霆心神更加不定。

家霆从一三一师师部回来后,到现在夜深了,仍未见到马脸、招风耳的韦家琪回来睡觉。睡前,他曾到城防司令部询问寻找,那里有些军用吉普停在门口,气象森严,加了岗哨。卫兵拦阻了他,说里边在开重要会议,任何客人都不通报接待,劝他回来。家霆揣测一定是军务紧急,城防司令部在开重要会议,韦家琪一定也在参加会议。在这人地生疏面临战火的桂林,家霆感到孤单、寂寞,更感到安全缺乏保障。一个新闻记者,此时此地,活动困难,也并不引人重视。这促使他心情矛盾起来。如果明天上午不去访问阚维雍,上午就去机场,自然比较安全稳妥。但既入宝山,空手而返,岂非胆小如鼠?不但要被人耻笑,自己也于心不安哪!这样一想,他决定还是按照原来计划办。上午采访阚维雍,可以要求同阚维雍一起坐军车去看看野战工事,下午再去机场联系飞机。他满心希望今晚再能同韦家琪谈一谈,多了解些情况。

可是,韦家琪竟迟迟不回来,这使家霆难以入睡。

天上有一架孤单的夜行机在飞,方向是飞向西面,这应当是美国飞机吧?他在自来水龙头上,用嘴就着水龙头"咕嘟咕嘟"美美地喝了个够,脱了上衣和长裤,用凉水舒服地洗了一洗,用毛巾擦干,又穿上衣裤,看看手表,已快下一点了。正打算上楼,忽然听见人声和脚步声,张眼朝进院子来的小径一望,月光下,看出几个军人里,走在头里的中等个儿就是韦家琪。

家霆迎上前去,站定脚步,说:"韦参谋,刚回来?"

韦家琪撇开那几个军人走上来客气地说:"你还没睡?今夜开会刚散,没能陪你。"他随着家霆一同上楼,说:"走!到你房里谈。"

两人上楼进了房里,开了电灯,韦家琪说:"我去房里宽宽衣,拿瓶开水来。"

一会儿,他穿着汗衫背心趿着木屐,提着瓶开水拿着两个杯子来了,说:"忘了给你一瓶开水,你渴了吧?"说着,给家霆倒满了一杯水,说:"喝点水吧。"又疲乏地往椅子上一坐,马脸上罩着阴云,叹口气说:"你来采访的事我给司令报告了。他让好好招待你,希望你将来报道时好好美言几句。因为实在没有空,就不接见你了,让我代表。他说:军情险恶,全州前线可能要出问题,让我劝你尽快早回重庆。"

家霆把自己的打算说了:明天上午采访阚维雍,下午希望派辆吉普车送到飞机场。

韦家琪听了,闷闷抽烟,马脸吊得很长,说:"我们虽是初交,很谈得来。我对你印象很好,不把你当外人。有些机密不能不告诉你,好让你心中有数。谁都知道,鬼子这次发动大进攻,除了打通铁路线,是企图摧毁新建成不久的美国空军基地。听说史迪威已到或即到桂林,要在机场同陈纳德和四战区张发奎司令长官商谈。桂林这个庞大美国空军基地,美国人担心落入日本手中。事实上,明眼人都知道桂林是守不住的。史迪威来,说明形势紧急。决策什么,我不清楚。但我不能不劝你:三十六计,走为第一!万一将来走不掉就坏事了。一三一师有什么采访的?他们的防线被指定守备中正桥以北沿河区北门至甲山口之线及河东岸屏风山、爷头山、七星岩、猫儿山、水东街沿河之线。将来如果鬼子打到桂林,我看这里准是敌军主攻方向。凭他那支破烂队伍,阙维雍就是拿出吃奶力气,也是守不住的。你何必采访一个败军之将?何必拖延冒险?早走为佳!明天上午就派车送你去机场。你看如何?"

家霆想:史迪威来到桂林,我去机场,也好也不好。好的是史迪威来,我凭那封作为机票的信件,也许可以容易搭上便机回重庆;不好的是史迪威到机场,可能戒备森严,也许我去会不合时宜。既然情势如此险恶,还是走为上策!这样一想,只好点头了:"好,我明天上午就去机场!"心想,到机场联系一下,如确定了乘机日期和时间,我还可以回来把采访阙维雍的事补一补。

韦家琪闷闷抽烟,有时摸摸招风耳,有时叹气,沉重得很,马脸上阴云密布。

家霆明白军事情况不好,问:"今晚的会?"

韦家琪摇摇头说:"听说守全州的九十三军军长陈牧农靠不住!四战区要他固守全州,他理解为不是单守全州城池,而是守全州全县,只要兵不退出全州境内,就算尽到责任了!今天的最新消息是,他打算将全州的城防撤守,退出城郊。这样一来,广西的东大门敞开了!日寇的枪口可以直指桂林啦!"

家霆不禁也叹了一口气,说:"怎么办呢?"

韦家琪愤愤地说:"陈牧农这种军长不军法从事难平众愤!苦了我们守桂林的官兵!只凭三十一军的一三一师、四十六军的一七〇师,另加上七十九军的二九四团和一七五师、一八八师的步兵各一营,外加炮兵的十几门大炮守桂林,真可谓乌合之众了。日寇以第六方面军的第十一军为主力,以第二十三军配合作战,兵力极强,这场血战迫在眉睫了!"

家霆想从他那里多了解些晚上开军事会议的情况。韦家琪情绪不好,闷闷吸烟后,说是疲劳了,要家霆也早点休息,他拖着疲乏的步子就去隔壁房里睡了。

窗外,月色昏黄,有时透出云外,有时隐入云内。月光有时使楼下天棚投下一片浓浓的阴影。有不知名的秋虫在"吱吱""喔喔"鸣叫。家霆在韦家琪走后,关了电灯,躺在床上。蚊子又来进攻。月光如水从窗口泻进房来,远处有蛙声"咯咯"传来,好像同秋虫在合唱。他忽然想起那年夏天在沦陷了的南京,在潇湘路一号的楼上,由上海突然来到的欧阳素心睡在隔壁房里。那夜,月光明镜似的照来,透过窗户。但第二天一早,欧阳就留下一封信走了。往事袅袅,不堪回首。他不觉想到了莱特的几句诗:

> 世界有压而不碎的心,
> 　我想我的心就是这样;
> 　…………
> 我们永远永远不能分离,
> 　只要记忆还保持着统治。

他难以入睡,心里烦躁,不断拍打、拂赶蚊子,不断胡思乱想。突然,天上有"轧轧"的飞机声。紧接着,惊人的雷鸣般的爆炸声"轰隆隆"响起,十分猛烈,大地震颤,窗户"格格"响,玻璃一定有震碎了的。家霆连忙翻身起床,跑到窗户口张望。

从窗户里望出去,只见远处火光冲天,映得天际比上海繁华闹市中霓虹灯反射的天空还要红。爆炸声闷闷地仍在传来。住在宿舍里的人无论楼上楼下都跑出来了,"喳喳哇哇"地指点议论着。韦家琪的身影也出现了,他走进家霆的房里,马脸上十分严肃,说:"也许是美国人在炸毁空军基地,方向就在飞机场那边!"

家霆大吃一惊:"我明天去机场会有问题吗?"

韦家琪揉着惺忪的睡眼,叹口气:"明天再说吧!现在还是睡吧。"他又点燃了一支香烟,趿着木屐回隔壁房里去了。

家霆只好躺上床去。破坏性的大爆炸仍在继续,像打雷,像丢炸弹,像炮轰。这是一个红光满天紧张可怕的夜晚。整整一夜,他都没有睡好,被拍死的蚊子,近三十只。

第二天早上,韦家琪来敲门,说:"走!去司令部吃早饭。"他帮助家霆提了大包,说:"做好随时走的准备!"

两人走到司令部门口,家霆发现岗哨的卫兵人数增加了。说明什么呢?说明情势紧急,或是今天有什么重要大员来?

早饭是在伙房附近一间小房里吃的,勤务兵侍候着。吃得很简单:粥、豆腐乳。广西的豆腐乳味道同上海的相似,只是淡些,块头小些。显然,豆腐乳是特意用来招待从重庆来的新闻记者的。吃这样的早饭,家霆比昨天吃那顿晚饭安心。昨天那只可能是从老百姓家抓来的老母鸡,那条打死了的狗煮出来的一碗充满腥味的肉,滋味终生难忘。家霆心里虽记挂着走的事,却尽量使自己平静,一连吃了两碗粥,见韦家琪的第三碗粥已吃完了,便放下筷子。韦家琪对他说:"你还到昨天我们谈话的那间房里坐一坐,我去忙点别的事。车子准备好了,马上送你去机场!"

他陪家霆到昨天谈话的那间房里,自己匆匆走了。房里,满地烟蒂,痰盂里盛满了茶水和痰涕,脏得恶心,好像昨天有些人在这儿开过会似的。家霆无意中看到墙上比昨天多了一幅军事地图,走上前去看时,见插小旗的地位比昨天在一三一师师部看到的地图有些变动,心中明白这意味着什么。他心里急躁地想:前方战事这样吃紧,重庆不知清楚不清楚?如果我不是来桂林采访,简直是糊涂着的。报上有的消息封锁,有的消息缓登或迟登,有的消息用一种平淡而技巧的语言在玩文字游戏,仍旧把溃败说成"转进",把失守说成"正在激战"。他心里矛盾:这次来采访,其实未到前线,匆匆来又匆匆走,太窝囊可笑了。可是如果不走,万一走不脱了,又怎么办?心里七上八下,坐立不安。看看手表,才八点多钟,还不知几点钟可以动身去机场。一切都是被动状态。昨夜没有睡好,人困乏,坐在椅子上无聊地打起哈欠来。

天上，从清晨起就有飞机声响，响声不停。从窗口看出去，天上一架P—40型驱逐机疾飞而过。桂林美国空军基地总是给这城市带来这种空中的噪音。这种噪音使人有安全感。幸亏有这个空军基地，不然，怕早给日机炸得更加墙倒屋塌了吧？

过了一会儿，忽然听到远处又有"轰隆""轰隆"的爆炸声。这种一连串的剧烈爆炸声，震得窗户都颤抖响动，益加增加了家霆心上的不安。谁知究竟是怎么回事？外边人声叽叽喳喳，司令部的官兵们又在议论爆炸声的事了。家霆耐心坐着，听着爆炸声继续，心想：难道前线撤退得太快，日寇的炮火已经临近桂林了？当然也不是不可能的。倘若这样，就麻烦了。真希望韦家琪快来！果然，韦家琪急火火地来了，进门就说："美国空军基地从昨夜起一直在爆炸！听说是史迪威下的命令，炸毁基地一切设施，以免落入日本人手中！"

家霆站起身说："日本人还刚进攻全州，这里就把空军基地炸了，干什么要这样嘛！"

韦家琪坐下来说："史迪威很不满，认为我们军事指挥混乱，认为我们已无力保卫桂林。这个基地修建好还不久，花费了不知多少美金和我们中国人的劳力，这一下全完了！空军的支援也没有了！美国这些大少爷，哼！"

家霆焦急地问："我还能上机场去吗？"

韦家琪点头："吉普车过一会儿就有。反正，你总得上机场！"

爆炸声又连续传来，家霆可以想象得到机场上的油库、指挥塔、办公楼、酒吧、弹药库、餐厅、跑道……都在爆炸中尘土飞扬变成一片废墟的情况了。在来桂林下飞机时，飞机降落在机场上，他在机场住了一夜。亲眼见到机场的庞大、设施的先进与完备，亲眼看到机场上停着许许多多各种型式的银色飞机，亲眼看到许多美国空军和地勤人员与中国空军、地勤人员并肩忙碌。现在，一切全自己毁掉了。他心里焦灼,却只能屏息静心等待。时间呀,过得真慢! 简直是慢得难以忍受了。

九点钟的时候,爆炸声仍断断续续传来。一个皮肤黝黑、头发稀少、短小精悍的广西驾驶兵进来找韦家琪,说:"韦参谋! 车子去机场吗?"

韦家琪点头说是,关照那驾驶兵去准备,帮家霆提了大包,说:"走吧!"他那语气和表情似乎因为车子来到了感到欣慰。

家霆心里也兴奋,随他出了司令部大门,见一辆绿色军用吉普停在门前路右侧的树荫下,韦家琪给家霆和驾驶兵互相做了介绍,告诉驾驶兵:"童先生是重庆来的新闻记者,韦司令的客人!"告诉家霆,这驾驶兵"车开得飞快! 在战场上枪林弹雨中坐他车也保险!"家霆只听到驾驶兵的名字好像叫"竹箭"。上了车,韦家琪说了句:"一路顺风!"招手同家霆告别。司机驾了车一溜烟就开行了。

家霆有心多同驾驶兵谈话,联系联系感情,请教他的名字,才知驾驶兵名叫"竺逊",南宁人。竺逊不爱说话,沉默着开车,对人冷冰冰,情绪不高。家霆递了一些钱给他作小费,说:"买点烟抽!"他态度才热络一些。车子向机场方向开去,一路行人稀少,沿街的店铺有的门洞开着,里面空荡荡的无人,乞丐也很少见到。爆炸声仍偶尔传来,基地该已炸得差不多了吧?

驾驶兵突然说:"童先生,我看你是恐怕走不掉啦!"

家霆觉得他说得有道理,心里着急,叹口气答:"是呀! 我也怕走不掉呢!"

"我给你开快些! 这条路上难民少,还能开车。现在,往西往南去的路水泄不通,车子别说过不去,连抢车子的人都有。有的拔出枪来逼着你给他开车送他逃难。唉,谁愿意留在桂林等死哪!"

家霆无心多说话了,暗暗盘算:如果走不掉怎么办? 一时,竟想不出好办法来。

吉普车四轮飞转,在这有山有水的桂林飞驶,有时快得像四轮腾了空在冲锋。

终于,驶近通向机场大门的公路了,家霆远远就看到那里设着路障,阳光下,停着美国宪兵的一辆吉普车。一些个儿高大的美国宪兵戴着有 M. P. 字样的钢盔,在机场大门前站岗放哨。家霆坐的吉普向前急驶而来时,已经引起了这些戴钢盔的美国宪兵的注意。吉普车驶近,他们做出了停车的手势。驾驶兵缓缓停下了车,家霆走下车来,对驾驶兵说:"我交涉一下,请你等一等我。"这时,飞机场里又是轰然一声,看到有一股烟尘升起,地面震撼了一阵。

家霆掏出记者证件和那张有美国高级军官签名的作为机票用的信件,递给走上前来的一个有点像美国影星贾莱·古柏模样的瘦高个儿宪兵,用英语招呼着说:"你好!"

美国宪兵脸色严肃,却不友好,嚼着口香糖,看了家霆递来的证件和机票,耸耸肩摇摇头,用大拇指指指机场里面,用英语说:"不!不能进去!"

家霆反感美国宪兵那种高傲的气焰,用英语说:"我要搭机飞返重庆!我有机票!"

美国宪兵摇头,又耸耸肩,用英语说:"机场正在炸毁,不可能了!"

家霆远远看到机场里还停有飞机,而且不止一架,心想:你们这些美国宪兵不也是要走的吗?一定有飞机留给你们走的!因此又用英语把这意思说了,说:"我有重要工作必须立即返回重庆!"

瘦高个儿的美国宪兵摊摊双手,嚼着口香糖做了个鬼脸,摇摇头,用洋腔洋调的中国话挥手说:"走吧!走吧!"

家霆对美国宪兵那种轻视中国人的不平等态度难以忍受,克制住火气仍旧用英语说:"请放我进去!我有票! A. T. C. 白乐德上校是我的朋友！我同他讲定坐飞机飞回重庆的！"

话未说完，美国宪兵竟动手推了！用英语大声无理地说："我们奉命戒严，你快滚！滚！"边上的几个美国宪兵，有的也做手势："滚！滚！"

家霆知道有理说不清了，气得几乎发抖，却无可奈何。只好回转身来上了吉普车，对竺逊说："美国宪兵戒严，不讲理！只好回去了！"

刚才的一切驾驶兵都看在眼里，愤愤地说："这些美国佬，好的当然有！有些坏的在桂林调戏中国妇女，喝醉酒打人，买卖黄金美钞，把些美国给养拿来卖了赚钱，厌恶他们的人可不少！自认为比中国人高一头，欺压中国人的美国佬我最恨！"说着，飞快地急开着吉普，问："这下你飞不掉了怎么办？"

是呀，怎么办？家霆意会到将要面临一场艰难的局面了。一时实在想不出该怎么办，从天上飞回重庆已经无望，只有从陆上走了。迟走不如早走！学校里还等着我去上课呢。何尝想到来此仅仅一两天，局面会变得如此混乱无序。由陆上怎么走呢？他默默思索着。

受美国宪兵凌辱的怒气撞击在家霆的胸中，久久不能散去。一切不都是由于中国太弱吗？中国人反抗侵略同日寇打了这么多年仗，付出偌大牺牲，理应受到尊敬，可是西方的偏见却总是把他们自己当作救世主！如果中国人争气，富强了！美国人还敢拿不平等态度对待中国人吗？一种民族自尊心强烈刺激着家霆。中国，你站起来强大地面对世界的一天什么时候来到呢？为了这，我愿意献出我的一切，包括我的生命！使中国人在世界上顶天立地，不再受任何外国人侵略和欺侮！……

吉普车飞驰，家霆的思绪也在飞驰。一定要赶快想法搭乘火车到柳州去。他脑子里突然电火花似的一闪，想起了"小黑皮"杨南寿。杨南寿是在柳州空军基地的呀！对了,快到柳州！从柳州可以有两种准备:一是找杨南寿凭我的票搭便机飞返重庆,我那票上写明"中央社战地记者童家霆先生准予搭乘美国空军基地的运输机飞返重庆";万一实在上不了飞机,由柳州坐火车沿黔桂线往西北走,黔桂线虽然有半条还未修通,就是步行,经贵州走回四川也好呀！总之,必须赶快离开桂林,越快越好。

真是归心似箭了！很感谢驾驶兵竺逊,车开得再快也没有了。家霆盼望着赶快回到司令部,找到韦家琪,请韦家琪帮助自己上火车。

路上,收割过庄稼的田地里杂草丛生。一些大榕树周围,有乌鸦和山鹊在飞绕。一条岔路边,有一个孤单的老太婆坐在地上哭泣,声音酸楚。家霆真想下车问问她为什么哭,给她些钱。但,车子飞快地就驶远了。

近中午时分,又回到了城防司令部。家霆谢了驾驶兵,提着包,拿出证件给卫兵看,进去找韦家琪。心情同上午离去时完全不一样了！空落落的一颗心腾空悬着,感到十分狼狈。他发现一路上,连司令部左近的情况也有了变化。见到了从前线撤下来、运下来的大批伤兵。血淋淋的、污秽不堪的、黧黑枯瘦的伤兵,看了叫人难过。伤兵们,有的席地靠墙倚坐,有的躺在地上,似乎是累极了要歇一歇。街上混乱,散兵游勇估计都是从前线下来的,背着枪或拿着枪在行走。司令部门口,卫兵少了一些,也不知是为什么。戴着钢盔扛着枪的卫兵的脸是紧绷绷的。

家霆连走带问,让一个勤务兵找到了韦家琪。韦家琪正在开会,跑着过来,见家霆来了,好像就明白发生了什么事,说:"飞不走啦?"

见到了韦家琪,他那难看的马脸和招风耳,此刻在家霆的心目中也觉得亲切和温暖了。

家霆点点头,开门见山地说:"我不能不求你帮助啦,是否请帮助我乘上火车去柳州?"

韦家琪马脸阴沉,家霆知道,他不是不肯帮忙,是感到困难。他摸出香烟放在手里搓捏,半晌,点头说:"试一试吧!听说火车站乱得像马蜂窝,人也进不去,火车也上不去。这样吧,你去住处歇着,我开完会来找你!"他说着,就急匆匆回身走了。

家霆也只好依他的话办了。心里明白,韦家琪说的是实话。见他正忙着开会,一颗心好像不在别的事上,已是吃中饭的时候了,他却想不到客人还无处吃饭。早上只喝了两碗粥,肚子早唱空城计了,只好忍着,提着大包,挎着小包,往昨夜的住处去。照例被卫兵查了证件,又回到了二楼上昨晚住过的房里,颓然地把提包放下,仰面躺倒在床上,枕着臂膀,一阵无名的疲乏从心里涌到全身。他还无法想象火车站上的拥挤情况,但"逃难"这两个字又光临到他头上了!抗战初期逃难的种种情况,一时都浮上心头。

他等候着韦家琪,肚里"咕咕"地叫。夜里没睡好,这时困极了。有心闭上眼休息,竟不知不觉睡熟过去了。

一觉醒来,听到有人声,也许就是这种嘈杂的人声将他吵醒的。他一骨碌爬起身来,从窗口向下张望,忽然看见远处近处有好几处亮起烟火来了,是起了火吗?亮起烟火的地方冒着黑色的烟尘。由于是在白天,看不出火焰,肯定是着火则是无疑问的。怎么会起了火呢?

楼下,有些军人在搬东西,人声就是从那里发出的。

家霆吓懵了,心里警觉,迟疑了一下,马上提起大包、挎起小包匆匆下楼。恐怖每每是在一件事情况未明时产生的。他高声追问一个在楼下搬物件的中尉:"喂,发生了什么事?"

中尉大约三十岁,黄脸膛,朝他看看,说:"你看不到吗?起火了!"说着,只顾自己搬着物件,踉踉跄跄地跑了。

地上,不知什么时候已扔满了纸片、空桶、破衣烂袜、旧瓶、书本……大约是刚才入睡时楼下已有人来搬移过物件了。家霆心里纳闷,怎么城里无事端端会起火的?顿时想到了"焦土抗战"的理论,想起了一九三八年冬当日寇占领武汉进入湖南北部时,长沙似要失守,当时放起了大火,烧了两天两夜,全城房屋大部焚毁,居民烧死两万多人。后来,日军并未立即进攻长沙,指挥纵火的长沙警备司令酆悌等被作为替罪羊枪决。难道现在桂林又要历史重演?抑是敌人已经突然来到?不,不大像!难道敌人未到就先要将桂林烧成焦土?谁放的火呢?有这必要吗?

那几处火头的火势更猛了。天干热,有风,黑烟白烟更浓。

家霆愣在那里,一时手足无措。突然想起了托尔斯泰《战争与和平》中的莫斯科大火。伟大俄国作家对莫斯科大火的描述,使家霆印象非常深刻,阅读时如同亲身经历过一样。现在,自己陷身桂林,而且眼前看到了大火,他的心情离奇得难以形容。在焦灼与烦恼之间,脑际又幻化出当年在上海时与欧阳素心一同研讨谈论《战争与和平》时的情景来了。欧阳说:"战争太残酷,拿破仑……后来当他看到莫斯科在眼前的时候,他就想:我过去不寻求现在也不寻求战争。……"他理智地反驳她说:"那是你的误解!拿破仑是侵略俄国发动战争的罪魁祸首,当他体会到俄国人抵抗的激烈及俄罗斯冰天雪地的严寒时,他才意会到战争对他并不是轻松快乐的事……"

可是,现在想这些干什么呢?他定一定神,提起大包,急急向城防司令部去,浑身出汗。这时只有去再找韦家琪,才最安全。

他终于又进了城防司令部,并且见到了韦家琪。司令部里乱糟糟,人来人往,满地废物垃圾,一把翻倒的椅子摔在路边,好像司令部也怕火烧过来打算搬迁的样子。

韦家琪对家霆说:"城里好几处起火了,原因还弄不清,正在抓纵火的人。刚才,接到电话,全州城郊也是火焰冲天。他妈的,不知出了什么鬼!"又说:"我为你打听过了!铁路上现在乱成一锅粥了,火车有的堵塞着,根本没有发信号、扳道岔、分管调度指挥的人了!伤兵鸣枪拦车,火车从卧轨拦车的难民身上压过去。当兵的用枪逼着司机添煤烧汽开快车,可是前边火车一堵,后边毫无办法。"

"那怎么办呢?"家霆急了。

"我们现在忙着灭火的事!"韦家琪安慰说,"你别急,急也无用。等会儿吃了晚饭,让勤务兵送你去火车站!"他总算想起了家霆的吃饭问题,"你要是舍得花点钱,兴许能挤上车去!当然,是闷罐车,那份罪也够受的!"他将家霆带到那间昨天谈话的房里,说:"我去忙一会儿,等会再来。附近的火势都得要控制!"

家霆孤独无聊地等着。后来,韦家琪果然又来了,陪家霆到上午吃早饭的地方去吃了一顿晚饭。米饭是夹生的,用一盘咸菜下饭。吃完,他让一个十八九岁的勤务兵陪家霆去火车站,说:"火车站附近,人太多,吉普也无法去。而且,现在司令部的吉普车都出去了!"他让小勤务兵替家霆提着大包送家霆走,临别叮嘱:"早点走吧!晚上更不安全!"又好意地说:"城里火势更大了,一路上要小心!"

城里的火势确实更大了。火一烧,将死气沉沉的桂林城忽地烧出一些人来了。那些本来留在城里看家的零零落落的老头儿、老太太,还有些没爹没妈的小孩子,惊惶失措满面凄惶地都从屋里跑到街边来了。街边上堆着些从屋里挪出来的物件:棉絮呀,冬衣呀,旧箱笼呀,甚至家具什么的都有。人们脸上都有恐怖、绝望的神态。

火,正在好几处随风蔓延过来。从屋顶冒出来的浓烟,透出夕阳般血色的反光。没有人救火的地方,火焰正在伸展。因为是白昼,没有可怕的强烈的火光,却有可怕的浓烟。

　　小勤务兵十八九岁,有两条长腿,长得挺机灵,走得很快,几乎是跑。家霆飞步跟随。他觉得韦家琪并没有尽心尽力,只不过是敷衍打发他而已。也难怪,在这种时候,给他添麻烦他哪有这门心思。更何况,上火车太困难,他也未必有什么办法。家霆能原谅韦家琪。反正,有小勤务兵帮着提包,帮着带路,兼带做伴,已经该知足了。

　　一些街巷空落落的都没有人,一些过去挨轰炸造成的废墟和断墙矗立着。离起火处近了,空气中充满了燃烧物冒出的焦糊气味,似乎能听到"毕剥毕剥"的火燃声了。途中,有放哨的卫兵吆喝着盘问、检查,总算没有拦阻。有两处离火烧地点更近的地方,烈火"呼呼"响,玻璃窗裂成碎片爆向四方,金星在空中飞舞,屋顶爆裂,一块块被火烧红了的白铁皮从上边脱落呼啸坠地,发出雷鸣般的响声。有风吹来,就像铁匠的风箱在吹旺炉火,有焦木和毛织品燃烧的臭味。浓烟呛得家霆咳嗽,热浪袭来,火烤得灼人。可以看到一堵风火墙后,房屋里黑烟中升腾冒起的隐约火舌,听到有女人和孩子的哭号声。

　　倚山傍水的桂林城的大火,发出大海般的呼啸声,势头要席卷全城。这个原来绿树很多、红顶灰顶各式房子交杂在山水之间的城市,是很美丽的。"江作青罗带,山如碧玉簪"的具有两千多年历史的古城,这个抗日战争时期,由于担任军委会桂林办公厅主任的桂系李济深实行开明政策,全国许多著名文化人云集过的"文化城",如今要被焚为平地了!啊,啊!家霆突然想起了古罗马历史上的那场大火。当罗马城大火燃烧时,昏庸的罗马尼罗王还站在高处弹琴饮酒,欣赏着火光熊熊,觉得那是绝妙的奇景。可是,眼面前这场大火,在家霆和一切身临其境的桂林民众来说,却是吓人的大灾祸!这火虽是在日本侵略军来到前燃起的,但不是日本帝国主义的侵略,桂林怎么会遭到这场浩劫？想到这些,家霆更仇恨灭绝人性的日本侵略者了。

走着走着,浑身大汗淋漓。走到靠近火车站的地方来了。从这里,仍清楚看到桂林城里的火势正在扩大、蔓延,有好几处火头和黑烟。这里,难民聚集得越来越多了,多得像蚂蚁窝里一样。火车站里又乱又脏,屎尿遍地,臭气熏天。被丢弃的旧衣物、杂品什么都有。好不容易挤进人丛中去,却立刻很难移步了。人挤来拥去的,这里有人叫喊"哎呀""喔唷",那里有人在辱骂吵架,一些离散了爹娘的孤儿在哭泣。好不容易,命也挤掉了半条,挤到了月台上,家霆突然发现那个机灵的小勤务兵不在身边了！人流比四川集镇上"赶场"还挤十倍、百倍,想多走一步都困难,你想停步也办不到。小勤务兵不见了倒还没什么,但他提的那只大包里有衣物,有姗姗大姐的照相机,有稿纸和笔记本、漱洗用具、药品等,也有一些钱。小勤务兵那两只机灵眨动的眼睛,使家霆怀疑他是有心这么做的。很可能他是想发横财。但,往哪里去找他呢？这时候,再挤出去找他,既不现实也太笨拙了。身外之物,只能由它！好的是机票、钱和笔记本等都在身上挎的小背包里,只要能顺利挤上火车就是胜利。这处境是只能进不能退了。家霆硬硬头皮,又在人流中向前挤起来。

停在月台里外的火车,全是装满了人的闷罐车。闷罐车是运货运牲口用的,黑色铁皮外壳上打着白色车号和吨位数字,笨重的铁拉门紧闭着。从两侧四只带着铁栅的又高又小的气窗中,可以看到挤得满满的人脑袋。火车顶上也爬满了人,似乎进不了闷罐车只要爬在顶上,也就有了逃走的希望。

家霆绝对想不到场面如此吓人。比抗战初期在粤汉路上坐火车时情况要恶劣无数倍了。有什么办法上火车呢？一点办法也没有！有些缠着肮脏绷带的伤兵在"乒乒乓乓"砸闷罐车的车箱,硬想砸开门进去。当然是空想,徒然引起一片骂声和嚷嚷声。

家霆决定:只要给我上火车,我就把挎包里的钱多给他一些也可以。但这里既无人卖票,也无人让位。他夹在人丛中,顺着铁轨往前跑。见火车拥集,实际后边的火车就是上去了也是开不动、不会开的,决定顺着人流往前沿铁轨跑,心想:往前跑吧!好在向西南方向走一步也就是离柳州近一步!走到最前面,找到火车再设法上车。

人流像当年家霆在河南灾区见到过的那遍地爬跳的蝗蝻,你挤着我,我挤着他,他挤着你,不停地向前蠕动。有的难民不知从哪里跑到桂林来的,脚已走得粗肿如烟囱,用破布包裹着,像大象似的龙钟蹒跚地走着。有人跌倒了,后边的人也绊在他身上、踩在他身上,引起一片呻吟声、怒骂声和吆喝声。

一个五十多岁背着包袱的老人,拄着根木棍当拐杖,一瘸一瘸地走,绊了一跤,家霆连忙扶他,见他淌着鼻血,不忍心丢下他自己走,只好扶他向前挤。他千恩万谢,说:"我是个中学教员,这一生只看到帝国主义侵略中国,谁要能使中国富强了,不受帝国主义侵略,我死了也拥护他!"又说:"我是从湖南逃来的!地方丢得太快,没有部队掩护,走不动的乡亲落在后边,成批成伙被鬼子抓着杀了。我侥幸逃了一条命,可是腿受了伤,现在也不行啦!"他怕连累家霆,说:"快走吧!谢谢你,我不连累你啦!"他挣开家霆的手,独自向左边一块裸露的田地里去了,看样子想在那里坐下歇脚不走了。

家霆浑身汗湿,继续随着人流走。路边,有一连几辆抛锚丢弃了的汽车,有的已被砸坏,都像死乌龟似的停在那儿,估计是乘车逃跑的人丢下的。走着走着,天已经黑下来了。回首望桂林城内,只见几处大火红光照耀,浓烟仍在夜空缠绕。

家霆身体健壮,脚步快,人流越走越稀,有不少人落伍了,却又与前边的人群头尾相接,只是比以前连迈步的空隙都找不到的情况好多了。他奋力迈步,一心想沿铁路找到一列火车攀登上去。

从桂林到柳州,一共不过一百三四十公里光景,火车正常运行,不过两个多钟点。家霆心里琢磨:如果坐不上火车,全靠步行,日夜兼程,一百三四十公里,三四天或四五天也可到达。这样一想,心倒定了一些。以自己的体力,是可以办得到的,他更奋力走将起来。

心理因素起的作用太大了。日寇未到,但百姓对军队信心不足,拼命要快逃,互相影响,使尚远离战火的地方也乱成一团。火车阻塞无法开行,难民只要上了火车,不问火车开不开,也仿佛有了安全感,都固定坐着不再挪步了。家霆头脑清醒,分析清了形势,就拼命步行了。

深夜,沿铁路走到了四塘。看到些卖茶水和卖面的担子,摇曳着鬼眼般的灯火。家霆买了点水喝,又往前面苏桥走。浑身乏力了,不见铁路线上有火车,只好继续往前走。

天,忽然阴了,云团掩没了星星,四下墨黑,雾气罩住了散发出淡淡泥土气息的土地,这里好像生机死绝了。家霆正走着,忽然有个在路边提篮卖熟鸡蛋的年轻乡下人走来叫卖。家霆饿了,尽管价钱贵得吓人,仍决定买些鸡蛋吃一些留些带着。他从小提包里掏出钱来付给乡下人,把鸡蛋塞进包里。漆黑抹乌中,后边突然上来两个壮汉,原来同卖鸡蛋的乡下人是一伙的。三个人将家霆架到路边暗处。一个穿军衣的有手枪,另一个穿便衣的手里有把尖刀。拿枪的说:"把提包拿来!"家霆挣脱他们的手闪身想逃跑,却被拿刀的用力戳了一刀,伤在左臂,血流下来,疼痛难忍。

遇上劫路的了!家霆明白:逃是逃不脱的,打也不行!他把身上挎的小包拿下来,说:"给我留一点钱吧!大家都在逃难,我还得路上花用。有些笔记本什么的你们也用不着。你们又刺伤了我的左臂!"他要求留一点钱,目的是防止强盗怀疑他身上还有钱进行搜身。

穿军衣的也不吱声,将提包一把抢过去,打开包后,将鸡蛋拿了几只给家霆,又把笔记本、机票、针线包都递给家霆,将一厚叠钞票中抽了一点给家霆,发善心似的说:"拿去!"然后,三个人带着提包快步奔跑,隐没在黑暗中了。

家霆手里拿着机票、笔记本、针线包和几只鸡蛋、一点钞票,左臂疼痛流血,心想:真是倒霉!"漏屋偏逢连夜雨"!幸亏这三个强盗还把机票等都还了,也没搜身。他将机票、笔记本、针线包以及一点钞票都塞进口袋。掏手帕用右手靠嘴帮助,扎好了左臂的伤口。还好伤口不太厉害,他一边走一边吃起鸡蛋来。

这时候,倒感谢陈玛荔颇有见地了。如果没有针线包,如果不把金戒指和一些大额钞票都缝在贴身的衬裤上,不就成了光蛋了吗?路途遥远,前程还很难预卜会有什么艰难遭逢,有了金戒指和钞票,使他感到胆壮,虽然受了伤,遭了抢劫,心里仍然没有泄气。

半夜时分,到了苏桥。是个小站,也是个小村庄,难民依然不少。镇上有一列伤兵列车停着,却没有火车头。这列车是光板火车,没有四周铁皮车厢和顶篷,仍挤满睡满了伤兵,里边也夹杂了不少携儿带女的老百姓。看来是伤兵们挤出地方让难民坐的。伤兵们都缠着血污和肮脏的绷带,令人看了心里发颤。铁路小站上的人员差不多都走了,只有个老头儿躬着背在道班房里。一打听,原来一些军人逼着司机把火车头摘了钩开到前边去去拉他们的军车了。

家霆嘴渴,想讨些水喝,却没有。问老头儿前面有没有火车时,老头儿说:"不知道!"问有没有车子开来,老头儿说:"只有开过去的车,这些天从没有开过来的车!谁还要把车往这边开呢?"

为了要喝水,家霆只好摸黑去到附近村子里讨水喝。嘴渴得难耐,他高一脚低一脚地在黑暗中走进了村庄。发现这是个无人的村子。既无人声,也无狗吠。找了个高门墙的人家走进去,门敞开着,里面黑黝黝的,叫了两声:"有人吗?"没有得到回答,就迈步向里边走去。主人大约是逃难走了,也许遭过抢劫,满地散乱抛掷着许多旧衣烂袜、破碗碎瓦。家霆怀着一颗紧缩的心打量着布满恐怖气氛的房子和长满了荒草和蒺藜的院子。在屋右一间厨房似的屋里看到了大水缸,用手舀了点水,嗅嗅舔舔,水不新鲜,但气味还不大,用手舀水凑着嘴喝了个够。人感到困累了,忽然想:已是半夜,何不在这里找个地方睡上一觉,明天拂晓继续赶路向前走。他摸索着朝一间大房里走去,隐约可以看到有张大床,上边还放着些看不清的东西。房里空气不好,有股说不出的难闻的臭味儿。

这屋子一定久无人睡了。索性把门大大敞开,把窗户也推开,走近大床,家霆想:就在这床上躺一会儿吧。但离床越近臭味儿越大,扑鼻而来。家霆奇怪,靠近大床仔细一看,黑暗中,瞅见床上躺着个精光的赤条条的人体。臭味就是从那里发出的,是个死人!呀!黑暗中,隐约可以看出是个长发的裸体女人!家霆吓得浑身冒汗,心咚咚地跳,"呀"地大叫一声,拔腿就跑。他明白:准是个被强奸杀死的女人!死了也许好几天了!

带着一种恶心、痛苦、恐怖、厌恨的混合感觉跑出那个院子,把疲劳全忘掉了,心里只想呕吐,胃里冒着酸液。恐怖印象是再也忘不了的!这使他不禁想到了韦家琪的那句话:"战争中,什么可怕的事都会有!"他继续向铁路方向跑,又见到了夜行的散散落落的逃难队伍,里边还有许许多多中学生。他夹杂在人群中,感到胆壮了一些,又拖着疲乏酸痛的腿,往前向永福方向大步流星地走。

一路上,看到一些腐烂了的、肿胀了的、被苍蝇"嗡嗡"叮着的难民死尸,但任何一具尸体都不能给家霆如同那夜走近大床时看到的裸体女尸那么大的恐怖。

两天以后,他沿铁路线走到了鹿寨。是黄昏时分,有轮火红血色的月亮从树梢升上来。他实在疲劳得要死了。一路上,幸亏他不缺钱用,用高价换取了不少食物,还拿食物周济了一些贫病的同路难民。在到鹿寨时,他肚子疼痛,开始腹泻,感觉头疼发着高烧。他知道可能是喝了不洁的水,也许是左臂伤口发炎造成的。伤口始终火辣辣地疼痛,有时又隐隐发胀发痒。

这时,正巧有当地人驱赶着由两头牛拉的一辆牛车来了。他用一只一钱重的金戒指换得了上车的位置,由牛车将他从小路载到了柳州。

想不到,柳州市依靠着几十万流亡难民的来到,竟出现着畸形、反常的繁华。在这柳江两岸的大街小巷和公路两侧,都搭了许多难民居住的棚棚,摆满了出售各种细软物件的地摊。地摊上的物件从古董、银器、药品、衣服到钟表、鞋袜、食品等等都有。卖吃食的小摊、卖茶水的凉棚,也到处都是。涂脂抹粉卖淫的女人,也在黄昏灯影下沿街出现。难民的人流到了柳州,都在休整,也都暂时在观望一下。

家霆却没有一丝一毫想观望休整的念头。他一到柳州马上雇了一辆人力车找到一处医生诊所,请医生包扎了左臂伤口,又治了病,拿了药品服用。然后,找了一个小旅店住了下来。虽然臭虫、蚊子肆虐,晚间难以入睡,但腹痛拉痢,使他不能不在客栈里住了三天。第三天,烧退了,拉痢情况减轻,他花钱雇了一辆人力车去到郊外的飞机场。

他特别高兴的是,在那儿真的找到了老同学杨南寿,并且凭他的机票,可以在第二天搭一架要回重庆去的 C—30 型运输机去重庆。

啊!噩梦似的这段艰难征途终于告一段落了。

五

家霆左臂上被刀子戳伤的创口发炎溃烂,创口虽未伤及血管和骨头,竟迟至十二月中旬才痂落痊愈。伤口是愈合了,在桂林、柳州的这段不平凡的遭遇,却像烙在心上似的,印象和痛楚怎么也难以消失。

经历过惊心动魄的桂林大火,经历过从桂林步行到柳州途中的颠沛,回到繁华热闹的重庆见到爸爸和燕寅儿等时,他恍若隔世。

当他晚上在余家巷二十六号家里出现时,童霜威见到他这么快回来了,高兴地笑着说:"啊,孩子,回来得这么快?太好了,我一直不放心一直在挂念着哩!"说完话就发现儿子的狼狈、消瘦与疲乏了。儿子满脸风尘,衣服肮脏,左臂上缠着纱布,出发时带走的提包和挎包都没有带回来。他睁大了眼惊奇地问:"你怎么啦?遇到什么事啦?"

等到家霆坐下来,喝着水,把全部离奇的经历枝枝节节都讲了,他才知道原委,苦闷气恼地叹息一声说:"国际战局越来越好,中国战局却在坍台!这两天,三届三次国民参政会正在举行。开会期间,正逢湘、粤、桂三省战场溃败。许多参政员都纷起责难。有的提出:'万不可靠同盟国胜利做胜利,致贻我中华民族之羞!'燕翘等对这次何应钦掩饰豫、湘溃败的军事报告责询尤多,认为对拥有四十万精锐之师的蒋鼎文、汤恩伯在河南丧师失地仅给以撤职留任,太不公平,要求枪毙汤恩伯以谢国人!但参政会只是放放空炮说说空话,闭了幕也就一切都完了。清谈毫无用处!目前问题也不在枪毙一个汤恩伯,主要问题是要实行民主,组织联合政府,唤起民众,修明内政,挽救时局!不在这上边努力,国际形势再好,也没有用。胜利虽然似乎可以在望,百姓仍要遭大劫难!"

　　第二天一早,家霆去医院治疗臂上刀伤,兼带化验,根治痢疾。左臂创伤化脓,医生建议他住院。他说需要回去商量以后再定,其实,是想先去看看燕寅儿,了解一下学校的情况。去时,燕翘由燕姗姗陪同去参加参政会的闭幕式了,只有燕寅儿一人在家。见到家霆,她兴奋得几乎像要跳起来,说:"啊!'快乐王子'!你回来啦?我真高兴!"

　　"快乐王子?什么意思?"家霆笑着问。寅儿本来爱叫他"倜傥",这又是开的什么玩笑?

　　"你一定熟悉王尔德那篇世界著名的童话《快乐王子》吧?我老觉得你的模样像快乐王子,心地也善良得像他。我愿意告诉你一个秘密,有时,我觉得我如果像那只常常同快乐王子在一起的燕子就好了!"

　　家霆语塞了,看到寅儿说这话时,脸上绯红,明白她的激动,也明白她的心意。但理智使他却步,打岔说:"我差一点就回不来了呢!你快听听我的冒险故事吧!我一点也不快乐!"

　　家霆把这次历险的情况谈了。燕寅儿听着。她是个开朗明快的少女,听到气愤处纠着双眉,听到危险处充满同情,听到悲惨处含着眼泪。最后,说:"前方战局是这种样子,怎么得了?我们在重庆对这些情况简直一点也不清楚啊!你准备怎么办呢?"

　　家霆没有回答,问:"学校里怎样了?"

　　"正常上课。我给你请了假。你这么快就飞回来了,一点问题也没有!"

　　"我想住一段医院治疗一下,同时立刻恢复上课。每晚都向医院请假去学校,上完课再回医院。在医院,我可以把这次去的经历写一写,总题目就叫《桂林去来》,可以写几篇,每篇总得有二千至三千字，占报上一个辟栏。"

"你这可以向陈玛荔交代吗？"

"当然可以！我写好后，给她看。也许她是不会满意的，但我应当按照我的意愿写。可惜，我去的时间太短了！如果时间长些，我的采访面广些，能写得更深刻些。现在，只能写点见闻了。不过，这些见闻也太值得写了。"

燕寅儿关心地说："我觉得，你首先还是住院，把伤和病治一治。当然，晚上去上课我也同意。写稿的事，别急。我想，你不妨再采访些人多掌握些材料。比如，可以到车站等候采访那些陆续由湘、桂经过贵州来到重庆的人，向他们多了解些情况。"

家霆拍手叫绝，说："主意太好了！这样，可以不断写续篇。将来等我出院了，我们一同采访，也一同写。经过这次桂林去来，我对前方再也不能忘，再也不能不关切了。只要闭上眼，仿佛就看到了逃难的人流，看到了桂林的大火。"

燕寅儿留家霆吃午饭，家霆急着回去同爸爸谈住院的事，不愿留下吃饭，说："晚上再见吧！请替我向燕老伯、姗姗大姐和东山大哥问好。"燕寅儿送他一直到离余家巷不远才回去，临走带着感情说："也不知怎么的，你走了，我一直好像在等待你回来，有许多话像要对你说。可是见了面，又不知那些话跑到哪里去了。"她显得有些伤心，为了家霆面上的冷淡。

家霆其实也是一样。在桂林，在回来的途中，都常想起寅儿。一回来，也希望立刻见到她。见到了她，又自己警惕、克制起来。尽量使自己平静，保持距离。难道这不是爱情？这当然是一种爱情，却是自己不愿陷入的爱情，不是为了别的，只是因为有了欧阳。自己深爱着欧阳，又喜欢寅儿，怎么能损害欧阳又损害寅儿呢？怎么办呢？似乎也只好维持现状拖下去了。现在，听了燕寅儿的似乎平静实际热情的表述，家霆那种警惕和克制又来了。长久以来，他经过思索,相信:一个男子的一生是可能遇到好几个可爱的女子的。无论多么可爱,总不能是见一个爱一个。因为爱是神圣的!爱情中不能包含着背叛、亵渎与对别人的侵犯。爱情中只应该包含忠诚、尊重与牺牲,用任何冠冕的语言或理由为自己的背叛、亵渎来声辩或解释,只不过是对自己人格的一种侮辱。他本来想热情地说些什么,但结果什么也没有说,只是热情地打了一个招呼,回身匆匆就走。这是要伤燕寅儿的心的,但他觉得只能这样。在这种时候,说什么都是苍白无力的。

家霆回到家里吃午饭,童霜威也刚由程涛声家里回来,情绪很高,接过家霆递来的茶杯,喝着水,说:"我要参加一个重要的会议了!"

家霆问:"什么会?"

童霜威说:"国事如此,我岂能老是沉默,老是像泥塑木雕不说不动?重庆各界、各党派、各阶层代表五百多人过几天要集会要求改组政府,成立联合政府,实施民主宪政,唤起民众,挽救危局,还要筹组重庆民主宪政促进会。程涛声邀我参加,我答应了!"

家霆看到爸爸的情绪热烈,感到高兴,问:"有哪些知名人士参加?"

童霜威笑笑说:"一次大团结的会,连共产党的董必武也在内。其他冯玉祥、张澜、黄炎培、章伯钧、沈钧儒等不说,国民党的覃振、邵力子等也参加了!会上要我讲话,我也打算认认真真讲一点。"

"您打算讲什么呢?"家霆饶有兴趣地问。

"我想说点心里话:惟有刷新政治,团结全国,才可挽救抗战危局,才能谈到以后的建国!我也想说,在这抗战空前危机的时候,只有团结各种力量,才能度过困难。你从桂林回来,谈的许多触目惊心的情况,我打算用来好好讲一讲。"

"不会有麻烦吧?"

"不管那些了！每每,头面人物反倒安全。你看,许多头面人物,包括程涛声,特务虽多,怕影响大,轻易不愿冒天下之大不韪的。现在觉醒的人多了,许多事,也总得受着点约束!"

家霆欣赏地说:"爸爸,您真是大胆地说话、勇敢地行动了！我真高兴！您刚才说这些话时,我感到您变得很年轻了。不但思想年轻,模样也年轻了!"

童霜威哈哈笑了,家霆感到爸爸很久没有这样开怀朗笑了。是呀,一个人当思想和行动找到出路时,就像一条奔腾的江水欢快地向前穿行,驰向辽阔腾波的大海;而一池死水是只能沉默、废置甚至腐臭的。爸爸在孤岛上海面对敌伪由消极拒绝到积极冒险逃出魔爪,这是奔跃了一大步。来到大后方后,由失望、黯然,经过斟酌、思考到毅然决定,顺应时代潮流走向进步,又是奔跃了更大的一步,多么可喜！要是冯村舅舅没有死,他该多么高兴！要是忠华舅舅看到了,他该多么激动！

后来,父子两人一同吃侯嫂送来的午饭。家霆谈了住院治疗并每晚仍去上课的事,童霜威当然同意。谈到写《桂林去来》的事,童霜威说:"我赞成你写。这样的情况应当让大后方的人知道。但不知能不能发表？陈玛荔希望你写的恐怕不是这样的文章。"

家霆说:"我一时还不打算同她见面,想等住院后把文章写好再去见她,那时再说。不过写文章我总该根据事实,睁眼说瞎话的事我是不做的。"

这天晚上,父子俩谈到夜深。家霆说需要些钱买一只金戒指还给陈玛荔,并赔还她的一些钱。同时,想买一只照相机赔燕姗姗。童霜威赞成他这么做。父亲在这方面的为人,同儿子是一个类型的。童霜威将储藏在皮夹里的八十元美金拿出来给家霆,说:"你拿去办吧。"

当时,外汇比价:官价法币二十元折合一美元,黑市则是五百多元折合一美元。美钞与黄金之比约在三四十元之间一两。家霆明白,这些是爸爸积蓄下来的一点钱,但也只好收下。

童霜威叹口气说:"想起欠欧阳素心那孩子一大笔首饰和情意,我到今天心里总是耿耿。不知这孩子现在怎么了。"

家霆无从回答,只牵动了更多的思念。

第二天早上,家霆去买金戒指、照相机并办理住院手续,童霜威则去北碚讲课。家霆买了一只照相机托燕寅儿还给姗姗大姐。燕寅儿责怪了他。他说:"同意我这样做吧。不然,我心里是不会舒服的。"燕姗姗知道后,生气地说:"童家霆,难道你叫我大姐,我们之间连一只照相机的情感也没有?你这人太拘谨了!"家霆脸红了,姗姗大姐说得对。可他觉得自己只有这样做才安心。他说:"大姐,原谅我这一次吧。如果下次再上前线,丢掉了你的照相机我一定不赔!"姗姗也拿他没奈何,却很欣赏这个年轻人的正派。

家霆是十月下旬才同陈玛荔在医院里见面的。他入院经过化验,竟患的是顽固的阿米巴痢疾,又想不到发炎化脓的伤口竟很难愈合。由于每晚坚持要请假去上课,使医疗受到延误和影响,住院的时间就拖长了。

在医院里,家霆坚持着写了一组《桂林去来》,用第一人称写的,一共三篇通讯特写,每篇都在三五千字。一篇以韦家琪谈的为中心内容兼及桂林状况;一篇以郭绍勇谈的为中心内容兼及桂林大火;一篇以离开桂林返回重庆一路艰辛为中心内容对大批难民寄予同情。出乎意外的是他离开桂林后,桂林之战并没有立刻开始。虽然他离开那天,桂林空军基地炸毁了,桂林城也被大火烧了,全州郊外,也被陈牧农的九十三军放火烧了十几天,但日军进攻桂林是迟至十月上旬才开始,十月十七日全线发动总攻的。桂林还正在激战,这些通讯发表正是时候。燕寅儿看后,认为写得真实、动人、有感情,发表出来会引起读者轰动。燕姗姗看了,认为使人如身临其境,抨击了前方腐败不合理的现象,使大后方读者看了能头脑清醒一些,使执政者看了或许能下点决心纠正错误改善危局并救济难民。她说:"我可以拿去找找地方看能否发表。"但家霆想了一想,说:"这次,是陈玛荔要我去的,文章不让她过目就发表了,不合适。我回来也这么多天了,虽然因病住院,还是应当去看看她做个交代,把文章先给她看一看的好。"

家霆是个重情义、信守诺言的人,经过治疗,阿米巴细菌性痢疾快要痊愈,伤口也逐渐合拢,就打算自己去一次陈玛荔家,看望看望。

谁知,这天中午,一阵淡雅的香水味飘来,陈玛荔却突然出现在家霆的病房里了。

她态度高贵,举止优雅,带了两盒水果和一听克宁奶粉来,打扮得很朴素,一件深蓝布旗袍外加一件藏青短西式外套,化了淡妆,梳了个好看的发髻,摇着头,站在家霆病床前,神采焕发地笑着说:"请原谅我做不速之客!我一直在为你担心,心里不安,不断打听着前方的情况,怕你出事。尤其担心桂林机场被炸!想不到你早安然回到重庆了。怎么竟保守秘密连电话也不打一个给我呢?"

家霆也感到不合情理,歉意地说:"伤了,也病了!又忙着把文章写好。想等伤病好了立刻就去的。"

"听说你每天仍去学校上课,那是能起床的啰?"陈玛荔看见病房里还有几个病人,嫌谈话不方便,皱皱眉,说:"我们得好好谈谈呢。走吧!我的车子在外面,找个地方谈谈去。快换衣服!"

家霆说:"好,Aunt,我是该把全部经过详详细细告诉您的。我这次是死里逃生!"

陈玛荔亲切地笑了:"你命大福大,我略有所闻。你学校里我也不是不认识人。走吧走吧!快换衣!"

家霆从病床上起来,去房里门边的屏风后换下了病人穿的白衣,穿上了西装,打了领带,出来穿上放在床下的皮鞋,拉出床下小箱子,拿出一包东西,又去枕边拿了一叠原稿,向进房来的一个护士说:"我有事出去,下午回来。请向医生说一下。"

他随陈玛荔出去,那辆蓝色小轿车停在门口街边,家霆随陈玛荔上车后,她对司机说:"嘉陵宾馆!"就迅速点上了一支香烟。

途中,陈玛荔说:"快开始讲吧!我真想听听你那死里逃生的《哈克贝里·费恩历险记》①呢!你的伤现在不要紧了吧?"

家霆笑了,他青春年少,飞扬潇洒,伤病中也仍这样,说:"那我就把惊险故事讲给您听吧!"

他如实地讲着,陈玛荔专心听着。陈玛荔自然与燕寅儿不同。她听得有滋有味,却不像燕寅儿倾注着感情。家霆的冒险经历,仔细讲起来还是很生动很长的。当汽车停在嘉陵宾馆门口时,话只讲了一大半。陈玛荔丢了烟蒂,开启汽车门,说:"下车,我们吃中饭,边吃边讲,好不好?"

在重庆可以算得上豪华的嘉陵宾馆,人都知道蒋介石、宋美龄夫妇每逢圣诞节都要在这里举行宴会的。在靠近窗口可以鸟瞰到一些开阔景色的一张桌旁,陈玛荔和家霆坐了下来,侍者上来送了菜单。陈玛荔做主点了冷盘、牛尾汤、白汁鳜鱼和英国铁排,外加布丁和咖啡;然后说:"Adonis,继续说吧。你的故事深深吸引了我!"

家霆继续讲述,发现说到在桂林机场被美国宪兵拦阻凌辱无法乘机和桂林大火时,陈玛荔似乎受到了震动,在说到沿铁路步行见到女尸和遇劫被刺时,她也显得不安。说完,冷盘来了,陈玛荔招呼家霆吃冷盘,带着感情地说:"太后悔让你去冒这次险了!你飞机上天后,我就后悔了,太不值得!倘若你回不来了,或被歹徒

---

① 《哈克贝里·费恩历险记》是美国著名作家马克·吐温(1835—1910)的一部名著。

刺死了,我将永远不会饶恕我自己。"

家霆笑笑,真诚地说:"我倒觉得吃这些苦值得。这种经历对我来说,是宝贵的。也许,有利于以后我可以做一个比较好比较成熟的记者!"

陈玛荔摇摇头,表示不以为然,说:"不值得!不值得!我想不到是这样危险,只以为替你想得很周到、做得也很周到了,谁知竟完全不是那么一回事,我很抱歉!"又随便地问:"现在,政府正号召'十万青年十万军',你们学校里动得怎样?你不会从军的吧?"

政府正在发动"十万青年十万军",要知识青年从军。但在民声新专,却没有人去从军,倒不是缺乏抗日热情,而是看到役政腐败,又拼命在反共,明明是想表明能控制学生得到学生拥护,又想要知识分子从军成立一支青年军将来好用来打内战。对待这种诱骗,学生们就用了抵制的办法。所以陈玛荔提到这,家霆笑了,说:"那当然!"

陈玛荔也笑了,亲切而关心地说:"你是个抗日狂热的人,但前线到底不是你该去的地方。"

家霆将拿在手中的纸包放在桌上,推到陈玛荔面前,说:"Aunt,这是我临走时,您给我的几个金戒指和钱。我按照您的嘱咐,缝在身上才保留下来,现在原璧归赵。"他刚才叙述时,故意没把花了一只金戒指坐牛车的事讲出来。

陈玛荔吸着烈性烟,又摇头微笑了,说:"唉,你这个人呀!我知道,你有极强的自尊心。"说完,又叹了一口气,"好吧!我收下。"她把纸包拿过去,随手塞进自己的手提包里,用叉吃着冷盘里的芦笋,说:"针线包呢?你不还我?"

家霆说:"遗失了!"他并不愿意说谎,想起那首英文小诗,只能这么说。

"里边有一首小诗你没看到?"

"看到了！"家霆说，"Aunt，我当时忙，没来得及细看，后来就丢了！"

"那也好！"陈玛荔把香烟揿熄，说，"我本意是介绍给你，让你将来送给燕寅儿的！这首诗好像适合你们之间，你说不是吗？"

很难猜测她的真意，家霆吃着冷盘里的鸡肫，笑笑说："可是连针线包一起丢了！"

"好，丢了就算了！我并不要你赔偿！"陈玛荔风趣地吃着鸡心说，"Adonis，我越来越了解你这个人了！我喜欢你许多方面，不但包括你的外貌，而且包括你的内心，包括你的才能，你的为人！勉强而不可能的事不必去做！这我懂。现在你平安回来了，我就心满意足了。今后你就真把我当作是你的 Aunt 好了！我愿意你同燕寅儿成为美丽的一对。"

家霆连忙声明："不，我同燕寅儿并不是一对，您误会了！"

"是吗？"陈玛荔笑笑，"那是另有别人啰！我并不追究这是谁，但你能谈谈你在爱情方面的观点吗？是孔子那套封建的，还是柏拉图式的精神恋爱？"

侍者来上汤了，端走了冷盘。

家霆坦率地说："Aunt，我年轻，事业心重于一切。在爱情上，我喜欢专一，喜欢严肃，喜欢负责任，不喜欢随便，不喜欢损害自己也损害别人。您说我这样不对吗？"

陈玛荔喝着汤，笑着说："你雄辩，善于表达，你的话我应当欣赏！"说到这里，她问："刚才你说你同燕寅儿不是一对！那是谁呢？为什么不能把这秘密告诉我呢？我很愿意知道！"

家霆觉得说了也有好处，就坦率地简单讲了欧阳素心的事，只是略去了同欧阳在重庆见面和欧阳去上海的事，只讲到在重庆江边重逢后她又失踪就不再讲了。

陈玛荔专心听了，似乎感动，说："太奇怪了！你也太不幸了！"

她似乎微微叹一口气,接着说:"让我们换个话题吧。你打算写些什么文章?"

家霆把一卷稿子放到陈玛荔面前,说:"写好了,也带来了!是想请您过目的。"说着,他把文章的题目、写法与中心内容大致都说了一说。

陈玛荔注意地听着,叹口气说:"有些情况也许你知道一点,也许你不清楚。我应当告诉你:关于你提到的那个九十三军军长陈牧农,由于丢失全州,已经被扣留,估计是要军法从事的。桂林现在外围战激烈,敌人攻势虽猛,尚难得逞。现在九十七军即将由重庆出发去增援桂林。我说这些,是告诉你:赏罚还是分明的!前方将士浴血抗战坚决勇猛,增援部队正在派去,情况不像你说的那样消极悲观,指挥调度也不像你说的那样徇私不当!"

家霆喝着汤说:"我是实地亲身经历体会的,我也注意到了将士们的抗日情绪。关键不在将士不用命,关键在于上边太腐败了,而且抗战消极,将实力保存着将来准备另作他用。"

侍者前来收去汤盆,送上白汁鳜鱼。

陈玛荔往桂鱼上洒番茄沙司,似是不理会家霆的话,自顾自地边吃鱼边说:"你这观点同史迪威倒相仿了。关于史迪威的事可能你已知道了!他佩戴了四星上将的军衔,却无意同我国最高当局合作。他在中国竭力要同延安进行接触,不断攻击我们腐败无能。他缺乏政治头脑与战略,给我们造成困难,现在终于滚蛋了!魏德迈已代替他成为中国战区的美军司令兼委员长的参谋长。与史迪威持相同政见的美国驻华大使高思也辞职回国,赫尔利少将来代替他。你应当注意到这些都是好消息。"

家霆吃着鱼说:"我们中国自己的事,不靠自己却想靠美国人,就怕靠不住呢!"幽默地又说:"就像我拿了那张机票到桂林机场想上美国飞机,可是美国宪兵说:'Get out!(滚蛋!)'"

"这不一样!"陈玛荔被逗笑了,"而且,你拿的并不是一张废机票!你到柳州不还是靠了它才飞回来的吗?"

家霆摇摇头说:"政府正处在危机之中,人民都起来在要求改组政府,要求团结,要求反对独裁、特务统治,日本侵略者又在发动豫湘桂战役,前线节节败退,不靠我们中国人自己进步,寄希望于美国人来主宰,怎么行?"

侍者又来上英国铁排。陈玛荔说:"菜上得太快了!"却仍让侍者把两盘未吃完的鱼都收走,开始用刀叉切割起铁排来。

家霆陪着陈玛荔吃,用刀叉将铁排切成一小块一小块的,洒上番茄沙司和辣酱油。

陈玛荔忽然笑着,看着家霆用上海话说:"勿得了!勿得了!"

家霆抬起头来,说:"怎么?"

陈玛荔笑着说:"上月下旬,重庆有一批人集会,打着各党派、各界、各阶层代表的旗号,声势不小,确实也有名人,要求成立联合政府,实行民主,修明内政,挽救危亡等等,后来通过了要筹组重庆民主宪政促进会,闹得很凶!不过,我们的报纸上连消息都不登!我注意到,这次会令尊也出席了,还讲了慷慨激昂的话。这下好,你们父子都这么进步,怎么得了?"

她是用幽默的语气讲的,家霆也只好随着她笑。英国铁排很老,嚼起来费力。陈玛荔咬了一块就不吃了。家霆想起在黔桂路上挨饿的情况,不愿浪费,慢慢嚼着,也感到无味,说:"这一定不是嫩猪肉,很可能是老母猪肉。"

陈玛荔忽然变得严肃一些了,语气诚恳地说:"我知道,你去桂林有了惊心动魄的经历,当然想写出来。但此时此刻,该怎么写呢?必须注意!我支持你去一次前线,目的是要你写点东西露露头角,同时也可以让你进新闻学院,为将来去美国深造打个基础。你写的东西如果是左的,就不可能给你带来这些好处,我的苦心也白费了。你懂吗?"

家霆嚼着无味的老母猪肉,说:"我不认为我写的东西是左的。再说,不能不如实地写。老是说'以空间换取时间',骗人的话人们反感了!"

"我虽然没有看你写的这些文章,"陈玛荔说,"但我刚才听你讲的一切,可以想象得出你写了些什么。目前,不需要这类捣蛋、毁谤的文章!"

家霆决定不再吃那些嚼不烂的铁排了,放下刀叉,说:"读者还是需要的!现在再来粉饰太平,说假话,指黑为白,指鹿为马,怎么行?"

陈玛荔拿出烟来吸,摇着头说:"Adonis,你别使我失望!怎么一件事都不能依我?"

家霆先是沉默,接着僵硬地说:"我相信一句格言:'人生不但是学习要做什么,并且也要决定不做什么'!"

侍者送来了布丁和咖啡,他已经没有吃的兴致了。

陈玛荔往咖啡里加方糖,用小匙调动,吸着烟,似乎感到自己的话分量重了,和缓地说:"Adonis,别老是那么固执嘛!我们在一起,应当高兴些。像那次一同游慈云寺,像那次一同吃饭看《卡萨布兰卡》,你还记得《时光流转》那首歌吗?"她的眼神似乎沉浸在一种追忆和幻想中。

家霆闷闷地叹了一口气,端起苦涩的咖啡喝了一口,咖啡里他没有加糖。

陈玛荔又回到本题上来了,用和缓的口气说:"听我的,Adonis,你的《桂林去来》不必写三篇,写两篇就行了。一篇写一下你到桂林,并去了前线,要写出我们是用精锐之师在抗日的,并非保存实力无意抗日。写一下前线将士同仇敌忾,上下齐心,誓与阵地共存亡,写一下全州的失守是经过激战的,主要是我军武器装备差,盟方给的物资装备太少了！"

家霆说："我没有去前线，我只到了桂林！"

陈玛荔笑了："'无冕之王'应当有这种写作的本领嘛！你还以为所有记者写的东西都是要亲眼看见的吗？在这方面，记者应当有小说家、剧作家的本事，没有想象力的记者不是好记者！"

家霆也笑，说："胡编乱造，难道就算好记者？如果坐在家里也可以闭门造车，我就不必到桂林去这一趟了！"

陈玛荔说："Adonis，别在这种小地方纠缠、钻牛角尖！去过同没去过当然不同。正因为你去过，写的东西就可信，作用大。你听我说：第二篇你专门写一下那个一三一师师长阚维雍，作为一篇专访，写他写遗书给家属，写他的必死决心，好好渲染。这篇总不算臆造的吧？这是你自己也认为很感动的事嘛！写这不困难吧？"

家霆说："阚维雍的事我写了，不过没有作专访来写，也未渲染。怕那样不好，他的遗书我未亲眼看到，也未同他见面。"

陈玛荔把桌上那沓一直放在那儿的文稿顺手拿过来，塞进自己的手提包里，说："文稿我带回去看看，好不好？"

家霆当然只好点头，说："好！我希望还是照我这样来发表！"

陈玛荔笑笑："世上有许多智慧的格言，却都不能阻止人们去做傻事！我希望你别傻，这次你要听我的。稿我看了再说，过几天，你给我打电话吧。"

她从手提包中取出一面精致的小镜子来，用小手绢擦了擦嘴，又取出口红涂了一下嘴唇，说："Adonis，我们走吧。"

家霆招手叫侍者来结账。他抢着看了账单，掏钱付账并给了小费。

陈玛荔摇头笑着叹口气说："唉，你这个人呀！我对你越来越了解了！"

家霆笑笑，没有说话。西菜很贵，他掏钱付账感到安心。

陈玛荔用汽车送家霆回医院。告别时,轻声用英语妩媚地说:"Adonis,也许是一种女性的本能吧?我也说不出我为什么要这样喜欢你。我希望你出名,也希望你深造,我将为这努力!相信我吧!"

同陈玛荔分别后的第四天上午,家霆就出院回家了。

天,下着蒙蒙小雨,秋天的雨,总是说下就下。这雨细小得无须打伞,淋在脸上很舒适。

家霆从雨中提着小箱子和杂物回家时,见爸爸正送乐锦涛出门。爸爸手里拿一个卷轴,脸上神色怆然。家霆叫了一声:"乐老伯!"也陪同童霜威将乐锦涛送到门边。乐锦涛走后,家霆陪童霜威进屋,问:"爸爸,乐老伯来干什么?"

童霜威将一幅卷轴递给家霆说:"他的妻妹卢婉秋在北碚病故了!妻妹的丈夫是枣宜会战时英勇殉国入祀忠烈祠的章铭华师长。一个独子名叫章继书,随中国驻印军新编三十师与美军五三〇七支队去年三月在缅北作战牺牲。卢婉秋女士是位有学问不同寻常的女子,与我也认识。死前,有些遗言,这个卷轴是让送给我留作纪念的。"

家霆接过卷轴一看,卷轴外,乐锦涛题了一段话在上面:

> 婉秋妹为去佛国寻找一片净土,于十月十一日凌晨五时圆寂于缙云山,遗言中有云:"空白卷轴一个,请代转赠霜老,偈云:'心是菩提树,身为明镜台。明镜本清净,何处染尘埃。'"爰代转呈,以志纪念。
>
> 乐锦涛
民国三十三年十月于渝州

家霆打开屏条卷轴一看,更奇怪了!卷轴是白绫精裱的,一片雪白,无字无画。

家霆诧异地问:"爸爸,这是怎么回事?屏条是空白的!"

"是呀!"童霜威点头说,脸上似乎透露出一种疲劳,"是空白的呢!她说过:'这应当是幅佛像,但佛陀到底该怎样画呢?我见许多佛像,都将佛画得太丑陋粗俗,太像尘世凡人了,与我心中的佛,相去太远。用这洁白的纸,我心中之佛,我自能看见映照在这纸上。不但如此,在战场上为抗日而牺牲了的先夫,我觉得他也是应当立地成为佛的!我为他修心练性,为他诵经礼拜,我也能从这洁白的纸上看到他音容的出现。……'现在,她自己也圆寂了!但这幅空白的画上,何尝没有她的音容呢?"

家霆感到玄妙,也感到一种不凡的哲理。他不知道爸爸曾两上缙云山同卢婉秋见面的事。从爸爸的神情和语气中,感到一种只可意会不可言传的感情。他将屏条卷好,轻轻地递给童霜威,看着爸爸将卷轴珍贵地拿进里屋收藏起来,心里不禁想:奇怪!爸爸的眼神为什么这样伤感?这个卢婉秋怎么我从来没有听爸爸说起过?他不喜欢爸爸这种黯然的神态。忽然发现童霜威独自坐在桌前点燃了一支香烟,看着窗外灰蒙蒙的天空,若有所思,怅惘而又寂寞,轻轻似在诵诗。爸爸在心情不快时,是常常这样的。

家霆刚想进去说些什么,好帮助爸爸排遣些不快,听到了脚步声,有客来了。走到房门口朝外边张望,意外地看到来的是燕寅儿,颀长美丽的寅儿披一件绿色风雨衣,使家霆顿时想起了欧阳素心。欧阳在上海时,也有一件绿色的风雨衣,只是比寅儿的这件淡,绿得美极了!唉,欧阳啊!欧阳!

燕寅儿脚步匆匆,见到家霆,说:"我去医院里找你,才知你出院回来了。我带了两张报纸来给你看!"

家霆看得出寅儿是有急事来找的,也听得出她话音里带着一种情绪,说:"什么报纸?"

"你的大作今天发表了!"燕寅儿把折放在风雨衣口袋里的两

张报纸摸出来打开递给家霆。粗糙发黄的报纸散发出的油墨味扑鼻而来。

家霆心里奇怪:怎么我的文章发表了?文章不是在陈玛荔处吗?一看,一张是C.C.系的《中央日报》,一张是复兴系的《扫荡报》。在两张报的第三版上用辟栏都赫然刊登着署名"本报战地特派记者童家霆"的大篇文章,还加上"战地通讯"的题头。

《中央日报》的一篇,题为《将士忠勇,可歌可泣——桂林去来之一》。

《扫荡报》的一篇,题为《访誓死为国的阚维雍师长——桂林去来之一》。

家霆耳朵顿时红了,心跳加速,说:"什么?我成了他们的特派记者啦?"忙用眼一目十行地将两篇文章浏览了一下,只见两篇都是按陈玛荔那天在嘉陵宾馆吃午饭时在桌上谈的内容和要求写的,但确实都用了他文章中的材料和大量现成语句,只是经过小小的修改补充和删削,移花接木,偷天换日,完全不是原来那么一回事了!这成了两篇完全符合陈玛荔的要求有心给当局涂脂抹粉贴金的"战地通讯"了!

家霆火冒三丈,他还从未遇到过在写作上使自己这样难堪与违背自己意志的事。新闻界流行的一句话:"强奸民意!"这不是强奸民意是什么?

他放下报纸,大声说:"岂有此理!太坏了!太坏了!"

童霜威听到燕翩儿来,又听到家霆气恼地大声在吼,从里房出来,问:"怎么了?"他见家霆手里捏着报纸,唉声叹气地坐在那里。

燕翩儿站起身来,叫了一声:"老伯!"解释说:"《中央日报》和《扫荡报》上发表了用童家霆名字写的两篇通讯,还用了'本报战地特派记者'的名义,但同他写的不一样,而且也不是他拿去发表的!"

家霆站起来,把报纸递到童霜威手里,说:"都是陈玛荔捣的鬼!我写了三篇通讯给她看,她曾要我按她的意图写,我不同意。她把文章拿去了,说看后再联系,现在却自作主张按她的要求任意篡改用我的名字发在《中央日报》和《扫荡报》上了!真气死我了!我是不愿这样写的,更不愿在《中央日报》和《扫荡报》上用什么特派记者的名义发表东西!她真是言而无信自作主张!我上了大当了!"

童霜威坐在那里默默看报,也是一脸愠色,边看边说:"你们年轻,我早年办过报。这一套,我见得多了!确实,家霆,她是在利用你!毕鼎山是个卑鄙小人,陈玛荔我还以为会有些教养不至于像毕鼎山。现在看来,这女能人也有谢元嵩的手腕呢!"

燕寅儿遗憾地说:"今天,这在我们学校里可要成为一件大新闻了!这下你这个自命公正进步的人物掉在臭水缸里了!"

家霆毅然说:"我马上打电话去找她交涉!"

童霜威叮嘱说:"登都登出来了!她已经占了上风。所好这两篇文章虽属粉饰,尚不反动。你可以找她,但要掌握分寸。以后注意,是最重要的。"

家霆对燕寅儿说:"陪我一同去打电话好吗?"

燕寅儿跟着家霆,两人一起走出门来,爬石级走上陕西街,找一家米店借了电话打。先打到陈玛荔家里,说不在;又打到图书杂志审查会,果然,陈玛荔在。一听是家霆,她语气由高傲变为柔和,说:"有事吗?"

家霆气急地说:"我刚才看到了《中央日报》和《扫荡报》,这是怎么回事?"

她笑了:"正要告诉你呢!两篇通讯都发了呢!发在显著地位,你的名字用的三号字,加了头衔。一稿两用:今天发《中央日报》作为'一'的那篇,明天《扫荡报》作为'二'来用;今天《扫荡报》

作为'一'的那篇,明天《中央日报》也作为'二'来用!"

家霆愤愤地说:"文章都是你胡乱改写过的,是不是?"

"怎么用'胡乱'两个字呢？你好好看看,我是认认真真替你修改的!"

"完全不是我的原意了！我反对这样做！完全不是我的文章了!"

"照你原来的样子,是发不出来的！影响也不好。你不该固执,我完全是为你好！你年轻,你的文章难道 Aunt 改不得吗？"陈玛荔语气亲切,仍带着笑意。

"我不同意乱改我的文章！我也根本不愿在《中央日报》和《扫荡报》上发表文章,更不愿加头衔!"

"我还以为你会高兴的呢！你跑一趟桂林,总该出成果呀！怎么反倒生气了呢？不要轻视别人为你所花的心血！冷静一点!"陈玛荔说,"你的文章在我们这里反应很好。我是慎重为你考虑过的。这样,你可以有机会进重庆新闻学院。"

家霆打断她的话,生硬地说:"我不希罕！我反对未经我同意就这么让我上当！您不该骗我!"

"胡说些什么呀！我全是为你着想的,希望你好,难道这你都不明白？好吗？我现在很忙。下午三点,你到我住处来,当面好好谈谈。"

"不！我现在要您答应:明天停止刊登！我还要求报上刊登一个更正启事,声明童家霆的名字用错了。用什么名字随便,但不可以用我的名字。"

"那怎么可能!"

"那怎么不可能？"

"下午三点见面谈吧,好不好？"

但家霆倔强地说:"不！我不想来！我只要求停止刊登,要求更正！"说完，"乓"地挂断了电话。

燕寅儿在边上说："你说得很对！但你真拉得下脸面！"

家霆简直气恼得想落泪。他有一种壮士手被毒蛇噬咬以后拔剑断臂的气概和感情，说："唉！怪我自己不好！其实，我早该跟这种人断！要不是为了当初救冯村舅舅的事，对她有些感激，我早该……"他满心的话，可是无法都说给燕寅儿听。

"可这次去桂林，是你自己愿意去的。"燕寅儿快人快语，话说得括辣松脆。

"谁知道笑脸下藏着阴谋呢！谁知道这是一个圈套呢？"说到这里，家霆心里谴责自己了：天下事是复杂的！陈玛荔这个女人也是复杂的。其实，她也未必真是笑脸下藏着阴谋，设下圈套陷害。她没有必要这么做！她也许自认为是一种好意，一种"我是为了你好"，但政治观点不同，立场不同，在她认为"好"的，在我就认为"坏"了！家霆秉性善良，话说过了头，觉得同陈玛荔的交往断就断了，但自己不应该这样，就只好闷着气不再说了。

"'倜傥'！怎么办呢？"在回去的路上，燕寅儿问。

家霆摇头叹气："一点办法也没有！我提的要求你听到了吧？我想，明天会停止刊登的！当然，更正启事估计不可能登。但我可以用嘴向同学们解释。"

燕寅儿惋惜地说："那三篇通讯要是当初交给姗姗大姐拿去发了多好，就没这些事了。"

家霆坚决地说："这事不算完！我准备重新写一写。而且，你那个很好的建议我们不能丢弃，我俩当初决定要继续进行的采访也该进行。我要用这种成果来弥补一下这次的过失！"

燕寅儿从家霆忧伤的眼神和豪迈的语气里，看到了他的坚强意志和决心。她喜欢看到家霆这种神态。在这种时候，她觉得他真像那个童话中的"快乐王子"！她说："好！我一定同你一起采写！"

《中央日报》和《扫荡报》第二天"战地通讯"的文章照登,但将"童家霆"的名字取消,署名用了"本报战地特派记者"。家霆看了生气,却无可奈何。

从十一月到十二月之间,家霆和寅儿密切关注着前方战事。前方传来的总是坏消息。这场溃败得使人难以相信的战事,使重庆和大后方的人目瞪口呆、震惊惶惑。一九四四年的这最后两个月,气候寒冷,物价跳跃,在抗日战争史上,由于前方的大溃败,使大后方十分灰黯,人心较前更加惶恐和不满。

形势的迅速发展,使家霆感到再重写《桂林去来》已经失去意义。但他和燕寅儿的新打算却始终在坚持完成。

十一月十一日,桂林、柳州同时失守。这消息使得大汉奸汪精卫十一月十日在日本名古屋病死、由大汉奸陈公博在沦陷了的南京城代理伪国民政府主席的新闻也令人不感兴趣了。日军在攻占柳州后,拼命追击,占领宜山,北上进入贵州省。十二月初,日军一个旅团孤军突进,经过六寨一直冲到独山、丹寨地区,离贵阳只有一百二十里。重庆和大后方的一些有钱人已经去川西北和西康一带逃难或正在准备逃难。家霆和燕寅儿及一些同学则酝酿着万一敌人来到,就组织起来去缙云山打游击。童霜威也表示决不再逃了。复兴大学的学生们在酝酿组织游击队。童霜威说:"我虽老了,也要留下来,随你们进华蓥山!"独山失守那天,家霆在爸爸桌上看到一首随手写来尚未修改的打油诗,边上注的是:"心神不定,忧思绵绵,打油八句,聊抒愁怀。"诗的字迹潦草,韵律也不工整,足以看出爸爸的不安,但却也表露了他的心迹:

浩荡寇深国将亡,问君再退去何方？
河南浩劫迤湘桂,贵州灾难震川康。

百万国军如纸扎,一亿百姓成秕糠。
何不原地打游击?碧血丹心耀华岗!

所幸,从第六战区抽调的两个军到了黄平、镇远,第八战区抽调第二十九、第九十八军,第一战区抽调第九、第十三、第五十七军,进至贵阳以东地区,准备夹击侵入贵州之日军。孤军深入的日寇仓皇退走,大后方局势稍定。十二月十日,由越南北上的日军第二十一师团到达绥录,与广西日军会合。至此,日军打通了从华北到华南以至印度支那半岛的通道。这对日寇是件大事,但重庆和大后方的许多人对这并不顶关心。顶关心的是保住大后方的稳定。日寇已从贵州退走,大家也就开始安定下来了。

家霆和燕寅儿,课余采访从湘、桂、黔逃难到重庆的难民,了解到不少报上未曾发表的消息:九十三军军长陈牧农是在被扣留后按照军法执行枪决的。守桂林的一三一师师长阚维雍,在守卫桂林中正桥以北沿河阵地被日军突破后举枪自杀,实践了他与城共存亡的决心。六寨是个大集镇,被日本飞机炸平,烧成了焦土。独山大火半月,烧成一片瓦砾。日寇在南丹、金城江、六寨、独山等地屠杀的难民及本地居民,总数在十万人以上。……家霆和寅儿写了一组"访湘、桂、黔难民谈片"的系列报道,目的是催促当局赶快调大军上前线增援,希望当局妥善倾听民众呼声、关心难民的安置和救济。既赞扬了坚决抗战的前方将士,也谴责了偷生怕死扰民害民的酒囊饭袋。报道在姗姗大姐所在的那张报纸上发表,很受读者好评。但以后再发表,每次都被新闻检查机关删节,后来干脆奉命停止刊登了,理由是"有不良影响"云云。

燕寅儿说:"听大姐说,这是陈玛荔干的!"

家霆苦笑笑,摇着头说:"当然可能是她!就是没有她,别人也会这么干的!关键是这个政府!"

第六卷 胜利翩翩降临,和平岂能夭折?

(1945年3月—1945年9月)

有句名言:"武力的本身虽值得称颂,不过当它高踞宝座的当儿,已经埋伏下埋葬它的基础了!"

现在,回忆当时那段历史,或前或后,这句名言,对穷兵黩武者确有思索和回味之处。

——摘自创作手记

一

　　下午,在由北碚回重庆的公共汽车上,童霜威坐在中间的一个倚窗座位上,一路上头脑里仍萦绕着在缙云山卢婉秋墓前凭吊的情景。车里很挤,站着的人满满的,人声嘈杂,每到一站,上车下车就造成全车混乱。尽管如此,并没有干扰他的思绪。

　　春雨霏霏,从半夜里就下开了。雨,挡不住童霜威要去缙云山卢婉秋墓前凭吊的心意。

　　这心意在去年十月下旬知道卢婉秋离开人世时就有了。太多的哀悼使他不愿立即去看那凄凉的一抔黄土。他甚至是有意尽量回避思念。人到这种年岁了,还何必这样多情?何况,仅仅不过是同她两次见面,并无深交,更没有流露过深一层的感情。只是,乐锦涛送来的那幅空白卷轴以及卢婉秋的遗言,却使童霜威回味无穷。回味正像那幅空白洁净的屏条一样,让你加上想象可以任意驰骋,无穷无尽,无边无垠。为什么要送我这幅卷轴呢?为什么要题偈诗呢?她心中难道没有我吗?她为什么要那样折磨自己早早就离去人世了呢?如果她心中无我,是不会遗言要把这幅卷轴送作纪念的!她的思绪一定非常复杂、非常矛盾。也许她未向我吐露的正是我未向她吐露的。可是,一切都晚了!不,也许我当时吐露了我的感情,会使她更加困扰和痛苦。那也是我所不愿的。人世间在感情上的变化与进展,比秋天的云彩还要奇异,难以预测,也难以说清。每每事后惋惜,留下的只是绵绵长恨了。

　　冒着沁人肌肤的冰凉细雨,坐滑竿上山。然后,循着当初熟悉的路径,踩着碎步,飘飘逸逸到了她的墓前。她就葬在原先住处附近的一丛竹林边上。被洗净了的天幕和雨中的空气格外清新、芳香。一抔黄土的小坟,坟上已冒出稀疏的青草。坟前,竖着一块石碑,该是乐锦涛夫妇立的吧?石碑上写着"故抗日英烈章铭华师长夫人　卢婉秋女士之墓",一片肃穆寂寥气象。

去年六月下旬,来看望卢婉秋时,她那种消沉,出乎童霜威意外,现在是完全可以理解的了。她在中国驻印军里当翻译的儿子去年三月间在缅北作战牺牲了,噩耗传来,可能是将她仅存不多的生机一下子完全从根砍断了吧?啊,这位美貌而又多才的女子,战争为什么要把一切灾难都降临到她的身上呢?

没有带鲜花来,也没有带纸钱来,只带来了伤逝眷怀之情和深深的悼念。往事历历,山野间有一种不知名的翠绿小鸟在雨中哀啼。霏霏的细雨,像落不尽的无边无际的苦泪,湿了头发,湿了衣裳。人去了,魂魄可在?能知道我今天在你的墓前悲痛凭吊么?

我不能说这是一种爱情,可是也不能否认这是一种爱情。奇妙的就在这里!对柳苇,我们因爱结合,因恨分手。但当她离开人世后,我对她只有爱没有恨,每当想起她时,就爱得更深。对方丽清,我欣赏过她的美貌,却厌恶她的心地丑恶,同她分手有一种甩掉重负的轻松感。对卢婉秋呢?我们没有谈到过结合,也没有形成爱情,却有一种钦慕。当她死去,留给我的却是深重的同情、遗憾和哀思,为什么?

其实,她如不是非常消极,仍是可以积极生活下去的,仍可以有幸福,仍可以有贡献,完全可以用自己的能力来抗日为死去的丈夫、儿子报仇,为国家民族出力。可是,却让悲伤埋没了自己,让哀痛打倒了自己,她的心死了,被战争的残酷将生的意志销毁了。热情熄灭了,只能早早落下这一抔黄土!

其实,我也何尝不可以消极?我因这场战争失去的东西太多太多了！我曾不止一次地在死神面前徘徊,在难以忍受的折磨中呻吟。不过,我始终是在一种积极的状态下奋斗。我们这个中华民族,自古以来,优秀之士在抗击外侮时都有一种强劲的爱国精神。战争无疑是人类最大的痛苦,战争总是使无数人流血丧生,对人们的精神和肉体造成极难愈合的创伤。但,人必须清楚认识不同性质的战争以及战争的复杂性。只看到战争的残酷、痛苦与伤害,而不去区别战争的正义与非正义,笼统地一概否定战争,正像笼统地一概歌颂和平,都不可取。秋瑾有诗说:"世界和平赖武装!"[①]她绝非好战,她是说列强入侵,为了救亡图存,必须武装! 国家强大了,帝国主义不敢侵略了,才有和平。我从我的人生经历中深深体会到这一点,靠祈求和祷告是得不到和平的。人如陷身战争,必须坚强地面对现实。所以,我虽曾在抗战之前担心战火的燃烧,却能坚持抗战必胜的信心直到如今。我虽知道和平的可贵,却鄙视汪伪汉奸揭橥的屈膝投降的"和平"。为这些信念,宁死而不悔。也正因如此,当现在日寇未败,眼见大后方狐鼠横行、贪污腐败,我却毅然舍弃个人得失与安危,为了国家民族,愿意走向进步。

可惜,我以前没有更多机会能把这些都好好同卢婉秋敞开深谈。可惜她也不让我有机会多多同她探讨。这是我对不住她的地方。她何以竟就因消极出世和悲观厌世类似自戕地离开了人世?

还是忠华说得对,人生何时何事都会遇到什么是正确的选择这样一个命题。错误的选择使卢婉秋早早就长眠在这一抔黄土之下;正确的选择使我现在能依然保持着朝气。我虽然也在寒山寺里念过佛经,学过佛学,那是在抗御敌伪的威逼利诱中,作为消极对抗作为一种姿态来学的,是寓含着积极态度来学的。我没有作消极出世的选择。倘若卢婉秋同我有一样的认识,她会怎么样?啊!……童霜威是伤痛的,许多遗憾,想不完也说不尽。

---

① 此句出自秋瑾诗《宝刀歌》。

一路上，不停地时断时续地想着。车窗外仍飘着牛毛雨，微微细细的雨丝，已经早将四外的房屋、田野、道路、树木和行人的雨伞淋得湿透了。此刻，缙云山上的一抔已萌生青草的黄土小坟该也湿淋淋的了。愿那雨不要扰乱她的安宁！……

童霜威到达余家巷家中时，已是傍晚快吃晚饭的时候了。家霆正准备吃了晚饭后去上课，见爸爸回来了，十分高兴，说："爸爸，今天怎么回来得迟？你看衣服都湿了。"

童霜威不想把凭吊卢婉秋的事说出来，这种说不清的情感难以表达也难以使儿子了解，随口说："动身迟了。"就去里屋换衣。

雨，仍在下，越下越大了。童霜威问："这两天家里有事吗？"

家霆说："别的事倒没有，就是燕翘老伯要请您吃饭，我以为您今天早早就会回来，所以约定明天中午我陪您去吃饭。"

"有什么事吗？"

"说想同您谈谈。"家霆说，"晚上我同燕寅儿要上课，所以放在中午。姗姗大姐和东山大哥也参加。"他在给爸爸泡茶。

童霜威接过茶杯，说："谈些什么呢？不过我倒是喜欢同他谈谈的，也喜欢听燕姗姗谈谈内幕新闻。"

家霆说："我同燕寅儿打算筹办一个刊物，姗姗大姐说她可以去设法通过关系登记获准，不会有问题。我同燕寅儿还有三四个月就毕业了。毕业后，能找到合适的工作最好，如果找不到，有一个刊物就可以当事业干。再说，刊物敲锣打鼓先办起来，可以壮壮胆、张张门面。如果办了，燕寅儿做女社长，我做总编辑，姗姗大姐说她算半个人尽义务做我们的特约编辑，帮我们掌舵。两个半人办一个刊物，很经济。地点么，牌子就挂在东山大哥的诊所里，实际稿子是在燕寅儿家里和我们这里编写。"

童霜威在椅上坐下，说："打算非常好！资金呢？办个刊物也不简单。纸张费、排版费、印刷费、发行费……挺麻烦呢！"

家霆说：“姗姗大姐说，纸张她可以借到，集资她可以拉一部分，印刷她有熟人。当然，我在想，资金的事爸爸你也帮我找人筹措些。比如找找'中华实业信托公司'，甚至褚之班这些有钱人，一人捐一点也就行了。”

童霜威沉吟着说：“我历来不喜欢麻烦人，这你知道。可是，你们要办刊物是好事，我当然尽力设法。不知你们这个刊物打算怎么办？叫什么名字？”

“刊名我倒想了一个，姗姗大姐和燕寅儿都说好，就是上次那空白卷轴上的偈诗中的'心是菩提树，身为明镜台'上的'明镜台'三字。刊物名字叫《明镜台》，爸爸看如何？”

童霜威被触动心事，又想起了缙云山上雨中那一抔黄土的荒冢，点着头说：“《明镜台》，倒是可以。你们这刊物应当使读者感到是一台明镜，照出尘世的污浊，照亮行人的道路。”

“就是这意思。我们要办一个使人能沐浴着光明走向进步道路的刊物。燕寅儿主张不偏不倚，不党不派。我则说，主要是八个字：抗战，团结，民主，进步。八个字她也拥护，办刊宗旨就有了。你觉得如何？”

童霜威念了一遍"抗战，团结，民主，进步"，说："很好！"喝着茶又说："主要对象是谁呢？"

"当然是有知识的青年为主要对象！"家霆说，"我想只要有时代气息，办好了，上年岁的人也爱看的。我们要办得使关心国家大事的人都爱看都想看！"

"谁给你们写文章呢？"

"我们自己当然要写。有一批老师和往昔毕业的校友都在新闻界、出版界。我们还可以扩大作者队伍，像爸爸，你就可以写。像燕老伯，他去年在参政会上的发言和提案精彩得很，当时如果发表，影响一定很大。"

"是份政治性的刊物?"

"综合性的!当然都离不开政治。我们从报道、通讯特写到评论,都可以有,形式不拘。反正要办得言之有物,新鲜些,多样化,丰富多彩,有特色,使人爱读。"

"好倒是好。"童霜威走过去"啪"地开了电灯,说,"只是我怕检查官的剪刀等着你们呢!"

"是呀!"家霆点头说,"这点也想到了。姗姗大姐是个自由主义者,说:'要办成民间的、中立的,不把"抗战、团结、民主、进步"八个字印在刊物上'。"

侯嫂开饭来了。她的泡菜肉末和麻婆豆腐始终是童霜威和家霆最欣赏的。到四川的日子久了,吃惯了川味,觉得诱人食欲,反倒不常想江南那种清淡的菜肴了。父子俩边吃边谈。雨还在淅沥下着。不知为什么,童霜威听着雨声,虽在同儿子谈话,心里怎么也摆脱不了缙云山上凄凉寂寞的黄土小冢。他仿佛能看到那个穿黑色旗袍、身材中等、体型匀称的美丽女人,满头黑发梳着一个好看的发髻,素净大方,有一种傲气与悲戚笼罩脸上,肃雅而又矜持,在漫天飞舞的雨丝中,怕冷般抱着臂,淋着雨,无语地望着缭绕在缙云山顶的云雾……连带着,他又想起了荒凉的雨花台。那里埋葬着被枪杀了的可爱的柳苇。沦陷了的南京,今夜或许也在下雨?春寒料峭,柳苇她在地下冷吗?南京已常有飞机去空袭轰炸,她在地下安否?……童霜威从灯下家霆的脸上又仿佛寻觅到了柳苇那脱俗的气质和美丽的眼睛。这使他不禁心里酸楚而凄切。人生伤心的事为什么总是这么多呢?

窗外,是黑黝黝的雨夜。家霆早离开他去上课了。外面隐隐传来陈太太敲木鱼念经的声音。童霜威觉得:今晚将会失眠。他摆脱不了对许多往事的思念。

第二天中午,当家霆陪童霜威到达燕翘家吃中饭时,厅里桌上已经放好了筷碟汤匙和几只冷盘。燕翘正同儿子东山兴致勃勃地下围棋。东山已经败局,见童霜威来到,起立叫了一声:"童老伯!"说:"爸爸,棋差一着满盘输,我输了!和平吧。"

燕翘坐在推车上哈哈朗笑,说:"'人生好似一枰棋,局局赢来何足奇?'你输了就叫和平,这种假和平我是不要的!"转回身来对童霜威说:"啸天先生,好久没有见面畅谈了。今天请你来,不是为了吃,而是为了摆摆龙门阵。快请坐,请坐!"

家霆叫了一声:"燕老伯!"让童霜威在燕翘对面的沙发上坐了,陪侍在旁。一会儿,燕姗姗、燕寅儿都出来招呼童霜威,叫:"童老伯!"专门侍候燕翘的年轻人名叫李耀宗的上来敬茶。

童霜威说:"本该常来看望,只是在复兴大学兼了些课后,增加了负担。最近,国史馆也常开些无聊的会,我又在酝酿写点东西,脚就懒了。"说完,哈哈一笑。

燕寅儿活泼地说:"童老伯,今天姗姗大姐亲自动手为您做了一道名菜,您猜是什么?"

童霜威打趣道:"我猜这道名菜是'内幕新闻'!"

燕寅儿撒娇说:"不对!哪有什么名菜叫'内幕新闻'的!"

童霜威笑了:"名菜我固然爱吃,更爱听姗姗谈点时局,听点内幕新闻。所以我希望这只名菜叫'内幕新闻'!"

燕东山说:"姗姗的烹调手艺蹩脚得像汤恩伯打仗!她做不出什么名菜来的!今天精彩的是酒!我带了真正的泸州老窖来。"

家霆笑着说:"东山大哥爱酒,可惜这里除你之外,缺少酒的知音!"

燕寅儿说:"童老伯还没有猜出姗姗大姐今天做的名菜是什么呢!"

燕姗姗只是笑。童霜威看着她说:"神仙葫芦里的药是猜不出的。同你们这些年轻人在一起,真高兴,使我感到自己也年轻了。怪不得翘老不老!"

燕翘说:"还是我来打破这个哑谜吧!今天姗姗做的名菜是'轰炸东京'!"

童霜威笑道:"好极了!好极了!这道名菜闻名已久,还不曾吃过。今天欣赏一下,真叫人高兴。"

原来,自从民国三十一年四月十八日,美机首次袭击日本东京后,日本大为震惊,当时怀疑轰炸机是从浙江衢县机场起飞的,日寇打算破坏美国空军在浙江的航空基地,遂在五月发动了浙赣战役。那时童霜威父子正在上海打算到大后方来,曾因浙赣路发生战事路途中断,而延迟到六月才启程由南京绕道安徽过封锁线。在当时那种情况下,轰炸东京是起了极大鼓舞人心的作用的。会做生意的重庆大饭店里,立刻创制了一道既有抗战意义又激励人心的名菜,名叫"轰炸东京"。实际这同"锅巴三鲜"类似,端来一大盘脆生生的油炸锅巴,有的馆店甚至在锅巴上加点酒精,然后用一锅沸滚的烩好的腰花、蹄筋、鸡片"哗啦"倒在油炸锅巴上,顿时如同轰炸似的,"嗤啦"一声,锅巴遇热炸裂,酒精还会发出蓝火燃烧,颇有遭到轰炸的象征意义。食客十分欢迎,宴席上有这一道菜增加不少热闹气氛。从去年六月起,美机轰炸日本本土的次数多起来了。今年二月中旬,千架以上美机,包括大批 B—29 重轰炸机,连续轰炸东京、横滨、八幡、长崎、名古屋,馆店里这只名菜就更吃香,怪不得姗姗要做这道菜招待客人了!

大家嘻嘻哈哈笑了一阵,姗姗招呼说:"童老伯,请入席吧。不过,不是酒席,是便饭!"

燕翘也说:"主要是谈谈,谈谈。"

大家一起入座。姗姗和李耀宗又端了好几道菜上来。燕东山马上打开了酒瓶,一股酒香立刻扑鼻而来。

燕翘提醒儿子,说:"东山,少喝一点!"

燕东山笑了,说:"还没喝,就先打预防针了!"他替童霜威斟酒,童霜威只肯要一点点,别人谁也不要,都让酒杯空着。

燕寅儿打趣说:"别人没兴趣,酒成了你的专利品,太便宜你了!这顿喝了下顿还可以喝!"

童霜威欣赏这家人家的和谐欢乐气氛,举杯说:"翘老,我祝你健康长寿!祝合府兴旺康乐!"

燕翘举举空酒杯,说:"愿我们都老当益壮!愿我们两家都兴旺康乐!"

燕东山干了个满杯,笑着说:"为这些好话我不能不先干一杯!"

大家都笑,然后一起吃菜、闲谈。

燕翘转脸说:"啸天先生,我今天请你来,想先告诉你一件事。下月将公布第四届国民参政会参政员名单了。按参政会去年九月修正公布的组织条例,我找了人与我一同向国防最高委员会提出你为候选人,并提请国民党中央执行委员会选定。这事本来似已认可,但不知是哪个好事之徒将你的大作《历代刑法论》及你去年九月在那次会议上的讲话向上头打了小报告,在遴选时竟被上边删去了名字,使我十分生气。本想不告诉你,觉得不告诉你不好。告诉了你,你可以了解一下自己的处境。而且我很想知道这是谁打的小报告,这个人你也许猜得出。"

童霜威吃着凉拌菜,坦率地带笑说:"多蒙翘老盛情高谊,要推荐我为参政员。李白在《梁甫吟》中说:'智者可卷愚者豪,世人见我轻鸿毛。'我虽忧国忧民,但觉得做点实事,像教教书、写点文章,必要时参加些活动说说心里话,比干什么都好。删去我的名字,看来是怕我将来会像翘老你一样在参政会上放炮。但说话不一定非做参政员才能说,只要说得有道理、应当说的,今后我仍然要说,要写文章!"说毕,哈哈笑了。他感到自己现在比从前颇有不同。放在从前,听到这样的事,确实会生气。现在,并不生气,名利之心淡薄了,对国民党是看透了,才如此的吧?与此同时,眼面前却浮起了叶秋萍那张阴阳怪气的脸孔,那双冷冷的眼镜下有肃杀之气的蛇眼。他敏感地觉得小报告很可能是叶秋萍打的。《历代刑法论》送过叶秋萍,冯村的事找过叶秋萍,自己的一些活动,也未必全逃过叶秋萍手下那些特务的眼睛,却忍住没有说。

燕翘听了,点头说:"你说得对!只是我们这个国家,如果捐弃贤者、埋没人才,总是祸不是福啊!你不气,我为这事却气了几天。"

燕姗姗端菜来了,说:"来来来,'轰炸东京'了!"她一手放下一盘油炸锅巴,一手举起滚烫的烩三鲜往锅巴上浇,锅巴马上发出清脆悦耳的炸裂声,燃起了蓝色的火焰。

燕寅儿带点天真地笑叫:"好啦!东京挨炸啦!"用筷子马上去扑灭锅巴上的火焰,有些锅巴已经焦了,她说:"但愿那些反战的日本人不要中炸弹!"

燕东山独自品着酒,说,"炸弹不长眼的!东京的医生有事干啦。"

大家动筷子吃"轰炸东京"。

童霜威不禁感叹地说:"唉,当年在东京时,日本的同学和朋友不少,现在也都该是些双鬓斑白的老人了。轰炸东京,的确振奋人心,也使蒙受侵略的中国人得到一种报复的痛快,却使我不能不想到那些无辜的日本人。他们有的反对日本侵华,有的对中国人友好,只是无能为力。炸弹下去,不分青红皂白,谁知要死多少人。"

燕翘吃着锅巴点头:"是啊,啸天先生,你这是仁者的胸襟,军事家是不会这样想的。"

燕寅儿对家霆说:"快趁热吃!你去年秋天吃过'火烧桂林',

今天尝尝这'轰炸东京'的滋味如何!"

家霆不禁笑了,见燕姗姗一直进进出出忙着,这时从厨房里解掉围裙来入座了,说:"姗姗大姐,快来吃吧。今天忙坏你了!"舀了一匙鸡片和锅巴到燕姗姗面前的碟子里,说:"你自己快吃点'轰炸东京'吧!吃了你的这道名菜爸爸正等着你的'内幕新闻'呢!"

燕东山又干了一杯酒,说:"姗姗,你就说点内幕新闻给我下酒吧!"

燕姗姗忙着给大家盛饭、端饭,寅儿也去帮忙。燕姗姗说:"希特勒的末日可能今年就要来临!太平洋上进展很快。美军已占领菲律宾、硫磺岛和冲绳。日本国内经济崩溃、政治危机严重。滇缅路、中印公路最近完全打通。这大家都看到报了。在敌后战场,华北、中原、山东、苏北都在局部反攻,听说新四军在杭州、嘉兴、湖州地区活动频繁,苏浙皖一带都巩固了抗日根据地。传说中国战区最高统帅部要拟定中国战区总反攻计划了。"

燕东山脸红红地带着醉意摇头:"这些谁都知道,没听头,下不了酒!要听的是内幕新闻!"

燕翘见儿子有点酒意了,说:"东山!别再喝了!'猫',给他把酒瓶拿掉!"

燕寅儿照父亲的话做了,说:"大哥,你不爱听,我们爱听,你别打岔行吗?"

燕姗姗笑了,说:"好吧好吧,讲点内幕,也不太多。可不是讲给醉鬼听的,是讲给童老伯听的!"

童霜威笑道:"我洗耳恭听。"

燕姗姗有条有理地说:"上月,在苏联克里米亚半岛召开的雅尔塔会议,参加的是罗斯福、邱吉尔、斯大林,没有我们号称四强之一的委员长。据说斯大林不肯同他见面,他很不高兴。虽然公报中说,会议讨论的是从东西南北四面击败德国与帮助欧洲被解放国家建立民主政府等计划，明眼人都知道这个会是必然要讨论打败日本的问题的。不让中国参加这个会，实际是不尊重中国的主权，也无视中国的作用。新闻界听说，他们还以中国'保不住密'为借口，连会议情况也不及时通报中国！"

燕翘气愤："从历史上看，远东方面战后问题的焦点很可能是中国的东北。我估计苏联最后必然要出兵打日本，打了日本，必然要提出分战利品。倘若雅尔塔会议上背着中国有这方面的默契，那将伤害中国人的感情。美国现在摆出盟主的样子，强权政治的色彩很浓。我历来对这些列强，都是有保留看法的。"

童霜威陷入思索，说："当前最重要的事从表面上看，自然是打败德国和日本。战争旷日持久，人心渴望胜利与和平。大敌当前，团结一致来夺取胜利是大家的心愿。但战后的问题怎么办？中国应怎样才能真正跻身四强？现在都提到日程上来了。目前自己不争气，许多迹象都很不好啊！"

燕姗姗笑着说："我只管客观报道，不管评论。我再讲第二件：国共谈判，毫无结果。这个月初，蒋在宪政实施协进会上发表演说，以召开国民大会的主张来对抗组织联合政府并召开党派会议的要求，还说政府准备组织一个三人委员会来管理整编共产党军队为国军的一切事宜。三个委员中，一位代表政府，一位代表中共，一位是美国军官。延安公开驳称：蒋介石如果不是疯了就该组织一个人民的委员会来管理与整编蒋介石所统率的军队。蒋介石指挥无能，应予撤职查办，应给抗日有成绩的八路军与新四军以褒奖，不必请出外国人来压迫异己，对于召开国大，老百姓是一点兴趣也没有！"

童霜威笑了，自嘲地说："我是国大代表，说实话，我也没有兴趣。"

大家都笑着吃菜，李耀宗将一砂锅蹄髈汤端上来。

童家霆说:"姗姗大姐,继续讲吧。"

燕姗姗说:"我是个不偏不倚中间路线的记者,只能知道什么说什么。有个内幕消息:盛传最近美国大使赫尔利少将可能会发表一个声明,宣称美国只同蒋介石合作,不同中共合作。倘若这一来,就怕国共问题更加复杂,团结合作更谈不到了!"

童霜威说:"抗战要大家抗!中共抗日到今天已有这么大的地盘这么多的军队,想一口吞掉人家,太不实际,也办不到。何况中国的事,被弄得如此之糟。我们国民党腐烂的病症已入骨髓,仍要孤家寡人什么事都一个人说了算,那怎么行?"

燕翘说:"我并不欣赏共产党!但大敌当前兄弟阋墙,实在糟糕。我是希望国共两党捐弃前嫌的。现在,我这种老家伙不值钱了!说话不如放屁!对国民党,我领教得够了!物必自腐然后人侮之。国民党现在自己不争气,又不思上进,非垮不可!我是老国民党人,我的子女我管不了太多,也不想管,你们自己选择!走中间路线也好,左倾也好,要用脑子定,不要老子来定。但我自己,这一辈子是做定国民党人了!我不愿做打倒国民党的事,骂国民党我是要它好而不是为了要推翻它。死了碑上给我写上'同盟会会员燕翘之墓'是我的心愿,不必写我是国民党员!蒋先生抗日树立了自己的威望,可是这大后方与前线的种种丑恶腐败,病根子说穿了就是在他身上,偏偏却又死顽固以为自己最正确,不肯廓清政治,也无容人的气度与让贤纳贤的居心,饭只想一个人独吃,把中国当作他的私产,连话都不让人讲。我去年在参政会放了一炮后,就有人奉命来劝我别那样!这个国家靠他是治不好的。拜倒在美国佬脚下想靠美国人治国平天下,我看也是妄想。"

燕东山带着酒意大声嚷嚷:"别谈这些了!一谈这些我就更想喝酒!"他又想去拿刚才被寅儿拿了放到茶几上的酒瓶。

燕姗姗拦阻,说:"我也谈完了!你也别再喝酒了!努力加餐吧。"

大家虽然都并不愉快,但用一种解脱不快的态度笑了,一起继续吃饭、喝汤。

饭后,燕东山怕诊所有事,急着先走了。家霆和姗姗、寅儿三个一起谈论筹办《明镜台》的事,谈得兴高采烈。燕翘和童霜威两人一起去促膝谈心。谈话声音很轻。谈到两点多钟,童霜威招呼家霆,说:"你燕老伯要午睡了,我们回去吧。"

父子两人同燕翘一家亲切告别,走出来到了街上,决定步行回去。

童霜威忽然对家霆说:"你知道今天翘老请我吃饭是为了什么事吗?"

"是告诉您关于参政员被上边删掉名字的事?"

"不!"童霜威摇头,"是为了你和寅儿的事。他提出做个亲家。看来,对你印象很好。寅儿是他的掌上明珠!"

家霆脸红了,问:"您怎么说的?"

童霜威叹息一声:"我很矛盾,我也喜欢寅儿,这家人家我也喜欢。但是,我不能忘记素心。我也知道你不能舍弃她的。只能如实把事情告诉了翘老。"

"他听了怎么说?"

"通情达理!认为我们父子很有道德,说:'好在他们还年轻,就看事情的发展顺乎自然吧!'"

家霆点头,说:"爸爸,您如实告诉了燕老伯,很好。我同寅儿是有感情,但主要是同学的友谊。对欧阳,我怎么也不会舍弃她的。真不知她现在怎么了?我真想念她啊!"说到这里,他略略沉默,又说:"我真希望抗战赶快胜利。胜利了,能回到江南,我也许能追踪找到她的!"

父子俩继续往前走。午后阳光和煦,街边走路的人来往挤碰。

家霆并排同爸爸走着,问:"爸爸,您说,是谁打了您的小报告又把《历代刑法论》送上去的?"

童霜威哼了一声说:"也许是叶秋萍吧?这种人,干的是这种事!许久以来,我有意不同政界红人来往,更不同干这种血腥勾当的人来往。送他书是因为怕得罪他,也是为了冯村,想不到仍惹了麻烦。我内心只想同那些为了抗战、为了国家民族前途呕心沥血夙夜匪懈的人来往。但很可能就更得罪了叶秋萍这种人。世道人心太坏了!"

两人正走着,没想到迎面驶来的一辆黑色小汽车,忽然靠边"嗞"的一声停了下来。童霜威和家霆都一愣,只见车门开了,出来的是穿一套黑色中山装手拿"司的克"的叶秋萍!

正是"谈到曹操,曹操就到"!童霜威和家霆心里都一愣。

谁知,叶秋萍一反平日的阴阳怪气,满面微笑,亲热地拱手说:"啊呀,啸天兄,久不见面了!一直非常想念。今天路遇,太好了!请上车吧,到舍间好好叙叙!"他见到家霆,又说:"公子也一起去吧。"

童霜威同他握手时,心里就想起冯村,看到叶秋萍就不能忘记冯村的死。听着他那口熟悉的浙江口音,对他近视眼镜下那双蛇眼仍旧心里反感。但无法用冷淡来对付他的笑脸,见他热情地用手拉着往汽车上去,心里只是奇怪为什么他今天这种态度。下午好在闲着无事,童霜威对家霆说:"你回去吧!我去谈谈就回来。"

家霆站在那里,心里忐忑,酌量了一下,觉得不可能是陷害,点头同叶秋萍打个招呼,就回身走了。再回头时,见童霜威已上了黑色小轿车,车子向前疾驶而去,背后扬起一阵灰尘。

在车上,童霜威问:"近来可好?"

叶秋萍呵呵一笑,说:"啸天兄,可能不知道吧?我上月已被免职了!下的手令是十个字:'免去本兼各职,永不录用!'已办了交接手续。现在是归去来兮超然于物外的闲人了。这辆小汽车,再过几天我也不坐了!"说罢,苦笑。

弄不清他的话是真是假。看表情,像是真的,童霜威简直弄糊涂了,问:"怎么回事?"

"哈哈,"叶秋萍脸上又阴阳怪气了,说,"等一会儿到舍下,我陪你喝一盅,好好谈谈,一起都告诉你。我现在很怀旧,老想起战前在南京潇湘路做邻居时的事。唉,古人说'飞鸟尽、良弓藏',其实,飞鸟越来越多,我这把弓并不破旧,鸟未尽而弓藏,可笑!"说完,有一种无声的叹息。

童霜威知道他当着司机有些话不便说,闭上了嘴。车子开到了国府路七十八号,这里是叶秋萍的公馆。

叶秋萍请童霜威下车到家里坐,说:"我也快搬离这儿了。房子已经找到,远远的在歌乐山附近,打算过一下隐居生活,好好休息休息。"

走进一幢两层楼的灰砖洋房,叶秋萍带童霜威进了客厅,马上有一个高身材的中年女佣送了茶来。童霜威看看客厅的布置,同叶秋萍战前公馆里相仿。沙发套、台布、窗帘布,仍旧不是青的就是白的。墙上挂的仍是中山先生写的"天下为公"的镜框和装着中山先生像的镜框;仍是蒋介石戎装光着头戴白手套握指挥刀正襟危坐的照片镜框,和他亲笔写的"亲爱精诚"四个毛笔字的镜框。墙上雪白,衬着青沙发套,依然有一种肃杀、寒冷、阴森的感觉。

叶秋萍对女佣说:"吩咐厨房弄几只下酒菜,找太太把客人送的一瓶法国红葡萄酒拿来。"

女佣应声走后,叶秋萍说:"啸天兄,我难得这么清闲。自古伴君如伴虎,一点不错啊!也不知什么时候会一个筋斗从天上栽下来,真叫人莫名其妙啼笑皆非。你为人忠厚,我同你谈谈抒抒胸中苦闷也不要紧。我这次倒霉,本来并不明白是为什么,现在却又很明白是为什么!"

童霜威感到他反常,往日的阴沉和胸有城府似乎都丧失了,问:"是为什么?"

叶秋萍笑笑,笑得难看,说:"军统捣我的鬼告我的状,这是一!我也失去了老头子的宠爱,这是二!有人说我贪财爱色,其实戴笠他才是贪财爱色,却平安无事。可见主要是老头子觉得我这把手枪不称心,想换支新手枪用用了!"

女佣和厨师的手脚麻利。一会儿,女佣走来请到隔壁吃饭间里喝酒。

童霜威本不会喝酒。叶秋萍热心邀请,他又想听听叶秋萍谈些什么,就随着进了吃饭间。见一张小圆桌上已放着好几个冷盘和筷、碟、匙、酒杯,两人坐下对酌起来。

叶秋萍同童霜威碰杯说:"我们这社会弱肉强食。你在台上时,吹捧你、巴结你的人拼命鼓掌。你下了台,喝倒彩的、不理你的、踩你脸的人或许就是当年鼓掌为你喝彩叫好的人!朋友像酒,越陈越好。远亲不如近邻!你啸天兄,是局外人,又是做学问的正人君子。我喜欢你这种朋友!"说完,把酒喝干,自己又添满一杯。

童霜威只是举杯轻轻一舔,便又放下。

叶秋萍说:"前年,为捕人的问题,上头认为我们行动粗鲁,不讲究策略,造成了不好影响,面斥过我。其实,我明白,是军统告的状。军统找了美国人做娘,早想独揽这种大权。去年,中央党部内突然发现一条标语,这就不得了啦!严令我们彻查。我为这事动了不少脑筋,一无所获,这就糟啦!认为我'有失职守'!"

童霜威不禁问:"什么标语?"

叶秋萍笑笑,取出手帕擤鼻涕,又把一杯鲜血似的红葡萄酒喝净,说:"八个大字:'总裁独裁,中正不正'!你说厉害不厉害?"他又将酒杯斟满,叹口气说:"难办哪!谁知是谁干的?去年的一次会报中,询问河北、山东敌后共区的情况。我事先未准备,戴笠他早有准备,说了一大套,就认为我不行。还有那张可恶的《新华日报》,让我们监视、封锁,又不许放手干。《新华日报》不仅在重庆发行广,送到成都、贵阳等地的时间也比《中央日报》早!诸如此类的事,我在上头心目中的地位就下降了!何况还得罪过不少人!军统同我们早就势如水火,偏偏我那在成都居住的前妻同朋友在中缅国境线上做了点进口物资买卖,军统搜集到了些材料,打了小报告,就免了我的职。其实,军统干的这种事最多,有什么理可讲?"

童霜威听他这样说,丝毫不同情,不由得笑着说:"秋萍兄,说起打小报告的事,我倒想问一问:是否有人也打过我的小报告?把我写的《历代刑法论》送到上边去,还把去年九月我在一次会上的讲话也打了小报告?"

叶秋萍喝着酒,夹冷盘里的腊肉吃,阴阳怪气地说:"不知道啊!"忽又笑着说:"啸天兄,你的小报告,我们是从来不打的。我这人很讲友情。你为冯村事写了信给我,我不就让他们释放了吗?你刚才说的事,如果有,我看是军统干的!他们的网密得很!人员差不多有五万名!五万名哪!"

也听不出叶秋萍的话是真是假。反正他把这事从自己身上推得干干净净。

童霜威也不想多追究,闷着头吃碟子里的香肠。对叶秋萍的事不感兴趣了,想:走狗,反正是要烹的!你作的孽也够多了!倒霉也活该!掉转话题问:"管仲辉不知现在怎么了?有消息吗?"

"是啊!"叶秋萍点头,"我们三家战前都住潇湘路。邻里之情嘛!管仲辉这个老滑头,听说他在那边既有官又有钱,吃喝嫖赌得意得很。当时,派他去上海、南京,我是出了大力的。其实这小子我了解。他脚踏两条船:这边胜了他是派去做假汉奸的;那边胜了他就是真汉奸了!去年,他又同军统勾搭上了,干脆甩开了我。好在我也下台了,不管这些事儿了!"

听叶秋萍骂管仲辉,童霜威不禁想起了战前西安事变发生时,在南京潇湘路上管叶之间的那场暗斗,心里感慨很多。

叶秋萍劝童霜威喝酒,突然说:"啸天兄,听说你现在思想左起来了,可是真的?"

童霜威心中一惊,想:你也下台了!能奈我何?笑笑说:"秋萍兄,听谁说的?"

叶秋萍奸笑笑,用手帕大声擤着鼻涕,说:"不必瞒我。我当然明白,你不得意,想到左边找出路,并不奇怪!"

童霜威故意用玩笑口吻回敬他,说:"照秋萍兄的说法,你也要到左边找出路啰?哈哈!"

叶秋萍也笑,喝着酒摇头,说:"我不行!我不可能!"他神经质地举起自己的双手看着,阴阳怪气地说:"我双手都有共产党的血!他们不会要我!我也不会找他们!"

童霜威身上悚然发冷,心头涌起恶感,很想马上离开。

叶秋萍毒刺似的微笑:"你们都很自由!比如你那位好朋友谢元嵩吧,你知道不?经商得意发了不少财,由成都搬来重庆住了。居然要组织政党,还将他在成都办的报纸《老实话》搬到重庆来。看来是想在政治舞台上表演一番,好待价而沽了!"

童霜威想起谢元嵩,心里就作呕,说:"我同谢元嵩哪是什么好朋友!"

"他亲口对我说的!"

"此人不可交!我早同他不来往了。"

叶秋萍继续说:"他有野心,可能你也知道。法国大革命时,在巴黎旺多姆广场,有人用绳子套在国王铜像的脖子上拉倒它。结果铜像倒下来把拉的人压死了!我是说:谁想拉倒铜像,就有这种可能!……"

童霜威厌恶这个下了台的可怕人物嘴中的威胁气味,忍不住说:"你是指谢元嵩吧?不过,唉,你是忠心耿耿保护铜像不让人去损坏它的,结果却……"

叶秋萍带着酒意叹着气说:"是呀,所以我现在深深感到虽然战略反攻算已开始,抗战胜利也无问题,但这国家将来非乱不可!乱就乱吧,越乱越好!人心不平啊!我这样的人,一片愚忠,居然还要被谤免职,落得下场可悲,这世道还不该乱么?"他目光锐利,有些残忍,语气里带着嘲弄。

干尽坏事的人,老想把自己说得十分圣洁。倒了霉的坏人,也希望别人倒霉。童霜威感到无言对答。

叶秋萍忽然笑笑,带着酒意又自嘲起来了:"其实,我也该满意了!武则天时代的周兴和来俊臣二人都曾出过死力支持武则天执政,声势赫赫,名相狄仁杰都怕他们。最后,来俊臣奉武氏之命杀了周兴,来俊臣本人也为武氏杀了。武氏最后之所以要杀周兴和来俊臣,是因为他俩知道她的隐私太多了。我做调查工作多年,只仅仅是被免职,我应该很庆幸,也很满意了!"说完,神经质地哈哈笑将起来。

这段历史,童霜威熟悉,《三朝三帝论》里写到这一段。但,童霜威不想听他再扯什么了,说:"秋萍兄,我看你有点醉了,休息一下吧。我要回去了!"心里想:这个虚情假意阴险毒辣的可怕人物,从此就像泥沙一样沉底了吧?

叶秋萍并不醉,关照用汽车送童霜威,临别时说:"啸天兄,'过时的凤凰不如鸡'!以后,一时难能见面了!我搬到歌乐山后,打算闭门不出,读读书。但愿抗战早日胜利,我们将来在南京潇湘路能够见面重温当年比邻而居之乐。"

说这话时,他那阴阳怪气又倒霉泄气的脸,真比鬼怪还难看。

二

家霆和燕寅儿合办的《明镜台》，原定五月一日出试刊号，由于重要新闻接连不断：国际上，四月十二日美国总统罗斯福逝世，由副总统杜鲁门接任。五月二日，苏军攻克柏林，希特勒自杀。五月八日，德国无条件投降。在国内，四月二十三日，中共在延安召开七次全国党代会；五月五日，国民党第六次全国代表大会开幕于重庆。……他们办刊物没有经验，抽稿补稿，手忙脚乱，刊物迟到五月十五日才赶出来。

《明镜台》登记时用了燕翘的名字作发行人。刊物登记获准全靠燕翘的招牌和燕姗姗的奔走活动。因为打着中间路线的幌子，加上三句宗旨："报道你最关心的事，写出你最爱看的文，讲出你最想讲的话！"加上人事关系，居然未有什么麻烦就得到了登记证。《明镜台》暂定两月一期，十六开本，六十四面。纸张是姗姗大姐赊来的，印刷由姗姗所在报馆的印刷厂排印。预定七月十五日正式出第一期。五月出的试刊号印了一千二百册。家霆找了"渝光书店"的甘汉江。由"渝光书店"发售并批发给沙坪坝、北碚等地的书店发售。

为给《明镜台》筹集资金，童霜威不得已写了信让家霆去找了胡叙五，希望"中华实业信托公司"能予赞助。胡叙五回信说："……杜先生愿意赞助五万元，并已将此款划入账户。"童霜威又让家霆持信找了褚之班。褚之班久不见面了。他在杜月笙那里走红后，准备自己立门户在储奇门附近办一个"光明企业公司"，经营百货，自己当经理。他生活优裕，又发了胖，还娶了个舞女做姨太太。为了报答童霜威，答应赞助四万元。那一阵子，物价暴涨，有的物价比战前上涨千倍,猪肉一斤四百五十元,鸡蛋一个三十元。为了避免钞票贬值,这两笔钱连同燕姗姗筹集来的几万元,家霆和寅儿一起都买了金子存放。

试刊号在集稿时,姗姗大姐看了全部稿件。她那镶嵌在两道微微下弯的眉毛下的眼睛看稿时全神贯注。她手里拿着的笔,或改或删,像一支神奇的魔杖。她闭着嘴唇,有时蹙着双眉,玲珑而悬直的鼻梁,给人正直、洁净的印象。结果,建议删去家霆写的一篇短小的时事漫评。家霆是针对四月二日赫尔利的声明写的。赫尔利说:中国"统一"之阻,在于"有武装之政党",并且强调"军事统一"。家霆有感而发写了评论,大意是:美国支持中国抗战,很好,中国人欢迎。但为什么要像太上皇一样来干涉中国内部事务呢?这不但伤害中国人的感情,而且会影响中国的团结、进步。中国人民的喜怒哀乐,美国人未必有中国人了解得清楚。赫尔利大使还是多做些对中国抗战有利的实事,少把脑子花在不应花的地方吧!姗姗大姐说:"文章写得不坏,只是激烈了些。《明镜台》刚办,图书检查官正在注目,开头不宜登这样的文章。"

家霆觉得姗姗大姐说得有理,表示同意。

试刊号的重要文章,主要有五篇:

第一篇是:中国出席旧金山联合国会议①代表团人员介绍。介绍了首席代表、代理行政院长宋子文及成员王宠惠、李璜、吴贻芳、魏道明、胡适、顾维钧、张君劢、董必武、胡霖及顾问施肇基。

第二篇是:攻克柏林与希魔之死。

第三篇是:罗斯福逝世及杜鲁门其人。

第四篇是:十万美军冲绳岛大血战。

---

① 由美、英、中、苏四国邀请召开之联合国会议四月二十五日在美国旧金山开幕,任务为拟定和平与安全的普遍国际组织宪章,并确定五强美、英、苏、中、法享有否决权。中共中委董必武代表中国解放区参加联合国大会。

第五篇是：黄金存款舞弊案之谜。

这些文章，题目吸引人注意，其实除了第五篇外，都是根据资料及国外报刊电讯综合编写的。第五篇《黄金存款舞弊案之谜》，是家霆和寅儿采访后合写的。介乎内幕新闻和特写通讯之间的稿子。

线索首先是燕姗姗提供的。那天是三月三十日，燕姗姗叫寅儿约家霆到家中去，告诉家霆和寅儿说："现在有件事太可气了！你们可能不知道吧？黄金官价从昨天起由每两二万元提到三万五千元。这消息是绝密的，偏偏提价的消息又事先走漏了风声。前天一天，大批达官贵人大量抢购黄金，仅重庆一地一天就卖出黄金存款两万一千四百多两，比平常一天多卖出一万余两。其中，在银行关门后，以转账申请书或以本票、支票购买的就达一万多两。怎么会这样的？案情肯定复杂！中间有些什么曲折？现在事情尚未传开，但社会各界已强烈不满。我提供这个线索，你们是否深入采访一下，赶写篇内幕特写，在《明镜台》上发一发。只要写得技巧些，不会出什么问题，却会吸引读者。《明镜台》刚开办，需要一些独家有的扎实特稿！"

家霆很有兴趣，说："'猫'！我们一同采访再一同来写怎么样？"

燕寅儿当然说好。两人就分头开始采访。这时，各报记者也热衷于跑这条新闻，社会上舆论反应强烈。《明镜台》留出了六页版面给这篇特稿，留到出版印刷前的最后一天发。两人分头写稿，寅儿写前一部分，家霆写后一部分，最后互相交换修改，家霆统一润色。

家霆在采访时，想不到竟越挖越深，逐渐挖到了褚之班身上。

原来，用"光明企业公司""中华实业信托公司"名义向中央银行买进的黄金数目太大，引起了中央银行职员的注意。家霆和燕寅儿采访时,一个不愿披露姓名的中央银行职员含蓄地提供了这个线索。家霆和燕寅儿一查,这两家公司都是由褚之班出面购的黄金。家霆心里立刻就豁亮了。

家霆说:"'猫'!看来这案子牵涉到杜月笙了呢!"

燕寅儿问:"怎么知道的?"

家霆说:"虽然是褚之班出面,中华实业信托公司谁都知道是杜月笙的!"这事牵涉到褚之班和杜月笙,他感到棘手。《明镜台》创办受过他们的资助。这两个又都是爸爸的熟人,杜月笙对爸爸有过帮助,怎么办?他坦率地把情况同燕寅儿一说。

燕寅儿也愣了,说:"是呀!是伤脑筋!"立刻又说:"如果我们的《明镜台》受这牵制受那控制,就糟了,也大可不办了!我们就不是什么不偏不倚为民喉舌了!我看,这篇文章照写不误。我们不写人家也会写的嘛!我们应当写得比人家更深刻更对读者有启发。当然,大姐说的'技巧些'必须注意。但这不是为了保护破坏抗战发国难财的坏人,而是为了保护我们的《明镜台》。"

燕寅儿清晰而略带磁性的声调说起话来铿铿锵锵。家霆同意燕寅儿的话,决定这件事不告诉爸爸,倒未必一定是怕爸爸反对,而是认为写了再说更好。他在写后半部分时,特别指出一些问题让读者思考:一是当时参与商讨黄金提价问题的机密的人物有哪几个?这些应当是泄露消息的主要嫌疑犯;二是提出所说有××实业信托公司、××企业公司曾由同一人出面代购黄金,要求中央银行公布当日大量购进黄金存款者的名单;三是主张在公开名单后顺藤摸瓜严惩罪犯。

文章虽未指名道姓,火药味十分强烈。写完请燕姗姗看了,姗姗大姐说:"这种文章极少数人反感,绝大多数人欢迎,我看可以!"并建议:"把它从后面挪到第一篇作'帽子文章'!写明'本刊专稿'!"

《明镜台》这一期创刊号居然很好销售,一出刊,"渝光书店"及一些书店门口贴了大海报,来买的人很多。第一天上午卖了一些,下午"渝光书店"竟将全部八百本卖光了,正由沙坪坝又调来二百本出售。家霆和燕寅儿十分高兴。第二天上午,特地到"渝光书店"门口看了将近一小时,怀着喜悦和兴奋。但来买的人并不太多,一小时不过卖出了九本。只是最后来了一个穿西装的胖子,付了款,将一百几十本剩余的全部包了雇人力车拉走了。家霆上去问:"你是哪里的?买这么多干什么?"胖子不答,坐上人力车就走了。家霆和寅儿都十分纳闷。然后,两人分手,家霆带了一本《明镜台》回去给爸爸看。

　　谁知,回到家里,却见爸爸正在里间阅读一本《明镜台》。

　　家霆诧异了,说:"爸爸,你怎么已经看到这刊物了?"

　　童霜威转过身来,面容严肃,说:"褚之班来过刚走,是他拿来的!"

　　一听褚之班来过,又看到爸爸的脸色,家霆心里已经明白了,说:"他是为刊物上登了这篇《黄金存款舞弊案之谜》来的?"

　　童霜威点头说:"嗯!"

　　"他说些什么?"

　　"他能说些什么呢?这种惟利是图的人,我是讨厌的!"童霜威说,"但是,他来求我,我感到很为难。天下事就是这样,你找过他帮忙,他也会来找你帮忙!"童霜威叹了一口气,"现在,他要求《明镜台》下期不要续登了!(家霆想:这期《明镜台》上《黄金存款舞弊案之谜》一文结尾注明:'本刊下期将连续作详细报道。'褚之班一定看到了!)这一期,他们已在'渝光书店'收买了一大批,还在派人继续到别的书店收买。"

　　家霆明白了,怪不得昨天一天,上午卖了一些,下午八百本全部卖光;今天,剩的一百几十本也被那个穿西装的胖子收买带走了！家霆说:"太卑鄙了！"又问:"爸爸,他们这到底是怎么一回事啊?"

童霜威摇摇头:"他当然不会详细告诉我。他提到了杜月笙,隐约说是杜月笙叫大儿子把他找去,通知他立刻出面用'中华实业信托公司'名义尽所有资金买进黄金的。对《明镜台》上的文章他们十分不满和恐慌。他说,他来是代表自己,更是代表杜先生来的,让我嘱咐,无论如何不要再拆烂污了！"

"爸爸,您答应了?"

"是啊,有什么好说的呢！我也犹豫斟酌了好久。我这人讲情义,杜月笙虽不是好人,我到重庆后他给过帮助。为冯村的事找他,他也出过力。你们办《明镜台》,他也出了钱。褚之班是老朋友,我虽然也知此人不善,安庆、界首两次相逢他都对我不错。他来重庆后,为他写了信给杜月笙,也是为了一点旧交情。办《明镜台》,他也出了几万元。这点事,我不理不睬,岂能说得过去?我只好答应。"

"你是怎么答应的?"

"我说,等你回来,同你讲！一定叫你下一期不要再登这件事！"

"爸爸,您为人太好。你是不该答应他的！怎么可以这样答应他呢?"家霆倔强的脾气来了。

童霜威对儿子这种话,很不受用,说:"我很了解官场。杜月笙这种人,是扳不倒的！顶多找几个下面的小鬼当替罪羊。他本人,腰腿粗,有后台,有徒弟,谁能把他怎样?"

"顺藤摸瓜,总能摸出他的！爸爸,这个国家坏就坏在这里,官官相护,老虎拍不到拍苍蝇,人情大似天,坏人垮不了台。且看延安吧,能有这些丑恶的勾当?"

"延安站得住脚,有人向往。这里民心尽失腐化加剧,这我当然懂。但,家霆,也别把你们的《明镜台》看得作用有多大!"

"是呀,现在各报刊都在登这件事。我们不登,怎么行?"

"怪只怪当初不该找杜月笙和褚之班支持。他们出了钱,就难以抹开情面。"

"把钱照原数退还他们!"

"照原数还,也早贬了值了!"

"反正,爸爸,您这件事答应得不对!我不同意您这种态度!"

童霜威生气了。家霆这种僵硬的态度使他生气。怎么连父子之情都不讲了!说:"我答应了人家,我不能反悔。我是个不失信于人的人!"

"但,您是错的!《明镜台》刚试刊,不能失信于读者。我们也不能不讲原则和良心。不管是谁,发国难财,破坏国计民生,破坏抗战,人人得而诛之!现在,法院已经发了拘捕令,逮捕了财政部总务司长王绍斋,据说是他透露信息的。还有另外两个大量抢购黄金的人也被拘捕了。《明镜台》上提出顺藤摸瓜,很对,也等于提供了线索。把《明镜台》全部收买去毁掉,还要堵我们的口,手段太恶劣了!要我们停步,办不到!"

童霜威在家霆的眼中,又好像看到柳苇当年那种傲然不可侵犯的目光了。儿子在他面前一向温顺体贴,今天采取这种态度,使他伤心,也使他一时拗不过感情来。只觉得,这样一件事,并不大,儿子却固执己见,反而口口声声说什么"您错了!""我不同意您这种态度!""办不到!"……他不禁发火了,脸色严峻气恼地说:"好吧!你大了!你要怎么就怎么了!你都对!我说的话就什么也不算数了!你不讲感情!我可不能做不讲感情的人!"说完,一时冲动,觉得在家里生气,心里闷得慌,倒不如出去走走,便迈开大步,一阵风走出屋去,拾级而上,走到陕西街上去了。

家霆心里气恼,同爸爸之间,从未发生过这样的不快。人同人之间,思想上的分歧每每最易引起矛盾冲突。他年轻气盛,只觉得自己一点不错。爸爸这两年来,思想日渐进步,使他感到高兴和骄傲。可谁知今天遇到这件事,爸爸却有那么多陈旧而世故的想法与做法,使他厌烦。一时拧不过头来,双手托住了脸坐在那里发愣。见爸爸走出去了,听到爸爸的脚步声远去了,心里又反悔起来。对爸爸是不是要求过高过急了呢?是不是自己言语太重了呢?爸爸自有爸爸的难处,爸爸也有他几十年官场的经历和习惯。怎么能简简单单一下子让他完全摆脱旧习气呢?

一想,心里悔极了,真想马上跑出去找爸爸。当然,他明白,爸爸是心里发闷生了气才外出的,不会出什么事。终于感到应当去寻找爸爸,然后好好同爸爸谈谈心。他心怀歉仄,一阵风地赶了出去。

他一步跨几级台阶地走上了陕西街,在路人熙来攘往中,也不知该往左边走还是往右边走。正在踌躇,见童霜威高大魁梧的身影在左边街上出现了。童霜威背着手,闷闷地踱着步子,不急不慢,是朝回来的路上走的。

家霆喜悦地迎上前去,带笑带歉叫了一声:"爸爸!"

童霜威朝家霆看,见家霆满面是歉疚的笑,气也似乎平了,平静地说:"回去吧!"

父子俩一同由陕西街沿石级走下余家巷来,走着石级下去时,童霜威叹了一口气,说:"你是对的!我虽然知道是非,真不知该怎么办才是了!"

家霆说:"这一期《明镜台》反正已经给他们收买光了,看来他们做了坏事心虚,时刻注视着各种报刊上有没有揭露攻击他们的文章,所以《明镜台》一出版,他们就知道了。手段也真高明。但第二期要我们不登,可不行。包票不能打!我在想:赶快把他们给的钱退回去!我同燕寅儿来办,把金子卖掉还钱。当然,钞票是贬值了！但他们的钱本是不义之财,用来办刊物,是义举！我们穷,也只能照钞票还。钱退了,我的心才安。爸爸您也别不过意了,您对褚之班说,我长大了,不听你的话了,自作主张,不就完了。您看好不好?"

童霜威沉吟着,听着家霆讲,不说话。父子俩一同回到家里,童霜威仍旧闷闷地在房里踱步。

家霆带着感情,添加作料地说:"爸爸,别心里不安逸了！您迟早是要同这些人分道扬镳的。这是我对您的预测。别对这些旧的关系舍不得或被他们羁绊住。时代在前进,该同那些关心国家民族命运、关心人民的人一起前进。至于这些旧关系,不值得留恋,也不应该留恋。他们做了坏事,您何必要替他们说情,替他们出力？您是司法界的名人,这些道理当然比我懂。如果拿这件事问忠华舅舅或者程涛声老伯,他们一定会同意我的。您说,是不是?"

童霜威在椅子上坐下了,疲乏地看着儿子。儿子的话,打在他的心上。他想:家霆到底是成人了,到底是有正确见解的青年了,使他欣慰,不能不承认儿子说的对。突然感到:一个人图新弃旧是多么的难！像自己这种上了年岁的人,同这些年轻人确实不同。自己身上沾的旧关系,自己脑中有的旧思想,确实是比年轻人多,要舍弃这些,也难！既然自己已经下定决心要走一条新路,对旧的一切还要那么留恋干什么呢？为什么自己总是这样前怕狼后怕虎犹豫、彷徨、忐忑和模棱两可、中庸之道呢？想到这里,点头说:"家霆,钱,一定要还！不过,现在别急着还。暂时来个拖刀计拖一拖的好。杜月笙这种黑社会的人,不值得这样得罪他。现在还钱,显着是坚决同他们作对了！同这种人打交道,不可不注意点策略。钱已贬了值,但数字不差,也说得过去了。归根结蒂,当初我们不该找他们资助的,这是个教训。至于《明镜台》,你们要怎么办就怎么办吧！好在燕姗姗那人稳重。我不管!"

家霆高兴得心情激动,说:"好!我去找燕寅儿和姗姗大姐,把事情告诉她们!"

童霜威点头:"将来还钱时,各附一信,表示谢意,语气应当和缓,就说现在刊物资金已经筹措充足,款送上并致谢意就可以了。得罪他们也无办法,谁叫他们咎由自取的呢!我从心意上,已经对得住他们了。"

家霆听爸爸说"我从心意上,已经对得住他们了",不禁笑了,想:爸爸这个人到底是受儒家思想熏陶很深的,这句话可算有点代表性了!

父子俩完全和解了,感到思想感情上都离得那么近、那么亲。

褚之班没有再来。《明镜台》可是真的除了家霆和寅儿留下的十多本样刊外,全被收买一空,哪里也见不到了。

但,《明镜台》也没有考虑再连续报道黄金案了。据燕姗姗说:案件已被压下,打算由法院抓判两条小鱼应付应付算完。新闻检查机关开始检删有关黄金案的报道。至于杜月笙,传说军统戴笠给他出面遮掩保护,稳坐钓鱼船,本人根本平安无事了。

五月二十一日,国民党第六次全国代表大会闭幕后,童霜威习惯性地想了解一下大会的真正内情,决定到于右任和冯玉祥两处走走。他两处都打电话联系。冯玉祥说:"童先生,你不必来!我来看你!时间则不定,这一二天内一定来。"于右任的季秘书则说:"院长晚上在家,我派车来接您。"

晚饭后,童霜威到了于公馆。在这次会上,于右任当选为中执委委员和常务委员。童霜威由季秘书引进客厅时,客厅里宾客满堂。童霜威明白:在国民党官场中,历来如此。老于当选为中执委委员和常务委员,显然还比较得意,来趋炎附势表示道贺的自然多了。倒很后悔自己不该今晚来,来得不是时候。后退也不行了,只好步入客厅。他看到,坐着的六七个人中,有一些监察委员和两个陕西口音的军人,一个佩中将衔,一个佩少将衔。也有身为中惩会副主委兼法官训练所所长的毕鼎山。

扬起了一片酬酢声,一片互相问好声。于胡子照例是坐在中间他那张大沙发上,捋着长须,微微笑着,用陕西口音说:"啸天,很久没有见到你哩!你好吗?"说着,站起身来握手,请童霜威在靠近他的一张空沙发上坐,并给童霜威介绍那个中将说:"一战区的刘军长!"介绍童霜威时则说:"童委员!"双方都客气地点头握手。

童霜威坐下了,说:"忙,一直没来看望!"他发觉于右任的胡子似乎又微微多白了一些。

毕鼎山的位置就靠近童霜威下边,这时插嘴:"啸天兄是忙人,社会活动一定很多吧?去秋看到你在一次会上的演讲,哈哈,激进得很!听说你在复兴大学学生召开的什么民主座谈会上的演讲,也很激进呢!佩服!佩服!"

他放暗箭了!童霜威反感,没有答理,微微一笑,对着于右任说:"六中全会结束了,会开得怎样?"

于右任用手摸摸头,拂着飘飘洒洒的长须说:"刚才,也正在谈这呢。会开得不错!有个对中共问题的决议案,里边说:'在不妨碍抗战、危害国家之范围内,一切问题,可以商量解决。'会议决定今年十一月十二日召开国民大会,通过宪法,准备结束训政,还政于民。我记得你是国大代表哩!"他话声闷而轻,嘴里像含着橄榄,又像被大胡子挡没了声音。

童霜威点点头,幽默地说:"好像是的呢!我自己也快忘记是不是国大代表了!"说完,笑笑。客人中也有陪着笑的。

毕鼎山话中带刺说:"这次大会上,听说有些激进的人提出要重新推选国大代表以便实施宪政,但被搁在一边。啸天兄,你的国大代表差点真被一些激进的人用镰刀砍掉了呢!"

童霜威笑笑,只说:"现在的时局令人担忧!于先生觉得怎样?"他把脸对着于右任,不去看毕鼎山,说的"时局"自然指的是国内时局。

于右任说:"比起去冬独山失守、贵阳吃紧时,可不能同日而语了!现在是德国投降了,希特勒、墨索里尼都死了!只剩个日本,虽在派神风队员驾飞机冲击美国军舰,叫嚣什么'玉碎',总是强弩之末了。抗战胜利在望,形势还是令人鼓舞的!"

佩中将衔的刘军长是个胖子,童霜威估计他是从前方回来的,用军人口吻说:"听说这次大会的特别报告中,说到与中共的斗争无法妥协。今日之急务,在于团结全党,建立对中共斗争的体系,必须在政治上军事上强固国民党的力量。共产党这个内忧隐患,不消除是无法使人安心的。我们一战区胡长官[①]这点很明确。我是特来重庆催领武器弹药的。胡长官今天下午对我说到上面的意思,我们布防在陕北附近,夙夜不懈,这点是很明确的。"

监察委员缪培天,童霜威去年九月在那次重庆各界、各党派、各阶层代表五百余人要求改组政府、召开国是会议、成立联合政府、实行民主、挽救危亡的集会上见到过他,看来也是个对时局有所感的人了,这时说:"人心只想抗战快点胜利,和平快点来到,大家好离开四川回家乡去!至于国共之间,抗战未结束再自己杀起来,就不是中国百姓之福,也不是中国百姓所希望的了!"

于右任点头说:"是啊,是啊,培天的话说得对!人同此心,心同此理。这次六全会上,也有人提出要消灭中共,最后还是没有公开讲,这讲不得也不该讲啊!"

毕鼎山却说:"院长,讲不讲其实都一样!"

童霜威反感,觉得今天来,有这个人在太讨厌,估计也听不到老于谈什么知心话,不想多留,决定回去,起身对于右任说:"院长,

[①] 指胡宗南。

我回去了,以后再来看望!"

于右任也没有留,说:"让季秘书派车子送你回去。"

对于右任一向忠心耿耿的季祥麟,忽然不知从哪里冒出来了,送童霜威走。童霜威同大家告别,也同毕鼎山握手,随季祥麟出外,上了汽车。季秘书等童霜威上车走了,才回身入内。

夜色墨黑,街上有灯火处明亮一些,无灯火处或灯火昏暗处全是黑森森的。汽车迅速,一会儿到了陕西街余家巷口,童霜威付小费让司机回去。突然发现巷口停着一辆汽车。他心里一动:敢莫是冯玉祥来了?忙下石级由余家巷回家。

急匆匆正走下石级,也真巧,见家霆正送冯玉祥出来。冯玉祥有个副官陪着。他高大魁伟的身材步履矫健,声音洪亮地说:"跟你父亲说,我冯玉祥明天晚上再来看他!"

童霜威快步迎上前去,说:"冯先生!我回来了!哈哈,真巧啊!快请进去坐!"

两人一起笑着握手进去。副官大约见童霜威住处小,未跟进来,对家霆说:"等会儿谈完话,冯先生走时,请你叫我一声,我在上边巷口的汽车上。"

家霆答应了他,副官就跨步拾级而上走了。

冯玉祥同童霜威进屋坐下。他穿着粗布衣服的高大粗壮的身体,在一把红木椅上显得拥挤。打量着屋里,看到他送给童霜威的那幅字挂在墙上,显得高兴,但指指于右任的那幅字说:"他写得好!"

家霆忙着泡茶敬客,把茶送到冯玉祥身边茶几上,就进内屋去了。

童霜威说:"没想到冯先生你晚上就来了!我其实一点事也没有,只是六全大会刚结束,想听你谈谈而已。"

冯玉祥挥着大手,带着厌恶,叹口气摇头:"这次会,我连任了中执委委员和常务委员,其实有些人很想算计我的。我也并不想常到中央党部开那些浪费时间的会。在会上,我这个少数,一点用也没有。既让我连任,是拿我做门面想约束我的。我也只好由它!这次会,是个心黑手狠口蜜腹剑的会!"

童霜威问:"怎么呢?"

冯玉祥喝着茶说:"这个会,我认为它的基本任务是要统一国民党全党的思想,准备内战,继续实施专制独裁。他们不少演说、报告和文件的字里行间都充满了反共反人民思想。在对中共问题上有个决议案,实际是把'妨碍抗战、危害国家'八字罪名扣到人家头上,为将来重新剿共埋下钉子。我听说,六大闭幕后,就要调兵遣将在苏浙地区和陕甘宁进攻共产党了!抗战尚未结束,面上一套、暗中一套,莫此为甚!"

童霜威听了,感到冯玉祥说得深刻,一针见血,问:"会上做了些民主的姿态,恐怕是像冯先生你这样的国民党人做了努力才争取到的吧?"

冯玉祥胸口像滚着难以平歇的浪潮,气愤地说:"全国人民对独裁政治非常不满。全国人民的呼声和行动,他们不聋不瞎,自然不是看不到听不到。为了维护统治,作点让步,作点姿态,实际是愚弄群众。会上通过的报告决议什么的,大部分是这种骗人的东西。召开国民大会,通过宪法,还政于民,谁相信?其实,国民大会的职权还得由国民党中执委讨论研究后决定。独裁者操纵一切、决定一切。国民党还政于国民党!这不是心黑手狠是什么?"他身材高大,身体又重,压得那张椅子承受不住,"叽叽吱吱"地响。

"没有人提出相反意见?"童霜威问。

冯玉祥眼里闪着怒火:"提有什么用?有人提出了'加强民主设施,促成国家统一案',就被搁到一边去了!"

"先生看这次会后,形势如何?"

冯玉祥嗓门高起来了,亢奋、直爽地说:"我看,抗战未完,内战危机已经可以看到苗头,使人担心。有人不讲民主,只讲君主!追求国家民族进步的人,包括你我在内,都任重道远。还可能有非常艰难的路程在等待着我们呢!"

童霜威点头,感到冯玉祥真是推心置腹了,说:"唉,是啊!我也有同感。因此,也就有了思想准备。我在沦陷区时,感到太黑暗了!只希望早点看到天亮!到大后方后,则依然是感到太黑暗了!等待天亮,未免消极,掌起灯火来,则太必要了!我愿意像冯先生一样,做个掌起火把来的人!"

冯玉祥带着敬重的神态,声调浑厚庄严,说:"啸天先生说得很好!你是位值得我钦佩的人。刚才这番肺腑之言,使我感动。这重庆,黑暗得太压抑太沉闷了!我在想总有一天我要白天点一盏小马灯,到那个想学希特勒的独裁者官邸去强谏一番,也想提着小马灯在街上走,唤醒更多的人来行动!"说到这些话时,他的脸涨得通红,扬起左臂,握住左拳,做了个打击的动作,气哼哼地仰靠在椅子背上。椅子负不了他的重量,"叽叽吱吱"又叫起来。

家霆在里屋,话都听得清清楚楚。这时,他怕冯玉祥话说多了口渴,出来给冯玉祥的茶杯里对开水,并将一本《明镜台》送给冯玉祥,说:"冯老伯!这是我与一位同学办的一个新刊物,送一本请老伯指教。"

冯玉祥刚才激动了一阵,现在平静下来了,喝了些茶,用手抹了抹嘴唇,接过刊物,看了一看,说:"名字起得不错呀!你们这杂志是得像一台明镜把那些肮脏的人和事映照出来,把老百姓想的说的都印在上面。"他忽然眯着眼注意到了那篇《黄金存款舞弊案之谜》,大声说:"好啊,这篇文章一定不错!我拿回去好好看看,但这事听说就这么过去了,好不叫人生气!"他问家霆:"你们办这刊物,最大的困难是什么?"

家霆说:"政治压力!新闻检查!"

冯玉祥点头,说:"不要怕!你想,《新华日报》都能在重庆办!你们这刊物比他们总要好办些吧?政治有压力,新闻要检查,要想点好办法避开。蛮干不行,要策略些!要吸引读者,有股韧劲。"

说到这,有脚步声,那副官出现了。大约他见谈话的时间不短了,不放心,所以来看看。

冯玉祥见副官来了,说:"啸天先生,今天就谈到这里吧。有机会我们见面再谈,好不好?"又把卷在手里的《明镜台》扬了一扬,对家霆说:"我带回去好好看看,希望你们办得更好!"

冯玉祥与童霜威父子握手告别。家霆拿着手电,副官也用手电照亮,童霜威陪着一起送冯玉祥到巷口陕西街边停着的汽车旁。汽车驶走后,童霜威感叹地对家霆说:"这个人有血性,爱国、抗日,以自己独特的思想、性格和行动,将来会在历史上留下名字的。现在这世道,多一点这种血性人物就好了!"

转眼到了六月中旬,一天晚上,家霆去上课了,下着雨,褚之班忽然来到余家巷看望童霜威。他穿得挺括,精神面貌却不佳,似乎有什么心事。他先谢了童霜威关于《明镜台》的事,欣慰地告诉童霜威:"那事风平浪静了!……"童霜威支支吾吾,不多说什么。

褚之班忽然浩叹,说:"我是不得已厕身商界,原想弄点经济基础将来到适当时机仍去干我的本行。现在看来,希望不大了!"

童霜威问:"为什么?"

褚之班下巴上那颗长着几根毛的黑痣颤动着说:"说来说去,我虽拜在杜先生的门下了,到底不是亲骨肉。而且树大了招风,做生意钱赚得多了些,惹人眼红。我本来决定离开他自己办个光明企业公司,谁知杜先生要我出面为他抢购黄金,差点弄得我吃官司。这一关过去了,我只以为他会对我另眼看待。谁知不然,他听信手下的红人挑唆,说我当初在中华实业信托公司替他干时做了手脚。抢购黄金的全部赢利都归了杜先生,这且不说,我那光明企业公司有一大笔棉纱,从沦陷区通过浙江往重庆运来时,竟在途中遭到了抢劫,使我无法承担这笔亏损。我现在的本钱,十成只剩下了三成。而且已经离开了杜先生,虽替他卖过命,却有点得罪了他,生意也不好做,倒霉之至!"

童霜威难以劝慰,也无法劝慰,心想:褚之班呀!当初来到重庆你好狼狈,我对你不薄。你投靠杜月笙后,得意了,长期"无事不上三宝殿"。你做生意,本不应该犯法,却又抢购黄金、同沦陷区不知做什么交易。你现在似乎倒了霉,其实仍很有钱,何必找我诉苦,便默然不语,只是听着。

矮胖的褚之班,双手放在大肚子上,忽然叹口气说:"最近,有件事,不知听说没有?抗战胜利似乎越来越临近了,杜先生已被重用,让他近日内立即启程去浙西淳安。那里有戴笠军统局东南地区总部,安装有电台。杜先生将负责联络在上海等地汪伪政府里的高级官吏,配合戴老板率领的忠义救国军抢先进入淞沪地区。这一来,杜先生可以重整旗鼓,在胜利后的大上海站住脚跟重振杜门大展宏图了!"

童霜威平静地摇摇头,说:"倒还没有听说。"心里想:前几天报载:琉球岛之战持续了八十一天,已经结束,美军牺牲数万人,终于胜利了。菲律宾之战进行了八个多月,胜利结束也已在望。日本败亡无论如何是不远了!杜月笙要去浙西,显然是为抗战胜利接收南京、上海、杭州地区做准备的!

褚之班玩弄着一根蓝色银花点的西装领带说:"我听说杜先生要想借重秘书长。他去淳安,不能不带个像样的班子。他认为秘书长既有学问有见解有谋略,又有声望地位,而且离开沦陷区时间不长,汪伪政府中熟人不少,一同前去,便于牵线搭桥。"

童霜威反感地笑了,忽然想起抗战爆发那年由武汉到香港后叶秋萍要自己与日方搭线,和在季尚铭家吃猴脑宴见到日本人和知的事。这种事我那时不想干,现在更不想干!遂平淡地说:"不会吧?"

"是真的!确乎听说如此!"褚之班恳切地说,"我是想,如果秘书长收到邀请,还是陪同杜先生前去。天下什么事都要落个'早'字!将来胜利了,早日返回上海,一定大有可为。我在想:如果秘书长你去就给我再向杜先生进一言,让我也同去。我虽不才,上海滩还是熟的,总能出点力跑跑腿。将来,早点回上海,家也在那里,或从政或回法界,或者经商,总比在四川浪迹要好。"

童霜威说:"啊,你是为这事来找我的?"

褚之班有点尴尬地说:"正是!"

童霜威推托说:"现在,我没有得到邀请。得到邀请后,去不去更要考虑。我想,我可能是不会去的。现在这事不好说。"

褚之班说:"就为我再写封推荐信给杜先生如何?"

童霜威说:"之班,你想,我再写这封信能有用吗?你是明白人,我同杜的关系并不特殊。你这一段时期,在他手下,还共过机密。你们的关系比我同他亲密得多了。他那人我了解,虽以江湖义气标榜,得罪了他的人,他是很难肯覆水重收的。"

褚之班觉得童霜威说得中肯,不好勉强,点头说:"秘书长,你说得对!其实,我就在重庆吃吃喝喝,逍遥逍遥,也不错。"他这不知是聊以解嘲还是什么,弄不清。

后来,褚之班坐了一会儿,奄奄地冒雨告辞了。童霜威独自坐着沉思。抗战似乎是快要结束了。这场抗战打了快八年了!人事变化固然大,人的变化更加大。有人成了烈士,有人做了汉奸。战争摧残了人的心灵,承受得住的坚持下来了;承受不住的,则消失了。有人变好,变得更明事理,更为国家民族考虑;有人变坏了,变得像贪馋的野兽,坏事做尽,不以为耻。……许多往事,飘来心际,许多人物,出现眼前。雨,忽然下得更大了,打着闪,响着雷,天崩地裂,雨箭哗哗。一会儿,听到脚步声,他以为是家霆回来了,站起身来,却想不到出现在门口的是方脸盘、高颧骨戴眼镜的程涛声。程涛声打着雨伞,手拿电筒。雨太大,他穿件灰绸长衫,下襟湿淋淋,上身也潮了不少,伞上雨水直滴。

童霜威喜出望外,抱歉地说:"啊!振亚先生!这么黑又下大雨,你……"

程涛声笑着放下雨伞,握住童霜威的手,说:"这叫出其不意,攻其无备!这种天气,特务是不想淋雨的!"又说:"前些日子,冯焕章来看过你的吧?那天我恰好也想来看你。见他的汽车停在上边,估计是他来看你。为了让你们谈,我就走了。"

程涛声行动常出人意料,平日从不到童霜威处来。今晚突然来了,童霜威让他快坐,泡了杯茶给他,说:"今晚来,一定有事吧?"

程涛声点头说:"久不见面了,特来谈谈。战败日本,只是时间问题了。目前是我们自己的家务事严重。五月里,国民党开了'六大',共产党从四月二十三日到六月十一日在延安开了'七大'。这两个决定中国大势的重要大会,你注意了没有?"

童霜威说:"'六大'的情况我是完全清楚明白了,冯焕章来也是谈的这个会的事。中共的'七大',我的孩子带过《新华日报》给我看,但略而不详,倒想听你摆摆呢!"

程涛声说:"这两个大会有完全不同的目的,国民党的'六大'是要消灭中共和中国民主势力,把中国引向黑暗;中共的'七大'是要打倒日本帝国主义和它的走狗中国封建势力,建设一个新民主主义的中国,把中国引向光明。"

童霜威说:"你说得很精辟!"

震耳的雷声和大雨滂沱的噪声,打破了夜间那种抑郁的沉静。

程涛声沉着地说:"中共七大闭幕,大会号召全体代表向全国人民宣传大会的路线,就是:团结全国人民,坚持抗战的彻底胜利,坚持民族的独立自由,坚持联合政府,坚持停止内战。你看,这条路线如何?"

童霜威复诵着程涛声所讲的"七大"路线,思索着说:"四个'坚持',无一不是当务之急!这是一条既有现实意义又有预见的路线,比国民党'六大'提出的那套骗人把戏精彩多了!有识之士只要一看一比就知高下。看来,现在领导人材不在重庆而在延安哪!"

程涛声笑了,说:"中共从无到有,从小到大,屡经危险,仍旧存在,斩不尽杀不绝!不但存在,而且大发展。人心之所向,大家尽知。如果不是依靠他们领导人的英明,不是依靠他们政策路线与战略战术的成功,不是依靠广大共产党人的素质,能靠什么?谁如果不正视现实存在,还要走当年走不通的老路,除了碰得头破血流,不会有更好的下场!"他把"头破血流"说成了"同胞笑料"。

童霜威点头,说:"人心不想再有内战!抗日战争快八年了,打得大家厌倦了。谁还再想发动打内战,必然要大失人心。只要打起来,百姓又要遭殃了!"他感到程涛声今天来,是来把"七大"的路线作一番宣传的,也不禁想:给他这一讲,我感到心明眼亮了,感到乐观兴奋了。只是,战争的乌云总是笼罩在他心上,使他摆脱不了那份忧虑。

程涛声说:"可以预想得到,国民党想打内战,却在打时会把罪名加到共产党头上的。国民党'六大'对中共问题的决议案上看得很清楚:要消灭共产党是一种既定的目标。什么时候需要什么时候就可以给对方扣上'妨碍抗战、危害国家'的帽子。但好的是如果有那一天,人民是会清楚看到的,人民也会知道该怎么做的。对于我们来说,则不希望发生内战,应当团结全国人民,按照四个坚持去努力!"

童霜威觉得,此时此刻很需要有这样简洁明确的一种思想来指导自己的思考,指导自己的行动。今夜程涛声谈的这些,正是这样一种自己最需要的指南,点着头说:"你谈得使我倾心,谢谢指教。上次冯先生来,谈起有人不讲民主,只讲君主。因此,追求国家民族进步的人都任重道远,而且还可能有非常艰难的前程在前头。我很同意,也认为应当有这种思想准备。"

程涛声听着雨声,正襟危坐,语气严肃:"是呀!是该如此!我常觉得自己又像当年武昌起义爆发后,在做敢死队了!民国以来,暴政罄竹难书,排斥、迫害、逮捕囚禁、枪毙暗杀一类的事不可胜数,共产党却越剿越多,越来越强。西安事变后,国共重新合作,形成了有利抗战的新局面,后来却又关押了张学良、杨虎城,出尔反尔,不断摩擦,发展到今天,胜利在望,却又想消灭异己,天下为私!一个历来奉行'顺我者昌,逆我者亡'(他说成了"生我者枪,你我在忙"!)的大独裁者,他不会改变!他认为以不变应万变是真理!但事实将会证明,一意孤行是要失败的,最主要的是他看不到人心所向,得不到人心!"

两人没有再多谈。急雨仍在一阵猛似一阵地倾注。在这样的天气,谈这样的事,使人心上像有雷声轰鸣,像有波涛汹涌。程涛声拿起雨伞,撩起湿衣襟,一手执着手电,说:"趁这暴雨,我回去了。"他不要童霜威送,只说:"必要时,我会再来的。"又说:"明天,我可能到外地去一下。"童霜威感到他说这话的意思是不要到他家里去找他,就由着程涛声淋着雨飘然去了。

程涛声当年在武昌起义爆发后,曾在武昌参战做过敢死队员。此刻,看到他冒着夜间暴雨独自来去的气概,使童霜威感到他的确又很像一名老敢死队员了。

同褚之班谈话和同程涛声谈话,在童霜威心上引起了两种截然不同的感觉。褚之班的谈话使他厌烦,程涛声的谈话使他鼓舞。他知道,程涛声同中共在重庆的高层领导人有时是有接触来往的。他谈的这些,很可能是从中共高层领导人那里得来的。当家霆上课回来时,童霜威仍陷在一种受到鼓舞的情绪中。

童霜威将褚之班和程涛声来的事和谈的话都告诉了家霆。家霆的感受同爸爸一样。最后,童霜威叮嘱家霆:"尽快将褚之班和杜月笙的钱送还吧,现在是时候了! 金价已经到十三万五千多元一两了吧?你同寅儿商量一下,倘若可能,照银行利率补点利钱去。无论是杜月笙还是褚之班,我同他们的交往想到此为止了!"

钱,是第二天家霆和寅儿分头加利送去的。

杜月笙并没有来邀请童霜威陪同他一起去浙西淳安。事实上,他如果邀请,也会被童霜威拒绝的。童霜威听说,杜月笙确与戴笠一同坐汽车到了贵阳,改坐美军的 C—46 型运输机由贵阳飞到福建长汀,并由第三战区长官顾祝同派私人汽车送去浙西到了淳安。这使童霜威不胜感慨:沦陷了的"孤岛"人民天天盼望"天亮"。"天亮"难道是盼的杜月笙、戴笠这样一伙瘟神和由他们秘密联系着的那些汉奸巨憝去占据上海吗?

三

七月里,天气非常炎热。重庆这个"火炉"热得使人挥汗如雨,夜难入眠。

燕寅儿的大嫂服安眠药自尽后的第三天,正是童霜威完成他的《三朝三帝论》的那天。

燕寅儿的大嫂长期患病,性情古怪,郁郁寡欢,消极厌世,平日借口失眠,积储了百把粒安眠药,突然悄悄一次服下自尽,终于成了悲剧。下午,大嫂的棺木浅埋①在南岸,家霆到燕东山那里去帮忙料理还没回来,童霜威写完文稿的最后一段,看着那厚厚一叠比砖头还厚的稿纸,既有一种完成任务的欣慰轻松,又有感伤。欣慰的是在这种时局扰人的心情下沉潜韬晦完成了想完成的著作,表达了自己心里想痛挞特务政治的意愿,感伤的是这本书是冯村鼓励动笔的,而今稿完成人已亡,无法与冯村分享欢乐。少了冯村,这本书无法出版。他用一大张牛皮纸将原稿整齐包扎起来,用毛笔写上"三朝三帝论"五个大字后,泡上一杯清茶,点了一支烟,独自悠闲地喝茶抽烟,颇有一种累极了歇一歇的要求了。

烟未吸完,家霆回来了。童霜威问起燕东山丧偶的事,家霆告诉爸爸办理丧葬的情况,说:"这固然使人伤心,但对东山大哥也许是一种解脱。东山大哥也许能从蒋素雅护士处得到家庭的幸福。"后来,他看到爸爸写字桌上放着的稿件,兴奋地问:"书稿完成了?"

童霜威摇着折扇点头:"是啊,但目前我只有封存起来,置入箱底,但愿将来有一天能够出版。"

家霆安慰说:"爸爸,您放心!现在,我刚毕业,《明镜台》也刚办,一切都没基础。等过两年,我想,凭我的努力,爸爸这本书也是能出版的。"

"好哇,孩子!"童霜威吸着烟动感情地说,"这是你的孝心!到那时,书的自序上我打算写上一段纪念冯村的文字。在写这本书时,我差不多常常都在想念他。可是,书成了,他人却早不在了。"

家霆心里也一样常常想念冯村,不愿多谈使得爸爸更难过,岔开话题说:"爸爸,以后,您也别老是写呀写的了。您在大学里有课,国史馆里又常有些开会呀编审呀的杂事,你写了这部书,头发又白了不少。我并不赞成你老是蹲在家里写东西,以后应当多出外走走,活动活动。目前,国事蜩螗,您也是非常关心,参与进去,

---

① 浅埋:当时下江人死后,棺木多数浅埋,打算胜利后运回家乡。

出一分力,很必要的,是不是?"

童霜威点头说:"你说得对,但路子尚未畅通,顺乎自然吧。我想,到该乘风破浪的时候,我是会出洋入海的。"

家霆笑笑,说:"您说路子尚未畅通,我认为一种是让人把路子给你铺好,一种是自己去走。路是人走出来的,我赞成您去走!"

童霜威也笑笑,不无感慨地说:"唉,你们年轻,应当去披荆斩棘,闯出自己的人生大道来。但对于童霜威来说,他有自己的声望地位,'曾经沧海难为水',江湖越老越寒心。他不能也不该像个毛头小伙子那样去横冲直撞了!"

见爸爸心中感慨,家霆不愿多说,想起昨天的《新华日报》上用专页刊载了毛泽东在中共"七大"上的政治报告《论联合政府》,说:"爸爸,我拿张报纸你看!"他去提包里拿报纸递给童霜威说:"我只粗略读了一遍。文章很长,您看看吧。"

童霜威接过报去,戴上老花镜,专心看起来。家霆见爸爸这样,就回身出来,拿起稿纸和钢笔,思考起要写的文章来。

他要写的文章题为《从兵役署长程泽润被枪决谈役政》,是给那家过去刊载他写《重庆今昔》的晚报写的夹叙夹议的杂文。

昨天,兵役署长程泽润以"办理兵役舞弊多端"罪被枪决了。据说内幕是程曾经有贬蒋的言论,被军统报告了蒋。蒋曾亲赴新兵转运站察看,结果看到拉壮丁拉来的新兵生活条件恶劣,新兵骨瘦如柴。蒋当场用手杖劈头盖脸打了程泽润,将程泽润关了起来,终于枪毙了。外界有人说,这是公报私仇,也有人说是做给美国人和中国老百姓看的,表明贪赃枉法者受到了惩处,那些坏事同最高当局无关。

家霆在构思这篇文章时,觉得说"公报私仇"既不公允也无意义,做给美国人和中国百姓看的,则是显然的事实。役政黑暗,岂是今天才有?又岂是今天才该发现?渝江师管区役政的黑暗和得胜坝伤兵医院那种活地狱的惨景家霆早就熟悉了。写这篇文章就事论事意义不大,重要的是要指出这一点来,提出希望,希望改组政府,真正能从根本上将役政以及其他使民众痛苦的黑暗腐化现象一起来个清扫。杀一个程泽润并不解决问题,问题现在已经成千成万。

正在专心写着,忽然听到一个银铃般的嗓音轻轻地说:"'倜傥'!我来了!"

家霆一抬头,看到了燕寅儿明朗美丽的面容和两只流光闪烁的大眼睛,说:"啊,是你呀!"他奇怪,前一会儿,两人刚为东山大哥家的嫂嫂下葬料理完毕分手各自回家的,怎么现在她又来了?说:"快坐!我写得正顺当,一停就糟了。你稍为等一等!"

燕寅儿上来,把家霆手中的笔一拔,说:"请礼貌待客!我来,是代表家父来请童老伯到我们家便饭的!"

家霆问:"有事吗?"心里不禁想到了上次燕翘请吃饭向爸爸提起自己与寅儿婚姻的事,又觉得大嫂今天下葬,怎么还请客吃饭?

童霜威在里屋听到燕寅儿的声音,走出来了,笑着热情地说:"寅儿,你来啦?"

燕寅儿闪着那对扇子般的睫毛的眼睛,说:"童老伯,我大嫂出了不幸的事,我们暂时还瞒着父亲,怕他烦心。他一点也不知道。父亲请伯父马上到舍间去,顺便吃晚饭!"

童霜威问:"有事吗?"

燕寅儿朝家霆看看,调皮地说:"童家霆想知道是什么事,我偏不让他知道。老伯,我只告诉您。"说着,凑近童霜威身边,轻声说:"黄炎培黄老伯今上午来我们家。他刚去延安回来,家父说,请童老伯也去谈谈。您同黄老伯也是老熟人,听他谈延安,一定很新鲜。"

童霜威点头,高兴地笑着说:"好好,我就去!我换件衣!"说着,进房去了。

家霆对燕寅儿说:"好啊,'猫'!别以为我是聋子!我是顺风耳,你讲的我全听清了!"

燕寅儿笑了,说:"可惜,没请你去!"

家霆说:"不会的,燕老伯一定会请我的。说实话,我可真想去。记者总是不请自到的。我也要去听听人家谈延安。"

燕寅儿说:"你不是忙着要写文章吗?你快写你的文章吧!你刚才不是说'一停就糟了'吗?"

家霆忙着收拾稿纸和笔,笑着说:"我非去不可!"

"去可以,但不请你吃饭!"

"我以记者身份去采访,你们吃时我也占一席之地。"

童霜威穿了一件淡灰绸长衫出来了,手拿一把折扇和一本《历代刑法论》,说:"天太热了,不穿长衫不像样,穿了又累赘。寅儿,走吧!"

燕寅儿转身笑着说:"童家霆,老实告诉你吧!也请了阁下,仍是姗姗大姐办的菜,不多,两荤两素一个汤。有你爱吃的红烧肉!五花的!"

家霆笑了,锁上了门,三人一起走出余家巷二十六号,踏着一级级的石阶,爬上陕西街,向燕寅儿家走去。

童霜威比黄炎培整整小十岁。黄炎培,字任之,江苏川沙人,一九〇二年考中过举人,一九〇三年在家乡办小学,因鼓吹反对清朝政府,被逮捕,在江苏巡抚"就地正法"的批文送到前一小时,为基督教外籍牧师保出,逃亡日本,参加过同盟会。辛亥革命后,任江苏教督府教育司司长,又是江苏省议会议员。一九一七年,在上海发起成立中华职业教育社,主张对教育进行改革,在教育界很有声望。中华职教社创办的《生活》周刊,由邹韬奋主编后,影响很大。这几年,他任参政员,又同张澜等人在重庆发起组织了中国民主政团同盟。听说他起初主张采用温和手段,走第三条道路,但现在则认识到应当反对专制独裁,一新政策。七月一日,他和褚辅成、章伯钧等六名参政员访问了延安,会见了毛泽东和其他中共领导人。在延安逗留五天,七月五日飞回重庆。童霜威心中很感谢燕翘,给自己有这样一个机会同黄炎培见见面,听他谈谈延安的真实情况。这种想法,家霆自然也有。天气炎热,一走路就出汗。童霜威身上的汗从旧汗衫里透出,将大褂背心也浸湿了,仍然精神奕奕,满怀高兴。三人一起在人群拥挤的街上大步走着,向小什字水巷子附近去。

依然是在燕翘那间摆着围棋棋盘的客厅里,一张饭桌上已摆了六副碗筷。童霜威到时,见黄炎培已经到了,正同燕翘两人对面坐着谈话。一见童霜威来,燕翘在双轮车上说:"好好好,童先生来了!来来来,任之兄,你们是老朋友啊!"

童霜威上前同黄炎培握手,并介绍了家霆。家霆和寅儿两人转身去到厨房看望姗姗大姐,并帮助大姐当下手。男仆李耀宗给童霜威送去了盖碗茶,并将客厅里的电灯开了。

童霜威在黄炎培左边的一张藤椅上坐下了,打量着黄炎培。只见他高高胖胖,面如满月,极短的头发,穿一身浅灰中山装,虽已六十七岁,精力旺盛,像五十多岁的人,不比自己老,不禁说:"一别多年,记得我们最后一次见面是在上海,现在见面,你仍旧不老!"

黄炎培一口上海川沙音的话,说话底气充足:"你也不老!我还记得我整整比你痴长十岁,是不是?"

两人见面高兴,哈哈都笑。

黄炎培说:"听人说起你在上海冒险逃脱敌伪羁绊的事,十分钦佩!刚才又听燕兄谈起你来大后方后不得意的情况,也多愤慨。你是一位少有的法界杰出人才,弃而不用,把你当古董送到了什么国史馆,真是埋没人才!也足以说明司法界之可有可无!"

童霜威笑了,坦然地说:"庙小僧多,司法界又有派系倾轧和裙带风,轮不到我去占方寸之地了!这倒也好。我现在大学里教教书,同青年学生一起,反倒觉得年轻。"说着,把签了名的《历代刑法论》递过去,说:"一本拙作,请指正!"

燕翘在一边说:"这本书写得好,我已拜读过。任之兄,你也要好好看看。"

黄炎培扇着扇子点头,说:"当然当然!谢谢谢谢!"将书放在茶几上,说:"啸天兄,你是国大代表吧?"

童霜威点头,他不知黄炎培要说什么。

黄炎培风趣地笑了:"我们这次到延安去了一趟,临回重庆时,定了个会谈纪要,有条内容是和中共方面同意停止国民大会进行,从速召开政治会议。这等于同你们这些国大代表在捣蛋!你不见怪吧?"灯光下,他满面红光。

童霜威哈哈笑了,说:"个人事小,国家事大!只要国家真正能独立、自由、民主、统一和富强,我这国大代表不要了,也不可惜!"

黄炎培忽然点头而视,说:"啸天兄,钦佩钦佩!听你的话,《新华日报》上的《论联合政府》那篇文章,你已看过了?"

燕翘问:"什么文章?"

童霜威介绍:"毛泽东的,是他在中共'七大'上的政治报告,主张成立联合政府。"

燕翘说:"啊,对了!女儿拿了一份《新华日报》给我,文章很长,还没看。年岁大了,怕看长文章。"天热,他不停地扇着一把蒲扇。

黄炎培说:"不可不看,言之有理!中国如果照这办,我看不错。这次延安之行,燕兄刚才说要等你来后一同讲讲我的观感。我可以坦率地说,此行从我个人来说,收获是不小的。去之前,我对中共和解放区没有太多的认识,只是抱着促进国共两党恢复商谈的心愿而去。等到了延安,身临其境,才从人家陕甘宁边区铁一般的事实中认识了真理!"

燕姗姗和寅儿、家霆一起端了菜出来放在桌上。姗姗听到黄炎培这样说时,说:"黄老伯!你别急着讲,我们这三个年轻人都想听听呢。马上开饭了,开饭边吃边讲行不行?"

黄炎培咧嘴哈哈笑了,用右手的折扇敲着左手的掌心,说:"行!行!行!"

大家又笑。燕姗姗说:"来来来,黄老伯,您最年长,是贵客,请上坐!童老伯!"她拉开黄炎培左面的椅子,"您也是贵客,也上坐!"又将燕翘的车子推过去,推到黄炎培右边。招呼家霆说:"来,你坐这里!我劝你,今天听了黄老伯谈话后,写一篇《听黄炎培先生谈延安》,放在《明镜台》上刊登!"说着,向黄炎培介绍说:"童家霆和我们家的寅儿,合办了个《明镜台》刊物,他们年轻,写起文章来却挺老练呢!"

黄炎培说:"刚才你妹妹已经将《明镜台》送了一本给我,我看办得不错!"他指指放在茶几上的一本《明镜台》。

姗姗和寅儿也都入座。桌上四菜一汤:一只红烧五花肉,通红透亮。一只豆瓣鲫鱼,红辣椒色泽鲜艳。重庆这地方,虽有大江,但水急无鱼,乡下又很少塘堰,也不产鱼。到了夏天,鱼极少。在这种时候,能办出一碗鱼来待客,是很恭敬的事。一只炒空心菜,碧绿可爱。一只炒鸡蛋,黄得诱人食欲。另一只是榨菜肉片汤,非常爽口。

黄炎培说:"啊呀啊呀,五花八门这么多菜!其实——"他用手指指豆瓣鲫鱼和红烧肉,说:"这两只菜不要也就很好了。"他不喝酒,大家都盛了饭吃。

燕翘说:"任之兄,请像说书一样开讲吧。我想问问你,那边到底怎么样?好不好?我知道你这人公允,说的可靠。"

童霜威说:"我也是想多知道一点亲眼看见身历其境的人讲的情况,眼见是实,耳闻是虚嘛!"

黄炎培嚼着炒鸡蛋说:"过去,我听说对抗战颇多贡献的著名爱国侨领陈嘉庚一九四〇年率领南洋华侨回国慰劳视察团,回来慰劳抗日将士和进行视察。他先到重庆,看了种种不良现象很不满意。后来就去了延安。看到中共领导军民抗日卓有成效,确信只有中国共产党才能救中国。从此,他改变了政治态度。从那,我心里也一直抱着个想到延安看一看的愿望。我们这次有机会去,主要目的是希望国共团结,政治解决,去商谈的。但还有个'副目的',就是参观延安,想实地看一看,比一比。结果,应当说:印象良好!"

"怎么呢?"姗姗夹空心菜给黄炎培和燕翘吃。她发现黄炎培对红烧肉和鲫鱼不去碰一碰,只吃空心菜和炒鸡蛋,不禁问:"黄老伯,您不吃荤?"

黄炎培哈哈大笑了,说:"我不吃荤倒不是信佛吃斋。肉汤我也喝! 主要是由于我的性格。我一九一七年夏天,游新加坡海滨,亲眼看到许多捕鱼人出海归来时,船上满载活鱼。天热,怕鱼死了腐臭,捕鱼人将活鱼一条条破腹杀了,挖掉内脏,丢到另一只空船里去。被杀死掏去内脏的活鱼疼得蹦蹦跳跳,半晌才死。我想:人类为了吃,这样残杀生物,太残忍了。就立下素食的志愿。一晃已经二十多年了!"

家霆不禁想:他是个感情很丰富的老人呢!

燕姗姗夹一筷炒鸡蛋给黄炎培,笑着说:"黄老伯,您就多吃点鸡蛋和空心菜,喝点汤。鱼肉就归我们吃了。"她指指寅儿,"我们家还有只'猫'呢! 我们既吃鱼肉,又听你讲延安,真是太赚了!"

黄炎培笑着说:"好,我就再讲延安。那里,抗战气氛极浓,人家是真正在全面抗战的。在那里受到热烈欢迎,党、政、军高级领导干部见到不少,还见过一些在延安的我以前的熟朋友,甚至有我的学生。感到他们个个稳重、谦虚、朴实、诚恳,说起话来都有见地,学识不浅。我想,有好的领导干部,该是他们所以能成功的相当主要的原因。"

"延安市面怎样?"燕翘问,"繁荣吗?"

"延安是经过几次日机的大轰炸最近从瓦砾堆上重建起来的。陕北本是很穷的地方,生活当然艰苦。住的是窑洞,市面也不可能繁华。但老百姓都很健康,衣服也算整洁,所有的人都露着愉快的笑容,不论男女都有朝气。有一种上下一致、同心同德的精神面貌。那里绝不拉壮丁,志愿从军是光荣的事。有夜不闭户、路不拾遗的社会风气,有一股蒸蒸向上的发展气势。我们在那里是行动自由,他们不怕人看,也不护短,实事求是。什么妓女、乞丐、小老婆、鸦片烟、赌博,都没有!更未见特务横行霸道,官僚贪污腐化。那里是一个干净的、上进的社会。"

"看了不少地方吗?"童霜威问。

"利用会谈以外的空隙时间,会见了'三三制'政权的一些非共产党的人士。如陕北有名的李鼎铭先生。又参观了市容、供销合作社、信用合作社、银行、延安大学、光华农场,还有日俘的日本工农学校,参观了宝塔山等名胜古迹,对经济方面的减租减息、变工队的互助方式、货币流通、商品贸易和机关里实行的供给制等都进行了了解。也考察了工农业生产情况,访问了劳动英雄。在文教、卫生等方面也进行了访问观察。总之,感到人家是在做革命工作,在为事业和理想奋斗,人家是在踏踏实实抗战,不像这大后方乌烟瘴气钻营私利。"

燕翘停筷说:"真那么好?是不是故意安排了让你们看的?"

黄炎培摇头,笑着说:"绝不像都是故意安排出来的,确是很好。所以中共说国民党是代表着大地主大资产阶级利益的,而他们是代表的人民利益。所以,连美国军政界都有一些人说他们的好话。这并不奇怪!"

童霜威问:"对中共的一些领导干部,印象如何?"

黄炎培喝着汤,答:"我的印象,他们有的领导人水平很高,很有学识。在领导干部之间,亲密无间,彼此间的关系是正常平等的,毫无拘束,常常谈笑风生。"

"谈谈毛泽东吧!黄老伯。"家霆这是坐上桌子吃饭后第一次开口说话。

黄炎培朝他看看,说:"人都叫他毛主席。他的经历,他所领导的边区为他赢得了崇高的威望。他几乎烟不释手,他好像博览群书,具有坚强的意志。住的窑洞,光亮整洁。身材结实健壮,头发往后梳去,下巴上有个黑痣,一口湖南话,声音低沉柔和,侃侃而谈。我有时听不清楚。走动时,慢腾腾地拖着脚步,步态稳重,镇定自若。说话很会打比喻,据说去年冬天,赫尔利到延安时,要中共解散军队,说可以订个协议让中共在政府中取得一个地位。毛泽东说:这不行。赫尔利说:这个协议将使你在大门里有个立足之地。毛泽东立刻回答他:假如你被反绑着双手,即使走进了大门,又有什么用呢?"

燕寅儿说:"精彩!"

黄炎培说:"我们六位参政员到达延安时,毛泽东等领导人都来迎接。我们出延安城南门,到达陕甘宁边区招待所,地名瓦窑湾,每人一间卧房,招待得很周到。到延安的第二天下午,就同毛泽东、朱德、周恩来、刘少奇等举行了正式会谈。大家十分融洽,畅所欲言。当我们谈到国共双方商谈的门没有关闭时,毛泽东风趣地接过话题,说:双方的门没有关,但门外有一块绊脚的大石头挡住了。这块大石头就是国民大会!他们同我们都一样,认为旧的国民大会不能代表民意,他们提出为着团结全国各党派及无党派代表人物,共商国是,应当召开民主的政治会议。"

童霜威说:"你同毛泽东谈了什么没有?"

黄炎培点头说:"啸天兄,你这问题问得好。确实是谈了,而且不止一次。有一回,毛泽东问我感想怎样?"

燕翘说:"你怎么说?"

黄炎培说:"我说:印象很好!不过,我想问你一个问题。他说,好呀,欢迎!"

姗姗说:"黄老伯,你问了个什么问题呀?"

大家都很感兴趣,一起静静听着。

黄炎培说:"我说,我生六十多年,耳闻的不说,所亲眼看到的,真所谓'其兴也浡焉''其亡也忽焉',一人,一家,一团体,一地方,乃至一国,不少不少单位都没有能跳出这周期率的支配力。大凡初时聚精会神,没有一事不用心,没有一人不卖力,也许那时艰难困苦,只有从万死中觅取一生。既而环境渐渐好转了,精神也就渐渐放下了。有的因为历时长久,自然地惰性发作,由少数演为多数,到风气养成,虽有大力,无法扭转,并且无法补救。也有为了区域一步步扩大了,它的扩大,有的出于自然发展,有的为功业欲所驱使,强使发展,到干部人才渐见竭蹶,艰于应付的时候,环境倒越加复杂起来了,控制力不免趋于薄弱了。一部历史,'政息宦成'的也有,'人亡政息'的也有,'求荣取辱'的也有。总之没有能跳出这周期率。中共诸君从过去到现在,我略略了解的了。就是希望找出一条新路,来跳出这周期率的支配。不知你们执了政,跳出这周期率的新路有没有?"

燕寅儿说:"啊,这个问题提得好尖锐呀!他怎么回答的?"她一直仔细听着,这时忍不住开口了。

黄炎培笑笑说:"他答得很好!他答:我们已经找到新路,我们能跳出这周期率,这条新路,就是民主!只有让人民来监督政府,政府才不敢松懈;只有人人起来负责,才不会人亡政息。"

燕翘和童霜威竟同时都点起头来。

黄炎培说:"我想,这话是对的。用民主来打破这个周期率,怕是有效的!"

童霜威放下饭碗,说:"回答得确实是好!现在,国民党已经腐化得非常可怕了!只是人民毫无监督政府的权力。可是,国民党的领导人恐怕既想不到这个答案也不会用这个答案。"

燕翘喟然长叹:"我已经老了,但血还是滚烫的!我是老同盟会员,老国民党人。当年愿意抛头颅洒热血,并不是为了一己的私利,而是为了民众。今天我也是这个态度,任它是谁,谁能使中国富强,不受列强欺辱,谁能使中国国泰民安,我就应该赞成它!谁不如此,我就应该反对它!但我到底又是老国民党人,不能不受党纪约束,这就使我常常心中痛苦了。"

童霜威劝慰说:"翘老,你的话使我肃然起敬。但我们虽老,责任犹在,是非曲直,为国为民,也不能以党徇私啊!"

黄炎培点头说:"是啊是啊,我与啸天兄有同感。我们虽老了,也还不太老。为国为民,一个党,不好,说它好,那不行;一个党,好,说它不好,也不行!要好好比较。这次延安之行,时间虽短,我认为会影响我今后。我的一些模糊的思想逐渐得到了澄清。我正在写一本《延安归来》,详细地把亲眼所见的中国共产党的施政政策和解放区的成就,写出来,让人知道真相。书可以由中华职业教育社国讯书店出版发行。这一次延安之行,可以说是胜读十年书了!"

燕姗姗说:"黄老伯!我想在报上发个简讯,就说您将写这样一本书出版,可不可以?"

黄炎培高兴地点头:"当然可以!你这是替我做做广告,我很高兴。不过,你别说在国讯书店出版,免得造成不必要的困难。"

家霆说:"黄老伯,根据你刚才谈的,我同燕寅儿合写一篇《黄炎培先生谈延安之行》在《明镜台》上发表,可以吗?"

黄炎培爽朗地点头:"可以,我不怕!不过要忠实于我的原话。"

家霆很喜欢黄炎培这种明快、爽气的性格。他这老年人,很有点青年人的朝气。

饭后不久,黄炎培告辞回去。童霜威也带了家霆同燕翘、姗姗、寅儿告别归来。在灯火闪烁的路上,童霜威说:"今天吃这顿饭收获不小!国民党本来是个庞然大物,但为什么现在声望这么低、处境这么差呢?共产党抗战初起时,经过十年剿共,力量已经削弱,为什么现在声望这么高、力量这么强了呢?人们应当从中得到什么启示呢?我记得你告诉过我,你忠华舅舅说过:国家民族的希望在那边!唉,我看,恐怕那是不错的。"

四

七月里,童家霆和燕寅儿都拿到了"民声新闻专科学校"的毕业文凭。两人有了《明镜台》这份刊物,倒也并不急于寻找工作,但学校里决定聘燕寅儿做助教,寅儿接受了聘书。家霆则进了姗姗大姐所在的报馆,在记者组做了机动记者。两人又都应邀为一些报刊写些通讯特写和文章,所以也都很忙。

一九四五年的八月,是胜利的八月!对在重庆的人来说,是一个激奋人心的终生难忘的八月!

童家霆怀着激动的心情,在这个酷热而不平凡的八月中,记下了下面这些天的日记:

八月四日，星期六

  四月里，罗斯福突然病故，杜鲁门继任美国总统，他曾悲哀地说：战胜日本还遥遥无期。那大约是从美军在太平洋上进攻塞班岛和进行琉球之战的艰苦性来判断的吧？塞班岛日军全部"玉碎"，战死到一个不剩，连家属也都自杀了。美军伤亡很大。琉球之战八十二天，美军第十军军长巴克二级上将以下四万六千余人阵亡，日军伤亡达十一万余人。如果按这种情况，要打到日本本土，促使日本投降，确实还有艰苦遥远的路途。但从七月中旬开始，斯大林、杜鲁门和邱吉尔在波茨坦开会，发出宣言要求日本必须无条件投降，宣告日本本土必须占领，战争罪犯必须审判，否则日本即将毁灭。从这开始，我感到日本帝国主义败亡的日子确实临近了。再打一年，和平总会降临大地了吧？啊！这场残酷惨烈而漫长的由法西斯主义和军国主义发动的战争哟！只要回想起来，就使人对战争厌恶而痛恨了。好的是，正义终于得到伸张，邪恶终于败退！墨索里尼先被吊死在意大利米兰，希特勒五月自杀于柏林。现在，日本帝国主义也必然逃不脱历史的惩罚！

  今天上午同爸爸谈论时局，爸爸认为：苏联对日宣战之日，当是日本投降之时。我认为这看法颇有见地。今天下午编《明镜台》第二期时，我对燕寅儿说：我想多采访些有识之士，写一篇有材料有论据的论文，题为《日本何时投降预测》，一定能吸引读者注意。她拍手赞成。后来，我把爸爸的看法告诉寅儿，她认为对。但她更乐观，认为没有苏联参战，有美国在太平洋上的进攻，加上中国正面战场和敌后战场的反攻，也能很快打败日军。我说："你的看法也有道理，但日本有一百万关东军在中国东北，这个问题如何解决？"她说："苏联出兵当然解决问题！但日本本土如果被进攻，士气也就垮了！"最后，我认为今年内，日本要投降，她则认为今年日本还不可能投降，但明年一定会投降。我们开玩笑地打赌。她提出：她赢了，我送一样她最喜欢的东西给她；我赢了，她送一样我最喜欢的东西给我。什么东西,大家现在都别说,到时候再说!我说:"行!"她最喜欢的是什么呢?我最喜欢的又是什么呢?有趣!

八月八日,星期三

今天报上二版头条登了两条新闻,引起人们关注:

美国对日使用新武器原子弹首次炸广岛

【中央社据美新闻处华盛顿六日电】 白宫今天宣布:杜鲁门总统所谓人类理想中最有威力武器的新式原子炸弹,已对日使用。这项具有宇宙间基本力量的新式武器,具有大于二万吨 T. N. T. 的威力,比英国十一吨"地震式"炸弹的爆炸力还多二千倍。在最近 B—29 式机五日攻击日本海军基地广岛时,已首次使用。……

【中央社据美新闻处讯】 东京广播,今天承认少数"敌"B—29 式机昨天在广岛所投原子炸弹,引起极大损害。日帝国大本营的公报说:"敌"B—29 式机昨日袭击广岛时,地面受创颇剧,敌方于袭击中,似已应用一新型炸弹,然损失详情当在调查中。

原子弹是一种什么样的炸弹呢?这种秘密武器威力有多大呢?

八月九日,星期四

八月七日,行政院长宋子文偕外长王世杰同到莫斯科继续与斯大林、莫洛托夫会谈,听说是协商中苏缔结同盟条约及苏联出兵进攻日本的问题。昨天我对爸爸说:"你所估计的事可能快出现了。"我对燕寅儿说:"我敢说,我们打的赌,你是非输不可了!"她"咯咯"地笑。后来,我们又一起谈了那种丢在广岛的新式原子炸弹的问题。报载那原子弹扔下去不到一分钟,出现了比太阳还要亮的闪光,一朵四万五千英尺高的紫色蘑菇云腾空而起,广岛大半已遭毁灭。杀人武器已经发展到了这样高的水平,有了这样杀人如麻的武器是能制止战争、消灭战争,还是能更残酷地制造战争、进行战争呢?我不禁思索着。

好消息纷至沓来。上午,报纸随报附送了"增张",刊登的是中央社伦敦八日路透电,标题是:

为缩短战争时间减少人民牺牲
苏联今日对日宣战
莫洛托夫昨天正式发表声明
苏联已参加中美英三国宣言

胜利的战讯急转直下!原子弹炸广岛和苏联出兵对日宣战,成了家家户户最关心的事。大家面上都有喜色,人人在谈论时局。在谈原子炸弹时,不少在重庆大轰炸时受过罪有过亲人死伤的人,都有一种报复的快感。但也有人觉得日本的和平居民不分青红皂白都做了炸弹下的牺牲品,心中不安。

时局的迅速演变,使我那篇《日本何时投降预测》无法定稿了。同姗姗大姐和寅儿商量后,决定撤去此稿,换题为《假如日本投降以后》,就此提出一些预测,主要是从国家政局出发,提醒中国人民必须注意制止内战危险,并希望国家走向民主团结。又加了一篇《投在广岛的巨型炸弹》的资料,实际是根据外电编撰的一篇有关资料,目的不外是吸引读者。

真不知道明天会有什么出人意料的重大新闻?

八月十日,星期五。深夜

早上读到报纸,美国继续使用恐怖武器原子弹,第二颗于九日中午投在九州的长崎。广岛死伤总数在十万人以上,长崎该又是这样了吧?长崎被炸,使我想到了欧阳素心的母亲。她母亲是长崎人,去世后葬在长崎。她的坟墓会怎样?我心里产生了一种辛酸的感觉。

傍晚太阳西斜时，就有人收到东京电讯，传说日本天皇已宣布投降，接着城里上清寺、牛角沱等处纷纷响起了炒豆子般的爆竹声。

接着，卖号外的报童，流着汗狂喜地大声叫喊着"号外！号外！"奔跑在街上。号外竟涨到一百元一张！我买到一张号外，看到"日本投降，战争结束"八个大字的黑体标题时，既出意外也在意中，我心上充满了喜悦和安慰，也充满了激动与伤感。

我飞一般地跑回家来。回到家里，就一把紧紧抱住了爸爸。我说："爸爸，日本投降了！我们胜利了！"然后，我的泪水"哗"地淌了下来！我看到爸爸也掏出手帕来拭泪。

街上，到处都是锣鼓、鞭炮、自发游行的人群，也到处有流着高兴而伤感的眼泪的人。

啊！一个世界似乎要被毁灭的年代得到了拯救！

啊！这漫长的八年的战争，虽然壮烈、伟大，实在也太使人痛苦了！现在，战争结束了，和平降临世界！现在，该是让日本军国主义者受到惩罚，让日本的好战分子进行反省的时候了！中国不仅是开辟反法西斯战场最早的国家，坚持到最后胜利的国家，又是在亚洲战场独当一面、蒙受战争的灾难最重、对这场战争做出了最大贡献的一个国家。中国的持久抗战，打败了日寇北进侵苏或与德军在西伯利亚会师的迷梦。同时也推迟了日寇南进发动太平洋战争的计划，给盟国战略以有力的配合。中国为此付出了伤亡两三千万人的代价。作为侵略者的日本帝国主义者，现在将把深重灾难的苦果带给日本百姓去吞食了。战胜日本，使我高兴。但想到无辜的反战的日本人，像上海开医院的那位冈田博士，也同样要受到苦难和屈辱，我不知该怎样才能正确表达我的感情。我不会说不要惩罚日本，但我愿宽恕这些无辜的善良、正直的日本人。

号外上说:日本外相东乡今日亲自访会苏联驻日大使马立克,表示日本政府已准备接受无条件投降。同时以照会一纸分致瑞士及瑞典政府,请其转致苏美中英四国,愿接受波茨坦劝降公告,惟一要求为保留天皇。

与此同时,百万苏联红军正以排山倒海之势四路攻入东北,关东军正在崩溃中。

傍晚,有自发游行的队伍出现在山城街上,千千万万市民都涌到街头。连珠炮似的鞭炮,海涛似的欢呼,狂热的鼓掌声与欢呼声,振奋了整个山城。我同燕寅儿遇到几个同学,大家也一同上街游行,像发了疯似的喊口号,像发了狂似的跳跃。寅儿哭了,我也哭了。我发现高兴得哭了的人很多很多。在胜利的同时却又感到悲哀,是什么原因呢?街上一吉普车一吉普车的美国军人,跷起大拇指,用右手或左手的食指和中指做成V字①,在市民的欢呼声中,也发狂地欢呼。有人跑上去,拦住车同他们拥抱。这使我想起了三年前的那个寒冷的一月里,在上海南京路上我见到的被日军用刺刀押着游行的美俘。共同的敌人打败了,胜利终于来到了!那些不幸的美俘那里去了?愿他们平安无事能返回家园!

从七点半左右开始,街上更热闹了,人水泄不通。每一处高大的房屋窗口都在燃放爆竹。"日本鬼子投降了!""日本鬼子也有今天啊!"一卡车一卡车的人,在欢呼声中驶过街头,街头拥塞着人,卡车只能缓缓挪动。上清寺的十字路口,四面到处是人群。许多美国兵和群众一起合唱《义勇军进行曲》,歌声与人群的欢笑声合成一片。美国兵有的用照相机给人群拍照,有的拉着中国的青年手挽手地大笑着叫喊:"顶好!顶好!"几个美国兵从一家酒店里出来,其中一个跌倒了,爬起来举着手里的酒瓶挥舞着大

---

① V字:代表Victory,胜利的意思。

笑,嘴里叽里咕噜不知说了些什么,眼泪却沿着脸腮流了下来。美国兵一定也都想家了!他们该可以回去了!

不认识的人也互相拥抱,一起呼喊口号。这八年,有多少伤心难过的事,又有多少人家因战争而失去了亲人!现在,一起从心里爆发出来了!是狂喜,也是狂悲。夜深了,我惦念着爸爸,将寅儿送到门口急着回去。但到家里,发现爸爸正独自在灯下喝酒。这样的事,过去从来没有过。我了解他的心情,劝他别喝了,给他泡了清茶,把街上的情况告诉他。他忽然眼眶里涌满了泪水,说:"杜甫的诗说:'剑外忽传收蓟北,初闻涕泪满衣裳。'写得真好!没有切身体会,是写不出的!"后来,闲谈时,谈到坚持民族的独立自由,谈到应当组织联合政府,谈到法国大批审判法奸已快结束,中国的汉奸必须严惩!谈到决不能让内战爆发,更谈到许多往事和死去的人还有欧阳。……睡前,他说:"你小叔军威可以安息于九泉之下了!我们又可以回南京潇湘路了。回南京后,我要去雨花台看看你妈妈的那块墓碑!"他睡已是半夜,我在写这日记,但他突然哼起来,我叫醒了他,问他怎么了,他说:"我做了个梦,梦见了寒山寺,听到了敲钟的声音。"我能理解爸爸。他这样说,使我心酸。抗战八年,我长大了!爸爸老得多了!值得欣慰的是他的思想并不老,爱国使他能跟上时代的步伐前进,外形虽老,精神却很年轻。

写完这些,已过子夜,外面爆竹声未断。上床后,因激动兴奋前思后想,恐怕是难以入睡了。

八月十一日,星期六

想念欧阳。每次追想,心就隐隐作痛。不愿多去回忆,可惜又不能忘尽前尘往事。要是人世真有一条忘川[①],就好了!她曾

[①] 忘川:希腊神话中的阴界河流,亡魂饮河水后,生前一切即遗忘净尽。

送我那张纸条,写着"天涯海角毋相忘",我怎么能忘得掉她?我相信她无论如何也不能忘掉我!此刻,她在上海怎么样了?她会徜徉在霞飞路上?她会到"白拉拉卡"再去坐一坐听听音乐?她会到法国公园去看看那棵苍翠美丽的雪松吗?雪松该又长大得多了吧?啊!环龙路上她家那幢布满爬山虎绿藤的房屋怎么样了?银娣怎么样了?

由于胜利,信件一定很快直接畅通了。我给银娣写了一封信,信仍寄环龙路原来欧阳家中。欧阳的父亲在日本投降的浪潮中,恐怕已逃跑躲藏起来了吧?愿银娣能收到这封信并且给我答复,告诉我一点欧阳的情况,也告诉我关于她自己的近况。

往事不堪回首。欧阳曾说:"人为什么不能用爱来代替恨?用和平来代替战争?用宽恕来代替杀戮呢?"于是,我们争辩了,谈论《战争与和平》时也辩论了。现在,抗战胜利了,今夜此刻她在哪里?她母亲的祖国因侵略而失败了,她父亲背叛了的祖国抗战胜利了!交夹在复杂处境中的她该是什么样的复杂感情。她死去了的母亲坟墓一定已毁于原子弹。她那落了水的父亲欧阳筱月面对日本战败会怎样?从忠华舅舅的话里感到:后来欧阳筱月似乎同忠华舅舅他们之间是有些特殊关系的,这是一种什么关系?弄不清更想不清!抗战胜利了!欧阳和我的爱情,现在却无影无踪。虽然我的心曾承受过她给予我的最温存最关切的欢乐,却使我留下了更多的寂寞和痛楚。一种淡然的逐渐远去却又变得更加浓烈的酸辛和爱情,这几天始终折磨着我。倘若在这胜利翩翩降临的日子里我能再见到她,倘若我能探测到她的"谜",该多好!今夜,我是多么想能立即有机会回到上海去,在人海中寻觅她的倩影。啊!恐怕又要彻夜难眠了。我常微喟地默诵起那样几句诗。当年,我曾将这诗朗诵给欧阳听的:

假如世上
所有欢乐都被带走

而只有爱情留下——
那也值得你为此而活着
假如一切都那么实实在在
而爱情犹如梦幻——
那我宁愿永远永远在睡梦中
而不被叫醒

今天上午,与爸爸同到歌乐山冯村舅舅坟前献了一束鲜花,爸爸和我都在坟前伤感地流泪了。坟上早已绿草萋萋,开着一种金黄色的雏菊。抗战胜利了,冯村舅舅什么也不知道了。

更想不到的是回来后,乐锦涛的太太派人来,说乐老伯前晚得知胜利消息后十分高兴,喝酒过于兴奋,突然脑溢血,送至医院,抢救无效昨上午去世。爸爸忙着去吊丧,回来后感伤不已。

八月十二日,星期日

《新华日报》载:八月十日朱德总司令向所有解放区军队发布命令:限期解除当地日军武装。八月十一日,延安总部连发五道命令,令八路军挺进辽、吉、热、察、绥,各解放区抗日军积极向敌占之城市交通要道进兵,迫使敌伪投降。

《中央日报》载:蒋主席一日之间发三道命令:第一道命令给所有部队"加紧进军""勿稍松懈";第二道命令给沦陷区伪军"维持治安""趁机赎罪";第三道命令给解放区抗日部队"就地驻防待命""不得擅自行动"。

两相对照,感到矛盾极大。无论如何,不让八路军、新四军行动,还让伪军维持治安,总是可笑的吧?敌后只有八路军、新四军,不让他们迫使敌伪投降,自己又不在那里,无力量却又要垄断,国共合作抗日如今却要独占胜利果实,局面岂不荒唐?内战会不会由此爆发呢?令人担忧。

日本无条件投降的消息传来后,市场激烈波动,物价狂跌。

黄金本来涨到将近二十万元一两了，猛跌到了十一万五千元一两。百货下跌百分之四十到百分之五十。五金、西药等价格也急剧下泻。许多发国难财或做投机生意的商人要破产，正经的商人也都大亏损了。

原子弹轰炸广岛、长崎的事和苏军在东北与日军激战的事，仍是人们的谈论中心。下午，同燕寅儿一起去同班同学刘长久家玩。刘长久进了《时事新报》做记者，请了我们几个同学去他家摆龙门阵吃麻油面。大家谈论起原子弹来。有人认为投掷原子弹不人道，太残酷，不应将日本平民百姓炸死那么多。而且苏联如果出兵，日本败亡是必然的事，从军事上说，无须使用原子弹。长崎的第二颗原子弹纯粹是多余！有人则认为战争本身就是残酷的，全世界已经死了几千万人，投原子弹促使日本无条件投降，看来似是残酷，实际并不残酷，它可以挽救大量美军进攻日本本土的牺牲，也可减少日本军民在本土被攻占时的大量伤亡。

我是大致同意前一种意见的，对这种大规模的不分青红皂白的毁灭性杀人武器感到太残酷。滥用这种武器屠杀妇女、儿童、老人和平民百姓，无论如何不可饶恕。何况，这样一来，掌握有这种大规模毁灭性杀人武器的美国，今后势必成了要凌驾于一切国家之上的太上皇！原子弹很容易成为强权政治的威慑力量！

爸爸同意我的意见。寅儿却另有一种乐天而新颖的想法，说："恐怕这以后，战争将变成陈迹了！战争将掌握在科学家手里了！"又说："以后也许不会再有战争了。有了这样厉害的毁灭性杀人武器，谁还敢胡乱发动战争呢？除非人类想毁灭世界，而这是傻子才会干的事！所以说，不会再有战争了！"说这话时，她是笑着讲的。可是我说："傻子还是有的！疯子也有！如果美国发动战争呢？谁不服从，就用原子弹来轰炸你，怎么办？"寅儿笑容就收敛了。

爸爸听我讲了寅儿的话后，发表感想说："依我看，这么大个世界,有不同的社会制度,有不同的思想指导,有不同的认识,战争是不可能完全没有的。只不过我们不应当悲观,应当争取为和平奋斗!原子弹确实可怕,但要炸光一个国家要扔多少?拿中国来说,这场抗战,锦绣河山半成焦土,日本在南京的大屠杀,比投原子弹还厉害,在重庆的大轰炸,也差不多等于投了个原子弹。但中国四万万五千万人民要抗战,不是坚持打了八年吗?靠一两个、三五个原子弹,也许能摧毁军国主义者崇拜武力的迷信,却是摧毁不了反侵略的正义之士的精神的!"

爸爸说得真好!特记在此处。

八月十三日,星期一

报载:昨日美、英、中、苏四国对日本的乞降照会提出答复,拒绝了日本保留天皇的要求,指出:"自投降之时起,日本天皇及日本政府统治国家的权力,即须听从盟国最高统帅的命令。最高统帅行使认为适当的权力,实施投降条款。"且看日本如何答复?反正,无条件投降是一定要实现的事了。

报载:麦克阿瑟以远东盟军总司令名义,对日本政府和中国战区日军下令,只能向中央政府部队投降,不得向共产党的八路军新四军缴械。这是美国的支持行动。不禁使我想到掌握有原子弹和大批现代武器和海陆空军的美国,今后势必要摆布中国的政事了!我们反对日本侵略抗战了八年,难道又要受美国控制指挥吗?

新闻界传言:军委会委任大汉奸汪伪行政院副院长周佛海、伪司法行政部部长罗君强为上海行动总队正副司令,并委任伪军庞炳勋为第一路军总司令,伪军孙良诚为第二路军总司令等等。我把这告诉爸爸,他很生气,说:"完全可能!杜月笙和戴笠到浙江淳安不就是去干勾搭的事吗?"由此,他想到了管仲辉,说:"不知他怎么样了?"又说:"沦陷区人民日夜盼望胜利,结果,骑在头上的仍是汉奸,岂不可悲?"

日来,爸爸出外看望燕翘老伯等一些友人,爸爸的友人来家谈抗战胜利及时局种种的也不少。大家对抗战胜利被日本侵占五十年的台湾也回归祖国感到欣慰。大家回顾往事,怀念着一些有不幸遭遇的亲友。在战争中饱尝妻离子散家破人亡之苦的下江人,都想早点回去。人的思想不同。爸爸的来客中,有的是坚决反共的,有的是狂热崇拜最高当局的,有的是进步的,只是对再打内战都不感兴趣,想早早回去过点和平日子是大家的心愿。但也都明白:战争结束之后,岁月艰难。何时能够回去?怎么回去?回去后可能庐舍早成废墟,住在哪里?又如何维生?

今晚有件怪事:爸爸展开那幅无字也无画的卷轴挂了起来,在桌前点了一支线香,也不明白他是在祷念还是在做什么?但我感到他的表情似在默哀。

八月十四日,星期二

一个人,必须学会对自己负责。生命本身并没有任何意义存在,但人可以利用自己的力量及所作所为来赋予生命意义。无用的生命只是早早的死亡而已。

我写这样一些话的原因,是今天突然知道:褚之班自杀了!

当我陪同爸爸去到他在枣子岚垭的新居时,他已在一具薄皮棺材中入殓。我看了看他在棺内的面容,忽然想到了鲁迅的小说《孤独者》中魏连殳入殓时的情景。褚之班安静地躺着,合了眼,闭着嘴,口角间仿佛含着冰冷的微笑。下巴的黑痣上的几根黑毛纹风不动。当然,褚之班同魏连殳是不同类型的人,但他也是个"孤独者"了。那个在哭泣着的年轻烫发女人,是他的临时"抗战太太",边哭泣边在骂他不该自杀。褚之班的新居,房子讲究,但已经属于债主了。天热,尸体得赶快下葬。丧事简单,许多债主还在为讨债争辩吵嚷。褚之班曾因为做投机生意变得相当有钱,但胜利的消息来到,他的黄金投机生意做得太大,一大笔西药生意也大跌价,使他一下子变成了大量欠债无法偿还的人,于是他自杀了。

他遗书说:后悔成了商人,但这是生活无奈才出此下策的。说他饱尝战乱流离之苦,本来抗战胜利理应可以回到上海与家人团聚,可是命运不济,生意亏蚀,无力还债,也无面目见人,只好以死解脱。信末注明:死后草草埋葬即可,但希望通知一下老友童霜威先生。他说,对爸爸有负疚之感,通知一下并无所求,仅是表示一点自杀前的感激与歉意而已。

抗战初褚之班在安庆同爸爸见面时的情景,他在河南界首接待我们时的情景,他从河南狼狈来到重庆投奔我们的情景,再加上他忽然成了富商忽而现在又成了光蛋自杀的情景,都在我脑际跑马灯似的出现。

悼丧回来,爸爸似乎有些伤感,我问:"褚的遗书上说对你负疚是什么意思?"爸爸说:"谁知道呢?他死都死了,但也许战前在南京时那次撒我传单的就是他吧?"

我又问:"他遗书上说后悔成了商人是什么意思?"爸爸说:"他本来是个法官,结果成了惟利是图的商人,利用战争发国难财,吃喝嫖赌,灵魂其实早已死了。人之将死,他后悔的也许是这一点吧?"

是呀,我想:人,在你有生之年,干你能胜任的对众人有益的工作并尽量干得完美,这是最重要的。如果无自知之明,或随波逐流去干不好的事,那就免不了失败。谁能想到:抗战胜利了,褚之班却自杀了!不过,这两天,听说生意人自杀的并不是很少。房东陈太太的男人,听说经商大蚀其本自杀未遂。陈太太虽是遭他遗弃的女人,却每天都为他叩头烧香求菩萨保佑。

傍晚,又有一件意外的事,收到陈玛荔派司机送来的信一封,内附请柬,是明晚胜利大厦舞会的。信上说:"久不见面了,《明镜台》我早看到！想找个好点的工作吗？很想同你谈谈。附请柬一张，是庆祝抗战胜利舞会，明晚来庆祝庆祝吧！"

我觉得还是不去的好！

八月十五日，星期三

宋子文在莫斯科签订《中苏友好同盟条约》，要点是：此约的签订在求中苏两国共同对日作战，直到完全战胜为止，并防止日本再度侵略。本约有效期为三十年。苏联向中国提供道义的、军事的和其他物质援助，尊重中国对东三省的完全主权的承认，中国对该地区领土和行政的完整。在外蒙举行公民投票，如民意赞成独立则中国承认外蒙独立等等。熟人中，有人说这个条约没什么重大意义，因苏联已经出兵；有的说，这条约苏联得了不少利益，很不值得；有的说，是拉拢讨好苏联对付中共的。

今天，日本天皇广播《停战诏书》，发布敕令。依我看来，虽宣布了无条件投降，但字里行间未承认日本所发动的侵略战争是一个不正义的战争，也不承认日本业已战败这一事实，而诿日本失败之过在于盟军的新炸弹与苏联的出兵。并在号召"建国"的背后埋下再图报复的用心。我认为对侵略战争采取不认账和不承认的态度，是危险的。日本人民必须认识到这一点。

日本天皇诏书广播后，中美英苏四国正式宣布接受日本无条件投降。

从傍晚开始，陪都山城又陷入大游行的狂欢。想去约寅儿一同游行，但路上人太多，挤去很困难，我就独自进入了陌生的游行人海中。人潮滚滚，锣鼓冬锵，鞭炮阵阵，口号声此起彼落。美、苏、英、法大使馆的汽车驶过街头，车头上插的各国国旗，受到群众夹道欢呼。美国兵也大批在街上，有的被群众围着拉手拍肩膀，有的手拿酒瓶递给中国人喝酒。美国人和中国人都用手指做出 V 字庆祝胜利。

游行回来,已是深夜,十分疲劳,十分兴奋,浑身汗湿,嗓子沙哑。洗澡换衣后,去看爸爸。爸爸说:他曾到陕西街看了一会儿游行,但血压高,心脏不适,早早就回来睡下了。

外边鞭炮声终夜响起,类似除夕,衬得家里分外寂寥。

八月十六日,星期四

《中央日报》今天刊登八月十四日的一封电报全文如下:

万急,延安

毛泽东先生勋鉴:

倭寇投降,世界永久和平局面,可期实现,举凡国际国内各种重要问题,亟待解决,特请先生克日惠临陪都,共同商讨,事关国家大计,幸勿吝驾,临电不胜迫切恳盼之至。

蒋中正未寒
一九四五年八月十四日

这邀请是真是假?《新华日报》宣称:中共已拥有一百二十万军队和二百二十万民兵,十九个解放区,拥有一百万平方公里的土地。难道要用将毛泽东诓骗到重庆的办法,像囚禁张学良似的囚禁他?还是要暗杀他?抑是估计他不会来重庆谈判,却假戏真做、制造空气、制造对自己有利的舆论?

今天,下午在家里同燕寅儿一起为《明镜台》下一期筹划稿件时,我笑着说:"'猫'!记得我们打赌的事吗?日本正式投降了,你算是输了吧?"

寅儿笑得开心,说:"是的,确实输了!说明你比我高明。"

"还记得我们赌的是什么吗?"

她摇着扇子说:"忘了!"

"我记得,你可赖不了!"

她哈哈地笑起来:"好像我说过,我赢了,你得送一样我最喜欢的东西给我!"

"对呀！可是你没这资格了，你输了！我说的也是：我赢了，你得送样我最喜欢的东西给我！"

她用扇子遮住嘴："可是，我没办法把你最喜欢的东西送给你！"

"为什么？"

"因为我知道你最喜欢的是欧阳。可是，我怎么能把她找来送给你呢？况且，她已属于别人，我想你不会……再说，她是军统的人，你难道认为这无关紧要？"

她的话出我意外，突然使我难过。而我忽然感到她也黯然神伤。我倒懊悔不该谈打赌的事了。我打岔地说："别开玩笑，我赌的是东西，可不是人！"

她严肃地说："家霆，不是开玩笑！你知道，我最喜欢的东西是什么吗？"

我摇摇头。

她说："我最喜欢的东西是你的感情。"

我感到尴尬。说实话，我不能不觉得她可爱。她确实是一个既美丽又可爱的女孩子。可是，我的心已经属于欧阳，我不能也不应该背叛欧阳，我更不应该给寅儿的感情造成损害和创伤。因此，我坦率地说："我这个人没那么好！我的感情对你不会意味着幸福！"

她摇摇头，开朗快乐而美丽的脸上笼罩着一点忧郁，说："不！你好！从你对欧阳，我就觉得你好。正因为你好，我才愿意需要你的感情！"

我哑口无言了，只能叹着气摇着头，说："'猫'，原谅我！我觉得你是一位非常好非常好的姑娘！但请理解我并且原谅我。抗战胜利了，回下江去的日子不远了。如果能到上海，我一定要找到欧阳的。我希望我们像现在这样，是最好的朋友，有最好的友谊。一位哲人说过：'欲望与感情是人性的发条，理性是统驭、调节它们的制动机。'我现在就是用理性在控制自己。我希望你幸福。正是这样,我更需要理智!"

她放下扇子说:"但是,我感到不幸福!"

我没有再说什么。临别前,我说:"我要送你一首小诗。"也不知为什么,我将陈玛荔放在针线包里的那首英文诗写下来给了她。这首诗,当初我看了两遍就背熟了。我很难确切说出这首诗的含义是什么,却又觉得它能表达一些我难以表达的意思。也许,这就是诗的奇妙之处? 为什么这样做? 我自己也不明白。我觉得寅儿当时看了诗脸微微红了,似有触动,又有感慨和向往。

八月十七日,星期五

胜利掀起的狂欢热潮过去了,引起冷静思索的沉重感随着时局的进展来临了。人们警惕到直面于中国人民面前的还是多么艰苦的前途,如何能使胜利果实成为真正人民的胜利还得多么努力!

今天《新华日报》登载了中国民主同盟在渝发表《在抗战胜利声中的紧急呼吁》,提出"民主统一,和平建国"的十项主张。将报纸给爸爸看了,他认为对,但说:"政治复杂,要实现恐怕路还长也不平坦。现在令人不安的倒是在受降和接收中,得到美国大力支持的国军很可能会同共军发生冲突。"

八月二十八日,星期二

十天之内,八月十四日、二十日、二十三日,三次电邀,昨天并由美国驻华大使赫尔利和国民党军委会政治部长张治中飞赴延安迎接。看来,毛泽东来渝是必然的了。

《新华日报》今天头条刊登了中共中央八月二十五日《对目前时局的宣言》,提出当前主要任务是巩固团结,保证和平,实现民主,改善民生,要求国民党政府承认解放区的民选政府和抗日军队,撤退包围与进攻解放区的军队,召开各党派与无党派代表的会议,成立举国一致的民主的政府,以避免内战,奠定和平建国的基础。

爸爸仔细研究了这篇宣言,认为意见都对,但国共双方的政见距离太远,恐怕很难取得一致。我与燕寅儿准备在《明镜台》上,以中立客观态度将这宣言作为报道介绍,不加评论。

寅儿兼了助教,又办刊物;我做了记者,又办刊物,两人都忙,但忙得充实、高兴。

今天,毛泽东下午到达重庆,姗姗大姐约我坐她的吉普同去九龙坡机场采访,将有一番紧张忙碌。我很兴奋。

八月二十九日,星期三

昨天是一个值得纪念的日子。我觉得这次采访虽然我还稚嫩,却是成功而且终生难忘的,是一次历史性的采访。感谢姗姗大姐给我这样好的机会。为了我去,寅儿作了牺牲。我要用笔记下详细的见闻,作为替《明镜台》写稿时的素材。

中午,烈日当空,重庆这个大火炉,热得叫人汗流浃背。姗姗大姐报馆的吉普车坐了好几个记者。我是硬塞进去的。到达西郊九龙坡机场时,机场上已经很热闹了。走进候机室,看了一看,外国记者比中国记者要多得多,摄影记者特别多。机场上警戒严密,美国宪兵之外,维持秩序的警卫极多。

看到了矮矮个子白发戴眼镜穿长衫拿手杖的参政会秘书长邵力子和他的夫人、剪齐耳短发穿黑旗袍的傅学文,高大个子高颧骨头发稀少的副秘书长雷震。也看到了民主同盟主席、留着灰白长须、戴顶黑色瓜皮小帽穿长衫拿手杖的张澜,还有"七君子"之一的身材瘦小留须的沈钧儒,高高胖胖的黄炎培,新从苏联归来的宽额潇洒的郭沫若和夫人于立群。姗姗大姐又指给我看了周至柔、章伯钧、左舜生、谭平山、陶行知等人,我也看到了程涛声老伯。八路军驻渝办事处和《新华日报》工作人员也都来了。姗姗大姐开始了采访,她很老练,认识的人也多。她让我同她一起采访邵力子,请邵谈谈观感。邵力子笑而不语。访问张澜时,他表示希望双方开诚布公地谈判。访问了黄炎培,黄说:"双方直接谈判很好,希望能谈得有成效。"

大家都在不断打听延安来的专机何时到达,机杨负责人说专机在十一点半起飞,大约三点钟可以到达重庆。机场上常有飞机起落,但却不是赫尔利大使的专机。过了三点三十分,两架飞机飞来,其中一架是草绿色的三引擎巨型机,机身上有美国的五角星标志,在低空盘旋后降落在机场上。我同姗姗大姐从休息室里跑出来,机场上足足有好几百人,外国摄影记者冲锋似的冲近前去抢拍镜头。

机门开了!机场上响起一片掌声。第一个出现在飞机门口的周恩来,穿的是他习惯穿的那套退了色的合身的浅蓝布中山服。但他瞬即去到后面让五十二岁身材高大的毛泽东主席出现在机舱门口。于是,我看到了毛泽东!他穿一套新的灰蓝色中山服,衣服宽大,头发较长,精神饱满,健康愉快,手里举着一顶考克帽,挥动着向机场上欢迎的人群招呼。照相机的镁光灯连连闪动,赫尔利陪着他下飞机。接着是张治中和周恩来、王若飞等。机场上洋溢着欢笑和掌声。

摄影记者包围着拍照、拍电影纪录片。中外记者一拥而上。欢迎的人们也包围拢来。我被人群挤得同姗姗大姐分开了。只见张治中给毛泽东介绍了周至柔,周恩来给毛泽东一个个介绍了不少人。毛泽东都微笑着一个个同他们热烈握手。记者们拥上去,我也拥上去递了名片,并且抢握到了毛泽东的手。我注意到,他左手的食指和中指是焦黄的。他一定吸烟很厉害。我听到他握手时用稳重的湖南口音对欢迎者一一在说:"很感谢!"我庆幸自己有了握手的机会,却又很懊悔当时自己太紧张,没能抓住时机提出一个简短重要的问题问一问，却看见姗姗大姐不知向他问了一句什么。姗姗大姐采访上到底比我老练成熟。

　　人墙围得太紧密了，记者们将欢迎者都排挤在一边了。忽然，周恩来在一边高声招手说："新闻界的朋友们！请到这边来吧！毛泽东主席有书面谈话在这里！"他手里高高扬着一个大纸包，记者们马上一窝蜂地拥到他身边了。他微笑着散发中英文的书面谈话。我也马上拿到了一张。这是油印的，原文不长，主要说：目前最迫切者，为保证国内和平，实施民主政治，巩固国内团结。国内政治上军事上所存在的各项迫切问题，应在和平、民主、团结的基础上加以合理解决，以期实现全国之统一，建立独立、自由与富强的新中国。

　　有的外国记者拿到了书面谈话，抢到了新闻，马上跳上吉普车飞也似的回去发报了。我将这份书面谈话放进袋里，看到毛泽东同许多各界来的欢迎人士握手后，同张治中、赫尔利、周恩来一起坐上了一列美国大使馆的小汽车，说是去曾家岩五十号张治中官邸桂园休息并进食。我看看手表这时正是四点整。听说晚上赴宴后，住化龙桥十八集团军办事处。

　　在回来的路上，我轻声问姗姗大姐："你向毛泽东提了个什么问题？"她轻声答："我问他在重庆打算住多少日子？他说：不能预料！"

　　姗姗大姐及时写了一篇《九龙坡机场迎接毛先生》的特写，拟发表在报上。她写得飞快，一千多字花了不到三刻钟。我给她补充了一些细节，她夸我记性好，眼光敏捷。

　　我将毛泽东的书面谈话带回家给爸爸看，并谈了机场的情况。他看了书面谈话，说："谈得比较原则，但也只能如此。一个独立、自由、富强的新中国，我们等待得太久，也太向往了！"

　　我和爸爸有同感。

五

童霜威万万想不到自己竟忽然有了出山做官的机会。

八月二十九日下午,李宗仁的重庆办事处处长杨忆祖突然笑容满面地来到余家巷看望。久不见面,大家表现得都很热情。杨忆祖忽然开口说:"霜老,我今天来,是奉德公之命请你出山的!"

童霜威事出意外,问:"忆祖兄,怎么回事?"

杨忆祖笑道:"德公已被任命为军委会委员长北平行营主任。行营直辖第十一、十二战区,包括河北、山东、察哈尔、绥远、热河五省及北平、天津、青岛三市,兼管军事、政治,建制上设有秘书长一职,德公认为汉中行营幕僚中尚无适当人选,只有霜老最是理想。想请霜老屈就此职,希望应允,等着我回电向他报告。"

事先毫无准备,童霜威心中对李宗仁的好意深为感谢,但觉得自己这三年来做个学者,颇为自在,尤其现在自己已决定走另一条路,再去投入桂系怀抱,政治主张势必格格不入,就犹豫了,说:"承蒙德邻先生厚爱,十分感激,只是德疏才浅,怕担当不了这一重任。请忆祖兄代为陈述,我婉谢了!"

杨忆祖说:"霜老,德公的决定是慎重的,遴选也是诚恳的。请勿过于推辞!"

童霜威又推辞了一番,杨忆祖仍旧纠缠。童霜威想:唉,这真是难以拒绝了!既然如此,就应承了吧!好在有这一职务,也并不能影响我的政见。我行我素,初衷不变。有此地位,说话做事更有影响和力量,也许可以更有些建树,如征求程涛声或忠华的意见,他们也会同意的。万一将来与李宗仁志不同道不合,辞去官职也很方便。因此,说:"既如此,烦请转告德公,恭敬不如从命,我就勉为其难,答应了!只是我本想将来回南京,这一来,又得去华北了!"

杨忆祖大喜,说:"我回去后立即电告德公。不过,行营秘书长一职尚须报请军委会审定,俟德公报请审定后,我当再来奉告。据估计,九月底应当前去履新,届时我当为霜老送行。"

杨忆祖走后,童霜威心情不禁激动,这种飞来的事做梦也想不到。家霆出外回来后,知道了这件事,说:"爸爸,这官不小,但您干不干似乎先同程涛声老伯商量一下的好,您说呢?"

童霜威点头,说:"我想他会同意的。我往泥潭里跳,他会反对;我入污泥而不染,而且仍不变初衷且可以有更大作为,我想他是会支持的。不过,你说得好,我应当去找他,说一说,谈一谈。"

他说干就干,马上去找程涛声。却也巧,这次,程涛声在家。谈了一番,果然不出所料,程涛声说:"啸天兄,你去,我赞成!"

童霜威是带着一种轻松的心情回来的。家霆看到爸爸时,感到他心情很好。他理解爸爸。

从这次李宗仁的借重中,童霜威又体会到了自己的分量,体会到了自己在当前这种时局中,理应继续有所作为,挺起胸来,昂起头来,而不应过于藏首露尾了。

事也凑巧,一周之内,童霜威料不到自己竟有机会两次见到了由延安来重庆的毛泽东。

那是八月三十一日,上午突然收到了中苏文化协会为庆祝《中苏友好同盟条约》签订并举行"苏联各民族生活图片展览会"而举行的鸡尾酒会的请柬。

是谁让发这请柬的呢?

家霆说:"可能是李宗仁要借重你的事传出去了,所以引起了重视,也不排除中苏文协会长孙科和副会长邵力子的邀请。他们都认识您。但也可能是程涛声他们?或是忠华舅舅他们通过什么关系提出了你的名字!"

童霜威沉吟不语,虽然认为儿子猜测的有点道理。

"这次会哪些人参加呢?"童霜威自言自语地说,"毛泽东会不会参加?"

后来,下午家霆从姗姗大姐那儿了解到:报上虽未发消息,举办方面也保守秘密,但新闻界都知道毛泽东要参加这个鸡尾酒会。姗姗大姐也应邀参加这个会。据说,会的规模不小,发了三百多张请柬,估计人都会去。时间是九月一日下午七点。但姗姗大姐说:"还是早点到的好!"

中苏文协在黄家垭口一带,那儿离观音岩纯阳洞不远。中苏文协是在一条巷子里。童霜威到达的时候,才六点二十分。汽车喇叭声、人声,响成一片。只见街巷里已经挤了很多人。街巷这边是中苏文协,对面是《中央日报》社,《中央日报》社门口也拥满人看。许多小汽车、吉普车都拥挤在带斜的坡道上,有的停在纯阳洞一带的街上。许多绿军衣带白底红字袖章戴钢盔的宪兵和交通警察忙着维护秩序,安排汽车停驶。

夜里,下过一场雨,天不很热了。这时,又下起霏霏细雨来了,地上是湿的,可是街边上仍旧挤满了观看的人。一家叫作"文风书店"的屋檐下,有几个姑娘捧着些鲜花,引人注目,那很可能是想向毛泽东献花的。

童霜威凭请柬进了中苏文协,中苏文协楼房是木造结构,木头加竹篱笆糊的灰墙。走上二楼正厅,见二楼上已经人挤得很多了。房屋也有点震动,但充满了欢笑声和谈话声。正厅中央,挂着中苏两国的国旗,还有花篮和鲜花,显得喜气洋洋。一些房间里,墙上布满展览图片。

童霜威发现,熟人不少。陪都的党政军要人,知名之士,文化、新闻、艺术界名流似乎都来了。他开始握手,有的简单地问一声好,有的则握一下手就过去了。苏联大使彼得罗夫、武官罗申都不认识,但都在门口握了手。他看到些熟人,有孙科、覃振、贺耀祖、吴铁城、王世杰、陈立夫……然后又看到了冯玉祥、陈诚、沈钧儒、郭沫若,还有孙夫人。他不想多招摇,拿过侍者托盘中的一杯鸡尾酒,独自走到一角靠窗口的地方作冷眼旁观者。

他忽然看到了程涛声。程涛声正同一个秃顶穿西装的人在谈话,他没有走上前去。

史良当年在上海时,曾以后辈学生的身份认识他,上来同他寒暄,然后走去同沈钧儒谈话了。他独自品尝了一口鸡尾酒。这酒该是用杜松子酒加上清水糖浆、柠檬汁和苏打水调制的吧?分层的色调绚丽好看,带甜味,爽口。

也不知为什么,他忽然想起了初到重庆时,随叶秋萍一同参加"林园"小礼堂那次鸡尾酒会的情况来了。宦海沉浮,曾几何时,叶秋萍已经成了一条被遗弃的走狗,失去了踪影。他对叶秋萍毫不同情,甚至还厌恶仇恨,却感到叶秋萍这种"小鬼"背后的"阎王"更加可怕!

燕姗姗不知从什么地方突然钻了出来,上来碰杯,亲热地叫了一声:"童老伯!"然后,又忙着去找人谈话了。

人,陆续在来到。芬芳的酒气与人们的笑脸显得和谐,使人开心,大家都满面春风。

七点钟刚过,楼下一片哄动。"哗哗"的掌声响了。是张治中和邵力子陪同毛泽东、周恩来和王若飞来了。大家都拥上去握手。童霜威也情不自禁地走上前去。

他看到毛泽东的脸上欢喜而感动,始终保持着温文尔雅的微笑。这张脸,在童霜威的记忆中还有印象。只不过那时年轻瘦削,颧骨高,现在丰满了。那是民国十三年,毛泽东在广州参加了中国国民党第一次全国代表大会,当选为国民党中执委候补委员后,由广州回到上海。当时他有中共中央的工作,双重党籍,又担任国民党中央上海执行部委员兼文书科主任和组织部秘书。童霜威那时在上海办报、做律师,颇有名望,同毛泽东有一次在国民党上海执行部见过面,虽仅仅是一面之缘,却留有印象。等到一九二七年"清党"以后,接着是对共产党的十年围剿,从未想到会再见面。而今天,却在这里有了见面的机会,人生岂不奇妙?他不禁想到"度尽劫波兄弟在,相逢一笑泯恩仇"的诗句了。

他看到司法院副院长覃振紧握住毛泽东的手,忽然流下眼泪来了。大约是想起了民国十三年时在广州参加国民党"一代"时的旧事?覃振并不喜欢共产党,但他恐怕不想再看到国共相残又来"剿共"吧?他看到冯玉祥两手握住了毛泽东的手,看了又看,然后拿过一杯侍者敬上的鸡尾酒,说:"你来了!中苏友好条约缔结了!来来,让我们为中山先生的三大政策干杯!"他那洪亮的声音大家都听得清。

他俩碰杯。毛泽东举杯一饮而尽。冯玉祥忽然也悄悄摸出手帕来拭泪了,是忧国忧民之泪啊!

许多人都在同毛泽东握手、碰杯。

童霜威也上去握手、碰杯。毛泽东一样是点头微笑和握手。他发觉毛泽东已记不得他了!他也不愿在这种场合作自我介绍,握过手、碰过杯就走到了一边,心里想:多少人在期待着中国的和平、团结和民主啊!但愿中国能够前进,能够兴旺,能够富强!

他看到周恩来陪伴着毛泽东。这个能干的风度翩翩给人印象非常好的中共领导人,在毛泽东身边表现得格外谦虚尊重和忠心耿耿。苏联大使彼得罗夫同毛泽东碰杯并且干杯,说了些什么,从笑容看说的必然是一种庆祝和祝贺的好话。向毛泽东敬酒的人很多。毛泽东的酒量很大,脸上泛起了红晕。他态度从容地边观看展览边同人谈话。

冯玉祥上去说:"不能再喝了！今天你喝得太多了！"

毛泽东亲切地微笑着,似是回报他的好意。人太多,楼房质量不佳,楼板常常颤动。

人越来越挤,时间过得特别快,不知谁在宣布,说:"晚间八时,毛泽东先生还要赴吴铁城秘书长的宴会……"

童霜威看到毛泽东开始向大家告辞了,由周恩来、吴铁城同警卫人员等陪同着,挤着走向楼梯口。又是许多人拥上前去一一握手,又有不少人正从楼梯拥上来。握手的人说些什么听不清,反正总是一些亲切的告别语吧。周恩来等好不容易才挤开一条出路,毛泽东被引到楼后侧门边一条深长的胡同口,估计从那里可以下去上汽车。有些人一直送到门口,童霜威却没有送。天色已经渐渐暗了,看看表,七点四十分。小雨似乎还在微微飘洒。但外面街上等待着看一看毛泽东的人仍旧挤着、等着,可以听得到毛泽东下楼出门后,街上情绪沸腾的人潮里响起渐次模糊而遥远的掌声和人声。

那晚回家,家霆问:"爸爸,您对毛泽东的印象怎样？"

童霜威说:"印象不错！他是个懂政治懂历史的人。敢来重庆谈判,就是大智大勇,也是有谋有略。中共今天已成中国第二大党,又有那么多军队和地盘。他来,是为国家统一、民族独立,抱着化干戈为玉帛之心来的。如果不来,有人就可以把发动内战、破坏团结等等罪名都往中共身上推了！可是他来了,打出和平、民主、团结的大旗,雍容自如,稳重和蔼,豁然大度,面带微笑而胸有城府,确有领袖才能。他能争取到人心,就一定能成功。"

家霆问:"爸爸同他握了手吗？谈了话没有？"

童霜威笑了,但不是愉快的笑,说:"手是握了！可是,二十年前也只见过一面。后来他成了举世瞩目的人,我才记得他。至于我,他早不会记得了。在那个会上,显要太多,我的脾气你该知道,围着他的人很多,我何必瞎凑数。我一直在一边站着作壁上观。我发现像我这样的人也并不太少。"

家霆听得出爸爸心中的不快。爸爸既清高正直又摆脱不了名誉地位的束缚。有时触景生情就会处在这种不得已的矛盾心情中,笑着排遣说:"爸爸,你又发牢骚了!你不是说过:以后,要多为国家民族考虑,少为自己个人打算的吗?"

童霜威似乎被提醒了,又似乎是自我的醒悟,哈哈地说:"对对对,对对对!"

第二天,九月二日,日本投降签字仪式在东京湾内的美国军舰"密苏里号"上举行。第三天,九月三日,重庆举行庆祝抗战胜利大游行,大约有五六万人参加游行。山城沸腾,街道堵塞,爆竹、锣鼓声响彻云霄连续不断。国共和谈正在继续进行。童霜威父子沉浸在胜利的欢乐与对国家和平与进步的期望之中。每天,都关心着阅读报上的新闻,而且都是从《新华日报》《中央日报》外加《大公报》等几份报纸的比较阅读上来取得信息,进行判断和估计。

复兴大学九月初开学,九月五日,童霜威去北碚上课,九月六日回到重庆家里。九月七日下午,他忽然想到上清寺康庄二号冯玉祥那里坐坐谈谈,了解了解和谈的进程。他不想在冯玉祥处吃晚饭,给人添麻烦。可又觉得去的时间最好是在吃饭时间。这时间主人多数在家,而且晚上长谈最好,于是叫家霆让侯嫂做碗面吃了当晚饭,就远远赶到上清寺来了。

到时,已是薄暮时分。冯玉祥见到他来,在客厅门口迎接,显得很高兴。请他坐下后,说:"啸天先生,有什么事吗?"

童霜威说:"为抗战胜利高兴,为国家和谈关心,到你这里,是想听你谈谈的。"

冯玉祥仍旧坐着他那把可能是特制的大藤椅,说:"好呀好呀!

你的高兴正是我的高兴！你的关心也正是我的关心。"忽然爽朗地说："这样吧！今晚你在我这里便饭。有客人来,我们就一同谈谈。"

童霜威这时才感到自己疏忽了。刚才,进门时,副官的态度有点犹豫。进客厅时,冯玉祥问了"有什么事吗？",冯玉祥的个儿高大,挡住了圆桌,故一时没有注意。今天,这客厅里有点异样,摆了鲜花,而且那只圆桌上已经摆了筷碟,是宴客的模样,自己怎么能这么不礼貌不识相呢？

童霜威看看手表,马上站起身来,说："啊啊啊,今天冯先生宴客,我来得不是时候了,我是吃过晚饭来的。这样吧,我们改日再谈！"说完,起身就要走。

但,冯玉祥上来,用大手一把拽住,诚恳朴实地说："哈哈,你就别走了！我一讲,你就不会走的。今天,我请了毛润芝和周恩来,作陪的是张治中。这下你来了,连李德全我们就六个人,正好谈谈。而且,我记得,你从前好像同毛润芝也是认识的吧？"

童霜威还是想走,说："二十年前在上海仅仅不过是一面之交。今天,你们应当好好谈谈。我还是改天再来吧！"说完,仍旧坚决要走。

但,冯玉祥是真心诚意地留客,说："不走不走！一定留下！"

这时,李德全也出来了。这位个儿高大戴着眼镜态度亲切热情的冯夫人,同童霜威握手,也热情挽留说："童先生,请一定别走！"

见他夫妇十分诚恳,而且,这时,外边有汽车声,要走也迟了,只见一个副官进客厅通报,说："毛先生他们到了！"

冯玉祥拉着李德全,也对童霜威说："走走走,去欢迎他们！"

童霜威也只好跟着同去。冯玉祥兴奋得满面生辉,同李德全、童霜威一道,跨下台阶。他在前面忙不迭地冲向大门。在大门口,一辆黑色轿车在前,后边是一辆中型吉普,上边坐着些负责警卫的宪兵。黑色轿车里下来了毛泽东、周恩来和张治中。冯玉祥和李德全脸上带着喜悦的笑容,迎进了毛泽东、周恩来和应邀作陪的张治中。童霜威也点头招呼表示欢迎,心里觉得今天来得真不是时候。

大家握手。冯玉祥和李德全当先陪毛泽东和周恩来跨上台阶进了客厅。张治中是认识童霜威的,同童霜威一起跨步跟进,对童霜威说:"童先生好!听说你在复兴大学很受学生崇拜?"

童霜威摇头说:"哪里哪里!"心里却在嘀咕:我何必留下吃这顿饭呢!他们一定奇怪为什么冯焕章要请我作陪了,暗自决定找个机会要说明一下。

大家在客厅里坐定。李德全忙着与副官一同敬茶,冯玉祥特地又给童霜威向毛泽东和周恩来介绍,说:"童霜威先生,法界名人,复兴大学教授,忧国忧民之士。我们是很谈得来的老朋友了!刚才他来看望我,我就硬留他下来作陪了。毛先生,说起可能你还记得吧?你们二十年前在上海曾经见过的。"

童霜威连忙补充一句:"民国十三年在国民党上海执行部。"

毛泽东也许是记起了,也许是没有记起,但点头含笑说:"真是,老朋友二十年不见了!过得真快哟!"

这口湖南话说得很亲切,使童霜威听了受用,说:"是啊,是啊!"心里不禁感慨起来:这二十年,国共两党由合而分,由分而重合,然后是似合似分,如今又在和谈。人事沧桑,多少鲜血,多少教训,怎么说得尽又怎么说得清啊!

张治中似是要造成一种祥和融洽的气氛,忽然像发现秘密似的朝酒席桌上看,近视眼镜下的两眼泛着笑意,他那带有安徽巢县尾音的国语很好听,说:"酒!居然有酒!这可是一件新闻了!"他向毛泽东和周恩来说:"我与焕公是安徽同乡,又都是巢县人,又在一起相处多年。他家里摆酒请客,今天还是破天荒第一次!"

毛泽东听了,笑着表示感谢。

童霜威看到放在圆桌上的是贵州茅台酒。

冯玉祥挥着大手,笑着说:"我这是破例招待最尊贵的客人!毛先生是初次来重庆,周先生是以豪饮闻名于山城的。不备酒岂非太不恭敬了!"

大家都笑。

毛泽东掏出烟来,十分风趣地笑着对冯玉祥说:"我听说冯先生向来反对人抽烟,也不用烟待客。可是今天我要违反先生的纪律了!"他要擦火柴点烟。

冯玉祥说:"你是贵客,请随便吧!今天我烟也备好了!"大家又笑。冯玉祥拿起香烟,又劝让在座的人进烟,但却没有人吸。

冯夫人李德全来请大家入座。她忙着亲自照顾菜肴,也是有意让冯先生和客人多谈谈,自己将大家请入座位后,又去后面忙碌了。

主客分别就座。冯玉祥命副官打开酒瓶的瓶塞,顿时,茅台酒香从瓶口飞溢出来。冯玉祥亲自给客人一一斟满酒杯,却空着自己的杯子不斟,说:"喝酒的事吗,我主张各尽其能,能者多劳。不能喝的,就不勉强!"

周恩来风趣地说:"这当然客随主便啰!"

大家都笑。

童霜威笑着说:"我只能象征性地举杯敬客!喝酒我不行,我赞成冯先生这提议。"

冯玉祥举起酒杯来,说:"毛先生毅然飞抵重庆,参加国共谈判,若不是一心为国为民的大德大智之士,决不会有此壮举!我冯玉祥十分钦佩!这第一杯酒,先让我敬毛先生!"

毛泽东笑着举杯欠欠身子,谦逊地说:"不不不,冯先生!不敢当！这第一杯酒,让我们大家一起庆祝抗战胜利吧!"

他这提议,立刻得到了全席主客的赞同,大家起立端起酒杯,频频点头碰杯。张治中却忽然说:"焕公！你那酒杯可是空的！就是象征性,也该有点酒嘛！"

冯玉祥笑了,点头说:"对对对！我当然要喝！"他回头对副官招手说:"来,给我斟酒！"

副官将一只斟满的酒杯递给冯玉祥。他高高兴兴地先同毛泽东、周恩来碰杯,又同张治中、童霜威碰杯,举起杯来,出人意外地仰面一饮而尽。

张治中带头拍起了手掌,说:"好！好！难得！难得！"

童霜威只微微饮了一口。茅台真香,但他不敢多喝。

为抗战胜利干了第一杯后,接着,冯玉祥又提议为欢迎毛先生和周先生光临干第二杯。周恩来更热情地提议:"和为贵！"预祝国共两党谈判顺利成功干第三杯。副官一直为冯玉祥斟酒。冯玉祥又亲自为大家斟酒。

席间的气氛越来越和谐、热烈了。

童霜威坐在周恩来和冯玉祥之间,每次干杯,他都只饮一小口,这时周恩来找话同他说:"童先生不能喝酒?"

童霜威故意风趣地说:"是的,一喝脸就红,再喝就要醉。"

周恩来笑了,忽然亲切地说:"同童先生虽少见面,但早听人谈起过你。你在上海坚决不做汉奸冒险来到大后方,我也是久仰的了！大作《历代刑法论》,我虽未能拜读,但听读过的人说,写得极好！"他浓眉下眼神十分真诚。

童霜威万万料想不到,周恩来会讲这样一番话,心中感动,不禁想:怪不得他们能日渐成功,他们的工作做得真好！忍不住轻声说:"周先生,毛先生来谈判是身入虎穴,我一直担心,总想起鸿门宴的故事。你们从容自若,真是不胜敬佩之至！"

周恩来也轻声说:"俗话说:'不入虎穴,焉得虎子!'这'虎子'就是和平!中国今天只有一条路,就是和,其他的一切打算都是错的!"

这时,冯玉祥在问毛泽东:"这几天谈得不错吧?"

毛泽东仍旧是含着笑,说:"道路曲折,前途光明。今后应是和平发展、和平建国的新时代,必须团结统一,坚决避免内战。除此方针之外,任何方针都是错的。"

他没有具体回答谈得怎样,却揭橥出了在谈判的一种指导思想。大家听了,都点头说对。童霜威觉得他和周恩来说的话要言不烦,说得都中肯、诚恳。

周恩来补充说:"我们是为和平、民主、团结在奋斗,希望实现统一富强的新中国。毛主席来后,同蒋先生已经见面并直接谈过三次了。我们是有诚意的。今天谈判休会,整个下午,毛主席先同英、法大使谈了话,又参加了加拿大大使欧德伦的招待茶会才来的。"

童霜威琢磨着毛泽东和周恩来的话,心里想:讲话都很有分寸,但也都能耐人寻味。毛泽东说的:"除此方针之外,任何方针都是错的。"显然指的是要发动内战,用打的办法解决的方针。周恩来说的:"我们是有诚意的。"显然指的是另一方并没有诚意。

毛泽东谈笑风生,举杯为冯玉祥祝酒,说:"同冯先生还是这次到重庆才第一次见面的,但就像是老朋友一样亲切。冯先生抗日上的贡献很了不起。愿冯先生继续为国共两党的合作而努力!"说着时,他也同童霜威碰杯,那意思是:这话同样是对童霜威说的。

大家闲谈起来。从中国的过去谈到现在,从现在谈到将来,气氛欢快。

冯玉祥举杯对着张治中说:"文白,从前我没请你喝过酒,今天请你开怀畅饮!希望你为和谈好好尽力,给人民做件大好事。我敬你三杯!"

张治中笑着说:"焕公赐酒,我怎敢不喝!只是,焕公你……"

"我可以奉陪!"冯玉祥对副官招手,"不但敬你一杯,还要干三杯!"

大家虽笑,都很吃惊。冯玉祥平日滴酒不饮,想不到他有如此海量。副官斟酒,他果然举杯连饮三杯。

张治中干了三杯,脸和脖子都红了,摇头说:"焕公总说不会喝酒,其实用大斗来喝你也不怕,我是甘拜下风了!"

大家都笑。童霜威也很吃惊,看看冯玉祥,面不改色,谈笑自若,大将风度,又在给毛泽东和周恩来敬酒了。

边吃边谈,大家又谈了些重庆的天气和名胜等等闲话。后来,冯夫人李德全来上席陪同吃饭了。

周恩来说:"今天把你忙坏了!"

毛泽东也含笑说:"菜的味道很好啊!"

一个副官盛了饭端来递给毛泽东时,毛泽东侧身接过来,平易地看看副官,问:"你好大了?"他这是找着话在说,不摆架子。

副官回答完毕后,冯玉祥介绍说:"他叫郑继栋,是我早年的老友郑金声的儿子。郑金声北伐时在一九二七年十月九日,亲率第八方面军五万余人向鲁军进击时,不幸被人出卖,军阀张宗昌劝降不从,杀害了他,我就把他儿子留在了身边。"

毛泽东望望冯玉祥,点点头,又望望在座的人,两眼炯炯有神,伸出左手像数着指头似的先屈起大拇指,又屈起食指,说:"清王朝杀了多少革命党人,结果它垮台了;各路军阀杀了多少革命志士,结果也一个个身败名裂了!革命的火是扑不灭的!革命的人也是杀不绝的!"他右手一挥,做了一个有力的手势,"穷兵黩武者要磨刀杀人,但革命者是不怕那一套的!"

他脸上又露出那种使人难忘的笑容来了,但话语的严肃,震动听者的心。大家都懂得他说的这番话是什么意思。

童霜威不禁想:一个人总该向前走,选择正确的路向前走。即使走错了路,赶快回过来再往正确的路上跑也不为迟。能这样,就不会落伍;能这样,才是一个受人尊敬的人。拿冯玉祥来说,他走过曲折的路,就拿同共产党的关系来说吧,北伐之前,西北军中就有共产党人,正因为有共产党人,西北军的精神面貌很好,打了不少胜仗。可是,后来,蒋冯合作,驱走了共产党人,西北军从此就一蹶不振。冯玉祥今天会不会想起这段经历?不过,从共产党人的态度看,他们还在创业,他们正在拼命团结更多的人,他们似乎是不应也不会记住前嫌的。冯焕章性格鲜明,是个怪杰。他爱国、爱百姓!他选择了自己所走的道路。依我看,他选择得是对的!

后来,席散了。毛泽东、周恩来与张治中一同先辞去了。童霜威让他们先走,接着,最后也要走了。临走,同冯玉祥握手时,说:"看你毫无酒意。今天,我也领教到你的酒量了!"

谁知,冯玉祥哈哈笑了,说:"你可别误会了,我老实告诉你吧!我喝的跟他们的不一样!我喝的是——白开水!"

晚上,从冯玉祥家里回来,家霆告诉童霜威:"杨忆祖来过,等了一会儿,就走了,留下一张条子。去北平行营的事不成了!"

童霜威看杨忆祖的留条是:

霜老赐鉴:

  前谈之事,经报送当局,未获核准,德公深感遗憾与歉疚,故特奉闻,诸请谅宥是幸。顺颂
大安

        忆祖 敬留
         即日

童霜威看完杨忆祖的留条,一笑置之,说:"看来,我已成了他们注目的人!这倒也好,我走自己的路的决心更大了!"

第七卷 时局阢陧，巴山夜雨恃风雷

（1945年9月—1945年12月）

经过八年抗战，日本侵略者造成的严重创伤，和国民党腐朽法西斯统治造成的危害，使国统区人民生活在水深火热之中。为了生存和国家的兴亡，他们不得不起来斗争。在那难忘的岁月里，多少有识之士和进步青年，曾可歌可泣地在寻找真理和奋斗的途径。走历史必由之路，这就是他们在实践中得到的结论，经过新民主主义进到社会主义，当时是近代中国在历史提供的现实条件范围内所作的最佳选择。

——摘自创作手记

一

　　姗姗大姐在家霆印象中,是个十分能干的女记者。这些年来,新闻事业就是她全部的生活,新闻界就是她的家。

　　她说她是个自由主义者,不偏不倚、无党无派。接近多了以后,在家霆的感觉上,她好像是在用这种身份取得安全。她讲话和写文章,都不爱用很激烈很露骨的语句。她的文章,在朴实而平和的语调中,常常既不冒犯当局,却又使思想进步的人感到可读,引起思索。姗姗大姐依靠她父亲的地位与关系,依靠她自己的才干与能力,广泛结交很多上层、中层各界人士。她人缘好,在外边这样,在家里也这样。就是燕东山,对姗姗也十分佩服。自从大嫂自尽后,燕东山开始戒酒了。姗姗大姐常拿书报给他看,他们很谈得来。在外面,姗姗大姐神通广大,消息灵敏,像个"路路通"。采访时,老练而迅速,善于提问、归纳,富有新闻头脑。在新闻界,许多人叫她"燕大姐",她这个女采访主任报社里依为台柱。在新闻圈子里,被人目为"一流记者"。家霆同她接近,学到很多东西,燕寅儿也一样。所以家霆和寅儿有机会就跟随姗姗大姐参加一些活动。

　　自从毛泽东到重庆后,国共和谈在进行,虽然《中央日报》有时故意压低调子,常把这方面的新闻不放在显著地位刊出,但不少报社的记者都把跑和谈新闻当作头等大事来抓。家霆在姗姗大姐手下做机动记者,寅儿用《明镜台》社长的身份,有时也一同活动:到曾家岩"桂园"采访,到化龙桥红岩村第十八集团军驻渝办事处采访,到民主人士常常在一起聚会的上清寺"特园"采访,到国共两党代表商谈地点之一的中四路德安里一〇一号军委会侍从室采访,采写人们最关心的消息。

家霆注意到:姗姗大姐写的新闻报道和文章不多,也不长,总是写得重要、中肯,让人无辫子可抓。

比如,在有一篇采访几位不愿披露姓名的参政员的访问记中,文章最后,姗姗大姐写道:"记者问:有些人把国共谈判看成是两党之间互争权力。因此,得出悲观结论,说谈判难以成功。也有人认为国共谈判,所争的是民主与非民主的问题,是中国人民能否得到应有的民主权利和已经得到的民主权利能否保持的问题,所以谈判才分外困难。因为这是两种不同的政治主张之争,决非私党私人之争可比,不知这两种看法哪种正确? 这几位参政员一致说:国共谈判,当然绝非私党私人之争。正因如此,不管谈判中遇到多大困难,都必须克服。因为和平建国是全国人民所要求的。中国只需要这一项方针,不需要其他方针。如果了解了国共谈判这个基本关键,对于谈判中间的重重困难,就不会惊奇了。既不会空洞乐观,也不会徒然悲观。"

这样写,既像保持了客观态度,又实际揭示了正确与错误的两种看法,十分老练,也扼要抓住了读者关心的问题,明确批判了糊涂认识,提出了正确态度。

从姗姗大姐的采访到写稿上,家霆都向她学到了很多本领。《明镜台》每期集稿后都送给姗姗大姐过目定稿。她看稿很仔细,有时甚至开夜车。每每改一个题目,删改几句话,间或还抽换一篇稿。然后会侧着脸问家霆:"你觉得这样好吗?"这里有谦虚和尊重人,更寓含着一种指导。家霆聪明,感到姗姗大姐的改、删、换,常常主要是从刊物的存在考虑。一些空泛的偏激的标题或文字,会招来不必要麻烦的语句,她凭自己的多年新闻工作的经验和政治敏感,做了一种粉饰遮掩式的小改动,但却绝不删去那些原则性的、进步的内容。只不过常在必要时,用"中立""公允"的态度,用一种"自由主义"的方式,宣扬进步思想。

姗姗大姐在采访时,在同一些新闻界同业在一起时,却是个几乎绝口不谈政治却只谈生活的人。你只听到她同别的记者在一起亲亲热热、和和气气谈天气、谈衣着、谈吃、谈电影、谈话剧……对《中央日报》《中央社》或《扫荡报》的记者,她同对《新华日报》或对《大公报》《时事新报》等的记者一样交往。这种时候,她那种自由主义者的态度似乎表露无遗。她的表情、态度、语气,都没有"左"的表现、"红"的表现。

家霆渐渐有一种直感:姗姗大姐越强调自己的"自由主义"和"中立",越感到她不是一个简单的女记者。她曾坦率地向家霆和寅儿说过:"我那种避免麻烦的处世方式,虽不得已却十分必要。你们也应当学我!"在家霆和寅儿面前,她较少隐讳一些政治观点,虽然常常仍是以自由主义者的面目表露,却使家霆每每感到她与忠华舅舅、冯村舅舅是类似的人。

姗姗大姐给《明镜台》写过一篇短稿。稿短分量重,写得巧妙有趣。说明她有灵敏的"新闻鼻",也有一支生花妙笔。这篇短文,是她参加了一次文化界庆祝抗战胜利晚会后,即兴抓了好题材赶写了给《明镜台》发表的。她随意起了一个笔名"禹济哉",实际是"女记者"的谐音。短文不过七百字:

你认为哪个谜底对?

——苏武还是屈原?毛遂还是蒋干?共工如何?

打灯谜是一项有益智慧的文字联想游戏,猜射方法和我国汉字的特点、语言的修辞紧密关联。灯谜涉及的知识面广,包罗万象,囊括巨细,应当构思巧妙、简洁明快、妙趣横生。日前,参加文化界一个庆祝抗战胜利的同乐晚会,其中贴在纸灯上的一个灯谜:"抗战胜利——打我国古代一人名。"引起许多人注意。因为猜中者有重奖,大家群起而猜之。

甲先生猜是"苏武",因为苏联武装力量出兵东北,打败百万关东军促使日本无条件投降,抗战遂胜利。

乙女士认为应是"屈原",因为日本的屈膝投降与原子弹炸广岛、长崎有关。日本是屈服于原子弹的威力,抗战才胜利的。

丙先生反对,认为应是"蒋干",理由是抗战胜利全凭蒋主席的劳苦功高努力苦干所致。

丁先生说既然如此,说是"毛遂"也一样。因为毛泽东先生坚持抗日,领导各根据地军民抗击了大部分侵华日军和几乎全部伪军,终于使抗战胜利遂了人民心愿。

但,结果爆出冷门。拿出谜底来看,却是"共工"!"共工"者我国历史上传说"共工怒触不周之山"中古人之名。这次抗战胜利是由于全世界反法西斯力量的共同努力工作才获得的。谜底与谜面非常吻合,概括性强而又意思全面。

只是,也有个别人认为"共工"这个名字中的"共"字与"共产党"的"共"字相同,怕误会成是共产党的工作造成了抗战胜利,表示异议。但大家多数都能同意,认为谜底定为"共工"合乎实际并无不妥。

特将这次猜谜情况记下,供君赏玩。不知你以为如何?

(禹济哉)

家霆很喜欢这篇短文,短文内含的意思比字面所要表达的多得多。看似一次客观报道,事情也不过是打一个灯谜,其实政治性极强。当《明镜台》第二期出刊后,这篇小文章写的打灯谜的故事立刻不胫而走传遍了山城,到处都在传诵这个灯谜。有这篇短文,这期《明镜台》竟很快销售一空。

同时,发生过另一个故事:在国府大礼堂,举行过一次庆祝抗战胜利的晚会,演出京剧《群英会》。戏上场时,喜爱京剧的蒋介石恰巧刚入座观看。台上的周瑜正在传令:"有请蒋先生!"门帘掀开,青衣儒巾的白鼻子小丑蒋干,在"当!当!"的小锣声中,一步一颠走上台口。气得台下的"蒋先生"一脸怒气,起身匆匆离场走了。听到这件事的人都当笑话讲。一天,谈起这件事时,燕姗姗拿这事作例说:"这事很可笑。虽然有趣,却不能用。一是意义不大,二是如果《明镜台》用了必然引来麻烦。这同打灯谜那件事不同。打灯谜那件事的意义,读者可以体会得到,特务却难抓辫子。我们完全可以用中立客观的态度来写。这件事牵涉到蒋,情况就不同了!"姗姗大姐日常就是这样在指导着家霆和寅儿办刊物的。家霆和寅儿学到不少本领。

　　人和人之间,通过越来越深的接触就能逐渐了解到对方的内心活动和灵魂深处。家霆感觉到,姗姗大姐是一个有正义感、追求真理的心灵像水晶般的女记者,他从思想上敬重她。

　　国共谈判进行到三周的时候,美国大使赫尔利忽然拉下了"居中调停"的面具,公开指责中共,把谈判进展不前的责任完全推给了中共。他还放出要回国的空气,向中共施加压力。据说,毛泽东斩钉截铁地说:中国人的事,中国人自己来办!这种"不怕"的态度,有人不理解。这天上午,燕寅儿到学校有事,家霆在燕家,见到了姗姗大姐。家霆问姗姗大姐:"你对这问题怎么看?"

　　姗姗大姐笑了,说:"中国人的事,该让美国人来做主吗?"

　　家霆也笑了,说:"那当然不!"

　　"所以,中国人的事,中国人自己来办!是对的!"姗姗大姐说,"有的人妄图通过谈判吃掉人家解放区的政权,吃掉人家在八年抗战中有功的军队,实行所谓'统一政令'和'统一军令',而对全国人民渴望的和平民主,根本不放在眼里。赫尔利却来拉偏架、当上帝,这能行吗?我看不行!赫尔利的态度说明了一条:是要帮助他们支持的人消灭解放区。事实上,这儿在谈判,九月十日山西方面阎锡山已经在进攻上党解放区。九月十七日美国海军陆战队已在天津登陆。我听说军委会已在向下边密颁《剿匪手本》了!因此,对内战要有思想准备,怕也无用。"

"是啊!"家霆不由点头,"人们都渴望不要再有内战,都渴望不要再是特务法西斯统治。形势太令人焦虑了!"

姗姗大姐说:"国民党凭自己的武力,以为自己强大,是想打内战消灭对方的。他硬说共产党只争枪杆子,不愿缩编军队,目的就在这里。实际最近谈判中,共产党让了步同意军队可以缩编到国民党占七分之六,中共只占七分之一。可是国民党仍不同意。他是以'缩编'作幌子,目的是要消灭中共武装。但中共不傻,武装交出,只能听任别人屠杀、听任别人摆布了!那种和平靠得住吗?到那时,中国前途还会有希望吗?还会有独立、自由、民主、富强的新中国吗?我看,答案是明摆着的。我们做记者报道这些消息时,自己该有主心骨,掌握策略。"她说到这里,约家霆说:"走,我陪你到'特园'去,看看能访问到谁不?那里常有重要人物在。就请他们谈刚才你提的问题。"

家霆欣然地说:"好!"忽然又说:"姗姗大姐,我真想能有一个机会访问一下毛泽东或者周恩来!我想同寅儿一起写封信,用《明镜台》记者的名义,请他们单独见见我们。你看行不行?"

姗姗笑了,说:"试试看吧!只是他们这么忙,我怕他们的时间太紧了!"

两人一同走出家门,去到上清寺"特园"。

这"特园",有人暗称他是"民主之家",主人名叫鲜真。很多重要爱国民主人士常在那里聚会。两人到了"特园"门口,拾级而上,鲜宅的大门颇有气势。进去后可以看到里边有花园,有葡萄架,前后均有房屋,十分静谧。守门的是个老头,认识姗姗大姐,说:主人不在,住在"特园"的客人张澜老先生也不在。两人只好扫兴离开。

刚走到大路上,背后有人叫唤:"童家霆!"家霆回头一看,是曹心慈。这一段时间以来,家霆为了想打听一点欧阳素心的情况,心里老想找找曹心慈。想到他是军统的,又叮嘱过不要去机关找他,就却步了。今天看到的曹心慈,依然穿的是军便服,未佩军衔。家霆对姗姗大姐说:"这是我小学时的同学曹心慈,我去同他谈谈。"他迎向曹心慈跑去,两人站在街边谈了起来。

家霆说:"心慈,好久不见了!你还在老地方做事?"

曹心慈点头,说:"想离开还没办成功。仍在那儿混饭吃!"他问家霆毕业后在干什么。

家霆简单介绍了自己的情况,关切地说:"我希望你早日办成,还是离开去做别的好。"

曹心慈点点头,说:"当然!我在那里是耽不久的!"又说:"你知道吗?谢乐山带着新娘子去美国了。那里花钱混个博士不难!'尖头怪'到上海去了。接收是美差,可以发大财的。"

家霆忍不住问:"有欧阳素心的新消息没有?"

"我倒是给你留心着的!"曹心慈说,"她确实在上海。顾孟九也在。现在韦锋这个'尖头怪'去了,可能他们也在一起或者可以碰得到。但我没敢在韦锋面前表露一点什么。他是个没人性的家伙,只想往上爬,虽是老同学也可翻脸不认人的。关于欧阳,我还是老话,劝你别痴心了,她不可能给你幸福。忘了她算了!"

家霆说:"我能不能写封信给欧阳,托你设法代转?"

曹心慈摇头:"写信干什么呀?我即使打听到了她地址,你给她去信也不方便。顾孟九那家伙可不是好惹的。算了吧!"

家霆回头,见姗姗大姐仍在路边等着自己,感到与曹心慈也没什么可以多谈的,说:"心慈,我还有人等着。我仍住在老地方,有机会欢迎你来家里玩!"曹心慈说他还要去牛角沱有事,两人握手告别。家霆想了想,终于又追上去一把拽住曹心慈,说:"心慈,我还是希望能知道欧阳素心的地址和情况,我不会给你惹麻烦的。如果知道了她的地址和情况,你一定立即告诉我好不好?拜托了!"

曹心慈同情地望着家霆,点头答应,叹口气说:"好吧!你真太多情了!"

家霆回到燕姗姗身边,两人一同去搭公共汽车打算回报馆去。燕姗姗问曹心慈是什么人,家霆如实讲了。燕姗姗说:"家霆,做记者的,交友有时是会很复杂的。但对特务一定要特别警惕。这种人太可怕。当然,如你刚才所说,你的另一个姓韦的同学可怕,这个曹心慈对你比较好,在军统不过是个医生,而且他有不满想离开,但也要警惕。这种人无目的地去亲近,没有必要。"

姗姗姐姐纯属好意,家霆点头说:"大姐说得对。事实上,我同曹心慈也没有太多的交往。他也不让我去找他。"

燕姗姗说:"那就好!"忽然又诚恳地说:"家霆,有件事我一直想同你谈,却又一直犹豫。现在想想,还是同你爽快地谈了的好。那就是欧阳素心的事。"

家霆想不到姗姗大姐会这么尖锐地开门见山来谈欧阳,诚恳地说:"大姐,您谈吧。"

燕姗姗说:"说句新闻导语吧!我劝你同欧阳素心一刀两断!我听说她为人极好,但你想一想,她已经陷入了军统或者至少是为军统工作了。虽然干的是对日广播的事,到底同军统有关。顾孟九又是军统里有名的坏人。你同她的关系怎么能再保持?你一定要考虑政治,不能做一个糊涂人。"

姗姗大姐的话说到了要害。家霆啜嚅着说:"也许,我能救她脱离,或者帮助她。反正,我不能在她危难不幸时抛弃她。我欠她的实在太多太多了。我怎么能不守信义呢?我太爱她了!我答应永远爱她的。"说这话时,他想到了往昔欧阳的许多好处,声音都变了。

燕姗姗摇头坦率地说:"别以为我是为了寅儿才这么劝你的,绝对不是。我知道你心好,你爱过欧阳所以不愿抛弃她。可是现在,是她抛弃了你,同你避而不见。这就说明她认为自己已经毁了!我不是给你看过茅盾的小说《腐蚀》了吗?你应当有所解悟!"

"《腐蚀》写得太可怕了!"

姗姗叹了一口气,说:"你是一个好青年,前途广阔,责任重大。但很重要的一条,是要注意政治。挂着欧阳这条尾巴,背着她这个包袱,你是走不快的。……"她似乎还想讲些什么,只是没有再讲。

家霆也叹了一口气,心上像压着一座山似的沉重。不能不承认姗姗大姐是关心他,话也说得对,心里却无论如何舍弃不了欧阳。他不愿在姗姗面前说假话,说:"姗姗大姐,我想,无论如何,我应当同欧阳再见一次面好好谈一谈。抗战已经胜利了,回去的时间总不会太远。我如果回到上海,是一定会找到她的!"他心里有许多话,不知从何说起。

他将姗姗大姐送到报馆,自己决定回余家巷。有些《明镜台》的稿件需要编改。他心里因欧阳的事罩上了阴影,情绪懊丧。但他感到对姗姗大姐的了解好像又深了一步。

回到家里,已近中午,见爸爸正在聚精会神看一封信,他不禁问:"爸爸,谁来信了?"

童霜威从桌上拾起信封,说:"你看,写明是监察院于院长转给我收的。先一会儿,监察院送来的。"

家霆接过信封一看,是一封航空双挂号。再一看,心里"格登"一惊。毛笔写的信封上寄信地址赫然写着"上海汉口路仁安里二十一号方丽清寄",方丽清从上海来信了?他马上想到了自己给银娣写信的事,银娣如果来信该多好啊!

童霜威摇头说:"信里有照片,还附着一封江怀南的信呢!你先看看方丽清的信吧!"他将方丽清的信递给家霆看,自己继续在读江怀南的信。

家霆拿起方丽清的信,确是方丽清的钢笔字,写的是:

啸天:

光阴如白驹过隙。你不告而别,已三年多。非常想念,常常夜不成眠。近维起居安吉为颂。常言道一夜夫妻百夜恩。虽然你弃我于孤岛,但并未影响我的感情。自你走后,我常以泪洗面。对你的一切俱可原谅。现在已经和平,不知你何日归来团聚?你到渝后想必得意,不知做什么官?收入如何?家霆想已读大学,冯村在做什么?均常在念中。姆妈老了不少,常发胃气痛。雨荪以前生意做得还好,现在开了合兴祥标准旗篷号。在做中、美、英、苏四国国旗生意。每组一打阔十寸、高七寸,上等纸精印售八千元,供庆祝胜利悬挂之用,生意尚能赚钱。他只希望不久后洋行老板重回上海,他可以再做买办。也望你早日衣锦荣归,给他撑撑台面。不幸的是传经因病去冬过世,叫人伤心。江怀南先生为人厚道正派,三年来对我们方家照顾备至。他对你师生情深令人感动。很久以前,他就已与渝方地下工作者合作为党国效劳。他热烈盼望你早日随政府归来。此次你如荣归,我当立即与你重回南京潇湘路公馆居住。现在上海、南京物价,如以法币计算,便宜得出奇。黑市法币一元可换二百五十元中储券。两个人上大馆子吃一顿,连小账五元法币就可打倒。如你速汇法币回来,我可设法购进便宜物品囤积。近日焓赤每大条盘旋在二千七八百元左右,美票五万五千元。你回来时,要注意两地价格之不同或带金钞或带法币,免得吃亏。我十分想你,盼早日坐飞机回来。寄上近影一张,人都夸我不老,你看如何?顺问

旅安

丽清

民国三十四年八月二十四日

家霆读完这封奇文，再看看方丽清的照片，是上海青岛照相馆拍的。照片上的她，搔首弄姿，仍旧很像蝴蝶。心里气恼得很，看见爸爸仍在细细看江怀南那封用毛笔写的信，说："这个女人，贪婪、势利，很有心计！"

童霜威点头，说："是呀！她对离婚的事一字不提，意思是根本不承认！她把错处全推在我头上了！对南京潇湘路的房子她想占有！这封信看来是她打的草稿，江怀南修改的。不是江怀南润色，她除了要钱要房子外，还写不出这样的信来。你再看看江怀南这封厚颜无耻的信吧！"说着，把江怀南的信递过来。

家霆接过江怀南的两张航空信纸写着小楷的信看起来，信是这样的：

霜公我师赐鉴：

睽违之叹久矣！万里之遥，鸿雁久断，虽欲修禀，无从得达，思何可支！今者，和平翩翩降临，日军投降仪式已在芷江举行。昨日报载，国军本月三十日前将空运到京，河山光复，人心欢腾。我师当年在孤岛忠贞不贰，冒险秘密去渝，坚持抗战大业，衷心敬佩，固非言辞所可表达于万一者也。我师如此，怀南常受教益，虽因事势所限，一时莫能自主，但内心拥护蒋委员长及重庆国民政府，从无异意。堪以告慰我师者，自我师走后，怀南即与渝方地下人员交往，暗中协助抗战。不求有功，但求异途同归。目前，佛海、君强二先生已被委为上海行动总队正副总指挥。怀南正拟以地下工作者身份协助有关部门进行接收。想我师知之，心声互通，定当欣慰。

自别尊颜，三年来怀南仍常到仁安里看望师母及雨荪先生，盖难忘我师昔日知遇之恩，心中又常怀想，进入我师故居，可以慰我思念，冀能得知有关我师之音讯也。师母为人平正端庄，心悲切而能克制，情专一而不外露，但言谈间无一日不盼早日天亮，无一日不盼我师早日荣归。眼下，胜利到来，欢快何如！师母修书拟即付邮,怀南遂命笔草此附入札中,以倾积愫,并致敬意。

南京潇湘路一号府上房屋,始终由日本秘密特务机关化名以蓖麻子株式会社占用。房屋历经八年风雨,较之二号经过修葺之管仲辉公馆(管某已不知去向矣!)自然衰旧逊色,但较之三号叶秋萍公馆,则已属不幸中之大幸。叶公馆于日本天皇颁布和平诏书之次日遽然大火,化为一炬。有人云系日本特务机关有意放火销毁秘密卷宗所致。但已无可查询。师母之意,大驾归来后,潇湘路房屋即可进行装修。中央政府迁都回京之日,亦我师与师母联袂返京之时。届时,怀南当到南京趋府拜谒尊颜,以志祝贺。

家霆大弟想已长成,不知在何处上大学?常多惦系,并此致意。临书欣感欲涕,不胜依念之至,余俟后陈,匆匆不尽。敬颂

安康

受知

怀南敬上

三十四年八月二十四日

读完信,家霆说:"真想不到他们还会来信!"

童霜威说:"人只要厚颜无耻了,什么坏事都能做,什么谎话都能说。"

家霆说:"奇怪的是江怀南竟一下子又变成地下工作者了。这种人真像川剧演员会变脸,一会儿这种脸,一会儿那种脸。"

童霜威说:"周佛海、罗君强不算汉奸,汉奸就没有了!由于新四军在上海和杭嘉湖三角地带力量很大,周佛海等掌握了二三十万伪军,军统是肯定要同这些汉奸勾结的……"

话没说完,只听皮鞋脚步声。一会儿,听到一个人来到门口,用沙哑的嗓子高声问:"童秘书长在这里住吗?"

童霜威和家霆从里房出来一看,都倒吸一口冷气,门口站着的那个穿白帆布裤、白衬衫、打黑领带的人,左手臂挽一件灰西装上衣,对分的西装头,两只像在生气的凶眼瞪着。这是张洪池呀!

童霜威说:"啊,是你?请进来坐吧!"这种人他不想得罪他,但看到他就像看到了蝎子蜈蚣般地难受。

张洪池跨步进屋,同家霆也点点头,对童霜威说:"秘书长,好久不来看望您了!您好啊?"

童霜威让张洪池在椅子上坐下,心里暗忖:"他来干什么?"

家霆给爸爸倒了一杯茶,也倒了一杯茶给张洪池放在茶几上,自己就进房去了,心里不禁想:这又是个会变脸的"川剧演员"。他来干什么?身在房里,注意听着爸爸同他谈的每一句话。

张洪池带笑说:"秘书长,我姐夫的事想必您早知道了!现在的事是一人得道,鸡犬升天。像我,姐夫倒了霉,我也跟着倒霉,过得很不顺心啊!他虽倒了霉,但有了钱,仍可在歌乐山闭门享福。我却还得为自己的生计和前程忙碌!苦得很哪!"

童霜威问:"你还在原单位得意吗?"说着,摸出万金油来擦太阳穴。见到这种人他头疼。

张洪池摇摇头,眼睛里那种生气的凶光更强烈了,"得什么意哪?我仍在中央社挂名。局里暗示我:愿意申请离开,可以批准并且发给一笔遣散费。我是想另找一棵大树遮荫歇脚了。"

童霜威沉默,摸不清这家伙来的旨意。

张洪池却说:"我今天是'无事不上三宝殿'。向日,一直感到秘书长为人宽厚,所以今天是来求您的。"

童霜威心里痛恨这个小特务,暗想:"为冯村的死,我也不会对你宽厚!为你在上海做汉奸的事,我也不会对你饶恕!"但面上强作平静地说:"我早已不做官了!无权无势,只不过在一个大学里教书,能给你什么帮助呢?"

张洪池瞪着眼睛说:"嘀!秘书长何必谦虚,您的面子抵得上百两黄金。我今天来是为两件事求您的。两件事能成一件就行。第一件我知道您与杜月笙先生的关系好,杜先生带着人马已经回到了上海,我想请您向杜先生介绍我。上海我还是很熟的。我平生讲个义气。有您介绍,我为杜先生能剖心沥血。他一定会欣赏我的。"

童霜威皱眉说:"不是我不帮你这个忙。问题是我同他并无什么特殊的或密切的关系。而且他的门生故旧上海滩上不知多少,我介绍你,恐怕不会有效,他是一定不会重用你的。你这打算恐怕是如意算盘。再说,你原是中统的。他同军统的关系密切,恐怕介绍你去也不合适。"说到这里,问:"你说的那第二件是什么事?"

张洪池自己掏出香烟来吸,说:"管仲辉去参加汪伪和运的事您是一定知道的。现在告诉您也不要紧了。他本来是我姐夫搭桥,由老头子派去汪精卫那里做汉奸的。但后来他又同军统勾搭上了。现在他到重庆来啦!"

童霜威这下当然彻底明白又大吃一惊了,说:"他到重庆来了?"心中讲不出是种什么样的复杂感情,又问:"他在哪里?"

"住在嘉陵宾馆 301 号房间,是秘密的。这次来,听说有重要任务。童秘书长如果想去看他,我可以陪您去。"张洪池大口喷着烟说。

"他来,同你有什么关系呢?"童霜威问,心中却琢磨出张洪池是想托自己找管仲辉有什么事。

张洪池认真地说:"管慎之,他现在还是红人,是戴笠用飞机把他秘密送来的。听说见了最高当局后要他即回京沪,执行重要任务。我想请秘书长将我推荐给他,让他带我走。我能给他干点事出点力的!"

童霜威觉得马上又一口拒绝不好,推托说:"管慎之的情况我一点也不清楚,冒昧就替你写介绍信也不合适。要是同他见了面,知道了他的一切,如能推荐,我当然愿意为你进言。现在,却是难办。"

张洪池把烟头吸了个干净,脸上有股阴森森的气味,说:"我来陪您去嘉陵宾馆看望他一次如何?他来重庆避免招摇,但您去看他没有问题。"

童霜威心想:我自己会去,何必要你陪!佯作对管仲辉不感兴趣地说:"我看不必了!我现在对政治毫无兴趣,只想做做学问。管慎之既如此得意,我也不想去同他见面了!我看,你姐夫虽然下来了,他给管慎之写封信,依然有用,至少比我有用。我决不是推辞。你觉得如何?"

张洪池两只眼真的生气了,愣在那里,模样凶恶难看,连鼻子都仿佛拉长了。

童霜威假作看不见,自顾自地说:"还有,我听说你跟毕鼎山夫妇也有交往。他们夫妇是得意的红人,你其实该找找他们。"

张洪池不加理会,拖长语调说:"我现在只想回京沪,人都知道这是发财的好机会。军统固然不说,中统已派了许多人分赴京、沪、平、津和华中华南,明确指示:任务集中起来就是一个'抢'字!寻找机会接收,可以不择手段。只是这种好差使,轮不到我这种背时的人,我只有离开他们自找门路。"说到这里,怅怅地站起身来,心里明白童霜威是不会给他什么帮助了,说:"好吧!秘书长!我走了!不过,我得奉告您一句:听说您现在似乎有点进步,对党国有点离心离德。我是关心您的,您要十分注意。"说完,穿上西装上衣,恭恭敬敬地打了招呼,转身走了。

童霜威送他到门口,看他像幽灵似的走了,也体会不出他是恶意的威胁还是善意的提醒。

家霆从里房出来,双手插在裤袋里,说:"这坏蛋!"

童霜威脸上疲惫,说:"同他谈话吃力得很。"说着,掏出白手帕来拭脸。脸上其实没有汗,他觉得有汗。

家霆慰藉爸爸说:"打发他走很对,没有必要将他推荐给谁。"

童霜威坐下来,捧起茶杯来喝水。茶已凉了,他觉得凉茶才能解掉心中的火气。一阵疲乏感涌上心来,他闭上了眼睛。

家霆不放心了,关切地问:"爸爸,身体不舒服吗?"

童霜威摇摇头,睁开眼说:"我只是想休息一下。"

家霆说:"扶您到房里躺一会儿吧。"

童霜威说:"不用!我这一生就怕碰到坏人,偏偏坏人太多,老是常被坏人盯着骚扰。"

家霆明白爸爸说的不仅是张洪池,也包括刚才来信的方丽清和江怀南,说:"爸爸,方丽清和江怀南的信怎么处理?"

童霜威强打精神地苦笑笑:"怎么处理?还不容易!把信和照片给我拿来!"

家霆把信和照片从房里桌上拿来交给了爸爸,只听童霜威说:"把火柴拿来!"

他从家霆手中接过火柴,"嗤"的火柴着了,将信和照片一起点燃。照片上,方丽清搔首弄姿酷似蝴蝶的漂亮脸孔,被火一烧,卷皱发黄、焦黑,一瞬间,随信化为了灰烬。

二

"啊呀!啊呀!啸天兄,很想念啊!真想不到你会来!"肥头大耳的管仲辉,满面红光,紧紧握着童霜威的手,亲热非凡。他穿着西装,肚子凸得更大,头上牛山濯濯,头发所剩无几,比以前显得苍老一些了。

童霜威握着他的手,感慨地说:"慎之兄,南京一别整整四年零四个月了。当时,还摸不清你的底细,但你那条锦囊妙计,我后来确实用了。到今天想起来仍感激不尽哪!"

"坐！坐！坐！"管仲辉热情地请童霜威在沙发上坐下,撳了一下呼唤仆欧的铃,两人说了些互相问候的话。管仲辉微微合起他宽大的眼皮说:"我来重庆是秘密的！住在这里,也是秘密的。真没想到你会光临。"

夜晚,嘉陵宾馆三楼的窗口里,可以望见外边山城万家灯火的景色。窗开着,微微的风吹进来,拂动着窗帘。

童霜威问:"是哪天到的？还回去吗？"

管仲辉唇边浮起一点不悦的微笑:"来了五天了,后天就要回去。我这是上了笼头的骡子,尽派些蒙眼兜圈子的活我干。不干也不行,奶奶的！……"他骂起来了。

仆欧敲敲门,门开了,他进来。管仲辉做了个手势,说:"冲一壶咖啡来。"仆欧应声点头走了。

管仲辉问:"啸天兄,你来重庆三年多了吧？过得怎么样？"

童霜威闷闷嘘一口气,说:"'的的三年梦,迢迢一线缃'[①]！过得不怎么样！"说着,简略将来重庆后的情况大概讲了,连冯村的死也说了。他不怕在管仲辉面前骂谁,想骂的都骂了。

仆欧送来一壶咖啡,给童霜威和管仲辉每人斟了一杯放在茶几上,轻轻退了出去。

管仲辉听童霜威把话讲完,乜斜着眼,同情地说:"不像话！"

童霜威自己也奇怪,为什么对管仲辉竟能比较坦率,觉得除了政见问题,心里有些话完全可以同他说。管仲辉这人并非等闲之辈,熟读兵法,懂得攻守进退之道,而且历来反共,但很讲交情,同他相交,不像与谢元嵩打交道,要防吃亏。童霜威回想起来,战前在南京,战后在香港,后来自己被敌伪软禁时又在南京见面,每次都能感受到管仲辉的友情。尤其是四年前那个春天,自己被软禁在潇湘路时,管仲辉特来看望。他虽是奉命下水附逆,用说客

---

① 唐杜牧五律《襄阳雪夜感怀》中的两句。

姿态出现的,却无卖友之心,见我坚不附逆,他就坦率地送我一条锦囊妙计要我装病,情谊难忘,问:"慎之兄,后来在那边干得好吗?"

管仲辉脸颊呈出了严肃:"好什么!都是叶秋萍那王八蛋把我这只鸭子赶上了架!我这人太厚道,老是违心地被人家利用。听说他失宠了,是不是?"他一定晚饭吃得太饱了,不停地打嗝。

童霜威把见到叶秋萍的事讲了一遍。

管仲辉的大嘴微微张开,漫然地说:"本来我很讨厌他,听你讲了这些情况,现在我倒可怜他了。这种人像一帖毒药,过去用来毒死别人,现在又怕他毒死自己,不杀掉他,就是他的命大了!"

童霜威问:"你在那边危险不?你胆子也真不小。"

管仲辉笑了:"是嘛!所以人说我是'福将'嘛!不过,去做汉奸,是派我去的。我在这边有恃无恐;在那边,我庸庸碌碌,花天酒地。可做的事做,不可做的事或难做的事不做。起初倒也平安无事,只是后来,给刁钻古怪的日本人发觉了,将我抓了起来。"

童霜威说:"嗬!"端起咖啡来喝。

管仲辉也喝起咖啡来,炫耀而又得意:"那要怪戴笠不好。前年,他突然派了个特工带了部电台藏在我家里同重庆通报。结果,鬼子发现了,把我请到南京日本派遣军总司令部去见总参谋长河边正三中将。我以为这下完了,没想到他们十分优待,先安慰我一番,叫我不要害怕,又连声称赞我,说:能找到与重庆蒋介石阁下有联系的人直接商谈中日合作方式非常高兴。要我把和重庆联络的电台保留下来,并要我多多从中协助完成这个任务,反复强调:大家都是一致反共的,都是为了大东亚共存共荣,日本对中国没有野心,决没有打算长期占领。后来又见了总司令畑俊六。鬼子既然把我抢了过去,我就更不怕汪精卫的特工了!"

"以后,你就同重庆联系了?"

"是啊,重庆方面得到我的报告,知道日军负责人与我进行联络,希望能达成合作,大喜过望,戴笠用化名给我复电大加赞扬,说我不负重托,叫我先以个人名义与日方往来。对一切问题,不要先具体答复,可随时报告。不要先承认我是代表什么人,但无论如何要好好保持关系,不能中断。我懂得这是骗子同骗子打交道。他们滑头,事情弄得好,是他们的功劳;出了毛病,就用我做牺牲品。去年秋冬,日军在湖南、广西一直打到贵州,扬言要打到重庆。重庆就更怕我这关系断了。说来也真滑稽,中日在打仗,我却像个中立国的大使逍遥自在,过得倒还舒服。不过,后来我逐渐发现:汪精卫南京政府的大汉奸,不少都与重庆在拉关系,不过有的来头大有的背景小就是了!真是他妈的!"

"汉奸们虽同重庆拉关系,但日本失势了,在日本投降前仍是惊惶得很吧?"

"当然!有次我同周佛海一块喝酒,他当时酗酒玩女人,萎靡得很,告诉我说:昨晚我梦见乘轿到一座山上的一所大庙里去。来到庙门,将下轿,看见地下水甚深,不能行走。嘱轿夫抬到庙门,忽见庙门前山洪暴发冲下,连忙下轿急走。天忽漆黑,对面不见人,似山岳崩坍,但并未崩坍,情急间,忽然置身柳暗花明之乡间,风景极美。你给我圆圆梦。此梦是否预兆将来政局的变动?倘能像梦境一样,有由暗而明之望,就好了!我说:看来,这梦就如你讲的那样,是个大吉大利之梦!他连连点头,说:好好!好好!其实,我是胡诌的。哈哈,我才不会圆梦哪!"

童霜威笑了,管仲辉的话语和表情都使人好笑,说:"听说连周佛海、罗君强都被委为上海行动总队正副总指挥了?"

管仲辉把手指关节拔得"格格"响,说:"岂止如此!任援道[①]是

---

① 任援道:伪海军部部长、苏浙皖绥靖主任。

南京先遣军总司令,门致中①是北平绥靖司令,庞炳勋②、孙良诚③、张岚峰④、孙殿英⑤、吴化文⑥、郝鹏举⑦分别被任命为第二路、第三路、第四路、第五路、第六路、第七路军总司令。有人说这叫作:'紫黄蓝白黑,东南西北中'!"

"什么意思?怎么'红黄蓝白黑'变成'紫黄蓝白黑'了?"

"红,那是代表共产党,所以这儿就是紫黄蓝白黑了!这是说:什么颜色我不管,什么地方我都要,抗不抗日无所谓,乌七八糟大杂烩!哈哈,这么做是为了先占住地盘,阻止共产党受降!不靠他们怎么行?巧妙得很哪!日本人清乡多年,新四军在江南江北越清越多。在华北扫荡多年,八路军也越扫越多。还加上民兵无数,不得了啊!"

童霜威听说大量任用汉奸,气恼地说:"这成何体统?你是派去的,同他们不一样!他们这些可都是货真价实的卖国贼呀!"

管仲辉唇边浮起一点防御性的微笑,说:"谁知道呢!谁能说呢!政治这玩意儿,就像虎口,你看,叶秋萍都会如此下场,谁能料定这些人有朝一日不会狡兔死走狗烹呢?所以我这次来,既不能不来,来了又要我走,我又不能不走,心里正十五个吊桶七上八下呢!"

童霜威喝口咖啡问:"见到老蒋没有?"

管仲辉笑了,有几分得意又有几分不满地说:"前天由戴笠陪同见到的。笑容满面,见了我一开口就说:'你很好!你很好!'叫我坐了下来,我就向他作了简单扼要的报告。他听了,说我很能听

---

① 门致中:伪华北绥靖军总司令。
② 庞炳勋:伪第五集团军总司令。
③ 孙良诚:伪第三集团军总司令。
④ 张岚峰:伪第二集团军总司令。
⑤ 孙殿英:伪第七集团军总司令。
⑥ 吴化文:伪第四集团军总司令。
⑦ 郝鹏举:伪第六集团军总司令。

他的话,成绩做得不错。希望我继续帮助做些更重要的工作,详情由戴笠同我谈。最后拿起红铅笔写了一张便条交给我:'发管仲辉特别费六十万元!'就打发了我!六十万元,只能买几两金子。在汪精卫那里刮民脂民膏,几百两也不难。他这是打发叫花子的手面!"他将咖啡喝干,又从壶中给童霜威和自己把咖啡斟满。

童霜威喝着咖啡,说:"其实,你激流勇退算了!同戴笠之流搅在一起何必!"

管仲辉把手指骨拔得"噼啪"响,说:"历史在开我的玩笑。我何尝没有想到。但不行啊!现在一潭水是搅得浑浑的!我来时,听说日本中国派遣军总司令冈村宁次有个建议,认为中国的对日抗战是结束了,今后难题尚多,主要的是剿共问题是中国的心腹之患。共军正在占领地盘收缴日军武器。日本在华军队还有一百几十万,装备齐全。这些军队连同附属人员和散住各地的日侨总共不下六七百万人。将来一起遣散回国,生活肯定困难,留在中国反倒好些。趁现在尚未实行遣散,军心尚不涣散,用来帮助打共产党,岂不是好?冈村说,他愿与政府结成一体。这个建议,听说已由冷欣①报告上边了。"

"能这么做吗?"

"估计一时还不敢公开这么干!中国百姓反感,美国人也未必同意。"管仲辉说,"但我来,要我干的则类似这种事!"

"噢?"童霜威不禁好奇地说:"我能知道吗?"他将咖啡喝干。

"我们之间,一直坦诚相交。我的事告诉你也无妨。"管仲辉打了一个嗝,说,"上月下旬,新六军由湖南芷江乘美国军用运输机直接运到了南京,任务是:抢占南京,直接控制日本驻华派遣军冈村宁次总部,接收京沪铁路沿线防务,确保南京、上海交通畅通。然

---

① 冷欣:当时中国陆军总司令何应钦的副参谋长、前进指挥所主任,曾从事受降事宜与日方冈村宁次等接触。

后扩大占领西起芜湖、东至镇江、北至六合、扬州、南至溧水、句容等南京外围地区。但南京城附近,除了下关与浦口地区外,都有共军。新六军搜索扫荡的部队,遇到了激烈的战斗。津浦路也被共军截断了!所以现在铁路守备,仍交由原来的日军第六军负责,不缴他们的械,谁去攻击就加以消灭!"

"这不是与日寇合流一同对付共产党了吗?"

"是啊!"管仲辉说,"从军事考虑,这有利!现在南京北有长江天险,但东南地区是敞开的。日军与和平军已从溧水、溧阳撤走,戴笠现在要我去收编驻在南京的和平军刘启雄师。这一师是汪精卫的嫡系精锐。刘启雄干过汪精卫中央陆军军官学校教育长。我是校务委员。我们一块儿做过生意,处得还好。何敬之说:陆军总部派我去找刘启雄直接给他名义,委任他为暂编师长、京畿东南地区剿匪指挥官,给他薪饷、供给并指挥他行动,命令他率部开驻溧水,去消灭当地新四军地方部队和游击队。其实,我不过是做做牵线人,实际都是戴笠操纵。"

"这不是同伪军搅在一起了吗?"

"是啊!当前需要和平军来收复失地嘛!戴笠和何敬之的意思,我如能拉三个师对付共军,也可以给我一个司令干干。和平军绝大部分原来就是中央军!变过来变过去就是了!"

童霜威书生气地气愤了,悻悻地说:"这于理不通!如果敌伪军也可以'恢复失地',则'七七'或'九一八'以来,我们就本来没有什么'失地',又何用其'收复'?"

管仲辉哈哈笑了,笑得有点尴尬,说:"啸天兄!你这个大好人!你这个大好人!"忽又叹口气说:"唉!我确并不想干!我这次来重庆,是讨证明来的。怕他们不认账,将来害得我吃不了兜着走。那年,南京的《民国日报》、上海的《新申报》《中华日报》头版上都登过管某某参加和运的消息。我要国民政府或军委会给我一个证明,证明当初是派我去的。"

"给了没有?"

"总算给了!因为他们还要用我去找刘启雄去拉拢和平军呀!所以给了我一个证明,说明我当年是被派去的,忠贞为国等等。有了这证明我胆壮些。这次,把刘启雄的事干了,我就带着老婆孩子或在南京潇湘路或在上海大西路做寓公享享清福了。抗战八年,心惊胆怕,总算熬过来了。作为军人,我是大难不死,该好好享受享受了!"

童霜威今晚同管仲辉谈话,知道了许多想也想不到的事,心中一种忧患之思更浓了,皱着眉说:"慎之兄,你本来奉派去沦陷区,同敌伪混在一起,无论怎样,还算是为抗日出点力。现在要你再干的这件事,就有点不同了。汉奸为人所共愤,应当严惩,才能平民众之仇恨。如今把些汉奸都抬出来当亲生儿子待,怎么得了?"

管仲辉表露出他的军人脾气来了,哈哈笑着说:"你别指着和尚骂贼秃了!管他妈拉巴子的!我早说这个国家好不了!你我都是给人用的人,管那么多干什么?"

童霜威心情沉重,说:"古人说:'人生不满百,常怀千岁忧。'我也想不管,但办不到!中国人嘛!抗了八年战,死了多少人,受了多少苦!谁不盼望有一个光明的未来?谁不盼望有一个自由、民主、独立、富强的中国呢?可是,看到的是黑暗!一片黑暗!"

管仲辉拔起手指骨来,"噼啪""噼啪",说:"唉,先一会儿听你说起你那冯秘书死了,我很难过。我始终记得西安事变后,我在病中时,你派他来看望我。他是个很好的秘书。想不到竟这样死了!真是'好人不在世',可惜!"

童霜威的眼睛变得明亮而有神、敏感而犀利,颇有锐气地说:"我现在,同过去有了不少变化。今天见了老朋友,也很愿意多谈谈。我们总算很知己,我首先要劝你尽量不要给他们干什么坏事。"

你犯不着给他们做帮凶！戴笠这种人,太可怕了！双手沾满鲜血,你该尽快摆脱他！"

"可,他们还可能很重用我呢！我也懂,他们还是想剿共。现在把毛泽东弄到重庆来谈判,其实玩的什么把戏葫芦里放的什么药,明眼人都猜得到。这谈判是表面文章,迟早是要动干戈的。戴笠昨天在这里对我说:'你迟早还是要带兵受重用的！'我懂他的意思,他是说将来真要打共产党了,我就又得去上前线！哈哈,我虽反对共产党,要我去送命,我可没那么傻！"

"怎么呢？"

"我早年同共产党较量过,你是知道的。同共产党作战可不容易。日本人也被他们东一枪西一刀地杀得恨不得叫爷爷拜奶奶。现在一场抗战抗得共产党空前强大,吞吃人家更不容易。抗日时期叫我守南京,又叫我去南京,都是送命的买卖。如今胜利了,和平了,叫我再去挨枪子儿,我可不想干！我早说过,刘启雄的事我不过牵牵线！"

"你觉得共产党如何？"

"我反共,这你知道！"管仲辉手捧着肚子说,"日本在这场战争中惨败了！国民党在这场抗战中胜是胜了,可是从根腐烂了！共产党却在这场抗战中强大了！太可怕！他们那套学问,对头脑复杂和头脑简单的人都同样有吸引力,能使工农相信,也能使有知识的人相信。偏偏国民党又不争气,干的事都让百姓不满,这就使得共产党的一切更能迎合人意。"说到这,管仲辉问:"啸天兄,你现在对这有何高见？"

童霜威想了一想,说:"为了抗日,我曾抱定了牺牲自己生命在所不惜的决心。舍弟军威在南京牺牲,你也是知道的。来到大后方后,通过亲身经历,我失望之至。我既痛恨外国侵略者,又憎恨自己腐败无能的统治者。我对这个政府十分不满。我认为:我不能出力支持一个中国的希特勒和类似日本侵略者的暴君来继续实行法西斯,来杀害压迫善良、爱国、要求国家进步的人!我可以坦率地告诉你:我忘不了冯村的死!每一想起,我就克制不了自己的愤怒!"

管仲辉不以为然了,先是"喔唷""喔唷"了两声,接着就带点俏皮地说:"国民党是不好!共产党就好吗?"他停了一停,站起来踱步说:"也不见得!无论如何,我虽认为国民党已从根腐烂,但究竟总是个有七八百万军队的大党!我们安身立命都得依附于他。骂它几句不要紧,希望他完蛋则不必!"

童霜威突然警惕起来。像管仲辉这样的人,同他谈这种问题是不能说得太深的。但又不愿太隐讳自己的观点,说:"至少,国民党在独裁法西斯统治下的滋味我已领教到了!而克服中国的落后腐败,消除民族屈辱,新的力量也许比较可以寄予希望!"

管仲辉坐下摇头:"哈哈,啸天兄,我是军人,爱从实力出发看问题。现在,中国是四强之一,声威壮,兵力强,老蒋在抗战中有了声望,更有美国支持,形势有利。共产党固然不好消灭,我们更不会垮台。要说国共相争,那当然是国民党这个老大要去干掉共产党这个老二!现在有些人往共产党那边靠,你犯不着那么做。那样对你是得不偿失。你说对不对?"

童霜威默然,将杯中的苦涩冷咖啡喝了个精光。

管仲辉晃着肥胖的脑袋,哈哈笑了,站起身踱步,说:"啸天兄,你变了!你大变了!"他好像想把气氛变得好些,不愿意继续谈这种问题了,改换话题说:"谈这些乏味了!我们见面不易!来,我这里有好酒!戴笠送的,真正的外国陈年葡萄酒,让我们喝一点。"

他去里房拿了一瓶舶来红葡萄酒出来,说:"对了!你知道吗?叶秋萍那小子的住宅一把火烧光了,也许是天意吧?哈哈!啸天兄,不知你何日回南京?我们以后又能在潇湘路比邻而居了。还都回去后,百废待兴,你一定又会得意的!那时,我们一定好好聚聚。"他将葡萄酒开了瓶塞,将血红的酒给童霜威和自己都斟在咖啡杯里,同童霜威碰杯说:"劫后余生,不容易啊!总算现在胜利了!可以喘一口气了!你我都该轻松轻松。"

咖啡以后,继之以酒,更加刺激。童霜威的心情却再也轻松不起来。他明白:同管仲辉在这方面没有什么可以多谈的。同他谈这些,无异是对牛弹琴。过去,同管仲辉谈话,他觉得谈得下去。今天谈话,却谈不下去。难道这就是"道不同不相为谋"吗?他思索着。

他碰杯以后,只微微喝了一口酒,看看表说:"后会有期,我要走了。"

走出嘉陵宾馆,沐着轻轻的夜风,他忽然想:我应当把今晚管仲辉谈的这些事都告诉家霆和寅儿,让他们在《明镜台》上如何技巧地有所反映。

三

毛泽东留渝四十天,十月十日下午,《国民政府与中共代表会谈纪要》①在曾家岩桂园客厅内签字。会谈的第一个重要成果是,确定了和平建国的基本方针,对政治民主化、军队国家化、党派平等合法,也有了初步协议。"纪要"签字以后,第二天上午九点四十五分,毛泽东就在张治中等陪同下,坐一架绿色双引擎的C—47式运输机离开重庆飞回延安去了。

童家霆和燕寅儿随着姗姗大姐跑和谈的新闻,这一向累得"马

---

① 《国民政府与中共代表会谈纪要》,当时外界又称《国共会谈纪要》,因是在十月十日签字的,又称"双十协定"。

不停蹄"。"双十协定"签订后,家霆心中的隐忧仍旧存在。自从九月中旬听到爸爸同管仲辉见面,谈了管仲辉讲的一些情况后,家霆同姗姗大姐和燕寅儿就觉得尽管谈判也好,签协定也好,内战的阴影始终笼罩着,暗中在进行的军事行动始终未断。就在"双十协定"签订之前吧,山西长治地区,就爆发了一场大战。阎锡山集中军队向中共进攻,但打了三十多天,阎锡山军的十三个师被中共全部消灭。在"双十协定"签订后,国军在美国帮助下,迅速抢占战略要地,挑动内战的征兆更加明显了。

姗姗大姐建议家霆和寅儿,搜集各种报刊上的资料,包括编译一部分外国的电讯,在《明镜台》上出现一篇《令人关心的国内军事行动》的资料性文章,不加评论,只作客观报道。

《令人关心的国内军事行动》分项列举了下列一次次军事行动:

据《扫荡报》讯:美国空军九月五日至十月十五日,运送国军三个军到达京、沪、平、津。即:新六军廖耀湘部由湖南芷江运至南京;第九十四军牟庭芳部由广西柳州运至上海,复运天津;第九十二军侯镜如部,由汉口运至北平。

据《中央日报》讯:美国第七舰队九月七日进入上海港。六十艘舰只进驻黄浦江及长江口,在上海外滩设立了司令部。

据《大公报》讯:美国海军陆战队第一师一万八千人,九月三日在塘沽登陆,并进入天津、北平、唐山地区。

据《时事新报讯》:美国海军陆战队第三师一万八千人,十月三日在河北秦皇岛登陆。

据《中央日报》讯:美国海军十月四日进入中共解放区烟台港,要求接收烟台,被拒绝,美舰离去。

据《新蜀报》讯:美国海军陆战队第六师一万五千人,十月十日在山东青岛登陆,同时美国海军航空兵三个大队进驻青岛、北平。

据《中央日报》讯：美国海军十月中旬起开始运送国军去华北、华中、东北和台湾。……

《令人关心的国内军事行动》中更列举了诸如下列军事行动，排成了一张表：

十月二十五日重庆《新华日报》刊载新四军发言人声明："双十协定"签订后，中共已开始执行从八个地区逐步撤退的计划。首先撤退的是在长江以南的苏南、皖南、浙江这三个地区。

十月二十七日重庆《新华日报》刊载："国民党部队继续进攻，用优势兵力拦击我为和平团结而奉命令北撤的新四军浙东纵队，企图歼灭我军于钱塘江。在澉浦松江一线封锁与进攻我军的就有三个师十一个团之众。我军一部曾在澉浦被包围，夺路突围，双方伤亡都重，现在国民党军队仍在沪杭甬铁路阻击我军。""值此《国共商谈纪要》公布，和平建国基本方针确定之际，浙东军民都希望国民党能立即停止此项大规模反共反人民的军事行动，忠实实行《国共商谈纪要》协定的诺言，拥护和平团结的大局。"

据十月二十六日《大公报》讯：十月十四日，第十一战区孙连仲指挥第三十、四十、三十二军、新八军及新四路军等部，沿平汉线北上，欲占领保定、石家庄，发动漳河战斗，围攻晋冀鲁豫解放区。

据十月二十七日《新华日报》讯：全国自南至北，几乎所有解放区都已发生了战事。十月十九日，第十二战区傅作义指挥第三十五军、暂三军和包头城防司令所属部队为打通平绥铁路，组织了绥包战斗，对晋绥、晋察冀解放区大举进攻。

…………

这天是十月二十九日，家霆同燕寅儿一起在寅儿家里将收集到的资料排列成表，完成了《令人关心的国内军事行动》一文，心中为大规模内战的危险十分担心。"双十协定"签订时的曙光,似乎又丧失了。他是怀着沉重的心情编写这篇资料性的文章的。有许多材料分散在报上时不易引起读者注意,集中在一起,就不同了。文章虽然仅是资料的罗列,尽量不带主观色彩,实际是能引起人们警惕,并且指出问题所在的。他希望这篇文章能起应有的影响。

两人忙了一阵,快到吃晚饭时,家霆决定走了。寅儿留他吃饭,他说:"我回去吃。爸爸去北碚了,侯嫂送饭来家里没人不好。"他独自走回余家巷去。

走着走着,到了陕西街上。这里有宏伟高大的楼房,灰色的经过悠长的岁月变得颜色幽暗了的门面。经过罩在大墙阴影之下的水门汀人行道,走到亚西银行门口。忽然,迎面碰见了一个人,笑着高叫:"大少爷! 还认得我不?"话音刚落,就一个躬鞠了下去。

家霆一看,喜出望外,原来是江津南安街九号看门的老钱哪! 十月底已是深秋,有点凉意了。老钱身上只穿一件嫌宽嫌长的旧古铜色长衫,显得单薄。两年多不见,他依然瘦得像只猴子,也依然头发蓬松。两只眼睛已不那么灵活精神。人也老得多了。他的样子,使家霆联想到一只被蛀虫啮空了的核桃壳。

家霆热情地说:"啊呀,你怎么在这里?"

老钱咳嗽着说:"我去余家巷拜望秘书长和大少爷你了。没想到'铁将军把门',没有人! 正在心里懊糟。这不,正巧遇上了,真高兴!"

家霆说:"走走走,爸爸去北碚了,我们一同回去,好好谈谈。长久不见,常想念你们和江津的熟人呢!"

两人一起从陕西街走下余家巷去。走在路上,家霆问:"钱嫂和孩子们都好吗?"

老钱满面皱纹叹口气说:"生活太折磨人了! 我那可怜的小二,去年生病,缺钱医治,拖延了一下,结果走了! 我那女人,一直伤心,怨天怨地,怨我没能耐。她身体也一直不好。"

听说小二死了! 家霆心里难过。见老钱伤心,不再谈这,问:"你什么时候来重庆的?"

"今天,我在朝天门找了个'鸡鸣早看天'①住下了,就来拜望你们了。"老钱是个识相的人,预先说明自己已有住处。

家霆叹口气,说:"来重庆有什么事吗?"

"唉,还不是想早点回下江!"老钱嗄着嗓子结结巴巴地说,"女人要我来打听打听,能不能就动身回去? 这八年抗战,我们天天盼的就是胜利了回到家乡姑苏去! 现在胜利了,但怎么回去呢? 心里天天着急。听说有的人已经回下江了,我女人吵死吵活要我跑一趟,看看我们能不能早点回去? 就是一路讨饭,能讨着回去也甘心哪!"

家霆带老钱进了余家巷二十六号的门,到屋前将门上的锁开了,请老钱进房坐下,见老钱有些气喘,说:"我给你倒杯热茶。"

老钱客气,说不渴。家霆倒了茶来,他一口一口就将一杯茶喝了,说:"少爷,你说,我们现在能就回下江去吗?"

家霆安慰他说:"老钱,下江人都急着想回去。但现在交通还不畅通,交通工具也少,能就回去的人极少。派去接收的或者有公事的,坐飞机、坐船走的已有一些,其他人要回去谈何容易! 你要劝劝钱嫂,不能急,要耐心等一等。八年都等过来了,也不急这一阵子了。"说着,家霆让老钱稍等,自己跑去后园厨房里找侯嫂,请她为客人加点菜。

回来时,见老钱愁眉不展地坐在那里。家霆陪老钱坐下,继续劝慰着他。

老钱叹着气问:"那将来回去怎么走法呢?"他一动弹,老旧的

---

① 抗战时期,重庆、江津一带小客店,门口都有"鸡鸣早看天,未晚先投宿"的招牌或灯笼招徕顾客。

木椅嘎吱响了一声。

"将来水路畅通了,从重庆可以坐船回去,轮船、木船都行。还有,走西北公路,坐公路汽车,由重庆往西北走,出四川到陕西宝鸡,接上陇海路、津浦路的火车,再接京沪路的火车就可以到苏州。但现在,交通还没有迅速恢复。怕的是打内战,铁路交通也许就要中断。"

"唉!"老钱叹气,"抗战好不容易胜利了,又要打内战!说实话,仗真打够了!为什么打走了日本鬼子,自己又要打?内战打起来,交通恐怕就更难恢复了吧?"

家霆诚实地说:"是啊!再说,即使交通恢复了,大家都要回去,问题也比较复杂。"

"那一定要花很多钱吧?"老钱问,他一脸密而黑的皱纹褶子,像一张松松叠起的旧渔网。分别两年多,想不到竟老成这样。

家霆点头:"当然。"他说了这两个字,能体会到老钱的心理,不禁感到沉重,说:"当初,各地的人逃难来到四川,是从东南西北各处分散来的。如今要回去,集中一起走恐怕也不容易。总得慢慢地分散着回去。"说这话时,他忽然想:应当在《明镜台》上有一篇文章,访问一下有关部门,提些关于这方面的问题请求回答,题为《下江人何时可以回下江?》,想必是会受到读者欢迎的。

老钱听了,格外愁眉不展,咳了一阵,叹着气说:"大少爷,不瞒你说,我肩上的担子太重了。为了不做顺民,来时还有点积蓄,一路上都花得精光。这些年在江津,过的是一半叫花子的生活。还多亏下江同乡的帮助照应。连我身上这件长衫都是人给的。现在要回去,两手空空。我女人说是讨饭也要回去,但真讨着饭,我一人也许行,带上女人和小孩,怎么能行?不知将来能有不花钱送我们下江难民回去的机会不?"

家霆为了暂时安慰他,只好违心地说:"你别急,回去劝劝钱嫂,也许会有这种机会的。"

老钱听得出家霆的话说得不硬,叹口气说:"其实,我也想过:就是回去了,到了苏州,也是困难。住在哪里?吃在哪里?谋生又在哪里?我本来会说书,已经出了点名,但大了八岁年纪,荒疏了八年,搭班子人老珠黄也没人要了!"

侯嫂端盘子来送晚饭,老钱客气,说:"我吃过了!吃过了!"

家霆说:"我们是老朋友了!你别客气,到这里像到家里一样。"他去将橱里放的那瓶酒取出来,酒还是冯村送的。童霜威喝过一点,那次陪褚之班喝过一点,余下还有半瓶。家霆用玻璃茶杯给老钱满满斟了一杯。他知道老钱有时爱喝一盅,所以说:"喝一点吧,我吃饭陪你。"但斟了酒,发现老钱咳嗽,还有些气喘,又觉得不该将酒斟得那么多了。

老钱千恩万谢,端起酒杯,家霆将炒蛋、泡菜肉末等都往他碟子里夹,老钱感激地喝酒吃菜,说:"你们家为人好,离开江津后,人都想念你们,也常谈起你们。"

家霆问起江津一些熟人的情况。

老钱边咳边谈边喝酒:"李思钧夫妇还是老样子。鲁冬寒调走了。邓六爷家仍旧每天打麻将。他家开的银行业务本来很兴旺,只是听说做金子生意亏了大本。法院院长郑琪调到绵阳当院长了。被服厂厂长田绍曾去年跌了一跤摔断了大腿,成了跛子。朱鹤龄犯了贪污案子,免职后去泸州了。渝江师管区的李参谋也调走了。"

家霆问起国立中学的情况。

老钱大口喝着酒说:"邵化仍在做校长。听说玩了两个女学生,被人告了,他老婆也吵得天翻地覆。但邵化有后台,告了也没事。"

说到这里,老钱忽然说:"少爷,还记得你那个朋友吕营长不?"

家霆点头说:"当然记得。有他的消息吗?"他记起了吕营长上前线时留照片让老钱转的事,挂念地说:"一直也不知他在哪里了!"

　　老钱喝着酒大咳了一阵,说:"吕营长在缅甸作战,成了残废,两条大腿全截肢了。听说在云南一个伤兵医院里。我这是听渝江师管区的人说的。"说着,又大声呛咳起来。

　　家霆听了,把老钱面前喝剩的一点酒拿过来,说:"我不该给你酒喝的。你就别喝酒了,吃点饭吧。"他把一碗饭盛好递到老钱手里,心里难过地说:"真想不到吕营长会这样!他在什么医院?"

　　老钱摇摇头,说:"弄不清。"叹息着说:"他是个抗日的好军人哪!"喝了酒,他脸红了,颇有酒意。

　　家霆大量夹菜给老钱吃,面对穷苦苍老的老钱,又听说吕营长截去了双腿,地址又弄不清,家霆心里惘然若失,像有什么东西咬着他的神经,痛苦、残酷的事为什么这么多!

　　外边,天早已漆黑了。老钱吃饱了饭,忽然放下饭碗,潸潸落泪。

　　家霆说:"你怎么啦?"他明显地感到衰老仿佛是一道灰黑色的屏障,把老钱与以往的岁月隔开得老远老远。这个老钱已经不是两年多前那个老钱了!

　　老钱皱着脸长吁一声,透着酒意说:"我这个人过去总是笑眯眯的,其实心里一直比莲心还苦。"说着,竟像个小孩似的哀哀哭泣起来。

　　家霆难过地安慰说:"别哭了,老钱,你醉了!"

　　老钱脸上的皱纹更深了,哭泣着说:"谢谢你待我这么好!你越是待我好,我越是伤心。这八年,总算吃尽苦头熬过来了,只指望胜利了回去太太平平过日子。但听说又要打内战了,要是再来一场内战,实在难以再熬下去了!我认识到:我们这些小百姓,国家的事做不了主,私人的事没有门路,到哪里都是没有办法的。我们夫妇和孩子都回不了下江了!我们恐怕就得葬在四川的义民公墓里回不去了!将来人家都走了,我们却见不到家乡也不能在祖宗坟前烧纸叩头了!伤心哪!真伤心哪!"他号啕大哭,泪下如雨,家霆被他哭得心酸难忍。

哭了一会儿,他用古铜色长衫袖子拭干眼泪,起身说:"大少爷,我走了!明早就回江津了。秘书长回来,你替我向他老人家请安,也帮我谢谢他过去对我们夫妻和孩子的关照。你们总是可以回下江的。我就说句吉利话,祝你们将来一路顺风,回到下江后福禄寿喜富贵荣华享用不尽。"

说完,他告辞迈步要走。

家霆止住他说:"你慢一慢。"走进里房,将抽屉里的钱取了一些出来,将钱塞给老钱,说:"不要伤心!这么艰难的八年都熬过来了,还有什么不能熬的?你不要泄气!抗战胜利,有你和钱嫂这样许许多多不愿做亡国奴的义民支持的功劳。你不要悲观!"又劝慰地说:"这点钱,权当你这次来回的船票钱。另外给钱嫂和孩子买点吃食,表表我们父子的一点心意。下江人都迫切想回去。以后,我给你打听着消息,如果有好消息,及时告诉你。好不好?"

老钱干咳着不肯收钱,推来推去推了半天,被家霆将钱硬塞进袋里,他才连声谢着勉强收下,却又流泪了。

秋风瑟瑟。家霆将他一直送到快近朝天门了,才同他亲切告别。看着他瘦削苍老的身影隐没,他那种在暗夜中瑟缩行进的模样,孤零无依,使家霆心头的恻然难以消失。

家霆独自走回来,老钱的咳声仍回绕在耳边。天色黑暗,他突然心里一动,往信义街走去。

他又想起欧阳素心来了。

他第二次来到信义街一〇二号那幢青灰色旧砖建成的三层楼

的小楼跟前来了。

夜色中,住满了人的三层楼房像头蹲着的巨大怪兽似的挡在眼前。家霆凭想象,仿佛能感到当年欧阳住在这里时,从那门里走上拥挤、狭窄的楼梯爬上三楼的情景。但此地早已人去楼空。在黑夜中,虽有伤逝的真情,这里已无可凭悼和追忆。

站了一会儿,家霆心情凄惶地离开了那里。只是脑际一直盘旋着三年前那个夜晚,在江边见到欧阳时的那种惊喜的感情。往事已矣!能还有一天突然在上海又那样惊喜地重新碰见欧阳吗?……

他孤独寂寞地从信义街转上陕西街,向余家巷走去。走到余家巷二十六号时,却意外地看见个儿高高的燕寅儿倚在家门口站着。她两条漂亮的长腿富有风度地交叉着,姿势很美。晚饭前,两人刚分手,怎么她又来了呢?家霆心里奇怪,说:"咦!'猫'!"

燕寅儿灵秀的脸上笑着,说:"我来,见你不在,估计你一定很快会回来的,没想到竟等了这么久,腿都站酸了!"

家霆歉意地把老钱来的事说了,开了门上的锁,忙请寅儿进去坐,问:"有事找我?"

寅儿风趣地眨着长睫毛的眼睛,说:"难道没事就不能来找?"说着,递过一封信来,说:"我们不是给《新华日报》写过信的吗?复信来了!但不是寄来的,是姗姗大姐到曾家岩五十号采访时,人家托她带给我们的。姗姗大姐让我赶快给你知道。报社的人约我们去见面谈话呢!这要保守秘密。"

家霆在九月下旬,和寅儿以《明镜台》主编和社长的名义,给《新华日报》写了一封信,提出希望请求能有一个机会访问一次毛泽东先生或者周恩来先生。信给姗姗大姐看过。大姐说:"寄去不好,哪天我采访时给你们带去!"但信去以后,渺渺无讯。毛泽东半个多月前也飞回延安去了。他已把这事几乎放在脑后了,想不到今晚寅儿却突然带来了复信。

打开复信一看,很简短:

童家霆
燕寅儿先生:你们好!

　　来信收到,迟复为歉。请两位在十月三十日晚七时整,在南区公园左侧大黄桷树旁等候,届时当有车前来迎接。此致
敬礼

《新华日报》编辑部
十月二十九日

家霆说:"咦,是《新华日报》编辑部的人同我们谈?"

燕寅儿开朗地说:"反正,不管是谁,去谈谈也好。可以听听他们对《明镜台》的意见,也可以问问我们现在最关心的问题。"

"对!明天我俩准时到约定地点等候。我倒很喜欢这种带点神秘和刺激性的约会和访问哩!"

"姗姗大姐叮嘱,去时要准备好谈些什么。人家的时间很珍贵,不要临时拖拖拉拉磨磨蹭蹭,不得要领。"

两人正高高兴兴地谈着,忽然听到脚步声。家霆起身到门口看,门外的灯光下,看到来的是陈玛荔的那个司机。

家霆说:"啊,是你?好久不见了!"他请那胖胖的中年司机进屋坐。

司机笑着摇头,客气地说:"不了,我还有事。陈处长要我送封信给您。"说着,他将信递给了家霆,说:"你怎么好久不来了呢?"

家霆收过信,照例是那种十分讲究的大白信封。他将司机送到了门口,回到屋里,心里想:今晚真是热闹!不知陈玛荔写这信又有什么事?

燕寅儿活泼机灵地说:"是那个漂亮女人的信?"

家霆点头,当着她的面把信拆开,闻到了一股香水味。信纸上

是洒了点香水后密封上的。

寅儿玩笑地说:"嗬!好香!这倒像西方贵妇人的派头了。"

家霆打开信来,只见陈玛荔娟秀的笔迹写了半张纸,开头照例是没有称呼,最后没有署名。写的是:

你好!久不见面,明天下午三时,能来舍间叙叙吗?我即将去京、沪一带。行前谈一谈多好。我太想去除你心中的芥蒂了!我们理应处得很好,友情是对等立场的双方,不为利害而做的交易行为。见解不同是会造成误会的。请相信,我一切都是为了你好。巴西有句谚语说:"你不可能富裕到不要朋友。"我是这样!朋友之间,最珍贵的赠品是原谅与宽恕。

家霆把信递给寅儿。

寅儿顽皮地用手遮住眼,在手指缝里露出一只亮晶晶笑眯眯的眼睛,说:"为什么要给我看?我不看人家的私人信件!"

家霆被她逗笑了,说:"表示这信并非什么秘密,也想听听你的意见。"

寅儿放下手,怀着好奇心,接过信在灯下看,看完,说:"她的文字不错。"又说:"我怎么感到这信里充满了爱呢?"

家霆用手捋捋头发:"别拿我开玩笑了!你没看到她信上写的是友谊吗?"

寅儿若有所思:"友谊和爱之间,有时是会混同在一起的。女人长得美丽,常会多些意外的麻烦。……"

家霆说:"我知道常有人给你写信。"

寅儿摇头:"我话没说完,我是要说:男人英俊有为,也是一样。这不奇怪!"

家霆默然了,稍停,说:"说实在的,我老是感到受过她的帮助,但又觉得同她交往,有一种危险。我也说不出是一种什么危险,只是从广西回来她对我的稿件的处理,太使我不快了,就决定不再同她见面了。但这封信,却又给了我一个难题。"

寅儿说:"看来,她要到京、沪一带去做接收大员了!听说,沦陷区里的老百姓已经把接收都叫作'劫收'了!抢劫的劫!她去,又多一个女强盗!"

家霆说:"明晚有那么重要的约会,下午三点钟我不能去!"

燕寅儿开玩笑地说:"'倜傥'!这个能干女人,简直像是约你去幽会!"

家霆说:"'猫'!你不该乱开玩笑!"

寅儿两眼的睫毛颤动,很像鸟儿的两只翅膀,说:"这是我的一种直感。不然,哪有信纸上洒香水的?"她把信拿起来又闻闻,说:"真是好香水,香得叫人晕头转向!"

家霆下决断地说:"我决定了!下午三点钟的时候,我打个电话给她,向她说明:我有重要事,不能去。然后在电话中给她送行,不就行了,你说好不好?"

寅儿颤悠着嗓子说:"这是你的私事,你自己决定就行了,又不是处理稿件,何须征求我的意见。"她那清晰而略带磁性的声调里带着一种复杂的情绪。

家霆摇摇头。他自己的感情很复杂,他也能了解寅儿复杂的感情。

第二天下午,准三点钟的时候,家霆在燕寅儿家打电话给陈玛荔。电话铃声刚响两下,就听到人来接电话了,是陈玛荔的声音。

她一下就听出是家霆的声音了,说:"Adonis,是你?"

家霆说:"Aunt,您好!"

"你好!好久不见面了!难道从来没有想过这个你叫做 Aunt 的人?"

家霆笑笑,说:"今天,我有重要事情,无法来看望,所以打这电话。"

对方笑了,说:"其实,我也估计到你会用这种方式对付我的。你在哪里?"

家霆避免说出自己在哪里,说:"在一个朋友家里,借用她的电话。"

"是那只小燕子吧?"

家霆笑笑,没有否认,说:"您什么时候去京、沪?"

"三天后就走了!他去上海接收,我去南京接收。"这个"他",当然指的是毕鼎山。

"那我就算给 Aunt 送行了,祝您一路顺风!"

她笑笑:"你不来,我们在电话里多谈几句总是可以的吧?"

家霆带点歉意:"当然!"

"《明镜台》我每期都看。我暗中在关心,在研究,也在帮你的忙。你也许感觉不到吧?"

"我想,您会这样的。"

"Adonis,我总为你遗憾!你本是一匹骏马,给你安上翅膀,应当能腾空起飞的。你却不愿按照我为你设计的康庄大道走!你如果进了新闻学院,如果去了美国,你就是一匹飞马了!你却要走崎岖的小道,不可思议。"

"我谢谢您的好意。但我现在生活得很快乐!"

她说英语了:"Adonis,我也不知同你有什么缘分。我很忙,却总是要关心着你,总是忘不了你,愿意同你谈谈,感到同你一起玩玩很愉快。这种机会,我希望以后还有。"

家霆笑笑。

她用上海话说:"一位西方名记者说过:'多方接触,同一切有权势的人保持良好关系,是一个新闻记者积累事业资本必需的途径!'你有些不合时宜的清高。劝你,不要那样!"

家霆仍旧笑笑,但说:"我对人生确实了解得还很少。"

"人生短暂!懂得这一点,你也许有些地方会改变。"

"但是有位哲人说过:要是你晓得善用人生,生命毕竟是悠长的。"

"是呀!关键是善用人生!"

"Aunt,那就这样了。我再次祝您一路顺风!"

"Adonis,你想不想有机会早点回京、沪去?如果想,我可以办到。"

"我暂时还不能去!这里有《明镜台》在办,爸爸也在这里。"

"那好,我想,后会有期的!也许将来我们仍可在上海、南京见面。"

"是的!"家霆说,"那我就挂电话了。"

电话挂掉,在一边的燕寅儿说:"真抱歉,这电话太响,她讲的话我全听到了!我本来想走开的,走开又怕你说我见外。"她说得风趣。

家霆说:"如果我怕你听到什么,我就不在这儿打电话了。况且,确实也没有什么不可听的话。你是个豁达的人,为什么说得这样拘谨?"

寅儿笑了,她那双眼睛,静静凝视时,令人想起深邃的海洋,灵活起来时,又如鲜花上闪耀的阳光,她说:"人的感情有时是最微妙的。她同你说了许多微妙的话。我也说了点微妙的话。我是说:这种微妙的话表达的感情,只可意会,不可言传。我知道你们都很清白,我也不认为她对你一定就是什么亚当夏娃之爱。她也许只是欣赏你、喜欢你。你这样的年轻人是讨人喜欢的。我看也不仅仅是她喜欢你!"

家霆说:"她有她的感情,我有我的感情。"

寅儿继续把话说完:"但我觉得你说的同她交往有一种危险是

很对的。这种危险构成的成分很复杂。但确实是危险!"

家霆笑笑,说:"'猫'!你说得很好。只是,现在我脑子里已经放下不了别的了,我只想到今晚的见面和谈话了。"

七点钟,天刚擦黑,又下起了小雨。十月底,晚上雾气常常很浓。这时,白色的淡雾在暮色中若有若无地泛出青蓝色,缭绕在屋舍、街道、树木、竹丛之间。

童家霆和燕寅儿按照约定的时间和地点,淋着细雨,等候在南区公园左侧那棵大黄桷树下。四下僻静。这时,极少见到人影。准七点钟时,一辆黑色小汽车冲下坡来,在他俩身边"嗤"的一声停下了。车门倏地打开,一个穿灰军服的年轻人,在前座下车,彬彬有礼地向他们笑着一招手,接他俩上了车,年轻人钻进前座,关上车门,汽车就迅速开动了。

年轻人瘦瘦的,很精神,有很挺直的鼻梁,对他俩一笑,解释说:"特务太多了,为了你们的安全,我们不能不同他们捉迷藏,只能这么安排。"

受到这样热情周到的接待,童家霆和燕寅儿都激动得一时不知说什么才好,只觉得非常温暖。

泛着青蓝色的雾气和牛毛细雨包围了一切。汽车在暮色苍茫的雨雾中穿行,间或有几盏半明不灭的路灯从车窗边闪过。家霆和寅儿想看看车往哪儿去,雾气弥漫,车窗上又挂着窗帘,模模糊糊看不真切。只觉得车子开了好久才停下来,眼前出现了嘉陵江边那幢三层楼的曾家岩五十号周公馆了!天已经暗了。

家霆心里有一种预感:今晚接见谈话的不会是一般的人。那么,会是一个什么样的人来谈话呢?

下车被引进小楼,到了天井旁一间屋里。穿灰军服的年轻人开了电灯,请他俩落座。一会儿,送进两杯茶来,放在藤茶几上,仍旧温文有礼地说："请等一等,马上就来。"他将门轻轻带上一半,矫健地走了。

家霆和寅儿坐在两把藤椅上,静静打量着屋里的陈设。屋里极简朴,像是一间办公室。一边却又搭着一张小铺,铺上有简单的被褥。临窗放着一张写字台,台前有一把藤椅。靠墙是一个竹书架。书架上整齐地排列着书籍及一些报章杂志。写字台上,有一只铜墨盒和毛笔、铅笔、纸笺,一杯清茶正悠悠冒着热气。看来,主人刚才还坐在这里工作。家霆和寅儿不禁同时都想:一定是个做文字工作者的房间。约定谈话时,从信上看是由《新华日报》派人接谈的。是总编辑抑是主笔呢?由于来时的特殊方式,使他俩感到有些神秘。随着茶杯里袅袅冒出的热气悠悠散开,两人不禁都神驰起来。

屋子里静悄悄的,夹着细雨的夜风吹得窗外的树枝飒飒有声,飘进来一阵阵潮湿的空气。可以想见,夜间滔滔的江面上,此刻在细雨中正弥漫着白雾,一片混沌。无意间,家霆又发现窗台上有一只瓷盆养着一棵君子兰。碧绿的叶片两侧分展着,美得像翡翠,使这简朴的房间格外生意盎然。

家霆站起身来,忽然注意到了桌上玻璃台板下压着一张信笺,上边写着一首诗:"党权官化气飞扬,民怨何堪遍后方。谁见轩乘能使鹤,不知牢补任亡羊。连年血战驱饥卒,万里陆沉痛旧疆。且漫四强夸胜利,国家前路尚茫茫。"读了一遍,不禁叫绝,对寅儿说:"看看这首诗,写得真好,但不知是谁写的?"

寅儿也上来看了诗,说:"听说红岩村会客室里挂着一副对联是:'白日澈蒙千层雾,红岩屹立五周年'。语意双关,气派雄伟。你采访时看到过没有?"

家霆还没回答,那扇半掩的门被推开了。一个神采奕奕、黑发浓眉的人含笑走进房来。他英气勃勃的脸上洋溢着热情,浓黑的眉下两只充满聪颖、睿智和坚毅的眼睛炯炯有神。他穿一套浅蓝的布制服,显得非常精干,又非常威严。进门,他就快步走了过来,伸出似乎有些不方便的右手,先握家霆的手,又握寅儿的手,说:"让你们久等了!请坐!"口音是带着苏北尾音的普通话。

"啊!"家霆神采飞扬,几乎叫了起来,这是周恩来先生呀!真的是他!

寅儿也早已认出是谁,亮丽的脸上十分兴奋,尊敬地说:"周先生!"

两人显得很恭敬。周恩来将写字台前那张藤椅拉过来,叫两人坐下,他坐在两人对面,微笑着说:"先要请你们原谅,信是早就收到了。但那时还在谈判,实在抽不出空来。毛主席在谈判结束就回去了。我则因为忙,直到今天才请你们来,希望谅解。"又说:"我已经看过你们办的《明镜台》了,办得不错嘛!"

家霆感叹地说:"我们很感谢这次同意约我们来谈话,作了如此周到的安排。"

寅儿补充说:"这使我们很感动。"

周恩来亲切地注视着、倾听着,诚恳地说:"你们是两位年轻的主编和社长,工作很重要。你们信任我们,使我感到荣幸。请你们来谈谈,我们也是想多听听人民的声音,互相交换一下意见。以后,如果可能,我们可以保持联系。"

寅儿说:"那当然。只是,来一次太不方便了。"

周恩来笑笑,摇摇头说:"尽管特务如麻监视严密,他们阻挡不了我们同各界爱国进步人士的接触。只要我们团结一致,提高警惕,善于斗争,就能冲破重重阻碍,总是有机会见面的。你们说对吗?'三岩①路上多荆棘,却被人民践踏开'!你们听到过这两句话没有?"他做了个手势,请家霆和寅儿喝茶。

---

① 三岩:指红岩八路军办事处、曾家岩周公馆、虎头岩下的新华日报社。

茶叶里有茉莉花,清香散布在空气中。

周恩来庄严、威武,却又亲切,使家霆感到像是跟一位久已熟识而又尊崇的长辈促膝谈心,既无戒心,也无距离,忍不住开门见山地问:"'双十协定'签订后,大家都很高兴。但现在全国自南至北,几乎所有解放区都已发生了战事,危机如何挽救?"

周恩来点头说:"是呀!抗战胜利了,我们是反对打内战的。但半个月来,国民党军队对解放区的包围进攻,规模日益扩大。据估计,已有八十万军队在进攻解放区,说明内战已在事实上存在,和平前途受着严重威胁。"

燕寅儿闪着那对扇子般的睫毛的眼睛,说:"那怎么办呢?"

周恩来沉着地说:"我们共产党人喜欢言必信,行必果。我们已经呼吁过:要国民党停止攻击、停止进兵、停止利用敌伪军。如果他们能这么做,大规模内战的危险可以及时防止,一般的交通可以迅速恢复,人心可以大安,团结商谈也可以顺利进行,一切建设计划也就可以有个着落。如其不然,则内战扩大,令人可叹了!"

家霆问:"'双十协定'不能履行,关键何在?"

周恩来说:"虽然签订了'双十协定',可是国民党绝不愿意轻易放弃他的反人民、反民主、厉行独裁、排除异己的旧方针,这就是关键所在。正是由于这种错误方针还未被放弃,才利用日寇,收编汉奸,让敌伪继续践踏中国人民,才动员八十万军队大举进攻解放区,必欲将全中国仅有的一片光明地区加以彻底摧毁而后快。国民党当局这样的行为,危害了中国和平建国的前途,损害了国家民族的利益,违背了全国人民的意志。"

夜雨淅沥有声,从窗外传来,刚才的小雨此刻似乎下大了。

周恩来的话简单明快,理由充足,使人信服。

寅儿不禁说:"现在,有些报纸和有些军政大员都说国军所以要进攻,是因为中共'放了第一枪'。周先生认为应当怎样驳斥?"

周恩来朝燕寅儿看着,认真地说:"国民党宣传机关正在制造谣言,颠倒黑白。其实,解放区军民八年抗战中,从来就只是从敌人手里收复国土的。抗战中,国民党大闹摩擦,解放区军民始终顾全大局,只有到了忍无可忍时,才起而自卫。皖南事变,新四军八千健儿惨遭聚歼时,我们仍相忍为国,致力于团结抗战。日寇投降后,我们的枪口仍然是对着拒绝投降的敌伪。为避免冲突,新四军奉命流泪北撤,离开江南。各解放区军队节节退让,国民党军队却步步追逼深入解放区腹地。谁放第一枪?谁在发动内战?还不明白吗?直到现在,我们始终认为最要紧的是阻止战争,不让内战发生!"他说到最后,有些激动了。

家霆说:"向解放区进攻的另一借口是'军令政令的统一'。请问对这问题的看法如何?"

周恩来点头。他脸上有点疲乏的神态,看来是工作的繁重造成的,说:"国民党当局对解放区所发的是些什么军令政令呢?他们不对解放区军民发布彻底消灭敌伪势力、建立民主政权、改善人民生活的军令政令。这些解放区军民自己都做了。他们发布的是使敌伪军保持武器杀害人民的军令政令,这样奇怪的军令政令,怎么能叫人民接受?"

家霆点头,说:"您看,现在怎么办呢?"

周恩来浓眉下的两眼忽而有雷电般的闪光,说:"解放区军民,坚决避免内战,争取和平。现在国民党军队进逼太甚,无法生存了,也不能不起来为正义而自卫,同全国人民一起制止反动派挑动内战。国民党当局为中国和平前途计,为他本身利益计,应该立即停止攻击,履行'双十协定'。如果谁倒行逆施,一意孤行,多行不义,一定会在人民反对内战、保卫和平的长城面前碰得头破血流。"

寅儿说:"但是,现在国民党有美国帮助,力量强大!不免使人担心!"

周恩来笑了,意味深长地说:"对,目前的时局,可以比作是拂晓前的黑暗。但世界上没有任何困难能压倒共产党人。中国共产党是一个大党了,他们消灭不了的。我们也是从不悲观失望的。希望你们二位也这样。能在你们的地位上为中国的前途为中国人民多做些有益的工作。"说到这里,他站起来踱到窗口,指指窗外雨中雾气浓重的夜色,说:"正像这山城的夜雾,它总要散去的。"他忽又指指窗台上的那盆翠绿的君子兰,说:"看!生机孕育于万物之中!即使是秋天、冬天,春也有着生机!春天不可抗拒地总要来到的。"

他那诗意盎然而又饱含哲理的话语,使家霆感到深有所得,心灵开朗。"生机孕育于万物之中",说得多好呀!令人产生多少生动的感受。家霆欢愉地点头说:"谢谢教导,您谈的这些,我们可以在《明镜台》上发表吗?"

周恩来微笑了,双臂交叉着说:"只要对你们不会不利,当然可以发表。这些话,过几天,《新华日报》的社论都要论述的。"说到这里,他突然说:"我发现,你们二位年龄虽轻,但很正直、老练。你们的《明镜台》,我认为是进步的,但却懂得策略,这很必要。"

家霆突然觉得周恩来先生对《明镜台》、对今晚同他谈话的两个年轻人都很了解,心里如沐春风,忍不住满怀激情地说:"周先生,我想叫您周老伯!我愿意向您吐露内心最真诚的事情。我愿意告诉您,我的母亲是位共产党人,她名叫柳苇,战前牺牲在雨花台的。所以我……"他忍不住把自己在江津的经历及冯村的死等都如实扼要讲了出来。充满对特务政治的憎恨和对党的向往。

他想不到的是周恩来仔细地听着,竟点头说:"我知道一些你的事。令堂是我们党的一位烈士。我很高兴看到你是一位进步青年。令尊是童霜威先生,是吗?"

家霆想:看来,他事先了解了不少我的情况呢!他忍不住介绍寅儿说:"她父亲是参政员燕翘老先生。"

周恩来点头说:"我也知道了。燕翘先生是位值得敬重的老同盟会员!"

寅儿忽然说:"周老伯,我也可以这么叫您吗?"

周恩来开口笑着说:"当然可以!我很高兴!"

寅儿说:"我是一个老国民党人的后代。我自命为不偏不倚不党不派要走中间路线,做个公正的新闻记者。但在现实生活中,我感到我所应该追求的,不应是中间路线,也没有中间路线可走。我发现我自己正在起变化。请问周老伯,这是为什么?我这样对吗?"

周恩来用和悦的眼光看着燕寅儿,笑了,说:"这问题的答案其实你自己已经找到了!这当然对!事实上,令尊是老国民党人了,但对国民党也在日渐不满。国民党的后人走向进步更不奇怪!这是从现实生活中得的教育所造成的。我很高兴你的这种变化!这是一个正直的、有正义感的青年人应有的好的变化。"

寅儿心血来潮了,问:"延安很好吧?人叫它'革命圣地',我很向往。您能谈谈延安吗?"

周恩来浓眉皱了一皱,似是思索了一下,说:"中国是个半封建半殖民地的国家,一直苦难深重。我们共产党一心想使中国的民族复兴、国家富强起来。同重庆对比,我就不说那里有些什么,我来说说那里没有什么。"

他这种说法很新鲜,家霆和寅儿都倾心听着。

周恩来脸上严肃起来,说:"那里没有外国人作太上皇指手画脚让中国人奴颜婢膝!那里在解决阶级压迫和阶级剥削!那里没有汉奸卖国贼,没有贪官污吏,没有土豪劣绅,没有鸦片烟和娼妓,没有人娶几个小老婆!那里没有拉壮丁,没有乞丐,没有无人过问的灾民,没有无法无天横行不法的法西斯特务,没有人发国难财,更没有人同敌伪合流！当然,工作中不可能没有缺点,但我们想努力做好,想达到理想,想进步,这是无可怀疑的！"他口才滔滔,说的话准确周密,富有条理。

家霆突然冲动地说："周老伯,您说得太好了！我真太向往延安了！我早有过去延安的愿望,但没有机会。您说,我能到延安去吗？"

寅儿说："我也有这种想法！"

周恩来又和蔼亲切地笑了,说："要革命,要进步,延安也可以,这里也可以。去那里,现在并不方便。拿你们来说,还是留在这里工作的好。你们的《明镜台》应当办得更好。你们应当努力学习,努力工作,准备着担负历史交给你们的更重的担子！"说到这里,他问："你们读过马列主义的革命理论书没有？"

家霆和寅儿将自己所看过的进步书籍报了些名字。周恩来连连点头,说："很好！很好！学习理论,可以对你们所深切关注的问题得到一种正确的回答,可以加深对周围世界的了解,也提供给你们一把了解人类历史的钥匙。你们可以用来估价社会,懂得政治,理解经济的奥秘。有了处理现实矛盾的武器,使你们有一种方向感,一种自信力,一种人生哲学,怀着使命感走历史必由之路,使中国将来能在世界强国之林中站起来。在重庆,学习的条件还是好的。希望好好多学一点。你们要求同谁谈话,不可能天天谈,书却可以天天看。当然,要注意,看进步书籍也要防止遭到特务的毒手！"他话说得长,听来语重心长,说得亲切、精辟,带着勉励,使人感动。

家霆有一种"胜读十年书"的心情,想再留下多谈谈,又怕过多打搅主人。正在踌躇,听见门上"剥剥"敲了两下,那个先前接他们来此的年轻人推门进来,将一沓信函之类的文件放在桌上,轻声靠近周恩来的耳边说了些什么。家霆朝寅儿看看。寅儿看看手表,已经八点半了。两人一同起身,家霆说:"周老伯忙,时间不早,我们想告辞了。"

周恩来浓眉下两只炯炯的眼睛透出温和亲近的笑意,也不挽留,说:"时间不早。我想,今夜的促膝谈心,我不会忘记,你们也一定不会忘记。"又周到地说:"如果可能,请你们回去为我向燕翘老和童霜威先生问好。"他转身对穿灰军衣的年轻人叮嘱:"好好送他们二位走!"

两人又重新握了周恩来温暖有力的手,跟着年轻人走到外边,仍感到手上留着刚才握手的余温,像电流似的一直暖到心里。

外边,仍在下着细雨,雾气在夜色中显得更浓了。上了车,家霆和寅儿回首遥望那幢楼房,只见楼上金灿灿的灯光似要穿透这滚滚浓雾。两人都默默地咀嚼着方才那一番谈话。周恩来两道浓眉下的电火似的眼神,恢宏的气度,轩昂的神情,侃侃的谈吐,亲切的话语,雄辩的论据,谆谆的教导……都是不可忘的!汇成了不可磨灭的印象,深烙在他俩的记忆里。

蓝色的夜,白色的雾,天上仍在飘落湿润无声的毛毛雨。汽车在浓雾和夜色中沉着地前行,送他俩到了热闹的小什字路口,突然停下,将他们留在路边的人流中,飞也似的驰走了。

家霆送寅儿回家时,路上对寅儿说:"真想不到,今天你竟改变了中间路线的立场了!事先,你可从来没有对我说过。"

寅儿笑了,说:"其实,是你太迟钝了!这一向来,编刊物时,我的态度从来没有同你有过分歧呀!"

"这倒是的!"家霆说,"姗姗大姐说她是中间路线,可是我的感觉,她也并不是什么真正的中间路线!"他没有多说,同周恩来见面谈话的喜悦冲击着他,使他沉醉在一种激荡昂扬的情绪中。他只感叹地说:"唉!今夜,我太激动了!这将是我今生难忘的一个夜晚、一次谈话!"

寅儿说:"你表达得很好!我也是!"

四

童霜威这一向来特别忙,也比较活跃。

起初,十月中旬的一天中午,他收到程涛声写的但未署名的一封信,说十月十六日上午八时,在上清寺"特园"①鲜宅,有个座谈会,希望能去参加,中心议题是讨论抗战胜利后,中国应建立一个什么样的国家。

本来,复兴大学有课,知道有这样的会,童霜威决定不去学校来参加这个会。他早听说有关上清寺"特园"的一些情况了。这是鲜英的公馆。鲜英字特生,所以其园名为"特园",又名其宅为"鲜宅"。鲜英其人,对旧营垒表现出"和而不流",甚至反戈相击;对爱国者表现出急公好义,尊贤若渴。他早年参加过同盟会,后在军界,曾参加"护国之役"讨伐袁世凯。袁氏倒台后,他痛恨北洋军阀,愤而回到四川。在川军中任过陆军第十师师长,兼江(北)巴(县)卫戍总司令。一九二八年川军整编部队时,他辞去师长职,改任四川善后督办参赞兼惠民兵工厂厂长。抗战爆发后,他那里成了一个共商国是的场所。一些参政员把"特园"当作了"俱乐部"。中共方面的人,国民党的元老、要员,社会上的知名人士,地方上的上层人物,都常在他那里进出聚会。银髯飘拂的鲜英古道热肠,待人接物优礼有加。于是,"特园"出现了"座上客常满,樽中酒不空"的盛况。据说,国民党特务对"特园"也进行监视。沿上清寺到"特园"的大门口,沿途都有些特务摆设"修鞋摊""香烟摊"等进行监视。但去的人多了,而且头面人物去得也不少,国民党要人像孙

---

① "特园"——已于一九六八年四月,在"文革"中被焚毁。

科、于右任、张群、邵力子、王世杰等等也去做"特园"的座上客,特务只好看着"特园"内的活动仍旧热火朝天地照常进行。

收到程涛声的通知,童霜威心情很激动,告诉了家霆,说:"看来程涛声他们是决定要我一起干了!现在,国事蜩螗,有识之士都已不能冷眼旁观。我在复兴大学,看到学生们的爱国热情高涨,许多教授也都开始奋不顾身,我也早就不想沉默了,我愿意采取行动了!"

家霆见爸爸这样,心里激动,说:"爸爸,您做出这样的决定我完全拥护。您是有声望地位和学识才干的人,应当为中国的前途为人民的幸福做出贡献。内战危机如此严重,需要制止!社会如此黑暗,需要反对!爸爸应当走在时代前列,同当今的许多忧国忧民之士并肩走在一起。这股力量现在是汹涌澎湃的。一个人势孤力薄,无数人就可以汇成海洋。过去我常听您叹气。这以后,如果您真的投身到民主运动的洪流中去了,主宰了自己的命运,贡献了自己的力量,我想,您会感到充实,感到胆壮,感到快乐。我为有您这样的一位爸爸感到骄傲。"

第二天早上,童霜威起了个早,家霆特地送爸爸到上清寺去。走到上清寺二十四号"特园"附近,父子分别,童霜威一人进去。绿色的树丛,灰色的墙垣,传达室的一位老仆人接过名片,恭敬地引童霜威进去。"特园"位于嘉陵江南岸,拾级而入,庭院幽静、宽大,主楼名叫"达观楼",恰好表现了主人的性格。园内布局典雅,景色宜人。树木花草,透出缕缕芬芳,长满青苔的潮湿地面,散发出一种泥土清香。

童霜威走进客厅时,只见宽大的客厅里,沿墙摆就的一圈大大小小的沙发上早已坐了十多个人。见他进来,一些人已经起身上来寒暄。再一看,熟人有好几个。除程涛声外,有瘦长留着八字胡的老同盟会员朱蕴山,他是安徽人;有胖胖的相貌堂堂的著名军事理论家杨杰,他是日本陆军大学毕业的,云南大理人;有参加过同盟会和国民党后来又在广东全面负责过共产党工作的大胡子谭平山,他是广东人,后来脱离了共产党,民国十九年他和邓演达一起建立第三党,想在国民党和共产党之间寻找第三条道路。邓演达被杀后,他曾亡命香港并移居欧洲。抗战爆发,从海外回国后,老蒋为了拉拢他,恢复了他的国民党党籍,任命他为军委会设计委员和国民参政会的参政员。但听说他一直坚持中山先生的"三大政策",也一直反对消极抗日、积极反共的政策。他也是广东人。此外一些人,虽然过去不认识,童霜威有的也听说过名字,知道些情况。

谭平山十分热情。童霜威民国十九年与邓演达结识交往时,就认识了谭平山。带广东口音的话仍那么熟悉,谭平山说:"啸天兄,十几年不见,在此地见面,太高兴了!"

童霜威握着他的手说:"整整十六年了吧?你身体还是这么壮实!"许多当年往事不禁涌上心头。

朱蕴山笑着上来说:"常听振亚兄谈起你!一直也没能去看望你。"他很瘦,眼光十分精神,有股锐气,两撇八字胡微微有点向上翘起。

杨杰在北伐后,民国十八年一度被任命为陆海空军总司令部总参谋长,当时总司令是蒋介石。民国二十三年,蒋介石兼陆军大学校长时,杨杰任教育长。抗战爆发后,他去苏联任过大使。回国后,因为政治见解有了转变,回到重庆后,只得了一个军委会顾问的闲职。闲居中,他著书立说,从事军事理论研究,写了《国防新论》等好多本书,逐渐放弃了原来拥蒋反共的立场,对共产党采取了同情和赞扬的态度,对消极抗日积极反共的政策深为不满。童霜威记得同杨杰认识是抗战前在南京,那是民国十九年九月初,以行政院院长身份代理国民政府主席的谭延闿脑溢血死了,在谭墓所在的灵谷寺举行国葬时,童霜威经人介绍,同杨杰见面认识,后来也偶有来往,一晃也是十多年未见了。

现在,杨杰上来亲切握手,用云南口音说:"童先生,多年不见了!还记得在南京灵谷寺我俩谈胡汉民那副挽联的事吧?"

童霜威想起来了。当时,胡汉民写给谭延闿的挽联是:"景星明月归天上,和气春风生眼中。"杨杰和童霜威谈这副挽联,认为这副挽联确实把谭延闿的为人写出来了。谭延闿为人处世的妙诀就是一个"和"字。谭延闿自己也说:"中"字是人生第一妙诀。现在,杨杰旧事重提,童霜威连声说:"记得!记得!"心里却不禁想:一个"和"字,一个"中"字,想升官发财固然可以作为诀窍,要为国为民,可就必须摒弃了!拿我来说,过去何尝不是有意无意地也把"和"字与"中"字作为信旨,现在,却在摒弃了!今天来开这个会,就是排斥了这两个字才来的呢!

一场寒暄,大家坐下。接着又陆续来了几个人,其中有柳亚子,江苏吴江人,同盟会员,是反清文学团体"南社"的发起组织人之一。童霜威在上海办报时认识的。他反蒋,坚决主张抗日,民国三十年因拒绝参加国民党五届八中全会被开除党籍。年来人都知道他同中共上层人士交往亲密。童霜威过去是很喜欢他的诗文的。其他一些人大都比较生疏,但童霜威感到这些人互相都是极为熟悉的,而他们对我也是好像早就了解情况而且热情欢迎、十分尊重的。

一会儿,开会了,由谭平山主持。大家漫谈起来,发言踊跃而热烈,都言之有物,分析形势也比较客观,发言的人都好像既无顾虑也无负担,一般讲得都很有特色,听了叫人热血沸腾。会上还反映了大量情况,都是童霜威平时不太了解的。童霜威深深感到,这种交换意见很有益处。对于抗战胜利后国内政治发展的前途,虽然大家对于许多问题的认识还不一定都清楚,有的也有不同看法,但都知道民主、和平、团结、统一的新中国的实现,还要经历非常曲折的道路,进行非常艰难的斗争。

童霜威在座谈中间也发了言,把自己的看法率直谈了,把复兴大学学生们要求民主、和平、团结、统一的情况谈了,也把自己的思想变化过程谈了。他觉得自己的看法很被大家欣赏和重视。在听大家发言后,他不禁想:像谭平山、程涛声、朱蕴山、杨杰、柳亚子这些有名望的人,过去都是同盟会员,有的本来左倾,有的本来拥蒋反共,今天都汇合到一块来了,这是为什么?这些人都有思想,都是出类拔萃的人才,他们做出当前这种选择,自然不是草率的,更不是盲目决定的。从发言时忧国忧民的激情中可以看得出来,他们同我一样,是经过长时期的思考、比较,然后才下决心走这样一条路的。就是有风险他们也不怕。因为,当年参加同盟会时的革命精神一直在起作用,在焕发光芒。

座谈时,童霜威又隐隐觉得这些人很可能已经有了一个组织。那么,我是局外人还是自己人呢?被邀来开这样的会,说明是一种了解,一种信任,当然是已被作为自己人看待了。但并没有参加过任何组织,平时只是同程涛声有过交心的谈话,似乎还仍是一个局外人。想到这,他心中又有点耿耿了。

后来,午饭是在"特园"吃的。招待丰盛午饭的"特园"主人鲜英,上午的会他没有参加,这时来和大家共进午餐。程涛声等介绍童霜威同鲜英认识。看到这位长髯飘逸的老人,童霜威问起年龄,才知他留着长髯,看上去年龄老,其实并不老,说:"特生兄比我大三岁!"

鲜英热情得很,握着手,一口四川话说:"那我该叫你一声老弟了!"又说:"童先生,我听张表方[①]谈起过你,二天欢迎你常来这里摆谈。"

---

① 张表方:张澜的字。

童霜威饭后看到:鲜宅的二门上高悬着一个横匾,是冯玉祥写的四个隶书"民主之家",下面有一副长长的楹联分列两边,是张澜的手书,写的是:

谁似这川北老人①风流,善工书,善将兵,善收藏图籍,放眼达观楼,更赢得江山如画;

哪管他法西斯蒂压迫,有职教,有文协,有政治党团,抵掌天下事,常集此民主之家。

童霜威想:楹联对得并不工整,意思是好的。鲜英因为童霜威第一次来,特地请童霜威上达观楼俯瞰嘉陵江,看看风景。上了达观楼,只见波光岚影奔来眼底,使人有超尘拔俗之感。童霜威却忽然有范仲淹《岳阳楼记》中那种"先天下之忧而忧,后天下之乐而乐"的感情了。鲜英爱好藏书,又亲自陪童霜威去看了他的藏书。童霜威看了藏书,这才兴尽离开"特园"。

第二周,一天晚上,下着滂沱大雨,整个的天仿佛要倒塌下来似的,倾盆的雨水从漆黑的天空里倾泻下来。满耳是"哗哗"的雨声,顺着屋檐、水沟奔流的"咕噜噜"的水声。突然,高颧骨、戴眼镜的程涛声穿着一件长衫打着一把油纸伞飘然出现在门口了。他伞上滴着水,长衫下襟全湿,两只脚上的鞋袜和裤脚也全水淋淋的,脸上却笑着。

童霜威诧异地问:"啊呀,振亚兄,这样的暴雨怎么你又来了?"

程涛声收起伞倚在门口,仰面哈哈笑着说:"'夜阑卧听风吹雨,铁马冰河入梦来'②。当年,武昌起义后,做敢死队,总是倾盆暴雨中夜战,好几次都差点送命!"

两人一起笑着坐下。家霆泡茶敬客后,又回到里屋去了。程涛声先随意地问问那天参加座谈会的感想。童霜威表示满意。

---

① 鲜英是四川西充县人。西充,民国时属川北道。
② 陆游七绝《十一月四日风雨大作》中的两句。

程涛声轻声说:"啸天兄,今天我来是有重要事情找你的。我们去年已经成立了一个'三民主义同志联合会',以中山先生联俄、联共、扶助农工三大政策和《国民党第一次全国代表大会宣言》为旗帜,团结爱国民主分子,坚持抗战和团结,实行民主,反对独裁。我们民联在进步人士中,已是一个半公开的组织。扼于形势,大家自觉为它保密,负责人不公开,但组织公开,也就是说民联是公开参加民主运动的活动的。这样才能发生政治影响。一些不宜于公开或本人不愿意公开露面的会员,我们都采取个别联系的方式。我同你就是这样一直在个别联系着的。"

童霜威不禁问:"那我已经算是参加了吗?"

程涛声摇摇头说:"还没有!虽然我们已经把你当自己人了,但你还没有入会。今天我来,就是来告诉你:我愿意做你的介绍人。今后我们一起来为中国的光明前途努力,你看好不好?"

童霜威心情激动,说:"好好好!要履行什么手续吗?"

程涛声摇头说:"我们所处的环境险恶,不须履行什么手续。你同意,就算入会了!以后,我们就是一同努力的革命同志了!我祝贺你!"他把"祝贺"说成了"菊花"。

他站立起来,热情地同童霜威紧紧握手。

童霜威一时激动,竟不知说什么好了。

外边,大点的雨箭又猛又密,屋顶上、树叶上、园里的花台上发出一片响声,倾盆大雨奔腾而下,天河的暴洪倾注到了人间。

童霜威突然有一种强烈的感觉,这国家是要变了!目前,这国家也像这暗无天日的黑夜,经历着天亮前的阵痛。各种力量正在汇聚着,正像这声势澎湃的暴雨,它将洗涤尘埃,震撼人心,驱赶黑暗。

这无边无际的黑夜中,似乎隐藏着豺狼虎豹,潜藏着不可知的危险。他好像能预感到今后自己的前程不会平静,不会安宁,甚至将会有危险降临。但他的决心却无比坚定。他懂得：温和派和中间派都是软弱无力的，也都是时代所不需要的。他的决定是经过长期抉择做出的。有那么多同志同他在一起，他不再感到孤单和寂寞了。暴雨"哗啦啦"的磅礴气势，此刻正像给他以激励。

后来，他送程涛声出门。自比为敢死队员的程涛声，打着伞在大雨中大步回去了。他回来后，急着将事情告诉了家霆。他看到儿子那酷肖妈妈柳苇的眼光里，有一种喜悦和激动，儿子只说了一句话："爸爸，您真好！"

夜里，童霜威失眠了。因兴奋血压有些升高，心脏老是"冬冬"地跳。无数往事涌上心头。大雨后来停了，檐头的水声仍在滴答。夜深更残，他特别想念柳苇。

当年的龃龉，使他想起来悔恨交加。那时，他几乎完全不能理解柳苇的狂热信念。现在，他自己宁愿冒险也投身到这种狂热的为国为民的潮流中来了。当年，柳苇说过："我现在就是在白天，也感到是在夜里，是在一种'月落乌啼霜满天'的环境里。"她说过："我心中自有我的钟声！"实际上，她那时还并没有参加共产党，一种对光明的向往却有那么大的吸引力，使她能毅然同丈夫分手，能离开儿子家霆，最后不惜流血牺牲死在雨花台。啊，啊！人有信念和没有信念，活着会是多么不同啊！现在，他完全能理解柳苇了。只是，她牺牲在雨花台已经整整十四年了！他现在认识到，同他比起来，她在思想上和行动上是一个先行者。当然，她当时的话也有说得过于激烈片面的地方。她在离婚时说过："你形体虽存，生机已死！"现在事实证明，并非如此。他终于已经参加了国民党内民主派的活动。只是，这一段漫漫的路程，竟上下求索蹒蹒跚跚地走了十四年。真是何其迟缓！

他痛心地回思过去，却欣慰于如今自己作了应有的正确选择。在半夜以后，才昏然睡去。

十月二十八日上午,童霜威又到上清寺"特园"。这次去,意义不同寻常。他参加了"民联"的第一次全体大会。因为限于形势,会议只能开一个半天。到会的会员只有二十多人,有三十人上下的会员因为种种原因没有到会。童霜威这才知道正式参加民联组织的有五十多人,而联系成熟尚未参加组织的则远远超过这个数字。国民党内民主派力量的集聚使童霜威感到兴奋。

大会仍是由谭平山主持,柳亚子、马寅初、程涛声、郭春涛等都到了。大会有三个文件:政治主张、临时组织总章和决议案。因为事前已秘密分发给大家阅读酝酿过了,除了就三个文件草案向大家做了说明外,就由大家举手通过了。大部分时间都用作自由发言。大家情绪很高,发言踊跃,谈的都是形势、任务以及成立"民联"的意义和"民联"的责任等。最后按照章程选举了临时干事会。中央临时干事会的人选,事前做过协商。"民联"是在艰难环境中成立的一个秘密组织,担任各种负责职务是只有义务而无任何权力的,况且还要承担风险。所以大家协商推选一些负责人出来,都表示衷心赞同,很少争议。最后,选出了谭平山、程涛声、杨杰、朱蕴山、柳亚子、马寅初、童霜威等十七人为临时干事会的干事。

童霜威在会上的发言除了抨击独裁特务政治的不得人心,谈了经济衰落、民生凋敝,决不允许发动内战,也着重谈了必须依法严惩汉奸,反对与敌伪合流的意见。讲话时,他觉得自己有一股发自内心的正义感与使命感。大家的反响都很好。

散会后,童霜威与程涛声一同回去。路上,童霜威问:"冯焕章怎么没有参加?"

程涛声说:"按照章程规定:'有崇高资望足资号召,但因环境关系未便即时加入本会者,得敦请为本会指导员。'冯玉祥、李济深等已经有联系,尚未宣布而已。"

童霜威说:"孙夫人、廖夫人①等都应当请他们参加。"

程涛声说:"当然,会参加的!"程涛声告诉童霜威:"中国民主同盟的临时全国大会,前些天也在'特园'开过了,民主党派将一同推进民主运动走向高潮。"童霜威听了,很受鼓舞。

童霜威回到家里,有些感慨。下午,家霆看到爸爸在纸上写下了一首七绝:

> 蜗居斗室作茅庐,
> 八年坎坷赖诗书。
> 欣见子夜风雷动,
> 又有兴亡到老夫。

家霆笑了,说:"前三句可以,后边一句,有点……"

"有点什么呢?"童霜威问。

"似乎有点从个人考虑。"家霆坦率地说。

童霜威哈哈笑了,感到儿子直率得可爱,说:"我确实想的是国家的兴亡,而不是我个人的得失!"又说:"孩子,你发现没有?这一年来,爸爸对诗词不像从前那样感兴趣了!"

"是呀,爸爸,你一说,我倒是有这感觉了。这是为什么?"

童霜威笑了,说:"囚禁时,失意时,意兴阑珊,借诗词陶醉。唐诗宋词中消沉之作不少。现在我需要的是昂扬激奋!丢弃消沉,当然必要!"

以后这段日子,国共军事冲突日趋严重。国民党当局自日寇投降后即已开始发动的进攻,进行了三个多月。新华社揭露:有一架国民党运输机,迷失方向,降落在焦作附近,在机上查获《剿匪手册》两本。"手册"中的警句是:"赤匪不灭,军人之羞。"而军事当局发出给军队的密令中,说:"奸匪如不速予剿除,不仅八年抗战前

---

① 廖夫人:指廖仲恺夫人何香凝。

功尽失,且必贻害无穷。"这种"剿匪"密令既下,内战就愈益扩大,"剿匪"兵力动用了大约二百万人。战事沿津浦、平汉、同蒲、平绥铁路展开。十月间,第十一战区副司令长官兼新八军军长高树勋因为反对打内战,率部在邯郸地区起义,引起了极大震动。十一月中,重庆举行了军事会议,高级将领云集山城,传说国军将与美军在华北共同有所行动。鉴于内战形势这样严重,各民主党派纷纷发表声明和宣言,要求立即制止内战。重庆的二十七家杂志,包括《明镜台》在内,都联合发表呼吁书反对内战。

这个月的天空中,常飘浮着鱼鳞般的云彩,不时伴着纷飞的细雨。黑夜中的雷鸣和闪电,好像加速了时光的流逝,也好像在弹奏时代的最强音。十一月中旬,陪都各界反内战联合会成立。十一月十九日,反内战联合会召开。家霆陪爸爸参加了这次有五百多人参加的大会。会上,童霜威也做了演讲。他说:"抗战八年了!抗战不胜利,人民愿意同日本帝国主义打到底!任何牺牲在所不惜。但是现在抗战胜利了,人民一致的呼声是要求和平,再不愿意打仗了。由于有的高级将领反对内战,在进攻的军队中,有万余人的起义,有八九万人放下了武器,占进攻解放区兵力的二十分之一,足以看出人心之向背!这次重庆的军事会议,究竟是悬崖勒马呢,还是坚持要把内战打下去呢?听说有人想把外国人引进来武装干涉,这还有点民族观念没有?是想使中国再陷于殖民地的地位吗?依我看,和平有百利,内战有百害。而要达到和平,也很容易。共产党方面已经让了步,只要国民党方面努力一下就够了!这种努力,就是取消'剿匪'的命令,明令停止内战,政治解决!"

家霆在大会上看爸爸演讲还是第一次,看到爸爸的语气高昂、态度从容,言为心声,句句在理。讲完后,掌声雷动。他的心始终"冬冬"跳着,感到为爸爸无比自豪。他感到爸爸现在真的是已经把个人的苦恼、苦闷变为一种为国为民的动力和信念了。爸爸正为追求光明和进步在勇往直前呢！

五

一月底，政协会闭幕后的那天上午，童霜威去北碚复兴大学上课了。家霆正在家里忙着为《明镜台》编稿。

他手边的几篇重点稿:《昆明"12·1"惨案真相》①《赫尔利大使辞职与马歇尔特使来华》《张群、周恩来签署"关于停止国内冲突的命令和声明"经过》②，都是请几位名记者写的，文字很好，所以编发并不困难。

这一向，由国民党、共产党、民盟、青年党、无党无派人士等代表参加的政治协商会议从一月十日到一月三十日开了二十天。政协在通过了关于政府组织问题、和平建国纲领问题、国民大会问题、宪法草案问题和军事问题等五项协议后，于一月三十一日闭幕。这些协议，实际上否定了国民党的一党专政及其举行的内战政策，再一次确认了和平建国的基本方针。它无疑是中国和平民主力量的重大胜利。家霆和燕寅儿准备一同编写一篇《政协内幕新闻和花絮》。姗姗大姐参加了政协采访，有些内幕材料可以由她提供，花絮则是从近来各种报纸上一条条摘编来的。桌上，堆满了各种报纸、杂志，家霆正在专心浏览摘录，忽然听到门口有人在热情呼唤:"啸天兄在家吗？"

---

① 昆明"12·1"惨案：一九四五年十二月一日，军政部所属第二军官总队的军官和暴徒几百人，围攻要求和平民主、反对内战的西南联大、云大等校，投掷手榴弹，炸死联大学生李鲁连、潘琰等。同时，百余歹徒围攻联大新校舍。一日之内，四位师生被杀，六十余名爱国学生被毒打负伤。

② 一九四六年一月十日，国共双方代表张群、周恩来签署"关于停止国内冲突的命令和声明"，由双方向所属部队发布停战令并规定于一月十三日午夜十二点停火。

家霆从里房走出来，想不到站在门口的是矮胖秃顶挺着大肚子的谢元嵩。谢元嵩皮肤红润，蛤蟆嘴里咬着雪茄，用两只蛤蟆眼盯着家霆，"咯咯"笑着说："怎么？令尊不在？"说着，跨步进屋。他一进屋，就满屋都是刺鼻的雪茄烟味了。

家霆心里虽然厌恶，未作表露，说："谢老伯，请坐吧，家父去北碚了。"

这一度，谢元嵩政坛得意，童霜威同家霆谈起过他。他本来在筹组一个什么"人民自由党"，说已经取得了美国某某参议员的支持。后来，又将筹组的政党改名为"民权党"。办了一个八开小报，先叫《老实话》，后来又改成《良心话》，发行份数很少，听说是拿政府津贴的。不知怎么，三弄两弄，他又将自己的"党"并入了青年党，并且一跃成了青年党参加政治协商会议的代表之一。

参加政协的代表一共三十八人：国民党八人，共产党七人，民主同盟九人，青年党竟占了五人，无党无派九人。这个"中国青年党"，初名"中国国家主义青年团"，一九二三年在法国成立，鼓吹国家主义，反对共产主义，一般人称他为"国家主义派"。后来正式定名为"中国青年党"，一直暗中接受有关方面的津贴，反共很坚决。国民党把它拉来做帮手撑门面，所以政协上竟给了他五个代表名额。谢元嵩成了青年党参加政协的代表，童霜威不禁笑着摇头。后来，看到《中央日报》上刊登了谢元嵩在政协会上的发言，他高叫："军队不应属于任何个人、任何党派、任何地方，共产党应当立刻把军队交出来！"曾笑着对家霆说："你看到了吧？谢元嵩说的话'司马昭之心路人皆知'，他真像《打渔杀家》中的那个教师爷了！"

现在，谢元嵩竟出现在家霆面前了。他容光焕发，藏青新西装笔挺，打条黑领带，在藤椅上坐下，四面欣赏着墙上的字画，说："你们怎么住在这么个可怜地方？一直太忙，这一向又在开政协会。但我同你父亲是老朋友，不能不来看看他，摆谈摆谈。"

听他这样说,家霆去倒了杯茶来给他放在茶几上。

谢元嵩将雪茄从嘴里拿下来,夹在右手食指与中指间,说:"听说你在办杂志。你看过我办的《良心话》没有?"

家霆老实地说:"这报恐怕发行得很少吧?还没见到过。"

"啊!"谢元嵩左手摸摸臃肿的大肚子,说:"发行多的报纸也不一定就有影响!《良心话》是很有影响的报纸!"他喷一口烟,"你父亲还在忙着在大学里教书?"见家霆点头,说:"他太古板!我早约他一同干,坚决不肯!政治这玩意,要舍得干!你父亲有才有识,饱学之士,政治上一直不得意,我常为他伤心,原因在于他不能甩开膀子大干。我现在是青年党了,要是还在国民党里混,哪有我的政协代表做?哈哈,人生的游戏像赌博。不在于拿了一副好牌,而在于能打好一副坏牌!"他朝家霆看看,"对了,你这青年人,参加我们青年党好不好?我来做你的介绍人,把你办的刊物带过来。过上一二年就给你个中央委员干干!"

家霆连忙摇头,说:"嗬!不!我还不想参加!"

谢元嵩带着三分得意,突然问:"乐山夫妇去美国留学了,你知道不?"

家霆回答:"听说了。"

"他们生活得十分舒适!出国镀一下金太必要了,该让你父亲也送你去美国!"

家霆没有做声,心想:人各有追求,像谢乐山那种醉生梦死吃喝玩乐的生活,岂是我所追求的呢?

谢元嵩倚老卖老地说:"跟你父亲说,叫他还是考虑考虑你谢老伯的建议,我还是想跟他一起干。青年党目前正缺少有他这样声望和地位的人。他来,将来可以在政府中分一席地位!他何必不冷不热死守着国民党的灵牌不嫁?他同我一起干不会吃亏的。我向来是个说老实话办老实事的人。他来,马上可以做青年党的中央执行委员。我那《良心话》请他跟我并列也挂个社长的牌子。你要鼓动鼓动你父亲,让他开开窍!他发达了,你也沾光!你也该去美国留学。将来,不去美国镀金是混不上去的!"

家霆被他说得只好哑口无言,不禁想起爸爸连续受他作弄吃亏上当的事了。他耐着气,心想:今天爸爸不在,如果在家,谢元嵩谈这番话准会碰钉子,说不定会给爸爸训斥一顿也未可知。

正在想,见谢元嵩站起身来了,指指墙上挂的冯玉祥的那幅字,说:"劝劝你爸爸,把这幅字撤下来算了!什么人的字不好挂,要挂他的!他跟共产党混在一起,将来没好果子吃的!你听说没有?那伙左派,什么郭沫若斯基、李公朴夫等等,后天要在较场口开什么陪都各界庆祝政协成功大会了!请周恩来、董必武什么的到会演讲,冯玉祥的老婆李德全也是主席团成员。你知不知道?"

家霆平静地说:"知道!后天我也要去参加那个会看看。"

谢元嵩听得出家霆的话一直不咸不淡,好像打算走了,咬着雪茄说:"这种'短笛无腔信口吹'的会,像夏天的池塘——百蛙吵坑!一点意思都没有,何必去参加!"一边起身跨步出屋,一边叮嘱说:"告诉令尊,我来过。把我讲的真心话原原本本告诉他。多年交情了,我始终关心他,有高兴的事就要告诉他。我很想给他办点真心事。穷教书匠没干头!现在整个世界包括中国,并不像桌上放着的地球仪那样安宁!日德意完蛋了,世界也不会太平!乱世正是英雄出头的时候,要劝令尊在这方面开开窍!别错过了好机会!"

家霆将谢元嵩送走,开了窗,让风把房里浓烈的雪茄烟味吹散,心里想起了许多往事。谢元嵩的话,又使他看到了政坛上一种马路政客的丑恶心肠与嘴脸,使他愤慨、激动。拿爸爸跟谢元嵩比,他感到爸爸比谢元嵩高超多了。谢元嵩却这么春风得意,岂不可笑!

他定下心来,继续摘录政协花絮,不料一会儿又有人来了。来人是个穿得贫寒的剃平顶头的中年人,工人模样,大手大脚,在门口问:"这里有个童家霆先生吗?"

家霆走出里屋,来到门口,说:"我就是!"

那浓眉凹眼工人模样的中年人,从袋里摸出封信来,说:"有人让我送封信给你!"

家霆接过封着的信来,问:"谁?"

工人模样的中年人说:"你看了信就明白了。"说着,扭转身已经走了。

家霆心里奇怪。信封上写着"面交童家霆先生亲启"的字样,笔迹有些熟悉。他忙着把信拆开一看,只见信上写的是:

家霆:

    本月十四日晚八时,望到上次地点晤叙。《琵琶行》中的名句想仍记得的吧?

握手

舅舅

家霆心跳动着把信一连读了两遍,十分兴奋,委实太想念忠华舅舅了!虽然知道他在重庆,也估计得到他在干些什么,一直不知道他在哪里,更无从同他见面。他突然来信了!约定了见面的时间、地点和暗号,当然一定是有事。什么事呢?家霆心里更不平静了。忠华舅舅这人,似乎有点神秘。在特务密布的重庆城,他能平安无事,不靠他的机警、机智与秘密、隐蔽是不行的。他的神秘正是他的职业所需要的。想起再过五天,就能同朝思暮想的忠华舅舅见面了,家霆实在难以抑止心中的高兴。他猜不出忠华舅舅要谈些什么,却预感到一定会有非常重要的事。他勉强自己定下心来,想快把《明镜台》的稿件编写好,好多匀出时间来准备着干别的事。

童霜威是第二天从北碚回来的。看了柳忠华给家霆的信,听家霆讲了谢元嵩来过。他对柳忠华约见家霆感到兴奋,也猜不出柳忠华是为什么事要同家霆见面。对谢元嵩所说的话,他听后笑了,最后说:"这个人,以前有人叫他琉璃蛋,我还体会不深!他翻手为云,覆手为雨。我对他既有了解,也很鄙视,让他自己升官发财去吧!他是魑魅魍魉,我同他既羞与为伍,也话不投机。下次如果再来,我在家我请他走,我不在家你请他走!"

转眼到了二月十日,一早,燕寅儿就来了,约家霆一同到较场口去参加陪都各界庆祝政治协商会议成功大会。姗姗大姐因事去别处采访,未能参加这个会。

寅儿说:"听说特务可能要破坏这次大会!外边传说,他们已经雇了打手准备扰乱会场!"

童霜威因为血压高,卧床休息,听到寅儿这么说,思索着说:"是啊!完全有这可能!去年十二月,昆明打死了学生。今年一月,重庆的民主团体和各界人士在沧白堂集会也挨了打!打风一开,就成了惯用的手法了!谁知今天他们捣不捣乱?你们去,要小心注意!"

家霆笑着说:"爸爸放心,今天这个会,人数听说很多。谅他们不敢再冒天下之大不韪!而且,我和寅儿年轻,没什么可怕的。"

他要爸爸好好休息,就和寅儿一同动身去较场口。

较场口类似上海大世界那一带的情况,是个热闹地方,相面的,摆摊的,什么都有。平时,家霆和寅儿很少去。他俩从精神堡垒向西南走,到达较场口时,见今天的大会气势确实不同。这个会得到山城人民的响应,人们打着旗帜从四面八方正拥向会场。中国农业协会、中国经济建设协会、全国邮务总工会、陪都青年联谊会、中国劳动协会、新华日报、国立艺专、育才学校等团体都纷纷来了。

燕寅儿忽然机敏地对家霆说:"'倜傥'!你看,怎么回事?主席台上和周围那些人都有些两样。"

家霆也张望注意到了:许多不三不四的人,占据了大会主席台和周围的地方。还有一个军乐队,也坐在主席台上。家霆说:"咦!怎么这些人都像打手,不是一副正经样子?"

"这时才八点多钟。这伙人看样子是来抢占主席台的!"寅儿猜测说。

"你看,那个流氓样的家伙名叫刘野樵,我见过。他是重庆市农会的常务理事,市党部操纵的人!"寅儿又指点着说。

家霆用臂肘碰碰寅儿,说:"走!'猫'!我们挤到最前边去。"两人往前挤。这时,他们看到李公朴、章乃器、阎宝航、施复亮、程涛声、李德全、马寅初、沈钧儒、郭沫若等都已先后到达主席台上就座了。那主席台,是用木板搭的,有点颤悠悠的。就在这时,看见刘野樵气势汹汹地冲过去张牙舞爪同李公朴指手画脚地不知说些什么。似乎在发生争辩,章乃器过来了,刘野樵又龇牙咧嘴同章乃器纠缠起来了。

会场下人头攒动,寅儿踮着脚说:"看!一个坏蛋动手打了!"

家霆看到一个高个子的年轻打手对着章乃器破口大骂,挥拳打去,幸被边上的几个新闻记者拦住。正在这时,主席台四周的许多人,必然是预先安排占在那地方的特务打手们一起高声起哄了,高叫:"开会!开会!快开会!……"台上台下顿时混乱起来。

章乃器到播音器前向台下解释:"各位!开会时间未到,政协代表和主席团成员尚未到齐,请大家稍等片刻!"

话未说完,有几个不明身份的人趁着台上台下混乱的时刻,把播音器强抢了过去。他们突然从口袋中掏出写着"主席团"字样的红绸条,自行挂在胸前。其中一个穿黑长衫戴呢帽的胖子用播音器大声叫嚷:"我们推代表中国人口百分之八十的农民代表刘野樵先生任主席！"

刘野樵早有准备,挺胸叠肚走到播音器前,大声说:"我宣布:开会!"又对着那支军乐队说:"奏乐！唱党歌！"

这真成了一出闹剧、一出滑稽戏。台上、台周围、台底下几百个特务打手马上高声喧哗地唱了起来:"三民——主义,吾党——所宗！"

台上、台下立刻更乱糟糟了。

寅儿气愤地说:"这些坏蛋用这方法来破坏大会！真气死人了!"

党歌继续七高八低、五音不全地在唱:"……以建——民国,以进——大同！"

家霆这时看见施复亮忍无可忍地大声向台下宣布:"请大会总指挥李公朴先生讲话！"

刘野樵突然在台上大声地朗读"总理遗嘱"了:"余致力国民革命,凡四十年……"他声音沙哑,声嘶力竭。

李公朴当仁不让地走到台前,正要讲话,就在这时,几个打手大叫:"他们扰乱秩序！""打！""打！打！"

李公朴马上被一伙特务打手包围着痛打起来。从台上一直被打到台下。只看到他头上被打开了一道血口,淋漓的鲜血马上流淌下来。郭沫若、马寅初、程涛声等上前去保护李公朴,大喊:"不许打人!"顿时也遭到了一批打手的围殴。郭沫若的眼镜被打掉了,马寅初身上穿的马褂被打手们撕下来了,施复亮被几个特务打倒在地拖着在走。程涛声也在被特务狠狠踢打。……台上台下砖石乱飞起来。

主席台上这样殴打人,引起了台下群情激愤。大家高叫:"不要打人！"台下育才学校、社会大学的学生从西面拥上主席台去保护被打的人。这时,在台上的几十个特务打手中,有一部分突然跳下台来,和台下的一部分打手合在一起,拳打脚踢拼命驱赶来开会的人群。另一部分留在台上的特务暴徒将台上的许多长条木凳高举起来扔到台下人群中去,又去打上台来的学生。特务打手们都身藏铁器,亮出铁器殴打人时凶恶得像一群野兽。

家霆暴怒了,像被雷电击中,一股烈火升起,胸膛简直要爆裂了,他对寅儿说:"你自己当心!在边上等着,我上去!"说着,他拍拍寅儿的臂膀,撇下寅儿,自己冲锋似的一阵风挤着往前去了。他不忍心见那许多上年岁的进步人士遭到这样凶残的殴打,决心挺身而出保护他们。

人太多太乱,他好不容易才挤到了前面。他连跑带跳,跃身上了颤悠悠的主席台,恰好看见一个黑胖的打手正在狠狠殴打马寅初。马寅初的腮边流下了鲜血。家霆一把揪住黑胖打手的拳头,保护了马寅初。同时,边上也有几个青年冲上前来卫护着马寅初,挡住了那个黑胖打手。家霆略一定神,忽然瞥见程涛声正被两个特务在重重殴打。程涛声到底是军人出身,虽然上了年纪,还能招架两下。家霆马上冲去拦开两个打手,说:"程老伯!快走!"台上乱成了一团,只听有人高叫:"打!打!打!"家霆就被几个冲上来的如狼似虎的打手围住了。家霆心里又添了几把火,只觉得身上、头上都挨了拳打脚踢。但他机灵,头脑也清楚。他见程涛声等都已被人保护着走了,正打算抽身摆脱特务打手的包围,没料到一个特务手挥铁棍,对着他劈头盖脸一铁棍打了下来。家霆心想:糟了!身子一闪,想不到燕寅儿已在他身边,"托"的用一条长凳挡住了那铁棍。铁棍重重地打在条凳上。燕寅儿"乓"地甩掉了长凳,一拽家霆,说:"快!走!"

两人敏捷地一同跳下台来。这时,台下的人大部分已经散了。有些地方,特务仍在殴打人,只听见抢占会场的暴徒正从播音器里大声叫嚷:"别走!别走!大家来开会!"

寅儿同家霆匆匆向会场外的方向走。寅儿关切地问家霆:"伤了没有?"

家霆觉得大腿和肩膀都有些疼痛,说:"挨了些拳脚,不要紧!"

寅儿仍拽着他,说:"走!快到远处再看看!"

两人跑到较远的地方时,回头来看,只见会场上剩下的几百特务打手正在那里继续"开会"哩!穿黑长衫戴呢帽的胖子,站在主席台上播音器前讲话,说:"今天,我们农会代表刘野樵总主席被暴徒打伤了!所以我来代理主席,继续开会!……"贼喊捉贼,真叫人又好气又好笑。

然后,听到七零八落的呼口号声:

"国家利益高于一切!"

"军队国家化!"

"三民主义万岁!"

"蒋主席万岁!"

家霆气恼地说:"这出丑角戏没看头了!走吧!"

走在路上,家霆才发现左腿上有条一寸多长的伤口在淌血。他被寅儿陪着挤上公共汽车去上清寺,两人同到燕东山的诊所去。东山大哥出诊去了,蒋素雅给家霆消毒涂药进行了包扎。寅儿向蒋素雅问起东山大哥的近况。蒋素雅微笑着说:"很好,不喝酒了,工作勤奋,晚上还在翻译一本美国的医书。"从她说话的表情观察,她对生活比过去满意,脸上的表情很甜。诊所里打扫得明窗净几一尘不染。

离开后,途中,燕寅儿说:"我是希望天下有情人都成眷属的。看来,蒋素雅成为我的大嫂的日子不远了!"

后来,两人回到余家巷,仍忿忿不平,把情况都说给躺在床上休息的童霜威听了。

童霜威先叹一口气,接着说:"战争与和平的问题上,要选择什么?当然首先要选择和平!这是正确的。但如果战争被强加到头上无法避免,那选择就只有抵抗了!这也是正确的。我们的选择只能有一个标准:什么对广大人民有利。我是喜爱和平的。早先,为怕胜利后再打内战,我总觉得共产党可以少要一些兵,少要一些枪。现在,我深深感到:兵不能少一个,枪不能少一条,子弹不能少一粒!只能多,不能少!不然,人民没有活路,中国没有希望!"少歇,又说:"可以料想,他们明天一定会通过御用报纸颠倒黑白,把打人的说成被打,把被打的说成打人。你如果到法院上诉,他也会去上诉,有理也讲不清。归根结蒂,国家政权掌握在法西斯手里,有什么理讲?"最后,决断地说:"所以,我是不再信任这个政府、这个党了!早就该不信任了!"

较场口事件,激起了民众公愤。御用报纸登的新闻与事实完全不同,存心混淆是非。进步团体、进步记者都纷纷抗议,家霆、寅儿也参加了抗议的签名和对受伤人士的慰问。消息传出后,外地和海外都有人来电报慰问、声援和抗议。奇怪的是这边挨了打的到法院控告,那边打人的也捏造事实和证人到法院控告。法院居然劝双方"和解"。确如童霜威所料,毫无结果。不过,这次事件,终于使许多人又一次看清了法西斯的真面目。

第三天晚上,家霆陪血压平稳了的童霜威去冯玉祥处,谈较场口这件事。冯玉祥拿出自己做的一首诗给童霜威看。诗写的是:

  胡豆花开紫薇薇,红梅开过开绿梅。开个庆祝会,本来是很对,会竟没开成,民众被打退。对着主席团,居然发大威,有的破口骂,有的砖石飞,章乃器被打,李公朴被毁,郭沫若受伤,施复亮挨捶。有的挨打者,打伤两条臂。还有受伤者,打坏一条腿。……这种坏方法,用者段芝贵。……法西德日意,从根被摧毁,再去仿效它,实在自找罪。……

童霜威看了,先是叹口气,接着笑赞道:"真好!这种时候,你这种诗,快人快语,最能刺痛中国的希特勒!该拿去给报纸发表才好!"

冯玉祥笑道:"我已经送给《新华日报》去了。我想,他们是会发表的!"

二月十四日晚上八点,家霆怀着特殊的心情,准时到临江门海关巷五号去找忠华舅舅。

依然是那条街的北头,那家饭馆,饭馆楼下厕所旁有个后门可通后面一家旅馆,旅馆南面有条小巷,由此可以进到海关巷五号。原先那个黄河水利会驻渝办事处的牌子没有了,那个姓吴的黑瘦戴眼镜的中年人仍在。

家霆说了接头暗号,姓吴的仍旧将家霆带到上次那间挂着竹帘的卧室似的空房里,说:"等一等!"

这间非常简陋的卧室,仍旧是那张铺盖都很旧的竹床,加上两把木椅和一把藤茶几,也仍旧是一个堆满旧书报的旧竹书架。窗台上依旧胡乱放着牙刷、牙缸。

家霆快要见到舅舅了,心里激动。刚坐下一会儿,果然看到门帘一掀,像上次似的,穿半旧西装、头发粗硬倔强的忠华舅舅出现在面前了。家霆站起来叫了一声"舅舅",说:"我同爸爸好想你啊!"看到舅舅开阔的前额和刚强下撇的嘴角,他感情上满足极了。

柳忠华上来搂抱着他,拍拍他的背,用深邃带感情的目光仔细打量着他,说:"家霆,看到你太高兴了!"

两人一同对面坐下。柳忠华坐在竹床上,家霆坐在靠背竹椅上。地方的简陋,使家霆不由得想起了在上海沪西工厂区那所破旧弄堂房子的后门灶披间里见面的情景了。革命者的生活就是这样的清贫!他仔细打量着舅舅,舅舅开阔的前额上皱纹深了,嘴角和那执拗深邃的目光仍同以前区别不大。干燥粗硬的黑发中夹杂着一些银丝,说明舅舅的辛劳。但舅舅那种昂扬抖擞的样子使他高兴。

柳忠华点头微笑:"我也想你们!《明镜台》每期都看,办得不错呢!凡是人,都得有一种美妙的理想和信仰吸引他们,使他们为之奋斗。你们父子两代人,现在似乎都为一种新的信仰和追求走到一起来了。我很高兴看到你们的变化与进步。"

家霆开门见山地问:"舅舅,找我来是有什么要紧的事吧?"

柳忠华点头:"是的,两件事,都重要!"他摸出香烟来,擦火柴,说:"先谈第一件,我想同你一起回上海和南京去一次。"

家霆感情复杂,以为没有听清,或是听错了,说:"您同我一起回上海和南京?"

柳忠华亲切地点头,他那夹杂有银丝的黑发在头上晃动,"是呀,我们先到上海,再去南京。"

"怎么去呢?"

"坐飞机去。"

"坐飞机去?"家霆简直惊讶了!忠华舅舅常常会做一些使人难捉摸难料想的事,禁不住问:"去干什么呀?"

香烟味散布在空气中。柳忠华说:"国民党不久要还都南京了!前些日子,在与国民党和谈过程中,就提出要在南京、上海出版《新华日报》。我们要让国内外广大读者及时听到正确的声音。他们自然百般刁难。但准备出报的各项工作都在筹备并进行。现在最重要的是要先找到合适的房子让报社应用。"

家霆听到这里,有些明白了,马上想到了南京潇湘路的房子。

柳忠华声音低低地说:"在法西斯恐怖下,一般人是不敢也不愿把房子提供给共产党的。更何况报社的用房,既要有编辑部,又要有印刷部、营业部,还要有全体职工住的宿舍,需要一定数量的房子。因此,我就想到了你。"

家霆慨然问:"是需要南京潇湘路的房子吧?"

柳忠华点头:"是的!我以商人面目回去。你们家现在就你们父子两人,将来是否都回南京也不一定。复兴大学是要迁回上海去的。《明镜台》将来在什么地方办,恐怕也未定吧?如果,你爸爸在上海,你也可以在上海办刊物做记者嘛!所以,潇湘路的房子,卖给或者租给《新华日报》都可以。"

"我同爸爸去讲,他一定会同意的!"

柳忠华思虑周密地说:"无论买或租,我都考虑过了。我以商人面目出现,作为中间人,花点钱找个律师签订一个买卖房产或者租用房产的契约。你们拿到了契约,不怕国民党找麻烦。因为那是商人为了拿中间费干的事。《新华日报》拿到了契约也就有了产权或者租赁权。而我,办过这手续后,谁也找不到我!这样,就很妥当,惹不了麻烦的。"

忠华舅舅做事思考得真是周密,家霆点头说:"这样当然好!只是,爸爸过去的积蓄和这房产的房地契还在方丽清手里。钱给她吞了也就算了,潇湘路的房子,是爸爸心爱的,一定要收回来!我回去同爸爸商量,我看没问题。"

柳忠华表示同意,说:"同你爸爸说,请他一定支持一下。不卖的话,租也行。短期长期都可以。"

"如果走,什么时候启程?"

"当然越快越好。你除了同爸爸商量外,恐怕得料理料理自己的事。我在想:你完全可以用《明镜台》特派员的身份去京、沪一带,如果另外再能有个报馆派你做特派记者就更好。可以写通讯回来发表。现在京、沪一带,强盗在'劫收',汉奸受庇护。重庆人都盼望了解下江情况。你去后,一支笔大有用武之地!"

"去了再要回来行吗?"

"可以!"柳忠华说,"我们如去,是坐美军的运输机去。我们可以通过军调部①的关系坐美军运输机去上海。如果你要回来,再给你设法弄回来的机票。"

家霆兴奋地说:"一个星期后走行吗?"

"初步定下来,二月二十号走,好吗?"

"怎么联系呢?"

柳忠华笑了,"你做好准备,理好行装。二月十九日晚上,我会来找你。如果延期,届时再另定启程的日子。但估计不会延期的。"他一支烟已经吸完,说:"这事就这么定了!我再同你谈第二件事。"

家霆正在想:是什么事呢?只见柳忠华从身边拿出一封信来,递给家霆,说:"看看这信,银娣的!"

啊!银娣的来信?银娣酷肖金娣的面容出现在眼前。顿时,欧阳素心的情影,上海环龙路和法国公园的许多如烟往事,都又浮上心头。他拿起信来:

柳叔叔:您好。

分别那么长时间了,常常想念。有时,想念得太厉害了,我曾到杨阿姨墓前看望她。阿姨安息在那里,墓牌上两行金字"生如春花之灿烂,死如秋枫之壮丽"一直激励着我。

天亮了!真高兴,感想三天三夜说不完。不知您现在怎样了?带上这信,希能收到。

您走后,我一直在欧阳家。欧阳一直同兴茂贸易公司合作做生意。物资不断送往老地方。他先是为了赚钱,后来老家来人通过公司找他,劝他不做汉奸做出具体表现。他有转变。但去年九月,环龙路住处被重庆来人查封,他夫妇失踪,下落不明。我也离

---

① 一九四五年十二月下旬马歇尔来华后,一九四六年一月,根据协议,由张群、周恩来、马歇尔组成三人小组,并且同时成立了军事调处执行部,负责调处国共双方的军事冲突,监督双方执行停战令。

开环龙路,现在沪东正康纱厂工会。

家霆在哪里?请代问好。大前天,有件意外事。在霞飞路上碰到了素心。她独自在"白拉拉卡"门口排怀(徘徊)。见到我后,十分冷淡。问她许多事,都不讲。也弄不清她到底在干什么。把她家的事告诉了她,她听了无动于中(衷)。我觉得她身体不好、精神也不好。问她住址也不说。同她分手后,远远跟着她,想看看她住在哪里,但她独自走向法国公园,在喷泉边大雪松旁站了很久很久。我因为有事,后来离开时,她仍站在那里一动也不动。见她这样,我心里难过。她过去待我不错。怎么会这样的呢?倘见到家霆,把这告诉他。

上海人怨声再(载)道。敌伪统治时,强迫百姓按二与一之比,用法币兑换中储券,以法币四折兑换联银券。现在规定中储券二百元兑法币一元,伪联银券五元兑法币一元。翻来覆去,老百姓手中仅有的一点钱都被收(搜)刮光了。现在劫收大员都在"五子登科"①,大抢房子、条子、车子、女子和票子!大发胜利财!物价飞涨,工厂停工,商店停业,真是水深火热。民谣说:"盼中央、望中央,中央来了更遭殃!"你这重庆人,什么时候回来?……

家霆心潮起伏地念着信,看到写欧阳素心的一段时,眼眶都红了,心里明白:我寄到上海环龙路去的信,银娣并没有收到。

---

① "五子登科":当时另有两种说法,即:"案子、房子、车子、女子、面子"和"条子、房子、车子、女子、案子"。"案子"指的汉奸案,谁帮汉奸忙就可捞钞票。

第八卷 「春花秋月何时了，往事知多少」

（1946年2月—1946年3月）

抗战胜利结束时，内战危机立刻摆在面前。当时人人都面临抉择。头脑清醒的进步人士明白，惟有站在正义一方，对发动内战者进行谴责，并以无惧于战争的态度对待非正义的战争，是应持的正确态度。

只是，战争终究是可厌、可恶的事。历史经验表明：为了避免战争，促成社会中全体人民既能明确区别战争的性质，又能有和平意识的觉醒，是人们对自己生活与未来应负的责任！

——摘自创作手记

一

家霆和忠华舅舅以及同阵的五个人,中午在重庆白市驿飞机场上运输机时,手里拿的"机票"仍是一封打字的英文信。信的名单上七个人,家霆按照舅舅的嘱咐,冒名顶替一个名叫"吕文俊"的人。在英文信上,七个人名上端写的是"中共代表团成员"。他在上机前就认出在其他五个人中,有一个个子矮小、身体显得衰弱、沉默和蔼的人,就是做过重庆《新华日报》总编辑的潘梓年。他有一次曾在一个记者招待会上见过潘梓年,姗姗大姐指点告诉过他的。上机时,一个美军中尉在银色四引擎的C—54运输机旁点名,点到名的人答应一声就从架着的舷梯走上机舱。

这种美国大运输机面对面安着两排长条的帆布座。机舱后尾装载了一批木箱。除了这七个中国人外,只有三个美国军人,看军衔都是士兵,其中一个是黑人。他们同中国人保持距离,都坐在后边。

天气晴朗,飞机平稳。在云层上飞行,透过机窗,看到了蓝天和明媚的阳光。有过上次从重庆坐飞机到广西来回的经验,家霆已没有第一次坐飞机时那种兴奋和激动了。柳忠华坐在他身旁,穿了西装,外加风雨衣,头戴礼帽,时髦漂亮一些了,随身带一只皮箱。那五个人:潘梓年带点"土"气,穿着长袍。一个戴眼镜的高个儿,黑头发,苏北口音,穿的西装;一个戴礼帽的中年人,戴眼镜,穿黑大衣,走路和行动慢悠悠的特别稳重。一个面上总是爱带着笑容的中年人,知识分子气很重。另一个比较白胖的青年人,穿一套西北粗毛呢的中山装,蓝得发紫,做工粗糙。他朴实又精明强干,估计是个秘书之类的人,会讲英语,同美国人打交道、办理杂事都是他出面。他们每个人也都带着些小皮箱、提包等物件。在机上,大家很少讲话,家霆偶尔听到他们在谈论郁达夫,好像是说:郁达夫在南洋,后来逃到苏门答腊,坚持抗日,被日本宪兵秘密杀害了。他们在谈:"这场战争死了多少好人呀!""他对新文学的贡献和在新文学史上的地位不可磨灭。""应当肯定他纪念他!"

家霆估计他们该都是文化界的人士,但他明白:同舅舅在一起,许多事不问为宜,听着就是。他左边坐的是柳忠华,右边是那位脸上带笑的中年人。柳忠华沉默着,家霆也就沉默着。

除了偶尔从机窗里向外望望外,家霆头脑里不断像机器转动,出现许多场景。这次启程,童霜威表示支持,潇湘路房屋同意租借,由柳忠华全权办理。补契的事,燕翘同南京市长马超俊熟识,姗姗大姐和寅儿特地让家霆带了一封燕翘给马超俊的信去。童霜威自己也写了一封信给马超俊提出旧契失落请发新契的事请予支持。家霆未把《新华日报》租房的事向姗姗大姐和寅儿透露,只说:"有个亲戚要去南京租房子,我们准备把潇湘路的房子租出去。来去机票由对方设法。趁这机会,去京沪写一批稿件,并为《明镜台》在京沪扩大发行做点工作。"姗姗大姐和寅儿都同声赞成。除了给《明镜台》写特稿之外,姗姗大姐所在的报馆让家霆挂个"京沪特派员"的名义,写一系列反映京沪最新情况的特写、通讯。至于在南京、上海逗留时间的长短,由家霆视具体情况决定。家霆在忠华舅舅同意后,将上海银娣的地址留给了她们和爸爸,作为信件联系地点。南京联系地点,则由家霆到南京后再定。在这中间,家霆原来在学校的老师、《时事新报》的总编辑汪言时,也约家霆挂个"本报特派员"的名义,写一批京沪见闻特写、通讯稿。家霆赶印了记者名片,带了证件,做好了启程前的一切准备,如期随柳忠华离开了重庆。

　　现在,在飞机航行途中,除了思念爸爸,家霆不由得想念起寅儿来了。这个开朗活泼的美丽姑娘,自从收到那首英文小诗后,一直克制住感情,把全副精力都用在学校和《明镜台》的工作上,却又时时使家霆感到她对他的关心。分别时,她说:"'倜傥'！努力找找欧阳吧！……"她的声音和态度十分真诚。她的心是光明洁净的。家霆深深感动。家霆觉得:这种人世间的美好感情是无价之宝。欧阳给过他这种感情,现在寅儿也给了他这种感情。人只要经历过一次这种感情,就很幸运了,而他却经历了两次。康德说过:"有两件事使心灵充满敬畏——一为天上星辰,一为人心之道德。"寅儿的话像天上的星辰,充分体现了她心上的道德。

　　他当时向寅儿点点头,说:"谢谢你,'猫'！"除了用真诚的"谢谢"来表达,他一时说不出别的话来,却像闻到芳馨的花香似的,心头长久地保持着美好的感情与感觉。此刻,坐在飞机上,他突然感到:离开寅儿,忽然有了一种与离开欧阳一样的失落感。爱过而失去,哪怕短短的失去,为什么如此不快而难耐呢？

　　飞机在晚上就要到达上海了。与欧阳素心一同在上海相聚时的种种情景,如在目前。有一次,她笑着说过:"你的一切我都可以舍弃,只要能留下你的心！"可是,现在,像断线风筝一散千里。她的心在哪里？她现在怎样了呢？银娣信上说起她的种种,为什么她竟变成这样？

　　机声轧轧,耳朵胀痛,痛得难以忍受。西斜的阳光明亮地射进机窗,使他想起惠特曼的著名诗句:"面对太阳时,阴影将落在你的背后。"窗外棉絮似的云团,像海涛翻滚似的在缓缓移动,遮住了视线,看不到下边山川、河流和一切,使人产生了悠长、寂寞的旅途心情。

　　他想起了流行在重庆的一首打油诗:"八年沦落彩云间,千里江山不得还,两岸义民啼不住,飞机已过万重山。"这是讽刺劫收大员坐飞机回下江的。打油诗并不高明,他却因此想起了可怜的"姑苏断肠人"老钱和钱嫂。

家霆觉得自己真是幸运,也忒奇特,常有许多一般人所难以遭逢的经历降临到身上来。一九四二年酷暑同爸爸和忠华舅舅一起逃出孤岛,步行经过战乱中苦难深重的中原大地入川。现在,又同忠华舅舅忽然坐着美军飞机回沪了!那时,抗战的胜利还很渺茫,现在抗战已经胜利。但,抗战胜利的欢乐感在他心上已非常微弱。有人说:乐观的人在每种忧患中都能看到机会,悲观的人在每个机会中都看到一种忧患。他并不是一个悲观者,只是他看到胜利后布满在喜悦中的严峻形势,面临的令人拍案的腐败统治与尚不可知的灾难阴影,使他的心一刻也无法平静,就像这昂首前进的飞机航行时引擎和马达的震动,强烈而不停歇。

柳忠华递了几块牛奶糖给他,说:"耳朵疼吧?听说吃点糖嚼一嚼可能会好些。"家霆看到舅舅又将糖传递给那几个人吃。

天色随着机行在逐渐变暗。太阳消失在云层后面。当银色的四引擎的C—54经历过六个多小时的长途飞行,临空到达上海时,机舱里的人打破平静活跃起来了。"看哪!上海到了!""下雨!"高个儿、苏北口音颇有大学教授风度的人在说。

家霆把头挤在座位旁的圆形小窗前向下俯瞰,心里感叹:"啊!上海!我回来了!"他深深动了感情。飞机已在绕着圈子下降。从圆形小窗里看下去,夜晚的上海被大雨淋得水汪汪的。但,可以清晰看到的下面的大上海,仍然是一片灯海烘托。从那些炫眼的灯光来看,上海的繁华是重庆难以比拟的。飞机更加低飞,看得更清楚了。跑马厅漆黑地静躺在灯火之旁。南京路上五颜六色的霓虹灯闪闪烁烁,千变万化。

飞机渐渐降落,连汽车和电车也可隐约地看到像爬行的甲虫和蜈蚣。就是这样,家霆怀着一个游子重返慈母怀抱的心情,降落在上海江湾机场。

柳忠华带着家霆同那五个人在出机场时分手了。有出租汽车招徕生意。柳忠华和家霆雇了一辆出租汽车进城到北火车站。

汽车司机戴顶咖啡色的鸭舌帽,是个四十多岁的中年人。一路上,柳忠华和家霆同他聊天,问他些上海的情况。想不到司机竟是去年年底才从重庆回来的,怨气冲天地说:"刚回来时,用法币折合伪钞,感到重庆人在上海用法币买东西真便宜。辞别鸡年,迎来狗年,现在,上海比重庆更难过活。米价三万多一石,猪肉一千二百元一斤。怎么得了?老子跑滇缅路时赚的一点钞票都要贴光了!"他突然问:"带美钞来没有?今天涨到二千六百元一块了!带来了准可赚一笔!"他额上皱纹很深,面颊宽阔,机巧精明的样子。

"上海人对重庆来的人印象好吗?"家霆问司机。

司机摇头:"坏透了!说重庆人是强盗、土匪!刚胜利时,见重庆来的人都尊敬三分,如今是不给你好脸子看。好多重庆人回来都带了抗战夫人。重庆人来后物价飞涨。有人说:胜利了,重庆人来了,改变的只是日本人换了重庆人,物价从伪币换了法币。上海人说:'天还没有亮'呢!"他眯着眼开车,两颗有点冷笑的神气。

"工厂里工人生活怎么样?"柳忠华关切地问。

"罢工!罢工!各大报馆,英商法商电车和公共汽车,永安、先施、大新、新新四大百货公司,许多工厂,连旅馆茶房都常罢工。你们看看——"他用一只手指指外边,"就是那边,前天泥水业工人罢工请愿,被防护团开枪,打死了好几个工人!"

"治安怎么样?"家霆又问。

"不行!报上社会新闻里天天登的全是强盗抢劫、强奸杀人。跑马厅常枪毙盗匪,有的还是国军的下级军官。后来美国宪兵抗议,才改到江湾去枪决!"

"怎么轮到美国宪兵来抗议?"柳忠华问。

司机挂下嘴唇的两角,打着哈欠:"跑马厅拨给美军军用了!"

"汉奸现在怎么样了?"家霆关心地问。

汽车疾驶,经过虹口,由四川北路通过虬江路向火车北站方向开。行人和车辆拥挤,司机好像不想多说话了,摇摇头说:"弄不清!抓了些芝麻绿豆大的小汉奸在开庭,有的交上几十万元铺保还可以获释在外。听说不少汉奸都变成地下工作者了!"

一路上,广告牌子不少:蝶霜,安嗽露,艾罗补脑汁,蜜丝佛陀美容品……电影院在上演《怒火情焰》《泰山宝藏》《灵与肉》。霓虹灯忽明忽灭,忽红忽绿。柳忠华和家霆决定在火车北站附近找家小旅馆住下,第二天一早搭火车去南京。

出租汽车到了北火车站,两人付了车钱和小费,先到售票处买了次日一早到南京的快车车票,然后在一家名叫"新新旅馆"的小客栈里住了下来。两人在二楼开了房间,茶房来送洗脸水、泡茶。这时已近九点,两人懒得出去吃饭,叫茶房送两碗雪里蕻虾仁面来当晚饭。吃完面,家霆建议到附近街上逛逛看看市面,就一道下楼。

这种靠近火车站的旅馆,里边乱糟糟的。麻将声"噼噼啪啪",有人在呼幺喝六,有人在杯觥交错地吃喝。一些向导社的女郎打扮得花枝招展,唇上涂得血红地进进出出。厕所里冒出刺鼻的尿臊味。门口路灯下全是吃食摊、水果摊。大饼油条、生煎馒头、馄饨、阳春面、咖喱牛肉汤都有得卖。附近有浴室和理发店,街边成排地站着拉客的老鸨和"野鸡"。柳忠华和家霆远远避着走。一边房屋墙上贴着些已被雨淋烂了的标语,隐约看到"誓死和资方奋斗到底""不达目的誓不复工"等字样。字是用红色颜料写的,淋了雨,血泪似的淋漓淌下来。见到一个书报摊,家霆买了一份晚报。地上又潮又脏,柳忠华说:"回去吧,不逛了!"

两人一同回到旅馆房里,柳忠华用一种厌恶的心情说:"民生凋敝,人心失望。现在长江冬令水枯,舟车缺乏,滞留在重庆的公教人员及眷属四十多万都欲归不得,望断云山。一朝归来,看到这种情景,当作何感想!"

家霆打开晚报,看到一幅大漫画,上面画的是一个衣衫褴褛形容枯瘦的教师,手捧一只破碗,旁边一行黑体字标题,写的是:"罢工的惟一例外者——教书匠!"家霆把画拿给柳忠华看,说:"原来,抗战胜利了,我有过美丽的幻想。现在,美丽的幻想,只像是一阵雾。拨开雾,看到的是废墟、眼泪、鲜血、饥饿与贫穷。"

两人疲劳了,十点多钟就睡了。第二天一早,开了房钱,上火车去往南京。

又坐在从上海往南京的火车上了!在记忆的天空中,留下了闪闪烁烁的星光。两人不禁都同时想起那年陪童霜威离开上海坐火车到南京的情景。只不过,那时坐的是慢车,这次是快车。那时火车的窗户拉下了百叶扇,有的窗户用黑布帘遮着,沿铁路线有荷枪警戒的日本兵。现在,日本兵已不见踪影,但火车中的拥挤、肮脏、零乱以及旅客的脸上、身上反映出的贫苦、哀愁仍旧相似。跑单帮的旅客男女都有,不少都席地坐在走道上。有位子的乘客依然能泡茶,只是很少来冲水。

从车窗里外望,沿途民房的墙壁上,有日本"仁丹""中将汤""太田胃散""大学眼药"的大幅广告,有日伪涂写的大幅标语:"日支携手建设大东亚共荣圈""东亚人民团结起来反对英美侵略""日中亲善、和平建国",也有胜利后新涂写上去的大幅标语:"蒋主席万岁!中国国民党万岁!""抗战必胜,建国必成!"有一条特别醒目的标语写的是:"热烈欢迎蒋主席凯旋!"大约是前几天蒋介石飞抵上海、南京视察时新涂写的,蓝底的字,色泽新鲜。

车上"叽叽喳喳"。邻座有两个模样像知识分子的人在谈天,用的是幽默讽刺语调。

"……我看发横财的办法现在至少有五样！"

"哪五样？"

"劫收！造假钞票！跑单帮！做吉普女郎赚美金！出版汉奸内幕一类的畅销书！"

"办法绝不止这五样！"

"你说说看。"

"就拿汉奸做文章吧,赚钱的窍门就多得很。比如做律师帮汉奸辩护,敲汉奸竹杠,替汉奸出具地下工作的证明信,帮汉奸隐藏财物,都能发大财！"

说话的人嗨嗨地笑,边上听的人也嗨嗨地笑。

后座有个江阴口音的人正在谈天。像讲故事似的讲给边上的人听:"……去年八月十五日晚,驻江阴日本宪兵队接到了日本天皇的投降命令。宪兵都纵酒痛哭,哭得狂醉后,将关在宪兵队的十几个中国人都押出来用军刀乱砍。又将所有文件、木器什么的都用火点燃,将汽油浇在中国人尸体上,连同房子一起烧光。十六日他们就大摇大摆开走了。"

边上有人气愤地问:"杀的是些什么人？"

"弄不清！当然是些抗日爱国的中国人啰！"

听的人,一片唏嘘。家霆和柳忠华听了心里难受。

粗野的谈话声、笑声,难闻的气息,呛人的香烟味,充满了整个车厢。火车"乞卡乞卡"经过昆山,经过苏州,后来又经过了无锡。从车窗里望出去,二月下旬的江南水乡落寞、荒凉、萧索。景色依稀那么熟悉,使家霆不由得想起了雪莱的名句:"历史是一首时间写在人类记忆上的回旋诗歌。"在抗战中,家霆曾多少次从中华民族与入侵者浴血搏斗的历史中获得了力量与耐心。现在,家霆在了解今日的情况和揣测明日会发生什么情形时,又觉得必须从回顾历史中去汲取新的力量和耐心了。他坐在那里,默默无言。

柳忠华轻声问:"在想什么?"

家霆轻轻把自己想的说了。

柳忠华像掂过斤两似的说:"历史可以使我们明白许许多多事情,但我们所做的在以后也将变成历史。所以从这个意义上说,我们正在参加创造历史。愿这是一部有意义的有益于人民的历史。那么,为它出力,为它献身,一切都是值得的!"家霆点头,不断思索回味。

过了无锡,周围的人越来越挤。过道里坐的人多数都只能站立着。家霆和柳忠华挤着匀出一个位置给一个两条腿似乎站不稳的驼背老头坐。老头苍白的瘦长脸上刻画着痛苦的皱褶,手常常痉挛。二月里,江南水乡的阡陌与田地里,不像四川一片碧绿。这一带,过去日寇和汪伪曾长期"清乡",遭过血腥蹂躏。过去那种翠竹丛树环绕、桑林浓绿肥壮、村姑牧童嬉戏的景象看不到了。当看到瘦骨嶙峋的农夫荷着锄头,偶尔有一条灰黑枯瘦的水牛在吃草,破败衰颓的草屋和白墙黑顶的农舍在经过砍伐的稀疏树影中出现,一种慨叹油然浮起在家霆的胸间:"啊!江南!我的家乡!你变了,你衰老了。"看到江南像一个奄奄病重的老人,在苦难中呻吟挣扎,他的心凄楚哀怨。

火车上有卖报纸的。柳忠华和家霆买了几份报纸看。报纸都是隔天的,登了蒋介石二月十九日下午五时二十五分坐飞机由上海到达南京时,受到何应钦、白崇禧及大批群众热烈欢迎的消息和照片。照片上,他戴浅灰呢帽,着黄军装,披黑大氅,穿黑皮鞋,戴白手套,用右手取帽与欢迎者含笑颔首,显得非常高兴和轻松。其他消息的标题却是:"米价涨势迅速扩大,民食问题日趋严重""金价猛刮涨风""国府五月前准备还都,交通工具尚极缺乏"……

车子过了戚墅堰,又到了常州。两人从窗口向站台上的小贩买了些肉馒头当午饭。看看景,打打盹,过了丹阳、镇江,整整九个小时,下午五点光景,抵达南京和平门车站。两人下车,雇了一辆三轮车到鼓楼附近找旅店住。

正是多雨时节,地是潮湿的。鼓楼广场的情况如同从前,周围的情形变化也不大。敌伪时期的标语已经涂毁刷去,换上了一些新的标语牌:"热烈欢迎最高领袖蒋主席莅京""中国国民党万岁!"……来到这里,看到了那个灰暗、冷清的小邮局,又看到了原来那家毁成断垣残壁了的当铺遗址,家霆立刻想到了尹二和尹嫂。尹二夫妻俩怎么样了?他决定尽早去寻找、看望他俩。

两人在陈旧的鼓楼饭店定了个小房间住下后,找了个小馆店吃了饭。只有六点多钟,天还明亮。家霆说:"抓紧办事!先到潇湘路看看房子的情况好不好?"柳忠华同意,说:"看了房子,明天一早就到市政府找马超俊办理补契手续!"

由鼓楼到潇湘路不算远,两人坐破旧的公共汽车到了湖南路口,步行向东去到潇湘路。

家霆急迫地想看看童年的故居,怀着跳得十分激动的心同忠华舅舅一起走到潇湘路上来了。这里的一切曾堆积了他多么难忘的童年岁月。但,八年像一笔划过,把年少时的诗与梦丢入火中,燃烧得灰飞烟灭了。路面潮湿,有点泥烂,潇湘路坑洼不平,路边水塘仍在,两旁的大柳树早已砍伐干净。暮色中,灰暗的潇湘路一号墙上用黑漆刷着的"大日本蓖麻籽株式会社"的大字,仍旧清晰可辨。门口原有的那个白底黑字中文和日文合写的"大日本蓖麻籽株式会社"字样的一人多高的大木牌没有了。大门的门灯早已打碎,朱红的大门无影无踪。远望花园,荒草丛生,惨淡孤寂的劫后景象异常浓烈。岁月悄悄地慢慢地在摧毁许多东西。潇湘路一号那幢青砖三层楼的大洋房依然屹立,陈旧、孤独、神秘。窗户没有了,墙上有些地方生满青苔。墙角密密的蛛网布满了蚊蝇甲虫的尸体。在战争乖离的岁月中,房屋也在承担生命的悲凉。

也说不出是为什么,往事浮上心头。像春蚕吐丝般的情愫,缠住了思忆。家霆顿时感到脸上发烧,心里发热。

忽然,一条黑白花的小狗狺狺吠着,看到楼下有一盏油灯亮了。

柳忠华感觉敏锐地说:"这房子有人住!"

家霆迈步说:"进去看看!"

两人一同走进没有门框的门里去,突然看到门旁墙上贴着一张盖着红色公章的"三民主义青年团中央团部"的机关信笺,上写:"此房屋系敌产,自今日起已由本团部接收。特此公告。"下边日期是去年十一月的。再一看,许多窗户上都贴着交叉的封条。忽然,有人影晃动。小花狗仍在吠叫,一个三十岁左右的男人从边门里出来了,喝住狗吠。他穿的西装,脸带凶相,高声问:"找谁?"

家霆递去一张记者名片,说:"我是重庆回来的,是这儿的房主!你是谁?"

那人眨着两只细小锋利的眼睛,说:"我们是三青团的!这是我们从鬼子手里接收的敌产,要用来办公的!"

"你是负责人?"柳忠华问。

"我是看守房子的!"

家霆严肃地说:"你们弄错啦!这房子不是敌产,是我家的私产!我马上要收回!"

柳忠华说:"我们先进去看看!房子要修理一下,我们先看看这房子毁坏得怎么样了。"

脸带凶相的人把名片翻来覆去地看,发现面前的人模样像从重庆来的,而且态度强硬,说:"好吧!进去看吧!房子已经百孔千疮啦。"

他陪着家霆和柳忠华进去,在楼下一看,家霆和柳忠华大失所望,心都凉了。房子同那年家霆陪爸爸被软禁时也迥然不同了。不知怎么竟破坏得这么厉害!门窗许多都没有了。整幢房屋等于只剩下了一半,另一半是躯壳。从楼下到楼上去的楼梯已经拆光。从楼下左侧有个大洞穿过二楼一直可以望到三楼的楼顶。是日本人临走有意破坏的,抑是无人管理时被人破坏的?现在,住在里边的人一共两个,除了这脸带凶相的外,还有个二十几岁的矮子。他们在楼下一间未遭破坏的房里搭着铺睡觉。那间房就是家霆童年时睡的房。

看了一看,家霆谢谢那个脸带凶相眼露凶光的人,问了一下姓名,是田伯涛。家霆说:"这房子现在你们占着,过几天,我们就要接过来修理了自己住。希望你向上级反映,马上找个地方搬家。"

田伯涛虽不愿意,无话可说,勉强地点头。

家霆和柳忠华同田伯涛握手告别,走了出来。柳忠华说:"看样子,要他们立刻搬还有麻烦。这伙接收的人像恶狼,到口的肉舍不得吐的。"

家霆说:"先把房地契补到手,第二步我看不难!"他历来办事充满信心,总感到没有什么不能克服的困难,此刻却说:"只是这房屋毁坏得这样,倒是事先绝未想到的。这房子怎么住人呢?要修理,工程浩大,我们也没这能力啊!"

柳忠华斟酌着说:"找房困难,这里环境也好。只有一个办法,先把房子修理好。修理费折合房租,互不吃亏。这样办好不好?"

家霆当然觉得好,提议说:"去看看邻居管仲辉和叶秋萍家的房子。"

走到东面,只见叶秋萍公馆已烧成一片废墟,给火焰熏黑的残破墙垣壁立着,烧焦了的木头、混凝土、钢筋、砖瓦混杂成堆。房子未坍陷的部分像矗立着的一具骷髅残骸。管仲辉的公馆里面显然有人居住。夜色苍茫,有围墙,看不清里面情况,但那幢东洋式二层楼的房屋经过装修,亮着灯光。两人在外边看了一看,闷闷地折回来走出潇湘路。

公共汽车早早就停驶了。两人踩着潮湿的路面,步行走回鼓楼饭店。一路上灯火稀少,行人不多。经过劫难和沧桑的南京城,草埋幽径,市面萧条,风物凄凉,令人愁思茫茫。两人旅途劳顿,回到鼓楼饭店后早早就睡了。决定第二天早上分头办事。家霆去市府找马超俊,柳忠华则去找熟人再多寻些房子。

家霆上午九时许到达市政府。天又下起急骤、清爽、细密的雨来了。他在市政府拿出燕翘和爸爸的信找马超俊。秘书客气地在会客室里接待他,说:"蒋主席十九号由沪莅京,过几天就要返重庆。市长很忙,有事我可以代转或代办。"家霆把补契的事讲了。秘书说:"这事容易,我写张条子,你到地政局办理就行!"

家霆等他写了条子。地政局也同市府合在一起办公,在同一个院子里。家霆拿了条子去,经办的一个干练的中年人见有市长秘书的条子,十分爽快,说:"你到《中央日报》登一则挂失补领房地契的启事,连登三天,拿报纸来备案马上就补发给你!"他给了一个启事稿给家霆做样子。家霆冒雨离开地政局,路上在店里买了把红色油纸伞,去新街口《中央日报》广告部付钱办理了登启事的手续,看看手表,还只有十点半钟。远远听到小火车的汽笛"呜呜"声,心中突然思念尹二和尹嫂,决定马上冒雨到高楼门和保泰街之间那条小铁路旁的棚户区去寻找看望他俩。他搭上公共汽车到了鼓楼。下了车,打着伞急急迈步向东沿着小铁路到棚户区去。

离上次来,一晃快五年了。细雨潇潇,家霆打着伞走在泥泞的路上,想起了那次坐尹二拉的人力车来到这里的情景。依然是水漉漉的地面,"嗞嗞咕咕"一踩一脚泥,又滑又烂;依然是两边小水沟,潺潺流着水,长着杂草、野菜的荒地,汪着一摊摊的水。他心里有点喜悦:胜利了! 这次见到尹二和尹嫂将不会像上次那种心情了。他将听到他们的笑声,看到他们的笑脸,无论如何到底是胜利了! 将畅谈别后种种,他将给他们留下些钱花用。……

终于,他心跳着看到那口没有井栏的水井边一家棚户的墙上用黑墨画着的一只大眼睛了。那意思是警告不识字的人注意:此地有井! 别掉下井去! 对了,就在这旁边。啊! 尹二! 尹嫂! 我来了,家霆来了!

雨中,冷风裹着轻飘、潮湿的烟雾扑到面上,大地似在细语,发出似有似无的战栗的语声和绵长的絮聒声。他终于找到了尹二和尹嫂住的那间棚屋。不知为什么,周围的棚屋都已拆平拆光了。尹二住的那个简陋破旧的棚屋已经倾塌了。

家霆先是一惊一愣,接着就走上前去。希望能看到强壮的尹二或者因毁容面部变得可怕了的好心肠的尹嫂。他叫喊着:"尹二! 尹嫂!"

没有人答应。倾颓倒塌了的棚屋看样子早已没有人居住了。雨水正像眼泪似的沿着倾斜的棚顶滴滴答答流淌下来。倾塌毁坏了的棚屋,远看虽仍隐隐保留着外形,近看早已像废墟又像垃圾堆了。

家霆打着雨伞,立在雨中,继续高叫:"尹二! 尹二! 尹嫂!"

无人答应。看来,也不会有人答应了。

他想起了上次见面时,尹二冷静、坚决、威风凛凛地说的话:"家霆,告诉你! ……前年冬天……有个喝醉了的日本浪人……被我在僻静处用刀子宰了! ……去年秋天夜里,我拉了一个小汉奸……也被我用刀捅了! ……我要再杀下去! 不杀到鬼子汉奸完蛋那天不算完!"

一种不祥的预感,侵袭上家霆的心头。家霆感到冰凉的雨水似乎浇遍了全身,决定向邻近的棚户区居民打听一下。他走了一截路,走到附近一家棚屋门口,朝黑黝黝的里边叫喊:"里边有人吗?"

听到一个苍老沙哑的人声在答:"谁呀?"接着,一个驼背的衣衫褴褛的老人拄根棍子咳嗽着走到门口来了。他灰白的头发短而干枯,像灰白的稻草。

"老爷爷,请问,您知道这儿从前住的一个名叫尹二的拉洋车的人吗?"

老人抬起无神的眼睛望着家霆,咳着问:"你是谁?"雨水拂着他的脸,他用手拭着脸。

家霆如实地说了,问:"老爷爷,您知道他们在哪里?"他用雨伞给老人遮着雨。

但,老人叹息一声,颤巍巍地摇头:"人都不在了!早都不在了!"

"到哪里去了?"家霆浑身冰凉,打了个寒噤,急切地问。

老人表情哀伤,"三年前,尹二就给抓走了!不但抓了他,邻居也倒了霉,别人放了回来,也都搬走了。尹二再也没回来!"

"给鬼子杀了吗?"家霆心里火辣辣的像燃烧。

老人点头又摇头,摇头又点头,咳嗽着说:"当然是叫杀了!他再没有回来。他那个贤惠的女人,发疯一样地哭呀哭呀,后来也不见了。人说,也许是跳江了!反正,跟尹二一样,再也没有回来。"

家霆脸上的肌肉都绷紧了,心疼地流下泪来。想不到今天来到这里,竟会得到这样的坏消息。他又向老人问:"后来……怎么样了呢?"

"后来?"老人咳着,用手指指西边,"后来……他们夫妻不在了!住的棚屋仍在,没人去动一动,直到如今!"

雨大了,"哗哗"下着,似在痛哭,雨点像都打在家霆心上。他耳朵里只有"嗡嗡"声,血液在太阳穴里发疯似的悸动。驼背老人拄着棍咳嗽着回棚屋里去了。家霆的脑袋像给什么东西压得快要破裂了。他真想放声号哭放声大叫。

回过身来,他打着伞又到尹二和尹嫂原先住过的已经倾塌了的棚屋前伫立着,似在默哀,似在凭吊。突然发现,在倾塌的窗台上,两只空洋铁罐仍在,只不过早已锈蚀腐朽,罐中泥土里长着的两株迎春花已经爆出绿色枝芽。那年清明来时,这两株迎春正开着星星似的金黄的小花,给小屋里添了一点盎然的生机。如今花在人亡,多么使人伤心!

家霆听着雨声突然记起:小时候,有一年七巧节,尹嫂(那时是庄嫂)告诉他:七月七下了雨,落大露水,是因为牛郎织女见面相会后分离流泪。在七月七夜里,站在花椒树下,嘴里衔根星星草,能听见牛郎织女说悄悄话。可是,尹二和尹嫂这对牛郎织女如今都不在了。

呆呆站了一会儿,家霆伤心地打着伞沐着雨丧魂落魄地走回鼓楼饭店。回到旅馆,柳忠华还没有回来。他午饭也不想吃,又累又冷,呆呆地独自倚在床上,看着窗外一直在淅沥不断下着的小雨,心里翻江倒海,老摆脱不了尹二和尹嫂的影子和对他们的思念。

啊,这场伟大的抗日战争的胜利,是多少像尹二、尹嫂这样的无名英雄,这样的普普通通的中国人,付出鲜血和生命用自己的牺牲换来的啊!该怎么珍视这种胜利?该怎么使中国富强?让中国人民将来能生活在永不再受帝国主义侵略的和平幸福生活中啊!

傍晚时分,柳忠华回来了,风衣上湿淋淋的。他说:"就在司法院对面有一处房子可以租买,正在接洽。"当听到家霆叙述了寻找尹二和尹嫂的经过后,他动感情了,说:"你应当写一篇通讯,就写写他们的事。他们夫妇这样的人,是中国人民的脊梁骨!"

二

从二月下旬到三月初,童家霆在南京和苏州零散地记了些日记。

二月二十二日,星期五,南京,阴,有小雪

爸爸过去常说南京有六朝烟水气。这次重回南京,只感到凄凉败落,我似乎也能体会到六朝烟水气的一个方面了。元朝萨都剌的词说:"……山川形胜,已非畴昔……思往事,愁如织……但荒烟衰草,乱鸦斜日……"是否也是六朝烟水气的一种意境呢?

舅舅忙于找房子,我则从采访的目的出发,兼带满足旧地重游的心愿。为希望有一个总的概念,今天整日在外奔跑。

总的印象是冷落、萧条。敌伪在南京只有搜刮,没有建树,新街口一带也没有繁荣兴旺景象。秦淮河只是一条臭水,只有凭想象才能看到六朝时画栋飞云、绮窗丝幛、舟楫穿梭、灯船毕汇、商贾往来和显贵云集的模样。夫子庙还算热闹。到"奇芳阁"吃了一碗煮干丝,味道很差。茶客里养鸟的、下棋的仍有,都是白发白须的老人了。舞厅生意兴隆,晚上是晚舞,白天是茶舞。下午,我特地跑到一家名叫"金陵"的舞厅观光。挤得不可开交,灯光昏暗,空气混浊。乐队演奏的是《何日君再来》《夜来香》一类歌曲。有个年幼的歌女尖着嗓子在唱:"如果没有你,日子怎么过?……"舞厅里,"重庆人"占多数,有两个人为争舞女打架。一个穿长衫的大声说:"老子是重庆来的!"穿西装的却亮出了一张"派司",说:"你看看老子是哪里来的?"穿长衫的吃了瘪,灰溜溜走了。估计穿西装的是"特"字号的。

傍晚,游玄武湖,找我童年时脚印。想不到天竟飘了一阵白雪。雪簌簌抖落,像朵朵分枝散叶怒放的白花,一阵急过一阵,地

上铺起了薄薄一层雪片,远山近水全都似融进雪中。挂在树上的白雪泛出淡蓝色,闪闪放光。见到雪,真有感情了!到四川好几年,何曾见到过雪!回到江南又看见下雪,真有一种见到熟友的感情,引起多少儿时在雪上打滚、打雪仗、堆雪人的回忆。这里依然是我梦里有过的粉雕玉琢雪花飘飘的江南!湖边大道两旁,高大的杨柳都还裸露着枯枝。湖水干涸,枯荷凋敝,岸边只有一只大木船、七八只小船,也都破旧。靠这营生吃饭的只是几个形容干瘦衣裳破烂的女人和小孩。因为下雪,上来招徕生意:"划不划船看雪景?价钱便宜!"

走进公园,亭台多年失修大部破落,游客稀少。古台城映着湖水,像条灰黑色巨龙匍伏,寂寞无语。我遐想起明朝开国之主朱元璋听取谋臣朱升"高筑墙,广积粮,缓称王"策略的事。这又高又厚的城垣,该是"高筑墙"建议的体现吧?兴亡的历史,给南京涂抹了浓重的"王者之气"。日本侵略者的儿皇帝汪精卫、陈公博之流,在历史的尘埃中湮没了,留下的是战火造成的满目疮痍,刺人肺腑,令人心弦颤动、思绪奔涌。我难忘冯村舅舅、军威小叔战前带我在玄武湖里划船、钓鱼的情景,难忘在潇湘路一号住着时,夏天夜晚能闻到由清风夹来的满湖荷花香气。那年欧阳在潇湘路住着的夜晚,就有过清风带来的荷花香。可是,一切都已逝去。

二月二十三日,星期六,雨,南京

晨起,雨声沉重。舅舅一早冒雨外出。我决定打伞到雨花台看望妈妈。

坐公共汽车到中华门,下车后坐马车到雨花台。一片柳树林,一块衰草地,混杂着往日的记忆,都随雨一起侵入我的梦中。一路始终凄风苦雨,我不能不想起上次同欧阳一起到雨花台的情景。马蹄嘚嘚,敲打路面,我的思绪在马蹄声中起伏。还好,抵达雨花台时,雨已停歇。踏着潮湿的小路,按照记忆的指引,径直从主峰西下,找那片妈妈长眠的空草坪。

什么也没有给妈妈带。既未带鲜花,也未带锡箔长锭。这季节,在南京无法找到鲜花。妈妈是位革命者,她不会喜欢我给她焚化纸钱。我带来给妈妈的只是我的思念和敬爱,只是我要向妈妈倾吐的心底里的话语。我要告诉妈妈我的进步与爸爸的进步,我的决心与爸爸的决心。我们正要像她一样,为中华民族、为中国人民的幸福而奋斗。我的心上流着泪,我在心里一声一声叫唤着妈妈,走向她的葬身处。

还是那与欧阳一起踩过的沙砾的土地和荒草、卵石,还是那与欧阳一起踏过的长满苔藓的羊肠小道,还是那与欧阳一道跨过的高高的野草与荆棘及凹凸不平的坡岗,还是那天我们一同看到过的空草坪。只不过那年是夏天,草坪碧绿,今天是荒蔓一片,草坪坑洼不平,苍黄中到处可以看到被野狗、野兔扒开洞孔暴露出来的白骨和骷髅。

微雨又降落了,天阴冷。我的心凄恻极了!不到五年,这里似乎未变,又似乎变得很多。总的环境未变,但时光和季节使这里变得衰老和更加荒凉了。一些零落的小树也弯弯扭扭地长大了。前边不远处,一所用大石块、破砖、土坯胡乱搭成的小屋,是上次来未见过的。据说敌伪也用雨花台做过屠场,尹二是不是也会葬身在这里?

找不到妈妈的墓碑了!甚至连地点也无法确切辨认出在哪里。细雨将远处的景物都包上了模糊昏晕的外壳。打着伞,鞋袜、裤脚全湿了,在枯草丛中来回求索。可是,无论怎样,也找不到妈妈的墓碑了。

哦!我怎样才能从岗峦荒野中寻找到自己的妈妈?蔓延的衰草是否能传递我来到的讯息,向黄泉下的妈妈低诉我的思念与哀悼?

雨花台上似乎跳动着母亲的心！我伤心极了，站在雨中痛哭起来。幼年时的印象虽已淡薄，却永远忘不了伟大的母爱。

后来，我走向不远处的那间小屋，希望能看看妈妈的墓碑是否已被小屋的主人用来作为搭成住屋的材料，也希望能打听点讯息。出乎意外的见到屋主是一个贫穷得像叫花子的单身白胡子老头，伛偻着背麻木地垂着头，正在屋旁用铁锄刨土，不知想种些什么。他是靠看尸埋尸营生的吧？老得耳聋眼花，向他已无从打听到任何事。他确实是把许多野坟的墓碑收集来做了屋基，把许多棺材板连同破砖、土坯用来遮蔽风雨，就是找不到那块有妈妈名字的墓碑。

我又重新回到可能曾是为妈妈立过碑的地方，默默鞠了三个躬。为妈妈，也为所有为人民利益和祖国命运献身的人。然后在雨中伤心地离开了雨花台。我在心里告诉妈妈：我通过了解人生，对比善恶，懂得了您的选择。我以有您这样一位妈妈自豪，我愿您有这样一个儿子在泉下也得到安慰。

夜里，舅舅回来了，将白天去雨花台看望妈妈的事告诉了他。他听了，先是默不作声，过了一会儿，带感情地说："家霆，真正长久能建立的坟墓，是要建立在人的脑海中，建在人的心里。翻开一部中外历史，英雄豪杰志士仁人无数，真正有坟墓留下来的很少很少，没有坟墓的却很多很多。真正纪念你妈妈的好办法，是我们都努力工作，继承着她的希望与理想。那种为了替人们争取美好生活而献出热血的人，有没有坟，后代的人知不知道他们的名字，他们是不会计较的。因为他们生前本不计较这些，死后怎会再计较？正因如此，他们才是最值得尊敬的人。人生的最高价值是什么呢？……"他用思索、向往的眼光看着窗外黑黝黝的雨夜，说："当然不是坟，不是名利地位，而是他们为了真理献身的精神！"说这话时，我看到他的眼睛似已湿润。我明白，说这话时，他不仅想起了妈妈，他一定也想起了在孤岛喋血的舅妈杨秋水！

二月二十四日,星期日,阴,南京

今天,去中山陵看看。风寒刺骨,游客极少。昨天的雨水,将石级打扫得干干净净,由下向上眺望,只见石阶,不见平面;由上往下俯瞰,只见平面,不见石阶。抗战爆发后,听说曾想把孙中山先生遗体带到重庆,但工程界人士劝阻,认为如果爆破墓穴,遗体也要受到损坏。人伟大了,谁也不能去毁掉他!现在,抗战胜利,中山陵完整无损,仍旧气象万千。踩着石阶走上去时,令人想起历尽坎坷到达一个历史平面的艰辛。

由中山陵到明孝陵。红墙剥蚀,荒草满地。走到南面的梅花山,山头梅花多数含苞,有的已经开放。小时候随爸爸来游览的情景还有印象。遇到一些游客,一个告诉我:往年梅花开时,伪府宣传部长大汉奸林柏生总要约许多汉奸文人来此饮酒赋诗;另一个是七十四军的一个少校,告诉我:梅花山上葬过汪逆精卫。汪逆前年十一月病死于日本,尸体用楠木棺材运回南京,大出殡后葬在此地,是钢筋混凝土结构,相当坚固。七十四军奉命将坟秘密炸掉。一月下旬炸开坟后,汪逆尸体完整,穿长袍马褂,口袋内发现一张纸条,上有汪妻汉奸陈璧君用毛笔写的"魂兮归来"四字。汪逆尸体送去清凉山火葬场,化为一缕黑烟。在原来汪逆的坟上赶建了一个小亭。坟前的石板道全部拆除用土填平,以消除遗迹。果然,我按照他的指点,看到了原来那条墓道的痕迹,并看到许多石板都搬在附近的石像前堆着。

汪逆死得还不久,人们已很少提到他。提到他时,是鄙视、蔑视的。他坟已炸毁、尸体火化,留下的是历史上记载下的汉奸骂名。

下午回来,将来京后的见闻,赶写南京通讯两篇明日寄出。

晚上,与舅舅谈起白天去梅花山的事并谈起汪精卫。他说:"早期革命的人,后期可能成为反革命;晚节不终的汉奸,早期也可能曾叱咤风云。这是一种并不少见的历史现象。"历史人物是怎样失足的呢？怎样才能不失足呢？怎样才能毕生跟上时代的步伐促进历史呢？值得深思。

二月二十五日，星期一，阴，南京

天气又潮又冷。舅舅仍在忙他的事，早出晚归。今天上午，我到地政局办理了补领房地契手续。很顺利，交了刊登启事的报纸，付了款，明天可以领到新契。

离开地政局后，到宁海路二十五号军委会南京看守所采访。

宁海路二十五号与苏州同乡会对门，原为西北军将领鹿钟麟的财产，伪特工总部从日军手中接收后，兼并了与该屋后院相邻的另一幢房屋，修建为一个拘留所，作为关押反对他们的人的囚牢。如今作为关押汉奸的看守所，使人想起"作法自毙"的成语。

去时，门禁森严，知道这实际是军统的看守所。向看守所长徐文祺递了名片，要求采访，他说："拒绝一切外界人士采访。"我与他交谈，得知汉奸们去年九月有几十人被押解来所。大都是伪政权显要。除伪代主席陈公博、伪外交部长褚民谊、伪实业部长陈君慧、伪蒙藏委员长岑德广、伪南京市长周学昌、伪浙江省长梅思平等外，还有汪逆的妻子陈璧君。这些汉奸对陈璧君仍尊称为"汪夫人"。除陈公博独住一间小房外，伪部长们二三人住一间房，再以下的汉奸则七八人住一间房。陈璧君因患心脏病，身体肥胖兼患高血压，要求由家人照顾，同她长子汪孟晋、长女汪文惺等关在第二进房屋的二楼上。有的大汉奸日内要解往苏州。

问起汉奸们的生活，他只说："生活尚好。管理人员原来要解除他们的裤带，他们坚决表示不会上吊，也就罢了。根据观察，确还没有汉奸想自杀。"又说："陈公博烟瘾很大，爱吸美国骆驼牌纸烟，正在写自白书《八年来的回忆》。"还说："犯人们有的认为中央还都南京后，一定有大赦，有的认为蒋主席六十大庆时一定有特赦，都抱有希望，互相安慰。"我提出想进去看看，他怎样也不答应。最后勉强允许在外面朝里看看。看到前面是一幢三层楼洋房,后面是另一幢洋房。整个看守所,有短墙围着,中间有一片大草地。里边静悄悄,人却看不到。只好失望。不过,也该满意了!徐文祺拒绝采访,实际却接受了我的采访。

临离宁海路前,我问徐文祺:"外界盛传许多万恶的大汉奸如周佛海、罗君强、丁默邨等,说是已由军统局戴笠局长保护送往重庆受到优待,是否确实①?"徐说:"不知道!"又问他:"有的报上登载:上海有敌侨房产八千多幢、汉奸房产五百多幢。汉奸产业至少总值在几百亿元以上,盛幼盦(也就是那个方立荪同他做鸦片生意的盛老三)一个人的产业总值就在五十亿元以上,是否确实?"徐答:"不清楚!盛老三关押在上海,不在南京!"

二月二十六日,星期二,阴雨,南京

上午,十一时取到了补领的房地契。经办此事的那个干练的中年人笑着说:"你这是特殊的!要不然,几个月也补领不到的!"

下午,与舅舅带了房地契同到潇湘路一号,向三青团交涉,要他们立即迁走,好让舅舅找工人修理房屋。想不到却出了件意外的事,遇到了意外的人。

去时是两点多钟。三青团派来看守房屋的田伯涛态度生硬,脸色凶恶难看。先是索要房地契看,说:"去年冬天,早有一男一女来过了!也拿了房地契来,只不过你这是新补领的。女的姓方,说是她丈夫的房子。我们确是从日本人手里接收的这房子,当然不吃她那一套。她哭闹了一场也没用,被陪她来的男人劝走

---

① 抗战胜利后,为抢占胜利果实及反共,周佛海、罗君强、丁默邨曾被利用,得到过任命。但遭到全国人民愤怒谴责。在国民党军政人员大批到达沦陷区后,汉奸的利用价值逐步消失。一九四五年九月,周佛海等接受了戴笠劝告,电呈蒋介石"请准辞职",由戴笠陪同飞往重庆,被幽禁于嘉陵江畔的"白公馆"享受优待生活。一九四六年三月,戴笠撞机殒命。后来,周、罗、丁三人均被押往南京审判。周佛海被判死刑后,由蒋介石发表"准将周佛海之死刑减为无期徒刑令",进行特赦。因心脏病死于狱中。罗君强被判无期徒刑,一九七〇年病死。丁默邨一九四六年被判死刑,在南京执行。

了。现在你拿这补领的契来,谁知你们是怎么回事?"

我明白准是方丽清先来下过手了!我对田伯涛说:"那是我们的家事,你少管!我是童霜威的儿子,我来收回房子,你们没理由不让!"

田伯涛说:"我做不了主!要由上级决定!"

纠缠不清,形成僵持。说来也巧,忽有一辆浅灰色小轿车驶来停在门口。我不禁引起注意,同忠华舅舅朝那辆车看,只见车上下来一个穿着朴素却又很漂亮的女人,蓝布旗袍、黑呢大衣,黑发过耳不过一寸,白皙的脸上令人注目的是红唇,手夹一只黑皮夹。一看,我被这突然来临的人震动了,真想不到!是陈玛荔!

怎么会这样巧呢?但我应该记得的呀!她是三青团中央团部的女青年处处长呀!我怎么忘了呢?

局面对我来说很尴尬,对她来说,显得很自然。她看到了我,款款走了过来,朝我微笑,我也笑着走上去了。我说:"真没想到会在这里遇到您。"

她朝忠华舅舅看看。忠华舅舅朝她看看也朝我看看。她说:"人生何处不相逢?你什么时候来南京的?"

田伯涛见了她,像狗围了主人转,似乎发现了什么,在边上说:"陈处长,这就是我说过的,来讨房子的!"

我笑着说:"Aunt,我家的房子,如今被当作敌产接收了!"

她笑了,对田伯涛说:"不说是从日本人手里接收的敌产吗?"又对我说:"听说这房子破坏得厉害,又说有人从重庆来讨房子。一看名片,居然是阁下,我特地来看看,希望能碰到你,还希望让你满意。"

田伯涛卑躬屈膝:"确是从日本人手里接收的!"

我说:"家父和我去了重庆,房子当然被鬼子占了。如今胜利回来了,总不能被日本人占住过的房子就是敌产了吧?"

她笑着用上海话说:"这还不好办!权当派人替你看守了这

么久就是！我叫他们立刻搬走。"她嘱咐田伯涛："到百子亭去吧！那里的房子跟这差不多大，损坏小，在那里把办公室先布置起来！"

田伯涛诺诺连声。陈玛荔问我："你这下留在南京不走了吧？"

我说："还要回去一趟，以后再来。"

"这房子？……"她问。

我说："房子要大修才能住。我来，委托熟人修房子！"我指指忠华舅舅，觉得没有必要给她介绍忠华舅舅。

她说："你还在办《明镜台》？回去之前能来看看我吗？"她递了一张名片给我，"上边有我的住址和电话。"

我违心地说："好的！"其实心里在说：我恐怕是不会去了！

她仍旧笑笑，用英语说："你看，我又帮了你一个大忙！"

我笑笑说："可是，这房子确实不是敌产！是我们家的！"

她笑了，用英语说："你老是不知恩！"

我只好仍对她笑笑。

后来，她同我握手告别，上车走了。临走，朝我看看，忽然笑笑用英语说："我猜，你是不会来看我的，是吗？"

我笑笑，没有说话。

车开走了，我对田伯涛说："明天，我们就有人来住，找工人修理房子。请明天就搬！"

这次，田伯涛虽然很不高兴，眼露凶光，但点头说："可以！"

晚上，写信给爸爸将这些天的事都告诉了他，并写了信给寅儿，也简单向她谈了些回来后的情况。

二月二十七日，星期三，晴，南京

中午，忠华舅舅在夫子庙"六华春"摆了酒席请客。除他和我之外，有南京有名的王可方大律师，一个仪表堂堂、口才很好的律师。此外,有两个不认识的人,一个沉静白净的穿西装的姓祝,一个像广东人外貌瘦小精干穿长袍的姓梁。

摆这桌酒席的目的,是签订修房与租房契约。修房契约中,我是甲方,忠华舅舅是乙方,他化名刘忠,规定:潇湘路一号的房子,由我委托大士贸易公司经理刘忠经手修理。修理费黄金二十一两,全部由刘忠一方负担。规定修理完毕后,三年期间,房屋使用权由乙方大士贸易公司安排。租房契约,忠华舅舅是甲方,老祝、老梁是乙方,由忠华舅舅以大士贸易公司经理刘忠的名义,将潇湘路一号房屋的三年使用权让给乙方。乙方付给忠华舅舅黄金二十六两。三年后如房屋续租,再另订新约。

王可方大律师在两张契约上都签了字,并接受了手续费。于是,契约有效。我与舅舅,舅舅与他的"朋友"老祝、老梁,其实都在演双簧。

下午,忠华舅舅决定离开鼓楼饭店搬到潇湘路一号去住,因为他要监工,且可节省开支。去那里住,搭地铺即可。他不知从哪里像变戏法似的借到了被褥。我则因为就要离京去苏州和上海,暂时仍在鼓楼饭店居住。到南京要办的第一件重要大事,基本办妥了,心情轻松不少。

二月二十八日,星期四,小雨,南京雨量偏多,天仍很冷

人的一生只有一次童年。童年时稚小的心灵每每收藏着许多最珍贵的快乐与忧愁。下午,到大石桥畔母校去看望。最突出的印象是童年时觉得大的东西全变小了。房子、教室、操场,小时候都觉得很大,今天下午一看,却这么小。秋千架、浪木、单杠,小时候觉得很高,现在却觉得很矮。只有树木,小时觉得很大,现在随着年轮增长,觉得还是不小。学校旁大石桥下那条河也很窄很浅了。现在,这里是一个小学。天下着小雨点。站在校园中,看到许多孩子在嬉闹,我不能不怀念我的童年,也不能不想念起许

许多多童年时的同学。尤其不能不想起欧阳。我必须赶快到上海,赶快找到她!

三月二日,星期六,阴雨,苏州

离开南京前的那晚,忠华舅舅到鼓楼饭店来话别。谈得很久,我向他吐露了愿望。他勉励我的话我再也不会忘记。离开他,我有一种依依不舍的感觉。虽然这只是暂时的分别。

昨晚来到苏州。晚上那"哗哗哗"的麻将声,今晨那竹制的马桶刷子"噰噰"刷马桶的韵律,都与我童年时留下的印象能够吻合。这个有"天堂"之称的古城,在敌伪鹰爪下已被糟蹋得满目疮痍,衰败破落。这里是妈妈柳苇的故乡,爸爸曾在这里同妈妈结婚,爸爸又曾在这里的寒山寺内被软禁过而坚强不屈。我不能不对苏州有特殊的感情。旅店在一个小巷里,走进小巷,使人寂寞孤独。昨夜下雨,小巷深处孤零零挂着几盏灯。在路灯微光下,雨丝像一缕缕银线,从黑色的苍穹中乱纷纷挂下来。我望着灯,想着爸爸妈妈在苏州的那场跌宕起伏的梦,心里掀起了暴风雨。

今天,特地去枫桥镇和寒山寺凭吊。我带着对妈妈的爱到了枫桥镇。岁月的风尘,使这个古老的古运河边的小镇残破、陈旧。置身小镇,有一种步入历史之感。这里有衰败灰黯的瓦房,有断墙残院里苍虬而出的绿树枯枝,有狭窄而拥挤的青石板条铺成的街道,有半开的门扉上斑驳的黑漆和生锈的铜门环。许多门板店面的小铺里坐着打瞌睡的白发老人。我听说外公外婆在这里开过一个单开间门面的烟纸店。妈妈同忠华舅舅在这里生活过许多个春夏秋冬。但我无处去觅踪迹。走在那条青石板路上时,我想:这条路,妈妈走过,舅舅走过,爸爸走过,现在我在走了。在这人世间,路是要自己去走的。我今天来走这条路,是不是太迟了呢?我能发现、体会到些什么呢?

后来,到了枫桥旁的寒山古寺。我也弄不清爸爸曾囚禁在哪间寮房? 经历过战乱,年久失修,断垣残壁,荒芜不堪。游人极少,香火不旺,和尚都面黄肌瘦。我站在大殿前,屋檐上滴溜溜地垂着条状的蛛网和尘埃,像是流苏。风吹来,带有冷意,不禁想起康有为的诗句:"钟声已渡海云东,冷尽寒山古寺风。"想听钟声,却听不到。来到这里,会想起人在旅途的各种各样坎坷经历。宗教想通过信仰来化解苦难,它力图使人们相信,现世的一切痛苦,最终都将获得公正的报答,由此使人们获得慰藉和平静。但实际,宇宙之间有一种人的意志无法控制、人的理性也无法理解的力量,这种力量不问善恶是非的区别,把好人和坏人一概摧毁。战争中这样的悲剧很多。而我的体会是,人必须像英雄一样地与这种命运抗争,来体现人的尊严,来唤起一种崇高的感情。这也是一种信仰,却是有别于宗教的一种积极的信仰。

抚今思昔,既有痛苦,也有欢乐,更多的是激励。记忆中那些鼓舞我前进的往事,我充满了强烈的依恋,正像河水流泻而礁石不会移动一样。我已无心再游览苏州的名胜园林。我注定是个紧张忙碌的人,像有一个声音在召唤,我觉得必须快去上海,去寻找失去的梦,寻找记忆中的快乐与忧愁,寻找我日思夜想的欧阳……

三

童家霆上午由苏州坐火车到了上海。在北站下车,从拥挤的旅客人流中走出站来。

春寒料峭,昨天阴雨,地是湿的。在四川时情牵梦萦的上海,现在展现在面前了。天,雨后转晴,有了阳光。这里,曾有过多少难忘的回忆,这里曾有过多少熟悉的人和事。在四川做梦时,无数次旧地重游,梦见过自己走在上海热闹、熟悉的街道上。现在,真的这样在走了。心里既有喜悦、兴奋,又有悲戚、哀伤。是一种什么样的感情呢?说不真切。不愿意再在上次与忠华舅舅住过的火车站旁的小旅馆里住宿了,那里太嘈杂太肮脏。想找一个比较适中的地点居住,交通要方便,住处要干净些,又不要太贵,离要去的地方近一些。这样,他从北站坐电车到跑马厅旁的虞洽卿路,住进了汉口路口子上的扬子饭店。这就在慕尔堂旁边。当年,他同程心如、余伯良一起在慕尔堂上中学时,每天上下课总要从扬子饭店门口走过。慕尔堂似乎并无变化,扬子饭店下面的舞厅和理发室也仍在。他在二楼开了一个小房间,放下物件,决定出去吃午饭,然后到沪东正康纱厂工会找银娣。

从汉口路扬子饭店走出来,绕到虞洽卿路南京路口的一家小店里吃了一盘生煎馒头和一碗咖喱牛肉汤当中饭。在南京路坐公共汽车到外滩。南京路上,还是车水马龙、人流滚滚。有美军的吉普呼啸驰过,开得飞快。经过慈淑大楼时,家霆不能不想到那次欧阳在这里撒下彩色传单的情景。当年豪情,此刻只留下了怅惘。在外滩下了车,不由自主地走到了黄浦江边。江对面是浦东,宽阔的江上布满着船舶和舢板。江中常有船上的汽笛长鸣,声音凄凉悠长。阳光照得江水金光粼粼。当年在这里常看到的日本军舰不见了,停泊着几艘青灰色的美国军舰,在阳光下铁甲闪闪发亮。

回头看时,面向黄浦江的是一幢幢高楼大厦,有金字塔般熠熠闪光的尖形屋顶的沙逊大厦,有如石块垒砌成的门首有巨大铜狮的汇丰银行,有沉重巍峨的江海关大厦和大厦高处敲打起来声音好听的巨钟。沿江的路上,电车当当,汽车嘟嘟,人海滔滔。有些美国水兵在江边拍照。

江海关的大钟正敲两点:"……3215│5231│ 当! 当!"

仿佛行进在历史的曲折长廊之中,家霆陷入沉思。遽然勾起了无数扑朔迷离的回忆。走着走着,想起了在外滩公园同忠华舅舅的秘密见面。那天在临江的一只空连椅上,曾看到一个醉了酒的花白头发的老人,穿件驼色破长袍,哼着京戏:"未开言不由人泪流满面……"走着走着,想起了同程心如和余伯良一起,那次趁天刚黑偷偷将一叠抗日传单散发在外滩公园……

豪壮而难忘的回忆排山倒海而来。啊!往事如烟!往事如烟!斑驳多年的旧事,早已成了镜花水月,那是一段多么峥嵘的岁月,如今只留下了心海中的波涛。阳光下,家霆感到失去爱情的日子,犹如阴天般沉闷。他与欧阳素心之间,有过那么深的爱情,却会落得今天这种黯然。失落的爱情融成回忆,这种回忆已经化成离愁别恨和凄凉落寞。所幸家霆是意志坚强积极进取充满朝气的青年,他的爱心与决心,使他探究欧阳素心之谜的决心更坚定了。

由外滩坐电车到达沪东杨树浦区了。家霆来找银娣,像有酒精在血管里起兴奋作用似的,浑身激动。来找银娣,当然不仅仅是为了打听欧阳素心的下落。他对银娣有感情,银娣过去在他和欧阳之间,是一座桥梁。见到银娣,会勾起一连串的往事。不仅仅是对欧阳,那是对死去了的金娣——银娣的姐姐的忆念,是对被敌伪暗杀了的舅妈——杨秋水阿姨的怀念,也是对忠华舅舅在上海从事一种秘密特殊战斗留下的忆念。家霆就是怀着十分急切想见到银娣的心情,出现在正康纱厂门前的。

几部汽车和卡车隆隆驶过。正康纱厂门口挂的是"中纺"的牌子。这家日本人的纱厂已由经济部接收,现在又由"中国纺织建设公司"接收了。工人正在罢工,厂里气氛使人感到紧张、冷清、不安。家霆说了银娣的名字,门卫好像很熟悉,叫家霆等一等,让人到工会把银娣找出来。

如今,银娣出现在家霆面前了!

将近四年不见,银娣该是二十二三岁了吧?变化很大。有明亮的眼睛,落落大方的沉静态度,面容酷似金娣,个儿高得多了,身材也完全成熟了,脸色健康,仍是清汤挂面头,上海女工的打扮,很朴素。旧阴丹士林短褂外,套着件旧的酱红色绒线衣,下边是黑布裤。

两人四目交替地凝视着,在双方几乎陌生的外形上,彼此仍有着记忆里熟悉的面容与姿态。当两双熟悉的眼神交汇在一起时,似有一种神奇的力量,把两人都吸引在同一个世界中了!

"啊,是你呀!真想不到!"

"是呀!银娣!你二十多了吧?"

他们紧握着手,牢牢不放。

"啊,啊,见到你真是高兴!"银娣同门卫说了以后,作了登记,将家霆请到厂里边,在工会旁的一间小空屋里坐下,忙着去隔壁工会里倒了一杯热开水过来,亲热地说:"你长高了!刚一见,有点陌生,再看看,样子没有太大变化。"

家霆见她十分热情,心里沸腾似的说:"分开快四年了!常常惦记着你!胜利后,我曾有一封信寄到环龙路,估计你没有收到。后来,幸好我见到了你给忠华舅舅写的信,谢谢你还记挂着我!"

"应该记挂的嘛!你的信寄到环龙路当然是收不到的。房子早被军统劫收了,我也早就离开那里了。"她将别后的一些情况简单做了介绍。这些其实家霆已在银娣给柳忠华的信上看到过了,但他宁愿再听一遍。

家霆估计银娣一定是忠华舅舅他们一路的人。不然,怎么现在又在正康纱厂做工会工作?但不宜挑明,只是把自己这次同忠华舅舅一同来上海和去南京的情况大致讲了,又简单介绍了自己去四川后的那些情况。

银娣静静听了,她老练、沉着,眼睛仍是那么莹黑,那么灵敏。她笑着说:"近两个月来,忙极了!胜利后,物价飞涨,工人生活真是困难极了。重庆来的只管自己劫收发财,对工人的死活不闻不问。有的还把我们工人看成是'伪工人'。连续罢了好几次工,沪东、沪西各厂之间都有联系,同社会局谈判,同中纺公司的代表谈判,主要是让工人们不致饿死能活得下去。在工人坚强团结的压力下面,他们软了下来。上月底,协议书签了字。但本厂有不少过去因美机轰炸被鬼子疏散和日本投降时失业的工人需要救济。他们生活没有着落,一家老小要养活。社会局和中纺公司签了字又反悔,不想管这些人,罢工就结束不了!过几天要过'三八'节了,这是胜利后上海妇女的第一个节日,我们要通过这个纪念日来提高女工们的觉悟,使罢工坚持到胜利。现在正忙着筹备。"她洋洋洒洒一说,使家霆颇有"士别三日,刮目相看"的感觉。这是一个新的发现,银娣的话朴实,却有气派,她是那种不畏强暴、大胆站在工人队伍前列前进的人!

家霆拿出笔记本来,较详细地向银娣问了一些有关沪东、沪西工厂罢工的事。银娣也谈了工人为了争取成立自己的工会同特务斗争的一些事例。家霆都做了记录,作为写通讯特写的素材。然后,又问起银娣上海的一些情况。他心里自从见到银娣开始,就在思念欧阳。但银娣直到现在没有提出欧阳的事,他明白在银娣这里是得不到欧阳的新讯息的。那么,何必去早早揭开这个伤痕上的痂结呢?他怕那种难以忍受的刺痛!

银娣的眼睛有时静悬着如同落日,说起话来时眼里却像有急闪的电光,烁烁发亮。她说:"胜利后,接收的人一批批来到上海,空中飞来,水里漂来,地下钻出来,都是些饥鹰饿虎,大发胜利财。开头,只要重庆来的,上海人都热烈欢迎。现在,同对待敌伪官吏差不多了。胜利前,美机轰炸上海,上海人宁可被炸死心里也高兴。但胜利带给老百姓的不是光明和幸福,只是血和泪。美国兵在上海醉酒闹事,侮辱中国女人,大家印象很坏。美国正在帮着往中国的内战上面浇汽油,好不容易胜利了,又要动枪炮杀自己人,叫人怎么想得通?"

听着她说,家霆看着银娣的脸,难过地想起被日机炸死的金娣来了。金娣长眠在广东坪石,八年多了,该只留下白骨和尘土了。她的妹妹成长成熟起来了!银娣的话不多,却生动地把人民反饥饿、反独裁、反内战的情绪都扼要谈出来了。家霆夸赞说:"银娣,时间是最伟大的老师,逆境磨练人就像火在炼金子,见到你现在这样子成熟,我太高兴了!"

他到这时候,忍不住把心里最想问的事提出来了,说:"银娣,你有欧阳的新消息吗?"

银娣看着家霆的脸,家霆的眼神充满期望,也充满一种对欧阳的思念。这种眼神是使银娣同情和痛苦的。她带感情地答:"没有。"又说:"连欧阳筱月的消息也没有!"

家霆脸上失望,眼睛干涩像在燃烧,问:"银娣,我已经有点绝望,但毫不动摇。我想找到她,你说该怎么办?"

银娣带点疲倦而又热情的目光充满怀念和悲哀,说:"上海滩这么大,人又这么多!大海捞针,是捞不着的!"又遗憾地自责说:"只怪我那天碰到她时,没有能一直盯着她盯到底。最后因为我有急事就离开了她。要不,就好了!"

家霆感到失望和空虚,也感到一种重温旧梦的温暖。他从不吸烟,这时忽然感到很想吸一支香烟,用辛辣的烟味来刺激一下自己的神经,提起精神来,压制心中的孤独与酸涩。他面上平静地缄默着,心中汹涌起波涛,说:"无论如何,我要找到她!"

银娣怜恤地问:"到底她同你之间发生了什么事呢?"

家霆没有隐瞒地、坦率地将前后情况讲了一遍。

银娣脸色变了,深深"啊"了一声,焦灼而亲切地说:"唉!坏了!坏了!她陷在一个大陷阱里了!怪不得她会这样。她本来非常好,对我有过恩惠。但是,现在,我怕她已经身不由主了!同她这样的人交往,会有危险!何况她坚决拒绝了你,恐怕也是为你考虑,你想过没有?"

银娣的话政治上成熟,使家霆想起离开南京前那夜忠华舅舅说过类似的话,家霆不能不点头,血液在太阳穴里跳动,他说:"我想到过。我不能遗弃她!我想伸手把她拉上来!也许是妄想,但我连灵魂也爱着她,除非我死了!不然,我的心是不死的!"

银娣没有再说话,沉浸在一种深远的思索中。家霆这时发现,刚见面时感到银娣面色很好,那时是兴奋造成的。其实,银娣的脸色不好,是一种营养缺乏的面色。她的生活肯定是艰苦的。

家霆又问:"我后母家的舅舅方雨荪,还有那个江怀南,你不都是认识的吗?他们后来情况怎样了?"

"离开也都很久了!方雨荪是个惟利是图的生意人。江怀南是个道地的汉奸,弄不清怎么了。反正现在汉奸花钱买个地下工作证明的也不少。"

有个女工匆匆来找银娣,说要开会。估计她很忙,家霆问了电话号码,将自己住在扬子饭店的房间号码和电话号码都留给了银娣,并且告诉她,离重庆前曾将她的地址告诉了亲友,托她有信及时代转,就同银娣握手告别,走出了正康纱厂。

心里空荡荡的,不知该往哪里去。为了寻找欧阳,决定到霞飞路、环龙路一带去,心里侥幸地希望能碰巧遇上欧阳。银娣在那一带遇到过欧阳,说明欧阳心里一定还眷恋着当年的许多旧事和旧情。到那一带,万一能遇上她多好!遇不上她,旧地重返,也可以得到一种感情上的满足。愿意为她踏破铁鞋!整个上海的每条街道,以后都要走一走!

终于在下午四点多钟时,又站在霞飞路靠近环龙路那白俄开的"白拉拉卡"罗宋西菜馆门口了。橱窗里那张斯大林的半身巨幅画像仍在,笑得很得意,相框周围撒着五彩缤纷的花纸屑,绕着细彩纸带。但那家德籍犹太人开的小小照相馆不见了,店面已变成一家出售女子皮夹、手提包和香水等用品的小店了。原先德国犹太人的小店里,秃顶熠熠发亮的店老板,曾供着一张金框装的希特勒的大照片,那个唇上有一撮短髭,额上有一绺流水发,臂上有卍字臂章的隐含杀气、满脸妄自尊大的神经质的战争魔王,随着德国法西斯的覆灭,连照片带小店都消失无影了。也许这就是历史?仿佛耐人寻味又有颇多值得思索的人生三昧在内。

耳边听到"白拉拉卡"里放着舒伯特的《小夜曲》,属于世界的著名音乐家的名曲是不朽的!情意绵绵的乐声轻轻流进家霆的心窝,低缓而忧伤,柔柔地似在诉说一段古老而斑驳的爱情故事,充满诗意。他同欧阳曾在这里听过这支优美的乐曲。曲子中缠绵悱恻、惆怅高远的意境,使他神伤。他没有走进"白拉拉卡"的愿望,孤独地站了一会儿,就离开了,带着伤感的心情。

又走到环龙路欧阳家花园洋房的黑铁门跟前了。攀满爬山虎绿蔓的洋房,此时藤枝尚未返青。朦胧的楼房、熟悉的格局、幻觉似的过去,使思绪笼上了恍惚的空蒙。这幢讲究的法国式洋房,原先二尺多高的矮围墙上,围着带有尖镞的铁栏栅,后来加高成了砖墙。门上贴着军统局盖有关防的封条。封条是早贴的,后来住了人,封条在门开处撕裂,天长日久,被风雨和时光洗刷得破烂变色了。里边住着人,估计是军统的。家霆在对街伫立,朝楼上张望,看到阳台上有个女人正在洗晒军衣,想起在那间他熟悉的窗口的房里,曾听到欧阳吹奏的动听的口琴声。一时间,似乎看到欧阳素心在窗口向他微笑,听到她忧郁地说:"我是怕我们加深了感情,对大家都不好!"

然后,是贝多芬《命运》交响曲的旋律萦绕在耳畔。当然,只是幻觉。并没有欧阳,更没有话声和乐声。

倒是有一辆黑色流线型的小轿车揿着喇叭开来,停在欧阳家旧居门前。黑铁门张了大嘴,汽车驶进去。可以看到,开门的是个穿军便服的,坐在汽车里的,也是军人。

家霆的心由于满是伤感而发胀,微喟着迈步离开,突然想起看到过的几句诗:"我想对你再说一遍我爱你/可是你不在/这句话反而使我更孤寂。"

绕道走到法国公园来了。买了票进去,太阳已经西斜。游客稀少,落叶的法国梧桐刚刚萌芽。径直找到了那棵常青的落地大雪松。夏天时,树背后池畔有个喷泉会喷溅出晶莹的水花。六年前在那个冷雨飘拂有着寒风的冬日中午,他曾在这里吻过她。他们手拉着手,像两个快乐的小孩,在细雨中离开那棵葱茏的雪松,带着一种纯洁、欢乐的幸福感情。

那天,细雨飘拂,他亲切地问她:"能永远爱我吗?"

她没有回答,朝他看了一眼,睫毛上是透明的碎雨珠,像是在说:"难道还需要我回答吗?难道还不相信我会永远爱你吗?"

后来,第二次在这里奇巧地相遇,两个人情不自禁地拥抱在一起了。一时忘掉了自己,甚至忘掉了世界。

欧阳颤动地把头埋在他的肩上,盈盈的泪珠涌上眼眶,说:"我知道你会来的!我知道你会来的!"

他兴奋而又醉心地流着泪,亲切地吻着她被雨淋湿了的黑发,像在沙漠上遇到了绿洲,激动地说:"我知道你仍爱着我!我不能没有你。"

一切都过去了,消失了,流逝了。

家霆木头似的站在那里,让那棵年迈的雪松伸出绿色的手掌抚摸他的脸。站了好一会儿,希望出现奇迹,欧阳会突然也来到这里!但是,没有!心上像一片荒漠。他固然知道,爱情像一杯芬芳的醇酒,喝醉了,会像醉鬼似的使人生变得毫无出息。如果不醉,它却有着激动人生前进的伟力。人仅仅为爱情活着,是可悲的。只是此刻,爱情的磨难使他如醉如痴,呼之即来,挥之不去。他的忠诚和坦率,他的守信和重情,初恋的幻灭,使他诚实的灵魂几乎无法忍受。他的心像经过一番浩劫的战场,被破坏得一片荒凉。

漫无目的地、失望地从原路走出法国公园,又徜徉在霞飞路上。霞飞路改名叫林森路了。走着,想起了同欧阳一起在这条路上漫步的事。啊!一切的回忆都甜蜜、隽永又辛酸。此刻,倘若在这里迎面忽然看见欧阳该有多好!

路上的商店里和人行道边的地摊上,都摆满了美国货:罐头食品、美国香烟、化妆用品、玻璃丝袜、克宁奶粉、菊花牌淡奶、美军的给养……简直是"无美不备"。

他沿途仔细张望、寻觅,注意着迎面来的和对街走的每一个女性。可是,没有,只有失望接着失望。

霞飞路上过去那家花店仍在,这里仍有温室培育的粉红康乃馨和鲜红芬芳的玫瑰花出售。欧阳最喜欢这两种花了。

一直走到距善钟路口不远处了,天已渐渐向晚了。忽然,看到一家出售旧文物、旧画等的拍卖寄售商行。在橱窗里,醒目地陈列着一幅有金边画框的大画。啊!啊!他几乎大声惊叫起来。这幅画!怎么会是这幅画呢?怎么偏偏是这幅画呢?烧成了灰也认识。画上光的运用是那样神奇!画的色彩漂亮极了!画得随心所欲,飘飘欲仙,富于灵气,把人带入梦一样的仙境。画上蕴含着美,一种惊心动魄的美!一种震撼人心引起人思索的美!

是欧阳素心画的那幅《山在虚无缥缈间》呀!

记得,那个神奇的下着雨的夜晚,在她房里,他看了画后,赞叹地问:"啊,美极了!真是一幅奇异的杰作!可惜我能有感受,却说不出!能告诉我,你画的到底是什么?"

她爽朗地笑了:"我自己也说不清。我画的是我想追求的东西,也许是和平？是幸福？是爱？是美？是真理？总之,是最最美好的东西,也是我想象和感觉中缥缥缈缈的东西。最美好的东西都被战争破坏了!"

现在,岁月苍苍,历尽波折,这幅画怎么会来到这家拍卖寄售商行里了呢？

当然,也容易得到答案。环龙路上欧阳家的故居早被军统接收,里边的所有财产物件自然都已被侵占。这幅画送到了拍卖寄售商行来也不奇怪了。

不由自主地,家霆跨步走进店里去。店里亮着电灯,货物充足,各种古董花瓶,各样古玩玉器、珊瑚枝、景泰蓝器皿、画幅、绣花织锦类用品……琳琅耀目。但生意冷清,没有顾客。一个戴眼镜的黄脸花白头发的西装矮胖子,上来笑脸相迎。他眼镜下的一只斜眼看起人来显得特别精明。

家霆指指橱窗里的《山在虚无缥缈间》,故意问:"这幅画有来历吗？是什么人画的？"

矮胖子亲昵恭敬地回答:"那还弄不清！但画是一流的！价钱也不贵！我一看就知道你是内行。其实,无名画家的作品每每并不比名画家的差。现在买着,将来会值钱的!"用的是一种带有诱惑力的语调。

家霆站在灯下,萌生了立刻想把画买下来抱在怀里的感情,问:"多少钱？"

矮胖子笑着伸出食指和中指、无名指比画,做了个手势:"三十万！法币！"

这两天,金价猛张,一两金子价已涨到十八万元。三十万法币折合一两六、七钱金子了！这真是漫天要价,实在太贵了。

"最便宜多少钱？"

"好吧！最便宜一条小黄鱼,外加六万元！好不好？"矮胖子爱用斜眼看人,黄脸上装出诚恳来,"你也别再还价了!这画来看过的人不少。前天有人出一两二钱金子我没卖。这是最低价了!你买了绝不会吃亏的。"

家霆身边哪有这么多钱!他感到为难,又实在舍不得不买。临来时,将欧阳首饰盒中仅剩作纪念的一副珍珠项链、一对翡翠镶金耳环随身带来了,目的是见到欧阳想先还给她。现在,寻找欧阳无望,这幅画怎能不买?决定用首饰来换回这幅画,又有点犹豫,说:"你再说个最低价吧!"

"你到底是不是诚心买?"

"当然!"

"好吧!忍痛再让你两万元!爽快哦?"矮胖子看得出家霆急着想买,更不愿意大杀价了。

"再多让点行不行?"

矮胖子用斜眼瞄着家霆,用一种心疼的口气说:"说实话,现在生意不好,才这么便宜的。不然,这幅画爱说什么价就是什么价。你没看看,连相框都是上等进口货!"

家霆终于咬牙说:"这样吧!我是远地来的,随身没带这么多钱,得叫外地汇钱来。你给我留一礼拜,一礼拜内一定不要卖掉。我一定来买,决不失信。你看行不行?帮帮忙吧!"

矮胖子门槛精,笑着说:"这样吧!你什么时候有钱随时来买好了。我们要是卖不掉,当然给你留着。要是人家出高价,做生意嘛,就是为了赚钱,就高不就低,你也就别见怪。"说着,他似乎发现家霆身上油水少,又有客人进来看货,势利地撇下家霆去招呼刚进店的一男一女去了。

家霆想:我还是得买下这幅画!但,钱怎么办?找银娣想法筹借?不好开口,工人现在生计都无着落,银娣明摆着很穷。打电报到重庆,让爸爸电汇钱来?他又踌躇。

他走出店去,又站在玻璃橱窗前张望。外边早已万家灯火。夜的都会噪音沉寂了许多,火辣辣的心上凉爽了许多。电车"当当"响着铃"隆隆"地在轨道上驶过,晚归的行人都脚步匆匆在走向回家的路。他看着那幅亲爱的画,眼前始终映现着欧阳素心美得惊人的面容和跳动着希望的火苗的黑眼睛。店家来上牌门了。法国梧桐在水银似的路面上撒下枝干的影子。路灯光昏昏沉沉,他怅怅地离开。沿街公寓楼房里家家户户窗户里朦胧如纱的灯光,显示出一种与外人无关的温暖和舒适。他感到自己的心情像一个可怜的流浪者。

第二天一早,下着雨。家霆想到南京路外滩的电报局里打个加急电给童霜威,请爸爸火速电汇款项来买画。这是想了一夜决定的。此刻,想到爸爸经济不宽裕,又犹豫了。他思考了一夜,仍舍不得用欧阳的首饰换她的画,心里矛盾,痛苦得很。

雨很大,有暴烈的雷声和闪电将雨水从云团里癫狂地泼下来。想到要了自己的心愿(人生能有几次这样的心愿呢?),他打着伞,买了一把鲜花,暂时把心头买画的事放一放,到沪西埋葬杨秋水阿姨的公墓里去给舅妈扫墓。

春雨潇潇,天上的雷声常在奏乐。进了公墓,墓场里最大的变化,是比从前多了数不清的新墓。仅仅六年不到的光景,竟又新葬了这么多人。战争时期,人好像衰老得快,也死亡得多了。这飘着苦雨的天,家霆不禁想起同欧阳素心当年来参加葬礼给杨秋水阿姨鞠躬的情形了。

那天,在墓前,淋着小雨,欧阳忽然流泪了,雨水和泪水混和在脸上,若有所思地说:"……生命不在长,而在好!"

现在,欧阳在哪里?她那本来应当如春花灿烂的生命怎么了?

走到了杨秋水阿姨的墓前,周围的环境仍同以前相仿。四周湿淋淋,静悄悄。有不知名的小鸟被雨湿了翅膀,在树梢哀啼。坟地里在"沙沙"的雨声中仍似有悠长的叹息,也有万般悲哀,又似有沸腾的激情和奔腾跳跃的冲击,用无声的形式在表达。

苍翠长青的柏树,在墓园里迎着风雨"簌簌"作响。杨秋水阿姨墓上那块美丽精致的大理石墓碑,经历过日月和风霜雨雪的侵蚀,比当年陈旧了一些。但有好几束已经枯萎的鲜花放在墓前,说明不久前曾有过一些人来上坟。碑上两行金字,被三月的春雨洗得一尘不染,灿灿放光。

家霆放下雨伞,淋着雨,献上鲜花,独自出神,心非常安静,立正站着说:"舅妈,我来看望您来了!"说时,流下泪来。他先恭恭敬敬鞠了三个躬。然后,又鞠了三个躬。忠华舅舅在南京有事未来,他应当替他鞠三个躬。然后,又鞠了三个躬,这是代表欧阳的。

他打着伞,凝望着那两行金字。从"秋枫之壮丽"上,忽地想起了"枫叶荻花秋瑟瑟"的诗句。这几天,报上的消息不好。内战冲突并未停止,危机仍然紧迫。报载:国军已由美国前后装备了二十二个军,包括五十七个师。美国还帮助国军收缴了在华日军的大部分武器,以空运、海运帮助国军接收全国各大城市。枫叶与荻花,红与白的斗争,使中国大地上仍将流遍鲜血,使这寒冷的春天蕴含着秋的意境。真像一本小说的名字一样,这是"春天里的秋天"!

想到这些,家霆在杨秋水阿姨的墓前,感到了一种时代的使命感,一种爱国与理想信仰的责任心,使他压制了不少悲恸。

下午,家霆赶了远路,又到龙华附近安葬大舅妈"小翠红"的公墓里去。去时,特地带了两大盒冥币去。他认为迷信可笑。但他是个讲信义的人,始终不忘大舅妈在他最可怜的时候给予他的美好可贵的心意。也始终不忘自己的承诺。大舅妈不止一次说:"家霆,如果我死了,你回来了,会到我坟上给我行礼化点纸钱给我的吗?"迷信的善良的大舅妈"小翠红",那么值得怜悯,他不忍心违背自己的承诺。

"小翠红"的墓在公墓的东北角里,当初建时就很马虎。墓碑小,墓地窄,也未栽树。墓背后是围墙,高头是一棵长在墙外的大白杨树。如今,墓周围枯草刚刚开始返青,荠菜已经长出嫩嫩的小叶。周围坟连着坟,墓连着墓。看来都有人来祭扫过,墓前有枯花,也有烧纸钱的焦痕。大舅妈的坟墓却荒凉、孤单,特别凄凉。

家霆在这里,感到和大舅妈靠得很近。想起往事,心里难过。鞠了三个躬,默默地说:"大舅妈,我回来了!来给你烧纸钱来了!"

将两盒冥币都散堆在坟前,擦火柴点燃了。看着纸钱在火焰中化为灰烬,灰烬又被初春的寒风吹得扬扬洒洒飞飘起来。

纸钱化尽,他觉得遂了一件心愿,心里舒适些了,才离开大舅妈的坟墓,走出公墓。

了却一件心愿,对一个人来说是多么畅快。遗憾的是,要寻觅欧阳素心却无从下手。这个心愿怎么才能实现呢?唉,唉!

四

没有理由为了思念、寻找欧阳就影响工作。童家霆为了寻找欧阳,花了一天,有目的又无目的地在大街上逛,两腿酸疼,鞋底也真要跑破了,依然毫无着落,他只好暂时把这同买画的事都放一放。

为了给《明镜台》写一篇有吸引力的特稿,家霆决定访问日俘、日侨了解情况,赶写一篇《上海访问日俘日侨见闻》,用航快立即寄给寅儿。

上午,他到江湾"京沪区日本徒手官兵管理处"访问,接待的是管理处处长黄光汉。这是汤恩伯第三方面军的一个上校军官,瘦瘦高高的,穿着笔挺的军装,说起话来爱皱眉头。他说:"现在有日本徒手官兵十七万余,安置在江湾、南通、苏州、南京等地集中营,主食与国军同量,副食待遇较国军略高。这场侵略战争,使许多日本军人把人性和良心什么的都扔掉啦!他们杀人也不难受,强奸也不脸红。目前日俘的思想状况,有的因为过去作恶太多,怕中国人报复,急于想早日遣返日本;有的不服气,至今还不承认他们确已战败。很多人认为他们既不是被中国人打败,也不是被美苏打败,投降是他们天皇的权宜之计,是为了避免本土遭到更严重的破坏,保存国力,早日结束战争,以备将来重显国威。这很危险!"

家霆提出,希望直接同一些会说中国话的战俘见见面,谈一谈。黄光汉答应了,安排了一间房,把日俘找到房里来谈。

第一个选的是个日本少佐田村良雄。一个慓悍的军人,光头,络腮胡,红脸膛,凶恶的大眼,像条赤练蛇。穿着已经旧了的军装,一副桀骜不驯的架势。在家霆对面的凳子上坐了,讲话坦率,声音很大。

家霆感到这是一个可怕的人,尹二一定是被这样的日本人杀死的!问:"你对日本无条件投降有什么看法?"

田村良雄的表情苦闷而阴沉,劈腿坐着用粗嗓门答:"如果天皇不下令停战,日本仍有战胜的希望。"

家霆尖锐地说:"你认为日本的战犯应当得到惩罚吗?"

田村居然龇着牙说:"据我想,什么人该是战犯很难下一个明确的界限。"

"为什么?"

"比如我吧,我是少佐,也当然有一点责任。可是我是一个军人,我只是奉命打仗的。而且,中国多年来的反日教育,也该负一份责任。"

黄光汉坐在那里听了,直皱眉头。

家霆心中燃烧着最强烈的憎恨,笑了一笑,这是一种勉强的笑,不是气得十分厉害,是不会这样笑的。他严肃庄重地说:"你是倒因为果了吧?中国有抗日教育,也是日本数十年侵略之果。你们日本军人,在中国土地上烧杀奸掠,无恶不作,杀了中国多少人!毁了中国多少城市乡村!掠夺了中国多少财富!现在战败了,倘若再不深刻认识你们犯的罪,难道还想以后卷土重来继续再走侵略的老路吗?"

田村良雄狰狞的脸上先变得泛白,随后又涨得极度的绯红。忽然,他用军人姿态笔直站起来,卑微地九十度深深鞠了一躬,也许是屈于压力,也许是表示歉意。

家霆见他这样,善意地教训说:"日本军国主义的侵华政策,不仅使中国人深受其害,普通的日本人也是一样。你们不久将被遣返。回去以后,应当以你们亲身经历的惨痛教训教育下一代。坚决反对帝国主义的侵略政策。此后与中国人世代友好相处。如果还是像过去那样带着刀枪大炮来,你们就要好好地想一想:你们在战争中死在国外和本土上的人有多少?侵略者是必然要在侵略战争中失败灭亡的!"

田村良雄仍旧沉默,又站起来更卑微地九十度深深鞠了一躬。他闭口不再说话了。

家霆同他的谈话就到此为止。黄光汉叫田村良雄回去,对家霆说:"你刚才讲得不错!"

家霆明白:这个武士道的少佐,虽然鞠躬,决不一定是真诚服罪,危险也在这里。中国现在不采取冤冤相报的办法。但军国主义的法西斯细菌如果不消灭,将来容忍它滋生蔓延,对中国,对亚洲,对世界还是一种不可轻视的危险。要在人的心中消除战争。不然,战争的根源将永难消除。由于有这种忧虑,家霆决定将田村良雄的谈话和自己的想法如实写给《明镜台》。

第二个找来谈的,是一个《东京新闻社》的中年记者,名叫池田信夫。带有知识分子的气质,又表现出一种固执的自信。瘦长脸,窄窄的脑门,眼睛如山羊般大而无神。黄光汉在把池田信夫叫来时,事先皱着眉告诉家霆:"这记者承认过去写过报道,赞扬在襄樊的日军某部队有一次秘密大批屠杀中国战俘,为了祭奠战死的日军,砍掉一百多中国俘虏的脑袋举行慰灵祭。"

家霆问池田信夫:"你是新闻工作者,你对日本侵华有什么看法?"

他先说:"日本是一个君主国家,没有民主,制订政策,决定和战,我们做不了主。"

家霆点头说:"这也是!你是说,如果有了民主,人民就能反对侵略战争,是吗?"

池田信夫搓着脸,似乎内心疲劳。他的中国话说得不顶好,但能恰切地达意,答:"我也不完全是这意思。日本……侵略中国,主要是……因为日本国家小、人口多,太穷了。"他说得慢条斯理,是在斟酌用词,有板有眼,沉着冷静。

家霆听得不受用了,说:"穷人并不一定要去做强盗。何况日本并不穷,你觉得你不是在为日本的侵略罪恶辩解吗?"

池田信夫眼睛疲惫无神地眯缝着,笑笑说:"人不可能都是圣人。生活是在不断变化的。人们知道自己的昨天和今天,但又有谁能预测明天和后天呢?反正……日本……败了!这一切……都不必说了!我的家,在……广岛!我恨战争,恨原子弹!"说着,泪水流下来。

他的话不多,一种特殊而复杂的心态表达得很清楚。

家霆觉得这样一个接受过法西斯教育的新闻记者,家人又死在广岛的原子弹下了,不可能讲几句就使他大大改变观念,决定谈到这里为止。请黄光汉再找两个日本士兵来谈话。

来的两个日本兵,一个叫井上,一个叫朝仓。井上恭顺地舔着嘴唇阴沉地微笑,眼睛似乎罩着一层雾气,脖子上的青筋紧张地跳动着,谦卑得很;朝仓眼睛滴溜溜的,显得狡诈,表现的态度比旅店茶房还恭顺十倍,给家霆的印象是有意要用恭顺的态度,叫人忘掉"皇军"的凶残面目,征服中国人的心,使中国人同情他们。

家霆平静地问:"从你们日本人的立场看,对中国这次接收有何意见?"

井上沉吟了一会儿,下意识地笑笑说:"感谢宽大!不过有一小部分地方……中国军队一到,就……限我们一二小时内迁出,不大方便。"

家霆笑笑,有理有节地说:"当日本军队侵入中国各地时,中国人不但连五分钟的时间都没有,生命财产也都毫无保障,这恐怕你也是清楚的吧!"

井上不说话了。只是舔着嘴唇傻笑。朝仓脸变了样子,沉默着。家霆问他:"你现在有什么感想?"他唯唯诺诺,只说:"很好!很好!"又结结巴巴地说:"我……中国话……说不好!……听不大懂……"

看到他们的样子,家霆感到不可能采访到更多的东西,让他们回去。又同黄光汉谈了片刻,听他介绍战俘的一些情况。黄光汉最后送别家霆时,说:"童先生,刚见你时,我觉得你太年轻。结果,发现你很老练,义正辞严,是个好记者!"

家霆离开"京沪区日本徒手官兵管理处",马上赶到虹口"第三方面军日侨管理处"采访。汤恩伯大受重用,他统率的十几个师全是美式装备,去年九月就由美机空运到南京、上海受降。传说将被任命为京沪卫戍总司令。想起那年在河南的见闻,看到汤恩伯这样受到重用,家霆忍不住要想到法国作家包亚罗的一句名言:"愚者总会找到尊敬他的更傻的蠢蛋!"

上海有十万日侨,日寇的移民也真吓人。虹口区本是日本人的集中居住区,日本浪人很多。许多"中国通"杂居在中国人中间,经常与日本特务机关保持着紧密联系,大都奉命负有监视中国人的特殊任务,随时报告中国人的思想和活动情况。在虹口区贩卖鸦片、白面和吗啡,开设赌场、烟馆、妓院进行毒化中国人罪恶活动的日本人也极多。现在,他们由"日侨管理处"管理,并未集中也无法集中,基本仍住在原地址。日侨管理处的一个佩上尉衔的胖军官,名叫唐之光的,懂日语,陪同家霆去进行采访。家霆实际也是想在虹口区日侨比较集中的地方,做一番巡礼。

虹口区里,日本人经营的较大的商店都已关门停业,门上贴着"停业"的字样,有的店门上还交叉贴着第三方面军的封条,有一种不景气的气象。日本人的小本经营摊铺多起来了。小吃食店、卖茶和卖点心的小铺不少,有的小吃食店门口,大字写着"民主烧馒头"的字样。所谓"烧馒头",就是油煎包子,馅儿是栗子粉的。家霆好奇,特意买了一个尝尝,味道倒很不错。"民主"二字,是新加上去的。正如上海人开的馆店里有"胜利菜""胜利饭"一样。"民主"是日本人针对帝国主义发出的新的憧憬吧?

很少见到穿和服的日本人,见到的日本人多是西装、中装,女人们差不多都穿中国旗袍,不过有的还穿着木屐。许多日本人,猛一看同中国人很难区分。换掉和服,恐怕是由于日本战败无条件投降造成的吧?这样也许他们觉得多一些安全感。从日本侨民的脸上,不时可以看到战败国国民的忧伤、凄惶的神情。

家霆在采访中不断想起欧阳素心。欧阳的母亲是日本人,欧阳有日本血统,这场日本军阀发动的侵略战争曾给她多大的创伤呀!现在,日本败了,战争结束了!受到过这种创伤的人,痛楚要延续到什么时候才结束呢?家霆既仇恨侵略者的日本人,又同情那些无辜善良的普通日本人了。

日侨们大都会说些中国话。唐之光上尉陪家霆一路采访了一些日侨,用的是漫谈形式。有几个从苏州来的日侨,是商人,都说中国人宽大,都说日本同中国不应当打仗,(家霆听到这样的话就向他们指出:"不是中国要打!是日本军阀发动侵略战争逼得中国人奋起抗战的!")都说他们对中国有感情。但有的也说:"这次战争是受了军阀之骗,投降之前,总以为日本海陆空军都是世界第一!"

家霆听了,不禁想:军力世界第一,就应该侵略吗?说是受骗,不是在侵略问题上,而是归之于军力不强,实际并不否定侵略!思想深处这种认识岂不可怕?这些思想,恐怕需要许多年的时间,而且要用真实的历史事实告诉那些不知情受欺骗的日本人才能纠正吧?没有这种纠正,中日两国今后的友好和平,恐怕是难以符合理想的。

到一家主人名叫石井的小杂货店里,同石井夫妇谈话。唐之光上尉有时兼作翻译。谈到日本天皇和政治问题。男的是个脸上肌肉松弛眼泡浮肿的矮子,说话像伤风似的沙哑。他老婆是个漂亮、雪白、很沉静的女人。石井夫妇希望日本要实施更自由的民主生活,但都希望保留天皇。天皇应当是战犯,他们也不敢否认,却觉得没有天皇就没有了一切。人似乎总要崇拜一样什么,给家霆留下了深刻印象。

家霆走在虹口的路上,不能不想到冈田俊一医学博士和他开设的日本医院。四年多前那个十月,家霆曾陪爸爸童霜威在这里囚禁着治病。冈田那个干瘦的瘦老头儿,彬彬有礼,说话和善,鞠躬如仪。冈田的两个儿子都先后战死在中国,他那时流露出强烈的反战情绪,而且表现得是善良的。爸爸童霜威后来能回家治疗,以至终于逃离孤岛上海,同冈田的暗中帮助分不开。家霆牢牢记得冈田当时曾用比较流利的上海话轻声说过:"由我提出建议,他们决定让你爸爸回家去住。……青年人,你父亲是个道道地地的中国人！他这次跌跤，我认为实际是他想自杀！这点我发现了，但我没有对别人说。我懂得他为什么想自杀，我是尊敬他的！"

同是日本人，并不一样。日本是有对中国人民友好并且反对侵略中国的好人的呀！想起往事，情感波动。对冈田博士怎么能不以恩相报呢？也许他现在有什么困难？家霆决定把他当作平等的朋友，而不是当作战败了的敌国侨民来会见冈田。他决定到冈田开设的医院里去看望。他把这想法告诉了唐之光上尉，胖胖的上尉说："姆，这个冈田博士我有印象，但日侨太多，我已记不确切他怎样了。走，找那医院去！"

冈田医院的原址，早已由第三方面军的医务人员占住了。唐之光上尉进去打听冈田，都说不知道、不清楚。

后来，在附近找到一个科学家佐藤秀三，是个苍老的教授，原是"上海自然科学研究所"的所长。他说："我是在中国研究结核病防治的，对黑热病也有些研究心得。我有严重的心脏病。"他眼神衰颓，嘴唇发青，忧郁的脸上找不到笑容。

向他打听冈田。佐藤喃喃地说："死了！今年第一场雪的晚上，他死了！也许是服用了过多的安眠药。他孤独一人，每晚都服安眠药才能入睡。"

家霆听了，待了半晌。对冈田不能不寄予深切的同情。在那侵略火焰高燃时，一个日本人，能有正确的看法和做法，反战并且尊重被侵略国的有民族气节的中国人，还不难能可贵吗？往事历历，日本是加害他人的侵略国，但自己也是战争的受害国。死亡的日本军人、军人家属和平民百姓有多少？还没有确切统计，二三百万总该有吧？而被日本侵略的受害国的死者，无疑是日本死者的许多倍。这场残酷漫长的战争给予人们的根本教训是什么？如果中日两国睦邻友好共同享受和平与发展该多好！现在，由于日本侵略造成的仇恨如何消除？日本今后如何能不再走侵略的老路？

这些将是多么艰巨、重要而应该加以解决的课题啊！

日俘与日侨都将陆续遣返。佐藤颤摇着头说："原子弹是罪恶！但更大的罪恶是人的灵魂！侵略战争是人发动的，原子弹是人操纵的！"接着又说："我对政治问题不感兴趣，但我认识到日本侵略中国是对中国犯了罪。现在，我主要是想留在中国不被遣返。因为我爱我的自然科学研究所，我想在华继续研究。我对中国人一向有感情，有友谊。日本和中国是不该做敌人的。"

他似乎也是一位冈田那样的人。辞别时，送出来，深深一鞠躬，却突然用手去揩眼泪。

家霆一上午的采访就此结束。他总是爱用最少的时间做尽量多的事。谢了陪同采访的胖上尉唐之光，独自去一家面馆里吃了一碗面当中饭，匆匆赶回扬子饭店。

想得很多，但写专访时主题准备体现在两点上：一是说明谁想在战争中捞点什么，谁也必然会在战争中断送些什么；二是日本必须接受侵略的教训，承认侵略的罪行，今后走反对军国主义、同中国睦邻友好的路，日本的军备必须控制。想定后，他立刻动笔，打算将《明镜台》的特稿尽快写了寄发出去。他觉得这题材新鲜而意义重大，会引起读者的兴趣和注意。但拿起笔来，心里老是摆脱不开霞飞路善钟路口拍卖寄售行里的那幅《山在虚无缥缈间》的画！怎么办呢？要店老板留一星期，转眼已经是第三天了！

克制住不安的情绪，他在扬子饭店的房间里提笔写稿。刚写了一点儿，忽然电话铃响，接了电话，高兴地听到银娣清晰悦耳的声音。

"你上哪里去了？上午连打了几次电话你都不在！"

听银娣的口气，似乎是有急事。

家霆急急把上午去采访的事讲了，问："有事找我吗？"

"有两封你的信！都是航快，从重庆寄来的！我马上给你送去好不好？"

家霆怕银娣太忙,麻烦她,说:"我自己来取吧,不然太麻烦你了。我马上来!"

但,银娣热情地说:"不,我要来市区办点事!你等着我,我尽快就来。"银娣的好意使家霆无法拒绝。

家霆挂上电话,心里宽慰。离开重庆瞬忽这么多天了!常常思念爸爸,也不免思念寅儿。这两封信不知是谁寄的?可能一封是爸爸寄的,一封是寅儿寄的吧?……他努力使自己安下心来,继续写稿。他有这种本事:在人多嘴杂吵吵闹闹的茶馆店里能写文章;在心情动荡极不平静的状态下也能写文章。写这类通讯特写和专访,他无须打草稿,总是想定了后一稿完成很少改动。他决定用纪实方式朴实地把上午采访的全部内容和感想都写下来,好用航快寄去重庆。

文章写了三分之二以上,有"笃笃"的敲门声,知道是银娣来了,起身开门,果然门口站着眼睛乌黑闪亮、面颊由于赶路走热了露出红晕的银娣。她穿的黑裤、黑短袄,上身罩一件白色线衣,黑白两色,素雅端庄。脸上疲乏,嗓音沙哑,看得出是熬了夜又忙累造成的。她说:"电车好挤,我又走了一段路,都出汗了!把你等急了吧?"说着,一边进屋,一边从手里提着的一只布拎袋里取出两封航快信递到家霆手里,说:"快看信吧!我歇一歇。"

家霆招呼她在小沙发上坐下休息,关切地问:"罢工的事怎么了?"倒了一杯水给她。

她回答:"反正不会半途而废!"催着家霆说:"你快看信吧!"喝起水来。

家霆从信上笔迹一看,果然一封是爸爸的,一封是燕寅儿的。他忙先把童霜威的信撕开,只见除了爸爸的信外,另附有一封信。

童霜威用毛笔写的信是:

霆儿：你走后，我一切均好，勿念。估计你一切均会顺利。我想，日内可能就能收到你信。现在寄航快方便迅速，数日即到。你应常写家信。自己在外，一切都要谨慎，身体务必当心。

　　今天收到你友人给你来信一封，因你不在，我拆阅了，现特转上。信上所提欧阳之事，使我心酸，但不知确实否？望速就近打听看望，即来一信，告我详情。即问
旅绥

父字
三月二日

家霆看着信，睫毛瑟瑟抖动，心像要跳出嗓子眼来，马上又把爸爸附来的信从信封中抽出来看。爸爸是细心人，连曹心慈的信封都原件附来了。曹心慈的信是用自来水笔写的：

　　家霆吾兄如握：

　　经过种种不懈努力，弟终于如愿以偿获准离开原单位转往公路总局医院工作，堪以告慰。现正办理手续，不能前来面叙。但过去有约在先，不能不写此信让你知道一点欧阳的情况。听说她发疯了，治愈无望，现住上海虹桥精神病院，其他情况则无从奉告。她自小聪明美丽，为人善良，遭此下场，令人痛心。兄知道后，望能豁达处之，千万勿太伤感。八年抗战，在战争中家破人亡者何可胜数！我是医生，深感平时要救一条人命，殊非易易，而战场上杀人千百则易如反掌。抗战已经胜利，内战看来难免。中国人的苦难远未结束，生离死别之事今后必然还多。对人生之不幸悲剧，惟有乐观对待。往者已矣，望多珍重。千万千万。顺颂
春祉

弟
心慈拜上
二月二十八日

家霆看完信,耳朵里一片"嗡嗡"声,仿佛有一面铜锣在头脑里轰鸣,双眼已含满泪水。他摸出手帕拭泪,又将曹心慈谈到欧阳素心的部分重看一遍。欧阳怎么会这样的呢?她有过些什么悲惨不幸的遭遇呢?

银娣看到家霆落泪,奇怪了,问:"怎么啦?什么事了?"她脸上严肃,眼睛睁得圆圆的。

家霆把信递给她看,像丧失了朦胧希望似的说:"正巧你在这里。欧阳疯了!现在住在虹桥精神病院,你看看这信吧!"

燕寅儿的信,他已无心阅读了。他未拆封就将信折叠了放在口袋里,自己踱到另一只小沙发上坐下,愣愣地沉思起来,心里充满了不祥和不安的感觉,恨不得放声大哭一场,又急切地想立刻见到欧阳素心。

银娣读完信了,脸色苍白得不成样子,两只明亮的眼睛露出慌张,关切认真地微喟着说:"真想不到!"又说:"我陪你!我们马上去看她,好吗?"

家霆毫不犹豫地站起身来说:"好!我恨不得马上就见到她!你陪我去太好了!"说这话时,他又想落泪,眼圈都红了。

"我们立刻走!"银娣坚决地说,"精神病院我认识!我带你去!"

当童家霆和银娣一起到达虹桥精神病院时,是下午三点多钟。家霆在途中的店里买了许多水果和吃食。吃食中有欧阳从前爱吃的松子软糖,他觉得无法表示自己的心意,此刻带些吃食也是一种表达心意的方式了。

家霆是第一次到这种地方来。刚走近精神病院门墙外,就听到院子里狂乱呼叫的声音,凄厉,恐怖:"啊——啊——啊——""哇——哇——哇——"希奇古怪声嘶力竭的喊声,难以形容,叫人毛骨悚然。

家霆心揪着问银娣:"你来过这里?"

银娣点头,神情冰冷:"前年,一个当年在沪西永康纱厂里做工的小姐妹,长得漂亮,在浦东给东洋兵强奸了。发了疯送来这里,我来看过她。后来,她娘把她接到高昌庙附近家里住,病也没有好,就老是这样乱叫。十一月底,美机一次轰炸上海,在高昌庙附近投弹,引起大火,死伤几百人。她一家都死在炸弹下了。"

家霆沉默了。疯人撕心裂肺的狂叫声,使他心惊肉跳。想象不出可怜的欧阳此刻是什么情景。这狂乱的喊叫声中有没有她的声音?他的心激烈地跳动,呼吸也急促起来了。

不知怎么,疯人那种恐惧、痛苦、哀求的呼喊声有的停止了,这时也快到精神病院门口了。

家霆皱眉,嘴唇颤动着说:"怎么声音突然低了?"

银娣介绍说:"有时,院里实在无法,只好用电棒把疯人触电麻醉,再或给他们吃药,让他们睡觉!"她好像很不忍心说这些。

门紧闭着,敲开门进了传达室,说明来意。虽然最初院里的人说是不在探视时间,不准探视,但家霆拿出了记者名片,院里见是重庆来的记者,终于答应让家霆和银娣去探望。

接待的医生姓雷,一个脸无血色冷酷得不会笑的中年人,无锡口音,穿件白衣,戴顶白帽,在会客室里介绍说:"欧阳素心来了快半年了!她男的是个军人,像是个接收大员。住院费总是一下预付三个月。但来看望她的次数极少,不大关心,最近这两个月根本不来了!"

问起欧阳素心的病情,雷医生不带感情地说:"病很重!估计是精神受了强烈刺激和平日积聚的过度压抑造成的。送来时已经出现明显的个性变化和精神活动异常了。现在,记忆力已经丧失。开初,她拒绝接受治疗,不服药,不吃饭,不睡觉,情绪烦躁不安。

我们对她用过休克疗法、睡眠疗法和药物疗法,效果不好,病情反而加重。病痛折磨得她很苦。她心脏也有病。发病送来前,经常酗酒,还自杀过。现在,又诊断出她有白血病,这是不治之症!"他的无锡口音,说起话来,加强了生硬、无情的感觉。

"她还有希望能好吗?"家霆虽听说"不治之症",仍抱着侥幸的希望,急切地问。

雷医生没有回答,只冷冰冰地无表情地摇头。

家霆像遭到了雷击,脸上发烧,痛苦地问:"现在她的情况怎样了呢?"

雷医生回答:"现在已经停止用休克疗法和睡眠疗法了。她整天不语不动,像聋哑人,不认识人,也不吵扰人。总是静坐着,睡着,或者倚墙蹲着。"

家霆听了,伤心得连话都说不出来了。银娣心里也一样难过。她拭去泪,看到家霆的表情,明白家霆的痛苦有多么深重,向雷医生说:"雷医生,请陪我们去看看她吧!"

雷医生的态度像比死人只多一口气,陪家霆和银娣默默走进院里去。这里,前边是一幢大的三层楼西式洋房,后面还有一些平房。洋房前是一片空草坪,草坪上有瓷砖砌的桌凳,坪上的绿草刚返青。这正是一些症状轻的病人被准许出来活动的时候。草坪上散散漫漫、零零乱乱分布着二十来个男女病人。有的在走动,有的站着不动,有的面墙呆立,有的躺在草地上,有两个似乎互相在逗乐,有的坐在石凳上,有的蹲着。也有"哇里哇啦"唱歌的。几个穿白衣的医生和男护士陪伴着。引人注意的是一个穿一套旧西装的中年病人,并着双腿在跳动,一步一步地跳,跳一步停一停。

雷医生发现家霆和银娣在注意那个病人,说:"这病人是从日本宪兵队监牢里救出来后由家属送来的。受过重刑,精神失常。每次出来活动,总是这样一跳一蹦团团转,已经三年了!"

走进楼内,有一种冷森森的感觉。白色的墙,白色的天花板,穿白衣的医生、护士。种种白色,洁净、刺激。欧阳素心是最爱洁净,家霆不能不想起她在环龙路家里的那间挂着富士山樱花大油画的房间(她妈妈的那幅画怎么样了?),那间朝南的大房十分洁净,铺着银灰地毯,挂着绿色窗幔,灯光明亮,房里散发着香水味,灯光使一套奶油色的新式家具显得特别华丽。靠窗口的一只小写字桌上翻开着一本书,窗外的树影因花园里路灯光的映射,将扶疏的枝桠影子投在窗上……现在,她住在一间什么样的房间里呢?……他感到银娣用右手搀扶着他的左臂,他明白:银娣是忍着心里的悲戚也是用这个动作对他进行劝慰。

楼上,是重病人的区域。上了二楼,走向左面的病区。看到这个病区装的都是漏孔的铁丝网活动门,不是木门,大约不但坚固也能增加透明度吧?从外边朝里边看,中间的通道一目了然,走近两侧各间病房,从门外也可以清清楚楚看到房里。

雷医生解释:"有时,病人常会做些意想不到的事,防不胜防。上星期三,两个同房住的病人,一个将另一个的左眼挖出吃了,另一个还表示很高兴,没什么!所以——"这时正经过两个病房,病房里的病人,一个昏睡着,也不知是用了休克疗法还是睡眠疗法;一个手上有手铐,双脚也锁在铁床屋端的铁杠上。雷医生解释说:"这病人不锁不行!是'武疯',见人就打,见物就砸,给刀子会杀人,不锁要闯大祸的!"

欧阳素心的病房在最里边,是一间朝南的小房间,墙壁雪白,床上被褥也雪白。

"到了,她在这里。"雷医生用手指指。

当家霆和银娣走到房门前看到欧阳素心时,家霆身上的每一滴血都颤动起来。他的心全都碎了!

房间里没有什么摆设,简朴得让人难受。雪白的墙和床,基调空虚、单调、死板而冷漠,让人感到缺少色彩和生命。欧阳穿着洁白的病衣,像个雪人坐在一片洁白无垠的茫茫雪地上。

啊!这难道真是亲爱的欧阳素心吗?是的!是她!但已经绝对不是当年那个富有生气、妩媚多情、美丽爽朗、无可比拟的欧阳素心了!她坐在床上,抱着膝,呆呆张望着窗外的天空,似乎想去天上飞翔。当年自然拳曲在耳边的漆黑的美发,如今蓬松杂乱地披在脑后。轮廓分明的胸部体形依然未变,但脸色苍白消瘦,嘴唇缺少血色,人显得衰弱。眸子仍旧漆黑晶亮,却呆呆愣愣凝视着远方窗外的白云不动。当雷医生陪家霆和银娣进房时,她无动于衷,不见不动地坐着似在遐想遥远的过去,似沉浸在深邃的思索中。她病了!瘦了!仍然美丽,像一朵苍白的花!像一尊没有生命但巧夺天工的塑像,没有那种含着感情的目光了!没有那种跳跃着神奇的希望火苗的眼睛了!没有那种亲切迷人的妩媚的微笑了!啊,啊!没有了!都没有了!

家霆像被什么毒虫螫着心,痛苦的泪水夺眶而出。这泪水是灵魂受到震荡与冲击的宣泄。银娣压抑住内心一触即发的泪水,眼圈也红了。

是什么样的摧残,使可爱、善良、任性、热情、侠义的欧阳素心变成这样的?是什么样的刺激,使充满理想、富于幻想、勇于追求、极有朝气、一贯愿意牺牲自己为了他人的欧阳素心变成这样的?唉!唉!亲爱的欧阳哟!

家霆心上的闸门开了,浓情流泻出来,走近前去,怀着激情,叫了一声:"欧阳!"

欧阳素心脸上茫然,没有反应。她瘦质娉婷,叫人怜也不是爱也不是,几乎是动弹不得般地苍白着脸,依然坐着纹丝不动,像没有听见叫喊。

银娣也落泪了,上前叫了一声:"欧阳小姐!"

欧阳素心坐着毫无反应。她不再有以前那种含着探寻的目光了,她的心和神经似乎完全死了。

家霆破碎的心像浸泡在盐水里似的疼痛,说:"欧阳!我来了!看看我吧!我是家霆呀!银娣也来了!"

毫不理会,欧阳素心已丧失全部记忆,全部感情。她仰脸朝窗外的云天呆望。窗外的天际,蓝天上有一块白云像帆船出海,缓缓移动。她想什么?她还有思想能力吗?不,没有了!那为什么她像是在向往和遐想呢?

银娣在用手帕悄悄拭泪。

家霆忍不住如一团火球似的抱住了欧阳,亲切地流着泪,说:"欧阳!看看我吧!难道连我都不认识了吗?"

从欧阳如梦的眼睛里,看不出思想敞开着还是关闭,目光空虚而温和。有的文学家说,人的眼睛会表示很多意义,眼睛的表情远比人类的语言丰富。但欧阳的眼睛虽然仍是美丽,却已迟钝、呆滞不带感情了。

近在眼前,像相距万里,多么凄惨的绝望呀!家霆伤心地用脸贴着欧阳的脸。他心疼她!她的脸冰冷,家霆的泪水沾上了欧阳的脸,她没有任何表示。仔细地看看,欧阳的眼光发直,神情茫然。

家霆不知该怎么办了,搂着可怜的欧阳。欧阳顺从地被他搂着,默默无言。家霆一心想恢复她的一点记忆与感情,说:"欧阳,记得'白拉拉卡'吗?记得环龙路吗?记得法国公园里那棵大雪松吗?记得重庆朝天门的江边吗?"

没有任何反响,也没有看出欧阳有任何表情。

家霆流着泪说:"欧阳,记得我们爱唱的那支歌吗?"为了勾引她想起早年的欢乐,家霆轻轻在她耳边流着泪小声地唱起那支歌来了:

记得当时年纪小,

我爱谈天你爱笑。

有一回并肩坐在桃树下,

风在林梢鸟在叫。

我们不知怎样睡着了,

梦里花儿落多少。

轻轻的歌声是颤抖的。家霆一边唱一边流泪,多想把她的记忆勾回来啊!他觉得自己每一个毛孔都在痛泣。一边唱一边紧紧抱着欧阳紧贴着她的脸。突然,似乎感到欧阳有了点反应。是的,是有了点反应!欧阳纠了纠眉,凉飕飕的脸上有点痉挛,眼里射出瘆人的光芒,长睫毛抖抖地颤动,呼吸急促。忽然有两颗晶莹的泪水从美丽的眼睛里淌下来,淌过她苍白消瘦的脸颊。

银娣惊喜地说:"她记起来了!"

雷医生却在边上冷淡地摇摇头,他了解她的病情。

家霆轻声在她耳边说:"欧阳!看看我!你记起我了!你不是答应过我的吗?我们永远不再离开!永远不再离开!……"

但,话没有再说下去。因为欧阳又恢复原来的姿态了。依然像坐在冰天雪地中愣愣地凝望着窗外的浮云,缓慢地下意识地抚摸和捻弄着她那默然顺从的乌黑的头发,丝毫无动于衷。刚才一瞬间的回光返照完全过去了。她毫无感觉和反应地坐在那里,极为衰弱,是一尊无生命的躯壳。

家霆握紧她的手,尽力使自己的生命流通她的全身,但知道这是妄想。家霆不可抑止地痛哭着说:"欧阳!你怎么这样了呢?……你怎么这样了呢?……啊!……啊!……"

雷医生冷着脸开口了:"童先生,请到此为止吧。她不可能再记得谁或者认识谁了!我们已经用尽了所有可能用的治疗办法,她是不行的了。"雷医生见到的这类惨事已经太多,心完全麻木了!他的无锡口音特别生硬无情。

家霆不知该怎么办？要他丢下好不容易才见到的欧阳，马上再离开她，怎么舍得？但精神病院里是不允许人留下的。他也无法把欧阳带走。他伤心得一不小心自己咬破了下嘴唇，血淌出来了！他问银娣："怎么办？"

银娣已揉红了眼睛，声音温和而诚恳，理智地说："没有办法了，我们只有回去了。"

家霆伤心地放开欧阳，问雷医生："她饮食还行吗？"

雷医生摇摇头。

"她还有希望吗？"这话问过，但又问一次，仍旧希冀她能有最后一点希望。

雷医生摇摇头："我应当坦率告诉你，她不会活得太久了！"又看看放在床边的那些吃食，语气冷酷，"不必带吃的东西给她了，你们带回去吧！"

"我明天还能来看她吗？"家霆拭干泪水问。

"啊，不！请按院规办事吧！下星期三可以再来！"

像一朵花在生命流徙的岁月中凋萎了。往日的梦已化为昨日的灰烬与泡影。离开欧阳素心，家霆像从一场噩梦中醒来，又感到有一种永远诀别的感情。生命里仿佛被挖走了一块珍贵必需的什么，又心酸落泪了。其实，他并不是脆弱爱落泪的人，绝对不是！

他未始不知道对欧阳来说，这样也许是一种解脱。这样，她就没有悲惨的过去，也不存在痛苦的现实，更不会有不幸的未来了。让她少受些折磨也是好的。但他又怎么舍得呢？

家霆和银娣一起离开精神病院。这是一个晴朗的下午，有和煦的阳光。但家霆的心一直笼罩着乌云。前年这时候在重庆见面夜谈时，欧阳曾说过她还有些心愿未了。是些什么心愿呢？是永远无法实现的心愿了吧？……那个粲然笑着的少女哪里去了呢？哪里去了呢？人世为什么这样残酷！

不知道也无法再知道欧阳的遭遇和经历了！必然是一个十分悲惨的故事！故事必然同日本兵、同军统特务有关。这悲惨的故事永远成了一个谜！这谜将随欧阳进入另一个世界,也将永远镌刻在家霆的心上永生难忘。

家霆念念不忘欧阳素心的那幅《山在虚无缥缈间》的画。此刻,他特别想要买下这幅画！人毁了,画应当存在！这画会永远使他想起那个神奇的夜晚！他决定将欧阳的首饰卖掉,来换这幅画。他把事情告诉了银娣,征求银娣的意见。

银娣同意,说:"你今天就快去珠宝店,将首饰卖了换成金子和钞票。我一定明天上午陪你一同去买。我还记得那幅画！她画的是仙境,有海,有山,有云雾,有天空,还有山上的花！"

于是,家霆眼前又出现了那个幸福的夜晚,那幅飘飘欲仙、富于灵气,把人带入梦一般意境的画！她说过:"我画的是我想追求的东西,也许是和平？是幸福？是爱？……总之,是最最美好的东西。"现在,她追求的没有得到,她却被毁了！她呆呆地凝望和向往,难道还是她当年这种追求和向往最最美好的东西在心底里的沉淀和残余的反映吗？……啊,啊,欧阳！亲爱的！未见面时我是那样伤心,见到你后我就更加伤心！我能用什么样的牺牲来换得你的康复呢？难道失去了的东西就永远失去不能再来了吗？

家霆同银娣后来分手各自回去,约定第二天上午九点在扬子饭店见面,一同去买那幅画。

独自回到扬子饭店,最后一缕暮色消逝,房里已经暗了。家霆十分疲乏,开了灯呆呆坐在小沙发上,长达十几分钟。心里隐隐作痛,总甩不掉见到欧阳那副样子造成的震撼。像有满天迷迷蒙蒙的白雾,把脑际遮掩得严严实实。无数往事,与欧阳在一起时的甜蜜与辛酸,在重庆两次相逢时的喜悦与两次分离的悲戚,都搅和在一起。记不得谁说过的了:"渺小的爱,渺小的苦难;伟大的爱,伟大的苦难!"他轻声地像在对欧阳谈心:"欧阳啊! 你可知道? 你的谜我已无从去获得解答,但我能猜想、体会到你经历了多少磨难。你的被毁,使我心上产生了皱纹,谁也无法想象我受到多么重的创伤! 我在为你痛哭,我感到生命中的一些什么也弃我远去了,你可知道?"

楼下,扬子舞厅里的乐声隐约传来。窗外,暗夜中一些楼房一排排有灯光的窗口像无数只眼睛,深幽幽地盯着他张望。他这样悲伤地呆坐在那里,整整一两个钟点,也不想去吃晚饭。有一种穿过雾湿黝暗的冬林,走在岁末寒风凛冽的路上的感情。无法解脱心里的痛苦。但,偶然触及口袋,想起了口袋里还有那封燕寅儿来的航空快信。在灯下,他拆开信来,看到展现在眼前的是寅儿小小的、秀丽的笔迹:

家霆:你好!

我只是不放心才写这封航快信给你的。你走后,我有一种挥之不去的孤独。我常去看望童老伯。他一切都很好,明天要到北碚去上课。历史系和新闻系办了一个演讲会请他演讲。他告诉我,他的讲题将是"对国民党六届二中全会的希望"。三月一日起,重庆正开国民党六届二中全会。据说一批要人正主张反对政协决议,要用武力收复东北、反对裁军,主张继续"剿匪"。他是从维护政协决议反对内战危机出发来吐露心声的。他笑着对我说:无私无畏才能真正有选择的自由! 他作了坚定正确的选择,已昂首走出颠踬的岁月,不只仅在心底里作无声的呐喊了! 应当讲话的时候,他不能缄默。你从我这点报道中当可知道童老伯的朝气与正义感是怎样令人喝彩! 我曾从书本上和现实生活中看到不少上下两代人之间存在的那种隔膜和思想上的差异。但在老伯和你之间,我感到惊人的一致。这使我为你们父子的这种一致感到欣慰。

还没收到过你的来信,不了解你的情况(请一定给我写长信,并希望你多写好稿子)。那么,我不放心什么呢?

刚才从余家巷回来,在老伯处他给我看了曹心慈的信。他要将信转你,并托我为他用航快寄发。看了曹的信,我非常难过。直到现在,心情也无法平静。如果在你身边,如果我也能去看看欧阳,我也许能好一些。现在,我无法抑制心头的痛苦与惦念。欧阳太不幸了,我衷心希望她能康复。我不放心她的病,也不放心你所遭受的打击。我匆匆写这封航快无法用很多话来谈这些,只想扼要地谈谈我的想法:如果欧阳康复,就太好了!我希望你和她都幸福!但如果她的病真像曹心慈信上说的那么严重,希望你要经得住这不幸的降临,要多保重!让生命在坚石上撞击出火花来,获得新的元素:坚韧。因为你年轻而有才华,国事多艰。伯父那么大年岁还在呼号,你还有你应尽的重大责任。何况,我认为她是被邪恶势力毁去的,你不应当消沉!

写出了我的心,我仍是不放心。但只能匆匆写这么一点点。固然,话是诚恳的,千言万语不知从何说起,只希望你体会了!

附带告诉你:爸爸叮嘱你一人在外要注意冷暖。姗姗大姐将被报馆派往京沪一带采访。东山大哥下周一与蒋素雅结婚。他似乎从寒冬回到了充满生机的春天。我无法将一个在感情上克服消沉走向昂扬重新争取幸福的人的状况淋漓尽致地写给你知道。但希望你能体会到。匆祝

旅安

寅儿
三月二日

家霆在灯下读着寅儿的信,仿佛看到了她那双像湖水一样深沉明亮的眼睛和她那乐观开朗的笑容。他不爱她吗?不!想到她的时候,有一种高于友谊的感情激流似的贯穿全身。但想起欧阳的样子,又伤感起来了。他将寅儿说的那句话:"让生命在坚石上撞击出火花来,获得新的元素:坚韧!"反复看了好几遍。

第二天,上午九点,银娣准时到扬子饭店来找家霆。家霆昨晚已将首饰卖去并买进了金子,换了一部分现钞,如数带着,两人一起坐电车到金陵东路,又转车到霞飞路善钟路口。繁华的街道从眼前展示着,电车"当当"地拖着两条长长的铁臂倏然前行。下了电车,匆匆走到那家拍卖寄售商行。刚近橱窗,家霆心中就猛地一惊:橱窗里的《山在虚无缥缈间》不在了!

家霆有一种不祥的预感,对银娣说:"完了!画没有了!"

两人一阵风地走进拍卖寄售商行,见到的仍是精明的穿西装、戴眼镜、爱斜眼看人的矮胖子。

家霆急切地把报纸包着的一大包钞票连同一块一两重的金子往胖子面前的玻璃橱柜台上一放,说:"老板!我是来买那幅原先放在橱窗里的油画的!你该记得我吧?四天前我来过的!"

矮胖子满面笑容,但十分世故:"啊呀,对不起!画昨天卖掉了!你该早来一步嘛!"

家霆急了,眼睛像蒙着一片泪水凝成的雾:"哎呀!我请你留一个礼拜的嘛!"

银娣脸带愠色责怪地说:"老板,你怎么卖掉了呢?"

矮胖子仍旧是笑,商人味十足地说:"是呀!我们也没有收你的定洋呀!当初我说过,要是卖不掉,当然给留着。要是人家出高价,我们也不能不卖!昨天上午人家出了一两五钱金子,买走了!"

家霆额上冒出汗来,觉得有一股巨大的酸楚在胸中挤压回荡,蚀疼他的心,半晌,才回过神来,说:"是谁买走的?"

矮胖老板冷笑着连声说:"不知道!对不起!对不起!其实比这好的画也有!现在到处接收抄家,名画家的画多得很!另外选一张要不要?"

已经一点办法也没有了!家霆惆怅地和银娣走出店来,怅然在路边站了许久,心里那种空无所有的感觉更加浓烈。画失去了!欧阳的首饰也失去了!他真想痛哭。

他强烈地在心里谴责自己,恨不得撕自己的头发,打自己的脑袋!凄恻地想:失落为什么那样容易,获得为什么这样困难?毁灭为什么那样容易,追求为什么这样困难?

有一种肯定的预感:生活本身虽仍存在,而且留给了他许多怀念和思索,而他是永远失去可爱的欧阳素心了!就像永远失去这幅画一样!一切都只能存在于永久的记忆中了。

同银娣告别前,家霆将卖首饰换来的金子和钞票,全部交给了银娣,说:"将这些捐给你们厂那些生活无着的失业工人,解决他们的经济困难吧!我想,欧阳是乐意这样做的。"

他看到了银娣收下这些东西时,眼中含着泪花。他眼眶也湿润了,觉得欠欧阳的情意是永远无法归还了!人生常常有这样的事!

五

生活的弦绷得好紧好紧。乐观总是与悲观同在,失望也总是与希望并存。生活的教育使家霆懂得:在不幸面前是不能屈服的,屈服,意味着败亡。

天,下着雨,这个春天江南的雨特别多。童家霆又从上海到南京去了。

离上海之前,昨天下午,他买了许多食物,匆匆又到虹桥精神病院去看望欧阳素心。医院禁止入内,说欧阳病情恶化,不是规定探望时间,非亲属更不能破坏院规。费了无数口舌,也未达到见一面的目的,家霆只好留下食物怅怅离开。欧阳不能吃什么,但这是他的心！他有一种不祥的感觉：欧阳生命存在的日子不会很长了。今天早上，他怀着一颗忐忑哀愁的心上了从上海到南京的火车。他感到了绝对的孤独和彻底的寂寞。

正在掉头的机车如泣如诉的汽笛声，从远处传来。火车"乞卡乞卡"地运行。车厢里拥塞着跑单帮的小贩。无座位的旅客站着或席地坐着，将车厢走道塞得水泄不通。家霆坐在左边一个靠窗的位子上，带着强烈的亲情回南京。窗外，江南水乡的春雨，给人心增加了寒意。他的心上似乎覆盖了冰冻。虽有柔情像春水在心头荡漾，却似被冰冻埋葬了一切。高度亢奋与悲痛后的大脑，白茫茫一片空白，使车窗外经过的景色和车站都只是漠然地过去。他木然地坐着，似睡非睡，有一种超乎寻常的疲劳，使他打盹似的靠在椅背上不动。

家霆是突然收到忠华舅舅从南京发来的一个电报，才匆匆起程的。电文很短："速来，有要事。"他急切地想到潇湘路见到舅舅，弄清是怎么回事。心中揣测了许多：是潇湘路房子出了问题？是忠华舅舅病了？是有什么重要题材要我赶快采写？

在疲劳而又懊丧的心境中，他在南京和平门车站下了车。这已是下午四点多钟，他雇了辆三轮车到潇湘路。

小时候，家霆读过《艾丽丝漫游奇境记》那本故事书。艾丽丝梦中漫游，游来游去，醒来结果仍在老地方。如今，看到了潇湘路和那幢熟悉的房子，家霆不禁有了这种感觉，数不清的往事瞬即都在眼前。雨后的地湿润泥泞，三轮车停在潇湘路一号门口，家霆大步走了进去。只听见木工锯木声、刨木声、钉锤敲打声响成一片，修屋正在紧张进行。一些原来残缺了的窗户，已经装上了新的窗框。不少新制成的门扇、窗架都堆放在原来的客厅里。他走进屋子，抬头看到那个大得吓人的洞还没修补好，上二楼的楼梯已经安装好了。他问一个在刨木头的木工："刘经理在哪里？"木工用手指指:"就在楼上。"

家霆快步从新安装好的楼梯上楼,高叫:"舅舅!"

只见楼道里柳忠华正帮一个木工在安装厕所间的门扇。他手里拿着钉锤和螺丝刀,脱着上衣,敲起钉子来迅速麻利。见家霆来了,他露出雪白的牙齿笑着说:"太好了!"高兴地拉家霆到二楼童霜威早先作书房的那间屋里去,问:"好吗?"

家霆随舅舅进了房间,放下提包,急火火地问:"舅舅,什么急事?"这房里墙角卷着一卷被褥铺盖,中央有两把小板凳,靠窗放着一张桌子,桌上放着几块冷烧饼,可能是舅舅当饭吃的,还有茶缸、水瓶、脸盆、漱口杯等,其他什么都没有。忠华舅舅的生活简单、清苦。他真是为了信仰需要他干什么就干什么。曾几何时,现在俨然以商人面目出现,而且,勤勤恳恳干起修理房子的事情来了。

"别急!歇歇再谈。"柳忠华忙着拿茶缸去开水瓶里给家霆倒了一杯水递过来,说:"先洗把脸吧,有的是时间。"

楼上的水管坏了,家霆拿脸盆去楼下放水洗脸,然后上楼来,又问:"舅舅,什么急事你打电报把我叫来?快说吧,我简直都憋死了!"

柳忠华同家霆一起在小板凳上坐下,说:"一个人要同你见面,谈一件要紧的事。"他面有喜色。

"谁?"家霆心里的闷葫芦更大了。

"你明天见面就知道了。"柳忠华稳稳地说,"估计你至迟今天一定会来的,约定明天同你在鸡鸣寺见面。我也不知他是谁!"

家霆懂得忠华舅舅的脾气,他说话总是算数的。他既然只说到这程度,你就听从他安排好了。家霆只好不再追问。

两人亲密地低声谈起来。家霆把在上海的一切都讲了。柳忠华听了,同情地叹气说:"家霆,欧阳的事,我非常难过。但生活已经如此,你就必须正视。如果你不正视生活,那只能在忧伤和痛苦及愤恨中打发岁月,那是错的!你懂得我的意思吗?"

家霆点头。同忠华舅舅在一起,他总能感到舅舅言语中和身上散发出的光和热,同舅舅在一起,是不会消沉的。

谈到了在上海为舅妈杨秋水扫墓的事。柳忠华怀念地说:"我去上海后,要去看看她的!"在他含着感情的话里,好像她没有死。

柳忠华将自己这一向的情况做了介绍,说:"房子已经弄到了!办报的编辑、记者、工人也陆续都来了。机器、铅字也运来了。在过去你爸爸办公的司法院对面找到了一所二层楼房,比较宽敞,是买下来给报社办报使用的。但报社虽然找了好多次南京市长马超俊,却拿不到登记证。第一张试样的报纸已经印出来了,没有登记证,就不能正式出版。"

"那怎么办呢?"

"还要交涉!目前,报社的人把每天从重庆寄来的《新华日报》用报架子挂在门前的电线杆上,让人民及时了解时局真相,揭露内战阴谋和反动派要推翻政协决议的反动行径。每天围着看的人不少,可见群众是多么盼望《新华日报》在南京能出版啊!"

"这房子修好了干什么?"

"当宿舍用!"柳忠华说,"力争要办《新华日报》的决心是很大的。虽然形势险恶,国民党六届二中全会刚结束,实际上全面推翻了国民党所同意的政协决议,但,谁一意孤行奉行内战政策,人民的斗争不会停止,只会加强!"

家霆问:"舅舅,你就一直在这干这种事吗?"

柳忠华笑笑:"这是临时客串。我很快要到上海去,以后就在上海了。正因为如此,我要你快来,也是想同你见一见。也许以后,我们见面又不那么容易了!"

听忠华舅舅这样说,家霆产生了惜别之情。忠华舅舅常常总是忽而出现、忽而隐去的。他说这样的话,意味着很快就要分手了。家霆舍不得这种分别,问:"这儿的房子还没修理好,怎么办呢?"

"我脱手后,有别人会来接手的。"柳忠华说,"好在契约你已拿到,他们会很守信用的。这件事在你我之间已经告一段落了。"

"以后到上海干什么呢?"

"不知道。需要干什么,我就干什么。"

家霆为这感动。他依恋、佩服舅舅这样一个对信念锲而不舍、对工作从不选择挑剔的革命者,说:"唉,舅舅,又要同你离开,我真不愿意。"

柳忠华笑笑,搔搔一头干燥、倔强的头发,说:"你已经长大了!别再像个小孩子了。"

家霆不由得直率地说:"舅舅,您给了我真理和光明的钥匙,但我到今天政治上的追求还并没有达到,您说是不是?"

柳忠华用严肃的眼光看着他,点头说:"会达到的!目前的形势,你是看到的。战云密布,我们反对内战,但人家偏要打!如果战争反对不掉,只能被迫拿起武器保卫生存、保卫人民!我们可能又要受到战争的考验了!"

"舅舅,我觉得这真是个悲剧!抗战胜利了,国民党却又要打内战!"

"战争当然是悲剧!"柳忠华沉重地说,"但如果逼得我们打,那只有努力使悲剧变成革命的转化!为了我们的国家,为了我们的人民!"

"怎么变?"

"使一个新中国诞生!"柳忠华说,"你有这种思想准备吗?"

"我应当有!"家霆说,"我会有的!"

"是的!家霆,即使不在一起,我们的心是相通的,我们的理想、希望也是一致的。有些话,我以前说得不少,就不说了。同你见面的人,明天会同你谈的,你的要求可以坦率地同他讲。"

话已经挑得很明白了,家霆没有再多说什么。他浑身蒸腾起热力来,心上像出现了彩虹。

后来,柳忠华陪家霆一同到玄武路上的一家小馆店里吃晚饭。回潇湘路后,用一副铺盖两人就在地板上打地铺。没有灯,黑暗中,两人继续谈心。东谈西谈。柳忠华告诉家霆:"这里有个名叫夏得宜的保长,说认识你,前两天来过,问这问那,看来不是个好人。你知道这个人吗?"家霆点头,把夏得宜的情况讲了,说:"这是个小汉奸,儿子是鬼子的特务,他怎么仍是保长?要注意提防他才行!"柳忠华说:"是啊,这既怪也不怪。当局要实行特务独裁统治,用保甲制度,当然要利用这种'三朝元老'。他现在还摸不清底细,说要来'看大少爷并向秘书长请安',我觉得是一种巴结讨好的表示。"两人谈到夜深,谈起了社会主义和共产主义,谈得十分高兴。虽是谈的理想和理论,都觉得近代中国的历史发展,在中国人民面前只摆着两条可供选择的道路:一条是继续当帝国主义的殖民地和附庸国;一条是经过新民主主义革命进到社会主义。要摆脱受压迫受奴役的半封建半殖民地地位,就只有走社会主义道路。

最后,柳忠华入睡了。家霆躺在地板上,仍睡不熟。人如果没有记忆和感情的干扰,也许会舒适悠闲得多。可是,有记忆和感情,就不一样了。家霆听到柳忠华打起鼾来了,自己却辗转反侧。他轻轻披衣起身,走近窗前,向窗外瞭望。天上无月无星,一片黑暗。那战后荒废了的故园模糊一片,仿佛蒙着一层缥缈的黑纱。前面清水塘里,塘水泛着灰色的光,塘边有黑郁郁的残存柳树的影子,连同远处无边无际的天边和地头,都被深邃奥秘的寂静所笼罩。不见一星灯火,也不闻一点响动。当年战前锦绣一般的两亩多地的花园,如今已全部消失。当年这房子里的主人和仆人,曲终人散,一场八年的抗战,有的东飘西荡,有的已经去到另一个世界。

过去的人和事，一个个一件件浮现在家霆脑际。他特别眷念欧阳素心。四年多前那个夏天，欧阳从上海到南京来，曾经住在这间房里。那个夜晚，蛙声咯咯，她坐在隔壁爸爸房里的窗前，沐浴着银样的月光。当时，玄武湖里的荷花清香，随风远远飞过古老的台城飘来。他向她微笑，她也回他以微笑。用不着说话，情意畅通交流。他心里有爱情，真希望时光永驻。可是，现在，一切都消失了！只剩下了记忆和梦幻中的那长长睫毛下的一双澄澈如湖水的眼睛，柔和而安谧。一切仿佛是做了一场说不清楚的梦。这潇湘路一号里的一切，仍然像散发着他所熟悉的气味，处处都能勾起他记忆深井中的旧事与旧情。家霆好不容易将自己的全部感情和思绪压了下去，才重又回到地板上躺了下来，慢慢闭上了眼。这下，想的是寅儿信上那番鼓励的话，刚才忠华舅舅那番勉励的话。自从欧阳的事使他心碎以后，他感到自己那种想献身革命的心更加坚决了。

  第二天下午，阴云密布，颇有雨意。童家霆按照忠华舅舅的叮嘱，带了雨伞，准时在三点钟前，曲曲折折拾级登山，穿过有红墙写着"古鸡鸣寺"的法门，到达鸡鸣寺。

  这时，登山可以平眺后湖，远望钟山。虽无春色，树撼草泣，碧峰如画，水黛芦白，风景极好。他缓缓步入"古同泰寺"时，庙貌并不壮观，但庙堂正殿侧殿都有香烟缭绕，破了一点寥落之气。观音供桌前的蒲团上，也有两个朝山敬香的男人在插香叩头拜佛求签。

  从右面转过去，到了"豁蒙楼"。居高临下，只见后湖的烟雾缥缈、波光潋滟间，湖边一些去年秋冬残留下来的萧萧芦荻临风瑟瑟，似打着寒噤。凋零的树影、花圃、游船、行人，朦胧宽厚的古台城都尽入眼底。天气变幻，云雾升腾，另一侧远处的紫金山此刻已在烟云裹围之中。山呈深蓝色，衬得云雾更加洁白。与欧阳那幅画中的意境完全相似。

"豁蒙楼"是为纪念"戊戌政变"六君子之一的杨锐而筑的。杨锐是四川绵竹人,学术文章,名重一时,是张之洞督学四川时的得意门生。甲午中日之战时,张之洞当时任两江总督,曾与杨锐同游鸡鸣寺。对于国势险危,两人有相同的感慨。杨锐中举后任内阁中书。一八九八年四月光绪实行戊戌变法,百日维新,杨锐出任四品军机章京,参与新政。同年九月,慈禧发动政变,幽禁光绪,把谭嗣同、林旭、杨锐、刘光第、杨深秀、康广仁等六君子在北京朝服弃市。后来,张之洞再做两江总督时,重游鸡鸣寺,悼念杨锐。于是,倡议造"豁蒙楼",用杜甫诗"忧来豁蒙蔽"之意名之。这地方,家霆战前随爸爸来喝过茶,也听爸爸讲过这段故事。那时年岁小,了解不深。在新闻专科学校阅读史书时,读到这段历史,印象深刻。战后今天来此,见到"豁蒙楼"的巨匾,颇觉亲切。忽见两槛间有两行木制大字对联,是新写制的,每个字均有六寸见方,写的是:

龙战初平,且喜河山尽还我。
鸡鸣不已,独来风雨正怀人。

家霆读了一遍,觉得这副槛联既写出了胜利得来不易之喜悦,又写出了国家前途未卜的阢陧心情,忍不住又读了一遍,牢牢记住。杨锐的被杀,这槛联的寓意,此刻对他似乎都有启示。

迈步走到楼上,见这里仍是卖茶的地方,虽还敞亮雅静,已经破旧败落。茶楼有东北向及东向两间宽敞的品茗巨室。可能是天气不好,茶客极少。东北向的一间茶室里,仅有两个中年人靠窗坐着在饮茶聊天。东向那间茶室,冷冷清清,空空荡荡,一个茶客也没有。

家霆看看手表,三点钟缺三分了,按照忠华舅舅的嘱咐,找了个靠窗的茶座坐了下来。苍山远睡,烟雨如梦。近处山侧有几株红叶树,放在红叶季节,该是红光灿灿的吧?如今,经过一冬霜雪风雨,每株树上只有几片残存的红叶,却红得格外艳丽,而新的叶芽已在大量生发了。他极目四望,胸怀浩荡,不能自已。于是,泡了一杯茶,让端来一碟瓜子,安心等候。心里不禁琢磨:今天来会见的不知是个什么样的人?是男是女?是年老还是年轻?舅舅说:见面接头的暗号仍旧是"枫叶荻花秋瑟瑟"那句诗。多么希望盼望中的人快来到呀!家霆喝着茶,嗑着瓜子,面上平静,心里十分激荡,带有渴望和企盼。也许,探索、追觅与挫折、斗争,这就是生活了!

忽然,一个霹雳将天裂成两半,倾盆急雨直落下来,"哗哗"击着玻璃窗。透过玻璃窗看出去,寒雨、斜风,树枝摇晃似在"簌簌"低语,风将斜斜的雨帘撕成碎片。明明是三月,春来得迟,这种天气实在像秋天!不但景色这样,人的感觉与心境也这样。但看到大片树枝上蕴含的叶蕾,他又明白,春终于是存在的!

怀抱着满腔飞逸缤纷的思绪,心像一叶扁舟,在浪里飘摇。飞逝的阴云,滂沱的骤雨。这雨,会不会阻挡着那人来赴约呢?

正在这时,一个穿风雨衣戴着雨帽的女人,朴素而潇洒,步履绰约,浑身湿淋淋地从外面健步进来,在门首朝里张望。

家霆以为是赴约的人来了,心里一紧,仔细凝视。来人把雨帽向后一脱,齐耳的黑发,白净的面孔,乌亮的大眼睛,使他"呀"了一声:这是姗姗大姐呀!他霍地站起身来,叫道:"大姐!"真是姗姗大姐呀!

难道来赴约的人就是姗姗大姐?还是姗姗大姐凑巧来这里上"豁蒙楼"来避雨?家霆心里的闷葫芦揣得更严实了。在上海时,收到寅儿的信,说大姐要来京沪,那么姗姗大姐来南京玩玩鸡鸣寺也是很可能的。倘若这样,会不会影响那个来赴约的人露面呢?家霆把姗姗大姐亲热地约到窗前的座位上,请大姐坐下,帮大姐把湿透了的风雨衣脱下挂在窗边的衣架上,招呼泡茶的给泡上了茶,心里仍然忐忑不安,头脑里思三想四。

雨潇潇,雾蒙蒙。大姐坐下来,笑盈盈地看着他。玻璃窗上映出大姐那青春气息的侧影。大姐从手皮包里摸出一本袖珍《唐诗三百首》来了,翻到了白居易的《琵琶行》那一页上,用手指指着那第二句。

家霆心中雨过潮平,什么都明白了!人生的魔术是永远饶有奇趣地变幻着的。

"啊,姗姗大姐!……您……"家霆想说无数的话,刹那间,眼发热,嗓子梗塞,什么话都说不出来。人生中莫测高深的事太多了!

姗姗大姐仍旧那么素雅洁静而又显得年轻美好。她喝着茶,嗑着瓜子,看着家霆说:"许多事我都知道了!把坏事变成好事吧。理智一点,别太感情用事了,生活是永远向前的。逝去了的便永远逝去了,但我们应当争取新的未来。克服痛苦和烦恼的最好办法,就是专心致志地去工作,工作会带给你快乐和胜利的!"她说得平和、体贴、诚恳。家霆深深点头。姗姗大姐理解他!

雨,又在"哗哗"地瓢泼而下,灰白色的雨线急剧地敲打着窗上的玻璃,发出一阵阵的射击声。已萌绿芽的树木,有这一场的春雨,生长将更快了吧?茶室里更静,听着雨声,正好谈话。

家霆向姗姗大姐一家的人问好后,问:"大姐,您找我是为了谈什么?……"他心里觉得明白,却又不禁要问明确。

姗姗大姐看着他说:"世界在前进,虽然道路曲折,前途光明的历史总趋势不会改变。我来时,重庆国民党的六届二中全会已经结束。这次会实际已经全面推翻了他们所同意的政协决议。他们发动内战的方针已定。现在,东北、华北枪声遍地,面前困难还多,不可忽视。今后的境遇可能会很凶险。作为我们这一代的新闻工作者,你曾想到过自己的责任没有?曾想到过今后面临的危险没有?"

话严峻,意诚挚。家霆认真严肃地说:"大姐,我全想过。我愿意担负起一个当代进步青年应有的责任,甚至愿为此献出我的一切,包括我的生命!……"此刻,他热血沸腾。急雨击窗、风震窗棂的声音,似乎也在帮着他说尽心中长江大河般的无限豪情与壮志。

姗姗大姐信任地点头,轻声用一种亲密的语气说:"下个月重庆的公职人员就要开始还都南京了。我来时,同寅儿商量过,《明镜台》要搬到上海或者南京来办。这样,你就不必回去了! 以后,为了一个独立、自由、民主、统一和富强的中国,我们将志同道合并肩作战,你高兴吗?"

家霆坦诚地点头,脸上散发出光彩,说:"当然!"他觉得这短暂的交谈间,由于自己对大姐平日的了解,使自己和大姐在思想感情上更接近和理解了。原来大姐是这样一个人啊!

姗姗大姐知心地说:"我知道你的家庭,你的全部历史、日常表现。你历来有一个政治上的要求,现在到了解决的时候了! 我代表组织来同你谈话。你有什么想法?"

家霆更激动了,欢乐像潮水一般冲进了心房。这既似在意中,又似出乎意外,一时竟要热泪盈眶了。他迅速克制住眼泪和激动,诚实地说:"大姐,人总要有一种献身的要求和感情。有思维的人不可能浑浑噩噩无目的地生活。我从小爱国,这些年来忧国忧民,一直在寻找救国的出路,一直在追求一种崇高的理想和信念,一直想献身于一种壮丽的事业,走历史必由之路。现在,我终于得到了! 有了一种满足,有了希望和力量。我将不懈地为此努力。我没有牵累,能舍弃一切地做个革命者! 我希望相信我说的这些!"

他话声不高,但情意真切,配着外面急骤的风雨声,听来动人心魄,使燕姗姗不由自主地伸出右手抓住家霆的手紧紧握住,表达出一种信任和鼓励的感情来。

急雨停了,雾似的细雨仍旧在下。窗外远处仍是白茫茫雾气烟云围绕。茶倌来斟水,姗姗大姐和家霆停止谈话,嗑着瓜子。

后来,姗姗大姐告诉家霆:"童老伯身体很好,我来前特地去看望了他。他很忙,是一位走在时代前列的老人,使我尊敬!"姗姗大姐又告诉家霆,她作为报社迁返南京的先遣人员,也作为报社的京沪特派记者,现在暂时先在中央饭店定了一间房作为办事处。她将房号和电话号码都告诉了家霆,约定了下一次见面的时间。最后,谈起欧阳素心,姗姗大姐只是沉重地说:"可惜了!一个本来那么好的姑娘!"

分手前,雨还未停,姗姗大姐说:"我给你带来了寅儿的一封厚信!"

家霆接过信来,是密密封着的,信很厚。他没有立刻就看,将信珍重地放进了口袋。

大姐亲切地同他紧紧握手,似是祝贺,又是告别。她忽然指指远处从雾雨里透出的青山,充满诗意地说:"家霆!你应当像一座大山,顶天立地,打击不倒也遮掩不住,永远郁郁葱葱!"

穿着风雨衣的姗姗大姐冒着雨踩着石级先下山走了。家霆看着她娉婷的背影渐渐消失,自己也打着雨伞走下山去。

在途中,他忍不住停步,用胳膊夹住雨伞,匀出手来,将寅儿的厚信拆开。奇怪!只见整整一厚叠信笺,竟张张都是空白,一个字也没有,确实一个字也没有!

带着某种青春的神秘色彩的燕寅儿,这个性格开朗、乐天、充满朝气与意趣的美丽姑娘,她这样做是什么意思呢?家霆边走边想。当然猜得到一点她的意思:她是表示,我想给你写很长很长的信,但是怎么写怎么说呢?我能说什么好、写什么好呢?我只能用厚厚一叠信笺表达我的想念、不安、情意与劝慰。你怎么体会都行,那不是语言文字所能表达的!……此时,真是无字胜有字,无声胜有声呀!

雨停了。前方天地交合处像刺入了一把银色的剑,将天地分割出了清明与混浊。家霆心里有些感动,满盈的感情似乎轻轻触碰就会流泻下来。拿着这封无字的沉甸甸的信,迈步走下鸡鸣山。但,想起欧阳素心,心上的创伤又疼痛了。他默默无言,似乎不知道自己在未来的岁月中,是否还能有这份爱的心情?但看着在云雾中裸露得更多的远远的青山,他从心里面在喊叫:"我应当是一座山!"耳边在幻觉中还似乎听到了回声:"一座山!一座山!"

尽管冬天的迹象拖到三月仍迟迟不去,时令究竟到春天了。这时,雨停歇后的天空,明净如洗,飘着白云,衬着青山,似乎一切都象征着生命的永恒、长青,生机真是孕育在万物之中。

家霆回到潇湘路一号,把同姗姗大姐见面的事如实告诉了舅舅。柳忠华听了,动感情地伸出双臂来,舅舅和外甥热烈拥抱。柳忠华说:"家霆,让舅舅祝贺你!你使我又想起了你的好妈妈——我的好姐姐!"

这晚,春雨又淅沥下开了,还响着炮声似的"隆隆"春雷。窗外,被雨水冲涤得模模糊糊的夜景,闪动着湿煤块般的光亮。家霆依旧同忠华舅舅一起打地铺睡觉,又是谈得夜深。他觉得自己就应当做一个舅舅这样的人。他贫穷清寒,但富有理想;他不显赫,但品质崇高;他似乎平凡,但使人尊敬;他尽历崎岖艰辛,但百折不挠。他不是为自己个人活着,他最懂得生活和生命的意义和价值。

后来,柳忠华睡着了。家霆仍睡不着,依然像上一夜似的,因亢奋而失眠,头脑里想得很多。他很难总结这抗战八年直到今天的一切。这一切,太复杂纷繁,也寓含着太多的人生哲理。古人说过:"以古为鉴,可知兴替,以人为鉴,可明得失。"[①]也说过:"明镜所

---

① 唐吴兢《贞观政要》。

以察行,往古者所以知今。"①但他所经历的残酷战争和人生际遇,他所看到的人事沧桑和生离死别,他所体会到的世间沉浮与离合悲欢,岂是一下子能思索归纳出来的呢?只是,人总归会逐渐成熟起来的。有一点在他心里是明确的:往何处?为什么?怎么走?他是已经决定了的。历史从来不容许人停步不前!家霆觉得回顾过去是有益的。当想了解今天的情况和揣测今后会发生什么情况时,回顾过去就显得重要了。白天同姗姗大姐的见面,使他摆脱了这些天来一直在折磨着他的关于欧阳素心的悲惨遭遇的感情。如今,严峻的形势放在面前,和平又将丧失,战争又将降临,有一种巨大的声音和力量在召唤着他振作起来。不记得谁说过的了:"每个人的一生都是战役——多事多难的漫长战役!"人是从苦难中生长起来的。但,人不应当生活在过去,也不应当生活在未来。人,只应当踏踏实实地面对现实。面对现实,他觉得自己已经不再孤单,而且注入了强大的力量。他已能完全掌握自己的命运,他也明白人生的最高价值何在了。

万籁俱寂,远处有隐隐的狗吠。雨停后,从窗内望出去,可以看到奇奇怪怪的云彩,在阴沉暗淡的天空中驰骋。有泥土和野草的气息透过窗口进来,使他感到阵阵凉意。后来,星星出现了,一颗颗嵌在天幕上,钻石似的放光。

许久许久,家霆睡着了,做了一个梦。

他梦见自己又变成小孩了!变成了一个十四五岁的男孩子。他又爬上了潇湘路一号这幢三层楼花园洋房的屋顶了,看着四下的风景。他高高站在屋顶上,勇士似的高举着一面红旗挥舞。鲜艳的红旗,像燃烧的烈火在大风中呼啦啦飘动。白雾迷茫,红旗在浓雾中飞舞,像白色宣纸上润开的一抹鲜红,美丽地招展!

----

① 《孔子家语》。

啊！流逝了的童年,流逝了的童年旧事,在梦中又回来了！又回来了！……

1989年8月—1990年8月于四川成都

全力以赴中寻到的(后记)

一位朋友写信给我说:"独特的作家,不是指他从不受人影响或向人模仿,而是指谁也影响不了他,谁也模仿不了他。你的'战争和人'系列是独特的,不仅是生活和题材,而且在风格。别人无法写你的这部作品,而读者需要这部作品。无论怎样你一定应当完成它!"①

我同意这话,并不是缺少谦虚,而是感到他的勉励是诚恳的。这正是我一定要努力写成这部作品的原因之一。

创作艰辛。在未完成《枫叶荻花秋瑟瑟》时,我觉得在"后记"中会有许多话要说。可是现在,五十六万余字的厚厚书稿放在面前,却不想多说什么了。

确实,也有一种想法。有人说过:"大谈自己作品的作家,正如大谈自己孩子的母亲。"母亲爱自己的孩子,当然喜欢向人唠叨。正像作家喜欢自己的作品,也难免不多说几句。但这究竟可能令人厌烦。那么,免除"自我呐喊",让读者去鉴定,还是对的。

更主要的是,我太累了!

开始写这部书到现在完成,一直在一种"苦难"状态下搏斗。视力不好,左眼失明后,医生关切地说:"右眼要好好保护,因为玻璃体浑浊,又有白内障。"仅靠一只老花的右眼写长篇,实在太苦!进度既慢,看和写都不方便。眼疲乏得疼痛,造成了身心疲乏。工

---

① 引自湖北省社科院原文学研究所所长张啸虎同志来信。他不幸于一九九一年二月二十日病故。志此以为纪念。

作时间长了,眼前就模糊一片,有时还白光闪烁。更何况我写的是那个令人压抑痛苦的一去不复返的时代,进入创作时,许多悲惨故事使我十分激动、沉重。心理反过来又影响了生理。我常常担心:书未写完,右眼会不会又出问题?

今年夏天,成都特别炎热,我整天拭着汗伏案,感到自己简直是在冒险、在拼命!写作之苦,以前从无这种体会。所好,坚持下来了,书稿完成了!既如释重负,又感到庆幸!但,我实在太累了!累得只想把笔一摔,爬上床去睡一睡,或去到青山绿水的凉爽地方,静静卧在一片如茵的草地上呼吸点新鲜空气,一动也不动,不思也不想,什么声音都别入耳。我真像大病了一场,精力用光了,十分需要安静和闲适。

但,我也感到幸福。因为我终于完成了这部作品。我并不是为了追求快乐而全力以赴,但我确实是在全力以赴中寻到了快乐!我完成了预定计划中要完成的一件有意义的工作。继《月落乌啼霜满天》《山在虚无缥缈间》后,用《枫叶荻花秋瑟瑟》来完成了"战争和人"的"系列工程"。

感谢那许多对《月落乌啼霜满天》和《山在虚无缥缈间》给予高度评价并惠予关心、评介、阅读,给我来信鼓励和勉慰的朋友。我希望他们像喜欢《月落乌啼霜满天》和《山在虚无缥缈间》一样,也会喜欢《枫叶荻花秋瑟瑟》。

感谢本书的责编和终审,是他们的督促、支持和帮助,促使这部书诞生。感谢人民文学出版社具有出版家的远见卓识和风格,使本书得以付印。《月落乌啼霜满天》和《山在虚无缥缈间》书店早已售缺,我常收到要书的读者来信索书。我希望这一套三本系列将来能有集中成套一同展现在读者面前的机会。

愿我全力以赴写出的书里的希望、信念、理想、爱国主义和民族精神、历史必由之路……能可信地给人以感染,使人看到苦难中国过去了的一段长长的悲惨历史,懂得现在,知道未来,明白自己的责任!

1990 年 8 月于四川成都